Collana «Superbestseller»

Romanzi

247. G. Néry, *Gli amanti di Palermo*
248. N. Barber, *Tanamera*
249. J. Susann, *La valle delle bambole*
250. J. Harlowe, *Desiderio segreto*
251. D. Steel, *Una volta nella vita*
252. E. Leonard, *Dissolvenza in nero*
254. M. Gilden, *Beverly Hills, 90210 - Il primo incontro*
255. M. Gilden, *Beverly Hills, 90210 - Senza segreti*
256. S. King, *Le creature del buio*
257. M. Piercy, *I giorni dell'odio*
258. V. Cowie, *I belli e i malvagi*
259. S. Sheldon, *Il volto nudo*
260. J. Higgins, *La notte della volpe*
263. M. Blake, *Balla coi lupi*
264. D. Steel, *Un amore così raro*
265. L. Sanders, *L'amante del sogno*
266. A. Vázquez-Figueroa, *La ragazza del mare*
267. W. Katz, *Gli occhi del terrore*
268. C. Cookson, *La ragazza*
269. R. Daley, *Le mani di uno sconosciuto*
270. H. Van Slyke, *Una donna necessaria*
271. G. Néry, *In amore come in guerra*
272. M. Higgins Clark, *Non piangere più, signora*
273. J. Westin, *Amore e gloria*
274. M. Swindells, *Ombre sulla neve*
275. S. Woods, *In fondo al lago*
277. B. Plain, *La coppa d'orazo*
278. M. Druon, *Il re di ferro*
279. C. Clément, *La favorita dell'harem*
280. J. Cooper, *Rivali*
281. R. Cook, *Progetto di morte*
282. D. Francis, *Purosangue*
283. M. Dobbin, *Tre donne dal vivo*
284. C. Black, *I predatori dell'arca perduta*
285. A. L. Singer, *Mamma, ho riperso l'aereo*
286. T. Strasser, *Mamma, ho perso l'aereo*
288. I. Wallace, *L'angelo del piacere*
289. J. Michael, *L'eredità del patriarca*
290. P. Zindel, *Quando calano le tenebre*
291. D. Eddings, *I Guardiani della luce*
293. D. Steel, *Amarsi*
294. S. Sheldon, *Ricordi di mezzanotte*
295. P. Gregory, *Sensi*
296. R. McGill, *Omamori*
298. W. J. Caunitz, *Indizi*
301. J. Garwood, *La dama delle nebbie*
302. M. Gilden, *Beverly Hills, 90210 - Tutti in spiaggia*
303. K. T. Smith, *Beverly Hills, 90210 - I nostri sogni*
304. B. e N. Mills, *Beverly Hills, 90210 - Il mondo di Beverly Hills*
306. M. Druon, *La regina strangolata*
307. L. Sanders, *Il dossier*
308. S. Spruill, *Bisturi di sangue*
311. J. Lindsey, *L'amante del guerriero*
313. D. Steel, *Amare ancora*
314. C. Gray, *Hotel de Luxe*
315. R. Cook, *Febbre*
316. D. Eddings, *Il Re dei Murgos*
318. J. Patterson, *Il Club di mezzanotte*
319. M. Gilden, *Beverly Hills, 90210 - Il posto dei ragazzi*
320. M. Gilden, *Beverly Hills, 90210 - Due cuori*
321. M. Gilden, *Beverly Hills, 90210 - La grande festa*
322. S. King, *La zona morta*
323. J. Briskin, *Il gelo nel cuore*
324. B. Plain, *L'arazzo*
325. W. Katz, *Visioni di terrore*
326. D. Steel, *Due mondi due amori*
327. N. Barber, *Le figlie del principe*
331. M. Higgins Clark, *Mentre la mia piccola dorme*
339. B. e N. Mills, *Melrose Place - Tutta la verità*
340. D. James, *Melrose Place - L'amore è difficile*
341. D. James, *Melrose Place - Non arrenderti mai*
342. I. Holland, *L'uomo senza volto*
343. R. Osborne, *Demolition Man*

DANIELLE STEEL

LA TENUTA

SPERLING
PAPERBACK

Traduzione di Grazia Maria Griffini
Thurston House
© *by Benitreto Productions Ltd.*
All rights reserved including
the rights of reproduction in whole
or in part in any form.
© *Sperling & Kupfer Editori S.p.A.*
I edizione Sperling Paperback s.r.l. giugno 1988

ISBN 88-7824-014-1
86-I-94

IX EDIZIONE

Finito di stampare nel febbraio 1994
dall'Istituto Grafico Bertello - Borgo San Dalmazzo (Cuneo)
Printed in Italy

*A Sam, il mio tesoro,
e al suo carissimo
papà, John*

*Possa il cerchio del nostro
amore farti sentire sempre
calda, sicura e felice*

LA CASA

*Chi ha dormito qui
prima che io giungessi,
chi ha vissuto
in questa stanza,
che aspetto aveva,
era
la stessa?
C'erano una o due
ragazzine
un bambinetto,
una casa piena
di giocattoli
di gioie
di sogni...
oppure era soltanto
un luogo desolato
con letti vuoti
e stanze silenziose
sempre e poi sempre
pieno
di malinconia
e forse la casa
anelava a essere
amata?
Ci viveva una fanciulla
che ballava
e cantava,
ci sentivano il trillo
o i rintocchi
del campanello del pranzo
ed è possibile che mai
qualcuno
si trovasse
proprio qui, nello
stesso posto
dove mi trovo io?*

*Conosco
il nome...
ho mai visto
il volto...
questo è sempre stato
lo stesso dolce
luogo,
ci viveva qualcuno
di lieto,
ci viveva qualcuno di triste,
c'è un cagnolino,
un gatto,
un cavallo,
un topolino
che è già stato qui,
che conosce questa
casa.
Conoscono me
e io conosco loro,
e hanno cantato
un requiem.
Li sento qui
capisco le loro
lacrime.
Li amavo anch'io
la casa era nuova,
era loro,
era diversa allora
eppure è
di nuovo la stessa,
e lo fu
e lo sarà
e dovrà sempre esserlo,
e adesso
la casa appartiene
a me.*

Parte prima

Jeremiah Arbuckle Thurston

1

IL SOLE calava lentamente dietro le colline che incorniciavano Napa Valley e tutto il suo verde e rigoglioso splendore. Jeremiah si soffermò a osservare le strisce di un color arancione acceso che si allungavano attraverso il cielo, seguite da una tenue foschia viola chiaro, ma il suo cervello era a mille chilometri di lì. Alto, con le spalle larghe e la schiena dritta, aveva le braccia salde e un sorriso pieno di calore. A quarantatré anni, c'era più sale che pepe nei suoi capelli, eppure le sue mani possedevano ancora lo stesso vigore di quando, da giovane, aveva lavorato nelle miniere, e di quando aveva acquistato la sua prima miniera nella Napa Valley, nel 1860. Aveva provveduto personalmente a inoltrare la domanda di diritto di proprietà su di essa ed era stato il primo a scoprire il mercurio nella Napa Valley. A quell'epoca aveva diciassette anni, era poco più di un ragazzo ma, in seguito, per molti altri anni non aveva più pensato a niente all'infuori delle miniere, esattamente come suo padre aveva fatto prima di lui. Suo padre era giunto dall'Est nel 1850 e, per lui, la promessa dell'oro nell'Ovest si era realizzata. Sei mesi dopo il suo arrivo, con le tasche piene di quell'oro, aveva mandato a chiamare la moglie e il figlio — e questi erano venuti. Ma, al suo arrivo, Jeremiah era solo. Sua madre era morta durante il viaggio. Poi, per i dieci anni successivi, con il padre, avevano lavorato a fianco a fianco, all'estrazione dell'oro e poi dell'argento, quando l'oro si era fatto più scarso.

E infine, quando Jeremiah aveva diciannove anni, suo padre era morto lasciandogli una fortuna molto più sostanziosa di quanto lui avesse mai sognato. Richard Thurston aveva risparmiato ogni centesimo per lui e, all'improvviso, Jeremiah si era ritrovato quasi più ricco di chiunque altro uomo nello stato della California.

Ma, per lui, questo fatto non aveva cambiato niente. Continuò a lavorare nelle miniere, vicino agli uomini che assumeva, ad acquistarne altre, ad acquistare terreni, a costruire, a espandere i propri possedimenti, a ottenere altre concessioni minerarie. I suoi uomini dicevano che aveva il dono dell'oro, che ogni cosa di cui si occupasse prosperava. Esattamente come era successo con le miniere di mercurio, che aveva aperto nella Napa Valley, quando quelle d'argento, a poco a poco, avevano dato sempre meno. Aveva operato la trasformazione rapidamente, con saggezza, prima che gli altri capissero ciò che stava facendo. Tuttavia era la terra, quella che amava di più. Quella terra bruna e feconda che gli piaceva farsi scorrere fra le dita e stringere amorosamente nel palmo della mano... ne amava il calore, la struttura, e tutto ciò che rappresentava, mentre allungava lo sguardo fin dove era possibile, verso le colline, gli alberi, la vallata con il suo aspetto curato e prospero, quel folto tappeto d'erba verdeggiante che si estendeva davanti a lui. Aveva acquistato anche dei vigneti dai quali ricavava un vinello gradevole. Amava tutto ciò che la terra produceva, mele, noci, uva... minerali ... quella valle significava più di qualsiasi altra cosa... o persona... ci aveva passato trentacinque dei suoi quarantatré anni, contemplando sempre le stesse colline dolcemente ondulate e, alla sua morte, ci sarebbe anche stato sepolto. Perché questo era il luogo a cui sentiva di appartenere, l'unico luogo al mondo in cui desiderasse vivere. Ogni volta che ne usciva, e Jeremiah Thurston aveva viaggiato in lungo e in largo per il mondo, questo era l'unico luogo in cui desiderasse vivere, la Napa Valley, dove adesso si trovava a contemplare il tramonto, a spaziare con lo sguardo sulle colline che gli appartenevano.

Eppure, proprio mentre era lì fermo e il cielo cambiava colore prendendo vellutate sfumature grigio-violacee, la sua mente era molto lontana. Il giorno prima, da Atlanta, gli era stata fatta una proposta di affari — si trattava di quasi mille palloni di mercurio e il prezzo gli garbava — ma c'era stato qualcosa nel modo in cui era stato avvicinato con questa proposta... per qualche curioso motivo provava, al riguardo, una strana sensazione, senza sapersene spiegare il perché. Non c'era niente di poco chiaro in quella proposta di affari e, per di più, aveva provveduto a far fare qualche indagine dalla propria banca su quel consorzio. C'era qualcosa nella lettera che aveva ricevuto, nello stile di quell'uomo, che lo turbava. Sembrava insolitamente esplicito, energico e presuntuoso. A capo del gruppo c'era Orville Beauchamp: gli pareva assurdo sollevare obiezioni per la prosa fiorita di costui eppure... era come se un sesto senso mettesse Jeremiah in guardia nei suoi confronti.

«Jeremiah!» Sorrise al suono familiare della voce di Hannah. Erano quasi vent'anni che lavorara per lui, fin da quando le era morto il marito, di influenza, quasi subito dopo la sua fidanzata. Un giorno era venuta a trovarlo alla miniera, chiusa nell'abito nero da vedova, gli aveva rivolto un'occhiata fiammeggiante e aveva battuto ripetutamente sull'impiantito con la punta dell'ombrello. «La tua casa è un'indecenza, Jeremiah Thurston!». L'aveva guardata sbalordito, domandandosi chi diavolo fosse e, alla fine, aveva scoperto che si trattava della zia di un uomo che, in passato, aveva lavorato per lui. Adesso desiderava trovar lavoro e si era rivolta a lui. Il padre di Jeremiah aveva costruito una specie di baracca in un angolo dei terreni di loro proprietà, nel 1852, e Jeremiah era sempre stato contentissimo di viverci, come di restarci anche dopo la sua morte.

Ma, ormai, a quell'epoca, Jeremiah era diventato il proprietario di terreni molto più estesi, che aveva annesso a quelli che suo padre aveva comprato non appena giunto nella Napa Valley. Poi, verso i venticinque anni, aveva cominciato a pensare che era venuto il momento di prender moglie. Desiderava dei figli, qualcuno da trovare in casa quando ci tornava la sera, con cui dividere la propria fortuna e la propria ricchezza. Non sapeva neppure da che parte cominciare a spendere tutto il denaro che aveva e gli sorrideva l'idea di una persona da viziare un pochino... una bella ragazza con gli occhi pieni di dolcezza e le mani delicate, un viso che potesse amare, un corpo che lo riscaldasse la notte, e — per mezzo di amici — aveva fatto la conoscenza di una signorina... proprio come la sognava. Due mesi esatti dopo il giorno che l'aveva conosciuta, le aveva domandato di sposarlo e si era messo a costruire una casa straordinariamente bella per lei. Era situata nella zona centrale dei suoi possedimenti, con un panorama che si allungava a perdita d'occhio, sotto quattro alberi enormi che intrecciavano i loro rami formando uno stupendo, gigantesco, arco naturale che avrebbe tenuto fresca la casa, d'estate. Quello che costruì pareva quasi un palazzo — o, perlomeno, era ciò che pensarono gli abitanti della località. Aveva tre piani, due stupendi salotti al primo piano, una sala da pranzo con la *boiserie* alle pareti, una vasta cucina accogliente, con un focolare tanto ampio che Jeremiah stesso poteva entrarci, e starci dritto in piedi. Di sopra, c'era un altro delizioso salottino, un'enorme camera da letto padronale, un solario per la sua sposa e, al terzo piano, altre sei camere da letto per la numerosa famiglia che avrebbero avuto. Inutile esser costretti a rifare tutta la casa a mano a mano che i figli fossero arrivati. Quanto a Jennie, ne era rimasta estasiata e le erano piaciuti moltissimo i grandi finestroni a vetri colorati, come l'enorme pianoforte a coda sul quale avrebbe suonato per lui la sera.

Salvo che... non lo aveva mai potuto fare. Si era ammalata durante l'epidemia di influenza che aveva colpito l'intera valle nell'autunno del 1868 ed era morta nel giro di tre giorni. Per la prima volta nella sua vita, Jeremiah capì che la fortuna gli aveva voltato le spalle e la pianse come avrebbe potuto fare una madre per il suo bambino. Jennie aveva compiuto da poco i diciassette anni e sarebbe stata una moglie perfetta per lui. Per un po' di tempo restò a vivere nella nuova casa, aggirandosi in quei grandi ambienti come una pallina di vetro che rotola qua e là in una grossa scatola; ma poi, preso dalla disperazione, la chiuse e tornò ad abitare nella stessa baracca in cui era vissuto in passato. Però, adesso, non ci si trovava più bene e, nella primavera del 1869, tornò nella casa che aveva pensato di dividere con Jennie... Jennie... ma non riusciva a sopportare l'idea di aggirarsi per quelle stanze che aveva destinato a lei, non riusciva a pensare a come sarebbe stato... se lei ci fosse venuta a vivere. In un primo tempo era andato di frequente a far visita ai genitori di Jennie ma, ben presto, non era più riuscito a sopportare di veder riflesso nei loro occhi il proprio dolore, né l'avidità negli occhi della sorella maggiore, e meno attraente, di Jennie. Alla fine prese la decisione di chiudere le stanze che non usava e ben presto cominciò a salire raramente, anzi quasi mai, ai due piani superiori. Si abituò a vivere soprattutto al pianterreno. Chissà come, riuscì addirittura a dare, ai due locali che adoperava, lo stesso aspetto delle stanze in cui aveva vissuto nella vecchia baracca. Trasformò uno dei saloni in una camera da letto per sé e non si prese mai la briga di arredare le altre stanze. Il grande pianoforte a coda non era più stato aperto dal giorno in cui era arrivato e lo avevano sfiorato le mani di Jennie. Teneva in funzione l'enorme cucina dove mangiava, a volte in compagnia di alcuni dei suoi uomini quando venivano a trovarlo. Gli piaceva mangiare con i suoi uomini, gli piaceva sapere che passavano volentieri a trovarlo perché si sentivano a loro agio in sua compagnia. Del resto, Jeremiah non aveva niente di altezzoso o di scostante. Non dimenticava da dove era venuto, da una casupola fredda, spaventosamente povera, nell'Est, dove si rabbrividiva tutto l'inverno, dove ci si chiedeva se c'era abbastanza da mangiare... e pensava alle piste percorse, alle Rockies superate per giungere all'Ovest, ai fiumi, alle miniere, al lavoro a fianco di suo padre. E se adesso aveva fatto fortuna, era solo grazie alla dura fatica sua e di suo padre. Si trattava di qualcosa che Jeremiah non dimenticava, non avrebbe mai potuto dimenticare... esattamente come non aveva mai dimenticato Jennie... o un amico. Con il passare degli anni, non aveva più provato la tentazione di sposarsi. Chissà perché, per quanto attraente e affascinante una ragazza potesse essere, non gli sembrava mai dolce come era stata Jennie, o altrettanto spiritosa e divertente... per anni e anni aveva continuato a ricordare il suono della sua risata, le sue esclamazioni stupite ed estasiate via via che le mostrava come procedeva la costruzione della casa. Era stata una grande gioia quella di costruirla per lei, come una specie di monumento al loro amore. Ma, dopo che lei era morta, non aveva più avuto alcun significato. Jeremiah aveva lasciato che la pittura si scrostasse, che l'acqua filtrasse dal tetto nelle stanze disabitate; adoperava tutti i piatti, le pentole e le padelle a sua disposizione fintanto che ce n'era ancora qualcuna pulita e la gente diceva che il salone in cui Jeremiah dormiva pareva una stalla. Fino a quando Hannah arrivò. Era stata lei a cambiare tutto, a pulirgli le stanze da cima a fondo.

«Guarda un po' questa casa, figliolo!» Lo aveva scrutato con occhi truci e increduli, quando l'aveva condotta con sé, tornando dalla miniera, per mostrargliela. Jeremiah non sapeva ancora con certezza che cosa farsene, di quella donna, ma Hannah pareva decisa a venire a lavorare per lui. Non aveva nient'altro da fare, adesso che suo marito era morto, e Jeremiah aveva bisogno di lei: o, se non altro, fu quello che gli disse. «Si può sapere che cosa sei, un maiale?» Lui era scoppiato a ridere di fronte all'espressione oltraggiata della faccia di Hannah. Da quasi vent'anni non c'era più stato nessuno che avesse per lui le premure di una madre — e fu così che, a ventisei anni, trovò divertente avere con sé, tutto d'un tratto, Hannah. La donna cominciò a lavorare per lui fin dal giorno successivo e, quando era tornato a casa quella sera, aveva trovato le stanze che usava abitualmente in un ordine immacolato, quasi sgradevole, tanto che — nel vano tentativo di crearsi nuovamente una comoda nicchia in cui vivere — si era affrettato a disseminare qua e là per la stanza giornali e carte, aveva fatto cadere la cenere del sigaro sul tappeto, aveva rovesciato inavvertitamente un bicchiere di vino. Alla mattina, gli era sembrato che tutto avesse ripreso l'aspetto di una vera casa mentre Hannah non aveva nascosto di essere sconcertata. «Guarda che ti lego al pozzo con una catena se non ti comporti come si deve, ragazzo, e togliti di bocca quel maledetto sigaro... ti riempi i vestiti di cenere!» Glielo aveva tolto dalle labbra con le sue mani spegnendolo nel poco vino avanzato dalla sera precedente. Jeremiah era rimasto a bocca aperta a guardarla ma, ben presto, aveva dimostrato di saperle tenere testa. Si era messo a procurarle una quantità inesauribile di cenere di sigaro, disordine e sporcizia, che richiedevano un lavoro costante. Hannah, per la prima volta da molti anni, si sentiva necessaria a qualcuno e Jeremiah, per la prima volta da un tempo molto più lungo, si sentiva circondato di affetto. Tanto che, quando arrivò il Natale di quel primo anno, erano diventati una coppia inseparabile. Lei veniva a lavorare ogni giorno, rifiutandosi di prendere anche una sola vacanza... «Sei matto? Ma lo sai che razza di disordine troverei se non venissi per un paio di giorni? Nossignore, non azzardarti a impedirmi di venire in questa casa per un sol giorno... ma neanche per un'ora, mi hai sentito?»

Era dura con lui, ma ecco i pasti caldi quando rientrava, le lenzuola immacolate, la casa tenuta perfettamente. Perfino le stanze che non usava erano pulite, e in un ordine perfetto; e quando si portava a casa una dozzina di uomini dalla miniera per discutere qualche nuovo progetto di espansione o, semplicemente, per bere il vino che faceva con la sua uva, Hannah non si lamentava mai, per quanto ubriachi o chiassosi e violenti potessero diventare. E, con il tempo, Jeremiah si mise a punzecchiarla spietatamente per la devozione che gli mostrava... e ad amarla più di qualsiasi altra persona... all'infuori di Jennie, naturalmente... Hannah fu tanto saggia da non domandargli mai niente di lei. Ma quando toccò la trentina, si mise finalmente a insistere perché cercasse moglie. «Sono troppo vecchio, Hannah, e nessuno cucina bene come te.» Al che lei rispondeva con veemenza: «Balle». Insisteva nel dire che gli occorreva una moglie, una donna da amare, una donna che gli desse dei figli, mentre lui non ci pensava più, a tutto questo. Era come se, quasi, lo spaventasse, come se — nel caso si fosse lasciato andare a voler bene a un'altra quanto aveva voluto bene a lei — anche questa potesse morire come era accaduto a Jennie. Preferiva non pensarci né costruirci sopra le sue speranze. Il tormento per la morte di Jennie non si faceva più sentire, acuto e doloroso, come in passato. Adesso si era attutito, e Jeremiah stava bene così. «E quando morirai, Jeremiah?» La vecchia Hannah lo guardava con aria significativa, in queste occasioni. «E allora? A chi lascerai tutto?»

«A te, Hannah, a chi altro vuoi che lo lasci?» Ribatteva lui, prendendola in giro, e lei scrollava la testa.

«Hai bisogno di una moglie... e di figli...» Ma lui non era d'accordo. Non provava più alcun desiderio per una vita diversa da quella che faceva. Aveva tutte le comodità necessarie, era il proprietario delle più grosse miniere dello stato, di una terra che amava, di vigneti che gli davano grandi soddisfazioni, c'era una donna con la quale dormiva ogni sabato sera e Hannah che gli teneva la casa in ordine. Gli piacevano gli uomini che lavoravano per lui, aveva amici a San Francisco con i quali si vedeva di tanto in tanto e, se sentiva la necessità di qualcosa di più eccitante, partiva per un viaggetto nell'Est, ed era perfino stato in Europa varie volte. Non aveva assolutamente bisogno di altro, certo non di una moglie. Per quelle necessità aveva Mary Ellen, con la quale si trovava come minimo una volta la settimana. E adesso sorrise pensando a lei. L'indomani, uscendo dalle miniere, sarebbe andato a trovarla... come faceva sempre... avrebbe lasciato le miniere verso mezzogiorno, dopo aver chiuso personalmente la cassaforte — al sabato non c'era quasi nessuno laggiù — e sarebbe andato a Calistoga con una bella cavalcata e sarebbe entrato nella sua casetta. Anni prima, aveva preso certe cautele per non essere visto; ma, adesso, non era più un segreto per nessuno, non lo era più da anni e lei, già da molto tempo, si era fatta coraggio e non badava più a quello che diceva la gente. In ogni caso, qualsiasi cosa dicessero, non erano affari loro — glielo aveva spiegato perfino Jeremiah — anche se era tutto un po' più complicato, per quanto non molto, ormai. Poi Jeremiah si sarebbe disteso comodamente in una poltrona davanti al fuoco a contemplare il color rame dei suoi capelli; oppure sul dondolo dietro la casa, insieme con lei, con gli occhi alzati verso il grande olmo, nascosti dalla siepe, e l'avrebbe stretta fra le braccia e...

«Jeremiah!» La voce di Hannah interrompe quelle fantasie. Il sole ormai era scomparso dietro la collina e, nell'aria, c'era un brivido di freddo. «Accidenti, ragazzo! Non mi senti quando ti chiamo?» Jeremiah rise, voltandosi verso di lei: lo trattava come se fosse un bambino di cinque anni e non uomo di quarantatré.

«Scusami... stavo pensando ad altro.» A un'altra, piuttosto... Jeremiah fissò la faccia vecchia e rugosa di Hannah con uno scintillio negli occhi.

«Il guaio, con te, è che non pensi affatto... non ascolti... non dai retta...»

«Magari sto diventando sordo, ci hai mai pensato? Del resto, sono vecchio abbastanza per esserlo!»

«Può darsi.» Gli occhi di Jeremiah, che le ammiccavano,

incontrarono lo sguardo colmo di fuoco di Hannah. Era una vecchia petulante, ma le voleva bene proprio per questo. Durante gli anni passati, non era mai stata tenera con lui — ma Jeremiah, ormai, ci aveva fatto il callo. Anche questo faceva parte del suo fascino, ed era essenziale ai loro dialoghi, nei quali non mancavano mai di rimbeccarsi a vicenda. Ma adesso, mentre lo guardava dal portico, Hannah aveva la faccia seria. «Ci sono guai alle miniere di Harte. Hai sentito?»

La fronte di Jeremiah si aggrottò. «No, cosa è successo? Un incendio?» Era ciò che temevano di più, tutti, perché lavoravano in un continuo contatto con il fuoco e un'esplosione avrebbe potuto trasformarsi con facilità in uno spaventoso disastro nelle miniere, diffondendosi con rapidità fulminea e provocando innumerevoli perdite di vite umane. Jeremiah preferiva non pensarci. Ma Hannah scrollò la testa.

«Non sanno bene di che cosa si tratti. Influenza, pensano, ma potrebbe essere anche qualcos'altro. Sembra che sia dilagata in un lampo.» Le spiaceva parlargli di questo argomento, perché avrebbe rievocato i ricordi di Jennie, anche se era passato tanto tempo, da allora! La sua voce continuò, piena di dolcezza. «John Harte ha perduto la moglie oggi... e la bambina... e dicono che anche il bambino l'abbia presa in un modo molto grave e, forse, non passerà la notte...» C'era un'espressione di sofferenza sulla faccia di Jeremiah, quando le girò le spalle. Si accese un sigaro, rimase a fissare in silenzio l'oscurità della notte e infine tornò a voltarsi verso Hannah. «Hanno chiuso la miniera.» Quelle di Harte erano le seconde per importanza, nella vallata, subito dopo le sue.

«Mi spiace di sentire quello che racconti di sua moglie e della bambina.» La voce di Jeremiah era burbera, quando parlò.

«In questa settimana hanno perduto sette uomini. Dicono che ce n'è un'altra trentina ammalati.» Pareva una specie di epidemia, come quella che c'era stata l'anno in cui Jennie era morta. Nessuno poteva farci niente. Assolutamente. Jeremiah era con il padre di Jennie quando lei era spirata. Erano seduti in silenzio nel salotto della casa dei genitori di Jennie mentre, di sopra, lei esalava l'ultimo respiro e non avevano potuto fare niente tranne che guardarsi, pieni di disperazione. Jeremiah, a quel ricordo, provò un tuffo al cuore. Non riusciva neppure a immaginare quale potesse essere la disperazione di perdere un figlio.

Non provava simpatia per John Harte, ma lo ammirava moltissimo. Harte aveva lottato con coraggio per aprire una miniera che funzionasse discretamente — e non era facile con le miniere Thurston che gli incombevano addosso. Aveva cominciato dal niente e aveva lavorato sodo, più ancora di Jeremiah, agli inizi. Harte aveva aperto la sua miniera quattro anni prima, quando ne aveva ventidue, e si era buttato nel lavoro, con i suoi uomini, in un modo che andava al di là dell'immaginabile. Era piuttosto brusco e Jeremiah aveva sentito dire da qualche minatore, che lo aveva lasciato ed era venuto a lavorare per lui, che si trattava di un uomo irascibile, dal carattere difficile, con la lingua tagliente, sempre pronto a fare a pugni.

Però aveva un cuor d'oro. Era un uomo onesto e perbene e Jeremiah lo ammirava. Era andato a trovarlo un paio di volte e aveva visto subito qualcuno degli errori che quell'uomo più giovane di lui stava facendo. Ma Harte non aveva mostrato di gradire i consigli di Jeremiah, anzi gli aveva fatto capire, chiaro e tondo, che non voleva avere a che fare con lui. Voleva riuscire, e avere successo, soltanto con le proprie forze e — con il tempo — lo avrebbe ottenuto. Ma Jeremiah, adesso, aveva il cuore dolente per lui, per quel colpo crudele che il destino gli aveva dato — ancor più crudele di quello che una volta aveva sofferto lui stesso. E ora lanciò un'occhiata ad Hannah, senza sapere bene che cosa fare. Non erano mai stati amici intimi, lui e John Harte. Perché Harte preferiva considerare Jeremiah come un rivale e tenere le distanze. Jeremiah rispettava questa opinione. «Non si illuda, Thurston, non sono suo amico, né voglio esserlo. Voglio mandare in rovina tutte le sue miniere. Lo farò nel modo più onesto e pulito ma, nel caso ci riuscissi, sarà costretto a chiudere in un anno o due; e tutti, da qui fino a New York, compreranno da me.»

Jeremiah aveva sorriso a quelle parole così crude. La realtà era un'altra: c'era posto per entrambi, ma John Harte si rifiutava di ammetterlo. Era cortese, quando si incontravano, ma non cedeva di un millimetro. Aveva già dovuto subire due incendi e un allagamento gravissimo; c'era stata un'occasione in cui, quasi per capriccio, Jeremiah si era offerto di comprargli le sue concessioni minerarie ma, per tutta risposta, John Harte aveva ricambiato con l'offerta di fracassargli il muso se non alzava i tacchi e se ne andava da casa sua, immediatamente. Ma tutto questo adesso non c'entrava e Jeremiah prese una risoluzione improvvisa e si incamminò verso il suo cavallo. Hannah già sapeva che lo avrebbe fatto. Perché Jeremiah era esattamente il tipo di persona capace di comportarsi così. Nel suo cuore c'era posto per chiunque, perfino per John Harte, indipendentemente da quanto poteva essere impulsivo il giovanotto, o tagliente la sua lingua.

«Non aspettarmi a cena.» Parole che, quasi, non occorreva dire mentre saliva in sella. In ogni caso Hannah sarebbe stata lì anche se avesse dovuto aspettare per tutta la notte. «Vai a casa e cerca di riposarti un po'.»

«Pensa ai tuo stramaledetti affari, Jeremiah Thurston.» Poi, all'improvviso, le balenò un'idea. «Aspetta un minuto!» Probabilmente erano troppo stravolti e angosciati per pensare a prepararsi qualcosa da mangiare. Corse in cucina, mise qualche pezzo di pollo fritto in un tovagliolo, ci aggiunse della frutta e un pezzo di torta e infilò tutto in una borsa che Jeremiah avrebbe potuto portare con sé, appesa alla sella. Tornò fuori, sempre correndo, e la tese a Jeremiah, che sorrise.

«Li manderai senz'altro al Creatore, se è roba che hai cucinato tu!»

Lei gli rivolse un sorriso. «Pensa piuttosto a mangiarne un po' anche tu stesso e cerca di non avvicinarti troppo a quella gente. Non bere niente, non mangiare niente di quello che hanno loro.»

«Sì, mammina!» E, con queste parole, fece voltare rapidamente il cavallo e si allontanò al galoppo nell'oscurità vellutata della notte, immerso nei propri pensieri.

Ci mise venti minuti per arrivare al complesso di costruzioni che circondava le miniere di Harte e rimase stupito nel vedere come si erano estese nei pochi mesi passati dall'ultima volta che era stato lì. John Harte aveva raggiunto la prosperità, questo lo si capiva subito, eppure — al momento — doveva essere successo qualcosa di grave. C'era un silenzio che impressionava, non si vedeva nessuno girare da una casa all'altra, eppure in ognuna di quelle modeste abitazioni c'erano tutte le luci accese, soprattutto in quelle raccolte lungo il pendio della collina. Quanto alla costruzione più importante, la casa del padrone, era illuminata a giorno e, da tutte le finestre, uscivano fiotti di luce. Fuori c'era una fila di uomini in attesa di porgere le proprie condoglianze a John Harte. Jeremiah scese da cavallo e legò la sua bestia a un albero a poca distanza di lì; poi, portando con sé la sacca che Hannah gli aveva messo in mano, prese posto in fila, dietro gli altri. Venne riconosciuto quasi subito e, fra la gente, passò un mormorio...Thurston... Thurston... strinse la mano a quelli che conosceva, ma ci volle un po' prima che John Harte comparisse sotto il portico. Aveva la faccia sconvolta, irriconoscibile, come se soffrisse atrocemente, e — in quella folla di uomini fermi sulla strada più in basso — passò quasi un fremito di comprensione e di simpatia. John Harte li squadrò, riconoscendoli a uno a uno, salutandoli con un cenno del capo mentre i loro occhi si incontravano e, infine, vide Jeremiah in fondo alla fila. Allora si arrestò alzando gli occhi a fissarlo, mentre Jeremiah si faceva avanti. Qualcosa nella sua espressione lasciava capire che era in grado di misurare il dolore dell'uomo che aveva davanti. Gli altri diedero l'impressione di scostarsi un poco, di tirarsi indietro, quasi per lasciarli soli — e Jeremiah gli tese la mano.

«Mi dispiace per tua moglie, John... io... io ho perduto qualcuno a cui volevo molto bene tanti anni fa... nell'epidemia del '68...» Balbettava e le parole gli uscivano di bocca a fatica, ma John Harte si rese conto che Jeremiah capiva. Alzò a guardarlo due occhi che erano colmi di lacrime. Era un uomo giovane, dall'aspetto simpatico, alto quasi come Jeremiah. Aveva i capelli corvini e occhi neri come il carbone, e due grosse mani gentili. Sotto certi aspetti, quei due uomini si somigliavano stranamente, anche se c'erano vent'anni di differenza fra loro.

«Grazie di essere venuto.» La sua voce era profonda, rauca

per la disperazione, e due lacrime gli scesero sulle guance. Lui non ci badò, non si affrettò ad asciugarle. Quanto a Jeremiah, vedendo quelle lacrime, gli parve di ritrovare, nel proprio cuore, un'eco dell'antica sofferenza.

«C'è qualcosa che posso fare?» Poi gli venne in mente quel po' di cibo che aveva portato. Forse a qualcuno, in casa, poteva servire.

John Harte lo guardò profondamente negli occhi. «Ho perduto sette dei miei uomini quest'oggi, e Matilda... e Jane...» Gli si spezzò la voce mentre pronunciava quella parola. «Quanto a Barnaby...» ma non riuscì a finire la frase, dopo aver pronunciato il nome di suo figlio. Fissò di nuovo Jeremiah negli occhi. «Il dottore dice che non arriverà fino a domattina. E ci sono tre degli altri miei uomini che hanno perduto la moglie... cinque bambini... E anche lei, non dovrebbe essere qui.» Improvvisamente aveva misurato il rischio corso da Jeremiah, e ne era rimasto commosso.

«Ci sono già passato anch'io, attraverso tutto questo, e volevo vedere se c'era qualcosa che potevo fare per lei.» Aveva notato che Harte aveva la faccia di un pallore mortale, ma sospettò che fosse il dolore, e non quella temibile influenza, a renderla tale. «A guardarla, direi che un goccetto da bere non dovrebbe guastare.» Tirò fuori dalla sacca, appesa alla sella, una fiaschetta d'argento e la offrì a John.

L'altro esitò, poi la prese e infine, con un cenno del capo, gli indicò la porta della sua casa. «Ha piacere di entrare?» Si domandava se avesse paura perché, tutto sommato, avrebbe dovuto averla... ma Jeremiah acconsentì subito.

«Certo. Le ho portato un po' di roba da mangiare, se si sente di buttar giù qualcosa.» John lo squadrò, sorpreso e commosso, soprattutto perché l'ultima volta che Jeremiah gli aveva offerto il suo aiuto, lo aveva quasi buttato fuori. Gli aveva fatto capire chiaramente di non voler essere aiutato da lui. Ma, adesso, era diverso. Qui si trattava di una sciagura di ben altro tipo e non di un incendio o di un allagamento delle miniere. Si lasciò cadere pesantemente sul divano di velluto verde del salotto e, portando alle labbra la fiaschetta di Jeremiah, ne bevve una lunga sorsata. Poi gliela restituì e lo guardò con due occhi vuoti e smarriti che pareva non mettessero a fuoco niente.

«Non riesco a credere che se ne siano andate così... ieri sera...» Aveva cominciato a deglutire convulsamente, a vuoto, cercando di soffocare i singhiozzi, lottando contro le lacrime... «Ieri sera... Jane è scesa di corsa a darmi il bacio della buonanotte anche se aveva la febbre... e stamattina Matilda ha detto... Matilda ha detto...» A questo punto non riuscì più a ricacciare indietro un fiotto di lacrime che gli sgorgarono dagli occhi, mentre Jeremiah lo afferrava con le mani per le spalle e restava così, stringendogliele con forza. John Harte piangeva. Jeremiah capì che né lui né altri potevano fare qualcosa salvo restargli vicino e tenergli compagnia. Alla fine, Harte alzò gli occhi verso Jeremiah che li aveva, anche lui, lucidi di lacrime. «Come posso tirare avanti senza di loro? Come?... Mattie... e la mia piccolina... e se Barnaby... Thurston, ci morirò! Non posso tirare avanti e vivere senza di loro.» Jeremiah, in cuor suo, pregò che Harte non perdesse anche il bambino, per quanto avesse capito che, purtroppo, c'erano moltissime probabilità che succedesse così. Mentre stava fuori ad aspettare, aveva sentito dire che il bambino era gravissimo — per lo meno questo era quanto avevano ripetuto gli altri uomini. Tuttavia, adesso, fissò John Harte negli occhi quasi con durezza.

«Lei è ancora giovane, John, ha una lunga vita davanti e può darsi che sia una cosa terribile da dirle proprio stasera... ma perché non dovrebbe risposarsi e avere altri figli? In questo momento è la cosa peggiore che poteva capitarle, ma vedrà... riuscirà a tirare avanti... ci sarà costretto... e lo farà.» Gli offrí nuovamente la fiaschetta di liquore e John ne bevve un altro sorso, scrollando la testa, con le guance bagnate di lacrime.

Poco meno di un'ora più tardi, venne il dottore a cercarlo. John balzò in piedi come se fosse stato colpito da una fucilata.

«Barnaby?»

«Chiede di lei.» Il dottore non ebbe il coraggio di aggiungere altro, ma i suoi occhi incrociarono quelli di Jeremiah, mentre John si precipitava su per le scale, da suo figlio, e in risposta alla domanda che c'era nello sguardo di Jeremiah, si limitò a scrollare la testa. Jeremiah, seduto in salotto, capì immediatamente, dall'atroce gemito di disperazione che aveva udito arrivare dalla stanzetta in cima alle scale, che il bambino era spirato. John Harte era inginocchiato, con suo figlio fra le braccia, e piangeva disperato la sua famiglia che aveva perduto in due soli, brevi giorni. Jeremiah, a passo deciso, si avviò solennemente su per le scale e aprì con lentezza l'uscio della stanzetta. Poi tolse il piccino dalle braccia di John Harte, lo compose sul letto, gli chiuse gli occhi. E condusse fuori il padre che singhiozzando mormorava il nome del suo bambino. Costrinse Harte a bere qualcosa di forte e gli tenne compagnia fino alla mattina dopo, quando arrivarono suo fratello e un gruppo di amici. Soltanto allora, con il cuore stretto dall'angoscia, Jeremiah se ne tornò lentamente a casa. John Harte aveva esattamente la stessa età che aveva avuto lui quando Jennie era morta. Si domandò fino a che punto quella serie di lutti terribili aveva inciso sul morale e sulla forza d'animo di John Harte ma — dal poco che lo conosceva — ebbe l'impressione che quel bravo ragazzo avrebbe tirato avanti, continuando a lottare come prima.

Tuttavia era pieno di angoscia pensando a lui e, quando scese di sella di fronte a casa mentre il sole del mattino saliva alto nel cielo, si guardò intorno, contemplando le colline che amava tanto, e si chiese perché un destino crudele avesse i poteri di dare la vita e la morte con tanta facilità... E come potevano scomparire in fretta i doni più dolci e soavi della vita... Mentre entrava, gli parve di udire ancora la risata argentina di Jennie che gli risuonava nelle orecchie. Poi, vide Hannah addormentata su una seggiola della cucina. Non le rivolse una sola parola, ma le passò davanti, entrando nel salotto che non usava mai, e andò a sedersi a quel pianoforte che aveva comperato tanto tempo prima per una ragazza con gli occhi ridenti e i capelli biondi, a riccioli, che le danzavano lievemente sulle spalle... Com'era stata incantevole! Si chiese come sarebbe stata la sua esistenza se l'avesse sposata... quanti bambini avrebbe potuto avere... Era la prima volta da molto tempo che consentiva ai propri pensieri di sbrigliarsi in quella direzione. Poi pensò a John Harte che aveva perduto la bambina e il maschietto e si augurò che riprendesse moglie al più presto. Era proprio questo che occorreva a Harte adesso — una nuova moglie che occupasse interamente il suo cuore e nuovi bambini per sostituire quei due che erano morti.

Eppure non era stato questo che Jeremiah aveva fatto. Lui, invece, era rimasto solo per diciotto anni, e adesso era troppo tardi. Non poteva più cambiare, ormai, ciò che era stato. Ma non ne aveva neppure il desiderio. Rimase lì seduto, a fissare i tasti del pianoforte, ormai ingialliti, mai toccati, mai usati, e si chiese se, anche lui, non avrebbe dovuto fare ciò che, adesso, giudicava indispensabile per John Harte. Non avrebbe dovuto sposare un'altra? Avere una dozzina di figli che gli riempissero la casa vuota? Ma non ce n'era stata nessuna capace di imprigionargli il cuore, nessuna che gli fosse piaciuta abbastanza da sposarla. No, per lui non ci sarebbero stati figli. Tuttavia, mentre pronunciava queste parole tra sé, e per sé, si sentì trafiggere il cuore da una sottile fitta di dolore... come sarebbe stato bello avere un bambino... una figlioletta... un maschio... e poi, di colpo, gli tornarono in mente quei due che John Harte aveva perduto e gli parve di sentire anche il proprio cuore stretto da una morsa. No non sarebbe riuscito a sopportare un'altra perdita. Aveva perduto Jennie. Ed era abbastanza. Molto meglio vivere così, come adesso... oppure no?

«Che cosa è successo?» Sussultò nell'udire la voce di Hannah e, alzando gli occhi, la scorse in piedi, nella grande sala vuota, mentre lui sfiorava con le dita i tasti del pianoforte. S'interruppe e la guardò. Stanco. Depresso. Era stata una notte lunga e triste.

«Il bambino di Harte è morto.» Trasalì, quasi, ricordando di aver chiuso lui stesso gli occhi del piccino e di aver costretto John Harte, quasi con la forza, a uscire dalla stanza. Hannah scrollò il capo e cominciò a lacrimare mentre Jeremiah, avvicinandosi a passi lenti, le circondava le spalle con un braccio e la conduceva fuori dalla stanza. Non c'era altro da dire. «Va' a casa e cerca di dormire un po'.»

Hannah alzò gli occhi a guardarlo e tirò su con il naso mentre si asciugava le lacrime che le rigavano le guance. «Dovresti fare la stessa cosa.» Ma lo conosceva troppo bene per illudersi. «Mi darai ascolto?»

«Ho del lavoro da fare, giù alla miniera.»

«È sabato.»

«Le carte sulla mia scrivania non lo sanno!» Ebbe un sorriso stanco. Neanche da pensarci ad andare a letto, a dormire. Avrebbe continuato a essere tormentato dalla visione di Barnaby Harte e di suo padre che si disperava per lui. «Ma non lavorerò troppo.» Anche questo, Hannah lo sapeva. Era sabato. E lui andava sempre a Calistoga, il sabato, a trovare Mary Ellen Browne. Tuttavia Hannah intuiva, anche, che quel giorno non doveva averne molta voglia.

Jeremiah si versò una tazza di caffè dal bricco che c'era sulla stufa e rivolse gli occhi alla vecchia amica. Dopo la notte terribile che aveva trascorso, sentiva il cervello in tumulto. Vi si affollavano i pensieri. «Gli ho detto che dovrebbe sposarsi di nuovo e avere altri bambini. Ho sbagliato?»

Hannah scrollò la testa. «Avresti dovuto fare la stessa cosa anche per te stesso, diciotto anni fa.»

«È proprio quello che pensavo poco fa.» Guardò fuori dalla finestra, verso le colline. Non le aveva mai permesso di mettere le tende in nessuna delle stanze di casa perché gli piaceva troppo il panorama della vallata e, per di più, non c'era nessuno nel raggio di chilometri e chilometri, che potesse guardare dentro.

«Non è troppo tardi.» La voce di Hannah era vecchia e triste. Era addolorata per lui. Jeremiah era un uomo troppo solo, che lo avesse capito o no e, in cuor suo, Hannah si augurò che John Harte non decidesse di accettare quello stesso destino. Non le sembrava giusto. Lei non aveva mai avuto figli. Però — nel suo caso — non si era trattato di una scelta ben precisa, era stato il destino a volere così. «Sei ancora abbastanza giovane per poterti sposare, Jeramiah.»

Lui scoppiò a ridere a queste parole. «Adesso sono troppo vecchio per cose del genere. E...» Si accigliò mentre gli balenava un determinato pensiero, poi incontrò di nuovo lo sguardo di Hannah (dovevano aver pensato tutti e due la stessa cosa)

«... non riesco proprio a immaginarmi sposato con Mary Ellen... e non ce n'è stata nessun'altra. Da anni, ormai.» Hannah già sapeva che Jeremiah frequentava soltanto Mary Ellen ma, dopo la notte che aveva appena passato, gli occorreva confidarsi con lei. Comprendeva anche questo. Perché lei, Hannah, era un'amica.

«Per quale motivo non l'hai mai sposata?» Se lo era sempre domandato, per quanto credesse di averlo intuito. E non si sbagliava di molto.

«Non è quel tipo di ragazza, Hannah. E guarda che non lo dico con cattiveria. In principio, non avrebbe voluto sposarmi; per quanto, in seguito, penso che, forse, le avrebbe fatto piacere. Voleva sentirsi libera.» E sorrise. «È un tipino che sa quello che vuole, le piaceva essere indipendente e dedicarsi ai suoi bambini. Secondo me, aveva paura che la gente dicesse che mi aveva sposato per quello che avevo oppure che si era approfittata di me e mi ci aveva costretto.» Sospirò. «Invece hanno cominciato a dire che era una sgualdrina. Ma il buffo è che non credo che lei ci badasse molto. Diceva sempre che, fino a quando lei stessa sapeva la verità, cioè di essere una donna con un briciolo di decenza, e che non c'era nessun altro all'infuori di me, se ne infischiava allegramente di tutto quello che la gente andava in giro a dire. C'è stato una volta in cui le ho chiesto di sposarmi...» Hannah prese un'epressione sbalordita a queste parole e Jeremiah sogghignò «... ma lei rifiutò. Fu quando quelle stramaledette pettegole di Calistoga le rendevano la vita così difficile! Ho sempre pensato che fosse stata sua madre a far nascere tutte quelle chiacchiere per forzarmi la mano e può darsi che sia stato veramente così. Però, in quell'occasione, Mary Ellen mi disse molto chiaramente di andare all'inferno! Mi spiegò che non aveva nessuna intenzione di vedersi costretta al matrimonio dai pettegolezzi di un branco di vecchie bisbetiche. E, secondo me, a quell'epoca, era ancora innamorata di quell'ubriacone di suo marito. Ormai l'aveva lasciata da più di due anni, ma lei sperava sempre di vederlo tornare. Lo capivo dal modo in cui parlava.» Poi sorrise ancora. «Però sono contento che non si sia più fatto vedere. Perché Mary Ellen era proprio quello che ci voleva per me.»

Come Jeremiah per lei, del resto. Le aveva arredato la casa, l'aveva aiutata in parecchi modi per ciò che le occorreva per i bambini, quando lei gli aveva fatto capire di esser disposta ad accettare i suoi regali. Ormai la loro relazione durava da quasi sette anni e il marito di Mary Ellen era morto da più di due. Adesso la loro vita aveva preso un ritmo regolare, al quale avevano ormai fatto l'abitudine. Jeremiah raggiungeva Calistoga a cavallo ogni sabato sera e si fermava da lei. Quando lui era in città, i bambini restavano a casa di sua madre. Ormai si comportavano, per quello che riguardava la loro relazione, in un modo molto meno clandestino di un tempo. Non c'era più alcun motivo di tenerla segreta; tutti in città sapevano che Mary Ellen era la donna di Jeremiah Thurston... la Puttana di Thurston l'avevano anche chiamata, in un certo periodo, ma adesso nessuno osava più dirlo. Jeremiah si era fatto premura di risolvere personalmente la questione con un paio di loro. D'altra parte, sapeva anche come Mary Ellen fosse esattamente il tipo di donna che le altre hanno sempre in antipatia e di cui sono gelose... perché aveva la bellezza un po' vistosa delle rosse, le gambe lunghe e il seno colmo. Portava abiti troppo scollati ed era sempre fin troppo pronta a lasciare ammirare (sia pure per un attimo) a un cowboy di passaggio, le sue gambe, quando — scendendo dal marciapiede — si sollevava le gonne un bel pezzo più su della caviglia. Era stato proprio questo ad attirare Jeremiah verso di lei in principio e Mary Ellen si era rivelata stupenda e incantevole, proprio come lui sperava, quando era riuscito a farle togliere il resto degli indumenti che aveva addosso. Anzi, Mary Ellen era stata talmente affascinante, talmente deliziosa, che Jeremiah era tornato presto a godersela ancora di più. Ed era stato allora che aveva scoperto come fosse di buon cuore, buona, brava, ansiosa di piacere. Voleva bene ai suoi figli più di qualsiasi altra cosa al mondo; per loro, sarebbe stata disposta a tutto. Due anni prima era stata piantata in asso dal marito e si era messa a lavorare come cameriera, nel ristorante prima, e nelle camere dei piani superiori poi, all'albergo annesso alle terme, vi aveva fatto anche la ballerina, e perfino dopo l'inizio del suo legame con Jeremiah, aveva continuato a conservarsi gli stessi lavori. Insisteva nel dire che non desiderava niente da lui. E Jeremiah più di una volta aveva cercato di scacciarla dai propri desideri ma... com'era tenera, com'era affettuosa, quella ragazza! Riusciva a colmare il vuoto che c'era nel suo cuore... E, quando faceva l'amore con lei, Jeremiah era insaziabile. Nei primi tempi si recava, a cavallo, a Calistoga più volte durante la settimana, ma tutto diventava troppo complicato con i figli di lei in casa, tanto che, alla fine del primo anno, avevano stabilito di vedersi solo durante il weekend. Pareva difficile convincersi che, da allora, erano passati più di sei anni. E Jeremiah faticava ancora di più a crederci quando, di tanto in tanto, intravedeva i suoi figli. Del resto anche Mary Ellen aveva trentadue anni, ormai, ma era sempre una bellissima donna. Tuttavia Jeremiah non riusciva ancora a immaginare di sposarla. Quando si erano conosciuti, l'aveva trovata troppo mondana, troppo sfacciata, troppo sapiente nel fare l'amore... eppure continuava a esserle profondamente attaccato per la sua onestà, la schiettezza e il coraggio. Non si era mai tirata indietro, non aveva mai avuto alcuna reticenza per colpa di quello che diceva la gente sulla sua relazione con Jeremiah, anche se lui sapeva benissimo che, a volte, la situazione non era stata delle più facili.

«La sposeresti adesso?» Jeremiah non voleva eludere la domanda di Hannah. Tuttavia, perfino ora, dopo sette anni, non riusciva a vedersi sposato con Mary Ellen.

«Non lo so.» Sospirò mentre guardava la vecchia amica. «Sono un po' troppo vecchio per pensare a questo genere di cose, non ti sembra?» La domanda era retorica, ma Hannah fu pronta a ribattere.

«No, niente affatto. E, secondo me, dovresti pensarci su un momento, Jeremiah Thurston, prima che sia troppo tardi.» Tuttavia lei, personalmente, era persuasa che Mary Ellen non fosse la soluzione giusta, anche se quella donna le era simpatica. La conosceva da quando era nata e l'aveva sempre giudicata sincera e schietta, anzi, talvolta, addirittura sciocca. Perfino lei era stata fra i primi a dichiarare che era una stupida a sbandierare apertamente la sua relazione con Jeramiah. Era una figliola brava e buona, con un cuore d'oro; pareva impossibile non volerle bene. Con tutto ciò, adesso aveva trentadue anni mentre, a Jeremiah, occorreva una moglie giovane che gli generasse dei figli. Mary Ellen ne aveva già tre e aveva corso il rischio di morire quando aveva dato alla luce l'ultimo. Sarebbe stata pazza a riprovarci, e lo sapeva. «Sarei molto contenta di vedere un bambino in questa casa prima di morire, Jeremiah.»

Lui sorrise tristemente pensando alle due creaturine di Harte che erano appena spirate. «Anch'io, cara amica, ma non mi illudo. Probabilmente nessuno di noi due lo vedrà.» Era la prima volta che diceva una cosa del genere a lei, o a chiunque altro.

«Non essere così testardo. Hai ancora tutto il tempo che vuoi. Se tu provassi a guardarti un po' intorno, troveresti la ragazza giusta.» Le parole di Hannah gli fecero tornare in mente Jennie e scrollò la testa non solo per scacciarla dai propri pensieri, ma anche per rispondere a ciò che Hannah aveva detto.

«Sono troppo vecchio per una ragazzina. Ho quasi quarantaquattro anni.»

«Be', a sentirti, si direbbe che ne hai novanta.» Hannah sbuffò, disgustata, e Jeramiah scoppiò a ridere mentre si passava la mano sulle guance coperte da una ispida barba di due giorni.

«A volte, mi sembra proprio di averli, e anche di dimostrarli! È un miracolo che Mary Hellen non sbarri la sua porta quando mi vede arrivare.»

«Avrebbe dovuto farlo qualche anno fa, Jeremiah, ma sai benissimo qual è la mia opinione in proposito.» Era vero; tuttavia Hannah non aveva mai paura di ripetere ciò che pensava. «Siete stati due sciocchi a cominciare e avete pagato tutti e due un prezzo maledettamente alto per ciò che avete avuto.»

Era la prima volta che esprimeva il proprio parere in questo modo e Jeremiah parve sorpreso. «Tutti e due?»

«C'è mancato poco che, per quello che riguarda Mary Ellen, non la scacciassero con infamia dalla città e, quanto a te, hai rinunciato alle possibilità che avevi di sposare una donna che ti desse dei figli. Se hai deciso di sposarti, tanto vale che tu scelga lei, Jeremiah.»

Lui sorrise benevolmente a Hannah. «Le riferirò quello che hai detto.» Hannah bofonchiò inorridita e andò a prendere lo scialle che aveva buttato sullo schienale di una seggiola, in cucina, mentre Jeremiah la seguiva con gli occhi. Quanto a lui, voleva sbarbarsi e fare un bagno prima di andare in miniera, e sentiva un gran bisogno di un'altra tazza di caffè nero e forte. La notte trascorsa in compagnia di John Harte era stata lunga, molto lunga. «A proposito, John ti è stato molto grato per la roba da mangiare che gli hai mandato, Hannah. Stamattina sono riuscito a fargli inghiottire qualche boccone.»

«Non ha mai chiuso occhio?» Jeremiah scrollò il capo. Come avrebbe potuto dormire? «E so che non lo hai chiuso neppure tu.»

«Per me, non è il caso di preoccuparsi. Dormirò stanotte.»

Lei gli rivolse una risatina maliziosa e, dalla soglia, si voltò a squadrarlo da capo a piedi. «A dire così, non fai un gran complimento a Mary Ellen, lo sai, vero?» Jeremiah scoppiò in una risata e la vecchia Hannah richiuse l'uscio dietro di sé.

2

IL SABATO, alla miniera, c'era uno strano silenzio, che gli piaceva. Ogni cosa taceva, non si udivano voci, striduli fischi, o il rombo delle fornaci. In quella mattina di marzo, c'erano due guardiani che stavano bevendo il caffè quando Jeremiah scese di sella, legò Big Joe al solito posto ed entrò a lunghi passi nel suo ufficio. C'erano, ad aspettarlo, le carte che era venuto a esaminare — i contratti per il mercurio che producevano, i progetti per altre quattro capanne di legno in cui alloggiare gli uomini che lavoravano per lui. Del resto, le miniere Thurston avevano già l'aspetto di una piccola città, con sette case per gli operai e, oltre a queste, alcune baracche di legno per quelli che avevano portato la famiglia a vivere con loro. Era una vita dura per quella gente, ma Jeremiah si mostrava sempre comprensivo verso di loro e capiva la necessità che sentivano di restare uniti. Una decisione, la sua, che aveva preso molto tempo prima — e i suoi operai gliene erano grati. Adesso, si mise a sedere per esaminare con attenzione i progetti di altre costruzioni dove alloggiarli. Pareva che il complesso di quelle abitazioni crescesse a passi da gigante, come la produzione delle miniere. Jeremiah non si nascose di essere soddisfatto dei contratti che aveva davanti, soprattutto di quello con Orville Beauchamp, di Atlanta, per novecento palloni di mercurio, il che ammontava, all'incirca, a una somma di cinquantamila dollari. A sua volta, Beauchamp avrebbe rifornito gran parte del Sud. Era un abilissimo uomo d'affari, Jeremiah lo aveva capito subito. Bastava leggere il contratto. Rappresentava un gruppo di sette persone e, a quel che pareva, ne era anche il portavoce ufficiale. La trattativa era talmente importante che, una settimana dopo, Jeremiah si sarebbe recato personalmente ad Atlanta per fare la conoscenza degli altri membri del consorzio e prendere gli accordi definitivi per il contratto da stipulare con loro.

A mezzogiorno, Jeremiah guardò l'orologio che portava nel taschino, si alzò in piedi e si stirò. Aveva ancora del lavoro da sbrigare, ma la nottata era stata talmente faticosa che, di colpo, si sentiva esausto, e con una gran voglia di vedere Mary Ellen. Gli occorreva il suo calore umano e il suo conforto. Più di una volta gli erano tornati in mente John Harte e la famiglia che aveva perduto. La comprensione e la simpatia per quel poveretto erano un vero e proprio peso sul cuore di Jeremiah e, via via che la mattina passava, anche il pensiero di Mary Ellen cominciò a diventare sempre più insistente. Era appena scoccato mezzogiorno quando uscì dagli uffici della miniera e si incamminò verso il posto dove aveva legato Big Joe.

«'Giorno, signor Thurston.» Uno dei guardiani lo salutò con un cenno della mano e, poco più in alto, sul pendio della collina, Jeremiah intravide un gruppetto di bambini che giocavano in lontananza, dietro le capanne di legno che aveva costruito per i suoi minatori e le loro famiglie. Bastò quella visione a farlo pensare all'epidemia di influenza che era scoppiata nelle miniere di Harte e, in cuor suo, pregò che nessuno dei suoi ne venisse colpito.

«Buongiorno, Tom.» Nelle tre miniere che gli appartenevano, adesso, lavoravano all'incirca cinquecento uomini eppure Jeremiah ne conosceva moltissimi per nome di battesimo. In genere, passava la maggior parte del tempo nella prima miniera, la Miniera Thurston, però faceva regolarmente un'ispezione nelle altre e sapeva che erano nelle mani di caposquadra straordinariamente capaci e abili. Del resto, bastava che nascesse il più piccolo problema, e Jeremiah si recava immediatamente sul posto e ci restava anche per giorni e giorni se, per caso, era successo un incidente o le miniere erano rimaste allagate, come capitava ogni inverno.

«Si direbbe che sia arrivata la primavera.»

«Proprio così!» Jeremiah sorrise. Non aveva fatto che piovere per due mesi e l'allagamento delle miniere era stato disastroso. In una, avevano perduto undici uomini, sette in un'altra, tre in questa. L'inverno era stato durissimo ma, adesso, non se ne notava più alcun segno. Il sole splendeva luminoso e Jeremiah si accorse che gli riscaldava piacevolmente la schiena mentre imboccava, in sella al vecchio Joe, la Silverado Trail per raggiungere Calistoga. Istigò il cavallo ad affrettare il passo e la brava bestia ubbidì, volando letteralmente per gli ultimi otto chilometri. Mentre Jeremiah, con la barba e i capelli scompigliati dal vento, non faceva che pensare a Mary Ellen.

Quando imboccò la strada principale di Calistoga, questa era affollata da gruppetti di signore che passeggiavano, con il viso protetto da parasoli di pizzo. Era facile individuare subito quelle che erano venute da San Francisco per un periodo di cura alle sorgenti termali calde: i loro abiti, all'ultima moda, contrastavano singolarmente con quelli, molto più semplici, delle signore del luogo. Il *pouf*, che gonfiava, sui fianchi, il loro abito, appariva più pronunciato, le piume sui loro cappelli erano più numerose e vistose, il tessuto e i disegni dei loro abiti di seta più nuovi e originali di quelli della piccola e sonnolenta Calistoga. Jeremiah non riusciva mai a trattenere un sorriso, vedendole, e le signore non mancavano di osservarlo, quando passava di fianco a loro, in sella al suo stallone, con quella capigliatura scurissima, nera, che spiccava in un contrasto singolare. Se era di un umore particolarmente buono e scherzoso, Jeremiah si toglieva il cappello e, pur restando in groppa al cavallo, abbozzava cortesemente un inchino con gli occhi che gli scintillavano di malizia. Fra quelle signore ce n'era una particolarmente carina, quel giorno: aveva i capelli rossi e un abito di seta verde cupo — lo stesso verde degli alberi che crescevano sulle montagne — ma il colore dei suoi capelli e del suo viso servirono soltanto a rammentargli il motivo per cui era venuto a Calistoga. Jeremiah spronò rapidamente il cavallo e gli bastò qualche attimo per arrivare alla casetta linda e graziosa di Mary Ellen nella Terza Strada, in uno dei quartieri meno eleganti della città.

Qui si sentiva più forte l'odore di zolfo che scaturiva dalle sorgenti termali ma lei, da molto tempo, ci si era abituata e non ci faceva più caso, come Jeremiah. Non era certo alle terme, o allo zolfo o addirittura alle sue miniere, che lui stava pensando quando legò Big Joe dietro la casa e salì rapidamente i gradini che portavano all'ingresso di servizio. Sapeva che Mary Ellen lo stava aspettando e, di conseguenza, spalancò la porta senza cerimonie, sentendosi battere un poco più rapidamente il cuore. Quali che fossero i sentimenti che provava, o aveva provato, per questa donna, una cosa era certa: quando era vicino a lui, aveva ancora gli stessi poteri, la stessa magia e lo stesso fascino di quando si erano appena conosciuti. Adesso gli pareva di sentirsi mancare il respiro e provava un violento impeto di desiderio, come gli era capitato solo per pochissime altre donne, prima o dopo di lei. Eppure, quando le era lontano, riusciva a farne a meno molto facilmente. Era stato proprio per questa ragione che non si era mai mostrato seriamente incline a cambiare le cose. Ma quando le era vicino... quando la sentiva nella stanza accanto, come adesso, tutti i suoi sensi fremevano improvvisamente per il desiderio di lei.

«Mary Ellen?» Socchiuse l'uscio del salottino che dava sulla facciata principale della casa, dove, a volte, lei lo aspettava il sabato pomeriggio. Di solito, accompagnava i bambini a casa di sua madre la mattina e poi rientrava per fare un bagno, arricciarsi i capelli e indossare le sue cose più belle per Jeremiah. I loro incontri avevano quasi un sapore di luna di miele, perché si vedevano soltanto una volta la settimana, o anche più di rado se qualcosa di grave era successo in una delle miniere oppure se Jeremiah era dovuto partire. Mary Ellen non era per niente contenta quando lui era lontano. Ogni notte, ogni mattina, ogni giorno, non faceva che aspettare quel weekend che trascorrevano insieme. Era curioso come, con il passare degli anni, avesse cominciato a dipendere sempre di più da lui. Ma non sapeva se Jeremiah se ne fosse accorto. Era troppo preso dall'attrazione fisica che Mary Ellen aveva su di lui per rendersi conto che, a poco a poco, si era fatta sempre meno indipendente. Gli piaceva venire a Calistoga a trovarla. Si trovava bene in quella casetta accogliente, anche se modesta e trasandata. Non solo, ma non l'aveva mai invitata ad andare da lui, a St. Helena. Anzi, Mary Ellen aveva visto la casa soltanto una volta. «Sei sicura che non sia sposato?» le aveva domandato spesso sua madre nei primi tempi. Ma tutti sapevano che Jeremiah Thurston non aveva mai avuto moglie. «E probabilmente non l'avrà mai», aveva brontolato la madre dopo i primi anni di quel legame. Adesso non brontolava più. Dopo sette anni di quelle notti del sabato, cosa c'era da dire? Non apriva più bocca, adesso, quando accoglieva in casa propria i nipotini — la maggiore, a quattordici anni, aveva pressappoco la stessa età alla quale Mary Ellen si era sposata.

Il ragazzo ne aveva dodici, e la bambina più piccola nove. Era soprattutto quest'ultima che aveva un'adorazione particolare per Jeremiah. Tuttavia erano abbastanza intelligenti da non parlare mai troppo di questo argomento con la nonna.

«Mary Ellen?» Jeremiah chiamò, rivolto verso il pianerottolo della scala. Era un po' strano che Mary Ellen non fosse giù, al pianterreno, ad aspettarlo. Allora, cominciò a salire lentamente i gradini per raggiungere le tre piccole camere da letto, una per lei, una per le figlie e una per il maschio, camere che, messe tutte insieme, erano ben più piccole di ciascuna delle stanze della casa di Jeremiah. Tuttavia Jeremiah, già da molto tempo, aveva smesso di sentirsi in colpa per questo. Mary Ellen provava uno strano orgoglio, tutto speciale, a mantenersi da sola e, in quella casetta, non era mai stata infelice. Le piaceva. Probabilmente le piaceva di più vivere lì piuttosto che nella casa di Thurston. Nella sua c'era più calore o, almeno, così pareva a lui. Quella che Jeremiah si era costruito, era sempre rimasta una grande costruzione disabitata. Del resto, lui stesso occupava soltanto poche delle sue stanze. Quella era stata una casa costruita per tanti bambini, risate e chiasso, mentre era rimasta silenziosa per quasi vent'anni... Ben diversamente da questa, che mostrava i segni dell'uso ma anche della premura e dell'attenzione, oltre alle tracce lasciate da piccole dita infantili sulle pareti, che un tempo erano state dipinte di rosa. Ma, adesso, anche quelle macchie di sudiciume erano diventate parte integrante dell'arredamento e nessuno le notava più.

Jeremiah salì le scale con passo pesante. Quando bussò all'uscio della camera da letto di Mary Ellen, gli parve di sentire nell'aria un profumo di rose. Udì, in distanza, il sommesso canticchiare di una voce che ben conosceva. C'era! Per un attimo, assurdo e pazzesco, si era domandato se, proprio quel giorno, per la prima volta in sette anni, Mary Ellen non fosse lì ad aspettarlo. Invece c'era. E quanto aveva bisogno di lei! Bussò leggermente, sentendosi giovane e pieno di esitazione. Ecco quello che lei gli faceva provare! Quando veniva a trovarla, si sentiva sempre un po' ansante, con il fiato corto.

«Mary Ellen?» Stavolta la sua voce era dolce e morbida, quasi una carezza, quando le arrivò.

«Entra... sono nella...» Era stata lì lì per dire: «mia camera da letto», ma non era stato necessario aggiungere anche quelle parole perché lui era entrato, con le spalle aveva dato l'impressione di riempire tutta la stanza e le era parso che bastasse la sua presenza, soltanto, a fermarle il sangue nelle vene mentre alzava gli occhi a guardarlo, con la pelle dello stesso candore vellutato delle rose bianche che aveva messo vicino al letto e i capelli che assumevano riflessi ramati nel fascio della luce solare che entrava dalle finestre. Era stata sul punto di far scivolare un abito di pizzo sul corsetto, di pizzo anch'esso, che indossava sopra i mutandoni. Sembrava una ragazzina sotto lo sguardo di lui; d'un tratto arrossì violentemente e si voltò dall'altra parte, continuando a lottare contro il vestito che le si era impigliato intorno alle spalle. In genere era già pronta quando lui arrivava ma, stavolta, ci aveva messo più del previsto per cogliere le rose da mettere in camera da letto. «Sono quasi... ecco mi manca poco... oh, per amor del cielo... non ci riesco!» Sembrava piena di innocenza mentre lottava contro quel groviglio di pizzo e lui le andò vicino per aiutarla a far scendere garbatamente il vestito giù dalle spalle. Ma aveva appena cominciato quando il suo gesto cambiò direzione, di punto in bianco. Si trovò a tirare il vestito indietro e in su, dalla parte opposta a quella in cui avrebbe dovuto scendere, sfilandoglielo oltre i capelli ramati, morbidi come la seta, oltre la testa, scaraventandolo sul letto e appoggiando avidamente le labbra su quelle di lei, mentre la attirava contro di sé. Era straordinaria l'avidità che provava per lei ogni settimana, appena arrivato — gli pareva di abbeverarsi alla morbidezza cremosa della sua carne, di inebriarsi al profumo di rosa dei suoi capelli. Pareva che sempre, tutto, in lei profumasse di rose; che riuscisse — non si sa come — a fargli dimenticare che aveva anche un'altra vita, all'infuori di questa. I bambini, il lavoro, lotte e fatiche erano tutti dimenticati mentre giaceva fra le braccia di lui, una settimana dopo l'altra, un anno dopo l'altro, fissandolo in quegli occhi che amava e che non erano mai riusciti completamente a esprimere fino a che punto lui l'amasse. Tuttavia Mary Ellen lo conosceva bene, come lui sapeva di conoscersi. Voleva la sua solitudine, la sua libertà, i suoi vigneti e le sue miniere, Jeremiah, e non una vita quotidiana sempre con la stessa donna e con tre bambini che non aveva generato. Era troppo impegnato per questo, troppo preso dall'impero che aveva costruito e continuava a costruire. Mary Ellen lo rispettava per ciò che Jeremiah era. E gli voleva tanto bene da non domandargli quello che lui non si sentiva di concederle. Piuttosto, prendeva soltanto quello che le dava: una notte la settimana, piena di un abbandono che non avrebbero mai provato se avessero condiviso la vita di tutti i giorni, e che esaltava, ravvivandola ancora di più, la loro passione. A volte, Mary Ellen si chiedeva se le cose sarebbero andate diversamente nel caso avesse potuto avere un figlio da Jeremiah, ma era inutile pensarci. Non poteva averne un altro, il dottore aveva detto che era fin troppo pericoloso prendere addirittura in considerazione quest'eventualità; e, quanto a lui, non pareva che lo desiderasse — perlomeno non gliene aveva mai accennato anche se era sempre gentile con i suoi figli, quando li vedeva. Ma, quando veniva lì, da lei, non era ai bambini di Mary Ellen che Jeremiah pensava. A occupare completamente il suo cervello, a sommergere addirittura i suoi sensi, pareva che fosse soltanto ciò che vedeva adesso davanti a sé — quella pelle profumata di rose, delicata come un'antica pergamena, gli occhi verdi come smeraldi che si fissavano ardenti nei suoi mentre, come adesso, la distendeva dolcemente sul letto e cominciava a slacciare i nastri rosa del corsetto. Questo si staccò dal corpo di Mary Ellen con facilità sorprendente sotto le dita esperte di Jeremiah, e i mutandoni le scivolarono giù dalle lunghe gambe snelle e aggraziate... ed eccola, finalmente, nuda, con quella sua pelle lucente, davanti a lui. Ecco quello per cui era venuto... per divorarla con gli occhi, la lingua e le mani mentre lei giaceva ansimante, con il respiro mozzo, sotto di lui, spasimando perché lui la possedesse. Quel giorno, poi, Jeremiah la desiderava ancora più di quanto non l'avesse desiderata da molto tempo; era come se non riuscisse a saziarsi, ad averne abbastanza, come se non si stancasse mai di aspirare profondamente l'aroma dei suoi capelli, della sua carne, del suo profumo, che gli dava alla testa. Voleva respingere in un angolo del cervello le memorie della fidanzata morta tanto tempo prima, come il ricordo della notte colma di dolore che aveva passato con John Harte; e, per farlo, gli occorreva Mary Ellen. Lei intuì che Jeremiah aveva avuto una settimana difficile anche se non ne sapeva il motivo e, come sempre, cercò di dargli qualcosa di più di se stessa per colmare quel vuoto che istintivamente sentiva in lui. Non era una donna che avesse facilità ad esprimere a parole le sue impressioni, eppure possedeva una capacità di comprensione, nei confronti di Jeremiah, che era profondissima, quasi animalesca.

Distesa fra le sue braccia, insonnolita, saziata, alzò lentamente gli occhi a guardarlo e gli accarezzò dolcemente la barba. «Stai bene, Jeremiah?»

Lui sorrise perché capiva che Mary Ellen lo conosceva bene. «Adesso sì... grazie a te... sei straordinariamente buona con me, Mary Ellen...»

Lei si rallegrò di queste parole, come se Jeremiah comprendesse realmente quello che cercava di dargli. «È successo qualcosa di grave?»

Per un attimo che parve interminabile lui esitò. Ciò che provava, riguardo alla notte appena passata, gli pareva stranamente intrecciato ai sentimenti che aveva provato per Jennie — eppure era passato talmente tanto tempo che, adesso, gli pareva curioso che le sue emozioni di allora dovessero riaffiorare alla superficie in questo modo. Eppure tutto ciò che era accaduto gli ricordava con estrema vivezza le vicende di diciotto anni prima. «Ho avuto una nottata difficile. Sono stato con John Harte...»

Lei, per un attimo, parve stupita e, sempre restandogli vicina, si tirò su, appoggiata a un gomito. «Non sapevo che vi parlaste.»

«Sono andato da lui ieri sera. Ha perduto la moglie e la bambina...» ebbe un attimo di esitazione e chiuse gli occhi, perché aveva ancora vivo il ricordo del visino del piccolo Barnaby appena spirato, «... e anche il bambino, dopo che ero andato da lui...» Senza che lo volesse una lacrima gli colò lenta sulla faccia e Mary Ellen la sfiorò delicatamente con la punta di un dito. Poi prese Jeremiah fra le braccia. Com'era grande e robusto, com'era forte, che uomo era... eppure quanta gentilezza, quanta dolcezza aveva in sé! Mary Ellen si accorse di amarlo ancora di più per quella lacrima e per quelle che seguirono, mentre continuava a tenerlo stretto tra le braccia. «Era così piccino...» Jeremiah cominciò a singhiozzare per il bambino al quale aveva chiuso gli occhi e strinse forte Mary Ellen contro di sé, imbarazzato da quella commozione che non riusciva più a controllare. Come se qualcosa avesse cominciato a sgorgare dal profondo, dentro di lui, e adesso dilagasse ovunque, come un'inondazione. «Quel povero figliolo li ha persi tutti e tre nello stesso giorno... » A poco a poco quel fiotto di lacrime disperate cominciò a placarsi e Jeremiah, dopo essersi seduto sul letto, guardò Mary Ellen.

«È stato un gran bel gesto da parte tua andare a trovarlo, Jeremiah. Non ti toccava farlo né ci eri costretto.»

«Ho capito quello che doveva provare.» Mary Ellen sapeva tutto di Jennie perché Hannah gliene aveva parlato. Hannah conosceva Mary Ellen da quando era una bambina e si incontravano spesso al mercato di Calistoga. Però Jeremiah non le aveva mai accennato a Jennie. «Anche a me, una volta, è accaduto qualcosa di simile.»

«Lo so.» La voce di Mary Ellen era tenera e lieve come i petali di rosa accanto al suo letto.

«L'ho sempre pensato che tu lo sapessi.» Jeremiah le sorrise e si asciugò la faccia bagnata di lacrime. «Mi spiace...» Adesso era imbarazzato, però si sentiva meglio di quanto non si fosse sentito per tutto il giorno. Stare con Mary Ellen gli faceva bene; e poi, lo aveva aiutato. «Povero ragazzo, adesso dovrà affrontare dei momenti duri.»

«Riuscirà a venirne fuori.»

Jeremiah annuì e poi la guardò. «Lo conosci?»

Lei scrollò la testa. «L'ho visto varie volte in città, ma non ci siamo mai parlati. Ho sentito dire che è cocciuto come un mulo e cattivo e maligno almeno il doppio. Uomini del genere non crollano facilmente, malgrado tutto quello che gli può capitare.»

«Non sono convinto che sia realmente maligno e cattivo. Ma, piuttosto, credo che sia molto giovane e pieno di entusiasmo. Un uomo che... quello che vuole, vuole... quando e come lo vuole!» Jeremiah sorrise. «Non mi garberebbe lavorare per un individuo del genere, però ammiro ciò che ha fatto.»

Mary Ellen si strinse nelle spalle. Non provava un particolare interesse per John Harte. Jeremiah Thurston la interessava molto di più. «Io ammiro te.» Sorrise e gli si rannicchiò più vicino.

«Non so per quale motivo puoi ammirarmi! Io sono quel vecchio mulo del quale stavi parlando prima.»

«Ma sei il mio mulo, e ti amo.» Le faceva piacere dire cose del genere, e non tanto per farle sentire a lui quanto perché le servivano a rassicurare se stessa. Jeremiah non era mai stato realmente suo, e Mary Ellen lo sapeva; tuttavia — una volta la settimana — le era concesso di fingerlo e ciò le bastava e le dava soddisfazione. D'altra parte, non si poteva certo dire che avesse molta scelta! C'era stata un'occasione in cui Jeremiah le aveva proposto il matrimonio ma lei, allora, non ne aveva voluto sapere, e adesso il momento opportuno era passato. Jeremiah era contento di vederla una volta la settimana. Adesso che Jake era morto, e non sarebbe mai più tornato, Mary Ellen avrebbe sposato con gioia Jeremiah, ma sapeva che, ormai, lui non le avrebbe più offerto il matrimonio. Era qualcosa che non desiderava più; e lei aveva già rinunciato da parecchio tempo a questa speranza. Era stata una vera stupida a non insistere per ottenerlo fin dal principio. Ma, a quell'epoca, aveva creduto che Jake sarebbe tornato... quell'ubriacone, quel figlio di puttana...

«Si può sapere a che cosa stavi pensando un momento fa?» Jeremiah l'aveva osservata attentamente, guardandola in faccia. «Sembravi arrabbiata.»

Mary Ellen scoppiò a ridere di fronte a tutta quella perspicacia! Jeremiah era sempre stato un attento osservatore. «Niente di importante.»

«Ce l'hai con me, per caso?» Lei fu pronta a fare segno di no con la testa, rivolgendogli un dolce sorriso. Capitava raramente che Jeremiah le desse motivo di essere in collera con lui. Con Jake, era stata tutt'altra storia. Che bastardo si era dimostrato! Ma adesso Jake era morto. Aveva sprecato quindici anni della sua vita per lui, cinque dei quali trascorsi ad aspettare che tornasse a casa quando, poi, era risultato che viveva con un'altra donna nell'Ohio. Tutto questo Mary Ellen era venuta a saperlo dopo la morte di Jake, perché l'altra era venuta a trovarla. Jake aveva perfino avuto due bambini da lei. E Mary Ellen si era sentita un'autentica, maledettissima sciocca. Se pensava che non aveva mai voluto imporsi a Jeremiah, o forzarlo a prendere una decisione, nella illusione che suo marito sarebbe tornato... suo marito... che ironia...

«Non sono mai in collera con te, stupidone. Non me ne hai mai dato il motivo.» Era la verità. Jeremiah era un uomo adorabile, e con lei si era sempre mostrato molto buono. Anche troppo. Era stato generoso, cortese, pieno di premure; tuttavia aveva anche sempre mantenuto certe distanze fra loro, come se non nutrisse alcuna speranza per il futuro. Esisteva soltanto l'oggi, per lui, e la settimana successiva, e adesso, alle loro spalle, si allungavano sette anni di sabati. Tutto questo non faceva andare in collera Mary Ellen; solo che, di tanto in tanto, se ne rattristava. Passava l'intera settimana ad aspettarlo!

«Presto dovrò andar via.» Glielo faceva sapere con un certo anticipo, perché era fatto così! Pieno di considerazione, rispettoso e premuroso.

«Dove vai, stavolta?»

«Nel Sud. Ad Atlanta.» Gli capitava spesso di andare a New York, e l'anno prima era anche andato una volta a Charleston, nella Carolina del Sud. Tuttavia non le aveva mai proposto di partire con lui. Gli affari erano gli affari. E poi, in questo caso, c'era anche qualcos'altro. «Non resterò via a lungo. Appena il tempo sufficiente per andare laggiù e tornare, e sbrigare i miei affari nel giro di pochi giorni. Dovrei cavarmela in un paio di settimane, tutto sommato.» Le sfiorò il collo con le labbra, poi la baciò. «Sentirai la mia mancanza?»

«Tu cosa ne dici?» La voce di Mary Ellen era soffocata dal desiderio; si abbandonarono di nuovo nel letto, l'uno stretto all'altra.

«Io dico che sono pazzo ad andare in qualsiasi posto, ecco quello che dico...» E glielo dimostrò di nuovo mentre Mary Ellen si abbandonava fra le sue braccia, fremeva e si contorceva... spasimando e gridando di un piacere talmente acuto e intenso che sarebbe stata udita dall'intero vicinato se Jeremiah non fosse stato tanto previdente da chiudere le finestre. La conosceva bene e sapevano godere entrambi completamente di quella notte del sabato sera che passavano insieme.

La mattina seguente, Jeremiah ebbe la sensazione di essere rinato, mentre Mary Ellen gli faceva cuocere, sulla vecchia stufa della cucina, salsicce e uova, una piccola bistecca, e pane di granturco. Jeremiah le aveva offerto di comprargliene una nuova, l'inverno precedente, ma lei aveva insistito di non averne bisogno. L'avidità non faceva parte del suo carattere, anche se questo fatto costituiva sempre un dispiacere per sua madre. Infatti non perdeva mai l'occasione di ricordare a Mary Ellen che Jeremiah era uno degli uomini più ricchi della California e lei la più grossa sciocca che mai fosse esistita. A Mary Ellen non importava niente. Aveva tutto ciò che desiderava... o, perlomeno, quasi... o, se non altro, una volta la settimana, ed era meglio che averlo ogni giorno con un uomo che valesse meno di lui. Non si lamentava, era libera di fare quello che voleva. Jeremiah non le domandava mai come passava il resto del suo tempo. Mary Ellen non vedeva nessun altro; non lo aveva mai fatto da anni e anni, ma questa era una sua scelta ben precisa. Se si fosse presentato un altro e le avesse dimostrato di voler fare sul serio, Mary Ellen non se lo sarebbe lasciato sfuggire. Jeremiah stava molto attento a non pretendere niente da lei.

«Quando parti?» Adesso Mary Ellen stava mangiando un po' del pane di granturco che aveva preparato e lo guardava fisso in faccia. Jeremiah aveva dei bellissimi occhi azzurri e, quando la fissava a quel modo, Mary Ellen si sentiva tutta un tremito, con le gambe che si piegavano.

«Fra pochi giorni.» Lui sorrise. Si sentì ristorato. Aveva dormito bene, ma solo dopo aver fatto l'amore con lei per parecchie ore. «Appena torno, te lo faccio sapere.»

«Mi raccomando! Non incontrare la ragazza dei tuoi sogni ad Atlanta.»

«Perché mai dovrei fare una cosa del genere?» Intanto aveva preso fra le mani la grossa tazza alta, con un manico solo, piena di caffè. Rise. «Dopo la notte che è appena passata, come puoi dire una cosa simile?»

Lei sorrise compiaciuta. «Non si può mai sapere!»

«Non fare la sciocca!» Si allungò attraverso il tavolo e la baciò sulla punta del naso; poi, mentre Mary Ellen si sporgeva verso di lui, intravide il profondo solco fra i suoi seni. Mary Ellen portava una vestaglia di raso rosa che le aveva comperato durante il suo ultimo viaggio in Europa, quando era andato a vedere i vigneti francesi. Insinuò una mano fra i seni e si accorse che erano ardenti al contatto con le sue dita. Un brivido gli corse da capo a piedi, un brivido al quale non seppe resistere. Depose la grossa tazza di caffè e, girando intorno al tavolo, le si avvicinò. «Che cosa stavi dicendo, Mary Ellen?...» La sua voce si era trasformata in un rauco sussurrio mentre la sollevava fra le braccia e si avviava alla scala stringendo al petto quel carico tanto irresistibile.

«Ho detto... non andare...» ma Jeremiah le fece morire le parole sulle labbra posandovi la bocca. Pochi attimi più tardi la distese di nuovo sul letto e le tolse con facilità la vestaglia di raso scoprendo il suo corpo nudo... Era difficile dire dove finiva la vestaglia e dove cominciava la morbidezza setosa della pelle di lei, tanto liscia e vellutata era al suo tocco, quando vi allungò contro il proprio corpo e la penetrò di nuovo. Ancora una volta il loro piacere ricominciò, e proseguì fino al crepuscolo, quando Jeremiah, finalmente, tornò a casa in groppa al suo cavallo, stanco, felice, appagato. Mary Ellen Browne gli era stata di grande aiuto e, mentre portava il cavallo nella stalla di St. Helena, l'angoscia e la sofferenza della sera precedente gli sembravano praticamente dimenticate. Poi entrò in casa e si accorse di avere a malapena la forza di togliersi gli abiti di dosso. E, quando lo fece, poté sentire ancora il profumo di rose di Mary Ellen sulla propria carne e si addormentò sorridendo e pensando a lei.

3

«E GUARDA di comportarti bene, mentre sei via!» Hannah gli lanciò un'occhiataccia e agitò minacciosamente un dito come se Jeremiah fosse un bambino. Lui rise.

«A sentirti, sembri Mary Ellen.»

«Forse perché tutte e due ti conosciamo a fondo!»
«Va bene, va bene, cercherò di comportarmi come si deve!»
Ma, mentre le allungava un pizzicotto alla guancia, aveva l'aria stanca. Era stata una settimana faticosa e Hannah lo sapeva. Jeremiah era andato al funerale della moglie e dei bambini di John Harte. Per di più, adesso c'era qualche caso della terribile influenza nelle miniere Thurston, ma finora nessuno era morto, e Jeremiah aveva costretto tutti a farsi visitare dal dottore, al primo insorgere di un lieve malessere. Avrebbe preferito rimandare il viaggio, ma non poteva. Orville Beauchamp aveva insistito, in risposta al telegramma mandatogli da Jeremiah, affermando che, se voleva concludere quell'affare, Thurston doveva andare da lui immediatamente. Quanto a Jeremiah era stato lì lì per rispondergli che, invece, andasse all'inferno; gli era persino saltato in mente di passare la trattativa, pari pari, a John Harte, ma questi non era in condizioni di discutere di affari, figuriamoci poi di intraprendere un viaggio. Quindi Jeremiah aveva finito per decidere di partire secondo il programma prestabilito e di prendere il treno per Atlanta. Ma non affrontava quel viaggio con piacere. Continuava a esserci qualcosa in quell'industriale della Georgia che lo infastidiva — indipendentemente dal fatto che le proposte ricevute erano ottime.

Si chinò a dare un bacio sulla testa ad Hannah, lanciò ancora un'occhiata alla cucina calda e accogliente, afferrò la valigia di cuoio in una mano e la consunta cartella nera dei documenti, in cuoio anche quella, nell'altra, stringendo il sigaro fra i denti e socchiudendo gli occhi per il fumo. Aveva un largo cappello nero, tanto calcato sulla fronte che gli scendeva fin quasi sugli occhi, e un aspetto quasi diabolico, quando si avviò rapidamente verso la carrozza che lo aspettava. Vi buttò dentro il suo bagaglio e, con un salto, salì a cassetta vicino al ragazzo che guidava i cavalli, togliendogli subito le redini di mano.

«Buongiorno, signore.»
«Buongiorno, figliolo.» Soffiò un fitta nuvola di fumo intorno a sé e sfiorò i fianchi dei cavalli con un colpetto di frusta; un momento più tardi erano partiti, avviandosi a passo piuttosto veloce sulla strada maestra. Jeremiah non parlò al ragazzo

mentre guidava; aveva già il pensiero rivolto alle trattative che doveva portare a termine ad Atlanta. Quanto al ragazzo, lo stava osservando letteralmente affascinato — fissava quegli occhi socchiusi, le rughe profonde che li segnavano ai lati, la fronte corrugata nella concentrazione, il cappello elegante, le spalle larghe, le mani grandi, e l'incredibile lindore e pulizia di tutta la sua persona. Il ragazzo pensò che era troppo pulito per aver fatto il minatore, eppure dicevano che, in passato, aveva lavorato in miniera anche lui. Era difficile immaginare un uomo così alto e robusto, dalla corporatura così possente, che si insinuava in uno degli stretti cunicoli di una miniera.

Avevano percorso all'incirca una metà della strada per Napa quando, finalmente, Jeremiah si voltò e gli sorrise. «Quanti anni hai, figliolo?»

«Quattordici.» Era emozionante trovarsi lì, seduto al suo fianco; al ragazzo piaceva il profumo del suo sigaro, gli sembrava pungente e mascolino. «Ecco... compirò quattordici anni in maggio.»

«Lavori duro in miniera?»

«Sì, signore.» La sua voce ebbe un lieve tremito; Jeremiah non gli aveva fatto quella domanda per accertarsi che dicesse la verità, ma soltanto perché stava ripensando alla propria vita, quando aveva quattordici anni.

«Lavoravo anch'io in miniera, alla tua età. È un lavoro faticoso per un ragazzo... per chiunque, a dire la verità. Ti piace?»

Ci fu una lunga pausa; poi, d'un tratto, il ragazzo decise di essere sincero. Provava un senso di fiducia per quell'uomo grande e grosso che fumava il sigaro; aveva un'aria gentile che incoraggiava. «Nossignore. Non mi piace. È un lavoro sporco. Quando sarò grande voglio fare qualcosa d'altro.»

«Cosa, per esempio?» Jeremiah era incuriosito da quello strano ragazzo e dalla sua schiettezza.

«Qualcosa di pulito. Magari lavorare in una banca. Mio papà dice che quello è un lavoro da uomo senza spina dorsale ma io credo che mi piacerebbe. Sono bravo a fare i conti. Riesco a fare le somme nella mia testa più in fretta di molte persone che le scrivono sulla carta.»

«Davvero?» Jeremiah tentò di conservare un'espressione seria, ma i suoi occhi rivelarono che era divertito. C'era una tale passione, un tale entusiasmo, in quel ragazzo, che ne era commosso. «Ti piacerebbe aiutarmi, qualche volta, il sabato mattina?»

«Aiutare lei?» Il ragazzo pareva sbalordito. «Oh, sì, signore!»

«Di solito io, il sabato, arrivo verso mezzogiorno perché c'è più tranquillità. Al mio ritorno, vieni a trovarmi qualche sabato mattina. Potrai aiutarmi un po' con le cifre e con i libri contabili. Io non sono rapido come te a fare le somme.» Jeremiah scoppiò a ridere. D'un tratto gli occhi neri del ragazzo erano diventati rotondi come monete da un quarto di dollaro. «Cosa te ne sembra di questa proposta?»

«Meravigliosa!... fantastica!...» A questo punto si era messo praticamente a saltare su e giù sul sedile vicino a Jeremiah; poi, d'un tratto, si era immobilizzato, ricordandosi che doveva frenarsi e assumere un contegno un poco più maturo, da uomo. Jeremiah aveva trovato divertente anche questo. Il ragazzo gli piaceva. A dir la verità, quasi tutti i bambini gli piacevano e lui piaceva a loro. Intanto, mentre incitava i cavalli ad allungare il passo verso Napa, si scoprì a pensare ai figli di Mary Ellen. Erano simpatici e lei li aveva educati molto bene. Aveva un fardello molto pesante da portare sulle spalle, Jeremiah lo sapeva. Eppure non gli aveva mai permesso di aiutarla. Indubbiamente Jeremiah non aveva mai fatto niente per quel che riguardava i bambini. I suoi unici rapporti con loro erano avvenuti quando, saltuariamente, andavano tutti insieme a fare un picnic la domenica pomeriggio. Non era presente, lì in casa, quando erano ammalati oppure quando combinavano qualche guaio a scuola, quando Mary Ellen doveva assisterne uno che stava male, o li sculacciava o li coccolava, prendendoli in braccio. Jeremiah li vedeva soltanto vestiti con i loro abiti più belli, gli abiti della domenica, ma anche questo capitava di rado. Finì per domandarsi se l'aveva delusa, in questo, se aveva sbagliato nel non pensare di aiutarla di più con i bambini. Eppure Mary Ellen non gli aveva mai dato l'impressione di aspettarselo da lui. Non si aspettava niente di più di quello che otteneva — il corpo di Jeremiah avvinghiato al proprio nel sublime, squisito piacere di quei due giorni la settimana nella casetta di Calistoga. Poi, mentre entravano in Napa d'un tratto, come se pensasse che il ragazzo poteva leggere nella sua mente, Jeremiah gli scoccò uno sguardo turbato.

«Ti piacciono le ragazze, figliolo?» Non sapeva il nome del ragazzo e non voleva domandarglielo. In fondo, non gli occorreva saperlo; ma sapeva di chi era figlio. Suo padre era uno dei suoi minatori più capaci e fidati, un uomo che aveva altri nove figli, in maggioranza femmine. Il ragazzo era il più giovane dei tre che lavoravano nelle miniere Thurston.

Il ragazzo si strinse nelle spalle. «Sono quasi tutte stupide. Io ho sette sorelle e per la maggior parte sono delle vere e proprie sciocche.» Jeremiah rise a quella risposta.

«Non tutte le donne sono delle sciocche. Credimi, figliolo, lo sono molto, ma molto meno, di quello che ci fa comodo credere. *Molto, ma molto meno!*» Poi scoppiò in una risata scrosciante e diede un lungo tiro al suo sigaro. Effettivamente non c'era niente di sciocco o di stupido in Hannah, o in Mary Ellen, o in gran parte delle altre donne che conosceva. Anzi, erano talmente furbe da riuscire a nascondere con grande abilità la loro furbizia! Gli piaceva, questo, in una donna — la pretesa di essere semplice, fragile, bisognosa di aiuto quando, in realtà, sotto sotto, c'era in lei un'intelligenza lucida e acuta. Si divertiva a stare al gioco. Poi, di colpo, si accorse che, forse, era proprio questo il motivo per cui non aveva mai realmente desiderato di sposare Mary Ellen. Perché, a lei, questo era un gioco che non piaceva. Mary Ellen non stava alle regole. Era diretta, incisiva, andava subito allo scopo, tenera, affettuosa, di una sensualità diabolica, ma non sapeva mai circondarsi di mistero. Jeremiah aveva capito esattamente che cosa poteva ottenere da lei, come e fino a che punto fosse brillante e intelligente, ma niente di più... niente da indovinare, o da scoprire, nessuna congettura da fare, nessun piccolo, imprevedibile dissenso nascosto sotto quelle trine. Era sempre stato qualcosa che lo aveva incuriosito e meravigliato. Perlomeno in quegli ultimi anni, Jeremiah aveva cominciato ad accorgersi che le cose complicate e complesse gli piacevano più di una volta e si era spesso chiesto se fosse un segno di vecchiaia. Questo pensiero lo divertì. Scrutò di nuovo il ragazzo con un sorriso pieno di saggezza. «Non c'è niente di più bello di una bella donna, figliolo», disse, ridendo di nuovo, «all'infuori, forse, di un prato pieno di fiori selvatici sul verde pendio ondulato di una collina.» Ne stava contemplando proprio uno in quel preciso momento e, quando passarono oltre, sentì una fitta di dispiacere al cuore. Detestava l'idea di lasciare la sua terra e di partire. Ci sarebbe sempre stato un pezzettino mancante dalla sua vita, dalla sua anima, fino a quando non ci fosse tornato. «E la terra, figliolo, ti piace?»

Il ragazzo non sembrò particolarmente colpito e, non avendo ben afferrato ciò che Jeremiah voleva dire, pensò che era più sicuro non rischiare oltre. Era già stato fin troppo sincero, addirittura sfacciato, per quella mattina e, adesso, doveva anche conservarsi quella promessa dei sabati mattina futuri. «Sì.» Ma Jeremiah capì dal tono fiacco in cui il ragazzo aveva pronunciato quella parola che non aveva capito niente di ciò che lui, Jeremiah, aveva voluto dire... la campagna... la terra... Ricordava ancora il brivido di piacere che gli correva lungo la schiena, all'età di questo ragazzo, quando raccoglieva un manciata di terriccio e la stringeva fra le dita... «Tutto questo è tuo, figliolo, tuo... tutto... ricordati di averne sempre una grande cura...» La voce di suo padre gli riecheggiò nelle orecchie. Aveva cominciato con qualcosa di talmente piccolo... e poi si era ingrandito. Aveva aggiunto e migliorato e, adesso, era il proprietario di vasti appezzamenti di terreno in una valle che amava. Ma tutto ciò era qualcosa che doveva nascere in te, con te, nella tua anima, crescere con te, non qualcosa che si poteva acquisire in seguito. Lo affascinava il fatto che si trattasse di qualche cosa che non tutti gli uomini avevano e ormai se ne era accorto da anni. Quanto alle donne poi non ce n'era una sola che lo avesse. Mai e poi mai capivano la passione per «tutto quel fango sudicio» come una di esse aveva chiamato la terra! Non lo avevano mai capito, come non lo capiva il ragazzo seduto a cassetta di fianco a lui, ma Jeremiah non ci badò. Probabilmente, un giorno, il ragazzo sarebbe andato a lavorare in una banca e sarebbe stato felice di divertirsi con carte, documenti e cifre per il resto della sua vita. Non c'era niente di male in questo. Ma se Jeremiah avesse avuto la possibilità di fare quel che voleva, avrebbe continuato a lavorare la terra per la vita intera, a girare per i suoi vigneti, a scendere nelle sue miniere, tornando a casa, la sera, stanco morto, ma felice fino in fondo al cuore. Il lato commerciale e le trattative d'affari del suo lavoro lo interessavano molto meno della bellezza naturale e della fatica manuale che era necessaria per conservarla tale.

Era quasi mezzogiorno quando arrivarono a Napa. Prima erano passati davanti alle fattorie dei sobborghi, poi alle case più ricche ed eleganti di Pine Street e di Coombs Street, con i prati ben curati e gli alberi perfettamene potati che circondavano ampie e belle costruzioni, non molto dissimili dalla casa di Jeremiah a St. Helena. La differenza stava nel fatto che quella di Jeremiah aveva l'aspetto di una casa non amata e non usata: era l'abitazione di uno scapolo e questo, bene o male, si vedeva, perfino dal di fuori, malgrado tutto ciò che Hannah faceva. Era il luogo in cui Jeremiah viveva e dormiva. Ma la sue miniere e i suoi terreni avevano per lui molta più importanza, e lo si capiva; l'influenza di Hannah si sentiva soltanto nella cucina, comoda e accogliente, e nell'orto. Qui a Napa, invece, al governo delle case c'erano sagge matrone che provvedevano ad avere sempre le tende di pizzo fresche di bucato alle finestre, i giardini traboccanti di fiori, l'ultimo piano affollato di bambini. Le case erano molto belle e per Jeremiah era sempre un piacere passarvi davanti. Conosceva molte delle persone che vi abitavano, ed esse conoscevano lui, ma la sua esistenza era più agreste di quella che facevano loro, lì a Napa.

Si fermò davanti alla banca di Napa in First Street prima di raggiungere il piroscafo e ritirò il denaro che gli occorreva per il viaggio ad Atlanta. Lasciò il ragazzo fuori, con la carrozza, e uscì, pochi minuti più tardi, con aria soddisfatta. Diede una rapida occhiata all'orologio che portava nel taschino. Avrebbero dovuto spicciarsi per prendere il battello per San Francisco. Il ragazzò provò un piacere speciale nell'incitare i cavalli per Jeremiah, mentre questi scorreva rapidamente alcuni giornali. Ci misero pochissimo tempo ad arrivare al posto e qui Jeremiah scese d'un balzo e afferrò le sue valigie. Per un attimo sorrise al ragazzo. «Allora ci vediamo il primo sabato dopo il mio ritorno. Vieni alle nove del mattino.» Poi, d'un tratto, ricordò il suo nome. Si chiamava Danny. «Allora ci vediamo, Dan. E cerca di star bene e di riguardarti durante la mia assenza.» Subito gli venne in mente Barnaby Harte, che era morto d'influenza, e sentì un nodo alla gola mentre il ragazzo gli rivolgeva uno sguardo raggiante. Poi Jeremiah si allontanò rapidamente e salì sul battello per San Francisco. Aveva fatto riservare una piccola cabina, come sempre per i viaggi in città, e senza perdere tempo si mise a sedere e tirò fuori dalla cartella di cuoio un grosso fascio di carte. Aveva una quantità di lavoro da smaltire nelle cinque ore che sarebbero state necessarie per raggiungere San Francisco. Il *Zinfandel* era un bellissimo battello, e Danny rimase a guardare, affascinato, la ruota a pale mentre si staccava dalla banchina.

All'ora di cena, Jeremiah uscì dalla sua cabina e andò a sedere a un tavolino, da solo. Una donna che viaggiava con la bambinaia e quattro bambini lo occhieggiò parecchie volte dall'altro capo della sala, ma non sembrò che lui vi facesse caso fino a quando la giovane matrona, lasciando la sala da pranzo, gli lanciò un'occhiata sdegnosa, irritata di non aver fatto colpo su quell'uomo bellissimo, che sembrava un gigante.

Poi Jeremiah rimase fuori, sul ponte, per un po', a fumare un sigaro dopo l'altro e a osservare le luci della città mentre attraccavano a San Francisco. Pareva che i suoi pensieri tornassero a Mary Ellen più frequentemente di quel che non gli capitava di solito quando era lontano da lei; quella sera si sentì curiosamente solo mentre lo *Zinfandel* si accostava alla banchina. Appena sceso, prese la carrozza dell'albergo per raggiungere il *Palace Hotel*, dove lo attendeva la sua solita suite. Di tanto in tanto non gli dispiaceva una visitina in qualche casa di malaffare, se la tenutaria era una donna per la quale provava una simpatia particolare ma, stavolta, non aveva voglia di andarci. Preferì, invece, restare nella propria camera a contemplare la città dalla finestra e a tornare con il pensiero agli anni trascorsi. Dalla notte passata con John Harte, si era sentito di umore malinconico e perfino adesso faticava a scrollarselo di dosso, anche se, lì a San Francisco, si sentiva lontano anni luce da Napa Valley, con la sua bellezza e i suoi affanni.

Alla fine, incapace di chiudere occhio, Jeremiah decise di scendere a fare un giro nel salone affollato di persone vestite lussuosamente: donne che mettevano in mostra gioielli stupendi, gruppi che tornavano da aver cenato più tardi del solito, altri ancora che rientravano dal teatro o dalle serate di gala. Lì, al pianterreno dell'albergo, l'atmosfera era quella di gente in vacanza. Jeremiah uscì a fare quattro passi in Market Street e poi rientrò per andare a dormire. L'indomani doveva affrontare molti appuntamenti di affari prima di prendere il treno della sera. Non pensava affatto con piacere al lungo viaggio fino ad Atlanta, che lo avrebbe costretto a restare relegato in una carrozza chiusa. I treni lo infastidivano sempre tanto che, con un sorriso pieno di sensualità, prima di abbandonarsi al sonno, si domandò per quale motivo non avesse mai pensato di farsi accompagnare da Mary Ellen... be', era un'idea totalmente assurda... Mary Ellen non apparteneva a questo lato della sua vita... come nessun'altra donna... Non c'era posto per nessuno nella sua vita di lavoro... come nella sua vita privata... O, invece, sì? Non riuscì a decidere quale poteva essere la risposta giusta mentre si addormentava e, quando arrivò il mattino, se ne era già dimenticato. Provava soltanto un vago disagio quando suonò per ordinare la colazione. Questa arrivò mezz'ora più tardi, su un grande vassoio d'argento, insieme con la giacca che aveva mandato a stirare e le scarpe, lucidate alla perfezione. Impossibile dubitare che il *Palace* fosse uno degli alberghi più eleganti e raffinati di tutta l'America. Jeremiah già sapeva che, ad Atlanta, non ne avrebbe trovato uno che potesse stargli alla pari — anche se, tutto sommato, non se ne preoccupava molto. Quello che lo riempiva di terrore era il pensiero delle sei giornate di viaggio interminabili, sul treno per la Georgia.

Visto che su quello che avrebbe preso non erano disponibili scompartimenti privati, aveva riservato un'intera carrozza. A una estremità era stato sistemato un piccolo buffet; un altro settore era stato arredato uso ufficio, con una scrivania dove poter lavorare mentre il treno viaggiava, e c'era anche un letto che, volendo, si poteva nascondere. Quando era su un treno, Jeremiah si sentiva sempre un animale in gabbia. Quanto ai pasti, che venivano serviti nelle stazioni lungo il percorso, erano quasi immangiabili. L'unico vantaggio di un viaggio del genere era quello di vedersi offrire un'opportunità perfetta di lavorare, perché non ci sarebbe stato nessuno con cui essere obbligato a chiacchierare durante i sei giorni necessari ad attraversare l'America.

Era già incredibilmente stanco del viaggio quando, durante il secondo giorno di treno, scese nella stazione di Elko, nel Nevada. Entrò nel ristorante per consumare rapidamente un pranzo che, già lo prevedeva, sarebbe stato indigesto, perché composto soltanto di piatti di fritto, come tutti i pasti che offrivano i buffet delle stazioni. Improvvisamente notò una donna piena di un fascino straordinario. Sembrava sui trentacinque anni, era piccola di statura, di forme minute e aveva i capelli nerissimi, come i suoi. Gli occhi, molto grandi, erano viola e la pelle morbida e vellutata. Jeremiah osservò che era vestita con grande eleganza: indossava un abito di velluto che poteva esser stato confezionato soltanto a Parigi. Si scoprì a fissarla quasi di continuo durante il pranzo e non riuscì a trattenersi dal rivolgerle la parola mentre uscivano contemporaneamente dal ristorante, di fretta, per non perdere il treno. Jeremiah le tenne la porta spalancata e lei gli rivolse un sorriso. Poi arrossì, cosa che Jeremiah trovò stranamente dolce e commovente.

«Noioso, vero?» le disse, mentre raggiungevano il treno.

«Diciamo, piuttosto, che è al limite del sopportabile!» La sconosciuta si mise a ridere e Jeremiah, dall'accento, pensò che fosse inglese. Aveva un grosso zaffiro sfaccettato, bellissimo, all'anulare della mano sinistra. Ma Jeremiah non riuscì a vedere la fede nuziale. Fu talmente incuriosito da quella donna, che cominciò a girellare per il treno, nel pomeriggio, con la speranza d'incontrarla. La trovò che leggeva un libro sorseggiando una tazza di tè. Alzò gli occhi a guardarlo con evidente sorpresa e Jeremiah le rivolse un sorriso, dall'alto della sua statura, sentendosi improvvisamente pieno di timidezza. Non sapeva bene cosa dirle e non aveva fatto che pensare a lei per tutto il pomeriggio, cosa che gli capitava piuttosto di rado. Ma in quella donna c'era qualcosa di magnetico e di stranamente irresistibile. Jeremiah se ne stava accorgendo, adesso, impalato lì, davanti a lei. D'un tratto, la sconosciuta gli indicò con un gesto un posto vuoto che aveva di fronte. «Perché non si accomoda?»

«Le dispiace?»

«No, affatto.»

Allora Jeremiah si mise a sedere. Si presentarono. Lei si chiamava Amelia Goodheart. Jeremiah venne ben presto a sapere che era vedova da più di cinque anni e andava a far visita a una figlia che viveva nel Sud. Voleva vedere il suo secondo nipotino, nato da poco. Il primo, invece, era nato qualche settimana prima a San Francisco. Amelia Goodheart viveva a New York.

«Mi sembra che la sua famiglia sia sparsa qua e là in un modo terribile!» Le sorrise e si mise a chiacchierare del più e del meno. Ma era affascinato dal suo sorriso e da quegli occhi stupendi e pieni di incanto.

«Anche troppo per i miei gusti! Le mie due figliole più grandi si sono sposate l'anno scorso. Gli altri tre ragazzi vivono ancora a casa, con me.» Aveva quarant'anni ed era una delle donne più incantevoli che Jeremiah avesse mai visto. Mentre il treno proseguiva la sua corsa, ne era sempre più ammaliato. Arrivò l'ora di cena prima che si imponesse di alzarsi di lì, facendo uno sforzo su se stesso. E la invitò, senza troppi preamboli, a cenare con lui nella prossima città in cui avrebbero fatto sosta. Lasciarono il treno sottobraccio e Jeremiah, mentre Amelia camminava al suo fianco, si accorse di essere profondamente turbato. Era una di quelle creature che suscitavano il desiderio di proteggerle e difenderle da ogni male... ma anche, al tempo stesso, di mostrarle con orgoglio, dicendo: «Guardate, è mia!» Sembrava inconcepibile che fosse in grado di sopravvivere anche soltanto per un'ora, così sola senza l'aiuto di nessuno. Eppure era spiritosa e divertente, piena di calore umano, dotata di una intelligenza acuta e penetrante come un lama di pugnale. Jeremiah si sentiva quasi uno scolaretto mentre chiacchieravano, uno scolaretto pronto a mettersi in ginocchio davanti a lei e ad adorarla. Ne rimase talmente infatuato che la invitò nella sua carrozza privata, dopo cena, a prendere una tazza di tè. Mentre il treno riprendeva la sua corsa, Amelia si mise a parlare di suo marito con affetto e tenerezza. Chiacchierando con Jeremiah, ammise molto schiettamente di essersi abituata a dipendere in modo totale da lui, mentre adesso si imponeva lo sforzo di viaggiare per il mondo da sola — in questo caso, per andare in visita dalle sue figlie maggiori. Si capiva subito che, per lei, questa era la prima grande avventura che affrontava da sola e che, almeno in parte, ne era molto divertita. Anzi, cominciava a domandarsi perché non lo avesse fatto prima! Perfino i piccoli inconvenienti del viaggio non le parevano sgradevoli da sopportare. La sua intelligenza le consentiva di adattarsi senza difficoltà a qualsiasi circostanza e Jeremiah, guardandola, ebbe la conferma che Amelia era la donna più meravigliosa che gli fosse mai capitato di incontrare.

Era la prima volta da molti anni che qualcuno era riuscito a fargli dimenticare completamente Mary Ellen. Com'erano differenti, le due donne! Una semplice e leale, avvezza alle difficoltà, sicura e forte; l'altra con una personalità più complessa, elegante, istruita e piena di stile... ma, a modo proprio, non meno sicura e forte di Mary Ellen. In ogni caso, doveva confessarsi che lo attiravano entrambe. Adesso, però, era Amelia a richiamare tutto il suo interesse. Lei accennò al fatto di avere con sé soltanto una cameriera; un'anziana cugina, con la quale avevano combinato di fare il viaggio insieme, si era ammalata. Amelia, allora, aveva deciso di partire ugualmente. Voleva vedere le sue figliole e «tutto sommato, non avevo affatto bisogno di portare con me un'altra donna. Fra l'altro, mi sembrava piuttosto improbabile che la cugina Margaret fosse in grado di prendersi cura di me.» Scoppiò in una risata a quell'idea e Jeremiah sorrise. Eppure c'era qualcosa di fragile e vulnerabile in quegli occhi viola... tanto che, improvvisamente, sentì un gran desiderio di prenderla fra le braccia. Ma non ne ebbe il coraggio. Invece si misero a parlare dell'Europa e di Napa, dei vini di Jeremiah, della sua infanzia, dei figli di Amelia e, ancora, del lavoro di lui. Jeremiah avrebbe voluto restare lì con Amelia, a chiacchierare, chissà fino a quando ma, poco dopo mezzanotte, notò che lei soffocava uno sbadiglio. Ormai erano insieme da quasi otto ore eppure Jeremiah si rammaricava all'idea di accompagnarla fino alla sua carrozza e di salutarla.

«Pensa che possa occorrerle qualche cosa?» Sembrava preoccupato e lei sorrise.

«Credo proprio di no!» Poi, con un sorriso ancora più caldo, aggiunse: «Ho passato ore molto piacevoli. La ringrazio». Gli strinse la mano e Jeremiah si accorse di nuovo, all'improvviso, di quanto fosse intenso il profumo di Amelia. Lo aveva già notato nella sua carrozza privata e lo notò ancora quando entrarono in quella di lei. Era un aroma intenso, vagamente esotico, con una punta asprigna ma, al tempo stesso, profondamente sensuale. E le si addiceva talmente che, quando si accorse — a notte fonda — del lieve effluvio che ne restava nella sua carrozza privata, gli parve quasi che Amelia fosse ancora lì, con lui. Mentre il treno continuava la sua corsa interminabile, rimpianse di non averla con sé.

Gli parve che quella notte non dovesse finire mai e attese che si levasse l'alba pensando alla signora elegante che aveva conosciuto e che si trovava, addormentata, in un'altra carrozza di quello stesso treno. Era moltissimo tempo che una donna non lo aveva più colpito così; alla prima fermata scese ansiosamente dal treno con la speranza di vederla camminare su e giù, nella fresca aria del mattino, sotto la pensilina, ma c'erano soltanto alcune cameriere con i cagnolini, due o tre uomini soli che si sgranchivano le gambe... e di Amelia nessuna traccia. Risalì nella sua carrozza privata sentendosi deluso come un bambino e, a mezzogiorno, percorse lentamente il treno da cima a fondo finché la scoprì intenta a leggere un libro e a bere una tazza di tè, di nuovo.

«Oh, eccola finalmente!» esclamò subito Jeremiah, usando le stesse parole di cui avrebbe potuto servirsi per un bambino smarrito, e lei alzò gli occhi a guardarlo con un radioso sorriso.

«Perché? Mi ero perduta?» Jeremiah si accorse, sorridendole, che trovava adorabile l'espressione dei suoi occhi.

«Per me, è come se lo fosse stata. È tutto il giorno che la cerco.»

«Sono sempre stata qui.» Jeremiah era impaziente di passare ancora un po' di tempo con lei e insistette per farsi riaccompagnare nella propria carrozza privata. Amelia non esitò a seguirlo, ma, d'un tratto, Jeremiah si domandò se non le stava creando una situazione imbarazzante. Dopotutto, lui era un uomo solo e nessuno poteva mai sapere chi fossero i propri compagni di viaggio... gli capitava raramente di pensare a cose del genere, ma non voleva danneggiare in nessun modo Amelia, o crearle delle difficoltà.

«Non sia sciocco, Jeremiah, non si può davvero dire che sono una ragazzina!» Lei non diede peso a queste preoccupazioni e accompagnò le sue parole con un gesto elegante della mano. Jeremiah si accorse che, quel giorno, aveva un bellissimo smeraldo. Non poté fare a meno di meravigliarsi che Amelia non avesse paura di portare oggetti tanto preziosi durante un viaggio in treno e che non mostrasse di avere preoccupazioni simili. I suoi interessi erano diversi: si occupava di argomenti più piacevoli e non provava curiosità per i pettegolezzi, come non soffriva delle mille paure di ogni altra donna. Verso la fine del secondo giorno che passavano insieme, Jeremiah scoprì di ammirarla incondizionatamente. Gli spiaceva, quasi, di non averla conosciuta prima, e glielo disse. Si accorse, mentre pronunciava queste parole, che Amelia ne era commossa. Lo sguardo che gli rivolse fu dolce come una carezza.

«Sono cose molto belle da sentirsi dire...»

«E vere, verissime da cima a fondo! Non ho mai conosciuto nessuna donna come lei... Ha più spirito e intelligenza di qualsiasi altra donna di mia conoscenza, Amelia.» La fissava con occhi pieni di tenerezza. «Suo marito è stato un uomo fortunato.»

«No, la fortunata ero io!» La sua voce era soave come un alito di vento, d'estate, e Jeremiah le tese una mano. Restarono in silenzio, mentre fuori dal finestrino la campagna fuggiva sempre più rapida, a guardarsi negli occhi dimenticando tutto il resto del mondo.

«Non ha mai pensato a sposarsi di nuovo?»

Lei scrollò la testa con un sorriso pieno di dolcezza. «Veramente, no. Sono contenta della mia vita, così com'è. Ho i miei figli che mi rallegrano, mi tengono impegnata, mi danno un gran daffare... la casa... le amicizie...»

«Dovrebbe esserci anche qualcosa di più.» Si scambiarono un altro lungo sorriso e Jeremiah le sfiorò dolcemente le dita con una carezza. Amelia aveva mani stupende e non c'era da stupirsi se il marito le aveva regalato tutti quegli anelli magnifici. Li portava molto bene, come gli abiti costosi che indossava. E, mentre la guardava, d'un tratto Jeremiah si domandò come sarebbe stato essere sposato con una donna del genere. Era strano pensare a lei laggiù, a Napa, eppure... Tornare a casa, da lei, dopo aver lavorato alle miniere tutto il giorno.

«Che cosa stava pensando, adesso?» Ad Amelia piaceva l'espressione degli occhi di lui, perché erano di una profondità incommensurabile.

«Pensavo a Napa... alle mie miniere... come sarebbe la vita se la avessi laggiù...»

Lei parve stupita da queste parole, ma poi sorrise. «Suppongo che sarebbe una vita interessante, vero? Molto diversa, certo, da quella di New York.» Non riusciva neppure a immaginarla. «Ci sono i pellirossa dove vive?»

Lui scoppiò a ridere. «Non nel senso che intende, ma sì, alcuni ce ne sono. Ma molto addomesticati, gente comune ormai.»

«Non lanciano grida di guerra e non scagliano *tomahawks*?» Lei parve profondamente delusa e Jeremiah scoppiò a ridere di nuovo, scrollando la testa.

«Assolutamente no, purtroppo.»

«Che delusione, Jeremiah.»

«Troviamo altri modi per divertirci.»

«Per esempio?»

Immediatamente gli tornarono alla memoria le sue notti del sabato, a Calistoga, ma si impose di pensare ad altro. «San Francisco è soltanto a sette o otto ore di distanza.»

«Ci passa molto tempo, in quella città?»

Lui scrollò la testa. «In tutta franchezza, no. Mi alzo alle cinque, faccio colazione alle sei, subito dopo esco di casa e raggiungo gli uffici della miniera e torno indietro quando il sole tramonta, a volte anche più tardi. Lavoro il sabato mattina...» ebbe un attimo di esitazione «... e la domenica mi gingillo senza sapere che cosa fare. Aspetto soltanto di tornare alla miniera.»

«Mi sembra una vita terribilmente solitaria, amico mio.» Amelia appariva rattristata per lui e Jeremiah si sentì commuovere fino in fondo al cuore. Che differenza poteva fare per lei che Jeremiah lavorasse troppo oppure vivesse una vita di solitudine? «Perché non si è mai sposato, Jeremiah?» Sembrava dispiaciuta.

«Troppo occupato, immagino. Però una volta sono stato sul punto di farlo. Quasi vent'anni fa.» Sorrise ad Amelia, apparentemente sereno. «Forse è stato il destino a non volerlo.»

«Che stupidaggine! Nessuno dovrebbe invecchiare solo.» Invece sarebbe stato così anche per lei, a meno che non si risposasse.

«È per questo motivo che la gente si sposa, in modo da non trovarsi sola quando è vecchia?»

«No, naturalmente. La compagnia. L'amicizia. L'amore... qualcuno con cui parlare e ridere e dividere le tristezze e i dolori, qualcuno da coccolare e da colmare di affetto, qualcuno per il quale mandare avanti una casa, e con il quale uscire a fare una bella corsa quando cade la prima neve...» Stava pensando all'espressione degli occhi di sua figlia mentre pronunciava queste parole. Com'era innamorata di suo marito, e del suo bambino appena nato! Gli occhi di Amelia si alzarono di nuovo verso quelli di Jeremiah. «Non credo che lei riesca veramente a capire di che cosa sto parlando; però sappia che ha perduto molto, anzi moltissimo. I miei figli sono la gioia più grande della mia vita. E anche per lei, non è ancora troppo tardi per averne. Jeremiah, non sia uno sciocco. Ci devono essere almeno mille donne che fanno la fila nella speranza di essere notate da lei. Ne scelga una, se la sposi, e metta al mondo un bel numero di bambini prima che sia troppo tardi. Non si privi...»

Jeremiah rimase stupito di fronte all'irruenza quasi affannosa di queste parole e qualcosa — nel modo in cui lei le disse — gli toccò il cuore.

«Quasi quasi, mi fa rammaricare della vita che ho condotto finora.» Le sorrise e poi si riappoggiò più comodamente contro lo schienale della poltrona di velluto verde scuro. «Forse sarà costretta a salvarmi da me stesso e dovrà sposarmi nella prima città in cui arriveremo. Cosa pensa che direbbero i suoi figli di una cosa del genere?»

Lei scoppiò a ridere, ma i suoi occhi erano pieni di dolcezza, quando gli rispose. «Penserebbero che sono proprio diventata matta e, una volta tanto, avrebbero ragione.»

«Davvero?» Jeremiah non la lasciava con gli occhi.

«Certo.»

«Sarebbe davvero una tale pazzia... lei e io?...»

Amelia sentì un brivido gelato che le correva lungo la schiena; c'era qualcosa di serio e di grave negli occhi di Jeremiah: no, non voleva divertirsi con lui. Erano due sconosciuti che viaggiavano sullo stesso treno, ma Amelia sapeva che Jeremiah non le era affatto indifferente. Tuttavia non aveva ancora perduto completamente la testa. Aveva la propria vita da vivere, una casa a New York e, in quella casa, ancora tre figli, e due figlie adulte, oltre a due generi, a cui rispondere di ciò che faceva.

«Jeremiah, non bisogna scherzare su cose tanto serie.» La sua voce era dolcissima e tenera come il bacio che si posa sulla guancia di un bambino. «Lei mi piace troppo. Voglio diventare un'amica per lei, anche quando saremo scesi da questo treno.»

«Anch'io. E allora mi sposi.» Era la cosa più pazzesca che avesse mai detto e sarebbe stata la cosa più pazzesca che avesse mai fatto, lo sapeva benissimo.

«Non posso.» Lei era impallidita improvvisamente; poi le sue guance erano diventate di fiamma e infine erano tornate pallide.

«Perché no?» Jeremiah era serio e questo, in parte, rendeva la situazione più difficile. Amelia rimase quasi spaventata dall'espressione dei suoi occhi.

«Per carità! Io ho tre figli da far crescere!» Era una scusa che non stava in piedi ma, al momento, non era riuscita a trovare nient'altro da dire.

«E con questo? Possiamo portarli a St. Helena. Ci sono altre persone che ci allevano i loro figli. È un posto rispettabile, malgrado i pellirossa.» Sorrise. «Gli costruiremo addirittura una scuola.»

«Jeremiah! Basta!» Era balzata in piedi. «Basta dire queste cose pazzesche! Lei mi piace, è uno degli uomini più interessanti, onesti e straordinari che io abbia mai conosciuto. Ma ci siamo appena incontrati. Lei per me è un estraneo, come lo sono io per lei, non sa neppure se sono un'ubriacona, se non sono mezza matta, se non gioco d'azzardo o imbroglio il mio prossimo... picchio i miei figli... se, magari, non ho ammazzato mio marito...» Negli occhi le si era acceso il barlume di un sorriso e Jeremiah allungò una mano verso di lei, che la prese e la sfiorò con le labbra. «Uomo adorabile, sia gentile con me, non mi prenda in giro in questo modo! La primavera prossima compirò quarantun anni. Jeremiah, sono troppo vecchia per questi giochetti. Ho sposato mio marito quando ne avevo diciassette e siamo stati felici per diciotto anni, ma non sono più una ragazzina, non posso più portare bambini nel mio grembo... sono una nonna ormai... ho superato l'idea di commettere una pazzia come quella di fuggire in California con lei. Mi piacerebbe, credo che sarebbe straordinariamente divertente... ma può andar bene qui, può andar bene adesso... Tra pochi giorni, lei sarà ad Atlanta e io a Savannah a vedere per la prima volta il mio secondo nipotino. Dobbiamo comportarci bene, lei e io, in modo da non far soffrire nessuno... E, soprattutto, non voglio che, a soffrirne, sia lei. Lo sa cosa vorrei augurarle, Jeremiah? Una bellissima ragazza giovane, come moglie; una dozzina di bambini e un amore come quello che io ho avuto per vent'anni. Perché, vede, io l'ho avuto, un grande amore, ma lei, no. E spero che lo troverà presto!» Intanto le erano salite le lacrime agli occhi. Voltò di scatto la testa. Jeremiah avanzò di un passo verso di lei e, senza aggiungere una sola parola, la strinse fra le braccia. Le cercò le labbra. Amelia non lottò per respingerlo. E ricambiò il bacio di Jeremiah con tutto l'ardore e la passione che aveva represso e tenuto, chiusi dentro di sé, tanto a lungo. Per Jeremiah fu la stessa cosa. Quando ripresero il loro posto di prima, sedendosi, ansimavano.

«Lei è pazzo, Jeremiah.» Ma pareva che non avesse più una grande importanza, adesso. E Jeremiah sorrise.

«No. Potrò essere qualsiasi altra cosa, ma... pazzo, no.» La guardò lungamente, fissandola negli occhi, un'altra volta. «E lei è la donna più straordinaria che io abbia mai conosciuto. Spero che lo avrà capito. Non è infatuazione, la mia, non è neanche un capriccio. In quarantatré anni, ho domandato a due donne soltanto di sposarmi. E, se accettasse, la sposerei alla prossima fermata di questo treno, Amelia! Lo ha capito, vero? Saremmo felici per il resto dei nostri giorni. Lo so con la stessa sicurezza con la quale so di essere seduto qui, in questo momento.» Lo strano era che Amelia se ne sentiva quasi convinta.

«Può darsi, ma potrebbe essere anche il contrario. Comunque, sono persuasa che saremmo più saggi a non tentare niente di simile.»

«Perché?»

«Forse non sono coraggiosa come lei. Preferisco continuare a considerarla un amico.» Jeremiah pensò che gli sembrava molto poco probabile, a giudicare dal modo in cui Amelia lo aveva baciato un attimo prima e, per riacquistare la calma e smorzare la tensione che stava nascendo di nuovo fra loro, si alzò e si avvicinò a un armadietto in noce dove aveva riposto una dozzina di bottiglie del suo vino migliore.

«Gradisce qualcosa da bere? Ho portato con me un po' del vino dei miei vigneti, quello che faccio io personalmente!»

«Sì, mi piacerebbe molto assaggiarlo, Jeremiah.» Lui stappò la bottiglia e versò in due calici il vino rosso, corposo, di colore intenso. Se ne avvicinò uno al naso, lo fiutò con attenzione, sembrò soddisfatto e, infine, offrì l'altro ad Amelia.

«Qui nessuno la vedrà!» Amelia non si sarebbe mai messa a bere del vino in nessun altro vagone del treno ma, in quel momento, lo gustò con piacere perché sentiva bisogno di qualcosa che la ristorasse. Dopo averne assaggiato un sorso, si meravigliò che fosse così squisito. Di nuovo si accorse che Jeremiah non le era affatto indifferente... anzi!... e lo guardò con un po' di tristezza mentre posava il bicchiere.

«Oh, come vorrei che lei non mi piacesse tanto!»

«Io, invece, vorrei piacerle ancora di più!» A questa battuta non del tutto scherzosa, scoppiarono a ridere insieme. Poi, alla prima fermata, scesero a mangiare in fretta qualcosa e, prima di risalire in treno, comperarono una grossa cesta di frutta. A Jeremiah era avanzato ancora un po' di formaggio dal giorno prima e ne approfittarono per continuare ancora, per tutta la serata, a mangiare frutta e formaggio, a bere quel vino squisito e a chiacchierare. Si misero a discutere sulle sorti del mondo e della razza umana e, ridendo e conversando, si abbandonarono piacevolmente a una leggera ebbrezza. Intanto ognuno dei due capiva di aver trovato nell'altro un amico per tutta la vita. Amelia era la donna più saggia e assennata che Jeremiah avesse mai conosciuto, tanto che approfittò dei pochi giorni successivi per imprimersi nella memoria ogni parola che lei diceva. A poco a poco bevve anche tutto il suo vino con Amelia. Ormai consumavano insieme tutti i pasti. Giocarono anche a carte, risero, si raccontarono barzellette, scambiarono confidenze che non avevano mai rivelato a nessuno e, quando arrivarono ad Atlanta, Jeremiah capì di non provare, per lei, soltanto una semplice infatuazione. Era amore autentico, il suo, era passione, eppure sapeva che Amelia non avrebbe mai accettato di sposarlo. E credeva perfino di saperne il motivo. Nel segreto del suo cuore, Amelia non aveva ancora dimenticato il marito. Forse, non ci sarebbe mai riuscita. Continuava a insistere, invece, dicendo che, a Jeremiah, occorreva una ragazza giovane, e dei figli, che avesse generato lui stesso. Jeremiah le aveva parlato di John Harte e dei suoi bambini, che erano morti... anzi era arrivato addirittura a confessarle che non sapeva se avrebbe avuto il coraggio di affrontare un rischio simile. «Credo che non lo sopporterei, se dovessi perdere un bambino. Una volta ho perduto la donna che amavo, Amelia, ed è già stato terribile...» Glielo aveva confidato una sera; ormai era tardi. Erano a metà della seconda bottiglia di vino. Amelia, però, aveva scrollato la testa, guardandolo.

«Non si può vivere con una paura del genere. Bisogna rischiare un po' nella vita... Lo sa, questo?»

«No, non si può quando c'è di mezzo il cuore...» Gli balenò il ricordo del faccino affilato di Barnaby Harte e chiuse gli occhi. «Non lo sopporterei!» Amelia lo afferrò per un braccio.

«Deve affrontarlo. Non perda un'occasione simile. Ha ancora tutta la vita davanti... Lo faccia. Oh, insomma! Non si lasci sfuggire anche questo! Sarò io che non glielo permetterò. Trovi la ragazza adatta, vada a cercarla anche in capo al mondo, se è necessario, ma faccia il possibile per ottenere ciò che vuole... ciò di cui ha bisogno... ciò che merita...»

«E come sarebbe, questa ragazza?» Jeremiah aveva l'impressione di non sapere più bene che cosa desiderava, o se — addirittura — desiderasse realmente qualcosa.

«Una ragazza piena di ardore... di passione...con l'amore che le scorre nelle vene... una ragazza talmente vivace che dovrà legarla per possederla.»

Jeremiah scoppiò a ridere. «Somiglia a lei, sa? questa descrizione... È questo che dovrei fare per conquistarla?»

«Meglio di no, Jeremiah Thurston. Però ha capito quello che voglio dire: una piccola creatura energica, piena di vita... una meteora che la riscaldi, la faccia felice, la diverta.»

«A me sembra che sia un po' come andare a cercarsi un sacco di guai!» Ma doveva ammettere tra sé che, in un certo senso, l'idea non gli dispiaceva. «E dove la troverei, una ragazza del genere?»

«Basta cercarla. Magari, anche, facendo un po' di fatica. Del resto non si può neanche escludere che le caschi fra le braccia così... tutto d'un tratto!»

«Finora non mi è capitato... o, almeno, non mi è capitato durante questo viaggio!» Le scoccò un'occhiata significativa e Amelia si mise a ridere. Perché si era quasi innamorata di lui e c'era stato un momento in cui aveva avuto il timore di cedergli. Ma, no, non poteva permetterlo a se stessa. Aveva una vita ancora troppo piena di impegni, per farlo, e Jeremiah meritava qualcosa di più.

«Non si dimentichi di quello che le ho detto!» gli raccomandò ancora all'ultimo minuto, quando il viaggio stava per finire. Il treno era già entrato nella stazione di Atlanta, le valigie di

Jeremiah erano chiuse. Si trovavano nella carrozza privata di Jeremiah, che aveva dato istruzioni affinché Amelia potesse occuparla con la sua cameriera. Il suo viaggio fino a Savannah doveva durare soltanto poche ore, in fondo... Ma, adesso, Amelia non stava pensando a Savannah. Pensava soltanto a Jeremiah — come Jeremiah non aveva pensieri che per lei.

«Insomma, si può sapere perché non vuole sposarmi, accidenti?» La stava guardando, dall'alto della sua statura imponente, con occhi pieni di dolore e di passione. «È una sciocca.»

«Lo so perfettamente...» Gli occhi di Amelia si riempirono improvvisamente di lacrime. «Ma desidero qualcosa di meglio per lei.»

«Il meglio che ci sia, per me, Amelia, è soltanto lei!»

Amelia scrollò la testa. Sorrideva con le guance rigate di lacrime. «Io l'amo, carissimo amico.» Lo prese fra le braccia, lo strinse forte a sé... E Jeremiah fece durare quell'abbraccio finché il treno non si fermò. Soltanto allora si staccò da Amelia per poterla guardare.

«Anch'io l'amo. Si riguardi, mia cara. Presto verrò a trovarla a New York.»

Lei assentì e continuò a salutarlo dolcemente con la mano mentre Jeremiah scendeva. Poi rimase lì, ad aspettare che il treno si mettesse in moto, continuando a chiedersi perché il destino gli aveva fatto quel brutto scherzo... Conoscere Amelia e vedersela portar via subito. Mai, in tutta la sua vita, aveva incontrato una donna come lei... probabilmente non ce ne sarebbe mai stata nessuna, come Amelia, in futuro... Quel che lo sconcertava di più era il fatto che sarebbe stato disposto a sposarla subito, se lei glielo avesse concesso. Che strano! Si era innamorato perdutamente di Amelia nel giro di pochi giorni... attimi... ore... mentre con Mary Ellen Browne si sarebbe accontentato di una vita fatta di domeniche. E tutto questo fu motivo di profonde riflessioni mentre si faceva portare all'albergo e osservava distrattamente case e strade che fuggivano rapide al di là del finestrino.

4

KIMBALL HOUSE si stagliava contro il cielo con squisita eleganza. Uno stuolo di domestici accorse per aiutare Jeremiah a scendere e a entrare nell'atrio sontuosamente decorato dell'albergo, dove pareva che si aggirasse, pronto a eseguire gli ordini dei clienti, un esercito di servitori. L'arredamento era più quello di una grande sala da ballo che non di un atrio d'albergo. E faceva impallidire al confronto la grandiosità del *Palace Hotel* di San Francisco, anche se Jeremiah, dentro si sé, pensò che continuava a preferire i comfort familiari di quello. Perché il *Palace Hotel* era l'albergo che gli piaceva di più al mondo. Tuttavia il *Kimball* poteva costituire un'eccellente alternativa.

Jeremiah rientrò in possesso della sua valigia quando raggiunse la *suite* che gli era stata destinata. Si guardò intorno, bevve qualcosa e gli parve che fossero passati solo pochi minuti quando udì bussare alla porta. Fu un domestico del signor Beauchamp a presentarsi. Era di un'altezza impressionante, negro, indossava una lussuosa livrea e aveva in mano una busta di carta spessa, color crema, chiusa da un imponente sigillo d'oro. Dopo che l'uomo si fu assicurato dell'identità di Jeremiah, gli consegnò la busta con un'enorme mano nera.

«Da parte della signora Beauchamp, signore.»
«Grazie.»

Jeremiah estrasse rapidamente un cartoncino e scoprì di essere atteso a cena alle otto, quella sera. Orari francesi, pensò, mentre ringraziava il domestico e lo pregava di assicurare ai signori Beauchamp che si sarebbe presentato da loro, puntuale, per quell'ora. Con un brusco cenno del capo l'uomo, nella sua livrea rutilante, scomparve. Jeremiah cominciò a girellare per la stanza, pensando alla serata che lo aspettava. Il locale era arredato con eleganza, stoffe stupende e mobili francesi antichi ma, a Jeremiah, adesso pareva vuoto. Udì bussare lievemente alla porta e una cameriera negra si presentò. Reggeva fra le mani un vassoio d'argento e gli portava un altro bicchiere alto pieno di *mint-julep*, una bevanda composta di whisky, zucchero e menta, oltre a un piatto di biscotti che, dal profumo, parevano appena usciti dal forno. Di solito, dopo il lungo viaggio in treno, niente gli avrebbe fatto più piacere ma, adesso, non aveva altri pensieri che per Amelia. Entro poche ore sarebbe arrivata a Savannah e si sarebbe dedicata esclusivamente a sua figlia mentre tutto ciò che Jeremiah desiderava era stringerla di nuovo fra le braccia. Questo pensiero lo turbò. Bevve un lungo sorso di *mint-julep* e uscì lentamente sulla terrazza per dare un'occhiata alla città. Si era notevolmente ingrandita nei vent'anni trascorsi dalla guerra e, sotto molti aspetti, era una città in piena espansione. Ma, per la maggior parte, non c'erano stati particolari cambiamenti da prima della guerra e Jeremiah sapeva che i sudisti non si erano ancora rassegnati al fatto di essere stati assorbiti nell'Unione. A loro piaceva vivere secondo le antiche consuetudini ed erano sempre amareggiati al pensiero di aver perduto la guerra. Si domandò brevemente che tipi potevano essere Beauchamp e i suoi amici. Sapeva che avevano quattrini in abbondanza, ma sospettava che Beauchamp fosse un nuovo ricco, un tipo spiacevolmente volgare. Era facile intuirlo dalla livrea con i pesanti galloni d'oro che portava il suo domestico e dall'enorme sigillo che c'era sulla lettera.

Jeremiah fece un bagno prima di cena e tentò di dormicchiare un po' ma, quando si trovò disteso sull'ampio letto a baldacchino, non riuscì a pensare ad altro che alla donna esile e minuta, con i capelli corvini e i grandissimi occhi scuri, scuri quasi come i ricami di giaietto dell'abito che portava la sera in cui lo aveva conosciuto. Per quale motivo riusciva a ricordare ogni dettaglio dei suoi abiti? Era una cosa che non aveva mai fatto in precedenza. Ma Amelia era elegante, bella e sensuale, e Jeremiah si accorse di desiderarla quasi con disperazione. Si sentì la gola chiusa da un nodo che cercò di far scomparire con un altro *mint-julep*, ma sembrava che niente avesse il potere di scacciargli dal cervello il ricordo di lei. Tanto che Jeremiah si scoprì a chiedersi come sarebbe riuscito a discutere di affari con la mente tanto piena di lei. Tuttavia, quella sera, si trattava soltanto di una piacevole riunione mondana. Sapeva che nessuno si sarebbe aspettato da lui che cominciasse a parlare di affari fino al giorno seguente. La gente del Sud era troppo corretta per confondere gli affari con i divertimenti. Con ogni probabilità la serata sarebbe stata interamente occupata da una cenetta tranquilla a casa Beauchamp per mostrare a quegli incivili del Nord un poco dell'ospitalità del Sud. Jeremiah sorrise a questa immagine, mentre si metteva la giacca e osservava attentamente il proprio abito bianco nello specchio. Gli pareva che facesse un vistoso contrasto con la pelle abbronzatissima e i capelli neri, dello stesso colore di quelli di Amelia... Amelia... Amelia... Amelia... Oh come avrebbe voluto non essere stato obbligato a lasciare quel treno, pensò mentre scendeva nell'atrio e usciva dall'albergo, dirigendosi verso la carrozza che Orville Beauchamp gli aveva mandato.

Il domestico scese con un salto e aprì lo sportello a Jeremiah; poi, spiccando un altro balzo, tornò a cassetta, vicino al cocchiere, mentre dame eleganti passavano oltre facendo frusciare i rutilanti abiti da sera, accompagnate da uomini non meno eleganti. Andavano a cena oppure a un concerto o a un altro degli avvenimenti mondani che rendevano sempre animata e vivace la vita notturna di Atlanta.

La carrozza si avviò velocemente lungo l'ampia e bellissima Peachtree Street e i quartieri residenziali della città, verso casa Beauchamp. Questa, piuttosto piccola di proporzioni, ma sfarzosa e imponente, era situata poco più oltre. Si trattava di una costruzione che, lo si capiva fin dalla prima occhiata, doveva risalire agli anni immediatamente successivi alla guerra. Non aveva niente di eccentrico o di troppo vistoso, anzi era molto bella. D'un tratto, Jeremiah rimpianse che Amelia non fosse lì, con lui, a godersi quell'invito. Alla fine della serata, rientrando in albergo, avrebbero potuto fare i loro commenti sul modo di vestire e sulle piccole, curiose, manie degli altri ospiti, e riderne insieme, assaggiando ancora un po' del vino che lui aveva portato con sé da Napa. Così, era sempre ad Amelia che Jeremiah stava pensando nel momento in cui fu presentato a Elizabeth Beauchamp, la moglie di Orville, che doveva essere stata molto graziosa ma, adesso, aveva l'aria sciupata e appassita. Era bionda, slavata, con la pelle chiarissima — dello stesso colore di un vetro opaco e lattiginoso — e gli occhi che parevano sempre velati di lacrime. Elizabeth Beauchamp dava l'impressione di essere una creatura estremamente fragile — sembrava che fosse lì lì per esalare l'ultimo respiro... né pareva che questo le importasse in modo particolare! Aveva una voce fievole, triste, lagnosa. Parlava in continuazione dei giorni che avevano preceduto la guerra e del modo in cui si viveva nella piantagione del suo «paparino». Quanto a Orville, non sembrava che prestasse ascolto a quello che la sua consorte diceva, ma interveniva, di tanto in tanto, in tono brusco, esclamando: «Adesso, basta Lizabeth! Ai nostri ospiti non interessa affatto sentirti parlare di come si viveva e di quello che si faceva nella piantagione di tuo padre. Sono tutte cose finite, ormai!» Pareva che queste parole la colpissero come una frustata tanto che, a quel punto, si chiudeva nel silenzio abbandonandosi alle proprie reminiscenze. Orville, invece, era di una razza completamente diversa, meno aristocratica — questo lo si vedeva subito — di quella di sua moglie. Aveva qualcosa di rude nel modo di comportarsi e l'abitudine di tenere gli occhi continuamente socchiusi come se, proprio in quel momento, gli fosse balenato qualcosa d'importante. Ed era chiaro che l'unica cosa importante per Orville erano gli affari. Aveva i capelli scuri quasi come quelli di Jeremiah, la carnagione quasi altrettanto olivastra. Gli spiegò che i suoi nonni provenivano dalla Francia del Sud e che si erano fermati a New Orleans prima di trasferirsi in Georgia. E gli fece capire apertamente che non possedevano nulla quando erano arrivati come non possedeva nulla suo padre, trent'anni dopo. Era stato Orville a fare la fortuna della famiglia, approfittando dell'industrializzazione del Sud durante, e dopo, la guerra. Così si era costruito un piccolo impero che — lo ammetteva — non era ancora grande come lui avrebbe desiderato, ma lo sarebbe stato senz'altro un giorno, soprattutto con l'aiuto di suo figlio Hubert, che aveva lo stesso nome del nonno di Orville.

Tuttavia l'impressione di Jeremiah fu che Hubert non fosse affatto intelligente come suo padre. Al contrario, aveva il modo fastidioso di parlare di sua madre, con quella voce lagnosa, e pareva molto più interessato a spendere i soldi del padre che non a farne per conto proprio. Non fece che parlare di una serie di cavalli da corsa che aveva acquistato nel Kentucky e dei bordelli di New Orleans che preferiva. Tutto sommato, fu una serata noiosa, per Jeremiah, C'erano anche due degli altri membri del consorzio con il quale doveva discutere di affari — uomini più anziani, tranquilli, con opinioni molto precise, e mogli poco interessanti, le quali non fecero che conversare l'una con l'altra in tono sommesso per buona parte della serata. Jeremiah notò che parlavano poco con Elizabeth Beauchamp, anzi, a volte, non le rivolgevano neppure la parola; quanto a lei, sembrava che le ignorasse completamente. Era facile capire che le considerava persone inferiori, viste le sue aristocratiche origini nella piantagione di «paparino».

Jeremiah notò anche, nel corso della serata, che la famiglia Beauchamp pareva stranamente ossessionata dalla ricchezza di ogni altra persona, dal patrimonio che avevano e da come se lo erano fatto. Elizabeth aveva perduto tutto ciò che possedeva durante la guerra. Suo padre si era ucciso con un colpo di pistola dopo la distruzione della sua piantagione, sua madre era morta poco dopo, di dolore, forse più per la fortuna che avevano perduto, pensò Jeremiah, che per suo marito.

I Beauchamp avevano anche una figlia che, secondo Orville, era un «autentico gioiello» ma — da ciò che aveva visto — Jeremiah ne dubitava profondamente. Quella sera si trovava a un gran ballo che davano chissà dove, «con tutti i ragazzi di Atlanta alle calcagna, senza dubbio», disse l'orgoglioso papà prima di aggiungere: «E non può essere che così... il vestito che porta mi è costato un patrimonio!» Jeremiah sorrise con aria assente a queste parole, stanco della loro ossessione per il denaro, e a mano a mano che la serata procedeva, tutto ciò a cui gli riuscì di pensare fu che avrebbe voluto trovarsi con Amelia a Savannah, Amelia che era andata a vedere per la prima volta il nipotino, Amelia che era in visita dalla figlia. Che atmosfera diversa e molto più distinta sarebbe stata! Poi rise di se stesso. Perché non era l'eleganza della scena ad attirarlo, ma piuttosto l'opportunità di essere vicino ad Amelia, di respirare il suo profumo sensuale, di baciare le sue labbra, di trascorrere ore e ore fissandola negli occhi. Il solo fatto di pensare a lei gli fece affiorare un sorriso sulle labbra che Elizabeth Beauchamp credette destinato a sé; gli allungò perciò mollemente un colpetto affettuoso sulla mano prima di alzarsi per precedere le signore in un'altra stanza mentre gli uomini fumavano sigari e bevevano brandy. Soltanto allora si fece menzione delle trattative che lo avevano portato ad Atlanta e fu quasi un sollievo, per Jeremiah, parlare di affari dopo quella serata incredibilmente noiosa.

Jeremiah si sentì sollevato quando i primi ospiti si congedarono poco dopo le undici. E anche lui poté andarsene adducendo, come pretesto, di essere stanchissimo per il lungo viaggio e ansioso di tornare in albergo a riposare prima di cominciare le trattative, la mattina dopo.

La carrozza dei Beauchamp lo riaccompagnò all'albergo e mezz'ora più tardi era di nuovo sulla terrazza a contemplare la città. Ripensò alle ore che aveva trascorso in compagnia di Amelia e gli sembrarono quasi un sogno, mentre i suoi occhi si posavano su Atlanta. I Beauchamp erano già dimenticati. Era soltanto a lei che riusciva a pensare.

«Buona notte, piccolo amore», sussurrò mentre rientrava, ripensando alle parole che gli aveva detto... sposarsi, Jeremiah... avere dei figli. Ma lui non voleva dei figli, adesso. Voleva soltanto lei. «Ti amo», Amelia gli aveva detto «ti amo», parole possenti che provenivano da una donna possente... La sua mente e il suo cuore gli parevano pieni di lei quando, poco dopo, si abbandonò al sonno nell'elegante letto a baldacchino, sentendosi disperatamente solo.

5

LE TRATTATIVE di Jeremiah con il consorzio capeggiato da Orville Beauchamp ebbero pieno successo e, nel giro di una settimana dal suo arrivo ad Atlanta, il contratto fu stipulato.

Novecento palloni di mercurio sarebbero stati spediti e distribuiti ai membri del consorzio per la fabbricazione di proiettili e di un assortimento di armi da guerra, oppure per essere usati nelle miniere di tutto il Sud. Con questo affare, Jeremiah avrebbe guadagnato più di cinquantamila dollari. Quindi non nascose di esserne straordinariamente soddisfatto, né più né meno come Orville Beauchamp, il quale avrebbe ottenuto anche una percentuale sull'intera cifra per aver combinato l'affare. Fra l'altro, Beauchamp aveva già stipulato parecchi ulteriori contratti, connessi a quello, fra i quali uno che comportava la rivendita ad altri della sua parte di palloni di mercurio. A differenza dei suoi soci, non li avrebbe usati nei suoi stabilimenti, perché Beauchamp era, piuttosto, un mediatore molto abile, al quale interessavano grossi guadagni e trattative che si concludessero rapidamente. Stipulato il contratto, tese la mano a Jeremiah. «Credo proprio che stasera dovremo far festa, caro amico!» Nel momento stesso in cui erano cominciate le trattative, i loro rapporti sociali si erano praticamente interrotti. Jeremiah era sempre tornato nel suo albergo a pranzo e a cena; i Beauchamp non avevano più rinnovato l'invito di averlo a casa loro; ma, adesso, i motivi di far festa c'erano, e validi. I sette uomini d'affari del Sud, insieme con le mogli e Jeremiah, furono invitati a una cena a casa Beauchamp. «Lizabeth ne sarà enormemente felice», non faceva che ripetere Orville, raggiante. Jeremiah, a dire la verità, non riusciva assolutamente a immaginare come potesse essere tanto felice la signora Beauchamp alla prospettiva di avere a cena quindici persone, e per di più tutte conoscenze d'affari del marito. D'altra parte questo era un problema di Orville, e non lo riguardava; e poi, dopo quella lunga settimana, era stanco e ansioso di tornare a casa. Purtroppo non era riuscito a trovare una sistemazione soddisfacente sul treno per altri tre giorni; quindi era intrappolato ad Atlanta per tutto il weekend senza assolutamente nulla da fare, e questo lo infastidiva enormemente. Il suo più grande desiderio sarebbe stato quello di rientrare immediatamente a casa propria.

Si era gingillato un paio di volte con l'idea di andare a Savannah per un paio di giorni, durante l'attesa, ma non voleva creare difficoltà ad Amelia. Lei si trovava in visita dalla figlia e, forse, l'improvvisa apparizione di uno sconosciuto sarebbe stata piuttosto imbarazzante da spiegare. Così, adesso, non aveva altro da fare che aspettare ad Atlanta; la sua unica speranza era di non dover vedere troppo spesso Orville Beauchamp, dopo quella sera. Tutto sommato, era stata una settimana molto lunga, anche se straordinariamente proficua.

La carrozza venne di nuovo a prenderlo alle otto; stavolta gli era stato chiesto di vestirsi in abito di gala. A quel che sembrava, Beauchamp voleva fare le cose con grandiosità. E Jeremiah, quando giunse a casa loro, fu costretto ad ammettere che tutto era stupendo. Candele a centinaia scintillavano sui lampadari e sulle appliques lungo le pareti, ovunque c'erano enormi mazzi di fiori, orchidee, azalee, gelsomini e altri fiori dall'intenso profumo che Jeremiah non aveva mai visto. Pareva che impregnassero l'aria con un'acuta fragranza che dava alla testa, mentre le fiammelle delle candele palpitavano lievemente. E arrivarono gli ospiti, vestiti di seta e di raso, carichi di gioielli.

«Stasera lei ha un magnifico aspetto, signora Beauchamp!» Ma capì subito che era la cosa sbagliata da dirle. «Un magnifico aspetto» non era quello che Elizabeth Beauchamp desiderava mostrare. Anzi, pareva felicissima della cattiva salute che l'affliggeva, del pallore che ostentava.

«Grazie, signor Thurston», mormorò con la sua parlata lenta, da gentildonna del Sud, girando subito gli occhi verso altri invitati in arrivo. Jeremiah si mise in disparte. Cominciò a chiacchierare con uno degli uomini d'affari con i quali aveva trascorso l'intera settimana e, quasi subito, si unì a loro anche Hubert, che si mise a parlare di un cavallo che voleva andare a vedere nel Tennessee. Allora Jeremiah li lasciò, girellando fra i vari gruppi di ospiti, scambiando qualche parola con gli uomini, chiedendo di essere presentato alle loro mogli... e, a un certo momento, anche alla graziosa biondina che Hubert aveva invitato personalmente. Era una versione più vivace, più sana, e molto più carina, di sua madre. Sembrò che perfino Orville la trovasse particolarmente interessante quando arrivò il momento di entrare in sala da pranzo per la cena. Fu soltanto allora, però, che Orville si accorse di essere in numero dispari. Rivolgendosi alla moglie, domandò a voce alta: «Dov'è Camille?» Sua moglie trasalì, visibilmente innervosita, e Hubert scoppiò in una sghignazzata prima di rispondergli: «Con ogni probabilità è fuori, in giardino, con qualcuno di quei bellimbusti che le fanno la corte!» La risataccia e il commento di Hubert mancavano di ogni comprensione e gentilezza fraterna, tanto che sua madre si affrettò a rimproverarlo. «Hubert!» Poi, voltandosi verso il marito: «Camille era di sopra a vestirsi, quando siamo scesi».

Orville aggrottò la fronte e le mormorò qualcosa sottovoce, di rimando. La frase poco cortese di Hubert gli doveva aver dato fastidio. Camille era la pupilla dei suoi occhi... tutti quelli che lo conoscevano, lo sapevano. Non era un segreto! «Devi dirle, Lizabeth, che stiamo per andare a tavola.»

«Non so se è già pronta...» Elizabeth detestava l'idea di affrontare la figlia per darle degli ordini, anche se non venivano da lei. Camille, infatti, faceva sempre e soltanto quel che le pareva e piaceva... e quella sera, non sarebbe stata un'eccezione.

«Basta dirle che la stiamo aspettando!» Del resto, gli invitati non avrebbero certo sollevato obiezioni di fronte all'opportunità di farsi servire un altro, gustoso, *mint-julep*. Elizabeth Beauchamp si allontanò per salire al piano di sopra e ricomparve, dopo pochi minuti, con aria sollevata. Bisbigliò qualcosa al marito il quale assentì e parve soddisfatto. Jeremiah, che era rimasto imperturbabile davanti a quella piccola scena domestica, aveva continuato a girare fra i gruppetti degli altri invitati cogliendo qualche brano di conversazione qui e là. Alla fine, si avvicinò alla elegante porta-finestra che dava sul giardino e si soffermò un attimo sulla soglia a respirare l'aria primaverile, profumata e balsamica, prima di rientrare.

Fu in quel momento, quando stava per oltrepassare la soglia della porta-finestra, che si fermò di botto, affascinato da ciò che aveva davanti agli occhi: una giovane donna, esile, delicata, con i capelli nerissimi e la pelle tanto candida da farla assomigliare a una reginetta delle nevi. I suoi occhi erano azzurri come il cielo estivo e indossava un abito di taffetà celeste. Il filo di zaffiri azzurri che portava al collo non faceva che accentuare lo scintillio e il colore dei suoi occhi. Jeremiah non aveva mai visto una creatura di bellezza più abbagliante. Era stupefacente come, in lei, si trovassero armoniosamente unite le caratteristiche di entrambi i genitori — i capelli scuri del padre, la pelle lattea e gli occhi azzurri della madre. Da quelle due persone, una più comune e banale dell'altra, era venuta fuori questa piccola dea, questa visione celestiale... che, adesso, si era messa a volteggiare fra gli ospiti, camminando quasi a passo di danza... Mandava baci e sorrideva. Jeremiah si accorse di avere il cuore in gola per l'emozione, guardandola. Quella squisita creatura lasciava, letteralmente, senza fiato. Lo colpì il fatto che assomigliasse un po' ad Amelia... gli stessi capelli scuri, la stessa pelle chiara e vellutata... avrebbe potuto essere la ragazza che Amelia doveva essere stata una volta... Adesso, però, non riusciva a distogliere l'attenzione da Camille, la quale girava fra gli invitati, faceva ridere gli uomini, civettando con loro, e aveva battute maliziose per le signore. A un certo punto, andò a prendere suo padre sottobraccio, guardandolo con aria adorante.

«Sei sempre la stessa bambina insopportabile!» esclamò una delle signore e Jeremiah si accorse che aveva parlato in tono velenoso. Lo si capiva subito, del resto, che Camille doveva essere stata terribilmente birichina, da piccola. Come non era difficile capire che possedeva, al massimo grado, la capacità di far innervosire sua madre e di farsi odiare dal fratello. Comunque, Jeremiah trovò che era divertente vederla piroettare con quel garbo malizioso fra i gruppetti degli invitati: era chiaro che si trattava di un giochetto che Camille era abituata a fare fin da quando aveva cominciato a camminare... Ed era altrettanto evidente che suo padre la adorava.

«Signor Thurston.» Orville Beauchamp lo chiamò in tono autoritario e pomposo, come se volesse offrirgli chissà quale premio. «Posso presentarla a mia figlia, signor Thurston?» E poi, con aria raggiante: «Camille, ecco il signor Thurston che arriva dalla California».

«Piacere, signorina Beauchamp.» Jeremiah le baciò galantemente la mano, ma non gli sfuggì il lampo che aveva illuminato gli occhi di Camille. Era una birichina, quella ragazza, non c'erano dubbi! Però aveva anche un fascino straordinario — assomigliava a un piccolo elfo sbarazzino oppure a una di quelle maliziose principessine delle favole. Jeremiah non aveva mai visto una creatura altrettanto incantevole. E non poté fare a meno di chiedersi quanti anni avesse. Poi, fatto un rapido calcolo, si convinse che non poteva avere più di diciassette anni. Infatti risultò che li aveva compiuti in dicembre e, da quel giorno, la sua vita era stata una serie infinita di feste, balli e ricevimenti. La sua istitutrice era stata licenziata il primo dell'anno e Camille non nascondeva la propria gioia per questo.

«Buonasera, signor Thurston.» Si inchinò con garbo, offrendogli intenzionalmente il piacevole spettacolo dei suoi bei seni, giovani e sodi. Erano pochissime le cose che Camille faceva seguendo il primo impulso. Di solito pianificava tutto in anticipo. Era spiritosa e intelligente e furba e sapeva calcolare con molta abilità l'effetto che produceva sulle persone che aveva intorno.

Immediatamente dopo la sua comparsa, venne annunciata la cena e Jeremiah entrò in sala da pranzo al braccio di Elizabeth Beauchamp con la sensazione che tutto il suo mondo fosse stato completamente scombussolato. Rimase stupito e rallegrato nel trovarsi seduto tra Camille e un'altra signora. Poiché l'altra signora si era messa a chiacchierare fitto fitto con la persona che aveva alla sua destra, Jeremiah scoprì di avere soltanto Camille Beauchamp con cui parlare. La trovò spiritosa e divertente ed ebbe la conferma di ciò che sospettava, cioè che le piaceva civettare. Ma rimase sorpreso nello scoprire che, in lei, c'era anche qualcosa di più. Pareva che avesse una conoscenza straordinaria delle questioni pratiche e una testolina eccellente per gli affari. Gli fece un certo numero di domande, una più avveduta dell'altra, sul contratto che aveva appena finito di stipulare e lui rimase meravigliato che fosse informata, fino a quel punto, degli affari di suo padre.

«Le ha insegnato suo padre tutte queste cose?» Jeremiah era sbalordito. Gli sembrava che Orville avrebbe dovuto avere più interesse a dare certi insegnamenti a Hubert, anche se il ragazzo non era indubbiamente avido di imparare quanto sua sorella.

«In parte.» Camille pareva compiaciuta dell'ammirazione di Jeremiah per la vastità della sua cultura. «Ma, in parte, sono cose che ho soltanto ascoltato raccontare.» Gli sorrise con un'aria di falsa innocenza che divertì Jeremiah.

«Lei ha fatto molto di più, gentile signorina. Non ha soltanto ascoltato, ma ha anche saputo cogliere gli elementi essenziali e giungere ad alcune conclusioni molto interessanti.» Lei gli aveva detto un paio di cose che Jeremiah aveva trovato piene di intuito, anche se, in genere, gli garbava poco parlare di affari con le donne, soprattutto con quelle molto giovani. La maggior parte delle ragazze si sarebbe messa a ridacchiare, guardandolo con gli occhi sgranati, se avesse solo tentato di affrontare un decimo degli argomenti di cui avevano appena finito di parlare.

«Mi piace sentir raccontare le cose che riguardano il lavoro degli uomini», spiegò Camille in tono pratico, esattamente come avrebbe potuto dire che le piaceva la cioccolata calda al mattino, per colazione.

«Per quale motivo?» Jeremiah era incuriosito. «Gran parte delle donne le trovano molto noiose.»

«Io, no. Mi piace.» Lo fissò dritto negli occhi. «Mi interessa il modo in cui la gente fa i soldi.» Era una cosa scandalosa da dire e, per un attimo, Jeremiah rimase troppo sbalordito per rispondere.

«Che cosa la porta a ragionare in questo modo, Camille?» Che cosa passava dietro quei luminosi occhi azzurri, quei bei riccioli neri? Certo non ci passavano i soliti pensieri di una ragazza di diciassette anni. Camille era straordinariamente brutale nell'esprimere le proprie opinioni ma, al tempo stesso, era anche piacevolmente riposante. Non c'era nessuna finzione in lei, non era abituata a nascondersi dietro un ventaglio di pizzo. Diceva quello che pensava, anche se poteva scandalizzare.

«Trovo che il denaro è importante, signor Thurston.» Lo disse con una parlata lenta, strascicata, che era incantevole. «E rende importanti le persone. Quando non hanno più soldi, smettono di essere importanti.»

«Questo non è sempre vero.»

«Sì che lo è!» Era brutale nel suo verdetto. «Guardi un po' il padre della mamma. Aveva perduto tutti i soldi e la piantagione, non era più nessuno e lo aveva capito; così, si è sparato, signor Thurston. E guardi mio padre. Lui ha i soldi ed è importante e se avesse ancora più soldi, sarebbe ancora più importante.» Infine lo fissò con uno sguardo deciso, dritto negli occhi. «Lei è un uomo molto importante. Lo dice mio padre. E lei deve avere una enorme quantità di soldi.»

«Io ho più terreni che denaro.»

«È la stessa cosa. In certi posti è la terra, in altri il bestiame... si tratta di cose differenti in luoghi differenti, ma il significato è lo stesso.» Jeremiah capiva di che cosa Camille stava parlando, ma si chiese se lo capisse realmente anche lei. Perché, in tal caso, sarebbe stato quasi spaventoso. Come poteva, quella ragazza, sapere tante cose sugli affari e il denaro e il potere?

«Credo che ciò di cui lei sta parlando sia il potere. Lei vuole alludere a quel genere di potere che le persone riescono ad avere quando hanno successo, o sono importanti.» Era una cosa molto difficile da afferrare a diciassette anni, soprattutto se a farlo era una ragazza. Ci voleva un grande intuito. Camille rimase pensierosa per un attimo, e poi annuì.

«Credo che lei abbia ragione, ed è questo che volevo dire. Mi piace il potere. Mi piace quello che fa fare alle persone, in che modo le spinge a comportarsi, e a pensare.» Lanciò un'occhiata a sua madre, poi riportò lo sguardo su Jeremiah. «Odio le persone deboli. Credo che il nonno debba essere stato un debole per uccidersi come ha fatto.»

«Erano tempi tremendi per il Sud, quelli, Camille.» Jeremiah si mise a parlare sottovoce per evitare che la padrona di casa li sentisse. «Per molte persone ha costituito un cambiamento terribile e ce ne sono state di quelle che non ce l'hanno fatta a sopravvivere e ad accettarlo.»

«Mio padre sì.» Lo guardò piena di orgoglio. «È stato a quell'epoca che ha fatto tutti i suoi soldi.» Ecco un argomento al quale la maggior parte delle persone avrebbe preferito non alludere, e meno che mai vantarsene. Poi, con la stessa rapidità con la quale aveva affrontato un argomento proibito, Camille lo lasciò cadere volgendo a Jeremiah quegli occhi che avevano il colore di un cielo estivo e sorridendogli in un modo che avrebbe intenerito anche un cuore di pietra. «Come è fatta la California?»

Sorridendo per questi curiosi contrasti nel suo modo di ragionare, Jeremiah cominciò a parlare della Napa Valley. Camille lo ascoltò educatamente per un po' ma, a un certo momento, non nascose di annoiarsi. Perché non era una ragazza che avesse passione per la campagna. Sembrò molto più interessata a ciò che Jeremiah le raccontò di San Francisco. Lei gli descrisse un viaggio che aveva fatto poco tempo prima a New York, una città che aveva trovato enormemente affascinante. E aggiunse che, se non fosse ancora stata sposata per il giorno in cui avesse compiuto i diciotto anni, il padre l'avrebbe condotta in Europa. Aveva ancora un lontano cugino in Francia, ma quel che Camille voleva soprattutto vedere, era Parigi. A sentirla cicalare con tanto entusiasmo, sembrava una bambina e Jeremiah, osservandola, si accorse di non prestare più ascolto alle sue parole, ma di essere letteralmente incantato dalla sua delicata bellezza. Era come se potesse ancora udire le parole di Amelia sul treno... trovare una ragazza giovane... sposarsi... avere dei bambini. Questa era una di quelle ragazze che facevano girare la testa agli uomini anziani, li affascinavano, li riducevano dei poveri rimbambiti. Del resto lui era venuto ad Atlanta non per trovare una sposa, ma per concludere un affare. Aveva una vita sana e normale a cui tornare, nella Napa Valley, cinquecento persone che lavoravano per lui in tre miniere, una governante, una casa, Mary Ellen. A un tratto, come in una visione, gli parve quasi di vedere Camille laggiù, in mezzo a loro. A ben pensarci, era quasi una specie di delirio, il suo, tanto che si impose di riportare la propria attenzione su quello che aveva nel piatto.

Continuarono a chiacchierare per tutto il pasto, e quando un gruppetto di musicisti cominciò a suonare nel grande salone, dopo la cena, Jeremiah invitò educatamente Elizabeth Beauchamp a fare un ballo. Ma lei gli rispose che non ballava mai. Forse, suggerì, avrebbe gradito ballare con sua figlia. Camille era in piedi, vicino alla mamma mentre parlava, per cui a Jeremiah non rimase altro da fare che offrirle il braccio, anche se si sentiva un po' ridicolo a ballare con una ragazzina di quell'età. Ridicolo, stupido, e al tempo stesso felice e imbarazzato nell'accorgersi che era talmente affascinato da lei da sentirsi mancare il respiro. Dovette lottare contro l'enorme potere del fascino di Camille mentre volteggiavano per il salone. Ad un certo momento la guardò negli occhi.

«Le piace ballare tanto quanto le piace parlare di affari?»

«Oh, sì», rispose lei alzando il viso e sorridendogli. «Adoro ballare.» Fu come se la loro conversazione di poco prima non fosse mai avvenuta e Camille non avesse altri pensieri che per la danza. Jeremiah fu tentato di scoppiare in una risata scrosciante e di dirle che era furba come una volpe — la verità, del resto! «Lei balla in un modo stupendo, signor Thurston.» Era un'abilità che aveva sempre avuto, qualcosa di istintivo di cui andava orgoglioso, ma rimase divertito di fronte a quella strana lode e si mise a ridere mentre continuavano a girare per il salone l'uno nelle braccia dell'altro. Erano anni e anni che non si sentiva così felice, e non sapeva neppure perché. Ma lo spaventava scoprire quanto Camille lo affascinasse.

«Grazie, signorina Beauchamp.»

A Camille non sfuggì lo scintillio malizioso degli occhi di Jeremiah e si mise a ridere anche lei, ottenendo lo scopo di apparire sensuale e birichina contemporaneamente... Di nuovo Jeremiah dovette lottare contro i propri istinti. Tutto d'un tratto, ogni altra cosa era dimenticata, Amelia, Mary Ellen... Riusciva solo a pensare alla creatura dalla bellezza abbagliante che stringeva fra le braccia... tanto che fu quasi un sollievo quando il ballo terminò. Mentre l'ultimo valzer stava per finire, si accorse improvvisamente del caldo che faceva nella sala, dello scintillio delle candele, dell'intenso profumo dei fiori e infine degli occhi di Camille che brillavano, colmi di splendore. Aveva qualcosa di fragile e squisito, come uno dei fiori stupendi del Sud, uno dei fiori di quegli enormi bouquet che decoravano la sala.

Avrebbe voluto dirle com'era carina... ma si accorse di non averne il coraggio. Dopotutto era soltanto una ragazzina di diciassette anni e lui aveva più del doppio della sua età. Tormentato da questo pensiero terrificante la riaccompagnò da sua madre e, dopo poco, augurò a tutti la buonanotte. Trattenne la manina di Camille nella propria soltanto un momento, mentre lei lo fissava profondamente negli occhi e lo salutava con una voce dolcissima. Una voce che lo commosse fin nel profondo del cuore e, al tempo stesso, fece vibrare qualcosa di più violento e primitivo nell'intimo del suo essere.

«La rivedrò prima della sua partenza?» C'era una sfumatura di pianto nella voce di Camille e Jeremiah sorrise. Ecco quel che gli sarebbe rimasto, come ricordo, di quel viaggio: una ragazza giovanissima, quasi una bambina, si era presa una cotta formidabile per lui e lui, a sua volta, era rimasto incantato dal suo fascino. Se le cose stavano realmente così, si disse quasi rimproverandosi, era venuto il momento di ripartire per la California.

«Veramente, non lo so. Partirò da Atlanta fra qualche giorno.»

«E cosa farà fino ad allora?» gli domandò Camille, sgranando gli occhi. «Papà ha detto che, per quel che riguarda il lavoro, è tutto finito.»

«Infatti. Ma non ci sono più treni per San Francisco fino all'inizio della prossima settimana.»

«Oh...» Camille si mise a battere allegramente le mani, alzando gli occhi a guardarlo con un luminoso sorriso. «Allora avrà il tempo di giocare.» Jeremiah scoppiò in una risata scrosciante e si azzardò a sfiorarle una guancia con un bacio.

«Buonanotte, piccola. Sono troppo vecchio per giocare.» E sono troppo vecchio per giocare con te, aggiunse in cuor suo. Non disse altro, ma salì rapidamente in carrozza dopo aver dato una stretta di mano al padrone di casa. Durante il ritorno all'albergo, si concesse di tornare ripetutamente con il pensiero alla serata appena trascorsa e all'affascinante Camille. Era una bambina sfacciata e maliziosa ma... con quei grandi occhi azzurri e quel cervellino attento... sarebbe sempre riuscita a ottenere quello che voleva... Su questo, non c'erano dubbi. Era anche facile capire perché suo padre la adorasse tanto. Però lo si vedeva subito che era un vero e proprio diavoletto! Ripensando a lei, Jeremiah si scoprì a fremere stranamente... e gli parve di avere le vertigini al ricordo dei momenti in cui l'aveva stretta fra le braccia, mentre giravano vorticosamente per la sala al ritmo di un valzer. Pensò che ci fosse qualcosa di torbido e di immorale nel desiderio spasmodico che quella ragazzina aveva saputo suscitare in lui e si impose di scacciarla dai propri pensieri. Ma tentò vanamente di sostituire la sua immagine con quella di Amelia, prima, e di Mary Ellen, poi... Nessuna sarebbe mai riuscita a fargli dimenticare Camille... Tanto che, alla fine, si rifiutò di lottare ancora e si abbandonò contro i cuscini della carrozza con la sensazione che, se l'avesse avuta lì, vicino a sé — bambina o no — l'avrebbe stretta al cuore con tutte le sue forze. C'era qualcosa di talmente incantevole, sensuale e diverso da tutto il resto, in Camille, che gli dava la sensazione di impazzire... Senza sapersi spiegare, si sentì quasi spaventato. All'improvviso provò una strana ansietà di lasciare Atlanta e di tornare in California. Perché, se fosse rimasto... era impossibile prevedere quel che poteva succedere...

6

IL GIORNO seguente sorse calmo e pieno di sole. Nell'aria c'era profumo di primavera quando Jeremiah si alzò e, infilata una vestaglia, uscì sulla terrazza della sua camera. Era ben deciso ad affrontare con impegno un fascio di carte e documenti che aveva già preparato sulla scrivania ma, più di una volta, si scoprì a tornare con il pensiero alla deliziosa ragazza conosciuta la sera prima, e questo lo rese inquieto. Il peggio era che gli restavano ancora due giorni e mezzo da aspettare ad Atlanta prima di salire sul treno che lo avrebbe portato di nuovo in California.

Premette il bottone del campanello e subito si presentò un cameriere a prendere gli ordini per la colazione. Mezz'ora dopo arrivò un vassoio carico di uova e salsicce, panini e miele e succo d'arancia, caffè e, perfino, un cestino di frutta fresca. Ma, quando si trovò tutta quella roba davanti, Jeremiah si accorse di non riuscire a inghiottire neppure un boccone... Aveva voglia soltanto di rivedere Camille... Indispettito, sbatté un violento pugno sul tavolo e, contemporaneamente, si udì un colpetto, bussato con timidezza alla porta. Jeremiah, stupito, andò ad aprire e si trovò davanti il domestico di casa Beauchamp.

« Cosa c'è? » Era ancora sconcertato e provava un vago imbarazzo al pensiero che l'uomo avesse sentito il tonfo di quel pugno che aveva tirato poco prima, pieno di stizza con sé stesso.

« Una lettera per lei, signore. » Il domestico gli sorrise affabilmente porgendogli una busta sulla quale l'indirizzo era stato scritto con una calligrafia sottile e svolazzante. Per la frazione di un secondo, Jeremiah esitò. Poi la tolse dalla mano dell'uomo, che rimase lí pazientemente ad aspettare la sua risposta.

« È una giornata magnifica per andare a passeggio nel parco », diceva il messaggio scritto con una calligrafia quasi infantile. « Avrebbe piacere di venirci con noi nel pomeriggio? Pranzeremo a casa e poi andremo tutti al parco. Non correrà alcun pericolo », aggiungeva prendendolo maliziosamente in giro, « e forse potrà anche restare per cena. » Era una piccola sfacciata, esattamente come Jeremiah aveva capito la sera prima. Lì per lì si accorse di non sapere che cosa fare. Il pensiero di Camille lo torturava, eppure non era affatto sicuro che Orville Beauchamp avrebbe avuto piacere di vedere l'uomo con il quale aveva appena combinato un affare che passeggiava per il parco con la sua figliola diciassettenne. Non solo, ma presentarsi alla porta della loro casa per entrambi i pasti gli sembrava un po' eccessivo. D'altra parte, Jeremiah desiderava rivederla. Si sentì dilaniato dall'incertezza mentre rileggeva il biglietto; poi si voltò e lo buttò sul tavolo mentre afferrava una penna e un foglio di carta. Non sapeva neppure bene che cosa dire a una bambina di quell'età. Non aveva mai avuto l'abitudine di fare la corte a ragazze giovanissime, anche se non c'era niente di infantile in Camille Beauchamp. Sotto ogni punto di vista, era una giovane donna splendida e tentatrice.

«Se la sua mamma è d'accordo, cara signorina Beauchamp», le rispose, «sarò infinitamente lieto di venire a pranzo e di fare una passeggiata nel parco con i suoi familiari e amici...» non voleva che niente potesse lasciar pensare a un incontro clandestino, o anche solo a quattr'occhi, con lei «... e, nel frattempo, resto il suo obbediente servitore, Jeremiah Thurston.» Camille non avrebbe mai potuto immaginare quanto fossero vere queste parole e neppure lo capì Jeremiah fino a quando non la rivide e si rese conto di non riuscire più a tenere a freno il proprio cuore. Camille portava un vestito molto semplice, di pizzo bianco, i lucenti capelli neri le ondeggiavano in lunghi riccioli eleganti sulle spalle, trattenuti soltanto da un nastro di raso celeste. Mentre passeggiavano per il giardino, prima del pranzo, gli sembrò più che mai una bambina deliziosa e al tempo stesso una giovane donna di conturbante bellezza.

«Come sono contenta che abbia deciso di venire oggi, signor Thurston. Dev'essere molto noioso, per lei, stare all'albergo.»

«Infatti.» Jeremiah stava attento a ogni parola che pronunciava. Indubbiamente in Camille non c'era niente di noioso, ma forse qualcosa di lievemente pericoloso sì. Il suo fascino era già un pericolo di per se stesso. Per la prima volta nella sua vita si sentì capace di qualsiasi follia. Avrebbe voluto afferrarla per le spalle, stringerla fra le braccia, scaraventare al suolo il parasole che portava e affondarle le mani fra i capelli. Si staccò di qualche passo da lei quasi per sfuggire ai propri pensieri e spezzare l'incanto. E si chiese se il fatto di essersi dovuto controllare con Amelia, forzando se stesso, non lo facesse spasimare ancora di più, adesso, per Camille.

«Non si sente bene?» A Camille non era sfuggita la sua espressione, quasi di sofferenza. Sembrò preoccupata quando gli appoggiò una fragile manina sul braccio. «Qui, nel Sud, fa sempre così caldo! Forse lei non c'è abituato...» La sua voce si spense senza concludere la frase e Jeremiah si voltò a guardarla in faccia. Come era innocente! Non aveva capito che si era quasi sentito svenire per il desiderio di lei ed era rimasto profondamente turbato dalla forza dei propri sentimenti. In fondo, era poco più di una bambina. Eppure, anche se lo aveva ripetuto a se stesso più di una volta, non riusciva a persuadersene. Era molto più una donna che una bambina. E, di certo, questo lo sapeva perfino Orville Beauchamp...

«No, assolutamente, mi sento benissimo. E poi, stare qui, nel vostro giardino, è un incanto!» Si mise a fissare le aiuole fiorite in modo da non essere costretto a guardarla; poi, d'un tratto, scoppiò in una risata scrosciante. Era assurdo per un uomo della sua età restare talmente affascinato da una ragazzina, per quanto incantevole fosse. Quindi la guardò dritto negli occhi e provò a parlarle, sia pure alla lontana, di ciò che provava, nella speranza di sdrammatizzare un po' la situazione. «Posso dirle una cosa, signorina Beauchamp? Lei mi ha fatto perdere la testa.» In effetti, la schiettezza di queste parole gli fu di notevole aiuto tanto che i sentimenti che provava non gli sembrarono più sordidi, ma dolcissimi. Camille scoppiò a ridere deliziata, guardandolo.

«Davvero? E pensare che lei è una persona adulta e matura...» Era la risposta perfetta! Si misero a ridere entrambi, mentre Jeremiah la prendeva sottobraccio per rientrare lentamente in casa e andare a pranzo. Chiacchierarono del tempo e delle feste alle quali lei era stata di recente. Camille non fece mistero del fatto che tutti i giovanotti di Atlanta le sembravano profondamente stupidi. «Non sono...» aggrottò le sopracciglia, alzando la faccia per guardarlo meglio. Cercava le parole più adatte. «Non sono... importanti come lei e papà.» Fu il fascino che il potere aveva per Camille, a sorprenderlo nuovamente.

«Un giorno potrebbero essere molto più importanti di quanto non siamo noi.»

«Sì.» Camille annuì, come per ammettere che Jeremiah poteva aver ragione. «Ma, intanto, sono molto noiosi.»

«Molto poco gentile da parte sua, cara signorina Beauchamp.» Non sapeva spiegare il motivo, ma Camille lo divertiva. Anche se era insopportabilmente viziata, Jeremiah la trovava spiritosa e divertente.

«Anche le persone gentili mi annoiano.» Gli strizzò un occhio e Jeremiah scoppiò in una risata. «Mia madre è sempre gentile.» Camille alzò gli occhi al cielo, con aria di sopportazione, e scoppiò in una risatina soffocata. Jeremiah la minacciò scherzosamente con un dito.

«Dovrebbe vergognarsi! La gentilezza è una bellissima qualità in una signora.»

«Be', allora non sono proprio sicura che mi piacerebbe diventare una signora, quando sarò grande, signor Thurston.»

«Vergogna!» Mentre si sedevano a tavola, per il pranzo, Jeremiah pensò che non si era mai divertito tanto. Orville Beauchamp non nascose di essere particolarmente soddisfatto che Thurston si trovasse così bene in compagnia di sua figlia. Non si era meravigliato di rivedere Jeremiah in mezzo ai suoi familiari e Camille si era affrettata a spiegare di aver invitato il signor Thurston a pranzo e, poi, a fare una passeggiata nel parco. Del resto pareva che ogni sua decisione incontrasse l'incondizionata approvazione paterna. Soltanto sua madre sembrava costantemente in allarme, come se si aspettasse da un momento all'altro di restar vittima di qualche altra terribile disgrazia che il destino voleva infliggerle. A Thurston non era mai successo di conoscere un'altra donna come lei, estremamente nervosa, inquieta e a disagio. Al suo confronto si notava ancora di più la disinvoltura e il modo di comportarsi sereno e tranquillo di Camille. Salvo quando faceva i capricci, naturalmente, perché, in casi simili, tutti diventavano le vittime delle sue bizze.

«Dunque, signor Thurston, mia figlia... come si comporta?» domandò bruscamente Orville Beauchamp a Jeremiah, da un capo all'altro del tavolo.

«Benissimo, signor Beauchamp. Ne sono incantato.» Sembrava che si potesse dire la stessa cosa anche per Camille la quale continuava a fissare Jeremiah con occhi luminosi e scintillanti. Poi prese un'aria più contegnosa per il resto del pranzo e fu soltanto quando si trovarono a passeggiare nel parco che mise nuovamente Jeremiah in imbarazzo.

«Secondo lei, io non sono grande abbastanza per essere presa sul serio, vero?» Lo guardò dritto negli occhi, piegando la testa da un lato, e lui finse di non essere stato colpito da questa dichiarazione.

«Che cosa vorrebbe dire con questo, Camille?»

«Lo sa benissimo!»

«Io la prendo molto sul serio; lei è una ragazza intelligente e brillante.»

«Però mi considera sempre una bambina.» Sembrava indispettita. Non lo sarebbe stata di certo se avesse sentito il tumulto del sangue nelle vene di Jeremiah. «Lei è una bambina incantevole, Camille.» Il sorriso di Jeremiah era caldo, ma non certo ardente come il fuoco dei suoi occhi. Camille lo squadrò con aria visibilmente adirata.

«Non sono una bambina. Ho diciassette anni.» Lo disse come se fossero stati novantatré, ma lui non rise.

«Io ne ho quarantatré. Potrei essere suo padre, e anche qualcosa di più, Camille. Non c'è niente di male nell'essere una bambina. Presto anche lei diventerà adulta, e matura, e rimpiangerà di non essere più considerata tanto giovane.»

«Ma io non sono una bambina. E lei non è mio padre.»

«Vorrei esserlo.» Jeremiah aveva parlato in tono suadente, cercando di placarla, ma l'occhiata che Camille gli scoccò era ugualmente scintillante di collera.

«Non è vero. È una bugia. Ho visto come mi guardava mentre ballavamo ieri sera. Oggi, invece, non fa che sforzarsi di ricordare chi sono io, cioè la figlia di Orville Beauchamp, soltanto una ragazzina. Be', non è vero. Sono più donna di quello che lei immagina!» Non aveva ancora finito di mormorare queste parole che gli si strinse addosso, aderendo con il proprio corpo a quello di lui, e lo baciò sulla bocca. Jeremiah, preso alla sprovvista, tentò di tirarsi indietro di un passo. Ma si accorse subito che, con quel suo gesto improvviso, Camille gli impediva qualsiasi movimento... salvo quello di attirarla istintivamente, ancora di più, contro di sé. Poi, incapace di resistere, si abbandonò alla violenza con la quale sapeva di desiderarla, ricambiò quella stretta e la baciò con tutta la passione di cui era capace. Quando, finalmente, le sue labbra si staccarono da quelle di Camille, rimase inorridito da quello che aveva fatto. Sbalordito com'era, non ricordava neppure che la prima a baciarlo era stata Camille.

«Signorina Beauchamp... Camille... devo chiederle scusa...»

«Non dica sciocchezze... Sono stata io a baciare lei...» Sembrava che non avesse perduto neppure per un attimo il suo solito sangue freddo e, quando gli altri comparvero alla svolta del sentiero, era padrona di sé come sempre. Infilò un braccio sotto quello di Jeremiah con la massima tranquillità. «È meglio continuare a passeggiare... così gli altri non si accorgeranno di niente...» Jeremiah, ancora stupefatto, ubbidì ma, un minuto dopo, si mise a ridere. Era la prima volta che gli capitava una cosa del genere. Camille era la ragazza più sfacciata che gli fosse mai capitato di conoscere.

«Come ha osato fare una cosa simile!»

«È scandalizzato?» Non sembrava particolarmente preoccupata, anzi si mostrava piuttosto soddisfatta... tanto che Jeremiah provò una gran voglia di fermarsi sui due piedi, afferrarla per le spalle e scuoterla fino a farla gridare... e poi stringerla ancora al petto... Invece si sforzò di ascoltarla perché Camille aveva ricominciato a parlare. «Sa cosa le dico? È la prima volta che lo faccio! Mi crede?»

«Be', me lo auguro! Perché vede... la gente potrebbe cominciare a spettegolare.» Si mise a ridere. Figuriamoci un po'... esser baciato da una ragazzina di diciassette anni, e non solo, ricambiare il suo bacio! Sembrava un sogno e Camille lo fissò con occhi pieni di curiosità.

«Andrà a raccontarlo?»

«Cosa immagina che succederebbe se andassi a raccontarlo, Camille? La incatenerebbero al suo letto per una settimana... oppure per un anno... e io, coperto di pece e poi di piume da suo padre, sarei scacciato dalla città con ignominia.» Lei scoppiò in una risata divertita, perché era chiaro che una prospettiva del genere la mandava in visibilio. «Mi fa piacere che una cosa simile la diverta tanto. Di solito, non è questo il modo in cui sono abituato ad andarmene da una città, mi creda!»

«Allora non vada via!» Gli occhi di Camille erano quasi supplichevoli.

«Purtroppo non posso farne a meno. Ho un'azienda da mandare avanti in California.» Camille non sollevò obiezioni, ma c'era qualcosa di triste nei suoi occhi.

«Vorrei che non dovesse andar via. Non c'è nessuno come lei, qui.»

«Io sono sicuro del contrario. Dev'essere circondata da giovanotti bellissimi, che desiderano soltanto farle la corte.»

«Gliel'ho già detto, sono tutti stupidi e noiosi», gli rispose in tono petulante, mentre alzava gli occhi a guardarlo. «Vede, non ho mai conosciuto nessuno come lei.»

«È una cosa molto carina da dire, questa, Camille.» Anche lui avrebbe potuto dire la stessa cosa, ma non voleva incoraggiarla. «Spero che un giorno ci rivedremo.»

«Lo dice soltanto per gentilezza.» D'un tratto sembrò che fosse lì lì per scoppiare in lacrime. Alzò di nuovo gli occhi a guardarlo. «Odio questo posto.»

«Atlanta?» Jeremiah era stupefatto. «Perché?»

Lei fissava qualcosa lontano, assorta. Guardava oltre gli alberi del parco. Lo sapeva molto bene. Sapeva che la sua vita era diversa da quella di sua madre, quando era ragazza. Per quanto fosse ancora molto giovane, ne aveva sentito parlare anche troppo. «Sarebbe diverso se abitassimo a Charleston oppure a Savannah, ma... Atlanta è talmente diversa! Qui tutto è nuovo e così brutto! La gente non è educata, non ha origini nobili come in altre parti del Sud e, quando ci andiamo, non sono per niente gentili con noi! Sono tutti come mia madre... Lei capisce la differenza, non fa che ripeterlo. Come se papà non fosse abbastanza buono per quella gente, e la mamma è convinta che io gli somiglio...» fece una smorfia «...e che Hubert è ancora peggio.»

Jeremiah rise. «Odio vivere in questo posto. Anche qui, tutti ci giudicano nello stesso modo. Accettano la mamma, ma non fanno che chiacchierare e parlare male di noi... Dietro le spalle di papà, quelle di Hubert e le mie! Invece, su al Nord, sono cose che non si fanno, queste! Come sono stanca di vivere qui! Non ha importanza tutta la ricchezza che tuo padre o tua madre possono avere... la gente non fa che parlare di te, e vuole sapere chi era tuo nonno, e da dove viene la tua ricchezza... Guardi la mamma... Lei, di suo, veramente suo, non ha un centesimo, ma la gente è ancora convinta che sia una persona perbene, mentre noi... no! Ha mai sentito qualcosa di più sciocco?» Fissò Jeremiah negli occhi con uno sguardo scintillante di collera. Lui sapeva benissimo a che cosa Camille stava alludendo; ma era un argomento delicato da discutere con una ragazzina... Anzi, restò meravigliato che fosse stata lei ad affrontarlo e che lo avesse fatto con tanto candore. Era proprio una creatura straordinaria. Non c'era niente che le fosse proibito, neppure le sue braccia o i suoi baci.

«Entro pochi anni, Camille, nessuno ci baderà più. Ci vuole del tempo, ma poi ogni persona finisce per venire accettata. Forse la... fortuna...» inciampò leggermente nelle parole «...di suo padre... è ancora troppo nuova. Con il tempo se ne dimenticheranno. Con il tempo verranno i suoi figli e tutti ricorderanno chi era il loro nonno e come è sempre stata elegante, lei, e che bei vestiti ha avuto, sempre, negli ultimi vent'anni.» Però non ne sembrava del tutto convinto, e neppure Camille lo era. Il Sud era diverso.

«Non me ne importa. Un giorno o l'altro voglio andarmene via di qui, voglio andare al Nord.»

«A dir la verità, le cose non sono molto diverse lassù. Anche a Chicago e a New York la gente è molto snob, e perfino a San Francisco, a volte, anche se lì la situazione è un po' diversa perché ogni persona è nuova, arrivata da poco.»

«Qui, nel Sud, è peggio. Lo so bene.» Non sbagliava del tutto; mentre Jeremiah la osservava con attenzione, i loro occhi si incontrarono di nuovo. «Vorrei vivere in California con lei.» Era una cosa scandalosa da dire e, all'improvviso, Jeremiah si domandò se Camille avesse ancora intenzione di buttarsi tra le sue braccia. Si scoprì a desiderarlo.

«Camille, si comporti bene.» Per la prima volta la sua voce prese un'intonazione severa, ma a Camille piacque anche questo.

«Perché finora non si è mai sposato? Ha una donna, in California?»

Le cose stavano andando di male in peggio. Niente poteva

fermare questa ragazza. «Si può sapere che cosa vorrebbe dire?» Evitò il suo sguardo. Sembrava infastidito dalla domanda di Camille.

«Volevo alludere a un'amante. Mio padre ne ha una a New Orleans. Lo sanno tutti. E lei?»

Jeremiah restò a bocca aperta. Poi la guardò fisso negli occhi, con fermezza. «Camille, questa è una cosa ignobile da dire.»

«Ma è vera! Lo sa anche mia madre.» E poi: «Dunque, e lei?»

«Io, no.» Respinse dalla sua mente il ricordo di Mary Ellen; dopotutto, lei non era un'amante, e questa bambina non aveva il minimo diritto di saperne qualcosa.

«Come fa a essere al corrente di cose del genere?» La sapeva troppo lunga e, d'un tratto, Jeremiah scoprì che la disapprovava. Intanto erano tornati sui loro passi, riprendendo la direzione dalla quale erano venuti. Ma bastò il modo in cui Camille infilò la mano sotto il suo braccio per riscaldargli nuovamente il cuore. «Lei è terribilmente furba, sa? È una piccola volpe e se fosse mia figlia, oppure la mia donna, la riempirei di botte ogni giorno.»

«No, non lo farebbe!» E Camille scoppiò in una risata trillante che fu come una musica alle sue orecchie. Come sapeva leggergli nel cuore! «Mi vorrebbe bene alla follia perché noi due, insieme, ci divertiremmo un mondo!»

«Ah, davvero? E come fa a esserne tanto sicura? Io le farei lavare i pavimenti, strappare le erbacce, lavorare in miniera...» Ma cosa stava dicendo? Ecco, aveva ricominciato a fare il gioco di Camille. Del resto, come era possibile altrimenti? Quella ragazza aveva qualcosa di assolutamente irresistibile.

«No, non mi obbligherebbe a fare tutte queste cose! Perché avremmo una cameriera.»

«Niente affatto. Io la tratterei come una *squaw* indiana.» Ma era chiaro che Camille non credeva a una sola parola di ciò che Jeremiah stava dicendo; e lui si accorse di esserle troppo vicino mentre uscivano dal parco, di avere tutti i sensi tesi per non lasciarsi sfuggire il suo delicato profumo. Il fruscio delle sue vesti di seta, il tepore del braccio gracile, l'eleganza e la grazia del collo... delle orecchie piccoline... Si sentì travolgere da un'ondata di violento desiderio e si tirò indietro bruscamente. Che cosa accidenti gli stava facendo provare questa ragazza? E quando lei alzò gli occhi verso di lui, Jeremiah pensò che aveva qualcosa di demoniaco.

«Lei mi piace moltissimo, sa?» Ormai il pomeriggio volgeva alla fine e la luce del tramonto le accarezzava dolcemente la pelle.

«Anche lei mi piace, Camille.»

Gli parve di vederle gli occhi colmi di lacrime e ne rimase sbalordito. «La rivedrò?»

«Lo spero. Un giorno.» Poi fra loro cadde il silenzio e tornarono a casa sottobraccio. Jeremiah avvertì un senso di vuoto quando la salutò per rientrare in albergo e per tutta la notte, mentre continuava a girarsi e rigirarsi nel letto, dovette imporsi con uno sforzo di volontà di non pensare più a lei.

Il giorno seguente Orville Beauchamp gli mandò un messaggio all'albergo, invitandolo a cena da loro. Quando rivide Camille, capì di averne sentito disperatamente la mancanza, e non poté fare a meno di contemplarla con uno sguardo simile a una carezza. Camille pareva sollevata, come se avesse avuto paura di non rivederlo mai più; poi, per l'intera durata del pasto, non riuscirono quasi a staccare gli occhi l'uno dall'altro. Perfino Beauchamp se ne accorse e suo figlio ne sembrò divertito. Quando, finalmente, Orville e Jeremiah si ritrovarono soli con i sigari e una caraffa di brandy, Beauchamp lo guardò dritto negli occhi. Attaccò il suo discorso senza preamboli e Jeremiah provò l'impressione di aver ricevuto un pugno in pieno petto nell'udire il nome di lei.

«Thurston, Camille è tutto per me.»

Jeremiah arrossì come un ragazzo. «Lo posso capire, certo! È una creatura incantevole.» Oddio, cosa aveva fatto? Beauchamp sapeva che si erano baciati? Gli parve di essere un piccolo, modesto impiegatuccio in attesa di sentirsi fare una tremenda ramanzina, anche se era ben meritata. E aspettò pieno di nervosismo.

«La domanda che voglio farle...» e fissò attentamente Thurston «...è questa: fino a che punto mia figlia è incantevole per lei?» Non misurava le parole e Thurston dovette fare uno sforzo per non trasalire. Del resto si meritava ciò che gli stava succedendo. Non aveva nessun diritto di amoreggiare con una ragazzina. Eppure, per quanto sorprendente fosse, Beauchamp non pareva indignato. Però Jeremiah, adesso, doveva cercare di barcamenarsi e di rispondere nel modo migliore alla domanda che gli era stata fatta.

«Non sono del tutto certo di capire che cosa significano le sue parole.»

«Eppure ha sentito ciò che ho detto. Fino a che punto mia figlia è attraente per lei?» Oh mio Dio...

«Molto attraente, come è naturale, signore. E devo chiedere scusa se ho offeso in qualche modo lei e la signora Beauchamp... io... no, non ci sono scuse per...»

«Zitto! Gli uomini si comportano sempre come degli idioti con lei. Vecchi e giovani, tutti uguali... sembra che perdano la testa quando lei li fissa con quegli occhi azzurri... E Camille è ben consapevole dei suoi poteri, Thurston, non si illuda. Non mi stavo lamentando di un'offesa. Le stavo facendo una domanda molto schietta, da uomo a uomo. Ma forse è meglio che, prima, le spieghi qualcosa. Camille è quello che io amo di più nella vita. Se dovessi rinunciare a ogni cosa, alle mie aziende, al denaro, alla casa, a mia moglie, e salvarne una sola... ebbene, quella sarebbe Camille! È tutto ciò che amo, tutto ciò di cui mi importa...» Meditò per un attimo sulle proprie parole e poi, ripensandoci meglio, aggiunse: ...«O, perlomeno, quasi tutto». Sorrise, poi la sua espressione tornò seria. «E voglio che se ne vada dal Sud. Questo non è il posto per una ragazza brillante e intelligente. Sono tutti stupidi, qui, sono il risultato di troppi matrimoni fra consanguinei, gente ormai superata, senza un centesimo. E quelli che, invece, i soldi li hanno, come me...» e guardò con franchezza l'uomo che aveva di fronte «...non sono il genere di persone che voglio per lei. Sono rozzi, grossolani, non raffinati, e spesso meno intelligenti di lei. Camille è una ragazza straordinaria sotto molti aspetti, è il meglio di due mondi ma, proprio per questo, non è adatta a restare qui. Gli uomini come suo nonno sono tutti poveri, piagnucolosi, deboli; gli altri non sono buoni abbastanza. Thurston, qui non c'è nessuno che sia buono abbastanza per lei. Né ad Atlanta, né a Charleston o Savannah o Richmond; o in qualsiasi altra città del Sud. Stavo pensando di condurla a Parigi l'anno prossimo e di presentarla all'aristocrazia.» Jeremiah non poté fare a meno di chiedersi in quale modo Beauchamp sarebbe riuscito a farlo, anche se — a volte — era incredibile quello che il denaro poteva ottenere. «Anzi, è già molto tempo che gliel'ho promesso. Ma quando lei è entrato in casa nostra la settimana scorsa... Thurston, mi è venuta un'idea fantastica.» Jeremiah si sentì agghiacciare. La sua vita intera stava per cambiare, e lo sapeva.

«Lei è l'uomo perfetto per Camille. E sembra che Camille sia rimasta molto colpita da lei.» Jeremiah pensò subito al bacio che gli aveva dato, il giorno prima, buttandosi letteralmente fra le sue braccia. «Lei è una brava persona. L'ho sentito ripetere da tutti e, personalmente, la trovo simpatico. Per di più, in genere mi affido molto all'istinto e, stavolta, il mio istinto mi dice che lei sarebbe la persona che ci vuole per Camille. Non tutti saprebbero come trattarla.» Jeremiah si mise a ridere a queste parole; era un'idea sconvolgente e si accorse che stava fissando il padrone di casa con gli occhi sbarrati. «Bene. Che cosa ne dice? Sarebbe interessato a sposare mia figlia, signore?» Era la domanda più brutale che gli fosse mai stata fatta — un po' come chiedergli di comperare del bestiame o un pezzo di terra o una casa — eppure provò un desiderio insano di rispondere sì. Dovette respirare a fondo e posare il bicchiere che aveva in mano prima di rispondere al padrone di casa. Intanto nella stanza era calato un silenzio di tomba.

«Non so bene da dove cominciare o che cosa dire, Beauchamp. Camille è una ragazza straordinaria, su questo non ci sono dubbi. E io sono profondamente lusingato da tutto ciò che lei mi ha detto. Non è difficile capire quanto grande sia il bene che vuole a sua figlia e come sua figlia lo meriti pienamente.» Intanto Jeremiah si stava accorgendo di avere il cuore che gli batteva pazzamente — gli sembrava che avesse continuato a battergli così, a tonfi sordi e affrettati, fin dal primo momento in cui aveva posato gli occhi su di lei; ma quello che stava per dire adesso avrebbe influito sul resto della sua vita e, quindi, era essenziale soppesare con la massima attenzione ogni parola. «Però devo dirle, signore, che ho quasi il triplo della sua età.»

«Mi sembra impossibile...» Orville Beauchamp parve solo lievemente turbato da questa affermazione.

«Ho quarantatré anni. E lei, diciassette. Secondo me una simile differenza di età dovrebbe ripugnarle. In aggiunta, io vivo a circa quattromila chilometri da qui, in una località molto meno sofisticata di questa. Lei ha appena parlato di presentarla all'aristocrazia francese... io sono un minatore, signor Beauchamp... conduco una vita semplice, in una casa vuota, a quindici chilometri dalla città più vicina. Non si può dire una vita movimentata e interessante per una ragazzina.»

«Se è questo l'unico ostacolo che prevede, potrebbe trasferirsi in città. A San Francisco. Non c'è motivo che lei non possa dirigere le sue miniere di là. Ormai, sono già state impiantate da tempo e dovrebbero funzionare regolarmente. Se non fosse così, lei non potrebbe trovarsi qui adesso.» Jeremiah fu costretto ad ammettere che tutto ciò era vero. «Potrebbe costruirle una casa in città e — con il tempo — Camille finirebbe per abituarsi alla sua vita di campagna.» Sorrise. «Potrebbe essere addirittura il suo bene... Perché a volte trovo che la sua vita, qui, è troppo frivola, anche se devo confessare che, in parte, la colpa è mia. Mi dispiace vedere che si annoia e, quindi, non facciamo che accompagnarla a balli e ricevimenti. Ma il suo genere di vita potrebbe farle bene.» Il padre di Camille aggrottò le sopracciglia. «Del resto, non è questo il punto. La cosa più importante è un'altra: pensa che potrebbe amarla?»

Jeremiah Thurston ebbe l'impressione di essere rimasto senza fiato. «Non avrei mai pensato di poter pronunciare parole del genere, signore, ma ho l'impressione che, molto probabilmente, questo sia già accaduto. A dire la verità, non riesco neppure a capire con chiarezza ciò che provo nei suoi confronti, ho lottato contro tutto ciò fin da quando l'ho conosciuta — non fosse altro per il rispetto che provo nei suoi confronti. È poco più di una bambina, una ragazza giovane, e io sono troppo vecchio per questo. La mia vita è semplice e tranquilla, come ho detto, ed è molto tempo che ho rinunciato a sogni del genere.»

Eppure sul treno aveva conosciuto Amelia, che aveva toccato qualcosa di intimo, segreto e nascosto nella sua anima; appena prima aveva visto morire fra le proprie braccia il figlio di John Harte... e improvvisamente, per la prima volta da vent'anni, si accorse di desiderare qualcosa che non aveva mai avuto — una moglie da amare e un bambino tutto suo... qualcosa di ben diverso dal solito ritorno di ogni sera a casa, da Hannah, dalle notti del sabato con Mary Ellen Browne... ed ecco che, improvvisamente, c'era Camille, simile alla visione di un sogno, l'incarnazione di tutto ciò che non aveva mai avuto né mai avrebbe pensato di avere... «Qualcosa mi è accaduto in quest'ultima settimana», fu tutto ciò che riuscì a dire, «e ho bisogno di un po' di tempo per pensarci.» A questo punto, non era più sicuro di niente, non sapeva più quali fossero in realtà i suoi sentimenti.

Non sembrò che la sua risposta dispiacesse a Orville Beauchamp. «In ogni caso, Camille è troppo giovane. E non voglio che le dica niente.»

Jeremiah parve scandalizzato. «Non avevo la minima intenzione di farlo, signore. Io stesso ho bisogno di un po' di tempo per pensarci. Preferirei vedere quello che succederà quando tornerò alla mia solita vita, alla mia casa vuota, alle mie miniere.» Sospirò, perché — d'un tratto — tutto ciò gli pareva terribilmente malinconico. All'improvviso gli parve di avere assoluto bisogno di Camille laggiù. Mai, prima di questo momento, aveva provato qualcosa di simile per qualcuno... non più dopo Jennie... e forse neppure allora... «Non so quello che provo per lei. In questo momento credo che mi sentirei di chiedere la sua mano stasera stessa...» la sua voce si era fatta cupa e aspra, tanto erano intensi i sentimenti che provava per lei «...ma voglio essere ben sicuro di fare la cosa giusta per entrambi. Quanti anni ha, adesso?» D'un tratto gli parve di avere il cervello completamente vuoto, tutto ciò a cui riusciva a pensare erano gli occhi di Camille, le sue braccia... le sue labbra...

«Diciassette.»

«Tornerò fra sei mesi a chiederle la mano di Camille se, per quell'epoca, mi sembrerà sempre un cosa saggia da fare. In caso contrario, glielo farò sapere molto tempo prima. Verrò qui ad Atlanta, se lei sarà sempre d'accordo, e chiederò a Camille di sposarmi; poi tornerò di nuovo, dopo altri sei mesi, e la porterò via con me.»

«Perché metterci tanto? Perché non portarla via con lei tra sei mesi, se avrà preso una decisione in tal senso?»

«Voglio farle costruire una bella casa in città, se Camille accetterà di sposarmi. Le devo questo, come minimo. In ogni caso, stia pur sicuro, Beauchamp, che se dovessi sposare sua figlia, le offrirei una vita decorosa sotto ogni aspetto.» L'espressione dei suoi occhi parve confermare queste parole e Beauchamp annuì.

«Quanto a questo, non ho dubbi. Ecco perché mi sono deciso a parlarle. Ogni parola che le ho detto è stata meditata. Lei è la cosa migliore che potrà mai capitare a Camille.»

«Lo spero tanto!» Gli occhi di Jeremiah avevano un luccichio strano. In quel momento gli parve di aver appena stipulato il contratto più importante della sua vita. I novecento palloni di mercurio sui quali aveva combinato un affare soltanto pochi giorni prima, lo avevano lasciato indifferente. Ma Camille... Camille era un sogno che si trasformava in realtà, e Jeremiah già sapeva che sarebbe tornato sei mesi dopo. Tutto ciò gli fece osservare Camille in modo del tutto diverso quando, insieme con Orville, uscirono da quel colloquio a quattr'occhi per rientrare in sala da pranzo.

«Che cosa le ha detto mio padre?» gli bisbigliò Camille. «Qualcuno ci ha visti mentre ci baciavamo?» Non sembrava particolarmente preoccupata per questo fatto e Jeremiah lo trovò divertente. Adesso, guardandola, fu lui a provare una gran voglia di prenderla tra le braccia e di baciarle le labbra.

«Sì», le rispose, bisbigliando anche lui, in tono canzonatorio. «La manderà in un convento dove rimarrà, sorvegliata dalle monache, fino a quando non avrà compiuto venticinque anni.»

«Oh, figuriamoci!» Scoppiò in un risatina deliziata e ribatté con prontezza: «Non farebbe mai niente di simile. Gli mancherei troppo!» Bastarono queste parole a ricordare a Jeremiah quanto sarebbe stato grosso il sacrificio di Beauchamp se lui avesse sposato Camille, portandola via con sé. Del resto, era la cosa migliore da farsi. Sotto certi aspetti, non sarebbe mai stata accettata nel Sud, e la ragazza lo sapeva benissimo. Nelle sue vene scorreva anche il sangue impuro di Beauchamp e, questo, non glielo avrebbero perdonato per un secolo... e forse anche più. Non sembrava che suo fratello se ne affliggesse molto, ma era chiaro che Camille se ne preoccupava. Perfino sua madre si comportava con snobismo e parlava di Savannah come di un paradiso perduto per sempre. Era come se vivesse in esilio.

«Veramente...» Jeremiah si sentiva stranamente calmo, pur sapendo di avere appena preso una grave decisione per il proprio futuro «...era di un altro affare che stavamo discutendo. Non è escluso che io torni ad Atlanta fra sei mesi per riparlargliene.»

Camille non nascose di essere perplessa e incuriosita. «Dell'altro mercurio?» Pareva sorpresa. «Credevo che il consorzio ne avesse comperato in quantità sufficiente per almeno un anno.» Jeremiah continuava a meravigliarsi di tutte le cose di cui la ragazza era al corrente.

«No, la faccenda è un po' più complicata. Gliela spiegherò un'altra volta.» Guardò l'orologio. «Si sta facendo tardi. Dovrei rientrare in albergo e assicurarmi che abbiano fatto i miei bagagli. Parto domattina, piccola.» D'un tratto si sentì stranamente possessivo nei suoi confronti, anche se non voleva farglielo vedere. Così, si affrettò a voltarsi verso la madre di Camille, ma lei sembrò che non gli prestasse la minima attenzione e si allontanò lentamente, lasciandoli di nuovo soli.

Camille alzò a fissarlo due grandi occhi pieni di tristezza. «Se ne avrò il tempo, prima del suo ritorno, forse le scriverò.»

«Mi farebbe un grandissimo piacere.»

Allora Camille gli scoccò una strana occhiata, come se sapesse... «Papà ha detto che vuole portarmi in Francia quest'anno; forse non sarò qui quando ritornerà...» Ma Jeremiah sapeva che Camille sarebbe stata lì, ad aspettarlo. Eppure, non sarebbe stato meglio lasciare che Beauchamp la vendesse a qualche signorotto della piccola nobiltà, magari a un duca? D'un tratto quell'idea lo disgustò. Camille non era un oggetto da vendere, neppure a lui. Era una donna, un essere umano... una bambina... e allora, improvvisamente, desiderò più che mai di avere il tempo di pensarci e di domandarsi se sarebbe stata felice con lui, o no. Voleva contemplare quelle sue dolci colline ondulate dalle finestre della camera in cui dormiva e cercare di immaginare Camille lì, con lui. «La California è così lontana...» La sua voce si levò fievole e desolata. Jeremiah le prese una mano stringendola fra le proprie.

«Tornerò.» Era una promessa che faceva non soltanto a lei, ma anche a se stesso. La sua vita non sarebbe mai più stata quella di prima, ma non sapeva ancora se lo desiderasse o no. Chinò gli occhi verso la creatura deliziosa e affascinante che aveva vicino e disse le uniche parole che lei voleva sentire: «Ti amo, Camille... ricordalo...» Poi le baciò dolcemente la punta delle dita e una guancia. Infine, con una forte stretta di mano a Orville Beauchamp, che scambiò con lui un'ultima occhiata d'intesa, si congedò. Nessuno di loro, dopo quella partenza, continuò a essere quello di prima. Soprattutto Jeremiah.

7

IL BATTELLO arrivò a Napa un sabato mattina, molto presto, e Jeremiah pensò di noleggiare una carrozza che lo riportasse a casa a St. Helena. Aveva telegrafato alla miniera per avvertire che sarebbe rientrato in ufficio il lunedì mattina; così avrebbe avuto un intero weekend a casa per riordinare carte, documenti e corrispondenza e per dare un'occhiata ai vigneti. Si guardò intorno, fermo sul molo, e respirò profondamente quell'aria che gli era familiare. Le colline, in lontananza, sembravano ancora più verdi di venti giorni prima, quando era partito. Poi, improvvisamente, mentre era ancora lì fermo, scorse il ragazzo che lo aveva accompagnato alla stazione con la carrozza, il ragazzo al quale aveva promesso quel lavoretto ogni sabato mattina. Il piccolo Danny Richfield.

«Ehi, signor Thurston!» lo salutò, facendo grandi gesti con un braccio dall'alto della carrozza, dove era appollaiato, e Jeremiah gli si avvicinò mentre sulla sua faccia si disegnava un lento sorriso. Era una gran bella cosa trovare qualcuno ad aspettarlo, anche se si trattava di un ragazzino che conosceva appena. Poi, mentre lo raggiungeva, calcolò che Danny aveva soltanto pochi anni meno di Camille. Fu un pensiero che lo colpì in modo strano, mentre gli allungava le valigie e gli sorrideva.

«Che cosa fai qui, figliolo?»

«Mio padre ha detto che lei doveva arrivare oggi; così ho domandato se mi davano la carrozza per venire a prenderla.» Intanto, Jeremiah, con un salto, era salito a cassetta vicino al ragazzo. Durante il tragitto verso casa si fece ragguagliare su tutto quello che era successo negli ultimi tempi. E quelle due ore e mezzo passarono rapidamente. Jeremiah continuava a guardarsi intorno, felice. Si innamorava di nuovo della Napa Valley ogni volta che la rivedeva. «Sembra contento di essere tornato, signore.»

«Certo che sono contento!» Rivolse al ragazzo un sorriso radioso. «Sulla faccia della terra non esiste nessun altro posto che assomigli a questa vallata. Non crederci, anche se ti dicono il contrario. Può darsi che un giorno ti venga il prurito di metterti a girare il mondo ma, anche se lo farai, non troverai mai un posto che ti piaccia di più.» Invece il ragazzo sembrava dubbioso. C'erano altri posti, molto più interessanti di questo, nel mondo, e lo sapeva. E poi, da grande voleva fare il banchiere, e come si faceva a pensare che la carriera di banchiere potesse essere movimentata ed emozionante in un luogo come la Napa Valley? Voleva andare a San Francisco, almeno, oppure a St. Louis... Chicago... New York... Boston...

«Si è divertito, signore?»

«Sì, mi sono divertito.» Ma, lanciando un'occhiata al ragazzo seduto al suo fianco, il pensiero di Camille gli turbinò nel cervello. Come stava? Dov'era in quel momento? Le sarebbe piaciuto stare qui? Altre domande, altri interrogativi come questo non avevano fatto che affollarsi nella sua mente durante il lungo viaggio di ritorno e, adesso che era tornato nella Napa Valley, si facevano ancora più insistenti. All'improvviso gli sembrò di poter vedere ogni cosa attraverso gli occhi di lei, di riuscire a immaginare come sarebbe stato accompagnarla qui per la prima volta.

Mentre la carrozza si fermava lentamente davanti a casa, Jeremiah rimase immobile al suo posto per un attimo interminabile e si guardò intorno. Chissà che cosa penserebbe di tutto questo, si domandò. Faceva fatica a immaginarla lì, con lui. E poi, quante cose aveva trascurato con il passare degli anni... c'erano i fiori da piantare nelle aiuole, le tende da appendere alle finestre, tutte quelle cose che Hannah, da molto tempo, ormai aveva rinunciato a pretendere da lui. Tutto d'un tratto, erano diventate importanti. Però non doveva mettere il carro davanti ai buoi. Era tornato a casa per cercar di capire che cosa provasse per Camille, non per trasformare completamente il proprio mondo in modo da adattarlo alle necessità di lei... Oppure, in fondo, era proprio questo che voleva fare? Pareva che avesse già preso una decisione definitiva. Però, adesso che era tornato, aveva qualcos'altro da affrontare. Ringraziò il ragazzo che lo aveva accompagnato ed entrò silenziosamente in casa. Jeremiah sapeva fin troppo bene che giorno fosse. Avrebbe voluto andar giù, alle miniere, a controllare come andavano le cose ma, dopo... Doveva essere onesto nei suoi confronti... già... ma nei confronti di chi? di Camille, si domandò... oppure di Mary Ellen Browne? ... Si sentiva confuso, con troppe cose a cui pensare e, improvvisamente, si trovò davanti anche Hannah che lo squadrava con il solito cipiglio.

«Bene, bene, a guardarti si direbbe che sei in piena forma. Non devi esserti strapazzato troppo!» Non sembrava che avesse intenzione di corrergli incontro, di buttargli le braccia al collo e di fargli festa. Jeremiah le sorrise.

«Certo che, a comparirmi davanti a questo modo, mi hai fatto prendere un bello spavento! Come te la sei passata in tutto questo tempo?»

«Discretamente. E tu, ragazzo?» Jeremiah si mise a ridere; per lei, era sempre un ragazzo, e lo sarebbe stato sempre, con ogni probabilità.

«Che bella cosa essere a casa propria!» La vallata in cui viveva era, per Jeremiah, più importante di qualsiasi altra cosa al mondo. Anche se stava convincendosi che ci mancava qualcosa di necessario. Ma forse non sarebbe mancato per molto. Alzò gli occhi e si accorse che Hannah lo stava fissando con estrema attenzione.

«Si può sapere che cos'hai combinato, ragazzo? Si direbbe che hai la coscienza sporca, anzi sporchissima!» Hannah lo conosceva meglio di chiunque altro e le era bastato guardarlo in faccia per capire che doveva essergli accaduto qualcosa, qualcosa di grosso! «Ti sei cacciato in qualche pasticcio mentre eri laggiù?»

«Più o meno.» Le sorrise con gli occhi.

«Di che genere sarebbe questo pasticcio?»

Era quasi impossibile spiegarglielo e Jeremiah non sapeva da che parte cominciare. «Be', vediamo un po'. Ho concluso una trattativa di affari molto importante.» Era chiaro che voleva prendere tempo, ma Hannah non si lasciò ingannare.

«Dei tuoi affari non me ne importa un corno e hai capito benissimo che non sto parlando di quelli. Cos'altro hai fatto?»

«Ho incontrato una signorina molto affascinante.» Era giunto alla conclusione che era meglio metter fine al supplizio di Hannah. I suoi vecchi occhi saggi ebbero un lampo.

«Affascinante? In che senso, Jeremiah? Hai pagato per godere di quel fascino, oppure lo hai avuto gratis?» Lui proruppe in una risata scrosciante e Hannah abbozzò un sorrisino.

«La tua è una domanda molto scortese e devo dirti che non è degna di una signora.» Si burlava di lei e Hannah lo aveva capito.

«Io non sono una signora. Su, avanti, confessa.»

«No, non ho pagato niente.» Sorrise. «Ha diciassette anni ed è la figlia della persona con la quale ho concluso questo affare.»

«Ti sei messo a correre dietro alle bambine, adesso, Jeremiah? Diciassette anni... non è un po' giovane per te?»

Jeremiah aggrottò le sopracciglia. Hannah aveva ragione, era proprio quello che lui temeva. Senza volerlo, aveva toccato un punto scottante. Si raddrizzò sulla persona e cercò di accantonare ogni pensiero che riguardasse Camille. «Ho paura anch'io! Ed è stato quello che ho detto a lei, e a suo padre, prima di venir via.» Ma, d'un tratto, sulla sua faccia era affiorata un'espressione triste e dolente, tanto che Hannah lo afferrò per un braccio prima che lui uscisse dalla stanza.

«No, adesso non scappare a nasconderti chissà dove, come una vacca che si è azzoppata, stupidone che non sei altro! Stai pur tranquillo che non mi sono mai aspettata che tu facessi la corte a una vecchiaccia come me! Forse diciassette anni, a ben pensarci, non sono troppo pochi. Piuttosto raccontami che tipo è.» Aveva intuito all'improvviso che poteva trattarsi di una cosa seria. «Su, forza, parlami di questa ragazza che hai conosciuto... ti piace molto, vero, ragazzo?» Incrociò lo sguardo di Jeremiah, vi lesse tutto ciò che le occorreva sapere e trasalì per lo stupore. Mai le era capitato di vedere un amore tanto profondo negli occhi di un uomo. Eppure Jeremiah l'aveva appena conosciuta! «Insomma, Jeremiah... vuoi fare sul serio, vero?» La sua voce aveva le stesse tonalità morbide di un mobile antico, lucido e brunito, e Jeremiah fece un cenno d'assenso, appena incontrò il suo sguardo.

«Credo proprio di sì, cara amica. Non so... bisogna che ci pensi... non sono neanche sicuro che sarebbe felice qui. È abituata a una vita molto diversa, nel Sud.»

Quando si decise a parlare di nuovo, la voce di Hannah era burbera. «Be', sarebbe una ragazza maledettamente fortunata se tu decidessi di portarla qui.» Jeremiah sorrise di fronte a questo giudizio che non era per niente equanime.

«Sarei io, il fortunato!» E poi aggiunse: «È una creatura speciale, completamente diversa dalle altre, molto più brillante e intelligente di parecchi uomini che conosco e più bella di qualsiasi donna che io abbia mai incontrato nella mia vita. Come si fa a pretendere di più?»

«È anche buona?» Era una strana domanda che gli diede una stretta al cuore. Provò uno strano fremito dentro di sé...

buona... a dir la verità, non lo sapeva. Jennie era stata una creatura brava, buona, gentile, affettuosa, innamorata... Mary Ellen era una persona gentile e generosa... ma Camille? Buona... brillante, divertente, spiritosa, piacevole, sensuale, appassionata, provocante...

«Sono sicuro di sì.» Perché non doveva essere buona? Aveva diciassette anni. Però Hannah gli aveva fatto balenare qualcos'altro e, adesso, fissandosi negli occhi, si scrutarono.

«Cos'hai intenzione di fare con Mary Ellen, figliolo?»

«Non lo so ancora. Non ho fatto che pensarci, in treno, per tutto il viaggio.»

«Hai già preso una decisione su questa ragazza? A sentirti, si direbbe di sì.»

«Non ne sono ancora sicuro. Quello che mi occorre adesso, più di qualsiasi altra cosa, è un po' di tempo... tempo da dedicare a a me stesso... per prendere una decisione...» Ma questo avrebbe voluto dire mettere le distanze fra se stesso e chiunque altro. Capiva quale era il suo dovere, ma si sentiva male al pensiero di doverglielo dire. Ricordava ancora le sue parole in quell'ultimo pomeriggio di domenica... «Non trovare la ragazza dei tuoi sogni ad Atlanta.» «Non dire sciocchezze», aveva risposto lui... Non dire sciocchezze... e invece l'aveva proprio trovata... come poteva aver fatto una cosa simile... e dopo tutti quegli anni? Invece adesso, di colpo, stava pensando di cambiare completamente la propria vita, come non aveva mai fatto per nessun'altra, neppure per Mary Ellen Browne. Tutto quello che le aveva dato era stata una notte alla settimana, mentre adesso desiderava offrire tutta la vita a questa bambina esuberante e maliziosa... ma provava per lei qualcosa che non aveva mai provato prima per nessuno. Una passione travolgente. Sarebbe stato disposto a percorrere a piedi centomila chilometri per lei, a portarla fra le braccia attraverso un deserto, a strapparsi il cuore dal petto e a deporlo fra le sue mani. Di colpo, si accorse che Hannah lo fissava con gli occhi sgranati.

«Ma tu stai male!»

«Sì, credo.» Provò a sorriderle. Era uno strano malessere, un tormento insano che non gli era mai capitato di provare.

«Che cosa si fa in casi del genere?»

«Vai a prenderla, se la desideri fino a questo punto; però, prima, hai qualcos'altro da fare.» Lo sapevano entrambi ma, adesso, Jeremiah ne provava terrore. Mary Ellen era stata buona con lui e non voleva offenderla o addolorarla, dopo tutti questi anni, per quanto capisse che sarebbe successo ugualmente così, anche se non voleva. Ma non gli restava nient'altro da fare. Voltò le spalle ad Hannah e guardò fuori, verso la vallata. Che posto incantevole! Era difficile immaginare che qualcuno, vivendo lì, potesse essere infelice. E, invece, c'erano degli infelici anche nella Napa Valley. Tornò a voltarsi verso Hannah.

«Hai visto John Harte?»

Hannah scrollò la testa. «Ho sentito dire che non vuole vedere nessuno. Si è chiuso in casa e si è ubriacato per più di una settimana; adesso lavora giù, in miniera, insieme con i suoi uomini. Quando l'epidemia è finita, si è trovato ad averne perduta una buona metà.» Guardò Jeremiah con tristezza. «Anche noi ne abbiamo perduti due, mentre tu non c'eri; ma l'influenza non è mai stata così violenta, qui da noi.» Gli riferì il nome di quei due uomini e Jeremiah la guardò costernato. Possibile che non esistesse il mezzo di impedire tutto ciò? Com'era ingiusta la vita, a volte. «Adesso dicono che John Harte sembra impazzito. Lavora giorno e notte, se la prende con tutti, sbraita, dà in smanie e comincia a bere appena uscito dalla miniera. Secondo me, ci vorrà parecchio tempo prima che si riprenda.» Tutto questo non fece che ricordare a Jeremiah la fidanzata perduta e, di colpo, provò un terrore folle anche per Camille. E se si fosse ammalata mentre lui era lontano; se, tornando, non l'avesse trovata più? Si sentì travolgere da un'improvvisa ondata di terrore e Hannah, leggendogli tutto questo in faccia, scrollò di nuovo la testa. «Hai preso una bella sbandata, ragazzo.»

«Lo so.» Passato quel momento di paura, non riusciva quasi a parlare.

«Spero che lei se lo meriti perché avrà un gran brav'uomo come marito.» Sospirò. «E ho il sospetto che Mary Ellen Browne stia per perdere l'uomo migliore che abbia mai avuto.»

«Non...» Le voltò di nuovo le spalle. «Perbacco, non...»

Forse era il momento più sbagliato per troncare bruscamente quella relazione; d'altra parte, più avanti sarebbe stato ancora peggio... Sospirò e si alzò in piedi. Voleva fare un bagno e cambiarsi prima di andare in ufficio, giù, alle miniere. Poi avrebbe affrontato Mary Ellen. Com'era strana la vita! Erano passate soltanto poche settimane dal giorno in cui l'aveva lasciata con grande rammarico e, adesso, stava per dirle addio per sempre. Diede un'occhiata alla vecchia governante e sorrise. «Chissà che, tutto sommato, quel che mi è successo non vada a finir bene!»

«Te lo auguro.» Jeremiah le sorrise e uscì dalla stanza. Mezz'ora più tardi era già in sella, diretto alle miniere.

8

QUANDO Jeremiah legò il cavallo all'albero dietro la casa di Mary Ellen, quella sera, si guardò in giro. Ma i suoi figli non c'erano. Andò a bussare alla porta e Mary Ellen, visto di chi si trattava, venne subito ad aprirgli. Si era messa un grazioso vestito di cotonina rosa e i suoi capelli ramati erano lucidi e splendenti. Prima ancora che Jeremiah pronunciasse una parola, gli buttò le braccia al collo baciandolo appassionatamente. Per un attimo, Jeremiah cercò di ritrarsi ma, subito, si sentì travolgere da un'ondata di desiderio, ormai familiare. La strinse contro di sé provando anche questa volta il piacere di sempre. Poi si riprese, si staccò bruscamente da lei ed evitò i suoi occhi mentre entravano insieme in salotto.

«Allora, Mary Ellen, come stai? Tutto bene?»

«Sì, però mi sei mancato.» Gli frugò avidamente in faccia con gli occhi. Il solo fatto di rivederlo la rendeva folle di gioia. Si misero a sedere. Capitava di rado che si fermassero in quella stanzetta e, anche ora, Mary Ellen si sentì un po' a disagio, come se Jeremiah fosse, quasi, un estraneo per lei. Ogni volta che tornava, c'era sempre una sfumatura di imbarazzo fra loro; però Mary Ellen sapeva che, non appena si fossero ritrovati insieme a letto, le emozioni e i sentimenti di sempre si sarebbero fatti sentire e tutto sarebbe andato come il solito. «Sono felice che tu sia tornato, Jeremiah.» Bastò che pronunciasse queste parole perché lui provasse una fitta al cuore. Per il dispiacere, il rammarico, il senso di colpa. Gli occhi di Mary Ellen erano imploranti e Jeremiah si sentì sconvolto. All'improvviso gli si affollarono alla mente non uno, ma mille ricordi di Camille e gli parve di risentire le parole di Amelia... sposarsi... Aveva ragione, ma in che situazione veniva a trovarsi, adesso, Mary Ellen?

«Anch'io sono felice di essere a casa.» Non sapeva cos'altro dirle. «Come stanno i ragazzi?»

«Bene.» Gli sorrise quasi timidamente. «Li ho accompagnati da mia madre, caso mai tu venissi. Ho sentito che dovevi arrivare stasera.» Adesso Jeremiah si sentiva l'ultimo degli uomini. Cosa poteva dirle? Ad Atlanta c'è una ragazza di diciassette anni... «Hai l'aria stanca, Jeremiah. Vuoi qualcosa da mangiare?» Non aggiunse le parole «prima di andare a letto», ma fu come se le avesse pronunciate. A Jeremiah parve di sentirle, alte e sonanti, e scrollò la testa.

«No, no... sto bene così... e tu?»

«Anch'io.» Poi, senza aggiungere una sola parola, gli insinuò una mano sotto la camicia e lo baciò dolcemente sul collo. «Mi sei mancato.»

«Anche tu sei mancata a me.» La prese fra le braccia e la tenne stretta come se volesse addolcirle la pena che stava per infliggerle. D'un tratto, cominciò a dubitare se fosse il caso di farlo. Per quale motivo doveva dirle qualcosa? D'altra parte, era necessario. Lo sapeva fin troppo bene. Ed era quasi come se lei lo avesse capito. «Mary Ellen...» e si ritrasse lentamente «... dobbiamo parlare.»

«Adesso, no, Jeremiah!» Sembrava spaventata. Quanto a lui, aveva il cuore in gola.

«Sì, è necessario... io... io ho qualcosa da dirti...»

«Perché?» Gli occhi di Mary Ellen erano immensi, sbarrati, pieni di tristezza. Già sapeva quello che stava per accadere. Ne era sicura. «Non c'è niente che devo sapere adesso. Ormai sei a casa.»

«Sì, ma...» Mary Ellen lo guardò, piena di paura. C'era qualcosa d'altro? Non si trattava soltanto della confessione di aver mancato in qualche modo nei suoi confronti, durante il viaggio? Improvvisamente capì che, qualsiasi cosa Jeremiah dicesse, avrebbe totalmente trasformato la sua vita.

«Jeremiah...» Lo aveva intuito prima che lui partisse, ne aveva avuto il presentimento. Come sempre, del resto. «Che cosa è successo?» Forse era meglio sapere tutto.

«Non lo so ancora, con sicurezza.» Ancora peggio di quello che temeva. Non solo, ma poteva accorgersi chiaramente come lui fosse frastornato e confuso.

«Un'altra, forse?» Aveva parlato molto chiaramente, ma con una grande tristezza negli occhi. Bastava guardarla ed era come sentire una coltellata al cuore. Come poteva pronunciare le parole necessarie a spiegarle ogni cosa?

Quando parlò, la sua voce era burbera. «Credo di sì, Mary Ellen. A dire la verità, non ne sono ancora completamente sicuro.» Cercò con la forza della disperazione di non pensare a Camille, ma inutilmente: nel suo cervello le immagini di lei si affollavano. «Non ne sono sicuro. In questi ultimi venti giorni, tutta la mia vita è cambiata radicalmente.»

«Oh.» Si accomodò meglio sul piccolo divano a due posti, appoggiandosi allo schienale. Fingeva di essere calma. «Chi è questa ragazza?»

«È molto giovane. Fin troppo giovane.» Erano queste le parole che facevano male. «Poco più di una bambina. E non so neppure esattamente quello che provo per lei...» Lasciò la frase in sospeso e Mary Ellen riprese animo; sporgendosi verso di lui, gli coprì una mano con la propria.

«E allora, che cosa può cambiare? Non sei obbligato a raccontarmi niente di tutto questo.» Forse, dopotutto, niente sarebbe cambiato. Invece Jeremiah scrollò il capo.

«Sì, invece. Devo farlo. Non so cosa ne possa venir fuori. Ho detto a suo padre che avevo bisogno di sei mesi per pensarci. E poi... non è escluso che io torni laggiù...»

«Per sempre?» Mary Ellen pareva sconvolta. Non riusciva a capire. Jeremiah scrollò il capo, ancora una volta.

«No.» Non c'era nient'altro da dire all'infuori della verità. «Per andare a prenderla.»

«Sposeresti quella ragazza?» Mary Ellen vacillò e si tirò indietro di scatto come se fosse stata schiaffeggiata.

«Non lo posso escludere.»

Ci fu un lungo silenzio. Erano rimasti immobili, l'uno seduto al fianco dell'altra, tacendo. Alla fine Mary Ellen alzò gli occhi a guardarlo con un'immensa tristezza. «Jeremiah, perché non ci siamo mai sposati?»

«Credo che non fosse il momento giusto per nessuno dei due.» Erano parole sagge e la sua voce si levò dolce e sommessa nel piccolo salotto. «Non so. Ci faceva comodo continuare così.» Si appoggiò allo schienale con un sospiro di stanchezza. Tutto d'un tratto, si sentiva esausto. «Forse io non sono il tipo che si sposa. Tutto qui. Ecco perché, in parte, voglio avere del tempo per pensarci.»

«Sono i bambini? È questo che vuoi?»

«Può darsi. Avevo smesso di pensarci già da un bel po', ma in questi ultimi tempi...» Le lanciò uno sguardo imbarazzato. «Mary Ellen... insomma, non lo so.»

«Io potrei riprovarci, sai?»

Jeremiah ne rimase commosso tanto profondamente da sentire una stretta al cuore. Le accarezzò una mano. «Sarebbe una pazzia! Mi avevi detto che l'ultima volta hai rischiato di morire.»

«Forse, questa volta, sarebbe diverso.» Ma, nei suoi occhi, non c'era una grande speranza.

«Non sei più giovane come allora, ormai, e hai già tre bei figlioli.»

«Ma non sono tuoi.» La sua voce si era fatta carezzevole. «Io ci proverei volentieri, Jeremiah... mi piacerebbe...»

«Lo so.» Poi, perché non trovava nient'altro da dire, la fece tacere con un bacio e Mary Ellen gli si strinse addosso, allungandosi contro di lui tanto che che si ritrovarono subito eccitati e ansanti. Alla fine, fu Jeremiah che si staccò per il primo. «Mary Ellen... non...»

«Perché no?» Adesso aveva le lacrime agli occhi... «Perché no? Accidenti... ti amo, non l'hai capito?» La sua voce fremeva di una tale passione che Jeremiah ne rimase colpito sul vivo. Anche lui le voleva bene, ma dopo sette anni il suo sentimento era fatto più di amicizia e di pietà che di altro. Del resto non aveva mai aspirato a sposarla, a vivere con lei, a stare con lei, a fare ciò che voleva fare con Camille. La strinse fra le braccia e lasciò che si sfogasse a piangere.

«Mary Ellen, per favore...»

«Per favore che cosa? Per favore lascia che ti dica addio? È per questo che sei venuto, vero?» Adesso anche Jeremiah aveva gli occhi colmi di lacrime. Le fece un cenno di assenso, lentamente. «Ma è assurdo, se non la conosci neppure, quest'altra ragazza... questa... bambina! Tutto quello che vuoi è soltanto pensarci bene per sei mesi. Se devi pensarci tanto, non può essere la cosa più giusta per te.» Lottava con le unghie e con i denti, lottava per salvarsi, per salvare la propria esistenza ma, a sentirla parlare così, sembrava più acida e stizzosa che disperata. Jeremiah si alzò a fissare la faccia sconvolta di Mary Ellen, che era scoppiata in singhiozzi. Allora la attirò di nuovo fra le braccia. Non gli restava altro da dire. Lentamente si incamminò verso le scale, salì al piano di sopra e la aiutò a distendersi sul letto, accarezzandole i capelli, cercando di consolarla come se fosse una bambina.

«Mary Ellen, non... non fare così.» Ma lei non faceva che fissarlo con due occhi pieni di disperazione. Per Mary Ellen niente sarebbe più stato come prima. Tutta una serie infinita e desolata di serate e notti del sabato senza di lui le si allungava davanti come una strada vuota. E cosa avrebbe detto la gente? Che lui l'aveva piantata? Si strinse nelle spalle, con un brivido, perché già immaginava le parole di sua madre... «Te lo dicevo che avrebbe finito per fare così, sgualdrina che non sei altro!» Ed era la verità, ormai! La sgualdrina con la quale Jeremiah Thurston passava il sabato sera. Tutti quegli anni in cui aveva lottato con orgoglio e con fierezza... e adesso lui la lasciava! Avrebbe dovuto legarlo a sé molti anni prima, ma sapeva perfettamente, senza illudersi, che non c'era mai stato un momento in cui avrebbe potuto farlo con successo. Per tutti e due era stato troppo comodo lasciar andare avanti le cose in questo modo.

Jeremiah si mise a sedere sull'unica sedia che c'era nella stanza mentre Mary Ellen, accasciata sul letto, continuava a singhiozzare. Ad un certo momento lo guardò con due grandi occhi verdi colmi di sofferenza.

«Mai e poi mai avrei pensato che dovesse finire così!»

«Neanch'io. Non ero costretto a dirti niente stasera, ma ho pensato che non fosse corretto nei tuoi confronti. Non volevo venire a dirtelo fra sei mesi e ti prego di credere che ho molte cose a cui pensare.»

«Pensare a che cosa?» Poi, con un lieve singhiozzo soffocato: «Che tipo è?»

«Non saprei come descriverla. È molto giovane, vivace e intelligente.» Poi pensò di dire una bugia per farle piacere. «Ma non è bella come te.»

Mary Ellen sorrise. Jeremiah era sempre stato molto gentile. «Non so se devo crederti.»

«È la verità. Tu sei bellissima. E ci saranno altri uomini. Non meriti di avere soltanto il sabato sera, Mary Ellen. È molto tempo che ci penso. È stato terribilmente egoista da parte mia.»

«A me non importava.» Invece lui aveva il sospetto che fosse sempre stato il contrario e che Mary Ellen avesse preferito tacere su questo punto. Poi le lacrime cominciarono a rigarle le guance e Jeremiah si accorse di soffrire terribilmente nel vederla piangere. Le baciò gli occhi e le asciugò le lacrime con le labbra. Lentamente le braccia di lei si levarono ad abbracciarlo, lo strinse forte a sé e, questa volta, lui non riuscì a resisterle. La abbracciò convulsamente, si distesero sul letto e, di colpo, lui si accorse di desiderarla spasmodicamente, come sempre. Quando Jeremiah si addormentò, con la testa vicina a quella di lei, sulle labbra di Mary Ellen aleggiava un lieve sorriso. E, prima di spegnere la luce, gli sfiorò la guancia con un bacio.

9

«JEREMIAH!» Quando si svegliò, la mattina dopo, Mary Ellen non lo trovò vicino a sé e si alzò di scatto dal letto, impaurita. «Jeremiah!» Fece le scale di corsa, infilandosi una frusciante vestaglia di satin rosa, e lui, dalla soglia della cucina, restò a fissare affascinato la sua figura tornita, dalle forme opulente.

«Buongiorno, Mary Ellen.» Ma aveva l'aria fredda e scostante, mentre deponeva sul tavolo le due grosse tazze di porcellana, piene fino all'orlo. «Ho preparato il caffè, in modo che fosse pronto quando ti alzavi.» Lei fece un cenno di assenso, ma aveva di nuovo l'aria spaventata. La sera prima si era illusa di avergli fatto cambiare idea, ma adesso non ne era più altrettanto sicura. Con voce fievole e tremante di paura, gli domandò: «Andiamo in chiesa?» A volte, ci andavano. Ma adesso tutto sembrava diverso dal solito. Lui fece segno di sì, lentamente, guardandola; bevve un sorso di caffè, poi posò di nuovo la tazza.

«Sì, ci andiamo.» Una pausa, densa di significato. «Poi torno a casa.» Capivano tutti e due che era l'ultima volta; tuttavia Mary Ellen non aveva ancora rinunciato completamente a lottare.

«Jeremiah...» Respirò profondamente, mentre posava la tazza sul tavolo. «Non pensare di essere obbligato a cambiare qualcosa. Io capisco, sai? Sei stato molto gentile e corretto a dirmelo ieri sera... a dirmi... a parlarmi di lei...» La voce le morì in gola. Non voleva perdere Jeremiah.

«Non mi restava altro da fare.» Sembrava più deciso di prima, adesso. Sapeva di doverle dare un dolore, ma non aveva altra soluzione. Si sentiva più forte della sera prima ed era proprio questa la cosa che spaventava di più Mary Ellen. «Ti voglio bene. Non me la sentirei mai di mentire con te su quelle che saranno le mie eventuali decisioni.»

«Però non sei sicuro.» La sua voce era quasi un lamento e un muscolo cominciò a pulsare sulla guancia di Jeremiah.

«Vuoi proprio aspettare finché lo sarò del tutto? Dormire

con me fino alla mia notte nuziale? È questo, che vuoi?» Si alzò di scatto. La sua voce vibrava più forte. «Lascia almeno che mi comporti in un modo decente, per amor di Dio! Anche così, è già abbastanza difficile.»

«E se poi, alla fine, tu non la sposassi più?» Era una supplica patetica, ma Jeremiah scrollò la testa.

«Non so. Non domandarmelo. Se non la sposassi, sei proprio sicura che mi vorresti veder tornare da te?» Le voltò bruscamente le spalle e Mary Ellen rimase con gli occhi sbarrati a guardarlo. «Mi odieresti, dopo tutto questo.»

«Impossibile! In tutti questi anni sei sempre stato soltanto gentile e generoso.» Gli bastò sentirle pronunciare queste parole per essere ancora più sconvolto di prima. Quando tornò a voltarsi verso di lei, Jeremiah aveva gli occhi lucidi di lacrime. Le si avvicinò all'improvviso, prendendola fra le braccia.

«Come mi dispiace, Mary Ellen. Non avrei mai voluto che finisse così. Né l'ho mai pensato.»

«Neanch'io.» Gli sorrise fra le lacrime mentre si abbracciavano convulsamente. Quella mattina non andarono in chiesa, ma tornarono a letto e fecero l'amore fino al pomeriggio. Poi Jeremiah buttò la sella in groppa a Big Joe, vi salì e rimase immobile a guardarla. Mary Ellen era rimasta sotto il portico, avvolta nella vestaglia rosa.

«Abbi cura di te, tesoro.»

Mary Ellen non fece un gesto. Aveva le guance rigate di lacrime. «Torna... sarò qui...» Non riusciva quasi a parlare, ma alzò una mano in un cenno di saluto quando Jeremiah si voltò ancora un'ultima volta a guardarla, prima di avviarsi verso casa, senza di lei, senza Camille, senza nessuno. Solo. Come era sempre stato.

10

QUELL'anno, nella Napa Valley, l'estate fu opulenta, ricca di frutti e molto calda. I palloni di mercurio erano stati spediti al Sud in primavera, secondo gli accordi stipulati; le miniere prosperavano, i vigneti erano carichi di grappoli, ma Jeremiah diventava sempre più inquieto ogni giorno che passava. Di tanto in tanto gli balenava l'idea di fermarsi a fare una visitina a Mary Ellen a Calistoga e, il sabato sera, si sentiva più solo che mai, ma non era più tornato da lei. Invece era andato parecchie volte a San Francisco, dove c'era un bordello che gli piaceva. Ma aveva un'inquietudine addosso che niente riusciva a placare e Hannah lo osservava andare e venire senza trovare qualcosa da dire che lo confortasse. Non le sfuggiva l'improvvisa espressione di sollievo che si disegnava sulla sua faccia ogni volta che andava a prendere la posta e trovava una lettera di Camille. Da quando era tornato a casa, Camille aveva continuato a scrivergli buffe letterine in cui gli parlava delle persone che aveva conosciuto, dei balli e delle feste a cui era andata, dei ricevimenti dati da suo padre e da sua madre, di parecchi viaggi che aveva fatto a Savannah, Charleston e New Orleans e infine, anche, di una ragazza di paurosa bruttezza che Hubert aveva conosciuto e alla quale stava facendo una corte serrata perché suo padre era proprietario delle migliori scuderie del Sud. Queste letterine erano ricche di particolari, spiritose, gradevoli, e Jeremiah si divertiva a seguire il modo in cui i pensieri di Camille facevano piroettare la penna sulla carta... Non solo, ma sempre, in fondo, Camille gli concedeva qualche briciola tutta per lui... come se si divertisse a farlo penare, lasciandolo con il cuore in sospeso... concedendogli qualche piccola speranza... per farlo tornare da lei. Ma, in tutto ciò che Camille scriveva, non si rivelava nessun segno di una passione profonda e autentica. Anzi, non si stancava mai di fargli capire che, al suo ritorno, avrebbe dovuto corteggiarla con insistenza. Quando agosto arrivò, Jeremiah si accorse di non sopportare più la situazione, e fece le prenotazioni necessarie sul treno. Erano soltanto quattro mesi che non la vedeva ma, ormai, aveva preso una decisione. Hannah lo aveva capito alla partenza di Jeremiah da St. Helena. Provava ancora un gran dispiacere per Mary Ellen perché — anche se erano passati parecchi mesi — sembrava inconsolabile, ma era felice che Jeremiah si portasse a casa una sposa. Presto la villa di St. Helena si sarebbe riempita delle grida gioiose dei suoi bambini e lui avrebbe avuto al fianco una giovane moglie, allegra e ridente.

Jeremiah aveva mandato un cablogramma a Orville Beauchamp per avvisarlo del suo arrivo, ma lo aveva anche pregato di non dire niente a Camille. Voleva farle una sorpresa, vedere quale sarebbe stata la sua reazione. Quattro mesi erano molto lunghi nella sua giovane vita e non si poteva neppure escludere che avesse addirittura cambiato idea. Durante il lungo viaggio verso il Sud, Jeremiah non fece altro che pensarci; per di più questa volta, sul treno, non c'era nessuna Amelia. Non scambiò quasi parola con gli altri viaggiatori e, all'arrivo, si accorse di essere nervoso e stanchissimo. Alla stazione vide la carrozza dei Beauchamp che lo aspettava per portarlo all'albergo.

Appena giunto in una elegantissima *suite*, mandò un biglietto al Beauchamp e si vide rispondere immediatamente. Si chiedeva il piacere della sua presenza a cena, quella sera stessa; non solo, ma Orville Beauchamp gli assicurava che, a Camille, non era stato detto ancora niente del suo arrivo. Jeremiah cominciò a pregustare il momento in cui avrebbe letto la sorpresa sul suo viso, anche se non riusciva ad allontanare da sé un vago senso di paura. Quando salì sulla carrozza dei Beauchamp, quella sera alle otto, aveva le mani madide di sudore. E, non appena rivide la casa di Camille, provò un tuffo al cuore.

Venne introdotto in un piccolo e lussuoso salotto, riccamente arredato, le cui finestre si aprivano sulla facciata principale della casa e Orville Beauchamp arrivò immediatamente. Strinse con calore la mano di Jeremiah. Lo aveva capito subito, ricevendo il cablogramma dalla Costa Occidentale, che il viaggio di Jeremiah significava una buona notizia.

«Che piacere rivederla, caro amico! Come se l'è passata in tutto questo tempo?» Sembrava sincero e un po' emozionato.

Jeremiah si augurò che sua figlia fosse altrettanto contenta di vederlo arrivare.

«Ottimamente.»

«Pensavo che non ci saremmo rivisti per altri due mesi.» Negli occhi del padre di Camille si leggeva chiaramente una domanda. E Jeremiah sorrise. «Non ce l'ho fatta a restare lontano fino alla data che avevamo stabilito, signor Beauchamp!» disse a mezza voce, e l'ometto dalla faccia olivastra diventò raggiante.

«Avevo pensato che fosse più o meno così... lo speravo...»

«Come sta Camille? Non è stata avvertita neppure adesso che sono qui?»

«No. Ma questa volta lei è capitato nel momento più propizio. Lizabeth è nella Carolina del Sud in visita da amici, Hubert è andato non so bene dove, a comperare altri maledetti cavalli. Qui ci siamo soltanto Camille e io e, in città, la vita mondana è praticamente inesistente. Tutti sono via, durante l'estate, e mia figlia, quest'anno, mi è sembrata un po' irritabile e permalosa», continuò con un sorriso. «Non fa che aspettare la posta e parla di lei con tutti i suoi amici.» Evitò di riferire a Jeremiah che Camille, alludendo a lui, lo chiamava «l'uomo più ricco dell'Ovest, l'amico del mio papà». Inutile che lo sapesse; bastava assicurargli che parlava di lui con i suoi amici.

«Può darsi che, rivedendomi, cambi idea.» Non aveva fatto che torturarsi con questo pensiero per tutto il viaggio. In fondo, Camille era giovane e lui un uomo molto più anziano. Forse, adesso, le sarebbe sembrato addirittura troppo vecchio.

«Perché dovrebbe fare una cosa simile?» Beauchamp non nascose la propria sorpresa.

«Capita alle ragazze, sa?» Jeremiah sorrise, ma Beauchamp scoppiò in una risata scrosciante.

«Camille, no. Quella bambina ha sempre saputo ciò che voleva fin dal giorno in cui è nata. Testarda come un mulo!» Rise di nuovo, orgoglioso di quell'unica femmina che aveva. «Forse farei meglio a non raccontarle cose simili, ma credo che lei riuscirà a tenerla in pugno. È una brava figliola, Thurston, e diventerà una buona moglie per lei.» Poi, guardando Jeremiah, socchiuse gli occhi. «Sarebbe sempre della stessa idea?» Pensava che fosse questo il motivo per cui Jeremiah aveva fatto, di nuovo, il lungo viaggio fino ad Atlanta, e aveva ragione.

Jeremiah, dall'alto della sua statura imponente, gli rispose con dolcezza. «Sì, infatti. E lei, non ha cambiato idea, signore?»

«Al contrario! Credo che sarà il matrimonio perfetto sia per l'uno che per l'altra.» Levò il bicchiere in un brindisi a Jeremiah e questi sorrise. Adesso non restava che convincere Camille.

Ci vollero ancora dieci minuti prima che entrasse. L'uscio si spalancò all'improvviso e Camille entrò, a passi lievi. Era stupenda. Portava un vestito di seta giallo chiaro, al collo file e file di topazi intrecciati a perle, i capelli sciolti sulle spalle in una cascata di riccioli scuri e una rosa gialla, perfetta, infilata dietro l'orecchio. Entrò lentamente guardando suo padre. Poi lanciò un'occhiata distratta alla persona che si trovava con lui e si fermò sui due piedi con un sussulto, trattenendo il fiato. Poi, improvvisamente, attraversò il salotto di corsa e gli si buttò fra le braccia, nascondendo la faccia contro il suo petto. E quando finalmente si staccò da lui aveva gli occhi pieni di lacrime e un sorriso raggiante sulle labbra. Sembrava più che mai una bella bambina e Jeremiah capì che gli aveva imprigionato il cuore per sempre. Mai e poi mai, in vita sua, aveva provato per un'altra creatura quello che provava, adesso, per lei. Si mise a contemplarla, letteralmente in estasi.

«Sei tornato!» Fu un grido di gioia, quello di Camille, e suo padre si mise a ridere. Certo che erano bellissimi da vedere, quell'omone robusto e quella bambina così fragile e delicata ed erano tanto innamorati che la loro età non aveva più nessun'importanza. Quello che importava era la gioia profonda che si poteva leggere negli occhi di Camille, l'ammirazione in quelli di lui. E la passione, a malapena dominata.

«Certo che sono tornato, piccola. Te lo avevo detto!»

«Ma così presto!» Gli saltellava intorno, al colmo della gioia, battendo le mani. E la rosa che aveva fra i capelli scivolò ai piedi di Jeremiah. Allora Camille si chinò a raccoglierla e, dopo avergli fatto un profondissimo inchino, gliela offrì con aria timida e vergognosa. Stavolta Jeremiah scoppiò a ridere guardandola. Rideva di felicità, ma anche di sollievo. Gli era bastato fissarla negli occhi per capire che Camille provava ancora qualcosa per lui.

«Sei la solita birichina, Camille. Cosa devo fare? Ripartire e tornarmene a casa mia, se è troppo presto?» Intanto le aveva preso una mano e gliela stringeva fra le sue. Camille lo fissò negli occhi.

«Guarda, sai! Non puoi avere il coraggio di farlo! Perché io non ti lascio ripartire. Se hai il coraggio di andartene, io parto per la Francia con papà e sposo un duca o un principe!»

«Che bella minaccia!» Ma non sembrava che lo preoccupasse. «Del resto, un giorno o l'altro, dovrò pur ripartire, lo sai, vero?»

«Quando?» Era un gemito di spavento, quello di Camille, e suo padre sorrise. Sì, sarebbero stati una coppia perfetta. Sentiva con sicurezza che Thurston amava profondamente sua figlia e che sua figlia sembrava affascinata da lui. Le attenzioni e le premure di un uomo tanto più vecchio di lei la lusingavano, mentre Thurston si rallegrava che una ragazzina così giovane provasse dell'affetto per una persona della sua età. Ma c'era anche qualcos'altro, qualcosa di più, qualcosa di ardente che li legava, quasi troppo splendente e luminoso, qualcosa di intangibile.

«Non parliamo ancora della mia partenza, bambina. Sono arrivato soltanto oggi.»

«Perché non ci hai fatto sapere che tornavi?» Finse di mettere il broncio, ma annunciarono che la cena era servita e, tutti e tre insieme, si avviarono lentamente verso la sala da pranzo.

«Ho avvisato.» Sorrise a Beauchamp e Camille allungò un colpetto con il ventaglio sul braccio del padre, come per rimproverarlo.

«Sei proprio cattivo, papà. Non hai detto una parola!»

«Mi pareva che sarebbe stato più simpatico se la visita del signor Thurston fosse stata una sorpresa.» E non sbagliava di molto.

Camille, raggiante, guardò i due uomini. «Per quanto tempo ti fermi, Jeremiah?» Gli lanciò uno sguardo imperioso, gustando — tutto d'un tratto — i poteri che sentiva di avere. Sapeva benissimo che Jeremiah aveva attraversato l'intero paese per venire a trovarla, che era un uomo importante... papà glielo aveva detto più volte. E lei stessa aveva ripetuto ai suoi amici quanto Jeremiah Thurston fosse importante.

Jeremiah, nel suo ufficio alle miniere, aveva organizzato le cose in modo da poter restare assente per un mese. Più a lungo, non sarebbe stato possibile. Ma poteva bastargli per passare due settimane intere con Camille. Se lei gli avesse risposto «sì», sarebbe stato costretto a rientrare a casa al più presto per cominciare a organizzare tutto. Le cose da fare erano molte. Hannah non gli aveva nascosto di essere nervosa e piena di apprensione alla sua partenza, e gli aveva fatto promettere di scriverle per farle sapere qual era stata la risposta di Camille. Adesso, però, Jeremiah non stava pensando ad Hannah, ma alla squisita creatura che aveva al suo fianco. Gli pareva ancora più bella di quanto non lo fosse stata in primavera. Non solo, ma sembrava che fosse diventata più adulta, e matura. Camille si mise a bombardarlo di domande sul suo lavoro e sulle miniere, lamentandosi che le sue lettere non l'avevano mai tenuta abbastanza al corrente. «Il fatto è che non sono molte le ragazze alle quali mi è capitato di scrivere.» Le rivolse un sorriso e, poco dopo, suo padre la mandò via dalla sala. Il maggiordomo servì il brandy e portò i sigari; e, infine, Beauchamp squadrò l'uomo che, con ogni probabilità, sarebbe diventato suo genero.

«Ha intenzione di chiederglielo stasera?»

«Con il suo permesso, sì.»

«Sa bene di averlo!»

Jeremiah sospirò lievemente, accendendosi un sigaro. «Mi piacerebbe sapere che cosa ne pensa Camille.»

«Perché? Ha qualche dubbio in proposito?»

«Effettivamente, sì. Magari Camille sta soltanto scherzando ed è lontanissima dal pensiero che voglio chiedere la sua mano. Potrebbe essere una proposta tale da spaventare una ragazza della sua età.»

«Camille? No.» Continuava a ripeterlo come se sua figlia fosse diversa da tutte le altre ragazze. Jeremiah non ne era altrettanto sicuro. «Avrebbe piacere di annunciare subito il fidanzamento?»

«Sì. Prima di ripartire. Così, al ritorno in California, potrei mettere subito in atto i miei progetti.»

«E quali sarebbero?» Beauchamp lo squadrò con interesse, chiedendosi che cosa avesse in mente per la sua bambina.

«Si tratta di qualcosa a cui lei ha già accennato l'altra volta.» Jeremiah era cauto, non voleva esporsi troppo. In fondo, Camille non lo aveva ancora accettato. Lui, però, aveva già meditato lungamente sulla questione: Beauchamp aveva visto giusto. Camille, costretta a rimanere nella Napa Valley troppo a lungo, sarebbe stata infelice, lui, invece, poteva andare avanti e indietro per seguire i lavori nelle miniere. Le avrebbe costruito una casa a San Francisco dove trascorrere, perlomeno, i mesi invernali, durante i quali ferveva la vita mondana. Adesso spiegò il suo piano a Beauchamp, che ne parve soddisfatto. «E quando la casa sarà finita, diciamo fra cinque o sei mesi, potrei tornare qui per le nozze e ripartire per la California portando Camille con me. Che cosa gliene pare?»

«Perfetto! Avrà diciott'anni in dicembre. Cioè fra quattro mesi... crede che la casa potrà esser pronta per quell'epoca?»

«Mi sembra un po' presto, ma non è escluso. Stavo pensando a febbraio o marzo ma...» Jeremiah sorrise e sembrò tornato ragazzo. «Anch'io preferirei dicembre.» Adesso, senza Mary Ellen, si sentiva solo. «Possiamo provare a fissarla, come data.» Poi, si alzò in piedi di scatto e cominciò a camminare avanti e indietro per la stanza, innervosito.

«Non si preoccupi, caro amico!» Beauchamp sorrise e, a quel punto, si rese conto che era venuto il momento di lasciarlo parlare con Camille. Si alzò anche lui per ritirarsi e fare in modo che Jeremiah andasse a cercarla in giardino da solo. Camille era seduta sull'altalena.

«Quanto tempo ci avete messo, voi due! Sei ubriaco?» furono le prime parole che gli rivolse, e Jeremiah si mise a ridere.

«Non troppo!»

«Trovo così stupido che le donne debbano sempre andarsene dalla sala da pranzo. Di che cosa parlate, si può sapere?»

113

«Di niente in particolare. Affari, le miniere, un po' di tutto.»

«Di che cosa avete parlato stasera?» Era una ragazza intelligente e adesso, dondolandosi lentamente sull'altalena, lo guardò negli occhi. Jeremiah ricambiò quello sguardo e, quando parlò, la sua voce era calda e sommessa.

«Abbiamo parlato di te.» Si sentiva il cuore in gola. L'altalena si fermò.

«Che cosa avete detto?» La sua voce era un mormorio nell'aria intensamente profumata del Sud.

«Che vorrei sposarti.» Per un momento nessuno dei due parlò. Poi Camille levò due grandi occhi da bambina.

«Davvero?» E gli sorrise. Jeremiah si sentì commuovere fin nel profondo del cuore. «Ti vuoi burlare di me.»

La voce di lui suonò grave e profonda. «No, Camille, niente affatto. Stavolta sono venuto ad Atlanta per parlarti e per chiederti di sposarmi.» Si accorse che Camille restava con il fiato sospeso; poi, all'improvviso, come era già capitato una volta, tanto tempo prima, le sue labbra si posarono con ardore su quelle di lui. Ma stavolta il bacio che Jeremiah le restituì le tolse il respiro. Alla fine, stringendola teneramente fra le braccia, le mormorò a fior di labbra: «Ti amo con tutto il cuore, Camille, e voglio portarti con me in California».

«Subito?» Sembrava sbalordita e Jeremiah le sorrise.

«Non ancora. Fra qualche mese. Quando avrò costruito una casa per te e tu avrai compiuto diciotto anni.» Le sfiorò dolcemente una guancia con la mano, poi si inginocchiò ai suoi piedi, costringendola ad abbassare il viso verso il proprio. «Ti amo, Camille... con tutto il cuore... più di quanto tu possa capire.» Si fissarono, incantati. E la voce di Jeremiah le fece correre un brivido sulla pelle. «Vuoi sposarmi?»

Lei fece un cenno d'assenso, attonita, incapace di pronunciare una sola parola. Aveva sperato che si avverasse qualcosa di simile ma — chissà perché — le era sempre sembrato un sogno irrealizzabile. Gli buttò le braccia al collo. «Come sarà la casa?» Sembrava una cosa buffa da dire, e Jeremiah rise.

«Come tu vorrai, amore mio. Però non mi hai ancora risposto, non sei stata molto chiara. Vuoi sposarmi, Camille?»

«Sì!» strillò lei, estasiata, attirandolo di nuovo a sé. Ma, subito, si staccò con un'espressione vagamente turbata. «Dovrò avere dei bambini, se diventerò tua moglie?» Lui non seppe che cosa rispondere a quella domanda inaspettata, che lo imbarazzava. Era un argomento che avrebbe dovuto affrontare con sua madre, Camille, non con lui! Ma bastò a ricordargli immediatamente quanto fosse giovane, anche se — a volte — sembrava più matura dei suoi anni.

«Be', penso che potremmo avere uno o due bambini.» Quasi quasi, gli faceva pena. Era ancora talmente bambina anche lei! «Ti dispiacerebbe molto?» Era una delle cose che lui desiderava di più. In quegli ultimi quattro mesi non aveva pensato ad altro che ai figli che avrebbe avuto. Ma Camille, adesso, appariva depressa.

«L'anno scorso una delle amiche della mamma è morta di parto.» Era una cosa sconveniente da dire e Jeremiah si sentì ancora più a disagio di prima: no, questo non era assolutamente un argomento che voleva discutere con lei.

«Sono cose che non succedono alle donne giovani, Camille.» Anche se sapeva che era vero il contrario. «Non credo che dovresti preoccuparti. Sono cose che avvengono naturalmente fra marito e moglie...» Ma lei lo interruppe, per niente impressionata dalle sue parole.

«Mia madre dice che è il prezzo che le donne pagano per il peccato originale. Però io non trovo giusto che debbano pagarlo soltanto le donne. Io non voglio diventare grassa e...»

«Camille!» Jeremiah era profondamente turbato da quello che gli stava dicendo. «Tesoro... ti prego... non voglio che tu ti preoccupi di niente.» Non appena dette queste parole, la prese di nuovo fra le braccia e Camille dimenticò tutto quello che sua madre aveva detto. Cominciarono a parlare, invece, della casa che Jeremiah le avrebbe costruito, del matrimonio, della necessità di annunciare il loro fidanzamento subito dopo il ritorno di sua madre a casa, della gran festa che papà avrebbe dato per loro... Per quel che riguardava Camille, queste erano cose molto più importanti. E quando, finalmente, andò a letto, quella sera, era talmente emozionata da non riuscire a prender sonno. Erano andati a cercare il signor Beauchamp per dargli la buona notizia. Lui aveva stretto la mano di Jeremiah, baciato Camille su una guancia e, salendo a dormire in camera sua, si era sentito particolarmente soddisfatto. Sua figlia stava per diventare una ragazza molto ricca, molto fortunata, molto felice. E tutto questo rendeva felice anche lui.

Quanto a Jeremiah, tutto quello a cui riuscì a pensare, durante la notte, fu la fragile e squisita creatura dai capelli neri, che presto avrebbe avuto fra le braccia, a letto, con sé. Non vedeva l'ora. Nei mesi appena passati si era sentito molto solo, ma non era più andato a trovare Mary Ellen. Come non aveva più avuto notizie di Amelia da New York, per quanto le avesse scritto un paio di mesi prima parlandole di Camille. Adesso aveva moltissime cose a cui pensare... la sua sposa... e la casa spettacolare che aveva intenzione di costruire per lei. Quanto ai commenti di Camille sull'eventualità di avere dei figli, non se ne preoccupava. Era naturale che una ragazza così giovane avesse paura. Ma sua madre gliene avrebbe parlato di certo, prima della notte nuziale, e il problema si sarebbe risolto da solo. Adesso che ci pensava, si disse addormentandosi, era molto probabile che fra un anno, più o meno in quella stessa epoca, Camille fosse lì lì per avere un bambino, se non prima addirittura... Sprofondò nel sonno, quella notte, sorridendo fra sé e sognando Camille e i figli che avrebbero avuto, quei figli che lui avrebbe guardato giocare lassù a Napa, passeggiando con Camille sul prato...

11

ELIZABETH Beauchamp affrettò il più possibile il ritorno a casa, ad Atlanta, non appena la lettera di Orville la raggiunse con la buona notizia. La stessa cosa fece Hubert, anche se fu un po' più difficile raggiungerlo. Ma, una volta che la famiglia si fu riunita in gran fretta, vennero diramati per tutta Atlanta gli inviti ad amici e conoscenti per festeggiare la giovane coppia. E per quanto molta gente fosse ancora fuori città, furono più di duecento le persone che parteciparono alla grande festa di fidanzamento. Camille non era mai apparsa più incantevole di quel giorno. Dritta, in piedi, riceveva auguri e complimenti, al fianco dei suoi familiari, vestita con un abito di organdis bianco, ricamato in un modo stupendo, adorno qua e là di incrostazioni di minuscole perline e delicate paillettes. Sembrava la principessa di una fiaba con quella pelle chiarissima e morbida e i capelli corvini, al fianco di Jeremiah, radiosa e sorridente. L'anello di fidanzamento era un brillante di dodici carati.

«Mio Dio, è grosso quasi come un uovo!» aveva esclamato sua madre, vedendolo, e Camille, estasiata e felice, si era messa a ballare per la stanza fra le risate di suo padre. «Sei proprio una gran birichina, sai?» aveva detto la mamma, mettendosi a ridere anche lei. «E come diventerai ricca, Camille!» Intanto rivolgeva un'occhiata di rimprovero a Orville il quale, stavolta, preferì lasciar correre e non rispondere. Era troppo felice per la fortuna capitata a Camille.

«Lo so. È vero. E Jeremiah vuole costruire per me una casa bellissima, dove tutto sarà il più moderno possibile, e ci troverò tutto quello che voglio!» A sentirla parlare così sembrava una bambina di nove anni. Sua madre aggrottò le sopracciglia.

«Come diventerai viziata, Camille!»

«Lo so.» C'era soltanto un'ombra che guastava gran parte di quella felicità: la prospettiva di avere un bambino. Ma, forse, sarebbe stato un ben piccolo scotto da pagare per tutto il resto. In ogni modo, voleva parlarne con la mamma e chiederle se c'era qualche mezzo per rimandare, almeno di un po', questa eventualità. Sapeva che le signore parlavano di questo problema, ma non voleva sollevarlo adesso. C'era ancora tempo prima della notte nuziale.

«Ti rendi conto della fortuna che hai?»

«Sì.» Poi scappò via perché la cameriera era venuta ad avvertire che Jeremiah era giù e la aspettava.

Gli sembrò che quelle due settimane ad Atlanta passassero

rapide come un sogno: feste, picnic, doni e brindisi e baci rubati con un braccio intorno alla vita sottile di Camille. Non vedeva l'ora di portarsela a casa, e si sentì straziare il cuore quando le diede il bacio dell'addio. Non vedeva l'ora di portarla via con sé. Purtroppo, prima di quel momento, aveva una quantità di cose da fare, un terreno da acquistare, una casa da costruire per la sua sposa. Occupò tutto il viaggio di ritorno, in treno, a fare qualche disegno di quello che aveva in mente e prima di tornare a Napa passò tre giorni a San Francisco a visitare terreni di ogni forma e dimensione e a parlare con parecchi architetti che dovevano cominciare a disegnargli il progetto. Fu la mattina del giorno stabilito per tornare a casa che trovò proprio quello che voleva per Camille. Si trattava di un terreno enorme, più o meno delle dimensioni di un intero isolato, di forma quadrata, all'estremità meridionale di Nob Hill. Di lì si poteva godere il panorama dell'intera città e Jeremiah, socchiudendo gli occhi, riuscì addirittura a immaginare come avrebbe dovuto essere la sua casa. Più grandiosa delle lussuose abitazioni degli Huntington o dei Crocker o perfino di quella di Mark Hopkins e, magari, dei Tobin. Nella tarda mattinata passò dagli uffici dell'architetto e gliela descrisse, sentendosi rispondere che gliela avrebbe potuta costruire in due anni, proprio come desiderava.

«Non esattamente, caro signore.» L'architetto non nascose una certa perplessità vedendo il sorriso di Jeremiah. «Avevo in mente un po' meno di due anni.»

«Forse, uno?» Intanto impallidiva visibilmente mentre il sorriso di Jeremiah si accentuava. Non conosceva Jeremiah Thurston ... e tanto meno Camille Beauchamp.

«A dire la verità, stavo pensando piuttosto a quattro, o al massimo cinque, mesi.»

Ci mancò poco che l'architetto non svenisse e Jeremiah si mise a ridere. «Parla sul serio?»

«Certo!» E senza aggiungere altro, sedette alla scrivania del suo interlocutore e gli firmò un assegno per una cifra sbalorditiva. D'altra parte quello era il miglior studio di architetti della città e gli era stato caldamente raccomandato dai suoi banchieri. Consegnò l'assegno all'architetto spiegandogli che ne avrebbe ricevuto un altro non appena i lavori fossero finiti, nel giro di quattro, cinque mesi al massimo. Si trattava di una cifra tale da chiudere la bocca a chiunque; non solo, ma poteva contribuire a risolvere, almeno in parte, il problema tempo. Con una simile cifra in mano, si poteva assumere un esercito di operai per tirar su la casa sul terreno di Nob Hill, che Jeremiah acquistò quello stesso giorno, con un altro assegno. Era un uomo con il quale era facile trattare. Salendo sul battello per Napa, al tramonto, si sentì soddisfatto di tutto quello che aveva concluso in quel giorno. L'architetto sarebbe venuto personalmente a Napa, una settimana dopo, per mostrare a Jeremiah i progetti e, con un po' di fortuna, i lavori di costruzione veri e propri avrebbero potuto cominciare pochi giorni più tardi. Jeremiah non voleva perdere un solo minuto; voleva che la casa fosse finita il giorno in cui avesse portato in California la sua sposa. Aveva già deciso di passare la luna di miele a New York, poi avrebbe condotto Camille a casa, a Napa, e nella loro nuova, stupenda residenza di San Francisco. Potevano passare in città i mesi invernali e trasferirsi, al primo annuncio della primavera, a Napa, dove sarebbero rimasti fino al termine dell'estate. A Jeremiah sembrava l'esistenza perfetta. E quando l'architetto si presentò nel suo ufficio delle miniere la settimana seguente, trovò che anche i progetti erano altrettanto perfetti. Da professionista intelligente, l'architetto aveva interpretato nel modo più corretto le esigenze di Jeremiah. Era un uomo che aveva già passato la quarantina e che si sposava per la prima volta; sua moglie era una ragazza di diciassette anni che aveva saputo accendere un ardore appassionato nel suo cuore, nei suoi sogni e nella sua anima. Doveva avere quindi una casa degna di una principessa, una casa in cui far crescere i propri figli, una casa che potesse resistere per una dozzina di generazioni. Perché, in realtà, si trattava di un palazzo vero e proprio. Al centro della casa, sopra il grande atrio principale, si sarebbe elevata una cupola di vetri colorati. La costruzione avrebbe avuto anche quattro svettanti e snelle torrette agli angoli. Ci doveva anche essere un colonnato ad adornare la severa facciata; un vasto parco e un giardino elegante e curato, un cancello in ferro battuto, per l'ingresso delle carrozze e un ampio steccato tutt'intorno. Nel complesso, il progetto sembrava più quello di una residenza di campagna che di una casa di città. Fu proprio questo che piacque, in particolare, a Jeremiah. Non solo, ma trovò singolarmente bella anche l'idea della cupola con i vetri colorati. Perché ne sarebbero filtrati in casa fasci luminosi, a colori brillanti, che avrebbero dato agli ambienti l'illusione che splendesse il sole anche in una giornata grigia. Un dono quanto mai appropriato per Camille, per la quale Jeremiah sognava una vita luminosa e splendente. I disegni erano perfetti anche per tutto il resto. Lo stile della casa univa elementi rococò ad altri vittoriani in modo estremamente armonioso. Jeremiah ne rimase profondamente soddisfatto e, quando l'architetto se ne andò per prendere il battello che doveva riportarlo a San Francisco, Jeremiah tornò a sedersi alla scrivania sorridendo di gioia. Non vedeva l'ora che Camille arrivasse in quella casa. La immaginava mentre passeggiava nell'elegante giardino o si aggirava per la sontuosa suite, di cui avevano appena finito di discutere, composta da una grande camera da letto padronale, un *boudoir*, uno spogliatoio e un salottino per Camille e uno studio, con le pareti rivestite di una bella *boiserie*, per lui. Sullo stesso piano ci sarebbe anche stata la zona destinata ai bambini, con un salotto e una camera da letto per la balia e, al piano di sopra, altre sei grandi camere da letto, piene di luce e di aria, studiate per lo stesso scopo. Come si faceva a dire quanti figli avrebbero potuto avere? Il salone del pianterreno era il più ampio che l'architetto avesse mai disegnato; ci dovevano essere anche un altro salotto, più piccolo, un'ampia biblioteca con le pareti rivestite di *boiserie*, una sala da pranzo e un salone da ballo. Quanto alle cucine, sarebbero state le più moderne costruite a San Francisco; le stanze per i domestici dovevano essere comode e ampie, le scuderie avrebbero riempito Hubert d'invidia. La casa doveva avere tutto ciò che si poteva desiderare, compreso un arredamento adeguato. L'architetto garantì a Jeremiah che avrebbe sguinzagliato il suo personale fin da quello stesso giorno, alla ricerca di suppellettili preziose, e che contemporaneamente avrebbe commissionato a falegnami e mobilieri i mobili necessari.

Inoltre, da quel giorno in poi, Jeremiah sarebbe andato in città una volta la settimana per seguire i lavori e vedere come procedevano. Si trattava di un progetto di proporzioni gigantesche per tutti quelli che ci dovevano lavorare, e Jeremiah cominciò a domandarsi sempre più di frequente se sarebbero stati pronti in tempo. Nel frattempo, le lettere di Camille arrivavano sempre più spesso, e tutte parlavano dei preparativi per il matrimonio. La stoffa per il suo vestito era stata comperata a New Orleans, ma era stata tessuta a Parigi... e, del vestito, non gli avrebbe detto altro... ma non vedeva l'ora di farglielo ammirare ed era emozionata e felice per il suo corredo esattamente come Jeremiah per la loro futura casa. Però, di questa, le diceva pochissimo. Si era limitato a informarla che avrebbero avuto una casa a San Francisco senza spiegarle che stava costruendo la dimora più vasta e sontuosa che si fosse mai vista in città e che, ogni giorno, gruppi di curiosi si fermavano intorno alla costruzione a seguire i lavori. Le squadre di operai erano sempre più numerose e veniva fatto ogni sforzo per concludere i lavori entro i tempi stabiliti da Jeremiah. Jeremiah aveva perfino mandato un certo numero dei suoi operai ad aiutare i muratori, togliendoli dalle miniere, e offriva sostanziose gratifiche a tutti quelli che fossero disposti ad andare in città, durante il weekend, a dare man forte ai costruttori.

Contemporaneamente a questo, stava facendo il possibile per arredare e mettere in ordine la casa di St. Helena. Nei diciannove anni da che ci viveva, non si era mai accorto di come si fosse ridotta anche la sua camera da letto; non solo, ma si accorse improvvisamente che tutta la casa era vuota e aveva un aspetto desolato. Allora si diede a comperare all'impazzata, con entusiasmo, tutto il necessario — a Napa, ma anche a San Francisco — e pregò Hannah di cucire le tende per tutte le stanze. Se voleva condurre Camille a Napa, la casa doveva essere il più possibile accogliente. Era giovane, Camille, e aveva bisogno di luce e aria, di un ambiente allegro e sereno. Decise di far mettere completamente a posto il giardino e di piantarvi fiori e alberi; fece ridipingere le pareti esterne della casa dai suoi operai e, per la fine di ottobre, St. Helena aveva assunto un aspetto completamente nuovo. Perfino Jeremiah restò sorpreso. Soltanto Hannah sembrava infastidita da quei cambiamenti e gli rispondeva in tono burbero e aggressivo ogni volta che lo vedeva. Poi, alla fine, smise addirittura di parlargli e non fece più alcun commento. Jeremiah si accorse di non sopportare oltre quella situazione. Una sera, alla fine di una giornata che era stata molto lunga per lui, le si mise a sedere davanti, riempì di caffè due tazze e si accese un sigaro, indifferente alle inevitabili proteste di lei.

«Dunque, adesso, cara la mia donna, dobbiamo parlarci a quattr'occhi. So benissimo che non ti piacciono i cambiamenti che ho fatto, e che ho assillato tutti con le mie pretese in questi ultimi due mesi, ma adesso, la casa è una meraviglia e sono sicuro che a Camille piacerà moltissimo. Inoltre sono sicuro che lei piacerà a te, perché è una bambina adorabile.» Sorrise, pensando alla lettera che aveva ricevuto quella mattina. «Fra l'altro, se non sbaglio, hai continuato a torturarmi non so per quanto tempo perché volevi che mi sposassi. Bene, adesso mi sposo. Si può sapere, allora, perché sei così furiosa con me?» Hannah si era già rifiutata parecchie volte di seguirlo in città per vedere come si presentava la casa durante la costruzione. «Non sarai gelosa di una ragazza di diciassette anni! C'è posto per tutte e due nella mia vita. Camille ti conosce già, ha già sentito parlare molto di te e non vede l'ora di incontrarti, Hannah.» Tutta questa faccenda gli piaceva molto poco e non riusciva a dimenticare che la vecchia governante gli aveva fatto passare dei brutti momenti, soprattutto in quelle ultime settimane. «C'è qualcosa che non va? Non ti senti bene, sei malata, o semplicemente furiosa con me perché mi sono costruito una casa fuori dalla Napa Valley?»

Hannah sorrise, a queste parole, perché c'era qualcosa di vero. «Te l'ho già detto, non hai nessun bisogno di un'altra casa. Hai già cominciato a viziare troppo quella ragazza, prima ancora che sia arrivata qui!»

«Hai ragione. Diventerà il mio tesoro. La cocca di un vecchio come me!»

«È una ragazza fortunata.» Erano le prime parole gentili

che Hannah gli diceva da più di un mese e Jeremiah si sentì sollevato. Aveva avuto parecchie preoccupazioni per quello che riguardava Hannah e, a un certo punto, si era impaurito al pensiero che potesse essere rozza e scostante con Camille, come lo era con lui. La sua fragile e tenera sposa del Sud non avrebbe saputo come spiegare un'accoglienza così gelida.

«Io sono un uomo fortunato, Hannah.» Fissò negli occhi la vecchia amica e questa capì che Jeremiah era felice. Com'era strano pensare al modo in cui la sua vita era cambiata completamente in quegli ultimi sei mesi... strano... ma c'era anche qualcos'altro. «Devo essere molto grato di quello che avrò.» Gli occhi di Jeremiah, che continuavano a fissarla, erano limpidi e sinceri. Però si accorse che c'era una strana tristezza in quelli di Hannah. «Cosa è successo? Qualcosa di grave?»

E Hannah si vide costretta a raccontargli la verità. Non aveva più importanza se aveva promesso di non farlo. E, all'improvviso, quegli occhi che continuavano a fissarlo, si riempirono di lacrime. «Non so da che parte cominciare a dirtelo, Jeremiah.»

«Cosa è successo?» Lui si sentì travolgere da un'ondata di terrore e, all'improvviso, gli tornò in mente l'angoscia provata quando erano venuti a dirgli che Jennie, malata di influenza, stava per morire. Adesso, mentre Hannah continuava a fissarlo, provò un tuffo al cuore, come allora.

«Si tratta di Mary Ellen.»

Il cuore gli si fermò in petto. Capì che stava per ascoltare una notizia molto importante e molto grave. «È malata?»

Hannah scrollò lentamente la testa. «Aspetta un bambino... il tuo bambino...» Jeremiah si sentì come se qualcuno lo tempestasse di pugni, togliendogli il respiro.

«Oh no... ma non poteva... non era...»

«Glielo ho detto anch'io che è pazza, quando l'ho vista a Calistoga. Ha rischiato di morire quando sono nati i due bambini più piccoli e adesso non è più giovane come allora. Però mi aveva fatto giurare che non te l'avrei mai detto, Jeremiah.»

Lui fece un segno di assenso, sconvolto, con lo stomaco chiuso da una morsa. Intanto faceva un rapido calcolo, andando a ritroso con i suoi ricordi. Doveva essere accaduto in aprile, forse l'ultima volta che era stato da lei. Non solo, ma provava la curiosa impressione che Mary Ellen lo avesse desiderato. Del resto, era ciò che gli aveva detto, quella volta: se erano dei figli, che lui voleva, gli avrebbe dato lei un bambino. Ma doveva essere ammattita. Il dottore le aveva già detto da molti anni che avrebbe rischiato di morire se fosse rimasta incinta un'altra volta. E allora, perché stava facendo proprio questo, adesso?... Adesso? Senza dire una sola parola ad Hannah, allungò all'improvviso un pugno sul tavolo in cucina. La vecchia amica continuava a fissarlo negli occhi. Poi Jeremiah si alzò di scatto e si avviò impetuosamente alla porta.

«Cos'hai intenzione di fare?»

«Parlarle, se non altro. È una maledetta stupida, e tu sei ancora più stupida di lei se ti sei illusa che io non avrei fatto niente, quando lo avessi saputo.» Ne aveva abbastanza dello sciocco orgoglio e della testardaggine di Mary Ellen! Era stata la sua donna per sette anni e adesso doveva aiutarla. Ma non poteva fare altro per lei. Niente cambiava: si sarebbe sposato ugualmente.

Uscì di casa e buttò la sella in groppa a Big Joe. Poi si lanciò al galoppo sulla strada ed entrò in Calistoga come una furia. Arrivò davanti alla casa di Mary Ellen in una nuvola di polvere che destò lo stupore dei suoi figli, i quali rimasero a guardarlo, con gli occhi sgranati, mentre entrava a passi affrettati e furiosi. Il più grandicello gli gridò: «La mamma non c'è».

Lui girò sui tacchi e ricomparve sulla soglia di quella casa che tanto bene conosceva. Era cupo, corrucciato. Si era già accorto che, dentro, non c'era nessuno. «Dov'è?»

«Lavora alle terme. Non tornerà a casa ancora per un po'.»

Poteva aspettarla, ma non ne aveva voglia, incattivito com'era. Preferì risalire in sella a Big Joe e dirigersi verso la strada principale della cittadina, dove si trovava il palazzo delle terme. Maledetta donna. Ormai, probabilmente, non c'era una sola persona della città che non sapesse che Mary Ellen aspettava un figlio da lui. Imprecò silenziosamente contro se stesso per essere andato a letto con lei quella famosa sera. Non ne aveva mai avuto l'intenzione, ma Mary Ellen gli era sembrata talmente afflitta e disperata... e poi, aveva provato un enorme desiderio di lei, come sempre. Invece era stata una cosa stupida... stupida... e non poté fare a meno di domandarsi se, un giorno, Camille sarebbe venuta a scoprire l'esistenza di questo suo figlio illegittimo.

Trovò Mary Ellen dietro a un banco, intenta a segnare i nomi dei clienti sul foglio dove si prendevano gli appuntamenti per le cure. Il banco nascondeva quasi completamente la sua figura. Per fortuna non era un lavoro troppo pesante per una donna in attesa di un figlio. Mary Ellen trasalì quando lo vide e fece il gesto di ritrarsi, come se volesse fuggire, ma Jeremiah allungò rapidamente una mano e l'afferrò per un braccio.

«Voglio che tu venga fuori di qui subito, con me.» Gli scintillavano gli occhi per l'angoscia e la collera; e, inoltre, gli dava un enorme fastidio scoprire che era profondamente felice di vederla. Mary Ellen sembrava più bella che mai, perfino adesso che non riusciva a nascondere di essere un po' spaventata.

«Jeremiah... ti prego... io... smettila...» Aveva paura di fargli una scenata e, al tempo stesso, non voleva che Jeremiah vedesse il suo corpo. Non poteva immaginare che Hannah gli aveva rivelato ogni cosa e sembrava costernata al pensiero di quello che poteva succedere, quando un inserviente si avvicinò, pronto a scacciare Jeremiah anche con le maniere forti, se fosse stato necessario.

«Hai bisogno di aiuto, Mary Ellen?» Stava già alzando i pugni e la donna si affrettò a rifiutare, supplicando Jeremiah con gli occhi di andarsene e di lasciarla tranquilla.

«Ti prego... è meglio se tu... non voglio...»

«Non mi interessa quello che vuoi o non vuoi! Se fai resistenza, ti porto fuori di peso! Su, alzati ed esci in strada con me altrimenti ti prendo in braccio e ti faccio uscire con la forza.»

Mary Ellen arrossì violentemente e lanciò un'occhiata di disperazione intorno a sé. Poi, senza saper più che cosa fare, prese uno scialle che teneva sullo schienale della seggiola, se lo buttò sulle spalle e lo seguì fuori. L'inserviente, che era accorso a proteggerla, le promise di sostituirla durante la sua assenza.

«Jeremiah... ti prego...» Ma lui, sorreggendola, la stava già trascinando attraverso la strada verso un gruppo di alberi e una panchina. «Non voglio...» La sospinse bruscamente verso la panchina, costringendola a sedere, e poi le si mise davanti.

«Non mi importa quello che vuoi. Perché non me lo hai detto?»

«Che cosa dovevo dirti?» Sembrava che non capisse. Poi impallidì in modo pauroso.

«Non so che cosa vuoi dire.» Ma il pallore della sua faccia e la paura che mostrava la smentivano.

«Sai perfettamente a che cosa alludo.» Si mise a fissare in modo significativo il grembo di Mary Ellen e le scostò lo scialle con delicatezza. Gli bastò un'occhiata per capire la verità. Doveva essere incinta più o meno da sei mesi. «Come hai potuto non dirmelo, Mary Ellen?»

Lei cominciò a piangere sommessamente e si asciugò gli occhi con un fazzolettino di pizzo che Jeremiah le aveva regalato molto tempo prima. Quando lui lo osservò, si sentì ancora peggio di prima. «È stata Hannah a dirtelo... eppure aveva promesso di non farlo...» Cominciò a singhiozzare; allora Jeremiah si mise a sedere al suo fianco e le circondò le spalle con un braccio. Che li vedessero tutti! Non si era mai vergognato di Mary Ellen. La verità era un'altra: non l'aveva mai desiderata come moglie e, in questo, non era cambiato. Niente era cambiato all'infuori del fatto che, adesso, se lei aspettava un bambino, tutto sarebbe diventato più complicato di prima.

«Mary Ellen, sciocca che non sei altro, perché l'hai fatto?»

«Volevo il tuo bambino se non potevo avere te... volevo...» Non riuscì a continuare, perché i singhiozzi la soffocavano.

«Ma è troppo pericoloso per te! E lo sapevi.» Intanto si stava chiedendo se Mary Ellen si illudeva che la sposasse, una volta scoperta la verità, ma lei fu pronta a smentirlo. Si affrettò a spiegargli che desiderava soltanto avere il suo bambino, e nient'altro, da lui. Furono proprio queste parole a far perdere le staffe a Jeremiah. «Basta! Non voglio più sentire altre stupidaggini simili, Mary Ellen. Ne ho già sentite anche troppe da parte tua... Avrei dovuto smettere di ascoltarti molti anni fa. Tanto per cominciare, devi lasciare il lavoro subito, immediatamente. Che vadano al diavolo le fierezze e l'orgoglio. Ho intenzione di occuparmi di te e di questo bambino, personalmente, dal punto di vista finanziario, visto che non posso farlo in nessun altro modo. È il minimo che posso fare per te e, se non ti garba, mi dispiace ma non so che cosa farci. Lo voglio fare per il mio bambino. Chiaro?» Mary Ellen si era messa quasi a tremare di fronte alla durezza di queste parole.

«Ho altri tre figli da mantenere, Jeremiah», disse con voce sommessa, non priva di orgoglio. «E non ho mai lasciato mancare niente a nessuno di loro.»

«Insomma, non voglio più sapere niente di tutta questa storia. Basta così.» Tornò a sedersi con l'aria preoccupata. Non era un problema che si poteva risolvere semplicemente con un po' di soldi. «Sei stata dal dottore, Mary Ellen?» Lei fece un cenno d'assenso, cercando di incontrare il suo sguardo. Era evidente che non aveva mai smesso di volergli bene; quanto a Jeremiah, cercò di reprimere i sentimenti che provava guardandola. Adesso doveva pensare a Camille. Si sarebbero sposati entro due mesi... prima ancora che questo bambino nascesse. La vita, a volte, non era giusta. Forse le cose sarebbero andate diversamente se Mary Ellen avesse concepito suo figlio molto tempo prima. Prima di tutto questo. «Cosa ha detto il dottore?»

«Che andrà tutto bene.» La voce di Mary Ellen era dolce, sommessa, e Jeremiah provò un tale senso di colpa che fu come se ricevesse una coltellata in pieno petto.

«Vorrei poterci credere.»

«È vero, ce l'ho fatta anche con gli altri tre, no?»

«Sì. Ma eri più giovane. È stata una sciocchezza, questa.»

«No, non è vero.» Aveva l'aria di sfida, bastava guardarla per accorgersi che non rimpiangeva niente di quello che aveva fatto. E Jeremiah, vedendola così, si infuriò di nuovo.

«Si può sapere perché diavolo ti è saltato in mente di farlo?» Mai e poi mai l'avrebbe capito. Era stata un'idiozia, per mille ragioni diverse.

«È tutto quello che mi resta, Jeremiah...» La voce di Mary Ellen era dolcissima e triste. Ad ascoltarla, lui si sentiva straziare il cuore. «Mi hai lasciato, ormai, e non tornerai più da me. Lo so. Hai intenzione di sposare quella ragazza, vero?» Lui annuì, corrugando le sopracciglia, e Mary Ellen sembrò ancora più decisa, più sicura, di prima. «Allora ho fatto bene.»

«Ma rischi la vita.»

«È mia e ne faccio quello che voglio.» Si alzò e Jeremiah pensò che non l'aveva mai vista così bella. Aveva fierezza, orgoglio e coraggio, e aveva fatto soltanto ciò che desiderava... non molto diversamente da come si sarebbe comportata Camille... per quanto, Camille aveva ancor più ardimento e stile di questa donna. Non rimpiangeva la sua scelta, ma rimpiangeva la scelta di Mary Ellen. Perché avrebbe reso l'esistenza difficile a tutti, anche al bambino. Presto o tardi qualcosa si sarebbe saputo in giro, Camille lo avrebbe scoperto e, in seguito, perfino i suoi figli. Quella di Napa Valley era una contea troppo piccola perché situazioni del genere restassero segrete, e Jeremiah voleva che niente addolorasse la sua sposa. Figuriamoci un po' se avesse sentito la notizia della nascita del suo bastardo, appena un mese dopo le nozze. Rabbrividì al pensiero del dolore che le avrebbe procurato.

«Vorrei che tu non lo avessi fatto, Mary Ellen...»

«Mi spiace che tu la pensi così, Jeremiah.» Spinse in fuori il mento, dicendo queste parole con durezza, e Jeremiah provò un gran desiderio di baciarla. «Ho sempre creduto che tu volessi un bambino.»

«Ma non in questo modo. Ci sono modi migliori per averlo.»

«Per me, no, Jeremiah. Ormai, non più. Ti auguro di essere felice con la tua sposa.» Ma Jeremiah sapeva che questo augurio non era sincero.

«Che cosa hai intenzione di fare adesso?» chiese Jeremiah.

«Semplicemente quello che ho fatto finora. Ho trovato un impiego alle terme, ed è un impiego decoroso. Non mi stanco, lavorando lì e, quando nascerà il bambino, le ragazze mi aiuteranno a badargli quando sarò fuori, al lavoro.»

«Dovresti stare a casa con i tuoi figli.» La disapprovava, e questo non era da lui. Non le aveva mai detto niente di simile in passato ma, adesso, uno dei suoi figli era anche suo, e c'era una bella differenza. «Ci penserò io, Mary Ellen.» L'indomani sarebbe andato alla sua banca di Napa a prendere accordi in quel senso. C'erano mille modi di sistemare questo genere di cose; ci avrebbe pensato lui. A dir la verità, avrebbe dovuto pensarci già da parecchi anni, ma non era ancora troppo tardi per fare qualcosa per Mary Ellen.

«Non voglio che tu faccia niente del genere, Jeremiah.»

«Non ho chiesto la tua opinione, come tu non hai chiesto la mia. Adesso sono io, a prendere le decisioni.» In fondo al cuore, Mary Ellen si sentì delusa che Jeremiah non fosse rimasto maggiormente commosso dalla prossima nascita di questo figlio, ma doveva avere in mente molte, moltissime altre cose, ormai... e altri bambini che non erano di lei... lo capiva. Sotto un certo aspetto, era stato un errore e, adesso, se ne accorgeva. Ma era troppo testarda per rimpiangerlo, come aveva ripetuto più volte ad Hannah. Era questo che aveva sempre desiderato. «Voglio che tu smetta di lavorare alle terme.» Jeremiah la guardò con aria quasi paterna.

«Non c'è neanche da pensarci!»

Jeremiah le scoccò un'occhiata furiosa. «Se non ti licenzi tu, lo faccio io. La tua vita deve cambiare radicalmente fin da questo momento. Mi sono spiegato? D'ora in avanti rimarrai a casa con i tuoi figli, con il mio bambino, in modo da conservarti il più possibile in buona salute. Se ti logori e ti consumi, se rischi la vita per questo bambino, quale sarà la sorte degli altri? Ci hai pensato?» A queste parole gli occhi di Mary Ellen si colmarono di lacrime e Jeremiah si pentì immediatamente della veemenza con la quale aveva parlato. «Scusami... il fatto è che... è una situazione difficile per tutti e due. Vediamo di renderla il più facile possibile. Cerchiamo di renderla più semplice per te. Non vuoi?» Gli occhi di Mary Ellen si fissarono con intensità nei suoi; poi, lentamente, fece un cenno di assenso. Avrebbe voluto dirgli che lo amava ancora perdutamente, ma non era più possibile. Doveva affrettarsi a tornare al suo posto. E si sentiva male, per colpa del busto troppo stretto che portava affinché nessuno si accorgesse delle sue condizioni. Se non altro, smettendo di lavorare per un po', non sarebbe più stata obbligata a portarlo così stretto...

«Magari per un po', Jeremiah.» D'un tratto, si sentì immensamente stanca. «Fintanto che nasce il bambino.»

«No.» Jeremiah le accarezzò dolcemente un braccio, per confortarla. «Lascia che ci pensi io.» Avrebbe mandato il suo banchiere a parlarle. Non erano cose nuove. Capitavano sempre. Lei si sarebbe messa a piangere, lui si sarebbe messo a farle dei ragionamenti chiari e precisi e, ogni mese, lei avrebbe ricevuto una somma che le avrebbe permesso di mantenere con tutti gli agi non soltanto se stessa ma anche i quattro figli.

Infine Jeremiah si alzò e riaccompagnò Mary Ellen nell'ufficio delle terme, dove il giovanotto che aveva preso il suo posto la stava aspettando. D'un tratto gli venne da chiedersi se, nelle premure e nell'ansia di proteggerla che manifestava per Mary Ellen, ci fosse qualcosa di più di quello che non pareva a prima vista ma, anche se fosse stato così, preferiva non saperne niente. Era sicuro — non aveva il minimo dubbio — che il bambino fosse suo, aveva fiducia in Mary Ellen e sapeva che non c'era stato nessun altro. Se c'era adesso, pensò che aveva diritto ad un poco di bene anche lei. In fondo, lui aveva Camille.

«Allora, lascerai l'impiego?» Mary Ellen fece segno di sì con la testa, poi i suoi occhi cercarono quelli di lui.

«Tornerai a trovarmi qualche volta, Jeremiah?» A queste parole, Jeremiah sentì un tuffo al cuore, ma qualcosa, dentro, gli disse che era meglio evitarlo.

«Non so. Non credo che sia opportuno... per il bene di tutti.»

«Neanche a vedere il bambino?» Ancora una volta, le erano salite le lacrime agli occhi. Jeremiah si sentì la peggior carogna del mondo.

«In questo caso, sì, verrò. Ma, prima di allora, voglio ricevere tue notizie di tanto in tanto e sapere se hai bisogno di qualche cosa.» Adesso non aveva più timore che Mary Ellen potesse approfittarsi di lui. Non lo aveva mai fatto, prima, e anche in quest'occasione si stava comportando con estrema dignità. «Resterò assente...» esitò per un attimo, sentendosi improvvisamente imbarazzato, «dal primo dicembre in poi.» Doveva sposarsi ad Atlanta il ventiquattro ma, prima di quel giorno, ci sarebbero state due settimane di feste e ricevimenti e aveva promesso a Camille di essere con lei. Adesso, invece, questa donna di Calistoga aspettava il suo bambino. Come era strana la vita! Non poté fare a meno di riflettere su tutto questo, mentre tornava lentamente a casa in groppa a Big Joe. Non solo la sua esistenza era profondamente mutata negli ultimi sei mesi, ma c'era un'altra cosa, ancora più strana: nel giro di un anno, lui poteva diventare padre di due bambini. Non poté trattenere un sorriso a quel pensiero, mentre legava Big Joe nella scuderia! due bambini, uno di Mary Ellen, uno di Camille...

Trovò una lettera di Amelia Goodheart che lo aspettava sul tavolo di cucina. Era la prima volta che riceveva sue notizie dal giorno in cui l'aveva lasciata sul treno per Savannah. Adesso gli scriveva per dirgli che aveva ricevuto la sua lettera, che era molto felice di tutto quello che le raccontava a proposito della signorina di Atlanta e, magari, anche un pochino gelosa. Gli confermava che, secondo lei, stava facendo la cosa più giusta e si augurava di conoscere Camille, se mai fossero andati a New York. Per il momento, la sua figliola che viveva a San Francisco stava aspettando un altro bambino e quindi lei, durante l'anno successivo, sarebbe venuta sicuramente a trovarla. La sua lettera commosse profondamente Jeremiah, che continuò a pensare a quelle tre donne, e a quanto diverse fossero, mentre si riscaldava la cena che Hannah aveva lasciato pronta per lui. Quante cose strane e impreviste offriva la vita, donne e bambini e storie d'amore sui treni transcontinentali... ed ecco che lui avrebbe sposato, più o meno due mesi dopo, una creatura fragile e delicata con la pelle morbida e bianchissima, i lussureggianti capelli neri, le labbra maliziose, gli occhi ridenti. Gli sembrò di tremare da capo a piedi mentre sedeva nella cucina silenziosa, con il pensiero rivolto alla giovane donna che lo aspettava ad Atlanta.

12

QUANDO Jeremiah partì per Atlanta, il due di dicembre, i lavori per la costruzione della casa di Nob Hill erano talmente progrediti che perfino a lui pareva quasi incredibile. Prevedeva di tornare a San Francisco per il quindici gennaio e ormai era sicuro che, per quell'epoca, la casa sarebbe stata finita. Sul muro esterno avevano già applicato una piccola targa di ottone. Sopra vi erano incise le parole CASA THURSTON in eleganti caratteri. Casa Thurston, e Camille non ne sapeva quasi niente. Era stato un segreto gelosamente custodito, ma Jeremiah aveva la certezza che le sarebbe piaciuta alla follia. Adesso anche le torrette svettavano nel cielo, al loro posto. Alberi e fiori erano stati piantati nel giardino, accuratamente disegnato. Anche la *boiserie* era già stata applicata alle pareti di alcune stanze, dai soffitti pendevano già i lampadari e avevano finito di sistemare un pavimento di un marmo arrivato appositamente dal Colorado. La casa sarebbe stata attrezzata con tutte le comodità più moderne; i legni, i tessuti, il cristallo dei lampadari erano i migliori che si potessero trovare sul mercato. Sembrava quasi un museo e Jeremiah, pensandoci, rise tra sé. Certo che ci sarebbe voluto un bel numero di bambini per riempirla!

Il viaggio per Atlanta gli sembrò interminabile. Non vedeva l'ora di arrivare. Era emozionatissimo. Portava con sé la più bella collana di perle che fosse mai passata dal negozio di Tiffany a New York, con gli orecchini di perle e diamanti in *parure* e anche uno stupendo braccialetto. Si era fatto mandare i disegni di ogni pezzo e i gioielli erano arrivati appena in tempo per il viaggio ad Atlanta. C'era anche una spilla di rubini, molto carina, per la signora Beauchamp e un anello con uno zaffiro spettacoloso che aveva intenzione di regalare a Camille quando si fossero trovati a New York per la luna di miele. Qualche tempo prima aveva scritto ad Amelia dicendole che, in quell'occasione, sperava di vederla e di presentarle Camille. Amelia si era finalmente decisa a rispondere alle sue lettere e Jeremiah traeva un grande piacere da quella corrispondenza, un piacere più o meno simile a quello provato durante le ore di viaggio trascorse insieme in treno. Tutto sommato, aveva proprio seguito il consiglio di Amelia; adesso era talmente fiero e orgoglioso della sua sposa che non stava più nella pelle dalla smania di esibirla davanti a tutti quelli che conosceva.

Durante il lungo viaggio verso Atlanta pensò spesso ad Amelia. Era passato quasi un anno da quando si erano conosciuti, eppure continuava ancora a ricordarne la raffinata e singolare bellezza. Lo colpì una coincidenza curiosa, e non era la prima volta che ci pensava: Amelia somigliava vagamente a Camille. Ma era Camille a riempire quasi sempre i suoi pensieri, ormai: le sue braccia aggraziate, il viso dalle fattezze squisite, le dita lunghe e sottili, le caviglie delicate, la massa lucente dei capelli... Non vedeva l'ora di averla di nuovo fra le braccia, di baciarla sulle labbra, di ascoltare la sua risata.

Camille era alla stazione ferroviaria di Atlanta ad aspettarlo, indispettita perché il treno aveva quattro ore di ritardo. Tuttavia questo contrattempo non le aveva fatto perdere il buonumore, e si buttò fra le sue braccia squittendo di gioia, con un bacio e uno scoppio di risa argentine. Indossava una cappa di velluto verde bottiglia con il cappuccio e il manicotto in tinta, bordati di ermellino. Sotto la cappa aveva un vestito di taffetà verde che, nelle sue primitive intenzioni, doveva far parte del corredo nuziale. Poi, però, aveva cambiato idea perché moriva dalla voglia di metterlo per andare a ricevere Jeremiah alla stazione. Quanto a lui, dovette fare uno sforzo su se stesso per non stringerla troppo forte a sé in carrozza, mentre raggiungevano la casa dei Beauchamp. L'intera famiglia si era riunita per accoglierlo e bere insieme una coppa di champagne, prima di lasciarlo andare all'albergo a prendere possesso delle sue stanze. Avrebbe abitato lì per i quindici giorni che precedevano le nozze.

Le due settimane seguenti furono un vorticoso, incessante turbinio di feste, balli, cene, pranzi. Il giorno prima del matrimonio i Beauchamp diedero una cena elegantissima per gli amici più cari di Camille, una specie di cena d'addio prima della sua partenza da Atlanta. Ci furono baci, abbracci, saluti e ci scappò anche qualche lacrimuccia. Jeremiah pensò che non gli era mai capitato di vedere radunate insieme tante giovani donne così carine ed eleganti, per quanto la sua fidanzata fosse, di gran lunga, la più carina di tutte. Volteggiava fra le sue braccia al suono della musica, ballava fino all'alba ogni notte, sembrava che non fosse mai stanca e, la mattina successiva, appariva animata e vivace come sempre.

Jeremiah non poté fare a meno di ridere di questo fatto, un giorno, parlandone con il futuro suocero. «Sto cominciando a preoccuparmi... non so se ce la farò a tenere il passo con lei. Mi ero dimenticato che cosa volesse dire essere giovani!»

«Terrà giovane anche lei, Thurston.»

«Me lo auguro.» Ma, tutto sommato, non se ne preoccupava eccessivamente. Mai, in vita sua, era stato più felice. Si sentiva pieno di aspettativa per il viaggio a New York, il ritorno a San Francisco e il momento in cui avrebbe potuto mostrare a Camille la casa costruita per lei. Ne aveva parlato a Orville subito dopo il suo arrivo e il padre di Camille era sembrato molto soddisfatto di quello che Jeremiah aveva fatto per la sua bambina. Era un dono stupendo per sua figlia, già estasiata di fronte ai regali generosi del fidanzato. Anche la signora Beauchamp, del resto, aveva apprezzato la sua spilla. «Un pensiero squisito, da gentiluomo. Come è stato gentile...» Sembrava, ogni giorno che passava, un patetico simbolo dell'antico Sud, completamente diversa da Camille, la quale manifestava quasi sfacciatamente la propria gioia per i regali costosi di Jeremiah e ci godeva un mondo a pavoneggiarsi per questo con tutte le sue amiche. «Dodici carati» non faceva che ripetere dell'anello di fidanzamento con il brillante e, adesso, mostrava a tutti la collana di perle orientali che, effettivamente, era un gioiello raro e stupendo. Qualcuna delle perle che lo componevano toccava i ventotto millimetri di diametro. «Devono essergli costate un patrimonio», aggiunse perfino, in un'occasione, e venne subito rimproverata da sua madre. Il signor Beauchamp, invece, non nascose di esserne divertito. Quanto a Jeremiah, non disse niente.

Stava cominciando ad abituarsi al modo di fare dei Beauchamp e sapeva che, sotto sotto, Camille era diversa da suo padre.

Il matrimonio ebbe luogo alle sei di sera, la vigilia di Natale, nella cattedrale di St. Luke situata all'incrocio fra North Pryor e Houston Street. A celebrarlo era stato chiamato il reverendo Charles Beckwith, cugino del vescovo; parecchie centinaia di amici assistettero allo scambio delle solenni promesse di matrimonio della coppia e parecchie altre centinaia parteciparono al grande ricevimento organizzato nell'albergo dove Jeremiah alloggiava. Verso la fine gli sposi si allontanarono alla chetichella. Jeremiah condusse Camille nella *suite* dove c'erano già, ad aspettarli, i bagagli. Avrebbero passato lì la notte; l'indomani, dopo il pranzo con i genitori di lei, avrebbero preso il treno per New York nel tardo pomeriggio. Quando Camille e Jeremiah arrivarono nella *suite*, erano stremati. La giornata era stata lunghissima per entrambi e l'avevano preceduta due settimane durante le quali non avevano avuto un attimo di respiro, fra feste e ricevimenti. Jeremiah non ricordava di essere mai andato a tanti ricevimenti in vita sua. Adesso guardò la sua fragile sposa, che si era distesa sull'agrippina di velluto rosa, con lo stupendo vestito di nozze, di merletto color avorio, afflosciato intorno a lei, e pensò, ancora una volta, quanta importanza avesse quella creatura per lui. Aveva aspettato, per ottenerla, quasi più di metà della vita, ma non aveva rimpianti. Camille meritava tutta quell'attesa, meritava le afflizioni, le delusioni, gli anni di solitudine che aveva sopportato. In fondo, meritava perfino il dolore che lui aveva dato a Mary Ellen. Perché non avrebbe rinunciato a sposare Camille per nulla al mondo. Era un'adorazione completa, la sua. Sapeva che sarebbe stata la moglie perfetta, con la sua intelligenza brillante, il suo ardore, la sua maliziosa e sfacciata civetteria, la sua passione. Anche se, adesso, non pareva particolarmente appassionata, buttata su quel divano, con gli occhi quasi vitrei per la stanchezza.

«Ti senti bene, amore mio?» Si inginocchiò di fianco a lei e le baciò il palmo della mano, mentre Camille gli sorrideva.

«Ho l'impressione di non riuscire neanche ad alzare un dito. Sono così stanca!»

«Non mi meraviglio affatto. Vuoi che chiami la cameriera?»

Gli occhi di Camille non lasciavano i suoi. E Jeremiah si esaltò per quello che vi leggeva. Negli ultimi tempi, a volte, aveva pronunciato le parole sbagliate, mancando di delicatezza. Aveva parlato anche troppo dei vestiti costosissimi che suo padre le aveva comprato per il corredo nuziale, oppure del grosso brillante che era stato il dono di fidanzamento di Jeremiah. Ma quello che lui vide adesso negli occhi di Camille lo rallegrò fin nel profondo del cuore: vi lesse amore e gioia e fiducia. Era stata soltanto l'educazione che il padre le aveva dato, a renderla così interessata al denaro e al modo in cui la gente lo spendeva. Ma, dopo un mese o due passati con lui nella Napa Valley, Jeremiah sapeva che Camille avrebbe rivolto il suo interesse a piaceri più semplici, i grappoli d'uva dei suoi vigneti, i fiori del giardino che Hannah stava facendo crescere per lei, i bambini che avrebbero avuto... E anche se la casa di città era un autentico palazzo, ciò che di più prezioso conteneva era l'amore con il quale era stata costruita per lei. Sì, era un monumento al loro amore — ecco, queste sarebbero state le precise parole che le avrebbe detto Jeremiah quando Camille l'avesse vista. Per la prima volta nella sua vita, si sentiva totalmente appagato. Guardando la sua fragile sposa, distesa su quel divano in silenzio, provò l'impressione di sentirsi scoppiare il cuore di gioia.

«E allora, signora Thurston... che impressione ti fa essere chiamata così?» Le baciò l'interno del polso e qualcosa fremette dentro di lei mentre gli rivolgeva un sorriso voluttuoso. Era troppo stanca per muoversi, ma non tanto stanca da non volerlo avere vicino a sé. Non era mai stanca di averlo vicino; le bastava guardarlo per sentirsi travolgere dal desiderio. Non aveva mai immaginato di sentire qualcosa di simile per un uomo e certamente non per un uomo vecchio come Jeremiah Thurston. Dentro di sé aveva sempre pensato che, un giorno o l'altro, avrebbe finito per sposare qualche giovanotto affascinante, magari un francese di New Orleans, oppure uno di quei nobiluomini titolati di cui papà parlava sempre e che vivevano in Francia... oppure un ricchissimo banchiere di New York con gli occhi colore del fumo... ma Jeremiah era più bello di tutti questi altri personaggi, sui quali aveva fantasticato in segreto. Aveva qualcosa di rude e di maschio che le piaceva e che, adesso, la spaventava anche un po'. Si accorgeva di sentirsi incredibilmente attratta da lui e, malgrado tutto quello che sua cugina le aveva raccontato, non riusciva assolutamente a convincersi che Jeremiah stesse per farle qualcosa di disgustoso. Adesso negli occhi di lui vedeva lo stesso desiderio, la stessa bramosia con la quale l'aveva sempre guardata, fin dalla prima volta che si erano visti; e si accorse che le piaceva stuzzicarlo per farsi desiderare ancora di più. Lo baciò sul collo, e poi su un orecchio e, alla fine, sulle labbra. E si accorse che Jeremiah la desiderava perdutamente.

Senza dire una parola, lui cominciò a slacciare uno a uno i bottoncini delle maniche del suo vestito, mettendo a nudo la pelle morbida e bianca e continuando a baciarla. Poi, dopo averle tolto i pesanti fili di perle che le aveva regalato, cominciò a slacciare gli innumerevoli bottoncini di raso del corpetto del vestito, più giù, sempre più giù fino all'inizio del seno, coperto da una sottoveste di raso e da un busto di pizzo. Sembrava straordinariamente abile a fare tutto questo. Ben presto liberò il giovane corpo stupendo di Camille da tutti gli indumenti, e lei rimase di fronte a Jeremiah senza timore, senza un solo ornamento, nello splendore della sua nudità. Aveva ancora addosso le calze di seta color crema e Jeremiah gliele tolse una a una, poi si spogliò rapidamente, stupito di fronte alla mancanza di timidezza di Camille, alla sua semplicità, alla schiettezza, al coraggio. Cominciò a coprirla di baci, ad accarezzarla, e riuscì a darle un piacere più grande di quello che mai lei avesse osato sperare. Sua cugina si era sbagliata... sbagliata... Ci pensò fuggevolmente, mentre le sfuggiva un gemito... ecco, era proprio questo che aveva sempre sognato... e perfino quando Jeremiah la aiutò a distendersi dolcemente sul letto e le aprì le gambe, penetrandola prima con la lingua, e poi con le dita, e infine abbandonandosi dentro di lei, senza più dominare la propria passione, Camille continuò a gemere, non di dolore ma di piacere. Jeremiah la seppe portare ai vertici di una sofferenza squisita e inimmaginabile, e lei riuscì a dargli un'estasi talmente sublime, pura e stupenda che Jeremiah quasi scoppiò in lacrime fra le sue braccia quando, esausto, si abbandonò su di lei con la testa appoggiata al suo seno. Poi alzò due occhi assonnati a contemplarla e provò un fremito di gioia nel vedere che si rannicchiava dolcemente vicino a lui. Il dolore che Camille si era aspettata di sentire era durato pochissimo e Jeremiah era stato tanto abile e attento che quasi non se n'era accorta. Le mormorò a fior di labbra: «Sei mia, adesso, Camille». E Camille gli sorrise; già sembrava più donna di quanto non lo fosse stata soltanto un'ora prima. E questa volta fu lei a cercarlo e, quando Jeremiah la prese, proruppe in gemiti di piacere fino a quando, esausta e appagata, si addormentò di colpo fra le sue braccia. Poche ore dopo si svegliò, cercandolo ancora, e fu il turno di Jeremiah di gridare per le sensazioni che lei gli procurava, perché si sentiva incatenato dal suo fascino, totalmente in balia di Camille. Perché lei aveva qualcosa di magico, di incantevole, che non avrebbe mai sospettato e, mentre facevano ancora l'amore, la mattina, continuò a ripensare a quanto fosse stata saggia la sua scelta e straordinaria la sua fortuna. Fu costretto a tirarla giù dal letto quasi con la forza, il giorno dopo, per non arrivare in ritardo al pranzo che davano il padre e la madre di lei; ma Camille non fece che scherzare e ridere e tentare di sedurlo ancora una volta. Ci riuscì, con infinito godimento e piacere, non appena si trovarono in treno. Non si fecero più vedere quasi da nessuno per tutto il viaggio fino a New York, ed erano già entrati nella stazione di Grand Central quando Jeremiah, finalmente, riuscì a ritrovare il solito autocontrollo. Aveva l'aspetto di un uomo molto felice quando salirono in carrozza per raggiungere il *Cambridge Hotel*, dove alloggiava abitualmente. C'erano momenti in cui pensava di poter morire di piacere fra le braccia di Camille, ma non si preoccupava molto. Se doveva morire, non c'era momento né luogo migliore, perché Camille era la donna dei suoi sogni. Finalmente, la sua vita adesso era completa.

13

JEREMIAH e Camille arrivarono a New York il giorno dopo Natale. Una spessa coltre di neve copriva le strade. La giovane sposa, scendendo d'un salto dal treno, si mise a battere le mani, estasiata. Aveva gli occhi che scintillavano in quell'aria così fredda; le mani e il viso erano seminascosti dalla pelliccia e dal manicotto di zibellino che erano stati il regalo natalizio di Jeremiah. Sembrava una principessa russa quando scese dal treno, con la manina guantata stretta in quella di lui. E Jeremiah la guardò felice. Camille andava in estasi per tutte le belle cose che lui continuava a regalarle e pensava sempre più spesso di essere stata molto fortunata a lasciare Atlanta. Jeremiah valeva quasi quanto uno dei principi o dei duchi che il suo papà le aveva sempre promesso. Non solo, ma moriva dalla voglia di vedere la casa della Napa Valley che — almeno così le era sembrato di capire — doveva essere ancora più grandiosa di una piantagione.

In carrozza raggiunsero il *Cambridge Hotel* nella Trentatreesima Strada. In quell'albergo non c'era un vero e proprio atrio d'ingresso, ma Walmsby, il portiere, si era sempre dato un gran daffare per salvaguardare la vita privata dei suoi clienti, e, a Jeremiah, questo era sempre piaciuto molto. Gli andavano a pennello la riservatezza di cui poteva godere in quell'albergo, le *suites* eleganti... e anche il senso dell'umorismo di Walmsby. Camille entrò nella *suite* precedendo Jeremiah con disinvoltura, come se non avesse fatto altro che prendere alloggio negli alberghi, con lui, da anni e anni, e questo lo divertì. Ridendo la prese fra le braccia e la buttò sul letto, così com'era, con tutti i suoi bei vestiti eleganti, ancora avvolta nella pelliccia di zibellino.

«Sei una ragazzina sfacciata, lo sai, Camille Thurston?» Faceva ancora un certo effetto a tutti e due, sentirla chiamare così. Jeremiah non le disse che era rimasto stupefatto di fronte alle sue maniere scostanti con il portiere dell'albergo, che considerava un vecchio amico. Camille aveva voluto recitare la parte della dama altolocata e il povero Walmsby era rimasto malissimo quando le aveva teso la mano e Camille aveva fatto finta di non vederla.

«Che villano!» aveva esclamato ad alta voce, passandogli davanti con aria altezzosa. «Chi crede di essere?»

«Un amico», le aveva bisbigliato Jeremiah. Ma, non appena erano rimasti soli nella loro *suite*, Camille lo aveva baciato con una tale passione che Jeremiah si era dimenticato completamente di Walmsby. Mentre si cambiavano per uscire a cena, sorrise tra sé pensando alla casa che aveva fatto costruire per Camille a San Francisco. Non vedeva l'ora di mostrargliela. Gliene aveva parlato vagamente, e ogni volta che lei aveva fatto domande, aveva cambiato argomento, ripetendole che si trattava di una casa decorosa e che forse lei avrebbe preferito apportarvi qualche cambiamento al suo arrivo.

Adesso, comunque, Camille sembrava molto più interessata a quello che avrebbero fatto a New York. Andarono spesso a teatro, una volta anche all'opera, e la sera del loro arrivo cenarono da *Delmonico*. La seconda sera andarono al *Brunswick*, dove Jeremiah ordinò un pasto a base di anatre e selvaggina. In quel locale andavano spesso a mangiare gli appassionati di corse e gli intenditori di cavalli. Molti dei clienti erano inglesi. Per la terza sera, Jeremiah aveva accettato l'invito di Amelia. E lo aveva accettato con gioia ed emozione. Era ansioso di presentarle Camille e felice al pensiero di rivederla. A poco a poco, man mano che la loro corrispondenza si faceva più fitta, la infatuazione di lui si era trasformata in sincera amicizia. Quanto ad Amelia, il suo invito era stato fatto con tale calore che lo aveva accettato con gioia anche se, già prima di arrivare da lei con sua moglie, aveva cominciato ad avere qualche brutto presentimento. Camille si era mostrata petulante e scontrosa e aveva trattato male la cameriera dell'albergo che l'aiutava a vestirsi. Tutto questo cominciava a dare un enorme fastidio a Jeremiah.

Adesso, in carrozza, stavano raggiungendo la casa di Amelia sulla Quinta Strada. Camille indossava un mantello di velluto nero e, sul mantello, la sua stupenda pelliccia di zibellino. Alla sinistra le scintillava l'anello di fidanzamento, con il brillante; alla destra lo zaffiro che Jeremiah le aveva appena regalato. Sotto il mantello portava un vestito di velluto bianco ordinato a Parigi, con un motivo di nodi di ermellino alle spalle e intorno al bordo.

«Sembri una reginetta» le aveva detto Jeremiah prima di uscire dall'albergo. Adesso, prendendo la piccola mano di Camille, fra le proprie, tentò di descriverle Amelia. «È una donna straordinaria... un tipo speciale, diversa dalle altre... intelligente... dignitosa... molto bella...» Pensò al flirt innocente che avevano avuto sul treno che li portava ad Atlanta e si sentì inondare da una vampata di affetto. Era una creatura adorabile e sapeva che sarebbe stata molto gentile con Camille. Invece Camille cominciò a creargli delle difficoltà fin dal primo momento in cui entrarono in casa di Amelia. Era come se tutto, in Amelia, la infastidisse — la classe sociale elevata, che era più che evidente, il buon gusto, i vestiti eleganti e raffinati, perfino il suo modo di fare, pieno di gentilezza. Di fronte a tutto questo, Camille rivelò immediatamente il proprio lato peggiore, con grande imbarazzo di Jeremiah.

Amelia aveva la rara dote di simpatizzare con tutti. Il suo garbo e il suo fascino squisito facevano nascere in tutte le persone che la conoscevano affetto, tenerezza, una gran voglia di abbracciarla. Perfino Jeremiah aveva dimenticato come sapesse essere incantevole. Con gli occhi splendenti, le fattezze delicate, il portamento, l'eleganza raffinata e priva di volgarità dei suoi stupendi gioielli, le bellissime toilettes che venivano da Parigi, pareva avesse la lucentezza trasparente e perfetta di un diamante di pregio. In realtà, Jeremiah non l'aveva mai vista sotto la luce migliore perché si erano incontrati soltanto sul treno, in viaggio per Atlanta. Eppure era proprio lì che la loro amicizia era nata, un'amicizia che doveva perdurare nel tempo, pensò Jeremiah guardandola muoversi con lenta eleganza per i saloni della sua splendida casa. Dappertutto c'erano domestici in livrea; dai lampadari — i più belli che Jeremiah avesse mai visto — si irradiava la luce di mille candele scintillanti che illuminavano pavimenti di marmo intarsiato di vari colori, dalla lavorazione complicata, con un motivo di fiori sparsi che si ripeteva da un capo all'altro dei vasti saloni. L'arredamento di ogni stanza era di gusto e stile inequivocabilmente francese, all'infuori della sala da pranzo e della grande biblioteca, dove regnava un impeccabile stile inglese. La casa intera aveva la bellezza di un museo, e vi regnava una donna meravigliosa. Però bastava guardare Camille per capire che era rosa dalla gelosia di fronte al garbo e alla raffinata educazione di Amelia. Sembrava che tutto le desse fastidio in quella donna, tanto più anziana di lei. Si risentiva di ogni sua parola, ogni sorriso, ogni gesto.

«Camille, comportati come si deve!» le raccomandò Jeremiah sottovoce, appena Amelia li lasciò soli un momento, dopo cena, per andare a scegliere un'altra bottiglia di champagne da bere insieme. «Si può sapere cos'hai stasera? Non stai bene?»

«È una sgualdrina!» ribatté lei a Jeremiah, sussurrando queste parole in modo che tutti potessero sentirle. «È innamorata di te, ti fa la corte! Possibile che tu non lo capisca? Sei cieco?» Il suo accento del Sud era più marcato del solito e Jeremiah si sarebbe commosso per quell'accesso di affetto tanto possessivo, se Camille non si fosse comportata con una scortesia inconcepibile nei confronti di quella che lui considerava un'amica. A mano a mano che la serata procedeva, Camille diventò sempre più insopportabile, ribattendo con osservazioni scortesi a quasi tutto quello che Amelia diceva. Amelia, tuttavia, continuò a trattarla con la stessa calma imperturbabile di una madre, intelligente e comprensiva, abituata ad avere a che fare con dei bambini difficili. Ma Camille non era più una bambina e Jeremiah non le nascose di essere furioso con lei, quando salirono in carrozza per tornare al *Cambridge*.

«Perché ti sei comportata a quel modo? Che vergogna! Ero mortificato! Come hai potuto fare una cosa del genere?» La rimproverò come avrebbe potuto fare con una bambina in fallo e, quando lei uscì impetuosamente dalla carrozza per rientrare in albergo e chiuse la porta della loro *suite* con un tonfo tale da svegliare tutti i clienti, provò la voglia di prenderla per le spalle e di scuoterla rabbiosamente. «Si può sapere che cosa ti ha preso, Camille?» Sembrava impazzita, quella sera; non solo, ma erano già parecchi giorni che si mostrava maleducata e scortese con varie persone. Jeremiah non l'aveva mai vista comportarsi in quel modo, anche se, a dire la verità, l'aveva sempre vista molto poco prima di sposarla. Adesso cominciò a chiedersi se questo fosse un aspetto del suo carattere che gli era sfuggito; in tal caso, doveva correggerlo.

«Io mi comporto come mi pare e piace, Jeremiah!» Adesso si era messa anche a gridare e lui rimase scandalizzato e sconvolto.

«Niente affatto! Anzi, chiederai scusa alla signora Goodheart, che è una mia buona amica. Le scriverai una lettera stasera stessa e gliela farò recapitare domattina. Mi hai capito?»

«Ho capito che tu sei matto, Jeremiah Thurston! Non farò mai e poi mai una cosa del genere.» Ma lui la fece ammutolire perché, prendendola improvvisamente per un braccio, l'aveva costretta a sedersi in una poltrona con un gesto rapido e improvviso.

«Forse non mi hai capito, Camille. Sto aspettando che tu scriva una lettera di scuse ad Amelia.»

«Perché? È la tua amante?»

«Cosa?» Jeremiah la guardò come se le avesse dato di volta il cervello. Amelia era una donna troppo rispettabile per poter pensare che fosse l'amante di qualcuno, e lui era stato sul punto di chiederle di sposarlo, in passato. Provò il desiderio di spiegarlo a Camille, ma concluse che avrebbe ottenuto soltanto lo scopo di peggiorare la situazione. «Camille, sei stata maleducata e scortese e, adesso, sei mia moglie. Non sei più una bambina viziata che può fare quello che le pare e piace. Mi sono spiegato?»

Allora lei si alzò in piedi e, raddrizzandosi sulla persona in modo da sembrare ancora più alta di quello che era, squadrò suo marito e disse: «Io sono la moglie di Jeremiah Thurston di San Francisco. E mio marito è uno degli uomini più ricchi dello stato della California, diavolo... anzi dell'America intera...» Lo fissò con un'espressione che lo lasciò inorridito. «Quindi posso fare tutto quello che accidenti mi pare e piace. *Sono stata chiara?*» Era come assistere a una trasformazione incredibile che avveniva davanti ai suoi occhi e Jeremiah si impose di farla cessare istantaneamente.

«Questo modo di comportarti, Camille, ti procurerà soltanto disprezzo e odio ovunque tu vada. Anzi ti consiglierei di imparare a essere umile, molto ma molto umile, prima di arrivare in California. Io vivo in una casa modesta nella Napa Valley, coltivo delle vigne e faccio il minatore. Ecco quello che sono. E tu sei mia moglie. E se pensi che questo sia un valido motivo per essere scortese e villana con i nostri amici, o con i nostri vicini, oppure con la gente che lavora per noi, ti sbagli di grosso.»

Lei scoppiò in una risata improvvisa e andò a prendere la pelliccia di zibellino. Adesso aveva tutto ciò che voleva. Amava Jeremiah, ma amava anche quello che lui aveva, quello che rappresentava. Perché adesso anche lei lo rappresentava. D'ora in avanti nessuno l'avrebbe più guardata dall'alto in basso per colpa di quello che era suo padre. Se la sua aristocratica mamma non era bastata a far dimenticare la nascita oscura e modesta di suo padre, ebbene, lei era stata più brava di loro. Aveva sposato una persona completamente estranea a tutte le loro cricche, una persona che non aveva nessun legame con i due mondi ai quali papà e mamma appartenevano. Aveva sposato l'uomo più ricco della California. E d'ora in avanti nessuno l'avrebbe più snobbata. Ormai aveva anche un'elevata posizione sociale, oltre ai soldi; anzi, adesso, aveva più soldi di prima, perfino più di quanti non avesse mai sognato di avere quando era ad Atlanta. Aveva sentito quello che la gente mormorava ovunque andassero; sapeva che cosa dicevano. Glielo aveva ripetuto suo padre. Jeremiah era uno degli uomini più potenti e più importanti dell'intero Paese. «Dunque, adesso non venire a dirmi che sei soltanto un minatore, Jeremiah Thurston. Sono frottole, queste, lo sappiamo benissimo tutti e due. Tu sei molto, molto di più, e anch'io.» Era incredibile pensare che avesse soltanto diciotto anni.

«E cosa succederebbe se perdessimo i nostri soldi, se le miniere chiudessero, se non ci rimanesse più niente, Camille? Che cosa succederà allora? Chi ti ritroverai a essere, se avrai dato tutta questa importanza a cose del genere? Nessuno!»

«Tu non perderai un accidenti di niente!»

«Camille, quando ero bambino, qui a New York, non sempre avevamo da mangiare. Poi mio padre ha trovato l'oro in California. A quell'epoca era il sogno di tutti e credo che lo sia ancora. Quanto a me, sono stato fortunato. Ma è tutto qui. Fortuna. Buona sorte. Un po' di duro lavoro. Ma sono cose che vanno e vengono e possono sparire con la stessa facilità con la quale sono arrivate. Tu, invece, resti sempre quello di prima, indipendentemente da ciò che può succedere. Io ho sposato una meravigliosa creatura di Atlanta, e ti amo... ma, adesso, non cambiare di punto in bianco, non trasformarti, tutto d'un colpo, in un'altra persona semplicemente perché mi hai sposato. Non è giusto. Soprattutto non è giusto verso te stessa. Non hai bisogno di farlo.»

«Perché no? Se tu sapessi per quanto tempo lo hanno fatto a me gli altri! Perfino mia madre.» Mentre pronunciava queste parole, le salirono improvvisamente le lacrime agli occhi e, quando continuò a parlare, lo fece con lo stesso tono di sfida di una bambina. «Si è sempre comportata come se io non fossi buona abbastanza, perché ero parte di mio padre, come se lui fosse una cosa sporca, immonda ... Be', però lo ha sposato e, anche se lui era la feccia della società, ha fatto fortuna, e le andava abbastanza bene, era abbastanza ricco per lei, quando suo padre si è tirato un colpo di pistola. Invece la gente non ha fatto che guardare dall'alto in basso me e Hubert, fin da quando siamo nati. A Hubert non importa, però a me sì, e non ho più intenzione di sopportarlo, Jeremiah. Quanto ad Amelia, si è comportata come tutti gli altri, con quelle sue arie maledettamente aristocratiche! Li conosco, quelli lì! Sono tipi di persone che abbiamo anche nel Sud, pieni di fascino, ma non ti perdonano!»

Jeremiah era sbalordito. L'attacco di Camille contro Amelia era ingiusto, ma riusciva ugualmente a capire, almeno in parte, il dolore di sua moglie. Non si era mai accorto di tutto questo, ma adesso se ne rendeva conto e non poté fare a meno di rammaricarsi per gli affronti e le mancanze di rispetto che Camille doveva aver subìto a mano a mano che cresceva. Adesso capiva a che cosa alludesse Orville quando gli aveva detto che desiderava veder partire sua figlia e andare lontano dal Sud. Per lei era una questione di grande importanza, come lo era stata per Orville. «Però Amelia non ti ha detto niente del genere, tesoro.»

«Vorrei anche vedere!» Le guance di Camille, adesso, erano rigate di lacrime. Jeremiah la prese fra le braccia.

«Non permetterei mai e poi mai a nessuno di farti qualcosa di simile, amore mio. Nessuno ti mancherà mai più di rispetto.» Provò, d'un tratto, una immensa felicità al pensiero della casa che aveva costruito per lei a San Francisco. Forse poteva contribuire a darle quella sicurezza di sé, quella fiducia che — apparentemente — le mancavano. «Ti prometto solennemente che nessuno, in California, ti tratterà male. Neanche Amelia farebbe una cosa del genere, ne sono sicuro. Forse non le hai consentito di mostrarsi come è realmente.» La teneva stretta a sé come avrebbe fatto con una bambina spaventata. «Speriamo che la prossima volta le cose vadano meglio.» Poi la portò a letto e la tenne stretta contro di sé come se volesse consolarla. La mattina dopo, però, Camille non scrisse la lettera che lui desiderava e Jeremiah preferì non insistere per non addolorarla ulteriormente. Si accontentò di mandare ad Amelia un enorme mazzo di lillà bianchi, un fiore rarissimo nel cuore dell'inverno, perché sapeva che le sarebbe piaciuto molto, e che avrebbe capito.

Jeremiah e Camille passarono il resto del loro soggiorno a fare spese: dei quadri per la loro nuova casa, un filo di perle nere, un *collier* di smeraldi e diamanti senza il quale — così disse Camille — non sarebbe più riuscita a vivere, e bauli, bauli, bauli di stoffe, piume e pizzi, «casomai non dovessi trovare quello che voglio in California».

«Non è l'Africa, per amor di Dio! È la California.» Però non nascondeva di essere divertito da quello che Camille comperava. Finì per lasciarle acquistare tutto quello che voleva e, quando salirono sulla loro carrozza ferroviaria privata per tornare in California, questa era ingombra fin quasi a metà dei bauli, delle casse e delle scatole che contenevano tutti i tesori di Camille. «Ti sembra di aver comprato roba a sufficienza, amore mio?» Jeremiah sembrava molto divertito, mentre si accendeva un sigaro e il treno si allontanava lentamente dalla stazione di Grand Central. Era riuscito a parlare ancora una volta con Amelia, prima della partenza, e lei aveva insistito nel ripetergli che non doveva inquietarsi per il comportamento di Camille. «È giovane, lascia che si abitui a poco a poco al fatto di essere tua moglie, Jeremiah.» Del resto, era proprio quello che lui aveva intenzione di fare. Passarono buona parte del tempo, durante il viaggio per la California, facendo l'amore. Per essere una fanciulla che aveva avuto (almeno così Jeremiah supponeva) l'educazione molto rigida e severa che si dava alle donne del Sud, Camille aveva meravigliose capacità di abbandono e un entusiasmo insospettato quando facevano l'amore. Jeremiah non era mai stato tanto felice in vita sua e, quanto a Camille, stava imparando rapidamente a fare tutto ciò che lo eccitava e gli piaceva di più. Era un'amante straordinariamente fresca, nuova, vibrante di giovinezza.

Quando, finalmente, arrivarono a destinazione, Jeremiah si accorse che faceva fatica a controllare le proprie emozioni. Moriva dalla voglia di mostrarle la casa... la loro casa... casa Thurston... in tutto il suo splendore anche se, per scherzo, continuava a parlargliene come se fosse un alloggio modesto. «No, non è molto grande, ma dovrebbe bastare per noi e per il primo bambino...» Per i primi dieci bambini, pensò sorridendo tra sé. Chissà cosa avrebbe detto Camille quando l'avesse vista! La aiutò a scendere dal vagone ferroviario sul quale avevano viaggiato per sette giorni e la accompagnò verso la carrozza che era venuta a prenderli. Era nuova di zecca, marrone con le rifiniture nere, tirata da quattro cavalli, neri come l'ebano e perfettamente assortiti. Si trattava di uno stupendo tiro a quattro che Jeremiah aveva acquistato per Camille appena prima di partire per andare a sposarsi ad Atlanta.

«Come è bella, Jeremiah!» Camille non nascose di essere impressionata dallo stupendo veicolo e si mise a ridere battendo le mani. Poi lo guardò con aria adorante mentre Jeremiah l'aiutava a salirci. C'era anche una seconda carrozza per i bauli e il resto del bagaglio. L'una e l'altra portavano, dipinte sugli sportelli fra ghirigori e svolazzi, le sue iniziali, JAT, Jeremiah Arbuckle Thurston. «La casa è molto distante da qui?» Erano ancora davanti alla stazione e Camille si guardò in giro, un po' sgomenta. Jeremiah scoppiò a ridere.

«Abbastanza distante, bambina. Avevi paura che ti facessi costruire una casa da queste parti?» Camille rise e Jeremiah salì d'un balzo di fianco a lei, preparandosi alla scarrozzata che, attraverso San Francisco, li avrebbe portati verso i quartieri più a nord. Lungo il tragitto, le indicò i monumenti e i luoghi caratteristici più importanti, il *Palace Hotel*, dove aveva alloggiato tanto spesso, la chiesa di St. Patrick, Trinity Church, Union Square, la Zecca, e i Twin Peaks in lontananza. Poi, mentre cominciavano finalmente a salire per Nob Hill, le fece vedere la residenza di Mark Hopkins, quella dei Tobin, casa Crocker e casa Huntington Colton — tutte le lussuose dimore davanti alle quali dovevano passare per giungere a casa Thurston. Quelle che impressionarono particolarmente Camille furono casa Crocker e casa Flood. Erano più belle e sontuose di tutte quelle che avevano potuto vedere ad Atlanta e a Savannah.

«Più belle persino di New York!» Si mise a battere le mani. No, tutto sommato San Francisco non era così brutta... Adesso era sempre più emozionata al pensiero di vedere la loro casa, per quanto Jeremiah l'avesse già avvertita che sarebbe stata piccola. Intanto stavano attraversando un piccolo parco. Avevano oltrepassato un enorme cancello in ferro battuto e ora i cavalli acquistavano velocità percorrendo un viale che si snodava fra un vero e proprio labirinto di alberi, siepi e cespugli. «Sarebbe qui dentro la nostra casa?» Sembrava confusa. Continuava a vedere alberi ma, sinora, nessuna casa. Forse Jeremiah le stava facendo fare un giro un poco più lungo e voleva prolungare la scarrozzata prima di condurla... Fu in quel momento che vide l'edificio più grande di tutti, una costruzione spettacolosa con quattro torrette e una specie di cupola al centro. «E questa, di chi è?» Era incantata. Non aveva mai visto una casa più grandiosa. «Si direbbe un albergo, o un museo.»

«Né l'uno né l'altro.» Jeremiah aveva preso un'aria molto seria mentre la carrozza si arrestava. Camille non lo conosceva ancora abbastanza bene e le sfuggì il lampo malizioso che gli brillava negli occhi. «Molto probabilmente è l'edificio più grande della città. Volevo che tu lo vedessi prima di andare a casa.»

«Chi ci abita, Jeremiah?» Si era messa a parlare a bassa voce, come se fosse intimidita. Era perfino più grande di qualcuna delle chiese davanti alle quali erano appena passati. «Devono essere molto ricchi.» Continuò sempre con lo stesso tono pieno di rispettoso stupore, e Jeremiah si mise a ridere.

«Ti piacerebbe vederla anche dentro?»

«Credi che si possa?» Esitava, ma era anche incuriosita. «Veramente non sono vestita nel modo più adatto per andare in visita.» Portava un completo, giacca e gonna di tweed, un mantello di pelliccia e uno dei graziosi cappellini che Jeremiah le aveva comprato a New York.

«A me sembra che tu stia bene così. In fondo, siamo a San Francisco, non a New York. Anzi, ti trovo elegantissima.» Poi, prima che lei potesse aggiungere altro, la condusse davanti alla porta e bussò, alzando il grosso batacchio di ottone. Quasi istantaneamente un domestico in livrea spalancò la porta e guardò Jeremiah. La servitù al gran completo era stata avvisata del loro arrivo e aveva ricevuto istruzioni di non preoccuparsi se il padrone si fosse comportato in modo un po' strano. Adesso Jeremiah passò lentamente davanti al domestico senza dargli spiegazioni mentre Camille, che teneva sottobraccio, trasaliva di stupore e restava a bocca aperta. Si fermarono sotto l'enorme cupola di vetri colorati, e lo stupore di Camille aumentò. Perché era la cosa più bella che avesse mai visto: rimase a contemplarla come affascinata e seguì con lo sguardo il gioco di luci e ombre che i vetri colorati creavano sul pavimento marmoreo dell'atrio.

«Oh, Jeremiah ... che meraviglia...» Fissava la cupola con occhi sgranati per lo stupore e Jeremiah, contemplandola dall'alto della sua statura, le sorrise felice. Ecco, era proprio questo che voleva.

«Ti piacerebbe vedere anche il resto?»

«Non dovremmo avvertire i padroni di casa che siamo qui?» Sembrava inquieta. Impossibile che la gente badasse tanto poco alle formalità lì, a San Francisco. C'era una bella differenza con il Sud. Suo padre e sua madre sarebbero rimasti inorriditi nel trovare delle persone in giro per la loro casa, anche se si fosse trattato di amici. D'altra parte, non vivevano in un palazzo come questo. Camille non conosceva nessuno che ci vivesse. Perfino l'amica di Jeremiah a New York aveva una casa meno grandiosa di questa e Camille, d'un tratto, se ne rallegrò. Chiunque fossero i padroni di questa casa, le erano superiori. «Jeremiah...» Sembrava che i domestici non gli badassero e gli lasciassero fare quello che voleva. E Jeremiah la accompagnò lentamente fino ai piedi del grande scalone.

«Devi assolutamente venire di sopra, Camille. Ci sono le stanze più belle che tu abbia mai visto.»

«Ma Jeremiah... ti prego...» Che situazione imbarazzante. Cosa avrebbe detto quella gente, vedendoli? Ma prima che lei potesse aprire bocca di nuovo, Jeremiah l'aveva fatta entrare in quella che sembrava la camera da letto dei padroni di casa, dove predominava la seta rosa nelle imbottiture dei mobili. Non le era mai capitato di vedere adoperare una tal profusione di stoffa per un'unica stanza; c'erano anche due stupendi quadri francesi ai lati del letto e un altro al di sopra della mensola del camino, di fronte. Poi Jeremiah la condusse in un piccolo *boudoir* in stile francese, con la tappezzeria dipinta a mano, e quindi in uno spogliatoio pieno di specchi e in una stanza da bagno in marmo rosa, la più grande che avesse mai visto. Dietro a questa, ce n'era un'altra in marmo verde bottiglia, presumibilmente quella del padrone di casa, e uno studio con le pareti rivestite di *boiserie*. Poi, si ritrovarono di nuovo nella camera da letto padronale. Anche se si sentiva un po' a disagio al pensiero di essere in casa altrui, Camille era talmente sopraffatta dalla bellezza di tutto quello che aveva intorno, che finì per non badarci più. Era come essere in visita e cominciare a mangiar cioccolatini, e non riuscire più a fermarsi fino a quando non si aveva dato fondo alla scatola... tutto, prima che la padrona di casa tornasse in salotto. Un po' come un sogno. Ma contemporaneamente, come un incubo. Estasiata, Camille guardò Jeremiah. «Ma... chi abita qui?» Non che potesse dirle qualcosa il nome dei padroni di casa, anche se lo avesse saputo; però, d'ora in avanti, non l'avrebbe più dimenticato. Come non avrebbe mai dimenticato quella casa, le stanze eleganti e piene di gusto, le stoffe sontuose, i tesori sparsi ovunque. «Chi sono? Come hanno fatto i soldi?» Quest'ultima domanda fu bisbigliata talmente a fior di labbra che Jeremiah faticò a sentirla.

«Con le miniere», le bisbigliò di rimando.

«Ma quante miniere devono esserci da queste parti! E come devono fruttare.» Continuava a parlare a voce bassa e Jeremiah sorrise.

«Sì, parecchie.»

«Come si chiamano?»

«Thurston», le mormorò ancora lui, in tono noncurante, e Camille fece un cenno d'assenso. Ma poi si fermò sui due piedi e lo guardò di nuovo.

«Thurston? Sarebbero tuoi parenti?»

«Più o meno.» Continuavano a parlare a bassa voce. «Ci vive mia moglie, qui.»

«La tua *cosa*?» Pareva inorridita. Che scherzo era questo? Si sarebbe messa a piangere se non avesse avuto tanta paura. Dunque Jeremiah aveva un'altra moglie? Che scherzo crudele aveva fatto, a lei e a tutta la sua famiglia? Ma Jeremiah, che le stava leggendo nel pensiero senza fatica, la fece voltare lentamente in modo che si trovasse di fronte a uno degli specchi che dal soffitto giungevano fino a terra. Poi puntò un dito contro l'immagine di Camille che vi era riflessa, e sorrise. «Quella moglie, stupidina. La conosci?»

Lei si voltò di scatto a guardarlo, sbalordita. «Come sarebbe, Jeremiah? Questa è casa *tua*?»

«È casa *nostra*, tesoro.» La prese fra le braccia, sentendosi inondare da una gioia infinita. «L'ho costruita per te. Probabilmente mancherà ancora qualche rifinitura, in qualche angolino, ma ce ne occuperemo insieme.» La strinse con violenza a sé, ma Camille, dopo un attimo, si divincolò, staccandosi da lui. Prima proruppe in un gridolino stupito, poi scoppiò a ridere.

«Mi hai imbrogliato! Jeremiah Thurston, che bella burla mi avevi preparato! E io che pensavo che tu fossi impazzito a girare a questo modo in casa di chissà chi!»

«Però anche tu non ti sei tirata indietro!» ribatté Jeremiah, in tono malizioso.

«È la casa più bella che abbia mai visto e non volevo andarmene senza aver dato un'occhiata anche...»

«Allora ti mostrerò il resto e ricordati, tesoro mio, che non sarai mai costretta ad andartene di qui... È tua, da cima a fondo.» Adesso ogni domestico che incontravano sulla loro strada sorrideva e, ben presto, uno stuolo di cameriere arrivò di corsa a vedere la nuova padrona. Erano state assunte prima che Jeremiah partisse per Atlanta e, quasi quasi, neppure lui le riconosceva. Era tutto talmente nuovo, in quella casa! Fece vedere a Camille la cucina, la dispensa, le stanze dei bambini ai piani superiori e il panorama che si godeva da quasi ogni finestra e, alla fine, l'elegante targa di ottone di fianco al cancello d'entrata, sulla quale era scritto CASA THURSTON. Quando il giro della casa finì, Camille si lasciò cadere di schianto sull'ampio letto a baldacchino della loro camera con un largo sorriso sulla faccia e lo guardò.

«È la casa più bella che io abbia mai visto, Jeremiah. In qualsiasi posto.»

«È tutta tua, tesoro. Cerca di godertela.»

«Oh, certo! Figurati se non me la godrò!» Vedeva già con la fantasia i ricevimenti sontuosi che avrebbe dato e sospirava il momento in cui avrebbe aperto i suoi saloni per un gran ballo. «Non vedo l'ora di scriverlo a papà!» Era il massimo: nessuna lode poteva essere più grande, Jeremiah lo sapeva. Papà era una specie di divinità agli occhi di Camille, ma Jeremiah stava acquistando rapidamente la stessa importanza. Perché questa volta era senza parole per la meraviglia e l'entusiasmo. Perfino l'enorme diamante dell'anello di fidanzamento non le aveva fatto altrettanto colpo. Gli rivolse un sorriso raggiante. «Deve esserti costata un patrimonio, Jeremiah. Ma, allora, devi essere addirittura più ricco di quello che papà credeva!» Una prospettiva, in ogni caso, che non le dispiaceva affatto.

Jeremiah fu estasiato di fronte all'evidente ammirazione di Camille per la casa, evasivo rispondendo alle sue domande circa il prezzo di tutte quelle cose e apertamente deluso dalla sua reazione quando la condusse a Napa. Dopo l'eleganza e le meraviglie di modernità della casa di Nob Hill, Camille rimase indifferente davanti a quella che aveva rimesso a nuovo per lei a St. Helena. Non nascose di essere infastidita dal fatto che la casa era molto lontana dalla città, e che la città stessa era modesta e senza importanza, e infine che ci voleva una quantità enorme di tempo per raggiungere San Francisco. Tutto sommato, tra carrozza e battello occorreva un'intera giornata. Non solo, ma trovò deprimente la casa della Napa Valley. Aveva sentito dire che Jeremiah l'aveva costruita per la sua innamorata, la quale poi era morta, e anche questo le dava fastidio. La sua più grande aspirazione era quella di tornare alla grandiosità di casa Thurston e di fare ammirare i suoi vestiti nuovi. Subito! Adesso! Quanto al fatto che Jeremiah fosse vissuto a St. Helena vent'anni, la lasciava del tutto indifferente. Le uniche cose che sembravano risvegliare un certo interesse da parte sua erano le miniere e i guadagni che Jeremiah ne ricavava. Ogni giorno gli faceva mille domande, ma tutte talmente venali e precise, che Jeremiah cominciò ad essere più vago che poteva nelle risposte. Lo imbarazzava discutere di denaro in modo tanto specifico e minuzioso; per di più aveva molto da fare, anche troppo, dopo l'assenza prolungata per il matrimonio e non poteva passare molto tempo con lei. Gli occorreva un mese intero nella Napa Valley per sistemare tutto; ma Camille, invece, non gli nascose di trovare odioso ogni momento che ci passavano.

Jeremiah stava già studiando un sistema complicato di trasferimenti che gli avrebbe permesso di vivere a San Francisco gran parte del tempo, come aveva promesso al padre di Camille, tuttavia, per arrivarci, le comunicazioni fra casa Thurston e le miniere avrebbero dovuto essere perfezionate. Aveva già promesso a Camille che, per quell'anno, sarebbero rimasti in città da febbraio a giugno e, dopo quella promessa, lei aveva acconsentito a trasferirsi nella Napa Valley per l'estate. Era un compromesso, ma Jeremiah si augurava che funzionasse. Del resto non era l'unico che sperava di risolvere, con il tempo. Intanto, Hannah e Camille non andavano d'accordo e la seconda sera dal suo arrivo, Jeremiah — tornando a casa dalle miniere — si domandò quale delle due donne avrebbe trovato ad aspettarlo. Perché gli pareva impossibile che, dallo scontro frontale fra loro, ne venissero fuori tutte e due sane e salve.

Secondo Camille, Hannah era una sciattona presuntuosa, fin troppo sfacciata, che si prendeva delle confidenze inconcepibili. Figuriamoci! Aveva osato chiamarla «figliola», invece di «signora Thurston». Ma c'era di peggio. Si era addirittura azzardata a dirle che era una mocciosa, e viziata per di più! Non solo, ma Hannah, furibonda, aveva fatto vedere a Jeremiah, gridando a squarciagola per la rabbia, quello che sua moglie, una piccola megera bisbetica e litigiosa, le aveva tirato dietro. A quel che sembrava, Camille le aveva scaraventato addosso una piccola cappelliera che la vecchia governante, scansandosi, era riuscita a evitare.

«È tanto vecchia, Camille! Non mi sembra giusto licenziarla. Non me la sento di fare una cosa simile.» Niente gli sembrava più ingiusto e orribile nei confronti di Hannah.

«Se non la licenzi tu, lo farò io.» Mai si era mostrata più risoluta o più «gentildonna del Sud». Così Jeremiah aveva capito di dover mettere un freno a Camille, prima che la situazione gli sfuggisse completamente di mano.

«No, niente affatto. Non farai niente di simile. Hannah resta. Cerca di abituarti alla sua presenza, Camille. Fa parte della mia vita di un tempo, qui, nella Napa Valley.»

«Ma, allora, non mi avevi ancora sposato!»

«Proprio così. E non posso cambiare tutto di punto in bianco. Dalla sera alla mattina. Ho fatto sistemare e arredare questa casa da cima a fondo soltanto per te. Se tu avessi visto prima com'era ridotta! Se pensi che ti occorrano, assumerò altre persone di servizio, ma Hannah resta.»

«E se io me ne vado e torno a San Francisco?» Lo stava guardando con aria altezzosa e indignata. Senza pensarci due volte, Jeremiah se la tirò sulle ginocchia.

«Se lo fai, vengo a prenderti, ti porto qui di nuovo e ti riempio di sculaccioni.» Camille sorrise suo malgrado e Jeremiah la baciò. «Ecco! Così va meglio. Ecco la donna che amo, sorridente, piena di dolcezza... non il donnino bisbetico che tira le cappelliere addosso alle vecchie governanti.».

«Ha detto che ero una megera litigiosa!» Camille sembrava di nuovo arrabbiata, ma anche talmente adorabile, con quell'espressione stizzita, che Jeremiah provò un violento desiderio di prenderla lì, subito.

«Evidentemente devi proprio esserti comportata come una piccola megera, se le hai tirato dietro quella roba! Cerca di controllarti, Camille. E comportati bene. Questa è tutta brava gente di campagna, gente semplice... capisco che ti stai annoiando terribilmente qui, a Napa, ma se ti mostrerai buona e gentile con loro, ti saranno fedeli per sempre.» Mentre pronunciava queste parole stava pensando ai lunghi anni durante i quali Mary Ellen aveva mostrato quella stessa felicità nei suoi confronti... e si domandò se avesse già avuto il bambino.

Camille, che aveva ripreso l'espressione petulante di poco prima, si alzò in piedi e cominciò a girare per la stanza. «Mi piace di più vivere in città. Voglio dare un gran ballo.» Sembrava una bambina che non vedeva l'ora che arrivasse il giorno del suo compleanno.

«Ogni cosa a suo tempo, piccola mia. Cerca di essere paziente. Prima di tornare in città, io ho del lavoro da sbrigare. Ti piacerebbe stare in città senza di me? No, vero?» Camille scrollò il capo, ma continuò ad essere corrucciata. Allora Jeremiah la baciò di nuovo, riuscendo a farle dimenticare tutto il resto all'infuori delle sue labbra. Un minuto dopo erano a letto, e il problema di Hannah fu accantonato. Ma Camille se ne ricordò di nuovo la mattina dopo e fece un altro tentativo con Jeremiah, che si rifiutò di parlarne. Le consigliò, invece, di andare a fare una bella passeggiata salutare e le disse che sarebbe tornato a casa a pranzo, per stare con lei. Una prospettiva, questa, che non la rasserenò del tutto, ma purtroppo non le restava altro da fare. Jeremiah uscì di casa pochi minuti più tardi e lei rimase sola con Hannah, che non le rivolse, quasi, la parola per tutto il giorno. Quando Jeremiah tornò a casa, invece, Hannah diede l'impressione di avere un sacco di cose di cui parlargli, e si dimostrò straordinariamente loquace domandandogli notizie della miniera e spettegolando su svariate persone, che vivevano in città e che Camille non conosceva. Scoprì di annoiarsi perfino ad ascoltarli! Del resto, tutta quella odiosa, stramaledetta Napa Valley la annoiava. La sua massima aspirazione era di tornare a San Francisco e si affrettò a ripeterlo a suo marito dopo il pranzo mentre lui, buttando di nuovo la sella in groppa a Big Joe, si apprestava a tornare alle miniere. Stavolta, però, Jeremiah scrollò il capo e le parlò con estrema franchezza.

«Restiamo qui fino alla fine del mese. Cerca di abituarti a quest'idea, Camille. È l'altra facciata della tua vita. Viviamo anche qui, non soltanto a casa Thurston. Anche qui abbiamo la nostra vita. Te l'ho già detto. Sono un minatore, io.»

«No, non è vero. Tu sei l'uomo più ricco della California. E, adesso, torniamo a San Francisco e cerchiamo di vivere nel modo più degno della tua ricchezza.» Parole, queste, che non facevano che infastidirlo.

«La mia più grande speranza era stata quella che la Napa Valley ti piacesse, Camille. È molto importante per me.»

«Be', è brutta, noiosa, insignificante. E poi odio quella vecchia... e lei odia me.»

«Perché non provi a leggere qualcosa? Sabato ti accompagno alla biblioteca pubblica.» Voleva dire rinunciare a trovarsi con Danny come faceva sempre il sabato mattina, ma — al momento — Camille era ben più importante! Jeremiah voleva a tutti i costi che sua moglie si ambientasse nella Napa Valley e cercasse di abituarsi alla vita di campagna. Sapeva che, anche in futuro, non avrebbe mai potuto restare sempre a San Francisco, e la voleva vicino a sé.

Invece, le cose andarono diversamente e Jeremiah non passò il sabato mattina né con Camille né con Danny. Il venerdì pomeriggio una delle miniere rimase allagata. Era un disastro, questo, che capitava ogni inverno ma, stavolta, avevano già perso sette uomini e gli altri si misero a lottare disperatamente, a lavorare fino allo stremo delle forze, per salvare i trenta minatori ancora imprigionati nelle gallerie. Anche Jeremiah si schierò al fianco dei suoi uomini, con le squadre di salvataggio, coperto di fango da capo a piedi, lottando con la forza della disperazione per aiutare i minatori a uscire dai cunicoli pieni di minerale dove, aggrappandosi disperatamente alle pareti, quasi senz'aria per respirare, erano in attesa di essere portati in salvo. Furono momenti terribili, pieni di tensione e di angoscia, come Hannah spiegò a Camille quando arrivò la notizia e si vide che Jeremiah non tornava. Hannah sapeva che non lo avrebbero più rivisto fino a quando anche l'ultimo dei suoi minatori non fosse stato rintracciato, vivo o morto, e che — prima di tornare a casa da sua moglie — sarebbe andato a fare le sue condoglianze alle vedove delle vittime. Camille rimase sconcertata e commossa quando lo seppe e il giorno dopo, a mezzogiorno, quando Jeremiah tornò lentamente, in groppa a Big Joe, le bastò guardarlo in faccia per capire che doveva aver passato momenti molto duri.

«Abbiamo perduto quattordici uomini», furono le prime parole che le rivolse e Camille si sentì salire le lacrime agli occhi al pensiero della disperazione di quelle donne.

«Come mi dispiace.» Alzò a guardarlo due occhi lacrimosi. Piangeva perché sapeva quanto Jeremiah ne soffrisse e quale dovesse essere il dolore delle vedove.

Fra le perdite, c'era anche il padre di Danny. E Jeremiah ne risentì in modo particolare. Fu lui a dirlo al ragazzo e a stringerlo tra le braccia quando scoppiò in singhiozzi. Non solo, ma avrebbe aiutato anche lui a portare la bara, al funerale, il lunedì successivo. Tutte cose, queste, che erano difficili da spiegare a Camille. Facevano parte della sua vita, erano una dura realtà. D'altra parte, com'era giovane e inesperta! Si trattava di cose completamente nuove per lei. Per Camille l'unica realtà, adesso, era la bellezza della casa che Jeremiah le aveva costruito. Purtroppo, nella vita, c'era molto, molto di più. E Camille doveva impararlo.

Hannah salì di sopra a preparagli un bagno caldo; Camille andò a versagli una scodella del brodo bollente che Hannah aveva tenuto in serbo per lui. Perché Camille non sapeva fare niente di tutto questo, né mostrava inclinazione per imparare. Tuttavia, adesso, gli riempì la scodella di brodo. Intanto Hannah era rimasta a quattr'occhi con Jeremiah, di sopra, nella stanza da bagno. Dopo averlo guardato intensamente, a lungo, scrollò la testa.

«Lo so che non è il momento migliore per dirtelo...» Esitò solo per una frazione di secondo. «Sono più di due giorni che

Mary Ellen ha le doglie del parto. L'ho saputo ieri mattina, ma non ho mai trovato l'occasione opportuna per avvertirti. E anche stamattina, al mercato, ho sentito che le doglie continuano.» Sapevano tutti e due che cosa poteva significare. Mary Ellen poteva morire. Era già successo a innumerevoli altre donne prima di lei. «Non so che cosa vuoi fare.» Non c'era nessun rimprovero nella sua voce. Si trattava, semplicemente, di una notizia che gli dava in tono pratico e pacato. «Però mi pareva di dovertelo dire in ogni caso.»

«Grazie, Hannah», mormorò Jeremiah a fior di labbra, perché Camille era entrata in quel momento con la scodella di brodo e stava fissando attentamente l'uno e l'altra. Aveva intuito d'istinto che Hannah gli stava raccontando qualcosa che lei non doveva sapere; forse la riguardava addirittura, pensò.

«Che cosa ti stava dicendo?» gli domandò, non appena la vecchia governante fu uscita.

«Niente di particolare. Una delle solite chiacchiere. Però c'è uno dei miei uomini che ha bisogno di aiuto. Mi ripulisco un po' e vado subito a vedere di che cosa si tratta.»

«Devi riposarti!» Camille sembrava sbalordita. Jeremiah era tanto stanco che faticava addirittura a tenere gli occhi aperti. Aveva lavorato tutta la notte al freddo, in mezzo al fango, ma gli uomini che aveva salvato si meritavano quella fatica e quel sacrificio.

«Mi riposerò più tardi, Camille. Potresti portarmi ancora un po' di brodo? E una tazza di caffè?» Lei ubbidì e, rientrando, lo trovò immerso nel bagno caldo. Jeremiah vuotò avidamente prima una tazza e poi l'altra. Infine si alzò. Aveva ancora il corpo robusto e muscoloso di quando era giovane. Gli anni di duro lavoro nelle miniere, da ragazzo, avevano contribuito a tenerlo sempre in ottima forma. Perfino adesso, a quarantaquattro anni, aveva ancora una figura magnifica e Camille lo guardò piena di ammirazione.

«Come sei bello, Jeremiah.»

Le sorrise. «Anche tu, piccina.» Ma si affrettò a rivestirsi e a prepararsi per uscire. Intanto Camille lo osservava, vagamente inquieta.

«Perché esci di nuovo?»
«Perché è un dovere. Devo andare. Non starò via molto.»
«Dove vai?» Era la prima volta che gli faceva un interrogatorio di questo genere e Jeremiah se ne stupì.
«A Calistoga.» Incrociò lo sguardo di sua moglie con espressione imperturbabile ma, dentro di sé, si sentì tremare. Stava per andare ad assistere alla nascita di suo figlio; voleva essere vicino a Mary Ellen, se stava per morire... E forse era già morta.
«Posso venire anch'io?»
«No. Stavolta, no, Camille.»
«Io voglio venire!» Aveva ripreso il solito tono petulante, ma Jeremiah la scostò con durezza.
«Non ho tempo di stare ad ascoltare i tuoi piagnistei adesso. Ne parliamo più tardi.» E prima che lei potesse aggiungere una sola parola, era già balzato in sella a Big Joe. A lei non rimase che domandarsi, di nuovo, dove andava.

14

IL MAESTOSO cavallo bianco correva pesantemente sulla strada risalendo la valle. Jeremiah lo incitava a colpi di speroni ad affrettare l'andatura. Non faceva che pensare ai minatori che avevano perduto durante la notte precedente. Un paio di volte si riscosse di colpo dopo essersi appisolato, ma, per sua fortuna, pareva che Big Joe sapesse dove stavano andando. La casetta bianca era silenziosa, quando Jeremiah legò Big Joe a un albero. Dopo aver girato intorno alla piccola costruzione, Jeremiah bussò alla porta ed entrò. In un primo momento non gli parve di sentire rumore, tanto che si domandò, improvvisamente, se — per partorire — Mary Ellen fosse andata a casa di sua madre. Poi dal piano di sopra gli giunse un lamento straziante. Si fermò di botto, chiedendosi se era sola. Infine salì le scale a passi lenti e furtivi, senza sapere con certezza cosa fare o per quale motivo si trovasse lì. Sapeva però che doveva starle vicino. Era per far nascere il suo bambino che Mary Ellen continuava a lottare coraggiosamente.

Si soffermò davanti alla porta della camera da letto per un attimo che gli parve interminabile, fino a quando i gemiti si spensero. Poi gli parve di sentire soltanto un lieve lamento e una voce maschile che parlava sommessamente. Era una situazione imbarazzante per Jeremiah il quale, adesso, si sentiva tremare di fatica in ogni fibra del corpo. Decise di bussare. In fondo, poteva sempre rendersi utile andando a chiamare il dottore. Invece fu proprio il dottore che venne ad aprirgli, con le maniche rimboccate, gli occhi stanchi e pieni di inquietudine, la camicia macchiata di sangue.

«Mi scusi... volevo sapere se...» Adesso non era soltanto un vago senso di imbarazzo quello che provava. Si sentiva un mascalzone per aver lasciato quella donna sola a far nascere il suo bambino. Guardò il dottore dritto negli occhi e gli domandò bruscamente: «Come sta?» Non si presentò neppure, del resto, non ce n'era bisogno. Il dottore sapeva chi lui fosse. Tutti, nella contea, conoscevano Jeremiah Thurston. Il dottore richiuse la porta, senza far rumore, alle proprie spalle e avanzò di qualche passo sul pianerottolo.

«Non sta affatto bene. Ormai è da mercoledì sera che ha le doglie, eppure non riusciamo a far venir fuori il bambino. Lei ci si prova, poveretta, ci mette tutto l'impegno possibile, ma non ha quasi più forze. È stremata.» Jeremiah fece un cenno d'assenso. «Vuole venire dentro?» Gli occhi del medico non esprimevano niente, né un giudizio né una condanna.

Jeremiah restò un attimo incerto, sul pianerottolo. Non si era mai sentito che un uomo assistesse una partoriente; d'altra parte il dottore non sembrava scandalizzato per la proposta che gli aveva fatto. «Pensa che lei lo vorrebbe?»

Guardando Jeremiah il dottore disse molto schiettamente: «Può darsi che non la riconosca neanche. È quasi priva di conoscenza». Poi esitò per un attimo e guardò Jeremiah con occhi penetranti. «Se la sente? Le è mai capitato di assistere a qualcosa del genere?» Jeremiah fece segno di no. «Ho visto partorire soltanto le bestie.»

Il medico, che era più anziano di lui, annuì. Poteva bastare. Ce l'avrebbe fatta. Senza aggiungere altro, aprì la porta e tornò nella stanza. Jeremiah lo seguì. Dentro, c'era un odore greve, dolciastro — un odore di corpi, di acqua di rose, di lenzuola umide. Le finestre erano sbarrate. Mary Ellen era distesa sul letto, aveva addosso due coperte ma, dalla vita in giù, era circondata da lenzuola sporche di sangue. Così, alla prima occhiata, sembrava che qualcuno fosse stato assassinato nel suo letto. Il suo ventre sembrava enorme, teso e rigonfio. Le gambe erano molli e flaccide come quelle di una bambolina di pezza. Tremava da capo a piedi. Mentre Jeremiah la guardava, travolto dal senso di colpa e dall'angoscia, Mary Ellen fu squassata di nuovo da quella che gli parve una specie di convulsione. Si lasciò sfuggire un gemito lieve, stridulo, che lentamente si trasformò in un urlo atroce mentre si dibatteva qua e là per il letto, rovesciando gli occhi e spalancando la bocca, come se soffocasse, alla ricerca di un po' di aria. Poi pronunciò qualche parola senza senso. Il dottore le si avvicinò con prontezza. Sembrava moribonda. Mentre urlava, un enorme fiotto di sangue le dilagò fra le gambe. Il dottore immerse le mani nel grembo di Mary Ellen ma, quando le tirò fuori di nuovo, non si era fatto nessun progresso per affrettare la nascita del bambino. Il dottore se le ripulì in una salvietta macchiata di sangue. Mary Ellen, sempre più estenuata, adesso gemeva in modo straziante. Jeremiah si avvicinò lentamente al letto e contemplò quel viso che era stravolto dalla sofferenza e dalla fatica. Se non avesse saputo che era Mary Ellen, non l'avrebbe riconosciuta.

Il dottore si rivolse a Jeremiah, parlandogli sottovoce. Sapeva che Mary Ellen non poteva sentirlo. Fra una contrazione e l'altra sembrava che si appisolasse. «Accidenti! Ha perso una tale quantità di sangue! Dentro, deve essersi lacerato qualcosa, oppure una vena si è rotta, lo si capisce da quella perdita di sangue che ha avuto adesso. Ma non riesco a fermarlo. E il bambino è messo nel modo sbagliato. Finora è riuscita a spingerlo fuori solo con una spalla. A questo modo, non arriveremo mai a niente.» Sembrava preoccupato, mentre gli spiegava la situazione e, negli occhi di Jeremiah, lesse chiaramente una domanda terribile. «Rischiamo di perderli tutti e due...» proseguì lanciando un'occhiata alla donna esausta, distesa sul letto «... lei di sicuro, se non tiriamo fuori presto il bambino. Non ce la fa più.»

«E il bambino?» In fondo, era suo figlio, anche se adesso era preoccupato soltanto per Mary Ellen. Come se non l'avesse mai lasciata e Camille non fosse mai esistita.

«Se riuscissi a girarlo, forse ce la farei a tirarlo fuori. Da solo, però, non ci riesco.» Squadrò Jeremiah. «Se la sente di tenerla?» Lui annuì, anche se aveva paura di farla soffrire di più. Adesso Mary Ellen era sveglia e aveva ripreso a urlare di nuovo perché un'altra contrazione stava cominciando. Alzò gli occhi, le parve di vedere Jeremiah, ma si convinse che doveva essere un sogno.

«Calmati, andrà tutto bene.» Le sorrise dolcemente, le accarezzò la faccia mentre si inginocchiava sul pavimento, vicino a lei. «Sono qui. Presto sarà finito. Andrà tutto per il meglio.» Parole alle quali non credeva più neanche lui. Nelle ultime ventiquattro ore aveva visto anche troppo la morte, e non voleva più vederla, adesso. Un altro fiotto di sangue sgorgò dal grembo di Mary Ellen.

«Non posso... non ce la faccio più...» Ansimava, si sentiva mancare il respiro, aveva bisogno di aria. Con un gesto istintivo Jeremiah l'afferrò per le spalle e la tenne stretta contro di sé. Allora, con un movimento improvviso, Mary Ellen gli lasciò ricadere la testa contro il braccio. Era svenuta. Aveva la faccia livida. Il dottore le prese il polso, poi guardò Jeremiah.

«La prossima volta cercherò di prenderlo e di girarlo. E anche di tirarlo fuori. La tenga stretta. Non la lasci muovere.»

Jeremiah ubbidì ai suoi ordini, continuando a parlare sommessamente nell'orecchio di Mary Ellen, ma i suoi urli, ormai, erano talmente acuti che non lo sentiva neppure. Svenne di nuovo prima che il dottore fosse riuscito a fare quello che voleva. Jeremiah si accorse di essere grondante di sudore. Quando guardò l'orologio, rimase sbalordito vedendo che era già lì, in quella camera, da quattro ore. «Non ce la può fare ancora per molto, dottore.»

«Lo so.» Assentì, poi si mise in attesa della contrazione successiva, preparando uno strumento dall'aspetto minaccioso di cui voleva servirsi per estrarre il bambino, non appena fosse riuscito a girarlo. Improvvisamente, videro entrambi che Mary Ellen era di nuovo in preda alle contrazioni e stava riprendendo conoscenza. Aveva lo sguardo stralunato. Jeremiah, stringendola con tutte le forze contro di sé, la tenne spietatamente distesa sui guanciali mentre il dottore, entrando nel suo grembo quanto più gli era possibile, cercava di afferrare il bambino. Jeremiah pensò che non sarebbe mai riuscito a dimenticare gli urli di Mary Ellen. Ci vollero altri quattro tentativi prima che il dottore riuscisse a girare il bambino nel modo voluto e cinque interventi con quel temibile strumento che le affondava fra le gambe, mentre lei urlava in modo straziante, dibattendosi fra le braccia di Jeremiah. Ormai quegli urli non avevano più niente di umano. Finalmente, il dottore proruppe in una specie di violento grugnito, mentre il sudore colava a fiotti dalla fronte di Jeremiah. Si accorse subito di un cambiamento nel corpo di Mary Ellen, che gli si afflosciò fra le braccia senza forze. Adesso aveva la faccia livida e verdastra, e il respiro talmente lieve e irregolare che Jeremiah non riusciva quasi a sentirlo. Si voltò impetuosamente verso il dottore e capì quello che era successo. Finalmente il bambino era venuto fuori, ma giaceva morto fra le gambe di Mary Ellen, che era in preda a una violentissima emorragia. Una scena straziante. Intanto il dottore, senza dire una sola parola, aveva tagliato il cordone ombelicale e avvolto il bambino in un lenzuolo pulito. Adesso tentava affannosamente di fermare il sangue che Mary Ellen continuava a perdere. Jeremiah si sentì improvvisamente sconfitto. Il suo primo nato, il suo primo bambino, era nato morto, e lui teneva fra le braccia la madre moribonda. Capì di non poter fare niente per impedirle di morire. Il dottore, dopo svariati tentativi, uno più angoscioso dell'altro, le stese addosso qualche coperta e si avvicinò a Jeremiah, sempre fermo a capo del letto. Gli allungò un colpetto incoraggiante su una spalla.

«Mi spiace per il bambino.»

«Anche a me.» Si accorse di essere rauco. Troppe cose era stato costretto a vedere non soltanto quella notte, ma anche la notte precedente; ed era ancora terrorizzato al pensiero che Mary Ellen fosse in fin di vita. «Se la caverà?» Guardò con aria supplichevole il dottore, che sembrava incerto.

«Adesso non posso fare altro. Resterò qui con lei, ma non le prometto niente.» Jeremiah fece un cenno d'assenso e riprese la veglia accanto al letto di Mary Ellen. Durante la notte lei ebbe un fremito, si mosse lievemente, con un lamento sommesso, girando la testa sul cuscino con inquietudine, ma non riaprì gli occhi fino alla mattina.

«Mary Ellen...» Jeremiah mormorò dolcemente il suo nome. Il dottore dormiva in un angolo. «Mary Ellen...» Lei aprì gli occhi e si voltò a guardarlo. Sembrava confusa.

«Sei proprio tu? Eri qui? Credevo di aver sognato...» Poi Jeremiah lesse negli occhi di Mary Ellen la domanda che temeva di più. «Jeremiah... il bambino?» Ma già lo sapeva, d'istinto. Girò di scatto la faccia dall'altra parte e scoppiò in lacrime. Jeremiah le prese una mano. Cominciò ad accarezzarla sui capelli.

«Abbiamo salvato te, Mary Ellen...» Aveva anche lui gli occhi pieni di lacrime. Avrebbe voluto dirle che era profondamente addolorato anche per il bambino, ma non ci riuscì perché si sentiva la gola chiusa da un nodo di commozione.

«Cos'era?» Mary Ellen tornò a guardarlo e si accorse che Jeremiah stava piangendo.

«Un maschio.» Mary Ellen annuì e richiuse gli occhi. Poi si addormentò e quando si svegliò di nuovo, il dottore si dichiarò soddisfatto. E aggiunse che, adesso, poteva arrischiarsi a lasciarla sola per qualche ora. Sarebbe tornato nel pomeriggio. Quando si ritrovò fuori, sul pianerottolo, con Jeremiah, gli disse che — se Mary Ellen non avesse perduto altro sangue — se la sarebbe cavata.

«È una ragazza robusta. Però glielo avevo già detto da tanti anni di non riprovare. È stata una sciocchezza, quella che ha fatto», continuò, stringendosi nelle spalle. «Sono infortuni che capitano.» Poi guardò Jeremiah negli occhi. «Se lei deve tornare a casa, mando qui mia moglie.» Non era curiosità, la sua. Ma aveva sentito raccontare che Jeremiah Thurston aveva una giovane moglie a St. Helena.

«Grazie. Gliene sarei molto grato. Anche la notte scorsa non ho chiuso occhio. Le nostre miniere sono state allagate.» L'anziano dottore annuì. Provava un grande rispetto per quell'uomo. Gli era stato di grande aiuto per assistere Mary Ellen.

Tese la mano a Jeremiah. «Mi spiace per il bambino.»

Jeremiah fece un cenno d'assenso. «Ringraziamo Dio che lei è riuscito almeno a salvare Mary Ellen.» Il dottore sorrise, commosso da quella dimostrazione di affetto. Jeremiah Thurston non era il primo, nella valle, ad avere un'amante e una moglie e, magari, anche dei figli da tutte e due. Ma gli pareva un gran brav'uomo.

«Mando qui mia moglie il più presto possibile.» E quando la donna arrivò, Jeremiah salutò Mary Ellen.

«Domani torno. Adesso devi soltanto riposare e fare quello che dice il dottore.» Poi gli venne un'altra idea. «Appena posso, ti mando Hannah. Può restare fintanto che ne hai bisogno.»

Mary Ellen gli sorrise debolmente, aggrappandosi alla sua grossa mano, calda e forte. «Grazie di essere stato qui, Jeremiah. Senza di te, sarei morta.»

«Mi raccomando, sii brava, adesso.» Lei aveva già chiuso gli occhi, mentre Jeremiah pronunciava queste parole, e si era profondamente addormentata prima che lui uscisse dalla stanza. Tornando a St. Helena in sella a Big Joe, Jeremiah si sentì il corpo che gli doleva da capo a piedi per la fatica e l'emozione. Quando smontò di sella davanti a casa era talmente sporco, stanco e malconcio che sembrava lo avessero picchiato. Hannah uscì non appena lo vide. Voleva avere notizie prima che sopraggiungesse Camille. Lo guardò piena di aspettativa e lui, per lo stesso motivo, si affrettò a informarla a voce bassa, roca. «Mary Ellen sta bene, ma il bambino è nato morto.» Poi, sospirando profondamente: «E abbiamo rischiato di perdere anche lei. Le ho detto che saresti andata oggi stesso ad assisterla. Potrai restare per tutto il tempo necessario». La vecchia governante gli rispose con un cenno di assenso.

«Hai fatto bene. Vado subito a prendere la mia roba.» Poi, con un'occhiata indagatrice, domandò ancora: «Come sta?»

Jeremiah scrollò la testa. Pareva che non riuscisse a dimenticare l'angoscia di quella notte. «È stato orribile, Hannah. La cosa peggiore che mi è mai capitato di vedere. Non riesco a capire come facciano le donne a desiderare dei figli.»

«Ce n'è qualcuna che non li desidera.» Lanciò un'occhiata significativa dietro di sé e poi gli disse, in tono incoraggiante: «Non è sempre così, figliolo. Lei lo sapeva che sarebbero stati brutti momenti. Quando è nato l'ultimo, più o meno è andata a questo modo. Il dottore l'aveva avvertita». La sua voce aveva una sfumatura di rimprovero, ma era anche calda di simpatia, soprattutto per Jeremiah. «Eri con lei?» Lui assentì e Hannah lo guardò con rinnovato rispetto. «Sei un brav'uomo, Jeremiah Thurston.» Fu in quel momento che Camille uscì sotto il portico. Sembrava esasperata.

«Dove sei stato tutta la notte, Jeremiah?» Non le importava che Hannah fosse lì ad ascoltare.

«Con uno dei miei uomini che è rimasto ferito nella miniera.» Così si potevano spiegare il sangue sulla manica della sua giacca e la barba lunga. Ormai non chiudeva occhio da due notti ed era estenuato. «Mi dispiace di non essere tornato a casa, amore mio.»

Lei gli scoccò un'occhiata impermalita e girò sui tacchi. Rientrò in casa sbattendosi dietro la porta con un tonfo. Hannah continuava a guardarla.

«Ecco, proprio quello che ci vuole», fu il suo acido commento. «Una moglie comprensiva.» Diede un colpetto affettuoso sul braccio di Jeremiah e salì i gradini del portico per andare a prendere la sua roba. «Mi bastano pochi minuti, Jeremiah, e vado subito. Quanto a te, non preoccuparti. Cerca di riposare. Ti ho lasciato un po' di minestra e uno stufato al caldo, sui fornelli.»

«Grazie, Hannah.» Poi entrò in casa a passo lento e si versò un po' di minestra in una scodella, in cucina, prima di salire a raggiungere sua moglie in camera da letto.

«Si può sapere dov'eri?» Camille si girò di scatto e gli si parò davanti.

«Te l'ho già detto.» Non aveva voglia di parlarne. Quella notte aveva visto morire il suo primo bambino e c'era mancato poco che non lo seguisse nella morte anche la donna che era stata la sua amante per sette anni.

«Non ti credo, Jeremiah.» Era bellissima. L'abito di voile rosa pallido le dava un aspetto lindo e immacolato. Accanto a lei, Jeremiah si sentiva sporco e molto stanco.

«Puoi credere quello che preferisci, Camille. Te l'ho già detto, sono stato con uno dei miei uomini.»

«Perché?»

«Perché correva il rischio di morire, ecco perché!» le rispose in tono tagliente; poi andò a sedersi a un tavolino vicino al fuoco con la scodella di minestra fra le mani. Camille, che si era messa a camminare avanti e indietro per la stanza, era ancora furiosa e non accennava a calmarsi.

«Avresti potuto mandarmi a dire da qualcuno che non tornavi a casa.»

«Mi spiace.» Alzò gli occhi a guardarla. «Non c'era nessuno da mandare.» Era sincero. Sembrò che questa risposta tranquillizzasse Camille la quale, tuttavia, gli voltò di nuovo le spalle. Jeremiah era stupito e perplesso di fronte a tutta quella intuizione da parte di sua moglie. Evidentemente un sesto senso le diceva che Jeremiah le aveva mentito. Forse neppure Camille sapeva misurare fino in fondo l'intelligenza del suo cervellino pronto e brillante, ma Jeremiah si guardò bene dal fare commenti. Continuò a sorbire la minestra con ancora più rispetto del solito per il suo intuito e la sua sensibilità.

«Immagino che adesso te ne andrai a letto.» Sembrava un po' meno in collera di prima. Venne a sedersi su una poltrona a dondolo vicino a lui.

«Quando mi sono ripulito un po', vorrei andare in chiesa.»

«In chiesa?» Queste due parole le uscirono di bocca come un grido stridulo. Camille detestava le chiese, le aveva sempre detestate. A sua madre, invece, piaceva andare in chiesa, ma lei non aveva mai avuto un gran concetto di sua madre.

«Ma... se non ci vai mai... in chiesa!»

«Una volta ogni tanto, sì.» Se non fosse stato così stanco, la reazione di Camille lo avrebbe addirittura divertito. «Vedi, abbiamo perduto quattordici uomini nelle miniere.» Quelli e il suo unico figlio. «Se non ne hai voglia, puoi fare a meno di venire. Però, se venissi, faresti un'impressione migliore a tutti.» Lei gli lanciò un'occhiata furiosa, senza nascondere la stizza che provava.

«Quando torniamo in città?»

«Appena potrò.» Si alzò e le andò vicino. «Ti giuro che farò del mio meglio per riaccompagnarti a San Francisco appena sarà possibile, piccola.» Sembrò che queste parole la calmassero; se non altro furono sufficienti a convincerla a cambiarsi d'abito e ad accompagnare Jeremiah in chiesa un'ora più tardi. Quando tornarono, lui andò a letto e cadde in un sonno di piombo. Dormì fino all'ora di cena, si svegliò soltanto per buttar giù un'altra scodella di minestra e si riaddormentò fino alla mattina dopo. Soltanto allora si alzò per andare al funerale dei suoi uomini. Camille non lo accompagnò. Rimase a casa e, al ritorno di Jeremiah, si lamentò perché Hannah non si era fatta vedere. Allora lui le spiegò che era andata ad assistere un'amica malata.

«Perché non me lo ha detto?» esclamò Camille, infuriandosi. «Sono io la padrona di questa casa. Adesso Hannah lavora per me.» A Jeremiah non piacque il tono con il quale stava parlando, ma preferì tacere perché Camille non si arrabbiasse ancora di più.

«Me ne aveva accennato domenica mattina, quando sono tornato a casa.»

«E tu le hai dato il permesso?» Era livida di rabbia.

«Precisamente. Ma sono sicuro che capisci la situazione. Tornerà fra qualche giorno.» Ci volle quasi una settimana prima che Hannah tornasse. Quando arrivò, gli riferì che Mary Ellen era ancora molto debole, ma cominciava ad alzarsi. Jeremiah fece un cenno di assenso, soddisfatto che lei avesse capito di non strapazzarsi troppo. Qualche giorno prima le aveva mandato un biglietto, assicurandole che la morte del bambino non avrebbe cambiato niente. Non aveva nessuna intenzione di sospendere il pagamento dell'assegno mensile che Mary Ellen riceveva. Aveva già informato la banca che si trattava di un pagamento da fare in permanenza e, a lei, aveva detto che sperava di non vederla più tornare al lavoro. Poteva stare a casa, occuparsi dei suoi figli e rimettersi bene in salute. Mary Ellen avrebbe voluto mandargli una lettera di ringraziamento, ma non aveva osato per paura che finisse nelle mani di Camille. Fu Hannah, invece, a ringraziarlo da parte sua. «Sei sicura che stia bene, adesso?»

«È ancora molto debole, ma ogni giorno che passa, migliora un po'», rispose Hannah.

«Probabilmente il merito sarà dei buoni pranzetti che le avrai preparato.» Sorrise, ringraziando la vecchia governante, e si affrettò ad avvertirla che Camille si era mostrata inquieta e di pessimo umore durante la sua assenza.

«Ha cucinato lei?»

«Ce la siamo cavata alla meno peggio.» Poi la informò che, qualche giorno dopo, sarebbero partiti per San Francisco. La prospettiva di quella partenza rattristò Hannah. «Mi sentirò molto sola qui, Jeremiah.»

«Lo capisco. Io, però, continuerò ad andare avanti e indietro per seguire il lavoro nelle miniere.»

«Sarà una bella fatica per te.» D'altra parte era giusto farlo, per sua moglie. Non poteva costruirle un palazzo in città e poi condannarla alla vita di campagna che — a quanto sembrava — le era insopportabile.

«Vedrai che tutto funzionerà. Del resto ci trasferiremo qui per i mesi estivi, probabilmente da giugno fino a settembre oppure ottobre.» Se avesse potuto seguire le sue aspirazioni, sarebbe tornato a St. Helena in marzo, per rimanerci fino a novembre. «Intanto, se tu avessi bisogno di qualche cosa, fammelo sapere.»

«Certo, Jeremiah.»

«Cosa? Ho sentito bene?» Una vocina stizzosa alle loro spalle li fece trasalire per la sorpresa. Jeremiah si domandò quanto tempo Camille fosse rimasta ad ascoltarli, prima di rivelare la propria presenza. «Sbaglio o l'ho sentita chiamarlo 'Jeremiah?'»

«No, non ha sbagliato.» Hannah non riusciva a capire che cosa Camille volesse dire e Jeremiah ancora meno di lei.

«Le sarò grata se vorrà rivolgersi a mio marito chiamandolo *signor* Thurston, d'ora in avanti. Non è il suo 'figliolo', oppure il 'ragazzo', e tanto meno il suo 'amico'. È *mio* marito, è il *suo* padrone, e si chiama *signor* Thurston.» Mai e poi mai si era dimostrata tanto maligna e altezzosa come in quel momento. Jeremiah si sentì accecare dalla rabbia. Di fronte ad Hannah non disse niente, ma seguì sua moglie di sopra e quando furono entrati in camera da letto, si richiuse dietro la porta con un tonfo.

«Insomma, si può sapere esattamente cosa sarebbe tutta questa storia, Camille? Sei stata incredibilmente villana con quella brava vecchia, gentile e dignitosa.» Era la stessa brava vecchia che aveva assistito la sua amante, aiutandola a guarire, dopo la nascita del bambino morto. Ne soffriva ancora, di nascosto, ma Camille non poteva saperlo. Sapeva però di non aver mai visto suo marito infuriato come in quel momento. «È una cosa che non ho assolutamente intenzione di tollerare. Voglio che tu lo sappia fin d'ora.»

«Che cosa non vorresti tollerare? Esigo il rispetto dai nostri domestici e quella vecchia si comporta come se fosse tua madre. Be', non lo è, invece. È soltanto una brutta vecchiaccia con la lingua lunga. E poi, si prende troppa confidenza! Io la frusto, sai, se la sento ancora chiamarti Jeremiah!» Pareva un demonietto, minuscola, con l'aria cattivella, in piedi davanti a lui. Jeremiah provò una gran voglia di prenderla per le spalle e di scrollarla furiosamente per farla smettere. Invece la afferrò per un braccio e la trascinò in mezzo alla stanza.

«La frusti? *La frusti*? Qui non siamo nel Sud, Camille, e i giorni della schiavitù sono passati. Se ti azzardi soltanto a metterle le mani addosso o se ti comporti sgarbatamente con lei come hai fatto finora, *sarò io a frustare te*... ricordati quello che ti dico! E adesso vai giù e chiedile scusa. Immediatamente!»

«Cosa?» strillò lei, guardandolo con incredulità.

«Hannah ha lavorato per me per più di vent'anni ed è sempre stata una donna brava, generosa e leale. Non ho nessuna intenzione di vederla maltrattare da una mocciosa viziata che viene da Atlanta, e ti giuro che, se non vai a chiederle scusa subito, ti concio per le feste!» Era ancora furioso, ma stava cominciando a calmarsi, a differenza di sua moglie che aveva gli occhi lucidi di lacrime, lacrime di rabbia.

«Come osi parlare a questo modo, Jeremiah Thurston! Come hai il coraggio di... Io non farò mai e poi mai niente di simile... chiedere scusa a quella donnaccia...» Ma, a questo punto, Jeremiah capì di averne abbastanza. Le allungò uno schiaffo e Camille, che era restata senza fiato, indietreggiò barcollando e, per non cadere, si aggrappò con la mano alla mensola del caminetto.

«Se ci fosse qui mio padre, sarebbe lui a frustarti... a frustarti fino a non lasciarti neanche un po' di fiato in corpo!» Aveva parlato con voce bassa, fremente, velenosa e Jeremiah capì subito che la situazione gli era sfuggita di mano e stava prendendo una piega pericolosa.

«Basta così, Camille. Sei stata maleducata verso la mia governante, una persona brava e fidata. E non posso tollerarlo. Ma smettiamola con questi discorsi di frustate e minacce. Comportati come si deve, d'ora in poi, e non succederà più.»

«*Comportarmi come si deve?* Chi, io? Accidenti a te, Jeremiah Thurston. Maledetto, maledetto, e poi ancora *maledetto!*» Poi uscì a passi furiosi dalla stanza, richiudendo la porta con un tonfo alle proprie spalle, e non gli rivolse più la parola fino al loro ritorno a San Francisco. Continuò a comportarsi con distacco e gelida cortesia fino a quando non si ritrovarono nella loro stupenda casa di Nob Hill. Era talmente bella che Camille, guardandola, si sentì mancare di nuovo il fiato per la gioia e, dopo un attimo, senza più riuscire a trattenersi, buttò le braccia al collo di suo marito. Era talmente felice di tornare in città che riuscì perfino a dimenticare quanto fosse stata in collera con Jeremiah. E lui scoppiò in una risata, la prese in braccio e la portò di sopra, nella camera da letto, a fare l'amore.

«Bene! Dunque sei riuscita a sopravvivere un mese nella Napa Valley, piccolo tesoro mio.» Non se la sentiva ancora di scoraggiarsi per l'odio di Camille nei confronti della vallata che lui amava tanto. «Adesso tutto quello che ci resta da fare è avere il nostro primo bambino.» Era ancora esacerbato al pensiero di aver perduto il bambino di Mary Ellen e ne avrebbe voluto avere un altro subito, ma questo da Camille, da sua moglie. In cuor suo, ringraziava Dio che fosse tanto giovane e sana. C'era da sperare che non dovesse passare attraverso una prova simile a quella di Mary Ellen. Ormai erano sposati da quasi due mesi e Jeremiah era ansioso di metterla incinta.

«Mia madre dice che, a volte, ci vuole un po' di tempo, Jeremiah. La cosa migliore è quella di non pensarci.» Lui, invece, diventava sempre più impaziente. Quanto a Camille, a parlarne si sentiva a disagio. No, lei non lo voleva ancora, un bambino. Aveva diciotto anni, era la padrona di una casa stupenda, voleva dare feste e ricevimenti e non diventare grassa, e star male, ed essere costretta a chiudersi in casa, e morire di parto!

Durante i mesi della primavera, mentre Camille si affermava sempre di più con la sua presenza e la sua posizione nella vita mondana di San Francisco, Jeremiah non riuscì a veder realizzato il suo desiderio. Camille, però, non era mai stata tanto felice in vita sua. Finalmente aveva raggiunto lo stato sociale al quale aveva aspirato con tanta smania; adesso i Thurston davano feste, ricevimenti, balli e cene, e frequentavano l'opera e i concerti. In maggio Camille organizzò un magnifico picnic nel loro grande giardino. Intanto la sua fama cresceva e ormai era giudicata una delle padrone di casa più brillanti della città. I balli che dava nei saloni di casa Thurston non avevano niente da invidiare a quelli che si tenevano a Versailles. Camille era estasiata dalla vita che conducevano. Jeremiah lo era molto meno. Viaggiava avanti e indietro da San Francisco alla Napa Valley più spesso che poteva, ma si sentiva quasi sempre stanchissimo. Camille si burlò di lui quando finì per addormentarsi durante una delle sue cene più sontuose. D'altra parte insisteva per uscire ogni sera, quando Jeremiah era in città e, quando era assente, usciva senza di lui. Insomma la vita di Camille era diventata un turbinio di impegni mondani che non le lasciavano requie. Così, non nascose la propria disperazione quando Jeremiah le rammentò che, con il primo di giugno, si sarebbero trasferiti di nuovo nella Napa Valley.

«Ma io volevo dare un gran ballo quest'estate, Jeremiah», gli disse con voce piagnucolosa. «Non possiamo andarci in luglio?»

«No, non possiamo. Ho bisogno di stare parecchio tempo giù, nel mio ufficio, alle miniere, Camille... altrimenti non ci saranno più i mezzi per mantenerti con tutte le tue feste e i tuoi ricevimenti!» Ma lo diceva soltanto per prenderla in giro. Era sempre l'uomo più ricco della California e non avevano nessuna preoccupazione finanziaria. Jeremiah, però, voleva restare più a lungo alle miniere e, d'estate, gli piaceva sorvegliare i vigneti. Ne aveva abbastanza di vivere in città. Ormai ci stavano da febbraio e Jeremiah non vedeva l'ora di tornare nella sua valle. Era quel che aveva detto ad Hannah la settimana prima, quando si era fermato a dormire una notte a St. Helena.

«E niente bambini ancora, Jeremiah?» gli aveva domandato Hannah. Per quanto avesse accettato di accontentare Camille e di chiamarlo «signor Thurston» quando lei poteva sentirla, appena si trovavano soli riprendeva a chiamarlo Jeremiah.

«Non ancora.» Anche Jeremiah era deluso per questo fatto e si augurava che, una volta allontanata Camille dalla città e dai suoi impegni mondani, sarebbe rimasta incinta. Le occorreva ancora un po' di vita campagnola, si ripeteva, ma Hannah arricciò le labbra con aria piena di disapprovazione.

«Be', sappiamo che non è colpa tua.» Poi aggrottò le sopracciglia. «Magari non può averne!»

«Non credo. Sono soltanto cinque mesi e mezzo, Hannah. Devi darle un po' di tempo.» Sorrise alla vecchia governante. «Lasciamola respirare un po' di questa aria buona di St. Helena e, nel giro di un mese, resterà incinta.» Poi corrugò la fronte al ricordo di Mary Ellen. «Come sta?» domandò ad Hannah. Non era più andato a trovarla dalla notte in cui il bambino era morto. Chissà perché, non ne provava il desiderio. Né gli sembrava corretto nei confronti di Camille. Perché Camille era troppo intuitiva ed era pericoloso mentirle spesso.

«Sta bene. Però c'è voluto un bel po' di tempo prima che si rimettesse completamente. Ma, adesso, direi che sta discretamente.» Poi si decise a riferirgli anche il resto. In fondo, aveva il diritto di saperlo: era stato buono e generoso con lei. Non si poteva negare che avesse fatto la cosa migliore. Jacob Stone, l'impiegato della banca, aveva raccontato a tutti come Jeremiah si era mostrato generoso. «Adesso si fa vedere in giro con un impiegato delle terme. Sembra simpatico, gran lavoratore», Hannah si strinse nelle spalle, «ma non credo che sia pazza di lui.»

«Spero che sia un brav'uomo», disse Jeremiah a bassa voce e cambiò argomento.

Quando Camille arrivò a St. Helena seguita da valigie, bauli e una quantità di altri bagagli, cominciò subito a trovar da ridire su quello che Hannah aveva fatto. La vecchia governante rimase talmente male nel vedersi trattare in quel modo dalla giovane moglie bisbetica di Jeremiah che, un giorno, non riuscì più a dominarsi. Quasi senza accorgersene, si lasciò sfuggire che era un gran peccato che Jeremiah avesse sposato lei e non la donna che andava sempre a trovare a Calistoga prima della sua venuta. Queste parole ottennero soltanto l'effetto di far infuriare Camille ancora di più. E, allora, cominciò a darsi da fare per scoprire chi fosse questa donna, ma Jeremiah e Hannah, che adesso sentiva rimorso per quello che aveva rivelato e si era chiusa in se stessa come un'ostrica, non le vollero dire niente. E più Camille tentava di andare a fondo alla questione, meno riusciva a sapere. Finché un giorno, più che altro perché sperava di divertirsi, andò alle terme di Calistoga a far visita a un gruppo delle sue amiche che ci erano venute per i fanghi. Aveva combinato di trovarsi con loro all'albergo per pranzare insieme. Mentre aspettava notò un giovanotto, che portava la divisa bianca delle terme, passarle davanti in compagnia di una bella donna con i capelli rossi, vestita di verde, che attirò subito la sua attenzione. C'era qualcosa, in lei, che la incuriosì. Portava un parasole di pizzo appoggiato con noncuranza alla spalla e rideva guardando l'uomo negli occhi. Ma, in quel momento, qualcosa in lontananza parve attirare la sua attenzione. D'istinto si voltò verso Camille e si accorse di essere osservata. Gli occhi delle due donne si incontrarono e Mary Ellen capì subito chi fosse Camille. Perché assomigliava in tutto e per tutto alla giovane signora che le era stata descritta da Hannah e da altri che l'avevano vista. Contemporaneamente Camille capì subito chi era Mary Ellen e che cosa doveva essere stata per Jeremiah. Fece per alzarsi dalla poltrona, ma poi si lasciò ricadere di nuovo seduta, rossa, ansante, mentre Mary Ellen si allontanava rapidamente al braccio dell'amico. Per tutto il resto della giornata, quel ricordo perseguitò Camille. Era la ragazza più bella che avesse visto in tutta la Napa Valley, certamente la stessa donna alla quale Hannah, senza volerlo, aveva accennato. Con tutti i viaggi che Jeremiah aveva fatto da San Francisco alla miniera e viceversa durante l'inverno e la primavera, chi poteva sapere se la loro relazione non era ripresa? Continuò a torturarsi per tutto il viaggio di ritorno a casa, in carrozza, e quando Jeremiah arrivò dall'ufficio quella sera, lo aggredì con un tono velenoso che lo lasciò allarmato e sorpreso.

«Non ti illudere, Jeremiah Thurston. Non mi hai imbrogliato neanche per un momento.» Lui era stato colto talmente di sorpresa che, al primo momento, aveva pensato che Camille volesse burlarsi di lui. Ma ben presto fu evidente il contrario. «Tutti i tuoi viaggetti quassù, durante l'inverno... adesso capisco che cosa stavi combinando... sei uguale a mio padre con la sua amante a New Orleans.» Jeremiah trasalì, restando a bocca aperta. Dal giorno in cui aveva sposato Camille, non aveva mai dedicato né un pensiero né uno sguardo a un'altra donna, e non ne aveva neppure provato il desiderio come cercò di spiegarle. «Non ti credo, Jeremiah. E quella rossa di Calistoga?» O mio Dio, Mary Ellen. Impallidì. Chi glielo aveva detto? E le avevano parlato anche del bambino? Camille notò lo stupore scandalizzato e l'inquietudine di Jeremiah e si mise a sedere con un'espressione profondamente soddisfatta. Poi disse, glaciale: «Vedo che sai a chi voglio alludere».

«Camille... ti prego... non c'è più stata nessuna donna dal giorno in cui ti ho sposato, tesoro mio. Neanche una, assolutamente! Non ti farei mai una cosa simile. Ho troppo rispetto per te e per il nostro matrimonio.»

«E allora, chi sarebbe?» Jeremiah avrebbe potuto negare di conoscere Mary Ellen, ma non ne ebbe il coraggio. Perché, se lo avesse fatto, Camille non gli avrebbe mai più creduto.

«Una persona che conoscevo una volta.» Era la risposta più onesta, come era onesta la sua espressione, guardandola.

«La vedi ancora?»

Questa domanda lo fece andare in collera. Non era abituato a subire interrogatori da una ragazzina di diciotto anni. «No, non la vedo più, ma trovo che la tua domanda è del tutto fuori luogo. Inoltre mi pare che questo non sia un argomento adatto da discutere per una signora, Camille.» Poi decise di giocare la sua carta più grossa. «Tuo padre non approverebbe questo modo di comportarti.» Camille arrossì: sapeva perfettamente che suo padre sarebbe rimasto inorridito al solo pensiero che lei fosse al corrente dell'esistenza di quella sua amante di New Orleans e — peggio ancora — che ne parlasse.

«Ho il diritto di saperlo.» Adesso era rossa come un papavero. Aveva esagerato, e lo capiva.

«Non tutti gli uomini sarebbero d'accordo con te; io, invece, guarda un po'! ti capisco. Però permettimi di assicurarti, prima di chiudere questo sgradevole argomento, che non hai niente da temere da parte mia, Camille. Ti sono fedele, lo sono sempre stato dal giorno delle nostre nozze e ho intenzione di rimanere tale fino al giorno in cui morirò. Ti sembra che basti a far sparire tutti i tuoi dubbi, Camille?» Le aveva parlato come un padre, severo, pieno di disapprovazione e, adesso, lei era profondamente imbarazzata. Però a letto, più tardi, quella sera, ci ritornò sopra di nuovo.

«È straordinariamente carina, Jeremiah...»

«Di chi stai parlando?» Lui era già quasi addormentato.

«Quella donna... la rossa di Calistoga...» Jeremiah si mise a sedere di scatto sul letto e le lanciò un'occhiata furiosa.

«È un argomento che non voglio più discutere con te.»

«Scusami, Jeremiah.» Lo disse con una vocina piccola piccola, mentre lui si adagiava di nuovo sui guanciali e chiudeva gli occhi. Gli posò perfino una esile manina sulla spalla e, poco dopo, lo addolcì con quella passione che lo lasciava sempre estasiato. I primi sei mesi del loro matrimonio lo avevano appagato profondamente per quello che riguardava i loro rapporti intimi e sapeva che Camille ne era felice e soddisfatta quanto lui. L'unica cosa che continuava a deluderlo era il fatto che non restasse incinta. Hannah, però, lo illuminò su questo argomento verso la fine d'agosto, una mattina, mentre lui faceva colazione prima di andare alle miniere. Camille dormiva ancora, di sopra. Hannah gli si piantò davanti e disse:

«Devo parlarti, Jeremiah.» Sembrava una chioccia impermalita e lui staccò gli occhi dal piatto che aveva davanti, pieno di uova e salsicce, per guardarla con stupore.

«C'è qualcosa che non va?»

«Dipende...» Poi lanciò uno sguardo verso il pianerottolo delle scale. «È già alzata, lei?»

«No.» Jeremiah scrollò la testa. Poi si accigliò. Possibile che ci fosse stato un altro litigio fra le due donne? «Cosa c'è, Hannah?»

Lei fece una cosa che non aveva mai fatto: andò a dare un giro di chiave alla porta della cucina. Poi venne vicino a Jeremiah, si infilò una mano nella tasca del grembiule e tirò fuori un oggetto dorato, simile a un anello per le tende, solo che era più liscio, sottile ed eseguito con una lavorazione accuratissima. «Ho trovato questo, Jeremiah.»

«Cos'è?» Tutti quei misteri non gli sembravano particolarmente interessanti. E poi, gli dava fastidio mettersi a fare quei giochetti così presto al mattino.

«Non sai cos'è, Jeremiah?» Pareva stupita. Non ne aveva mai visto uno così raffinato, ma altri sì, molto più semplici. Lui invece scrollò la testa, stupito e vagamente infastidito. Allora Hannah prese una seggiola e gli si mise a sedere davanti. «È un anello.»

«Questo lo vedo anch'io!»

«Vedi... un anello...» All'improvviso, si sentì imbarazzata a doverglielo spiegare. D'altra parte capiva che era necessario. Perché c'era chi lo stava imbrogliando. «Vedi, le donne li adoperano per... per...» Diventò rossa, ma si sforzò di proseguire, per amor suo... «Così non fanno i bambini, Jeremiah...» Ci volle un momento perché Jeremiah misurasse in tutta la sua importanza la gravità di quello che Hannah gli stava dicendo. Poi fu colpito brutalmente, in pieno petto.

Gli tremava la mano quando la protese per afferrare l'ignobile aggeggio. Forse era tutta un'invenzione della vecchia governante, per creare dei guai a Camille. Era poco probabile, ma d'altra parte tutto gli sembrava possibile, visto l'odio reciproco delle due donne. «Dove lo hai trovato?» Si alzò come se non riuscisse più a stare seduto per l'agitazione.

«L'ho trovato nella sua stanza da bagno.»

«Come fai a sapere che cos'è?»

«Te l'ho già detto... l'ho visto altre volte...» Poi, sempre arrossendo, aggiunse: «Dicono che sono una meraviglia. Funzionano in un modo fantastico, Jeremiah. Basta avere un po' di attenzione. Era avvolto in un fazzoletto, l'ho preso per lavarlo e... ecco, è caduto...» Intanto si stava chiedendo se Jeremiah fosse arrabbiato con lei, anche se — conoscendolo come lo conosceva — le pareva poco probabile. «Mi spiace, Jeremiah, ma ho pensato che tu avessi il diritto di saperlo.»

Jeremiah le lanciò un'occhiata di furore. Non aveva neppure la forza di rassicurare la vecchia governante, tanto si sentiva in collera con Camille, offeso e deluso. «Non voglio che tu le dica niente. Sono stato chiaro?» La sua voce era aspra e Hannah fece segno di sì. Poi Jeremiah andò alla porta, girò la chiave nella toppa e uscì a sellare Big Joe. Pochi minuti dopo era già partito al galoppo verso le miniere. In tasca portava quell'oggetto indecente.

15

QUELLO che aveva saputo da Hannah, continuò a tormentare Jeremiah per tutto il giorno. Non riuscì a concentrarsi sul suo lavoro neanche un momento. L'anello che teneva nel taschino gli sembrava infuocato, gli pareva di sentirlo ardere fino a bruciargli il cuore come una torcia, e alla fine, verso la metà del pomeriggio, uscì dal suo ufficio e andò a cercare il dottore che aveva aiutato a venire al mondo il bambino di Mary Ellen, a Calistoga. Gli mostrò l'anello e gli domandò se poteva spiegargli a che cosa serviva. Quando il vecchio ubbidì, Jeremiah dovette fare uno sforzo per controllarsi. Aveva i brividi.

«Gliene ho dato uno io. Non glielo aveva detto?» Il dottore pareva sorpreso e Jeremiah scandalizzato.

«Mia moglie?» Adesso toccò al dottore cercar di nascondere che era scandalizzato; non ricordava che Jeremiah e Mary Ellen si fossero sposati... per quanto, con i ricconi come lui, non si poteva mai essere sicuri di niente. Facevano sempre quello che volevano e ottenevano tutto, a tambur battente!

«Non sapevo che l'avesse sposata...» Restò incerto, senza finire la frase, e Jeremiah capì al volo.

«No...» Poi gli diede le spiegazioni necessarie. «Questo era nella stanza da bagno di mia moglie.»

«È incinta adesso?»

«No.» A poco a poco, il vecchio dottore di campagna cominciava a capire. «Già... mentre lei ha continuato ad aspettare che sua moglie restasse incinta.» Jeremiah fece un cenno d'assenso. Voleva essere onesto. «Be', con questo, è un po' difficile che succeda. Funzionano discretamente...» Si strinse nelle spalle, poi scoccò un'occhiata significativa a Jeremiah. «Per quanto, è comprensibile in certi casi... come per Mary Ellen. Lei non ha altra scelta. Deve adoperarlo. Altrimenti... piuttosto che ricaderci un'altra volta è meglio che si tiri un colpo di pistola... e glielo ho detto chiaro e tondo.» Jeremiah fece un cenno d'assenso, senza parlare. Ormai, quello non era un problema che lo riguardava più, ma preferì evitare di raccontarlo al vecchio dottore. Quella che gli interessava era soltanto Camille. «Sua moglie le ha detto che lo adoperava?» Il medico continuava a non capire. C'era qualcosa che gli sfuggiva.

«No.»

Ci fu un lungo silenzio durante il quale il dottore soppesò le parole che gli erano state dette e Jeremiah cercò di mettere ordine fra i propri pensieri. «Non è stato molto bello da parte sua, vero?» disse il dottore e Jeremiah, facendo segno di no con la testa, si alzò.

«No, non è stato bello.»
Strinse la mano al vecchio medico e tornò a St. Helena dove trovò Camille, in camiciola e mutande lunghe che si sventagliava in camera da letto. Senza dirle niente, le buttò l'anello d'oro in grembo. Lei, al primo momento, lo guardò senza ben sapere di che si trattasse, quasi con la speranza che fosse un altro gioiello. Poi, all'improvviso, capì cos'era e si ritrasse come se si fosse trovato in grembo un serpente. Era diventata pallidissima. Erano già parecchi giorni che lo stava cercando e aveva paura di averlo perduto. Si trattava di uno di quegli aggeggi che si era portata da Atlanta. Glielo aveva procurato il dottore di sua cugina.

«Dove lo hai trovato?»
Jeremiah la fissava dall'alto della sua statura imponente, ma, stavolta, non c'era gentilezza nei suoi occhi. «Dimmi piuttosto, Camille, dove l'hai trovato tu? E perché io non ne sapevo niente?» Ormai si capiva che Jeremiah era al corrente di tutto e sapeva che era suo. Sarebbe stato inutile negarlo, Camille lo intuì subito.

«Mi spiace... io ...» Le salirono le lacrime agli occhi e girò di scatto la testa. Jeremiah, che avrebbe voluto mostrarsi in collera, non seppe resistere. Le si inginocchiò vicino, sul pavimento, e la costrinse a guardarlo. «Perché lo hai fatto, Camille? Pensavo che ci fosse qualcosa che non funzionava visto che noi... che non riuscivamo a...»

Lei scrollò la testa, mentre un altro fiotto di lacrime le scendeva dagli occhi, e si nascose la faccia fra le mani ... «Non volevo ancora un bambino... non voglio diventare grassa e... Lucy Anne ha detto che si soffre tanto...» Il ricordo di Mary Ellen lo folgorò e si impose di scacciarlo dalla propria memoria. «Non posso. Non posso...» Era soltanto una bambina, adesso Jeremiah lo capiva. Però era anche una donna, sua moglie, e lui non diventava più giovane, tutt'altro, a mano a mano che il tempo passava. Non poteva aspettare cinque o dieci anni, e glielo spiegò con dolcezza. E la rimproverò per aver cercato di proteggersi contro di lui, in segreto. «Non ho potuto farne a meno, Jeremiah... avevo paura... e sapevo che ti saresti arrabbiato...»

«È vero. Mi sono arrabbiato. Ma mi sono anche offeso. Voglio che tu sia sempre onesta con me.»

«Proverò.» Ma non gli garantì che lo avrebbe fatto.

«E adesso: ne hai altri, di questi anelli?» Lei cominciò a scrollare la testa; poi, prendendo un'espressione mortificata, fece segno di sì. «Dove?» Allora lo condusse nella sua stanza da bagno e gli mostrò una scatoletta, che teneva nascosta con cura. Ce n'erano altri due e lui li prese.

«Che cosa hai intenzione di farne, Jeremiah?» Era in preda al panico. Ma lui si mostrò irremovibile. Li schiacciò, tutti e tre, fra le grosse mani, facendoli diventare inutili e li spezzò prima di lasciarli cadere nel cestino dei rifiuti. Intanto Camille era scoppiata in singhiozzi. «Non puoi fare una cosa simile!... Non puoi... non puoi!» Cominciò a tempestargli il petto di pugni, ma lui la afferrò per le braccia, tenendola stretta, e la lasciò piangere. Poi la riaccompagnò con dolcezza verso il letto e l'aiutò a distendersi, lasciandola sola con i suoi pensieri. Uscì a fare una passeggiata in giardino. Si sentiva ancora tradito da quello che Camille aveva fatto. Quella sera tacevano entrambi quando si ritirarono in camera da letto. Jeremiah era ancora offeso per la scoperta di quell'oggetto ignobile e Camille non aprì bocca quando lui spense la luce. Non solo, ma si tenne rannicchiata dalla propria parte del letto: una cosa insolita, questa. Perché era Camille, quasi sempre, a fare i primi approcci. L'anello le dava un gran senso di libertà e sapeva di potersi godere pienamente e senza pericoli i giochi amorosi che faceva a letto con suo marito. Adesso, invece, era in preda a una paura terribile e cercava di prendere le distanze. Invece quella sera fu Jeremiah a cercarla, allungando le braccia verso di lei, che si mise a tremare e tentò di respingerlo. «No... no... Jeremiah... non...» Ma Jeremiah fu implacabile. Le allargò le gambe con la forza e la prese. Quella sera Camille non si lasciò sfuggire gemiti di piacere, ma scoppiò in un pianto sommesso. E, quando smise di piangere, Jeremiah la prese ancora. E di nuovo, un'altra volta, al mattino.

16

IN SETTEMBRE, Camille e Jeremiah tornarono in città, come lui le aveva promesso, e Camille riprese quasi subito la sua solita vita frenetica, fatta di feste e ricevimenti. Ma una mattina, durante la seconda settimana di settembre, Jeremiah la trovò accasciata su una poltrona nel suo spogliatoio. Teneva mollemente una spazzola in mano e, quando lui entrò a salutarla, gli parve molto pallida.

«Qualcosa che non va?»

«No...» Ma si capiva subito che non doveva sentirsi bene e, nel giro di un altro paio di settimane, Jeremiah cominciò ad avere qualche sospetto sulla vera natura del suo malessere. Anche Camille. Ma quando finalmente si decise a dirgli che credeva di essere incinta, lo fece senza il minimo entusiasmo. Jeremiah, invece, fu felice ed emozionato. Quella sera, al suo ritorno a casa Thurston, Jeremiah portava con sé l'elegante astuccio in cuoio di un gioielliere. Ma neppure quello riuscì a interessare Camille. Si sentiva malissimo. Nei due mesi successivi non riuscì ad andare quasi a nessun ricevimento, e non ne diede neppure. Non era così che aveva pensato di trascorrere la stagione mondana a San Francisco!

Quando Amelia arrivò a far visita alla figlia in ottobre Jeremiah le diede la notizia; Amelia si mostrò felice per loro e raccontò che la figlia stava aspettando il terzo bambino e che lo avrebbe avuto in primavera. Camille, più tardi disse a Jeremiah che la trovava una cosa disgustosa. Quella ragazza, così, avrebbe avuto tre figli in tre anni, ma lei, Camille, non ci pensava nemmeno, a imitarla! Dentro di sé continuava a rimpiangere la perdita di quegli anelli preziosissimi che Jeremiah aveva distrutto. Anzi arrivò al punto di dirgli, una volta, che se quella vecchia strega di Napa non gli avesse rivelato a che cosa servivano, adesso lei non si sarebbe trovata in queste condizioni che detestava con tutte le sue forze.

«È questo che pensi?» le domandò Jeremiah con tristezza. Era in estasi al pensiero del bambino. Ma gli dispiaceva vedere quanto fosse infelice Camille per quella maternità. L'unica sua speranza era che, una volta nato il bambino, lei cambiasse idea. Del resto, era comprensibile che si sentisse incerta e confusa al momento... stava così male!

Era innegabile che Camille attraversasse un momento difficile: aveva la nausea, vomitava si sentiva mancare e, più di una volta, era svenuta quando l'aveva accompagnata fuori, in qualche posto. Di conseguenza, e malgrado le sue proteste, Jeremiah si era rifiutato energicamente di accompagnarla all'opera. Poi, improvvisamente, Camille si accorse che nessuno dei suoi vestiti le andava più bene e si adattò di malavoglia a farli ritoccare per allargarli. Invidiava le ragazze che si vantavano di non aver mai fatto vedere niente fino al settimo o all'ottavo mese. Lei, invece, piccolina com'era, non aveva speranze che le succedesse la stessa cosa e quando, a Natale, diede un piccolo ricevimento per festeggiare il suo compleanno, fu impossibile nascondere il fatto che era incinta. Jeremiah le regalò un nuovo mantello di zibellino per nascondere le sue proporzioni sempre più ampie e uno stupendo orologino tempestato di diamanti. «Poi, quando tutto sarà finito, amore mio, ce ne andremo a New York a comprare un mucchio di bei vestiti. E dopo New York, ti porterò ad Atlanta, per far visita ai tuoi.» Camille non vedeva l'ora che questo sogno si avverasse. La gravidanza era ancora peggio di quello che si era aspettata. Odiava il pensiero di diventare grassa, le dava fastidio sentire la nausea, detestava tutto quello che comportava aspettare un bambino e soprattutto odiava Jeremiah, perché era colpa sua se si trovava in quelle condizioni. In febbraio, poi, andò ancora più in collera, quando lui annunciò che aveva intenzione di portarla nella Napa Valley e di farcela restare fino alla nascita del bambino.

«Ma non siamo ancora in maggio!» Aveva gli occhi lucidi di lacrime. Alzò la voce, protestando. «Io voglio avere il bambino a San Francisco.» Dolcemente, Jeremiah fece segno di no con la testa. I suoi piani per Camille erano ben diversi. Voleva che facesse la vita tranquilla della campagna, che non continuasse a correre da un pranzo elegante a un tè, a un ballo, riducendosi a un tal punto di estenuazione che, poi, si lamentava di sentirsi male e sveniva non appena si trovava in mezzo alla gente. Voleva che Camille facesse una vita quieta e serena in campagna e le assicurò che suo padre e sua madre sarebbero stati d'accordo con lui. Quello era un periodo della sua vita in cui le occorrevano più che mai riposo, aria fresca e ozio. Invece Camille era convinta che Jeremiah avesse preso questa decisione per tormentarla. Da quel giorno le capitò spesso di mettersi a urlare contro di lui, furiosa ed esasperata, e di richiudere con un tonfo la porta del suo salotto, urlandogli dietro: «Ti odio!» Fin dall'inizio della gravidanza era diventata suscettibile e ribelle, e Jeremiah si domandò se le cose sarebbero andate diversamente fra loro nel caso le avesse concesso di continuare ad adoperare i suoi famosi anelli. D'altra parte era proprio un figlio che lui voleva; non era più giovane abbastanza per concederle altro tempo. Dentro di sé, aveva la sicurezza di aver fatto la cosa più giusta ma, quando si trasferì con Camille a St. Helena nel periodo delle piogge invernali, i loro rapporti si fecero ancora più burrascosi. Le ondulate colline cominciavano già a essere verdeggianti e i prati erano coperti di erba nuova, di un bel verde tenero; Camille, però, trovava deprimente essere costretta a star seduta in salotto per interi pomeriggi piovosi senza una sola persona con cui scambiare qualche parola — salvo Hannah, che continuava a detestare.

Per cercare di farle passare il tempo e divertirla il più possibile, Jeremiah tornava a casa più presto del solito dalle miniere, le parlava del suo lavoro, dei suoi uomini, e le portava in dono qualche gingillo. Ma lei continuava a sentirsi a disagio, malcontenta e annoiata. L'unica, piccola, consolazione era quella che si sentiva bene. Anche secondo il dottore di Napa era sana e in buona salute. Jeremiah lo aveva scelto per assistere Camille durante il parto perché glielo avevano raccomandato caldamente; ma Camille continuava a insistere che era rozzo e brutale con lei, e aveva il fiato che gli puzzava di liquore. Quando arrivò all'ottavo mese di gravidanza, era perennemente in lacrime e non faceva che ripetere di voler tornare a casa, ad Atlanta.

«Appena sarà nato il bambino, amore mio. Te lo prometto. Passerai l'estate riposandoti qui, per riprendere le forze, e in settembre andremo a New York e ad Atlanta.»

«Settembre!» esclamò, inviperita. E quando continuò a parlare fu come se gli rovesciasse addosso una scarica di mitraglia. «Non me lo avevi mai detto che sarei stata costretta a rimanere qui tutta l'estate!» Era scoppiata in singhiozzi, di nuovo, e lo stava guardando come se volesse strozzarlo.

«Ma abbiamo passato qui anche l'estate scorsa, Camille. Nei mesi estivi fa troppo caldo a San Francisco e tu sarai stanca, dopo la nascita del bambino.»

«Niente affatto! Sono rimasta bloccata qui tutto l'inverno! E poi, io la *detesto*, questa valle.» Afferrò un vaso e lo scaraventò sul pavimento, mandandolo in pezzi. Poi uscì dalla stanza, infuriata. Hannah venne ad aiutare Jeremiah a raccogliere i cocci.

«Non si può dire che la gravidanza le giovi molto», osservò Hannah, asciutta. Camille si era mostrata insopportabile fin dal primo giorno in cui era venuta a St. Helena ma, quando arrivò aprile, li stava portando, sia l'una che l'altro, all'esasperazione. Il tempo aveva avuto un notevole miglioramento e la primavera — quell'anno — sembrava più bella del solito. Camille, però, non pareva accorgersi di tutto questo e continuava a imperversare per la casa, lamentandosi di continuo e mostrandosi triste, cupa, di cattivo umore. Anche l'allestimento della camera del bambino non le aveva dato nessun piacere. Aveva ricamato qualche camicina e comperato la stoffa per le tende, ma era stata Hannah a fare tutto il resto, sferruzzando, cucendo e preparando una bellissima culla. Ogni sera Jeremiah provava un piacere tutto speciale nell'entrare nella camera del bambino, ampia e allegra, e nel prendere in mano quelle camicine e quelle scarpine minuscole. Però, a mano a mano che l'epoca della nascita si avvicinava, scopriva di essere ossessionato sempre più spesso dal ricordo di Mary Ellen. Dentro di sé, era terrorizzato al pensiero che anche questo bambino nascesse morto. Camille, inoltre, gli creava ulteriori angosce, perché faceva tutto quello che lui le voleva proibire: andava a passeggiare sola lungo il torrente, si dondolava su un'altalena appesa a un albero dietro la casa e, venti giorni prima che la gravidanza terminasse, lasciò Hannah inorridita perché, colta da un accesso improvviso di collera, sellò un mulo che Jeremiah aveva portato lì dalle miniere e lo montò per fare una passeggiata nei vigneti circostanti, dicendo che era stanca di camminare. Hannah si agitò talmente che si affrettò a riferirlo a Jeremiah non appena tornò a casa. Lui, allora, si precipitò di sopra a fare una ramanzina con i fiocchi a Camille. Ma non appena entrò in camera da letto, si accorse di quanto fosse inutile. Camille era distesa sul loro letto, stranamente pallida. Quando si avvicinò e si chinò per darle un bacio, si accorse che trasaliva e stringeva i denti.

«Stai bene, amore mio?» Lo preoccupava vederla così. Gli sembrava sofferente. Si accorse che aveva la fronte madida di sudore.

«Sì, sto bene.» Ma, a guardarla, non si sarebbe detto. Volle raggiungerlo a tavola quella sera, per la cena, ma non toccò quasi niente di quello che aveva nel piatto, mentre Hannah e Jeremiah continuavano a osservarla. Alla fine, Jeremiah la convinse a salire in camera a riposarsi e Camille, grata di quella proposta, cominciò a salire le scale. Era a metà dei gradini quando si fermò di botto e cadde sulle ginocchia con un sordo gemito. In due salti Jeremiah la raggiunse, inginocchiandosi vicino a lei e prendendola fra le braccia. Intanto anche Hannah salì le scale di corsa, dietro di lui.

«Sono le doglie, Jeremiah. Lo avevo capito nel pomeriggio. Ma quando glielo ho chiesto, ha detto che non sentiva nessun dolore. Tutta colpa di quella cavalcata in groppa al vecchio mulo!»

«Oh, perché non sta zitta...» ribatté subito Camille, rivolta a Hannah, ma senza il solito livore, e Jeremiah ebbe il sospetto che Hannah dicesse la verità. Distese Camille sul letto e la guardò con attenzione. Era pallidissima, aveva le mani contratte e, sul viso, le era apparsa una espressione strana, che lui non conosceva, come se soffrisse, ma non volesse ammetterlo. Poi cercò di scendere dal letto, ma non aveva ancora toccato il pavimento che le ginocchia le cedettero e proruppe in un grido di dolore, allungando disperatamente le braccia verso Jeremiah, che la raccolse e la aiutò a sdraiarsi nuovamente sul letto. Intanto stava dicendo a Hannah: «Prendi Big Joe e corri fino a casa di Danny. Mi ha sempre detto che sarebbe andato lui a chiamare il dottore a Napa». In quel momento Jeremiah si pentì di aver scelto un medico che stava tanto lontano. Per quanto abile e capace, non sarebbe stato di nessun aiuto se non fosse arrivato in tempo. E cominciava a temere che ne avrebbero avuto bisogno al più presto. Hannah si allontanò di corsa; mezz'ora dopo era di ritorno. Riferì a Jeremiah che Danny era già partito per andare a Napa. Questo voleva dire che il dottore non sarebbe arrivato da loro prima di cinque o sei ore. Nel frattempo, Hannah scese in cucina a bollire l'acqua, ad arrotolare, come bende, lunghe strisce di stoffa pulita, a fare un bricco di caffè nero, forte, per Jeremiah e per lei. Non provava compassione per Camille: era giovane e, per quanto doloroso potesse essere il parto, lo avrebbe superato. C'era una strana eccitazione nell'aria. Il bambino, che Jeremiah aveva aspettato per tanto tempo, finalmente stava per arrivare. Intanto, al piano di sopra, Jeremiah stringeva serenamente Camille che gli si era aggrappata al braccio.

«Non lasciarmi, Jeremiah...» Ansimava e, a ogni contrazione, le passava un fremito sulla faccia. «Non lasciarmi con Hannah... mi odia...» Scoppiò in pianto: si capiva che era spaventata. «Oh falle smettere... Jeremiah!... non posso...»

A Jeremiah doleva il cuore per lei, ma non ci poteva fare niente. Le mise i panni umidi sulla fronte, l'uno dopo l'altro, fino a quando lei li respinse. Ormai erano quattro ore che Danny era partito per Napa e Jeremiah cominciò a pregare in cuor suo che il dottore arrivasse presto. Non gli pareva che si potesse andare avanti così ancora per molto. Poi, d'un tratto, ricordò inorridito Mary Ellen e quei tre giorni di doglie. No, non era possibile che qualcosa del genere potesse succedere anche a Camille. Non lo avrebbe permesso. Si mise a guardare l'orologio sempre più frequentemente. Camille si teneva stretta al suo braccio con una mano mentre con l'altra si aggrappava alla testiera del letto, urlando ogni volta che le venivano le doglie, che ormai erano sempre più frequenti. A un certo momento Hannah salì a portare un altro caffè a Jeremiah, ma sembrò che Camille non la vedesse neanche.

«Vuoi che resti io con lei?» bisbigliò. «Tu non dovresti essere qui.» Lo guardò con disapprovazione. D'altra parte Jeremiah aveva promesso a Camille di restare fino all'arrivo del dottore e di non lasciarla sola con Hannah. Non solo, ma voleva essere lì, presente. Provava un gran sollievo a restare in camera con Camille e a cercare di capire quello che succedeva. Sapeva che sarebbe impazzito se lo avessero fatto aspettare fuori. Quando Danny tornò, tre ore più tardi, Jeremiah, però, cominciava ad apparire teso ed esausto.

«Il dottore è a San Francisco.» Aveva l'aria avvilita, Danny, quando dovette riferirlo a Jeremiah. Camille, intanto, di sopra, stava stringendo convulsamente le mani di Hannah e gridava che non ce la faceva più, che il dolore era terribile. Hannah tentava di calmarla.

«La moglie del dottore ha detto che il suo bambino è in anticipo sul previsto.»

«Questo lo so anch'io!» ribatté Jeremiah. «Che cosa accidenti è andato a fare a San Francisco?»

Il ragazzo si strinse nelle spalle. «Mia madre mi ha mandato a cercare il dottore di St. Helena, ma adesso è a Napa, a far nascere un bambino.»

«Oh, Dio... Possibile che non ci sia nessun altro che può venire?» Poi ricordò il dottore di Calistoga e mandò Danny a chiamarlo. Ma ci voleva senz'altro almeno un'ora prima che arrivasse e, salendo i gradini della scala a quattro a quattro, Jeremiah poteva sentire Camille che urlava in modo sempre più straziante. Era un suono orribile, gutturale, somigliava a quello di un animale ferito... Jeremiah spalancò l'uscio con violenza e guardò Hannah con aria cupa.

«Dov'è il dottore?» gli bisbigliò, preoccupata.

«Non viene. Ho mandato il ragazzo a chiamare quello di Calistoga. Dio santo, spero che sia in casa.» Hannah assentì mentre Camille si metteva a urlare di nuovo, lacerandosi la camicia da notte e dibattendosi qua e là per il letto. La nottata era calda. Tutti e tre erano fradici di sudore per la tensione nervosa.

«Jeremiah... forse c'è qualcosa che non va. Dal modo in

cui le vengono le doglie, così forti, così frequenti, il bambino dovrebbe già venir fuori. Ho guardato, ma non sono riuscita a vedere niente.» Jeremiah strinse le labbra, osservando sua moglie che si agitava convulsamente sul letto. Non sarebbe venuto nessuno a soccorrerli, almeno per il momento. Quindi non aveva altra scelta, era lui che doveva aiutarla. Approfittando dell'intervallo tra una doglia e l'altra, tentò di allargarle delicatamente le gambe, ma Camille si divincolò cercando di respingerlo. Poi, però, non appena fu in preda a un'altra doglia, si dimenticò della sua presenza e lui poté dare un'occhiata, nella speranza di vedere la testa del loro bambino. Ciò che vide lo fece trasalire: era una manina minuscola ad apparire là dove, invece, avrebbe dovuto presentarsi la testa. Il bambino era girato dalla parte sbagliata, esattamente come quello di Mary Ellen, e poteva già essere morto o sarebbe morto molto presto se non faceva qualcosa. Allora si ricordò di quello che aveva visto fare al dottore, a Calistoga, e si affrettò a dare istruzioni precise ad Hannah. Mentre la governante teneva stretta Camille per le spalle con tutte le sue forze e Camille gridava in modo straziante, come se fosse lì lì per morire, Jeremiah cominciò a spingere il bambino indietro nel grembo materno tentando di capire dov'era la testa; infine, lentamente, molto lentamente, lo girò. A premere per uscire, fino a quel momento, erano state le spalle del nascituro, ma adesso Jeremiah sentì che la testa veniva verso di lui. Il letto era un lago di sangue e Camille ormai non aveva quasi più forze per gridare, ma si lasciò sfuggire ancora un urlo straziante quando il bambino, spingendo lentamente, le venne fuori fra le gambe e fu accolto dalle mani di suo padre.

Aveva il cordone ombelicale talmente aggrovigliato addosso che, per un momento, Jeremiah non riuscì a capire se gli era nato un maschio o una femminuccia; poi, con gli occhi pieni di lacrime, riuscì a distinguerlo più chiaramente. «È una bambina!» gridò a Camille, la quale aveva sollevato debolmente la testa e si era messa a piangere non tanto di tenerezza per la piccina quanto per l'orrore di ciò che aveva passato. Poi si lasciò ricadere sui guanciali e si mise a gemere mentre Hannah cercava di ripulirla un po'. Si rifiutò ostinatamente di prendere la bambina fra le braccia. Quando, finalmente, arrivò poco più tardi, il dottore disse a Jeremiah che si era comportato molto bene e che il suo intervento era stato essenziale. Poi diede a Camille qualche goccia di sonnifero per farla dormire, mentre Hannah canterellava una ninnananna alla bambina.

«Allora devo pensare che ha buttato via quegli anelli!» Ridacchiò il dottore, salutando Jeremiah prima di andarsene. L'orgoglioso papà scoppiò a ridere, lo ringraziò e gli mise in mano una moneta d'oro. La sua idea era stata quella di darla al dottore di Napa, in un primo momento, ma pensò che se l'era ampiamente guadagnata questo medico condotto, prima con il parto di Mary Ellen e la nascita del bambino morto, e adesso con questo. Perché era stato proprio in seguito alla sua esperienza con Mary Ellen che Jeremiah aveva capito che cosa doveva fare e come andava girato il bambino. Il dottore gli aveva detto molto schiettamente che aveva salvato la vita del bambino, pur ammettendo che, in questi casi, le sofferenze della madre erano peggiori del solito. Purtroppo non c'era stata altra soluzione, e Jeremiah pensò di spiegarlo a Camille, quando questa si svegliò. Ma lei era ancora sotto la terribile impressione di ciò che aveva passato, sembrava in preda a un attacco di nervi e si rifiutò ancora di prendere in braccio la bambina. Jeremiah le infilò al dito un anello con un grosso smeraldo che aveva tenuto in serbo apposta per questa occasione. Poi le mostrò la collana, gli orecchini e la spilla che formavano una stupenda *parure* con l'anello, ma sembrò che anche i gioielli lasciassero indifferente Camille. Tutto ciò che voleva era la promessa di Jeremiah che non avrebbe mai più dovuto sopportare niente di simile. Era stata la peggiore esperienza della sua vita e arrivò al punto di dirgli, singhiozzando, che niente del genere le sarebbe mai successo se lui non l'avesse violentata. Jeremiah rimase profondamente addolorato di fronte a questa reazione, ma si convinse che, nel giro di pochi giorni, sarebbe tornata a essere quella di prima. Hannah non ne era altrettanto sicura; non le era mai capitato di vedere una donna che si rifiutasse di prendere in braccio la sua creatura. Quando la bambina ebbe quattro giorni, Camille, finalmente, acconsentì a riceverla fra le braccia, ma si dovette cercare subito una balia in città perché si rifiutò energicamente di allattarla.

«Come la chiameremo, amore mio?»

«Non so.» Sembrava indifferente; pareva che niente di ciò che suo marito diceva riuscisse a rasserenarla. Si rifiutò di sceglierle un nome insieme con lui e anche di tenere in braccio la piccina. Jeremiah, intenerito e addolorato per la creaturina, invece, la prendeva fra le braccia di continuo, non appena gli era possibile. Non rimpiangeva che non fosse stato un maschio; era sua figlia, carne della sua carne, la creatura che aveva aspettato per tanto tempo... e improvvisamente capì che cosa Amelia aveva voluto dire quando gli aveva raccomandato con insistenza di sposarsi e di avere dei figli. Era l'esperienza più intensa e ricca di significato della sua vita. Ben presto si scoprì ad adorare quel fagottino. Era capace di stare a contemplarla incantato per ore; sembrava ipnotizzato da quelle tenere manine e da quelle minuscole fattezze. Alla fine decise di chiamarla Sabrina e Camille non trovò niente da obiettare. La battezzarono a St. Helena; Sabrina Lydia Thurston. In quell'occasione Camille uscì di casa per la prima volta. Si era messa l'anello con lo smeraldo e un vestito verde, estivo, ma si sentiva ancora debole ed era furiosa perché non riusciva più a entrare in quasi nessuno dei suoi abiti. Hannah, nel tentativo di consolarla, le aveva spiegato che era troppo presto, ma Camille non le aveva dato retta e le aveva imposto di andarsene dalla sua camera, pregandola di portare via, con sé, la bambina.

Per gran parte dell'estate, l'atmosfera, in casa, rimase carica di nervosismo. Camille sembrava una leonessa in gabbia e Jeremiah ben presto si accorse che le sue fantasie di una moglie che cantava la ninnananna alla loro bambina erano ben lontane dalla realtà. Perché Camille continuava a comportarsi come una ragazzina piena di capricci, che spasimava per tornare alla sua vita di città e contava le ore che la separavano da quel giorno. Jeremiah le aveva promesso un viaggetto a New York e ad Atlanta ma, quando sua madre si ammalò in luglio, Orville

Beauchamp scrisse dicendo che avrebbero fatto meglio ad aspettare fino a Natale. Come era diventata ormai sua abitudine, Camille si abbandonò a un violento accesso di collera e, afferrata una lampada, la mandò a fracassarsi sul pavimento, poi uscì a passi rapidi e furiosi dalla stanza, richiudendosi dietro la porta con un tonfo. Detestava tutto e tutti, la casa, la campagna, la gente del posto, Hannah e la bambina. Perfino Jeremiah era diventato la vittima del suo malumore. Così, fu un sollievo per tutti quando, in settembre, fecero i bagagli. Camille, finalmente, partiva per la città di cui aveva sentito tanto la mancanza. Le pareva di uscire da una prigione.

«Sette mesi!» mormorò incredula, varcando la soglia della casa di città. «Sette mesi!»

«Abbiamo sentito la tua mancanza!» le dissero i suoi amici.

«È stato il periodo peggiore della mia vita», riprese lei, «un vero incubo!» All'insaputa di Jeremiah, andò da un dottore e riuscì a procurarsi qualche altro anello e un liquido speciale per fare le lavande, oltre a una buona quantità di pomata spermicida; niente di ciò che suo marito poteva dire o fare le avrebbe impedito di usare queste precauzioni. In ogni caso, dopo la nascita di Sabrina, non aveva ancora ripreso i rapporti coniugali, né aveva fretta di farlo. Non voleva correre altri rischi. Ormai la bambina aveva quattro mesi, era vivace, graziosa, intelligente, con una testolina di riccioli morbidi e due grandi occhi azzurri simili a quelli di Camille e Jeremiah, e manine paffute pronte ad afferrare ogni cosa. Ma capitava di rado che Camille andasse a vedere la bambina; aveva preferito non adoperare per lei la lussuosa stanza che era stata preparata sullo stesso piano della *suite* matrimoniale, sistemandola invece all'ultimo piano.

«Fa troppo chiasso», aveva spiegato a Jeremiah, il quale non aveva nascosto la sua delusione di non avere la bambina più vicino a loro. Però non rinunciava a salire a vederla più spesso che poteva. Adorava sua figlia e non ne faceva mistero. Quanto a Camille, invece, era tutto il contrario. Evitava di rispondergli direttamente, ogni volta che Jeremiah le diceva qualcosa in proposito; ma, quando la bambina compì sei mesi, lui cominciò a preoccuparsene seriamente. Camille non le aveva mai dimostrato un po' di affetto e, crescendo, la piccina se ne sarebbe accorta. Non era naturale che Camille si mostrasse così fredda e indifferente verso sua figlia, eppure sembrava che non provasse niente per lei. Tutto quello che le interessava era trovarsi con le sue amiche, dare i ricevimenti oppure organizzare qualche piccola festa a casa Thurston quando Jeremiah era a Napa. Lui le aveva detto che gli piacevano poco gli amici che frequentava, quindi adesso li vedeva da sola. Fra l'altro, da quando le aveva, praticamente, imposto quella gravidanza, sembrava che il suo amore per lui si fosse notevolmente raffreddato. A volte Jeremiah si chiedeva se lo avrebbe mai perdonato e non sapeva cosa rispondersi.

«Lasciale del tempo», gli disse Amelia quando, alla visita successiva, le confidò le sue preoccupazioni. Amelia prendeva in braccio Sabrina, la circondava di affetto, rideva con lei e Jeremiah, di fronte a questo atteggiamento, continuava a stupirsi di quanto fossero differenti le due donne. C'era un abisso, fra loro! «Può darsi che i bambini così piccoli la intimidiscano.» Ma non le era sfuggita l'espressione degli occhi di Jeremiah. «In fondo, non dimenticare che io ho tre nipotini.» Il terzo, finalmente, era stato un maschio e in casa di sua figlia si era fatta grande festa. Camille, ormai, era quasi sempre fuori. Sembrava che non avesse un momento da dedicare al marito e alla figlia; era a casa soltanto quando doveva organizzare una festa o dare un ballo, e Jeremiah cominciava a stancarsi di questa situazione. A sua moglie piaceva enormemente recitare la parte della signora Thurston, la moglie dell'uomo più ricco della California, e godere le comodità e il lusso che questa posizione le offriva, ma il discorso era diverso quando si trattava di tener fede ai doveri che questo titolo comportava nella vita privata. Jeremiah, poi, cominciava a essere stanco di non dormire con sua moglie. Ma lei, con il pretesto di non stare ancora bene, dormiva nel suo spogliatoio fin da quando erano tornati da Napa. Però non stava male, anzi era sempre in gran forma, quando doveva andare a feste e ricevimenti. Jeremiah non ebbe il coraggio di confidare tutto questo ad Amelia, ma lei lo sospettò e provò una grande tristezza per lui quando lo baciò al momento dell'addio. Jeremiah meritava molto di meglio... lei stessa sarebbe stata ben felice di offrirgli molto di più di quello che aveva adesso, ma le cose erano andate diversamente. Del resto, sarebbe stata troppo vecchia per lui. Comunque, almeno aveva Sabrina.

Si avvicinava Natale quando Jeremiah decise di puntare i piedi e di metter fine a quella situazione, una volta per tutte. In novembre, Camille gli disse che voleva dare un gran ballo per l'epoca delle feste, invitando sei o settecento persone. «Il ballo più grande che sia mai stato dato a San Francisco», spiegò, piena di entusiasmo. Ma lui la guardò e scrollò la testa.

«No.»

«Perché?» Lentamente nei suoi occhi apparve un'espressione di collera. Era la moglie di Jeremiah Thurston, lei, e voleva vivere all'altezza del nome che portava.

«Andiamo a Napa, per Natale.» La madre di Camille non si era ancora rimessa dalla sua malattia e Orville Beauchamp non consigliava il viaggio ad Atlanta. Camille non pareva particolarmente preoccupata per sua madre. Non era un segreto che non le aveva mai voluto bene. Però le sarebbe piaciuto andare ad Atlanta per recitare la parte della gran signora e prendersi la rivincita con tutti quelli che, a suo tempo, l'avevano disprezzata.

«A Napa?» strillò. «A Napa? Per Natale? Piuttosto morta!».

«Bisogna che segua da vicino il lavoro nelle miniere; c'è stato ancora qualche allagamento...» Soltanto poco tempo prima, John Harte aveva perduto ventidue dei centosei uomini che lavoravano per lui e Jeremiah era andato ad aiutarlo. Harte, che cominciava finalmente a essere meno duro e spietato di una volta, gliene fu grato.

«Allora, vacci tu, a Napa. Io resto qui», lo interruppe lei.

«Per Natale?» Jeremiah era scandalizzato. «Voglio che lo passiamo tutti e tre insieme.»

«Chi? Io, tu e Hannah? Non contare su di me, Jeremiah.»

«Mi riferivo a nostra figlia.» La afferrò per un braccio perché stavolta, diversamente dal solito, non riusciva a dominare un senso di impotenza e di rimpianto. «Oppure ti sei dimenticata di averne una?»

«Questa è un'osservazione inutile. La vedo ogni giorno.»

«Quando? Quando esci di casa e lei sta rientrando dal giardino?»

«Non sono una balia, Jeremiah.» Lo guardò con tutto il sussiego e l'altezzosità che le consentiva la sua piccola statura ma, stavolta, Jeremiah non riuscì più a controllarsi.

«Non sei neanche una madre. O una moglie, se proprio vuoi saperlo. Insomma, mi vuoi dire che cosa sei realmente?» A queste parole Camille gli allungò uno schiaffo. Jeremiah rimase immobile a fissarla. Nessuno dei due si mosse. Era il principio della fine, per il loro matrimonio, e lo sapevano entrambi. Camille fu la prima a parlare, ma quando aprì bocca non lo fece per chiedere scusa a suo marito. Qualcosa si era spezzato in lei già da molti mesi, da quando aveva avuto la bambina oppure da quando era stata imprigionata laggiù, a Napa. Forse la verità era un'altra: non sarebbe mai riuscita a perdonare a Jeremiah di averla costretta ad avere Sabrina. Ma non c'era soltanto questo. A Camille sarebbe piaciuto prender parte alla sua vita, intensa e movimentata, di uomo d'affari, e interessarsi al suo lavoro ma, purtroppo, aveva scoperto che non c'era posto per lei nelle miniere di Napa. Quello era un mondo esclusivamente maschile e Jeremiah aveva preso l'abitudine di non parlargliene mai. Camille, a sua volta, avrebbe voluto vederlo presente alle feste, ai ricevimenti, all'intensa vita mondana che faceva. Jeremiah, in questo senso, l'aveva delusa perché — come aveva sempre fatto — rifuggiva dalla vita mondana. In fondo, Camille non aveva niente di tutto ciò che avrebbe desiderato, adesso. All'infuori della *grandeur* di casa Thurston, che continuava ad avere un'enorme importanza per lei.

«Io, a Napa, non ci vengo. Se vuoi andarci a passare il Natale, ci andrai solo.» Ne aveva abbastanza di quel posto, e di St. Helena, per il resto dei suoi giorni. Ormai le ricordavano soltanto i momenti più brutti della sua vita.

«No, non ci andrò da solo.» Le sorrise con tristezza. «Sarò con la mia bambina.» E mantenne la parola. Il diciotto dicembre fece preparare i bagagli di Sabrina e della sua bambinaia, e partirono per Napa. A St. Helena, Hannah gli aveva preparato una calorosa accoglienza. Passarono due giorni prima che si azzardasse a menzionare l'assenza di Camille, ma quando provò a parlargliene, Jeremiah le fece capire subito, molto chiaramente, che era un argomento da non toccare. Era ancora profondamente offeso e addolorato per il modo in cui Camille si comportava e, se avesse saputo il resto, lo sarebbe stato ancora di più. Perché Camille lo aveva apertamente sfidato e stava organizzando il gran ballo di cui gli aveva parlato. Gli inviti erano stati diramati a sua insaputa e due giorni dopo la festa Jeremiah ne lesse la notizia sul giornale. Invece che con la sua famiglia, Camille aveva preferito passare le feste di Natale circondata dai suoi amici, fra i quali c'erano non soltanto i nomi migliori della città, ma anche i nuovi ricchi con la loro volgarità sfarzosa. Erano un gruppo di persone fra le quali Jeremiah si sarebbe trovato a disagio. Camille, invece, era in estasi; le piaceva recitare la parte della gran dama di casa Thurston a soli vent'anni, nella speranza di dimenticare che, ad Atlanta, nessuno l'aveva mai considerata un'aristocratica, che era stata costretta ad avere un bambino che non desiderava e che aveva dovuto vivere nella Napa Valley, che odiava dal profondo del cuore. Adesso sapeva che, se Jeremiah l'avesse fatta restare incinta ancora una volta, avrebbe preferito uccidersi piuttosto che avere il bambino. Secondo lei, Jeremiah si meritava tutta la sofferenza, per quello che aveva fatto al suo corpo. Per lei la gravidanza era l'incubo peggiore del mondo e le doglie del parto una tortura indescrivibile. Ogni volta che vedeva Jeremiah, e perfino quando sembrava che volesse riavvicinarsi a lei, le tornavano in mente, a una a una, quelle ore di sofferenza atroce, e in Sabrina vedeva il monumento vivente a nove mesi di inferno. La cosa più facile era evitarlo, semplicemente. E fu quello che fece, respingendo dal proprio cuore tutto ciò che aveva provato, una volta, per Jeremiah e anche quello che poteva avere imparato a provare per la sua bambina.

17

JEREMIAH non tornò da Napa subito dopo Natale, come Camille sospettava che avesse intenzione di fare. Per costringerla a mettere le carte in tavola le annunciò, con un biglietto, che sarebbe tornato soltanto verso la metà del mese seguente. Però sarebbe stato felice di vederla a Napa. Soltanto a leggere le parole di Jeremiah, Camille si stizzì. Non aveva nessuna intenzione di andare a Napa proprio adesso, e di perdere tutti i balli e i ricevimenti che si davano in città. Spiegò l'assenza del marito alle sue amicizie con indifferenza e disinvoltura e continuò a partecipare a ogni festa che davano a San Francisco, inclusa quella di una coppia particolarmente antipatica a Jeremiah: marito e moglie, nuovi ricchi, che si erano trasferiti a San Francisco dall'Est l'anno prima ed erano celebri per le riunioni che organizzavano in casa loro e che passavano spesso i limiti della decenza. Se Jeremiah fosse stato in città, Camille non avrebbe mai ottenuto il permesso di andarci, quindi colse a volo questa opportunità per partecipare a un ballo dato dalla coppia la sera di Capodanno e rimase piacevolmente sorpresa dalle persone che vi trovò. Erano un gruppo divertente, molto più vivace e spiritoso delle persone che frequentava di solito con Jeremiah. Una in particolare la colpì. Si trattava di un conte francese appena arrivato in città, Thibaut du Pré, che sembrava l'incarnazione di tutto ciò che era decadente, europeo, aristocratico. Era esattamente quello che Camille si sarebbe aspettata di trovare a Parigi se ci fosse andata con suo padre. Era alto, bellissimo, biondo, con gli occhi verdi e la pelle chiara, le spalle larghe, i fianchi stretti, un piacevole accento straniero e il fascino del gran parlatore. Passò buona parte della sera di Capodanno a baciare Camille sul collo, e nessuno, a quella festa, se ne scandalizzò. Parlava con la stessa disinvoltura l'inglese e il francese e aveva un *château* nel nord della Francia e un altro a Venezia, o, perlomeno, così disse, pur evitando accuratamente di descriverli in modo particolareggiato. Si era avvicinato a Camille all'inizio della festa e non si era più staccato dal suo fianco per quasi tutta la serata. A un certo momento accennò al fatto di aver saputo che lei aveva una casa stupenda e le fece capire che gli sarebbe piaciuto vederla, se non altro per confrontarla con la propria. Ma, naturalmente, gli americani avevano idee talmente differenti sull'architettura... Continuò a insistere mentre volteggiava per la sala con un braccio stretto intorno alla vita di Camille, senza mai staccare gli occhi da quelli di lei. Era un uomo singolarmente bello, con un grande fascino e un modo di fare aperto e schietto, tanto che Camille non ci trovò niente di male a mostrargli la casa l'indomani. E continuò a non vederci assolutamente niente di male fino a quando lui la avvinghiò, stringendola a sé, e la baciò nel suo *boudoir*, dove era entrata per mostrargli la carta da parati francese dipinta a mano.

Bastò che lui la toccasse e Camille si sentì travolgere da una vampata di calore, rendendosi conto che da molto tempo non sentiva più le mani di un uomo sul proprio corpo. Fu travolta improvvisamente da un impeto di passione per il languido conte francese, che sapeva suscitare nel suo corpo una infinità di sensazioni squisite e che, adesso, la stava quasi supplicando di cedergli, di lasciarsi possedere. Ma, riacquistando d'un tratto tutta la sua freddezza, Camille lo pregò di smettere. Lui la baciò ancora, ripetutamente, con la sicurezza che lei avesse capito perfettamente quali erano le sue intenzioni quando l'aveva pregata di fargli vedere la sua casa. La sera prima, aveva saputo che il marito di Camille era fuori città, come ormai capitava quasi sempre. Invece, adesso, lei si staccò con violenza da quell'abbraccio e gli impose, quasi con durezza, di riaccompagnarla al pianterreno. Lui trovò che Camille era divertente con quegli occhi fiammeggianti, le belle labbra, i capelli neri come l'ebano e, nelle settimane seguenti, la coprì di piccoli doni, gingilli, mazzi di fiori, la invitò a pranzo, la condusse a passeggio in carrozza... Intanto Jeremiah non tornava da Napa. Camille si mise a ripetere, sempre più spesso, a Du Pré che il suo modo di comportarsi con lei era quasi offensivo, ma gli parlava nel modo lento, piacevole a udirsi, delle donne del Sud e, allora, lui le rispondeva in francese. Con Thibaud du Pré, Camille si stava divertendo come non le capitava più da mesi. Jeremiah era sempre così serio... e lei non ne poteva più di sentir parlare soltanto di miniere allagate. E poi, Jeremiah aveva dovuto trattenersi a Napa più del previsto, perché in un'altra disgrazia nelle miniere erano morti quattro uomini. Invece Thibaut non le parlava mai di cose simili. Le ripeteva soltanto che era bellissima, che non riusciva a credere che fosse già la madre di una bambina. Allora Camille gli confidò quanto odiasse la maternità. E Thibaut seppe conquistarla con queste parole piene di fervore: «Secondo me, è una crudeltà pretendere dalle donne che abbiano i bambini. È una barbarie!» Pareva oltraggiato. «Io non chiederei mai una cosa simile alla donna che amo.» La fissò con uno sguardo fin troppo significativo e Camille arrossì.

«Non lo farò mai più», gli confessò. «Preferirei morire.» Allora Thibaut la fece felice dichiarando che i bambini non gli erano mai piaciuti. «Sono insopportabili mocciosi... e che cattivo odore hanno!» Lei scoppiò a ridere e Thibaut le sfiorò le labbra con un bacio. Così Camille, ripensandoci in seguito, non riuscì mai a capire come, un giorno, sul divano del suo spogliatoio, Thibaut avesse mostrato un tale potere di seduzione da farla cadere nelle proprie braccia dopo che avevano bevuto quasi un'intera bottiglia dello champagne delle cantine di Jeremiah. Ma si congratulò con se stessa perché portava di nuovo il famoso anello. Lo aveva messo subito dopo Capodanno, soltanto per vedere se riusciva a portarlo ancora, così si era detta, e non l'aveva più tolto, casomai Jeremiah tornasse... In realtà, Jeremiah non c'entrava affatto. C'entrava soltanto Thibaut du Pré.

Continuarono la relazione clandestina per un mese e mezzo, fino al ritorno di Jeremiah. Du Pré veniva a casa Thurston e Camille andava da lui, al suo albergo, anche se sapeva perfettamente che era una cosa scandalosa da fare. Ma le pareva sempre meno pericolosa di farlo venire da lei. Quando ciò succedeva, lo riceveva a sera inoltrata. Salivano le scale in punta di piedi, ridacchiando sommessamente, e si nascondevano nelle stanze di Camille a bere champagne e a fare l'amore fino all'alba. Con lui, Camille ritrovava la passione che aveva conosciuto prima della nascita di Sabrina e, senza sapersene spiegare il motivo, si accorgeva che la appagava di più di quanto non avesse mai fatto Jeremiah. Era alto, snello, straniero, le parlava in francese, era perverso e pieno di erotismo. Aveva soltanto trentadue anni, ma dava quasi sempre l'impressione di essere più giovane della sua età, perfino più giovane di lei, che aveva solo vent'anni. Voleva godersi la vita e divertirsi continuamente; faceva l'amore dalla mattina alla sera e non voleva che lei avesse un bambino. La storia del famoso anello lo colmò di entusiasmo tanto che le spiegò anche altri metodi, più strani e diversi, che avevano in Francia. Poi cominciò a insistere perché Camille partisse per l'Europa con lui.

«Potresti venire con me nella Francia del Sud... e andare a far visita ai miei amici... organizzano feste che durano tutta la notte...» E la faceva quasi scandalizzare riferendole il genere di cose che quei suoi amici amavano fare. Anzi, meglio ancora, gliele mostrava. E, con il passare dei giorni, Camille si accorse che le stava succedendo qualcosa di strano; era come se avesse scoperto una droga e non fosse più capace di vivere senza di lui. Le pareva di essere arrivata al punto da dipendere da lui in tutto e per tutto. Notte e giorno spasimava dalla smania di sentirsi accarezzare da lui, soffriva se le mancava il contatto del suo corpo, aveva un bisogno incessante e spasmodico di sentirsi appagata da lui, completamente, fin nel profondo del corpo e dell'anima. Era quasi una sofferenza doversi staccare da lui, carne dalla carne, quando lasciava il suo letto; sentiva il bisogno disperato di avere il corpo di lui allungato sul proprio; le sue mani, le sue labbra, la sua lingua... ogni gesto, ogni movimento, tutto ciò che lui faceva, avevano qualcosa di intensamente inebriante per Camille. Cominciò a provare un'angoscia straziante al pensiero che Jeremiah tornasse a casa. E quando lui arrivò, riuscì a mandar via Du Pré appena in tempo. Mentre Jeremiah saliva al piano di sopra a vedere la bambina, trovò ancora una bottiglia vuota di champagne sotto il letto e si affrettò a nasconderla nel suo *boudoir*. Si sentiva spettinata, in disordine, «usata» e confusa, oltre che torturata dall'enormità del proprio tradimento. Quando vide Jeremiah, scoppiò in lacrime e lui la fraintese, credendo che fosse un pianto di sollievo nel rivederlo. Invece Camille piangeva perché era terribilmente confusa e non sapeva cosa fare. Per un attimo — ma fu soltanto un attimo — mentre prendeva in braccio la sua bambina per la prima volta da un mese e mezzo, le balenò come avrebbe potuto essere la sua vita. Se fossero rimasti insieme soltanto lei, Jeremiah e Sabrina... Rimpianse, improvvisamente, di non essere andata a Napa. Perché laggiù sarebbe stata in salvo, mentre adesso si accorgeva di andare sempre più alla deriva. Senza accorgersene, era penetrata nel giardino dell'Eden e adesso non ricordava più la strada per tornare a casa. O forse non lo desiderava neppure. Quella notte, a letto vicino a Jeremiah, restò a lungo a pensare, trattenendo il fiato, immobile, senza speranza, e quando lui, a un certo momento, allungò la mano e gliela posò su una coscia, fu colta da un tremito. Perché la cosa più terribile era che non lo desiderava più. Invece spasimava già al pensiero di rivedere Thibaut la mattina dopo. Si incontrarono di nascosto nella camera d'albergo di lui, e quando Camille tornò a casa nel pomeriggio le parve che quell'uomo si fosse impossessato della sua anima e del suo spirito in un modo quasi diabolico. Quello che suo padre avrebbe pensato di una persona del genere andava al di là della sua immaginazione ma, per una volta nella vita, si accorse che non le importava l'opinione di suo padre o quella di Jeremiah o di chiunque altro.

Thibaut du Pré pensava di restare a San Francisco qualche mese e Camille temeva quasi di impazzire, per la confusione e il tumulto dei suoi sentimenti. Non sapeva più quali spiegazioni dare a Jeremiah, la sera, ed era tornata a dormire nel suo spogliatoio. Adesso non aveva mai il tempo di vedere Sabrina e, quando usciva con Jeremiah, non faceva che girarsi a guardare dappertutto per scorgere, sia pure da lontano, il conte Du Pré, il quale la fissava avidamente. Una volta aveva osato addirittura carezzarle il seno mentre gli passava davanti per entrare in un ristorante e lei si era sentita rabbrividire dal desiderio. Jeremiah aveva pensato che avesse freddo e, per un attimo, Camille si era quasi sentita male per il senso di colpa.

Thibaut continuava a parlare di condurla in Francia con sé.

«Ma non posso! Come fai a non capire!» Le metteva in corpo una strana frenesia con le sue languide occhiate, il suo modo di parlare affascinante. «Sono sposata! Ho una bambina!» Ma c'era molto, molto di più: un tenore di vita, una sicurezza, casa Thurston. Lì, a San Francisco, Camille era una persona importante. Non poteva piantare tutto di punto in bianco e andarsene.

«Hai un marito che ti annoia da morire e non te ne importa niente di tua figlia. E allora... cos'altro c'è qui, amore mio? Non vuoi esser la mia contessa in uno *château* della Francia?»

«Certo... certo...» singhiozzava Camille, Thibaut le faceva perdere la testa, con le sue tentazioni. Com'era confusa! Non sapeva che cosa fare. Dopo un paio di mesi, Jeremiah si accorse che era pallida e stanca. Pensò che non si fosse ancora ripresa completamente dalla nascita di Sabrina e provò a insistere perché andasse di nuovo dal dottore. Ma lei continuò a rimandare. Aveva altre cose da fare. Doveva trovarsi con Du Pré nella sua camera d'albergo... dove lui parlava dei suoi *châteaux*... di suo padre... dei suoi amici... tutti marchesi e conti, principi e duchi. Camille si sentiva girare la testa quando lo ascoltava parlare e sognava le feste da ballo che si davano nei castelli dei suoi amici in tutta la Francia. Assomigliavano un po' ai sogni di un tempo, prima che Jeremiah si presentasse, e alle promesse che papà le aveva fatto. Se lo voleva, adesso poteva diventare una contessa; bastava semplicemente rinunciare alla vita che aveva qui, come le sussurrava Thibaut con la bocca fra le sue cosce... e lei pensava che sarebbe impazzita. «Non lo sopporto più!» gli disse una volta. «Sono troppo confusa.» Ma Thibaut non le badava. Come lei, pareva che non sapesse più fare a meno del suo corpo. La desiderava sempre di più, la voleva tutta per sé e non sembrava disposto a cedere fino a quando Camille non si fosse arresa. Voleva che tornasse in Francia con lui anche perché si era convinto che buona parte delle ricchezze che Camille ostentava, fossero sue personali.

Così, un giorno dopo l'altro, Jeremiah la vedeva sempre più distaccata, sempre più assorta e distratta e lontana da lui. Non riusciva a capire perché lo sfuggisse o dove si rifugiasse. Finché in aprile, un amico gli rivelò ciò che aveva visto: Camille, che usciva dal *Palace Hotel* con un uomo alto e biondo; Camille e quell'uomo che si baciavano prima che lui le chiamasse una carrozza. Jeremiah provò un tuffo al cuore. Avrebbe voluto illudersi che si era sbagliato ma, sorvegliando più attentamente Camille, cominciò ad avere il sospetto che il suo amico avesse ragione. C'era qualcosa di assorto nei suoi occhi ogni volta che le rivolgeva la parola; adesso, poi, insisteva per uscire tutte le sere. Pareva sollevata, quando lui partiva per tornare a seguire il lavoro nelle miniere, e non era più riuscito a farla dormire nel suo letto.

Si lasciò abbattere da tutto questo e diventò sempre più depresso a mano a mano che la primavera avanzava. Temeva ciò che sarebbe potuto succedere qualora avesse cercato di convincerla a trasferirsi di nuovo a Napa, in giugno. Non voleva affrontarla apertamente per paura che le cedessero i nervi. Ma, senza che lui lo sapesse, il destino stava per offrirgli la soluzione che cercava. Un giorno, nel tardo pomeriggio, stava uscendo dal club del suo banchiere, dove era andato a discutere di affari con lui, quando passò lentamente una carrozza: dentro c'era Camille, stretta fra le braccia di un uomo biondo. Jeremiah rimase immobile sull'angolo della strada per una buona mezz'ora: provava la sensazione che il mondo fosse lì lì per crollargli addosso. Quella sera, nello spogliatoio di Camille, la affrontò facendo appello a tutta la sua calma.

«Non so da dove cominciare, Camille.» Parlava con voce di pianto, ma lottava per trattenere le lacrime. «E non voglio sapere niente. Qualcuno ti ha visto, non molto tempo fa. Volevo illudermi che non fosse vero, ma purtroppo ho dovuto ricredermi.» La guardò, con gli occhi lucidi di lacrime. L'amava disperatamente e si domandò se gliela avrebbe portata via quell'uomo che aveva visto in carrozza, mentre la baciava. Non gli importava ciò che Camille aveva fatto, purché tutto finisse immediatamente, subito. Se lei era disposta, potevano ancora tentare di salvare ciò che avevano avuto. Ma dipendeva da Camille, più che da lui. Era disposto a perdonare e a continuare la sua solita vita con lei, come prima. Tuttavia non valutava lo stato mentale, pieno di confusione, in cui Camille si trovava.

«Come fai a sapere che ero io?» Lo guardò con tristezza, senza la sua solita aria bellicosa. Del resto, lo sapevano tutti e due che c'era proprio lei, in quella carrozza.

«Non serve discuterne. Il fatto è che tutto ciò deve cessare.» La voce di Jeremiah era tenera e dolce come l'amore che provava per lei. «E deve cessare adesso, Camille. Vorrei che partissimo per Napa la settimana prossima. Chissà che, laggiù, non si riesca a riaggiustare le cose, con Sabrina.» Jeremiah, adesso, aveva gli occhi umidi, e Camille abbassò le palpebre stringendole convulsamente. Se Jeremiah le avesse proposto di annegarla, ne sarebbe stata meno sconvolta. Le riusciva insopportabile l'idea di trasferirsi a Napa la settimana successiva. Non se la sentiva, ancora, di rinunciare a Thibaut. Non ancora. Aveva bisogno di lui. Jeremiah aggiunse una sola parola a ciò che aveva detto, sottovoce, ma con calore e commozione. «Per piacere...»

Camille riaprì gli occhi. «Vedrò...» Ma aveva l'impressione di sentirsi una mano che le stringeva la gola. Quella sera, riuscì ugualmente a sgattaiolare fuori di casa di nascosto per trovarsi con Thibaut. Jeremiah credeva che fosse in cucina a parlare con la cuoca e non seppe mai la verità. Camille, invece, era fuori, sulla strada, al di là del cancello e del giardino, a parlare sommessamente con Du Pré, che continuava a supplicarla di raggiungerlo nel suo albergo. Era una creatura completamente corrotta, senza la minima coscienza e pareva disposto a fare qualsiasi cosa per condurla via con sé. E, dopotutto, perché no? Camille era bellissima, sensuale, ormai era diventata corrotta e viziosa più o meno come lui, oltre a essere esperta di tutte le arti erotiche. Inoltre Thibaut sapeva — almeno a sentire quello che dicevano tutti — che era ricchissima e lui, di quella ricchezza, aveva bisogno. Gli avevano riferito che Camille possedeva anche un patrimonio suo personale, oltre a tutto quello che Thurston le aveva dato e che doveva essere moltissimo, a giudicare dai suoi gioielli e dalle pellicce.

Ma il giorno seguente, quando si trovò con Thibaut nella sua camera d'albergo, Camille gli disse singhiozzando che la loro relazione doveva finire. Ci aveva riflettuto. Non era disposta a rinunciare a tutto ciò che aveva per lui.

«Che cosa ho fatto?» Du Pré sembrava quasi sbalordito perché la situazione irregolare e immorale in cui aveva messo Camille non lo turbava affatto. Erano anni che questo schema si ripeteva, nella sua vita. C'era sempre stata la moglie di un altro. Erano donne che sapevano divertirsi e stare al gioco. Questa, poi, era la migliore di tutte. E non aveva nessuna intenzione di lasciarsela sfuggire. No, assolutamente. Era troppo piccante, troppo dolce. Ed era sua. Lo sentiva.

«Niente. La colpa è tutta mia», spiegò Camille. «Non ho potuto impedirmelo, ma adesso devo smettere. Mio marito sa tutto.» Si aspettava che lui trasalisse, turbato dalla notizia, e rimase sconcertata quando Thibaut rimase impassibile. O, meglio, si mostrò soltanto vagamente preoccupato.

«Ti ha picchiato, *mon amour*?»

«No, affatto. Ma vuole che vada con lui a Napa la settimana prossima.» Non riusciva, quasi, a pronunciare quel nome, tanto era sconvolta. «Ci resteremo per quasi quattro mesi e...» scoppiò in singhiozzi «...tu sarai partito, al nostro ritorno.»

«Non potrei venire a Napa con te? Prendere una camera in un albergo nelle vicinanze...» Era una possibilità che la lasciò sconcertata. Per quanto scandalizzata fosse, non gli rimprovererò di averlo pensato, perché anche lei lo desiderava con tutte le sue forze.

«No, a Napa non sarebbe possibile.» Lui scrollò la testa e le asciugò gli occhi. Poi la guardò.

«Allora devi partire con me. Devi fare una scelta. Adesso. Questa settimana.» Pareva deciso. «Dobbiamo tornare in Francia. In ogni caso, ormai, è venuto anche per me il momento di rientrare a casa; possiamo passare l'estate nel mio *château* nel Sud...» sempre che suo padre si dimostrasse disposto ad ospitarlo «...e, magari, andare a Venezia per i grandi balli che danno d'estate...» questo, se non altro, era vero «...e poi tornare a Parigi in autunno.» Tutte prospettive che sembravano a Camille molto più affascinanti di St. Helena ma sapeva di non averne il diritto. Era la moglie di Jeremiah e aveva una sua esistenza, con precisi diritti e doveri, da vivere in California. Del resto, era un'esistenza che aveva anche molti vantaggi.

«Non posso partire.» Pareva che facesse fatica a pronunciare ogni parola.

«Perché? Saresti la mia contessa, *ma chérie*. Prova a pensarci!» Camille ubbidì e le parve di sentirsi straziare il cuore. Papà le aveva sempre promesso un conte o un duca.

«Mio marito? La mia bambina?»

«Non te ne importa... né dell'uno né dell'altra. Questo lo so benissimo, come lo sai tu!»

«Non è vero...» Però si era comportata come se fosse vero. Non solo, ma la vita che Thibaut le faceva balenare davanti agli occhi le sembrava molto più adatta a loro due. Perché non voleva essere una moglie rispettabile, non voleva avere un altro bambino, non lo aveva mai desiderato... L'unica cosa che le piaceva in Jeremiah era casa Thurston ma, adesso, Thibaut le stava offrendo addirittura due *châteaux*. In quel momento, inorridita, si vergognò di quello che stava pensando. Possibile che tutto si riducesse a questo? A chi aveva la casa più grande e più fastosa? Improvvisamente restò sconvolta di fronte a queste riflessioni. Possibile che fosse tutto qui? Continuava a sentirsi divisa in due. «Non so che cosa fare.» Sempre singhiozzando, si mise a sedere.

Thibaut le versò una coppa di champagne. «Devi scegliere, amore mio. Ma cerca di scegliere bene, con saggezza. Quando ti troverai a marcire a Napa per il resto dei tuoi giorni, rimpiangerai questa occasione che ti sei lasciata sfuggire... quando lui ti violenterà ancora e ti obbligherà a restare incinta...» Camille fu scossa da un violento brivido a quel pensiero. «Rifletti su tutto questo! È qualcosa che io non ti chiederò mai.» Mentre lei sapeva che, presto o tardi, Jeremiah lo avrebbe fatto. Perché voleva un figlio. Un maschio. D'altra parte, non era giusto lasciarlo soltanto a motivo di questo... era sua moglie... Bevve lo champagne e cominciò a piangere. Thibaut la prese fra le braccia, fece di nuovo l'amore con lei e quella sera, tornata a casa, Camille salì di sopra, nella camera della sua bambina, e rimase per un momento a guardarla mentre giocava. Ormai aveva un anno, diceva qualche parola, aveva cominciato a camminare ma, nella sua vita, non c'era posto per Camille. Del resto, era stata

Camille a volerlo. Però, in quel momento, provò il desiderio di nascondersi la faccia fra le mani e di mettersi a singhiozzare. Non sapeva assolutamente che cosa fare. Quella sera, quando Jeremiah le rammentò che sarebbero partiti cinque giorni dopo, le parve di impazzire. Il giorno dopo, tornò di nuovo da Thibaut, nel suo albergo ma, stavolta, era stato lui a prendere una decisione per Camille. Le puntò sul vestito una grossa spilla di brillanti che — almeno così disse — faceva parte dei gioielli della sua famiglia e decretò che erano fidanzati prima di fare l'amore con lei una, due, una mezza dozzina di volte. Quando tornò a casa, Camille aveva l'aria stremata. Si sentiva sconfitta. Capiva che, per quanto buono e gentile Jeremiah fosse stato, non avrebbe mai avuto la forza di tornare a Napa con lui, né tantomeno di dargli un altro figlio. Non sapeva neppure dare un poco di se stessa a quella che avevano già. Era qualcosa che le mancava, che non aveva dentro di sé. Thibaut glielo aveva fatto capire e non soltanto con la spilla di diamanti, ma con le sue parole. Adesso la sua intenzione era quella di partire per Parigi con lui. Sarebbe diventata contessa. Forse era sempre stato questo il suo destino, fin dal principio.

Jeremiah rimase ad ascoltarla incredulo e angosciato. Quando Camille finì di dirgli tutto, salì nella camera di Sabrina e, passando in punta di piedi davanti alla bambinaia, si fermò a contemplare la sua bambina addormentata. Gli pareva inconcepibile che sua madre volesse lasciarla, più doloroso ancora del pensiero che stava per lasciare lui. Quella che Jeremiah provava, in quel momento, era una sofferenza indicibile. Pensò ai lamenti, ai gemiti disperati di Camille mentre partoriva la loro bambina e gli parve di provare, in quel momento, la stessa sofferenza atroce. Gli tornò in mente John Harte che aveva perduto la moglie e i bambini qualche anno prima. Adesso capiva, almeno in parte, ciò che doveva avere provato. Non gli pareva di avere mai sofferto come in questo momento. Si domandò se anche Mary Ellen aveva sofferto così quando lui l'aveva lasciata. Forse questa era l'espiazione per i suoi peccati. Si nascose la faccia fra le mani e scoppiò in un pianto silenzioso, prima di lasciare la bambina e tornare alla solitudine della sua camera da letto.

Camille impiegò due giorni a fare i bagagli, mentre sulla casa calava un silenzio sepolcrale. Jeremiah non aveva detto niente a nessuno. La mattina della sua partenza, prima che Camille se ne andasse, la prese per le braccia e la strinse a sé con la faccia inondata di lacrime.

«Non puoi fare una cosa simile, Camille. Sei una bambina sciocca. Un giorno ti sveglierai e ti meraviglierai di quello che hai fatto. Non pensare a me... pensa a Sabrina... non puoi lasciarla in questo momento. Te ne pentirai per il resto della tua vita. E per che cosa la lasci? Per un povero stupido che è il proprietario di un castello? Ma se hai già tutto questo!» Con un ampio gesto le indicò casa Thurston. Ma lei scrollò la testa. Piangeva a calde lacrime.

«Forse non ero la persona adatta per venire qui... per essere tua moglie...» Soffocò un singhiozzo. «Non sono abbastanza buona per te.» Era la prima cosa gentile che gli diceva e Jeremiah la strinse ancora più forte a sé.

«Non è vero... certo, che lo sei... ti amo... non partire... oh, Dio, ti supplico non partire...» Ma lei si limitò a scrollare la testa. Poi uscì a precipizio di casa, attraversò il giardino di corsa con il vestito che svolazzava, una visione di seta bianca e azzurra e di capelli neri ondeggianti sulle spalle che Jeremiah guardò, inebetito, dal piano di sopra. Thibaut la stava aspettando con una carrozza davanti al grande cancello di ingresso. La sera stessa si presentò un cocchiere a ritirare tutta la sua roba. Jeremiah trovò soltanto un biglietto con i gioielli di Camille. «Per Sabrina... un giorno...» e un altro messaggio nel suo spogliatoio: «*Adieu*». Camille non immaginava certo, lasciando lì quei gioielli, che Thibaut sarebbe stato furioso con lei.

Quella sera, girando da una stanza all'altra, a Jeremiah parve di essere in fin di vita. Non riusciva a credere che Camille se ne fosse andata. Era una follia! Avrebbe cambiato idea, sarebbe tornata, gli avrebbe spedito un cablogramma da New York. Rimandò la partenza per Napa di tre settimane, con la speranza che ritornasse. Ma Camille non ritornò, non si fece viva, non lo cercò neppure. Jeremiah non la rivide mai più, se non nei suoi sogni. Infine Jeremiah decise di scrivere a suo padre e di spiegargli quel poco che lui stesso era riuscito a capire dell'accaduto. Nella sua risposta, Orville Beauchamp disse che Camille era una creatura perfida, una figlia cattiva, che ormai tutti loro la consideravano come se fosse morta. Non solo ma — secondo Beauchamp — anche Jeremiah doveva fare la stessa cosa. Sembrava una crudeltà nei confronti di Camille... d'altra parte, quale soluzione restava? Camille non gli aveva mai più scritto; era scomparsa nella notte con uno sconosciuto che l'aveva condotta in Francia con sé.

Orville Beauchamp dimostrò di non avere nessuna comprensione per sua figlia anche se, almeno parzialmente, era responsabile di ciò che lei aveva fatto. Le aveva sempre insegnato a desiderare troppo, a dare un'importanza eccessiva alle cose materiali. Le aveva riempito la testa di sogni irrealizzabili, di principi e di duchi. Con la differenza, però, che quando aveva visto Jeremiah aveva capito subito che si trattava di una brava persona che avrebbe potuto essere un buon marito per sua figlia e aveva fatto la cosa più giusta per lei. Ma Camille aveva esagerato, e suo padre non si sentiva di perdonarle. A un certo punto, Camille si decise a scrivergli, ma Beauchamp le rispose che, per quello che lo riguardava, non aveva più una figlia. Camille era come se fosse morta per lui. Non avrebbe ereditato niente né da lui né da sua madre.

In California Jeremiah diffuse la notizia che Camille era morta, vittima della terribile influenza che continuava a falciare vite umane. Per fortuna, Camille era stata tanto saggia da non parlare con nessuno delle proprie intenzioni, prima di partire. Così sembrava certo che nessuno sapesse che se ne erano andati insieme. Fra l'altro, Thibaut du Pré era partito senza pagare un conto di proporzioni ragguardevoli, quindi si era ben guardato dal rivelare quale fosse la sua successiva destinazione, né aveva confidato a nessuno che Camille Thurston partiva con lui. Erano partiti in segreto, senza scalpore; poi, per più di una settimana, Jeremiah aveva detto a tutte le persone che conosceva in città, che sua moglie era gravemente ammalata. Qualche giorno dopo, un fiocco di crespo nero venne legato sulla porta di casa Thurston e tutti rimasero dolorosamente colpiti. Sul giornale apparve un breve necrologio, la casa fu chiusa e Jeremiah partì per Napa. Anche laggiù tutti credevano che Camille fosse morta d'influenza. Jeremiah spiegò che il suo corpo era stato spedito ad Atlanta per essere sepolto nella tomba di famiglia. A St. Helena, invece, si tenne una semplicissima funzione funebre che risultò addirittura patetica tanto poche furono le persone che vi parteciparono. Del resto, laggiù, quasi nessuno la conosceva, e quelli che la conoscevano non l'avevano mai trovata particolarmente simpatica. Alla funzione andarono Hannah, con aria stranamente impettita e severa nell'abito di lutto, un gruppetto degli uomini che lavoravano nelle miniere di Jeremiah e John Harte. Jeremiah, vedendolo, rimase commosso. Perché John Harte non aveva mai dimenticato che Jeremiah lo aveva confortato con la sua presenza quando erano morti sua moglie e i bambini. Harte non si era più risposato e provava ancora un senso di angoscia e di smarrimento, la sera, quando tornava lassù, nella sua casa vuota in cima alla collina. Adesso afferrò la mano di Jeremiah e gliela strinse con forza, mostrandosi emozionato e pieno di comprensione.

«Può ringraziare Dio di avere la sua bambina.»

«È quello che faccio», rispose Jeremiah, guardandolo negli occhi. John Harte, adesso, aveva ventinove anni, ma sembrava molto più vecchio e saggio della sua età. Aveva molte e gravi responsabilità sulle spalle, ma le portava bene; e, in un certo senso, Jeremiah gli era affezionato. Non nascose di essere commosso, vedendolo alla funzione funebre, e gli strinse calorosamente la mano prima che se ne andasse. Poi tornò a casa da Sabrina, che adesso non aveva più la mamma. Ma continuava a non capire ciò che Camille aveva fatto, o perché. Come aveva potuto pensare di fuggire con quell'uomo? Una cosa Jeremiah sapeva con certezza. Non ci sarebbe stato un divorzio. Perché non voleva che nessuno sapesse che Camille non era morta. Non doveva esistere nessun documento, nessuna registrazione scritta, di questo fatto. Quanto a lui, avrebbe tenuto fede alla storia della morte di Camille per il resto dei suoi giorni, soprattutto con la bambina. Per quello che se ne sapeva, Camille Beauchamp Thurston era morta. Soltanto Jeremiah e Hannah conoscevano la verità. Tutti i domestici di casa Thurston furono licenziati e la lussuosa residenza di città definitivamente chiusa. Forse, un giorno, Jeremiah l'avrebbe venduta oppure l'avrebbe conservata per Sabrina. Ma lui non ci avrebbe vissuto mai più. Sabrina sarebbe cresciuta con la persuasione che sua madre era morta di influenza, come era accaduto a molte altre persone in quegli anni lontani, e non avrebbe mai trovato niente che smentisse questo resoconto dei fatti, né la traccia di qualcosa che le facesse intuire la verità. Non una lettera, né una spiegazione. Né un divorzio. Non ci sarebbe stato niente di tutto questo. Camille Beauchamp Thurston se ne era semplicemente andata. Che riposasse in pace. Per sempre.

Parte seconda

Sabrina Thurston Harte

18

LA CARROZZA si fermò davanti alle miniere poco prima dell'ora di pranzo e ne saltò giù una ragazzina snella, con un nastro di seta azzurra annodato fra i capelli neri, morbidi e folti. Indossava una gonnella di lino azzurro e una camicetta con il collo alla marinara che la facevano sembrare ancora più giovane dei suoi tredici anni. Attraversò di corsa il cortile davanti alle miniere e agitò la mano in segno di saluto verso un uomo che stava uscendo in quel momento dall'ufficio. Lui si fermò, facendosi schermo con la mano contro il sole, e scrollò la testa. Ma sorrideva. Appena la settimana prima le aveva raccomandato di non prendere uno dei suoi cavalli migliori per una galoppata sulle colline e perciò lei aveva tirato fuori la carrozza ed era salita a cassetta per guidarla personalmente. Jeremiah non sapeva se essere divertito o arrabbiato, anche se, in genere, era una decisione che prendeva con facilità. Sabrina non era facile da tenere a freno, non lo era mai stata! E, crescendo sola con lui, aveva assunto certe caratteristiche curiose. Per esempio, le piaceva pazzamente l'odore dei suoi sigari, conosceva i suoi gusti e si affannava di continuo a provvedere a tutto ciò che gli piaceva o di cui aveva bisogno; cavalcava i suoi cavalli meglio di lui e chiamava per nome ogni singolo minatore delle sue tre miniere. Era arrivata addirittura al punto di saperne più di lui sul modo di fare il vino con l'uva dei suoi vigneti. Non che tutto questo dispiacesse a Jeremiah Thurston. Anzi, era orgoglioso della sua unica figlia, più orgoglioso di quello che avrebbe voluto farle capire. Jeremiah non le aveva mai fatto assaggiare la cinghia, come non l'aveva mai presa a sculacciate, nei tredici anni passati dal giorno in cui era nata; le aveva insegnato, invece, tutto ciò che sapeva e se l'era tenuta vicina ogni momento. Quando Sabrina era molto piccola, Jeremiah non si era allontanato quasi mai da St. Helena, ma era restato costantemente con lei, leggendole favole quando andava a letto, la sera, consolandola quando era malata, prendendola in braccio e cullandola se era triste e occupandosi di lei in ogni modo invece di lasciare che lo facessero Hannah o le domestiche che aveva assunto a questo scopo.

«Non è naturale, Jeremiah!» Hannah lo aveva rimproverato più di una volta, durante i primi anni. «È una bambinetta, poco più di una lattante, lascia che me ne occupi io insieme con le altre donne.» Ma lui non se la sentiva. Non sopportava di non averla sotto gli occhi anche soltanto per poco tempo. «Mi meraviglio che tu riesca ancora ad andare alle miniere ogni giorno!» E, infatti, dopo un po', Jeremiah cominciò a condurla con sé. Radunava qualche giocattolo, un maglioncino caldo, una coperta, a volte un cuscino e Sabrina restava a giocare in un angolo del suo ufficio oppure si distendeva comodamente sulla coperta, vicino al fuoco, quando le veniva sonno nel pomeriggio. C'era chi si scandalizzava di questo modo di fare, ma — molto più spesso — lo trovavano commovente. Perfino l'uomo più duro di cuore con il quale gli capitava, a volte, di discutere un affare non sapeva resistere a quel faccino roseo che spuntava fuori dalla coperta, ai riccioli che, a poco a poco, diventavano sempre più scuri. Poi, lei si svegliava sempre con un sorriso e uno sbadiglio e correva a dare un bacio a suo padre. Era un affetto che stupiva qualcuno e riempiva di invidia quasi tutti quelli che li vedevano, una passione rara e struggente, un'incredibile comprensione reciproca. In tredici anni, Sabrina non gli aveva mai dato un dispiacere, anzi, gli aveva dato soltanto gioia, serenità e affetto. Inoltre, circondata com'era dall'amore del padre, non soffriva per la perdita della mamma. Jeremiah un giorno le aveva spiegato, molto semplicemente, che sua madre era morta quando lei era ancora molto piccola.

«Era bella?» gli domandò lei.

Jeremiah annuì, provando una stretta al cuore. «Sì, era bella, tesoro. Come te.» Sorrise ma, in realtà, Sabrina assomigliava molto più a lui che a sua madre. Aveva le stesse fattezze sottili e marcate di Jeremiah e fin da quando era ancora piccola, si era capito che sarebbe diventata alta come lui. Se aveva preso qualcosa da Camille, si poteva dire che fosse il gusto malizioso delle birichinate. Di tanto in tanto faceva qualche scherzo a suo padre e, non appena gliene capitava l'occasione, architettava qualche burla per prenderlo in giro, ma tutto con bontà e sempre di buon umore. Non aveva mai dato segno di assomigliare a sua madre nel modo di fare petulante, viziato, capriccioso. In tutti quegli anni Jeremiah aveva conservato gelosamente il segreto che sua madre non era morta, ma li aveva abbandonati entrambi. Non c'era motivo di raccontarglielo. L'avrebbe soltanto confusa e addolorata, come Jeremiah aveva spiegato ad Hannah molto tempo prima. Così in quei tredici anni, non c'era stato altro che gioia nella vita di Sabrina. Aveva un'esistenza felice e senza problemi; appena poteva, seguiva suo padre dappertutto. Quando ebbe l'età adatta, Jeremiah assunse un insegnante per educarla; Sabrina aspettava pazientemente tutto il giorno, fingendo di mostrare interesse per le sue lezioni, ma, in realtà, non vedeva il momento di precipitarsi nell'ufficio del padre, alle miniere, per essergli vicina e passava il resto del tempo seguendolo dappertutto. Era stato lì, alle miniere, che Sabrina aveva imparato tutto quello che voleva sapere.

«Un giorno, papà, voglio lavorare per te.»

«Non dire sciocchezze, Sabrina.» Però, in cuor suo, gli sarebbe piaciuto. In Sabrina non c'erano soltanto delle caratteristiche femminili, ma anche molte qualità maschili e, inoltre, aveva un ottimo cervello per gli affari. Ma non c'era neanche da pensare che potesse lavorare lì, alle miniere; nessuno avrebbe mai capito una cosa del genere.

«Eppure hai permesso a Dan Richfield di lavorare per te quando era soltanto un ragazzo. Me lo ha detto lui!» Adesso Dan aveva ventinove anni ed era sposato con cinque figli. Quanto tempo sembrava passato dal giorno in cui aveva cominciato a lavorare per Jeremiah il sabato mattina!

«Era diverso, Sabrina. Dan era un maschio. E tu sei una signorina.»

«No, non è vero!» Nei rari momenti in cui si mostrava indispettita o petulante, assomigliava moltissimo a sua madre, e Jeremiah le girava le spalle per impedirsi di ritrovare in lei quella somiglianza. «Non girarmi le spalle, papà! Io ne so come chiunque altro sul lavoro nelle tue miniere!»

Allora Jeremiah si sedeva, le prendeva una mano tra le proprie e le parlava sorridendole con dolcezza. «È vero, tesoro mio, sai moltissime cose, ma ci vuole ben altro! Qui occorre la mano di un uomo, la forza di un uomo, la determinazione di un uomo. E tu non avrai mai niente di tutto questo.» E la accarezzava teneramente su una guancia. «Per te, invece, dovremo trovare un bel marito.»

«Non voglio un marito, io!» Perfino a dieci anni, era sembrata offesa a quell'idea e adesso, a tredici, non provava un maggiore interesse.

«Io voglio vivere sempre con te!» In un certo senso, questo faceva piacere a Jeremiah. Ormai aveva cinquantotto anni e benché fosse sempre forte, robusto, pieno di vitalità e di nuove idee sulla conduzione delle miniere e sulla coltivazione dei vigneti, il dolore che Camille gli aveva dato, aveva avuto il suo peso. Non si sentiva più giovane come una volta, ma, piuttosto, vecchio, affaticato e stanco; c'era una parte di lui che considerava chiusa per sempre, esattamente come il suo lussuoso palazzo di città che non avrebbe mai più riaperto. Nel corso degli anni aveva avuto numerose occasioni di venderlo — c'era perfino stata una persona che avrebbe voluto trasformarlo in albergo — ma Jeremiah non aveva nessun desiderio di disfarsene. Non aveva rimesso più piede in quella casa e, probabilmente, neppure in futuro ci sarebbe mai entrato. Capiva che sarebbe stato troppo penoso rivedere quelle stanze che aveva costruito per Camille, la casa che aveva sperato di colmare di una mezza dozzina di figli. L'avrebbe lasciata a Sabrina e, se sua figlia si fosse sposata, gliela avrebbe regalata in quell'occasione. Invece di essere la casa dei suoi figli, sarebbe stata quella di Sabrina e della sua famiglia. Gli sembrava la soluzione più adatta per quello che aveva costruito con tanto amore.

«Papà!» lo chiamò Sabrina, mentre attraversava il cortile di corsa, dopo aver saldamente legato i cavalli della carrozza. Ne sapeva più lei di parecchi ragazzi sulle miniere, sui cavalli, sulle carrozze. Eppure la sua femminilità era rimasta intatta, come se secoli e secoli di nobili tradizioni delle gentildonne del Sud avessero lasciato impresso il loro marchio tanto profondamente sul suo carattere da diventare una parte di lei, per sempre. Era femmina dalla cima della testa alla punta dei piedi, ma aveva un modo di fare affettuoso, dolce e gentile che sua madre non aveva mai posseduto. «Sono venuta più in fretta che ho potuto.» Gli arrivò vicino ansante, sempre di corsa, scuotendo i lunghi riccioli che le coprivano le spalle, mentre Jeremiah scoppiava a ridere e scrollava la testa con aria di finta desolazione.

«Lo vedo, Sabrina. Quando ti avevo proposto di passare qui, da me, nel pomeriggio, subito dopo che il tuo insegnante se n'era andato, non volevo dire che dovevi prendere la mia carrozza migliore per farlo!» Lei sembrò mortificata e si voltò di scatto a dare un'occhiata dietro di sé.

«Ti dispiace sul serio, papà? Ti assicuro che sono stata molto attenta mentre guidavo.»

«Non ne dubito. Non è questo che mi preoccupa. Ma non pensi che hai dato spettacolo mettendoti a cassetta e guidando una carrozza come quella, figliola mia? Stai tranquilla che Hannah non te la farà passare liscia. Se lo avessi fatto a San Francisco, ti avrebbero buttato fuori dalla città con infamia accusandoti di essere una donna dissoluta e di comportarti in modo assolutamente indecoroso!» Adesso si burlava di lei, ma Sabrina si strinse nelle spalle con visibile indifferenza.

«In questo caso, sarebbero degli stupidi. Perché io so guidare una carrozza meglio di te, papà.»

Stavolta Jeremiah corrugò le sopracciglia, fingendosi oltraggiato. «È una cosa molto maleducata e scortese da dire, Sabrina. Non sono ancora decrepito fino a questo punto, sai?»

«Lo so, lo so», e arrossì lievemente, «volevo solo dire che...»

«Non importa. La prossima volta prendi il tuo sauro per venire. Così eviterai di farti notare troppo!»

«Però tu mi avevi detto che non stava bene galoppare per le colline e che dovevo venire in carrozza, come una signora.»

Allora Jeremiah si chinò a bisbigliarle all'orecchio: «Le signore non guidano la carrozza». E Sabrina cominciò a ridere. Si era divertita alla follia guidando il cocchio paterno. Perché, in fondo, a St. Helena non aveva mai molto da fare. Non conosceva ragazzi della sua età, non aveva cugini, fratelli o altri parenti e passava tutto il suo tempo in compagnia del padre. Ogni tanto, Jeremiah la conduceva a San Francisco. Alloggiavano sempre al *Palace Hotel*. Jeremiah fissava per Sabrina una *suite* vicina alla propria. Quando era più piccola, di solito si faceva accompagnare anche da Hannah. Adesso la povera donna era ridotta quasi un'invalida dall'artrite e, per di più, non gli aveva mai nascosto il fatto che odiava andare in città. Ma, ormai, Sabrina era abbastanza grande per andarci sola con suo padre.

Spesso si erano fatti condurre in carrozza a casa Thurston e, in un'occasione, Jeremiah aveva aperto il cancello e aveva fatto un giro per il giardino. Però non l'aveva mai portata nell'interno, e Sabrina credeva di sapere perché. Dopo la morte della mamma, era troppo penoso per lui. Però aveva sempre provato una grande curiosità per quello che c'era dentro la casa. Aveva provato a domandarlo ad Hannah, ma era rimasta delusa quando la vecchia governante le aveva confessato di non averci mai messo piede. Aveva anche insistito per sapere da Hannah come era la sua mamma, ma era sempre riuscita a cavarle di bocca molto poco e alla fine aveva capito che Hannah non doveva mai avere avuto una grande simpatia per sua madre. Non capiva per quale motivo fosse successo, però non si era mai azzardata a insistere con suo padre per saperne di più. Quando si pronunciava il suo nome, i suoi occhi prendevano un'espressione così angosciata, triste e infuriata che preferiva evitare di farlo soffrire chiedendogli di parlarle di lei. Ecco, dunque, che nella sua vita c'erano strani misteri e vuoti curiosi, una casa dove non era mai entrata, una mamma che non aveva mai conosciuto... e un padre che la adorava.

«Hai finito di lavorare, papà?» gli domandò con insistenza, mentre tornavano verso la carrozza sottobraccio. Jeremiah aveva acconsentito a farsi accompagnare a casa da Sabrina, che avrebbe guidato la carrozza. Chissà che cosa avrebbe pensato la gente, vedendoli.

«Sì, ho finito, furbacchiona che non sei altro! Sai cosa ti dico? Sei una bella impertinente.» Tentò senza successo di guardarla con aria corrucciata, mentre saliva a cassetta vicino a lei.

«Se qualcuno ci vede, penserà che sono ammattito a lasciarti fare una cosa del genere!»

«Non preoccuparti, papà.» Gli allungò un colpetto affettuoso sulla mano con aria materna. «Sono un ottimo cocchiere, io!»

«Oltre a essere una ragazzina sfacciata e impertinente!» Ma bastava guardarlo per capire tutta la sua adorazione per la figlia. Intanto Sabrina aveva ricominciato a tempestarlo di domande a proposito del suo lavoro. Aveva un motivo particolare per chiederglielo e Jeremiah lo sapeva. «Sì, ho finito, e so anche perché me lo chiedi. La risposta è ancora sì, domani andiamo a San Francisco. Soddisfatta?»

«Oh, sì, papà!» Gli rivolse un'occhiata raggiante e affrontò una curva della strada senza guardare dove stava andando. La carrozza non si rovesciò per un pelo. Jeremiah, con un sussulto, allungò le mani verso le redini, ma la ragazzina aveva già corretto l'errore commesso con prontezza e abilità. Gli rivolse un sorriso di finta modestia mentre Jeremiah scoppiava in una risata scrosciante.

«Un giorno o l'altro, sarai la mia morte!» Era una battuta che a Sabrina piaceva poco e suo padre si pentì di ciò che aveva detto.

«Non sei spiritoso, papà, quando parli così. Sei tutto quello che ho, sai?» Gli faceva sempre sentire un po' di rimorso quando gli sfuggivano queste battute, per cui cercò di trovare un argomento più allegro.

«Allora ti pregherei cortesemente di non ammazzarmi con il tuo modo di guidare la carrozza.»

«Lo sai benissimo che mi capita molto raramente di fare uno sbaglio.» Mentre diceva così, affrontò un'altra curva e stavolta la oltrepassò con una precisione da chirurgo. Poi gli scoccò un'occhiata di gioia. «Stavolta è andata meglio!»

«Sabrina Thurston, sei un mostro.»

Lei abbozzò un leggero inchino senza alzarsi dal suo posto. «Esattamente come mio padre.» Solo che, a volte, si domandava se, invece, non fosse più come sua madre... che tipo era stata? a chi aveva assomigliato?... perché era morta così giovane?... Aveva mille domande su di lei... mille domande che non avevano mai avuto risposta. Non esisteva neppure un suo ritratto in tutta la casa, né una miniatura né un disegno, né una fotografia, niente. Suo padre le aveva detto soltanto che era morta di influenza quando Sabrina aveva un anno. Punto e basta. Fine della storia. Le aveva detto che aveva voluto molto bene a sua madre, che si erano sposati la vigilia di Natale ad Atlanta in Georgia nel 1886 e che Sabrina era nata un anno e mezzo dopo, nel maggio del 1888. Un anno dopo ancora, la sua mamma era morta, lasciandolo nella disperazione più profonda. Le aveva anche spiegato di aver costruito casa Thurston appena prima di sposare sua madre; ormai erano passati quasi quindici anni, ma Sabrina sapeva che era ancora la casa più grande e più sontuosa di San Francisco. Ma ormai era un cimelio, una tomba, un luogo nel quale lei sarebbe entrata un giorno, ma non ora, e non con lui. A volte, mentre giravano in carrozza per San Francisco, Sabrina si sentiva quasi sopraffatta dalla curiosità. A tal punto che aveva studiato un piano con l'intenzione di metterlo in atto la prima volta che ci fosse tornata con lui. «Hai sempre intenzione di andare in città domani, papà?»

«Sì, birbantella, certo! Però io sarò occupato in una serie di riunioni alla banca del Nevada per tutto il giorno. Dovrai cercare di divertirti per conto tuo. Anzi, ho detto ad Hannah che, secondo me, questa volta sarebbe meglio che tu non venissi...» Sabrina cominciò a sollevare le sue obiezioni prima ancora che Jeremiah avesse finito la frase tanto che lui alzò una mano per ottenere il silenzio. «Sapevo che avresti detto proprio quello che stai dicendo, così le ho spiegato che, per stare tranquillo e non rovinarmi la giornata, ti avrei portato con me. Però, la settimana prossima, dovrai recuperare il tempo perduto con il tuo insegnante, Sabrina. Non voglio che tu salti le lezioni per scorrazzare in giro per il mondo con me.» Per un attimo aveva assunto un tono pieno di severità ma, in fondo, quella degli studi di sua figlia non era una grave preoccupazione. Era sempre stata un'ottima scolara e sapevano entrambi che, spesso, imparava molto di più quando era con lui. Di solito Jeremiah le offriva di accompagnarlo alla banca, se aveva una riunione, ma stavolta sapeva che una giornata intera di discussioni e di incontri di lavoro sarebbe stata troppo per lei. «Porta qualche libro con te. Potresti studiare un po' in albergo. Usciremo quando io rientrerò dalla banca. C'è una nuova commedia. Pensavo che ti sarebbe piaciuto vederla, così ho scritto pregando il segretario del presidente della banca di procurarci i biglietti.» Sabrina si mise a battere le mani, poi riacchiappò subito le redini mentre imboccavano il viale di casa e i cavalli rallentavano l'andatura.

«Che meraviglia, papà!» Sapeva perfettamente che cosa avrebbe fatto mentre lui era alle riunioni della banca. «Guarda di non lamentarti, sai? Ti ho portato a casa sano e salvo.»

Lui la guardò con aria corrucciata e diede un lungo tiro al sigaro. «La prossima volta che farai uscire dalla scuderia la mia carrozza più bella, ti sarò grato se sarai tanto gentile da chiedermi il permesso.» Lei balzò al suolo con un salto pieno di leggerezza e sorrise perché le piaceva enormemente l'odore aspro e pungente del sigaro di suo padre.

«Sì, signore.» Non aggiunse altro ed entrò correndo in casa a salutare Hannah con un urlo di gioia e la notizia che, l'indomani, sarebbero andati in città.

«Lo so, lo so...» Hannah si coprì le orecchie con le mani. «Abbassa la voce. Dio santo, come urli, figliola. Secondo me, tuo padre potrebbe fare a meno di spedire i cablogrammi dalla miniera, per i suoi affari. Potrebbe farti sporgere dalla finestra a gridare e ti sentirebbero anche a Filadelfia.»

«Grazie, Hannah.» Si sprofondò in un inchino, per burlarsi di lei, sfiorò con un bacio la guancia rinsecchita della vecchia governante e si precipitò su per le scale, nella sua camera, a lavarsi le mani prima di cena. Adorava la pulizia e aveva sempre i vestiti in ordine senza che nessuno glielo dicesse. In questo, aveva qualcosa di Camille Beauchamp. Hannah, seguendo con lo sguardo Sabrina che si allontanava, disse a Jeremiah: «Fra un po' di anni, avrai il tuo bel daffare, Jeremiah!»

Lui sorrise ad Hannah, mentre appendeva il soprabito. «Continua a ripetermi che vuole vivere sempre con me e lavorare per me alle miniere.»

«Una bella prospettiva! Proprio da gentile signorina!»

«E quello che le ho detto io!» Sospirò e seguì Hannah in cucina. Gli faceva sempre piacere chiacchierare con lei. Ormai si conoscevano da più di trent'anni e, sotto certi aspetti, erano i migliori amici del mondo. E poi Hannah adorava Sabrina. «Il fatto è che sarebbe capacissima di mandare avanti le miniere, ci riuscirebbe molto bene... un vero peccato che non sia un maschio.» Gli capitava di rado di fare osservazioni simili. «Chissà! Magari sposerà qualche bravo ragazzo al quale potrai insegnare quello che sai e lasciare tutto ai tuoi nipotini.»

«Chissà.» Non era ancora preparato a riflessioni come questa. Ci sarebbero voluti ancora parecchi anni prima che Sabrina si sposasse. D'altra parte, via via che il tempo passava lui non diventava certo più giovane... L'anno prima il cuore gli aveva giocato un brutto scherzetto. Sabrina era rimasta terrorizzata quando lo aveva trovato, privo di sensi, nel suo spogliatoio. Però, dopo quell'attacco, si era rimesso e tutti avevano cercato, con ogni mezzo, di dimenticare l'accaduto. Ma il dottore gli ripeteva spesso di prendersela un poco più comoda, e Jeremiah non poteva trattenere un sorriso di fronte a un tale consiglio. Dentro di sé si domandava chi avrebbe ricuperato il tempo perduto, al suo posto, se lui rallentava il ritmo del suo lavoro.

«Diventi vecchio, Jeremiah. Faresti meglio a cominciare a pensare al futuro...» Hannah gli indicò, con un cenno della testa, le scale che Sabrina aveva salito poco prima per andare in camera. «Il tuo futuro e il suo. Sei sempre attaccato a quella casa che hai in città, vero?»

Lui abbozzò un sorriso di tristezza. «Sì. Lo so che mi giudichi un bel matto, come sempre! Ma ho costruito quella casa con amore e ne farò dono a Sabrina con amore. Potrà anche venderla, se lo vorrà. Ma non voglio che lei un giorno venga a dirmi: 'Perché non l'hai conservata per me, papà?'»

«Che cosa vuoi che ne faccia di una casa di quelle proporzioni, sarà grande dieci volte un granaio e... come se non bastasse... a San Francisco?»

«Non si può mai sapere. Io sono felice qui. Ma può darsi che lei desideri vivere in città, quando sarà cresciuta. In questo modo, potrà scegliere.» Poi Jeremiah si fece silenzioso. Pensavano entrambi a Camille, la quale non aveva mai meritato tutta la gentilezza e le premure di cui l'aveva circondata. Jeremiah non aveva mai più avuto sue notizie, né una parola, né un segno, né una lettera. Però era sempre sposato con lei, dal punto di vista legale. Il padre di Camille gli aveva scritto più di una volta: a quello che si sapeva, Camille era andata ad abitare a Venezia per qualche tempo, poi si era trasferita a Parigi, rimanendo sempre con l'uomo con il quale era fuggita di casa. Si faceva chiamare contessa e lasciava credere di essere sposata con lui. Ma, fra l'uno e l'altra, non avevano il becco di un quattrino e l'inverno in Francia era stato durissimo, così Orville Beauchamp non aveva più avuto coraggio di mantenere l'impegno preso con se stesso e con Jeremiah ed era andato a cercarla a Parigi. A quel che sembrava, Camille viveva nello squallore e nella miseria in una casa alla periferia della città. Aveva dato alla luce un bambino, un maschio, che era nato morto. Ma quando Orville Beauchamp aveva tentato di persuaderla a tornare con lui negli Stati Uniti, Camille si era rifiutata di seguirlo. L'aveva descritta come «in preda a una passione folle che non riesco a capire. Si aggrappa al suo amante, una persona indegna, e si rifiuta di lasciarlo». Jeremiah aveva anche letto fra le righe che Camille si era messa a bere; probabilmente beveva il terribile assenzio e stava diventando un'alcolizzata senza accorgersene. Ma qualsiasi fossero i suoi problemi, non lo riguardavano più. Orville era morto qualche anno più tardi e Camille non era mai tornata a casa. Da allora, Jeremiah non aveva più avuto sue notizie e ne aveva provato un grande sollievo. Non voleva che il suo contatto rovinasse la vita di Sabrina. Non voleva correre il rischio che qualcuno le raccontasse che sua madre non era morta di influenza. Per Jeremiah e Sabrina quella porta si era chiusa: Camille non l'avrebbe mai più oltrepassata.

Nella sua vita non c'era stata più nessuna donna come lei, nessuna per la quale provasse quello che aveva provato per lei o che lo avesse fatto comportare altrettanto stupidamente... mai nessuna... salvo, naturalmente, Sabrina. Adesso era lei l'unico amore della sua vita, la sua ragione di essere. Poi c'erano le donne che gli tenevano desti i sensi, le donne di una casa di San

Francisco, che frequentava quando Sabrina non era con lui, e una maestra di St. Helena con la quale andava a cena di tanto in tanto. Mary Ellen si era già sposata da molto tempo trasferendosi a Santa Rosa: e ogni volta che Amelia Godheart veniva in città a trovare sua figlia, Jeremiah e Sabrina erano felici di rivederla. Era sempre la solita creatura stupenda e comprensiva e Sabrina la adorava.

Per quanto ormai avesse passato la cinquantina da un bel po', era sempre la persona più affascinante che Sabrina avesse mai conosciuto. Veniva a San Francisco una volta l'anno a far visita alla figlia e ai nipotini. Adesso erano sei e li aveva portati tutti a St. Helena, una volta, a trovare Jeremiah e Sabrina. Sabrina le voleva bene più di quanto ne volesse a qualsiasi altra donna del suo piccolo mondo. C'erano in Amelia gentilezza e calore umano, oltre a una grande classe e a un'intelligenza molto brillante, che mandava in estasi Sabrina. Portava sempre con sé vestiti bellissimi, di un'eleganza straordinaria, e dei gioielli che la lasciavano senza fiato.

«Vero che è la donna più incantevole del mondo, papà?» gli aveva detto una volta Sabrina, piena di ammirazione e rispettoso timore, e lui aveva sorriso. Del resto era anche la sua opinione tanto che, a volte, rimpiangeva di non avere insistito perché lo sposasse quando l'aveva conosciuta su quel treno in viaggio per Atlanta. Forse sarebbe stata una follia ma — a giudicare da come erano andate le cose — non certo più grande di quella commessa sposando Camille Beauchamp ad Atlanta. Anzi, molti anni dopo che Camille era fuggita, durante un viaggio che aveva fatto a New York con Sabrina, aveva domandato di nuovo ad Amelia di sposarlo. Ma anche stavolta lei gli aveva dato, con la massima gentilezza, una risposta negativa.

«Come faccio, Jeremiah? Sono troppo vecchia...» A quell'epoca aveva cinquant'anni. «Ho le mie abitudini, la mia vita qui, a New York, la mia casa...» Per lei, Jeremiah sarebbe stato disposto perfino a riaprire casa Thurston e glielo aveva detto. Ma Amelia era rimasta ferma nella sua risoluzione di non sposarsi più e, in conclusione, Jeremiah aveva finito per convincersi che avesse ragione. Ognuno di loro aveva la sua vita, dei figli, una casa. Era troppo tardi per cercare di raccogliere tutto questo sotto un solo tetto, tanto più che Amelia non sarebbe mai stata felice se avesse dovuto vivere lontana da New York. Era il centro della sua esistenza. Però Jeremiah la vedeva sempre, quando lei veniva a San Francisco oppure quando lui andava a New York per affari. Anzi, senza che Sabrina lo sapesse, l'ultima volta era stato ospite di Amelia.

«Alla nostra età, Jeremiah, che male c'è? Chi vuoi che si metta a fare dei pettegolezzi su di noi? Anzi, piuttosto, quanti mormorii di ammirazione susciteremo. Si meraviglieranno che fra noi abbia resistito una passione simile...» Poi era scoppiata in una risatina, proprio come una giovinetta. «E, lo sai , non puoi farmi restare incinta!» In casa di Amelia, Jeremiah aveva passato due settimane stupende, le più felici che ricordasse. Al momento di partire, le aveva regalato una magnifica spilla di zaffiri e una collana a girocollo con il fermaglio di brillanti. Dietro al fermaglio erano state incise queste parole, che l'avevano fatta scoppiare in una risata: «Ad Amelia, con passione, J.T.»

«Che cosa diranno i miei figli quando si dovranno dividere i miei gioielli, Jeremiah?»

«Che, evidentemente, eri una donna molto passionale.»

«Be', non mi dispiace affatto.» Lo aveva accompagnato al treno e stavolta era rimasta lei sotto la pensilina, agitando verso Jeremiah un voluminoso manicotto di zibellino, mentre il treno usciva lentamente dalla stazione. Portava uno stupendo soprabito rosso, dal taglio raffinato, bordato di zibellino, con il cappello assortito e Jeremiah pensò di non aver mai visto donna più bella di lei. Se gli fosse capitato di nuovo di incontrarla su un treno, ne sarebbe rimasto affascinato esattamente come gli era successo prima di conoscere Camille. «Se avessi ancora la forza...» le aveva mormorato prima di partire, ma sapevano entrambi che voleva essere una civetteria. Le aveva dimostrato il suo vigore tutte le notti, durante il suo soggiorno a New York. Era sembrato rinnovato, al suo ritorno a San Francisco, e straordinariamente di buonumore.

«Perché sorridi in quel modo, Jeremiah?» Si era messo a pensare a lei mentre beveva il caffè e Hannah preparava la cena. «Ci scommetto un nichelino che stai pensando a quella donna di New York.»

«Hai vinto la scommessa.» Sorrise ad Hannah.

«Non si può negare che è una gran bella donna.» Anzi, per quanto incredibile potesse sembrare, Hannah non soltanto la stimava, ma l'aveva in simpatia. Amelia se l'era conquistata il giorno in cui si era rimboccata le maniche per aiutarla a preparare la cena per Jeremiah, Sabrina e i suoi sei nipotini. In verità aveva preparato quasi tutto lei e la cena era risultata molto migliore di quanto Hannah volesse ammettere. Si era messa perfino un grembiule su quella splendida toilette «e non se l'è presa per niente quando si è macchiata di salsa il corpetto». Da quel giorno Amelia si era guadagnata l'ammirazione di Hannah per sempre.

«Non è soltanto una gran bella donna, Hannah. È una persona speciale, diversa da tutte le altre.»

«Dovresti sposarla, Jeremiah.» Lo guardò con aria di rimprovero dai fornelli. Ma lui si strinse nelle spalle.

«Può darsi. Ma ormai è troppo tardi. Abbiamo la nostra vita, i nostri figli. Preferiamo che le cose vadano avanti così.» Hannah assentì: c'era un po' di verità in quello che Jeremiah aveva detto. Ormai non erano più i tempi per queste sciocchezze. Adesso toccava a Sabrina — o, perlomeno, presto sarebbe toccato a lei. Hannah si augurava soprattutto che facesse la sua scelta con saggezza, con maggior saggezza di suo padre.

«Sicuro, che domani vai in città?»

Lui annuì. «Soltanto per due giorni.»

«Mi raccomando, stai attento che Sabrina non combini qualche guaio mentre tu lavori.» Secondo lei, sarebbe stato meglio che la ragazzina rimanesse a St. Helena. Non aveva cambiato parere.

«È quello che le ho detto anch'io. Ma lo sai anche tu come è fatta Sabrina.» Un giorno o l'altro si aspettava di vederla lungo Market Street a cassetta di una carrozza presa in prestito, con una frusta in mano e un sorriso sulle labbra. Questa immagine lo mise di buonumore e scoppiò a ridere, mentre andava a lavarsi le mani prima di cena.

19

L'INDOMANI, Jeremiah e Sabrina partirono presto per la città. A Napa salirono sul treno e poi sul battello, che a Sabrina piaceva moltissimo. Salire sul battello per San Francisco le dava sempre l'impressione di partire per chissà quale avventura, e continuò a ridere, a scherzare e a far divertire suo padre per tutta la durata della traversata. Arrivarono in città verso sera e cenarono nella grande sala da pranzo del *Palace Hotel*. Jeremiah non riusciva a staccare gli occhi da sua figlia. Un giorno, quando fosse cresciuta, sarebbe diventata una bellissima ragazza. Ma anche adesso, a soli tredici anni, era già alta come la maggior parte delle signore che erano nella sala e perfino più alta di qualcuna di loro. Però aveva sempre l'aspetto di una bambina, salvo quando corrugava le sopracciglia delicate e si metteva a parlargli di affari. Chiunque, ascoltandoli, avrebbe pensato che Jeremiah stava parlando con un suo socio d'affari. In quel preciso momento Sabrina pareva preoccupata da un acaro che pareva mettesse in pericolo il raccolto nei suoi vigneti. Jeremiah, divertito dalla serietà con la quale gli stava esponendo le sue teorie, non pareva altrettanto preoccupato. I vigneti non erano mai stati il suo primo interesse. Preferiva dedicare la sua attenzione alle miniere e Sabrina, adesso, si mise a rimproverarlo per questo.

«I vigneti sono altrettanto importanti per noi, papà. Un giorno ci frutteranno un bel mucchio di soldi, proprio come le tue miniere... ricordati di quello che ti dico!» Gli stava ripetendo la stessa cosa che Dan Richfield gli aveva detto un mese prima e lui scoppiò a ridere, guardandola. Effettivamente, nella vallata c'erano parecchi vigneti che avevano cominciato a dare discreti profitti, ma non si potevano neppure paragonare con quelli delle miniere, lo sapevano tutti, e Jeremiah si affrettò a ricordarlo a sua figlia.

«Può darsi che fra qualche anno questo non sia più vero. Guarda i vini squisiti che producono in Francia... e tutte le nostre viti vengono da là.»

«Tu, piuttosto, signorina, cerca di non diventarmi una beona! Mi sembra che ti interessi un po' troppo a quell'uva!» Si burlava di lei, ma Sabrina gli fece capire che quelle battute non la divertivano affatto. Gli lanciò un'occhiata fiammeggiante, con tutta la serietà dei suoi tredici anni.

«Sei tu, invece, che dovresti mostrarti più interessato!»

«Visto che ti piace tanto occuparti dei vigneti, lo lascio fare a te.» Gli sembrava che quell'interesse per i vigneti fosse più logico e comprensibile di quello che Sabrina mostrava per le miniere, anche se era un peccato non permetterle di occuparsi anche di quelle. Aveva un cervello straordinario per gli affari.

Fu la stessa riflessione che fece l'indomani quando si trovarono nella camera di Jeremiah a far colazione insieme prima che lui uscisse per andare alle riunioni con il presidente della banca del Nevada. Sabrina non fece che bombardarlo di domande sulle questioni che andava a discutere e non gli nascose che le sarebbe piaciuto moltissimo accompagnarlo.

«E tu, bambina mia, che cosa hai intenzione di fare quest'oggi?»

«Non so.» Guardò fuori dalla finestra con aria assorta in modo che Jeremiah non potesse leggerle negli occhi. La conosceva troppo bene e avrebbe sospettato immediatamente che stava per combinare qualche birichinata. «Ho portato un po' di libri con me. Pensavo di leggere qualcosa nel pomeriggio.»

Lui rimase a fissarla attentamente per qualche istante e poi guardò l'orologio. «Se avessi tempo di pensarci meglio, signorina, questa risposta mi lascerebbe sbalordito. Perché devi essere malata oppure mi stai raccontando una frottola! Ma sei fortunata: sono in ritardo e devo scappare.» Lei gli rivolse un sorriso radioso e lo baciò su una guancia.

«Ci vediamo stasera, papà?»

«Fai la brava bambina.» Le diede un colpetto affettuoso sulla spalla, poi gliela strinse con affetto. «E non combinare guai, Sabrina Thurston!»

«Papà!» Sembrava scandalizzata mentre lo accompagnava alla porta. «Se è quello che faccio sempre!»

Jeremiah rise e uscì, mentre Sabrina faceva una piroetta. Sorrideva. Era libera per tutta la giornata e sapeva esattamente che cosa avrebbe fatto. Da Napa aveva portato con sé un po' di denaro; inoltre suo padre le dava sempre qualcosa per pagare il pranzo e divertirsi mentre lui era fuori. Adesso Sabrina si cacciò il borsellino nella tasca della gonna grigia, si tolse la camicetta rosa e ne mise un'altra, vecchia, di cotone, con il colletto alla marinara, che aveva portato appositamente con sé. Mise anche un vecchio paio di stivaletti che non le importava di sciupare e mezz'ora dopo era comodamente seduta in una carrozza, diretta a Nob Hill. Aveva dato l'indirizzo al cocchiere; quando arrivarono, gli pagò il prezzo della corsa e rimase davanti al cancello esterno con il respiro affannoso e il cuore che le batteva forte. Erano mesi, no, anni che aspettava questo momento. E non sapeva cosa avrebbe fatto, dopo essersi arrampicata sul cancello. Non aveva realmente intenzione di entrare. Già soltanto poter girare per il parco e il giardino era abbastanza, ma si sentiva inesorabilmente attirata dalla casa che papà aveva costruito per la mamma.

Casa Thurston era avvolta dal silenzio, seppellita in fondo al suo ampio parco, e Sabrina rimase a fissarla per un attimo interminabile. Poi, prendendo il coraggio a due mani, cominciò ad arrampicarsi sulla cancellata in un punto riparato da sguardi curiosi. Salendo, pregò in cuor suo che nessun passante, né un vicino andasse a chiamare un poliziotto. Non aveva ancora perduto la sua straordinaria abilità infantile di arrampicarsi su alberi e cancelli e, un attimo più tardi, stava scivolando dall'altra parte con il cuore che le batteva ancora più forte di prima. Si lasciò cadere con un salto, per l'ultimo metro e mezzo che ancora la separava dal suolo; poi si soffermò per un istante, provando una grande gioia per il solo fatto di esserci riuscita. Eccola all'interno del recinto sacro di casa Thurston! Si inoltrò rapidamente nel giardino, in modo che nessuno potesse vederla dalla strada. Alberi e cespugli, che nessuno aveva più potato, erano talmente folti e inselvatichiti che pareva di aggirarsi in una giungla e, ben presto, Sabrina fu completamente nascosta all'occhio dei passanti.

Pensò alla mamma. Quanto doveva averla amata, suo padre, per costruire una cosa simile e, lei, come doveva essere stata felice di abitarci! Sabrina non poté fare a meno di chiedersi che cosa avesse pensato sua madre la prima volta che l'aveva vista: sapeva che papà l'aveva costruita prima che lei arrivasse, doveva essere una sorpresa... Non riusciva a immaginare niente di più bello. Ebbe un attimo di tristezza vedendo i massicci battenti di ottone talmente anneriti da essere irriconoscibili, le finestre coperte da assi di legno, le erbacce che erano cresciute fra i gradini che davano accesso alla porta. La casa era vuota da dodici anni e Sabrina, osservandola, pensò che aveva un'aria cupa e triste. Le sarebbe piaciuto schiacciare il naso contro il vetro di una finestra, guardare all'interno, vedere quelle stanze dove loro si erano aggirati e avevano ballato e vissuto insieme. Trovarsi lì era quasi come esser venuta a vedere la mamma, come se, in quel luogo, Sabrina potesse cercar di capire meglio di prima che tipo di donna fosse stata. Suo padre gliene parlava così poco! Hannah, poi, era ancora più taciturna e non affrontava mai quell'argomento. All'improvviso Sabrina si scoprì disperatamente avida di ogni briciola di notizia su Camille Beauchamp Thurston.

Lentamente, quasi senza accorgersene, Sabrina girò intorno alla casa, osservando le imposte sbarrate, scavalcando le erbacce. Riusciva a scorgere i luoghi dove c'erano state, un tempo, aiuole piene di fiori e, nel giardino dietro la casa, vide anche una bella statua italiana che rappresentava una donna con un bambino piccolo fra le braccia. C'era anche una panchina di marmo e Sabrina vi sedette, domandandosi se anche suo padre e sua madre si erano seduti lì, tenendosi per le mani oppure se la mamma ci era venuta con lei, piccola fra le braccia, nelle giornate di sole. Indubbiamente riusciva a ritrovare sua madre molto più qui che a Napa. Chissà perché, le sembrava che la casa di St. Helena fosse quasi una parte integrante della vita di suo padre. Sapeva che lui ci aveva abitato a lungo prima di sposare la mamma. Qui, invece, tutto era differente: questo era un palazzo incantato, costruito con amore per sua madre. Tuttavia si sentiva un po' delusa. Forse si era aspettata di vedere qualcosa di più e la deludeva non riuscire a dare un'occhiata all'interno. Poi, d'un tratto, mentre stava per voltare le spalle alla casa, si accorse che una delle imposte era rotta. Era l'occasione perfetta, proprio quella che stava cercando. Tentò di aprirsi un varco fra i cespugli in modo da riuscire ad avvicinare la faccia a quella finestra. Ma dava soltanto su un corridoio buio e non riuscì a scorgere niente. Allora afferrò l'asse di legno con tutte le sue forze e la scardinò. Non sapeva neppure il motivo per cui lo stava facendo ma, una volta eliminata quell'asse, scoprì che poteva aprire tutte e due le imposte. Provò a spingere contro la finestra, la quale cedette sotto il suo peso e si spalancò con un improvviso cigolio. Sabrina rimase sbalordita per un attimo, ma si riprese subito. Senza esitare, si arrampicò sul davanzale e, con un salto, si trovò dentro. Dopo aver richiuso la finestra, si guardò intorno. Il corridoio non le rivelò niente di più di ciò che aveva già visto, schiacciando il naso contro i vetri, però, si accorse di provare un vago timore e uno strano rispetto. Eccola nell'interno della casa che aveva sempre sognato, eccola nell'interno della casa che l'aveva incuriosita tutta la vita. Casa Thurston. Finalmente ci era entrata.

Non sapeva bene se girare a destra o a sinistra e si accorse subito di trovarsi nei quartieri della servitù, in una specie di dispensa. Tutto era in ordine perfetto, ma il buio era profondo. Sapeva che nessuno era più stato in quella casa da dodici anni, però era stata chiusa con tanta cura che, intorno a lei, c'era pochissima polvere. Per un attimo la sua paura era stata quella che assomigliasse a certe case abbandonate, che si dicevano infestate dai fantasmi, invece sembrava soltanto una casa vuota, dove non abitava nessuno. Del resto, non poteva più tornare indietro. Aveva aspettato anche troppo questo momento!

Procedette a passi furtivi fino in fondo al corridoio, afferrò una maniglia, la girò, aprì una porta e rimase con il fiato sospeso. Ciò che vedeva lassù in alto, sembrava la porta del paradiso. Era entrata nel grande atrio centrale e, sopra di lei, si apriva la cupola spettacolare, adorna di vetri colorati, che Jeremiah aveva voluto per Camille. Le sue sfumature variopinte e l'intricato disegno delle vetrate riflettevano una miriade di luci brillanti e colorate ai suoi piedi. Sabrina alzò gli occhi ammirata e piena di stupore. Di lì cominciò a salire lo scalone principale ed entrò nelle camere da letto. Trovò quella che era stata la sua — la camera dei bambini — ma adesso non c'era più niente. Ogni cosa era stata portata a Napa. Invece nella camera da letto padronale, quando si mise a sedere su una seggiola e si guardò intorno... fu come se si sentisse sopraffare da quello che doveva essere stato il disperato dolore di suo padre dodici anni prima. Perché quella camera assomigliava in tutto e per tutto a ciò che la mamma doveva essere stata: squisita, raffinata e femminile. Con il passare degli anni la seta rosa dell'arredamento era sbiadita, ma la camera sembrava ancora una sterminata aiuola di fiori in un giorno di primavera e i drappeggi di seta esalavano un sottile profumo che si confondeva a un vago odore di muffa, e Sabrina se ne sentì quasi sommergere quando passò nello spogliatoio di sua madre e cominciò a spalancare gli armadi. Jeremiah non aveva buttato via niente prima di abbandonare casa Thurston. Camille vi aveva lasciato minuscole, delicate scarpine di capretto — ce n'era perfino un paio di raso rosso, da sera, che aveva messo per andare all'opera con Jeremiah, e un vecchio mantello di pelliccia, e alcuni vestiti. Sabrina li tirò fuori, toccò le stoffe sontuose, ne aspirò profondamente il profumo. Le salirono le lacrime agli occhi: era come essere venuta a trovare quella mamma che non aveva mai conosciuto e scoprire che se ne era andata per sempre. Ma d'altra parte era venuta proprio per questo, per scoprire la donna che era stata sua madre, per trovare qualche altro pezzetto del *puzzle*. A mano a mano che cresceva e diventava una donna lei stessa, desiderava sempre di più possedere qualcosa di sua madre a cui aggrapparsi. Adesso, aggirandosi liberamente e senza fretta per la casa nella quale avevano vissuto, si sentiva sopraffatta dall'emozione. Era la casa in cui lei stessa era entrata a quattro mesi e che aveva lasciato, per non tornarci mai più, quando aveva un anno. Entrò anche nello studio di suo padre. Si mise a sedere alla sua scrivania, fece roteare la poltroncina girevole e si domandò se lui provava la mancanza di qualcuno degli oggetti che aveva lasciato. Alle pareti vide appese stampe bellissime; sulla scrivania c'erano alcuni oggetti decorativi e interessanti e, nelle sale del pianterreno, trovò una quantità incredibile di stupendi bicchieri di cristallo, servizi di porcellana, argenteria. Jeremiah aveva lasciato lì ogni cosa. Aveva semplicemente chiuso la casa ed era partito per Napa senza più ritornarci. Aveva ripetuto più di una volta che la casa sarebbe stata di Sabrina, un giorno, ma lei si era immaginata che fosse arredata soltanto con qualche vecchio mobile coperto da fodere polverose. Non aveva mai pensato che si trattasse di qualcosa di simile. Sul comodino della mamma c'erano addirittura alcuni libri e, nei suoi cassetti, un mucchio di fazzoletti di pizzo. Adesso Sabrina capiva che suo padre non aveva buttato via niente prima di partire da casa Thurston. Le sarebbe piaciuto spalancare quelle imposte e lasciare che il sole inondasse le stanze, ma non ne ebbe il coraggio. In un certo senso le pareva di essere un'intrusa nel mondo privato di altre persone e di aver misurato, in qualche modo, la sofferenza segreta di qualcuno. Adesso capiva perché Jeremiah non volesse più tornarci. Era come venire a rivedere la tomba di sua moglie. Ormai era passato troppo tempo perché potesse ritrovare il coraggio di venirci. Qui avrebbe visto di nuovo i suoi vestiti, sentito la sua presenza, respirato il suo profumo, avrebbe ricordato i tormenti, le gioie e la disperazione provata alla sua morte. Versò qualche lacrima per suo padre prima di lasciare le stanze che lui aveva occupato; poi, dignitosa e solenne, scese lentamente le scale. Quella casa le faceva provare una tenerezza ancora più forte per lui; le permetteva di capire ancora meglio quale dovesse essere stata la delicata bellezza della mamma. Come a Napa, anche qui non c'era nessun ritratto che la raffigurasse; ma c'era qualcosa di molto più importante: la sensazione di come ci avesse vissuto, di quale tipo di donna fosse stata. Mentre si soffermava di nuovo nel grande atrio centrale, sotto la cupola adorna di vetri colorati, Sabrina pensò che, molti anni prima, sua madre si era certo fermata in quello stesso punto e forse aveva alzato gli occhi verso la stupenda cupola, esattamente come lei. Aveva sfiorato le stesse maniglie delle porte, guardato fuori dalle stesse finestre. Era un pensiero stupendo e terrorizzante, come un viaggio a ritroso nel tempo. Era come sentirsi sfiorare le mani da quelle di chi era stato lì prima di lei. Erano fantasmi buoni e benevoli, ma la loro presenza si faceva sentire ugualmente in tutta la sua potenza. Sabrina provò quasi sollievo riaprendo la finestra in fondo a quel buio corridoio di servizio, uscendo e mettendo di nuovo a posto l'asse di legno scardinata, dopo averla richiusa. Era venuta a visitare un luogo dove non c'era posto per lei, eppure era felice di esserci stata.

Assorta nei suoi pensieri, attraversò in senso contrario i giardini inselvatichiti. Camminava lentamente, stavolta, meditando ancora su tutto quello che aveva visto. Si voltò un paio di volte a guardare di nuovo la casa. Era una dimora sontuosa e piena di magnificenza; come le sarebbe piaciuto averla vista prima, con i giardini ben curati e la carrozza della mamma che li attraversava, correndo veloce! Quanta emozione pensare che aveva vissuto lì anche lei, aveva fatto parte della loro vita e della bellezza di quella casa. Un giorno sarebbe stata sua, ma non avrebbe mai più assomigliato a ciò che era stata... senza la bellissima ragazza di Atlanta che se n'era andata già da tempo e senza l'uomo che l'aveva amata più di qualsiasi altra cosa al mondo. No, non sarebbe più stata la stessa. Questo pensiero la rattristò, mentre si arrampicava di nuovo sul cancello e scendeva dall'altra parte con un salto. Guardandosi intorno, capì che doveva sembrare uno spauracchio. Si era fatta uno strappo nella gonna, la camicetta alla marinara era sudicia di polvere, aveva i capelli arruffati, le mani sporche e perfino una lunga graffiatura, dalla quale usciva un po' di sangue, su un braccio. Doveva esserse la fatta arrampicandosi sulla cancellata o quando aveva tentato di schiodare dall'imposta quell'asse di legno. Ma non rimpiangeva niente di tutto quello che era successo, mentre tornava a piedi, a passo svelto, verso il *Palace Hotel*. Non era un tragitto molto lungo. Del resto Sabrina sentiva il bisogno di una boccata d'aria, dopo la lunga giornata trascorsa in quella casa che odorava di muffa. Le pareva quasi di aver visto anche troppo, ma non lo rimpiangeva. Sgattaiolò in albergo senza farsi notare e si affrettò a salire in camera a fare un bagno prima che suo padre rientrasse dalle riunioni alla banca.

Quella sera a cena Sabrina si mostrò famelica perché aveva

saltato il pranzo. Jeremiah la condusse da *Delmonico*, dove ordinarono delle bistecche. Però, malgrado il sano appetito di sua figlia, Jeremiah si accorse che sembrava stranamente silenziosa.

«Qualcosa che non va?»

«No.» Gli sorrise, ma pareva assorta. Se avesse avuto il coraggio di fissarlo negli occhi, sarebbe scoppiata in lacrime. Era ancora perseguitata dalla tristezza della casa vuota e da tutti gli oggetti di sua madre che Jeremiah aveva lasciato con tanta cura al loro posto, andandosene. Quanto doveva averla amata! Davanti agli occhi di Sabrina apparve la visione di un uomo disperato che fuggiva a Napa con la sua bambina piccola, quasi incapace di sopportare la perdita della moglie, morta tanto giovane e dopo essere stata così adorata.

«Si può sapere cos'hai, Sabrina?» La conosceva troppo bene per non capire che sua figlia era preoccupata da qualche cosa; ma lei si limitò a scuotere la testa con un sorriso forzato, scacciando i pensieri malinconici che le mulinavano nel cervello. Tuttavia non riuscì ugualmente a essere se stessa, quella sera, e alla fine, prima di andare a letto, bussò timidamente alla porta della camera di Jeremiah ed entrò quando lui gridò: «Avanti». La baciò su una guancia. «Buonanotte, tesorino.» Ma si accorse subito dell'espressione turbata che avevano gli occhi di Sabrina. Era tutta la sera che quell'espressione lo angosciava. La invitò a sedersi e lei ubbidì con gioia. Era venuta a fare una confessione. Non gli aveva mai mentito e non voleva cominciare adesso. Aveva preso la decisione di togliersi quel peso dal petto. «Cosa è successo, Sabrina?»

«Devo dirti una cosa, papà.» Adesso sembrava che avesse cinque anni, rannicchiata sulla seggiola in camicia da notte e vestaglia, con i piedini che spuntavano da sotto il bordo di pizzo. «Oggi ho fatto una cosa, papà.» Non disse «ho fatto una 'brutta' cosa», perché non era sinceramente convinta che lo fosse. Però sapeva che lo avrebbe turbato ugualmente. D'altra parte capiva di non potergliclo tenere nascosto. Molto probabilmente Jeremiah non lo avrebbe mai scoperto, ma avevano sempre avuto una tale fiducia l'uno nei confronti dell'altra che Sabrina non se la sentiva di cominciare a mentirgli proprio ora. In questo senso, era molto diversa da sua madre.

«Di che si tratta, bambina?» La voce di Jeremiah, mentre la osservava, era dolcissima. Di qualsiasi cosa si trattasse, capiva che sua figlia ne era rimasta profondamente sconvolta ed era ansioso di saperne di più. Provò un fremito di inquietudine mentre aspettava.

«Sono andata...» Sabrina deglutì, quasi pentita di essere venuta a dirglielo. «Sono andata... a casa Thurston.» Aveva pronunciato quelle parole in un mormorio che si udiva appena e Jeremiah la immaginò ferma, là davanti, a fissare la massiccia cancellata.

Sorrise dolcemente a questa confessione e si avvicinò a farle una carezza sui capelli. «Non è una gran colpa, piccina. Una volta era una casa molto bella.» Venne a sedersi vicino a lei e cominciò a pensare al sontuoso edificio che aveva costruito tanto tempo prima. «Era uno stupendo palazzo.»

«Lo è ancora.» Lui sorrise con tristezza. «Molto trascurato e lasciato andare, purtroppo. Ma un giorno, prima di regalarlo a te e al tuo sposo, lo farò rimettere in ordine.»

«Non c'è niente che non vada anche adesso.» Ne sembrava stranamente sicura e Jeremiah la guardò con maggiore attenzione.

«Ormai, là dentro, agnellino mio, ogni cosa è sbiadita, guasta o sciupata. Sono dodici anni che nessuno ci mette più piede. Ci saranno trenta centimetri di polvere dappertutto.» Lei scrollò la testa, continuando a fissarlo e Jeremiah rimase perplesso. «Hai guardato dentro?» E poi, preoccupato: «C'era il cancello aperto?» Se era così, avrebbe dovuto provvedere immediatamente: non voleva che i curiosi entrassero a girare nel parco e nel giardino o, peggio ancora, che qualche malfattore facesse irruzione in casa. Vi conservava ancora moltissimi oggetti di valore. Aveva provveduto a organizzare un servizio di sorveglianza che vi faceva dei controlli di tanto in tanto e — miracolosamente — non era mai successo niente di grave.

Sabrina respirò a fondo. «Mi sono arrampicata sul cancello, papà.» Ecco perché aveva avuto quell'aria così avvilita per tutta la sera... grazie a Dio, quella birichina aveva ancora un po' di coscienza ed era venuta a confessare!

Quando le rivolse la parola, aveva l'aria severa: «Sabrina, queste sono cose che una signorina non deve fare».

«Lo so, papà.» Poi gli raccontò il resto. «E c'era un'imposta scardinata...» Diventò pallidissima e, mentre continuava a parlargli, la sua voce era diventata un mormorio pieno di terrore. «Ho spinto la finestra e sono entrata... mi sono guardata intorno...» Aveva gli occhi colmi di lacrime che, adesso, cominciarono a scendere a fiotti sulle guance. «Oh... papà... che casa meravigliosa... e come devi averle voluto bene...» Cominciò a singhiozzare e si nascose la faccia fra le mani, mentre Jeremiah le metteva un braccio intorno alle spalle. Era ancora stupefatto al pensiero che fosse andata a casa Thurston.

«Ma perché? Perché ci sei andata, Sabrina?» La sua voce era dolce, ma turbata. Che cosa aveva avuto un richiamo tanto forte su sua figlia da attirarla in quel posto? Non riusciva assolutamente a capirlo. Sabrina non poteva ricordare l'epoca in cui c'era vissuta, quindi non si trattava di un ritorno a qualcosa che le era familiare, eppure doveva essere qualcosa di più di una pura e semplice birichinata. «Dimmi... non avere paura, Sabrina. Sei stata molto coraggiosa a confessarmi che sei andata a casa Thurston e io sono contento che tu l'abbia fatto.» Le diede un bacio su una guancia e le prese una mano. Era stupito di non essere in collera con lei. Però si sentiva pieno di angoscia.

«Non so, papà. Ho sempre desiderato vederla... vedere dove abitavate... come'era lei... ho pensato che, forse, c'era un ritratto di...» Si interruppe, perché aveva paura di addolorarlo, ma Jeremiah capì e concluse la frase per lei.

«Di tua madre.» Era rattristato al pensiero che Sabrina ci tenesse tanto. Camille non era stata degna di tanto affetto. Purtroppo non aveva il modo di spiegarglielo. «Mia povera bambina...» La prese fra le braccia e la tenne così, stretta contro il suo cuore, mentre lei piangeva. «Non avresti dovuto entrare là dentro.»

«Oh, papà... ma è talmente bella... e poi, quella cupola...» Lo guardò, ancora piena di stupore e di ammirazione, e Jeremiah sorrise. Quanto tempo era che non pensava più a quella cupola... Sabrina aveva ragione. Era molto originale. In un certo senso, era felice che lei l'avesse vista.

«Ai suoi tempi, era una casa stupenda, Sabrina.»

Allora Sabrina disse qualcosa che lo sbalordì: «Mi piacerebbe viverci ancora con te».

«Non ti trovi bene a St. Helena, piccola mia?» Abbassò gli occhi a guardarla domandandosi se — come sua madre — un giorno anche Sabrina gli avrebbe fatto capire che Napa non le piaceva. D'altra parte, era sempre stata la sua casa.

«Certo che mi piace... ma casa Thurston... è talmente bella, è stupenda! Dev'essere molto elegante, vivere in un palazzo simile!» Il tono con il quale pronunciò queste parole lo fece scoppiare in una risata. Anche Sabrina sorrise fra le lacrime.

«Quando sarai più grande, ci potrai andare a vivere. Te l'ho già detto.» Ma adesso era diverso: adesso Sabrina sapeva come era fatta quella casa. E le parole di suo padre la addolorarono.

«Ma tu lo sai, papà, che non voglio sposarmi.»

Intanto a Jeremiah era balenata una nuova idea. «Ma, vedi, non è neanche escluso che ti ci portiamo per una ragione completamente diversa.»

«Dici sul serio, papà? Quando?» Alla luce delle fiamme del caminetto i suoi occhi erano diventati grandissimi.

«Potremmo dare un gran ballo per te, in quella casa, quando compirai diciotto anni. Ti ho tenuto in campagna tutta la vita e potremo continuare così ancora per qualche anno. Chissà, magari servirebbe a non farti combinare troppi guai, signorina.» La minacciò scherzosamente con un dito. «Però quando avrai diciotto anni, dovrai andare a San Francisco e conoscere le persone più adatte.»

«Perché?» Sabrina pareva sorpresa.

«Perché non si può escludere che un giorno tu prenda la decisione di allargare un po' i tuoi orizzonti.» Non voleva alludere di nuovo al matrimonio, perché Sabrina era troppo giovane perché lui cominciasse già a pensare a farla sposare. Però — nel giro di qualche anno — un gran ballo a San Francisco sarebbe stato proprio quel che ci voleva. Non ci aveva mai pensato, ma adesso l'idea gli piaceva. E lo colpì anche il fatto che Sabrina avrebbe avuto la stessa età di Camille quando si erano conosciuti. Stavolta lui, invece, sarebbe stato un padre fiero e orgoglioso. «Lo sai...» si sforzò di tornare con il pensiero a sua figlia «...che sarebbe proprio una bella idea? In quell'occasione potremmo venire a San Francisco e aprire casa Thurston solo per te. Cosa ne dici?» Sabrina sembrava strabiliata. Un gran ballo solo per lei? Aprire le sale di quella casa che aveva visto... «Potremmo dare una festa nel nostro salone da ballo.» Lei lo aveva visto quella mattina stessa e, adesso, socchiuse gli occhi cercando di immaginare suo padre e sua madre che vi danzavano, suo padre, più giovane di quattordici anni, con una delicata bellezza del Sud fra le braccia.

«E... lei com'era, papà?» Aveva già dimenticato il ballo e stava ripensando di nuovo a sua madre. Jeremiah abbassò gli occhi verso Sabrina con un sospiro.

«Era molto graziosa, Sabrina.» Mentre parlava, aveva già preso la decisione di raccontarle almeno una piccola parte della verità. «E molto viziata. Capita spesso che le ragazze del Sud siano viziate. Suo padre le dava tutto ciò che chiedeva.»

«Anche lui ha visto la casa?»

Jeremiah scrollò la testa. «Suo padre e sua madre non sono mai venuti in California. La mamma si è ammalata poco dopo le nostre nozze ed è morta anche lei quasi subito dopo... la morte di tua madre.»

«Chissà come sarebbe piaciuta anche a loro questa casa.» Alzò a guardarlo due occhi pieni di un'adorazione quasi infantile. «E anche a lei!»

«Immagino di sì.» Poi gli tornò in mente, all'improvviso, quel costante turbinio di feste e ricevimenti. «Le piaceva molto ricevere la gente e dare grandi feste in quella casa.» E ricordò anche il ballo che le aveva proibito di dare e, in seguito, le feste alle quali doveva essere andata in compagnia di Thibaut du Pré ogni volta che lui si trovava a Napa. «Le piaceva moltissimo andare fuori.»

«Si capisce, aveva dei vestiti così belli!»

Lui aggrottò le sopracciglia. «Come fai a saperlo, Sabrina?»

Per un attimo, lei parve imbarazzata. «Oggi ho visto i suoi vestiti, papà. Sono tutti là.» Veramente non erano «tutti» là, ma Sabrina non poteva immaginarlo e Jeremiah non glielo disse.

Sospirò di nuovo. «Forse avrei dovuto fare qualcosa di quei vestiti e di tutto il resto... quando... quando è morta.» Sabrina si era accorta che gli riusciva sempre difficile pronunciare quelle parole come se, ancora adesso, lo addolorassero troppo. Intanto Jeremiah stava osservando sua figlia. «Non avresti dovuto andarci, Sabrina.»

«Mi spiace, papà. La verità è... se tu sapessi da quanto tempo mi domandavo com'era fatta quella casa!»

«Ma perché? Abbiamo una vita comoda e piacevole a St. Helena.»

«Lo so.» Chinò la testa, ma non riusciva a staccare il pensiero da quel palazzo stupendo e, quando lo guardò di nuovo, aveva gli occhi pieni di speranza. «Dici sul serio che un giorno darai una grande festa per me, in quella casa? Che potremo starci?»

«Te l'ho già detto.» Le sorrise e le diede dolcemente una tiratina a una delle lunghe trecce. «E se questo può renderti felice, principessina, te lo prometto solennemente. Per il giorno in cui compirai diciotto anni.»

«Come mi piacerebbe!» I suoi occhi ebbero un lampo di gioia.

«Allora è una promessa.» Sapevano entrambi che Jeremiah manteneva sempre le sue promesse.

Non accennò oltre alla gita segreta di Sabrina nella sua casa di città, ma il giorno dopo, parlando con un amico, il presidente della banca del Nevada, lo pregò di mandare degli operai a controllare le imposte scardinate e a mettere altre assi alle finestre e alle porte in modo da sbarrare tutto, completamente, casomai fosse necessario. Durante il viaggio di ritorno a Napa, riuscì a farsi promettere anche lui qualcosa da Sabrina.

«Non voglio che tu ci vada più, bambina mia. Sono stato chiaro?»

«Sì, papà. Però, non potrei andarci con te, un giorno?» Lui scrollò la testa.

«Non ho nessun motivo di tornarci, Sabrina.» Poi sorrise. «Fino al ballo per il tuo diciottesimo compleanno. Ti ho fatto una promessa e sai che la manterrò. Ci andremo insieme, allora, e — durante quella primavera — trascorreremo un po' di tempo a San Francisco, se vorrai. Per il momento, però, non devi più assolutamente scavalcare cancellate, né arrampicarti sulle finestre e tanto meno aprire gli armadi dove ci sono dei vecchi vestiti.» Sabrina diventò rossa come un papavero a queste parole. Aveva provato un tal desiderio di scoprire qualcosa su Camille che aveva osato perfino frugare fra i suoi vestiti negli armadi. Jeremiah si stava chiedendo se era questo l'unico motivo per il quale era andata in quella casa, e si spaventò. A tal punto che quando riprese a parlare, la sua voce si era fatta aspra. «Non hai pensato che potevi cadere e farti del male? E nessuno avrebbe saputo dove venire a cercarti! Hai fatto una cosa molto sciocca.» Aggrottò le sopracciglia e si mise a guardar fuori dal finestrino del treno. Sabrina non si azzardò più a dire una sola parola fino a quando non entrarono nella stazione di St. Helena.

20

«HANNAH, la casa adesso rimane affidata a te! Mi raccomando! Guarda di custodirla bene!» La vecchia governante, tossicchiando e zoppicando penosamente, li accompagnò fino alla porta. La carrozza che li aspettava era stracarica di bagagli. Pareva che Jeremiah e Sabrina portassero con sé tutto ciò che possedevano al mondo! Invece si trattava solo del ricchissimo guardaroba di Sabrina. Jeremiah rivolse un sorriso alla vecchia governante. Avrebbe voluto condurre anche lei a San Francisco, ma Hannah aveva ripetuto che non se la sentiva. A ottantatré anni suonati, aveva il pieno diritto di decidere da sola quello che voleva fare. Comunque, secondo lei Jeremiah stava combinando una grossa sciocchezza. «Si tratta di due mesi soltanto!» Lo aveva promesso a Sabrina molti anni prima, anche se non aveva mai creduto che sua figlia gli avrebbe fatto mantenere la promessa. Perciò non aveva nascosto la sua meraviglia quando, affrontando quell'argomento con lei qualche mese prima, si era sentito rispondere che l'idea le piaceva. La promessa di Jeremiah era stata quella di aprire casa Thurston e di dare un gran ballo per il diciottesimo compleanno di sua figlia. «Forse, adesso che ci penso, Sabrina ha preso qualcosa da sua madre, sai?» aveva detto scherzosamente ad Amelia, quando questa era arrivata. Amelia, invece, aveva trovato che l'idea era ottima. Le dispiaceva soltanto di non poter essere presente alla grande festa. Ma era già venuta a San Francisco due volte, durante quell'anno, la prima per il matrimonio della sua nipote più grande con uno dei Flood e la seconda volta per assistere la figlia, quando il genero era morto. Adesso non vedeva altre possibilità di tornare. Tra l'altro erano ancora in lutto, ufficialmente, e quindi non sarebbe stato appropriato che lei partecipasse a una festa da ballo. Però aveva dato a Jeremiah tutti i consigli necessari per organizzarla.

Lo aveva perfino accompagnato quando era andato ad aprire la casa per la prima volta e, poiché lo aveva al fianco, si era accorta che un lungo brivido l'aveva attraversato da capo a piedi. Allora, voltandosi verso di lui con aria piena di comprensione, gli aveva sfiorato il braccio con la mano.

«Non sei obbligato a fare ciò che stai facendo, sai? Per quell'epoca il *Fairmont* dovrebbe essere terminato. Potresti dare il ballo per Sabrina in quell'albergo, Jeremiah.» Spesso le era capitato di domandarsi per quale motivo non avesse venduto la casa, dal momento che, per lui, conteneva una quantità di ricordi dolorosi.

«No, voglio darlo qui.» Aveva notato che serrava i denti e induriva la mascella. Allora, insieme, avevano girato per tutta la casa, seguiti da uno stuolo di domestici appena assunti. I lavori da fare erano moltissimi: c'erano riparazioni da eseguire, tende e tendaggi da appendere di nuovo, pulizie a fondo e verniciature di cui occuparsi. A conti fatti, la casa era in condizioni singolarmente buone. Amelia provò ancora più pena per Jeremiah quando raggiunsero la *suite* padronale. Sembrava che trovarsi in quelle stanze gli fosse particolarmente doloroso, tanto che Amelia si azzardò a insistere perché dormisse in un'altra stanza. E lui le parve grato di quell'idea. C'era sempre Amelia al suo fianco quando aprirono l'armadio nello spogliatoio di Camille. Lei avrebbe voluto suggerirgli di buttar via ogni cosa, ma Jeremiah ordinò ai domestici di riempire dei bauli con tutta quella roba e di portarli in cantina.

«Perché vuoi tenere questi oggetti? Evidentemente non li voleva più neppure lei, se li ha lasciati qui quando se ne è andata!»

«Può darsi che Sabrina un giorno voglia le cose che sono appartenute a sua madre.» E fu in quell'occasione che le raccontò la scappatella che sua figlia aveva fatto cinque anni prima, quando aveva tredici anni. Si era arrampicata sul cancello ed era penetrata in casa attraverso una delle finestre delle stanze di servizio. «È stato allora che mi sono accorto che doveva mancarle qualche cosa, dal momento che non aveva mai conosciuto Camille né io gliene avevo mai parlato molto. Credo che da quel momento Sabrina abbia definitivamente capito che questo è un argomento tabù, e si deve essere convinta che io porti ancora il lutto per la morte della madre.» Sospirò e sorrise ad Amelia. Ormai si conoscevano da vent'anni, eppure Jeremiah, quando la rivedeva, provava sempre lo stesso piacere della prima volta. Amelia era ancora vibrante, piena di vita, dolce e gentile: era una gioia stare con lei. Perfino adesso, che aveva sessant'anni, era ancora una donna bellissima, e lui glielo ripeteva ogni volta che si vedevano.

«Ma lo sai, Jeremiah, che dici certe bugie... una più vergognosa dell'altra! Eppure se tu sapessi come sono contenta di sentirtele dire!»

Con un po' di anticipo sul giorno della festa, aveva regalato a Sabrina una stupenda collana di perle e le aveva ripetuto che le dispiaceva moltissimo di non poter essere presente al ballo.

«Anche noi sentiremo la tua mancanza, zia Amelia.» Sabrina l'aveva baciata con affetto promettendole di mettere quelle perle alla festa. Amelia l'aveva aiutata a scegliere uno stupendo vestito di raso bianco ricamato con un motivo di piccolissime perle e anche altri tre abiti che avrebbe indossato ai ricevimenti a cui doveva andare con suo padre. Ce n'era uno, in particolare, che Sabrina non vedeva l'ora di mettere addosso. Era più sofisticato di qualsiasi altro vestito che avesse mai avuto nel suo guardaroba e la sua scelta era stata il risultato di lunghe discussioni fra lei e Amelia. La stoffa era un lamé leggero, dorato, che faceva risaltare in modo stupendo la pelle bianchissima e vellutata e i capelli neri di Sabrina, mentre il modello era semplice e non troppo scollato. Quando il vestito arrivò a St. Helena, Sabrina rimase letteralmente senza fiato per la gioia e l'ammirazione, ma si rifiutò di lasciarlo vedere a suo padre fino al giorno in cui non lo avesse indossato. Aveva già stabilito di metterlo per una serata all'opera. La New York Metropolitan Opera Company stava per venire a San Francisco e suo padre l'avrebbe accompagnata a sentire la *Carmen* cantata dalla Fremstadt e da Caruso. Sabrina era emozionatissima a questo pensiero.

Il vestito era in uno dei suoi bauli, adesso, mentre la carrozza correva sul viale d'accesso a casa Thurston. Per un attimo le balenò il ricordo della volta che vi era entrata di nascosto; adesso, invece, vi arrivava in grande stile, sulla nuova carrozza di suo padre. Durante l'ultima mezz'ora avevano affrontato e discusso lungamente il problema dei vigneti, gravemente malati, ma appena entrati nel parco della sontuosa dimora, Sabrina non riuscì più a concentrarsi su questo soggetto, tanto era emozionata. Si soffermò nel grande atrio centrale, sotto la magnifica cupola, e ricordò di nuovo la prima volta che l'aveva ammirata, durante la famosa visita clandestina. Ormai non c'era più niente di clandestino nel suo ingresso solenne in casa Thurston: tutto era impeccabile e immacolato, dappertutto si vedevano fasci di fiori, l'argenteria scintillava, gli ottoni erano lustri e splendenti. Quando Sabrina si voltò a guardarlo, Jeremiah, per un attimo, provò una fitta atroce al cuore, come se avesse ricevuto una coltellata in pieno petto. Ferma in piedi sotto la grande cupola, Sabrina gli parve improvvisamente molto somigliante a sua madre. Gli tornò alla memoria la prima volta che aveva condotto lì Camille e il suo parossismo di gioia quando aveva saputo che erano loro i padroni di quella casa... Jeremiah aveva dato ordine che a Sabrina venisse assegnata la *suite* padronale. Lui non voleva più dormirci. Mentre, arredata completamente a nuovo con morbide sete in tutte le sfumature del rosa, non c'era camera più perfetta per lei. Sabrina aveva la stessa età di sua madre quando era venuta a viverci. Con l'unica differenza, che Sabrina non era una donna sposata e... c'era un abisso fra lei e Camille Beauchamp... Non si somigliavano affatto.

«Papà, che meraviglia! Ogni cosa è talmente stupenda!» Non sapeva da che parte cominciare a guardarsi intorno. Jeremiah, aiutato da Amelia, si era dedicato con successo all'impresa straordinaria di rinnovare completamente stoffe, tende e tessuti. Il grande salone da ballo era stato ridipinto di fresco ed ogni cosa luccicava e splendeva. Mancavano ancora venti giorni alla festa ma Sabrina non stava più nella pelle dalla smania che quel giorno arrivasse. Intanto, però, le cose da fare erano ancora moltissime. Due giorni dopo sarebbero andati all'opera e, la settimana seguente, i Crocker, i Flood e i Tobin li avevano invitati a cena. Suo padre aveva riallacciato amicizie trascurate da anni per poter presentare Sabrina a tutte le persone che conosceva. Voleva offrirle due mesi stupendi a San Francisco; poi, per l'estate, sarebbero tornati a St. Helena. In ottobre, Jeremiah si proponeva di ricondurre Sabrina in città e di restarci fino a Natale. In tal modo la loro vita non sarebbe stata troppo diversa da quella che aveva avuto con sua madre ma, a differenza di Camille, Sabrina gli era grata di ogni momento che le faceva trascorrere in città ed era altrettanto felice di tornare a St. Helena. Continuava a mostrare un grande interesse per le miniere di suo padre anche se — al momento — era disperata per il flagello che aveva colpito i vigneti. Fra l'altro la stupiva il fatto che la fillossera avesse colpito soprattutto le viti europee e aveva formulato una sua teoria secondo la quale le viti nate sul suolo della Napa Valley si sarebbero salvate, resistendo ai terribili parassiti che avevano provocato danni così gravi. Suo padre ammetteva bonariamente che ne sapeva molto di più di lui, in fatto di vigneti, ormai. Erano la sua passione già da molti anni, anche se non perdeva di vista le miniere. Spesso

Jeremiah si burlava di sua figlia e diceva scherzosamente che, morto lui, sarebbe stata in grado di dirigerle alla perfezione anche da sola.

«È una cosa orribile da dire, papà.» Lo rimproverava sempre; preferiva non pensare alla possibilità della sua morte. Del resto, a sessantatré anni, Jeremiah godeva di una salute relativamente buona, anche se di tanto in tanto il cuore gli dava qualche piccolo fastidio. Ma Sabrina e Hannah si affannavano a circondarlo di attenzioni e di premure, almeno per quel tanto che lui permetteva, e il dottore gli aveva detto che avrebbe potuto andare avanti così ancora per altri vent'anni. «Devi assolutamente vivere fino a quell'età, se hai sempre intenzione di farmi sposare e farmi diventare la madre di una dozzina di bambini.» Sabrina si divertiva follemente a prendere in giro suo padre, ma il fatto che lei fosse al corrente di buona parte dei suoi affari era comunque una realtà. Aveva passato ore e ore al suo fianco, a osservare ciò che faceva, ad ascoltare attentamente ciò che diceva. Però Jeremiah non voleva che Sabrina pensasse a tutto questo, al momento. Voleva che si divertisse, che godesse completamente, con entusiasmo, di tutto ciò che la sua prima stagione mondana le avrebbe dato. Era un periodo diverso dal solito, tutto speciale, per Sabrina, e Jeremiah desiderava che ogni cosa fosse perfetta.

Nella sua camera, dove erano stati messi grandi vasi pieni di rose di ogni sfumatura, Sabrina si ambientò subito. Il mattino successivo all'arrivo, mentre era ancora a letto, pensò che lì ci aveva dormito sua madre, che alzando gli occhi lei aveva visto quello stesso soffitto, che aveva guardato fuori da quelle stesse finestre e fatto il bagno in quella stessa vasca. E sorrise tra sé. Il solo fatto di abitare quelle stanze le dava l'impressione di un legame più forte e di una nuova affinità con sua madre. Durante i mesi precedenti era venuta più di una volta a casa Thurston, aveva discusso con suo padre tutti i cambiamenti che occorreva fare e ciò che era necessario, soprattutto dal punto di vista dei comforts moderni, per tornare a viverci. Moltissime cose erano cambiate nei vent'anni trascorsi da quando Jeremiah l'aveva fatta costruire e, benché fosse ancora una delle residenze più grandi e sontuose della città, non era fra le più moderne. In ogni modo, adesso era stata arredata nella maniera più accogliente e fornita di tutte le comodità necessarie: così pensò Sabrina mentre si preparava per andare all'opera con suo padre.

Il vestito di lamé d'oro era già pronto, allargato sul letto: sul pavimento vi erano le scarpine ricoperte dello stesso raffinato tessuto. Avrebbe portato le perle che Amelia le aveva dato prima della sua partenza e gli orecchini di perle e diamanti che suo padre le aveva regalato a Natale. Dopo aver fatto il bagno, si dedicò all'acconciatura dei capelli, si truccò leggermente la faccia con un poco di *rouge* e di cipria e si stese un'ombra di rossetto sulle labbra. Quel trucco leggero serviva soprattutto a far risaltare ancora di più la singolare bellezza della sua carnagione e dei lineamenti. Poi infilò lentamente, con le dovute cautele e aiutata da una delle nuove cameriere, il vestito di lamé d'oro. Per un attimo Sabrina ebbe l'impressione che sua madre fosse lì a guardarla e si domandò se avrebbe approvato ciò che vedeva. Perché Sabrina, da quel poco che aveva sentito raccontare, si era convinta che sua madre fosse stata una donna molto bella. E non poté fare a meno di domandarsi che cosa avrebbe pensato di lei, adesso, la mamma. Sapeva che la sua domanda non avrebbe mai avuto una risposta esplicita, però non era difficile capire ciò che Jeremiah stava pensando quando cominciò a scendere lentamente lo scalone, sotto la cupola adorna di vetri colorati. Gli occhi di suo padre erano lucidi di lacrime, mentre la guardava, e non riuscì a pronunciare una sola parola.

«Dove sei andata a prendere quel vestito, piccola mia?» Sabrina sorrise a quelle parole affettuose, anche se non si poteva certo chiamarla ancora così. Era molto cresciuta e, come donna, poteva considerarsi già discretamente alta. Aveva un collo lungo e aggraziato, e braccia sottili che l'abito da sera, elegantemente scollato, metteva bene in risalto. «Mio Dio, figliola! Sembri una dea!»

Sabrina si illuminò di piacere, commossa per il calore e l'affetto che rivelavano queste parole, e alzò gli occhi verso suo padre con un sorriso. «Come sono contenta che ti piaccia! Amelia, quando è stata qui, mi ha aiutato a scegliere la stoffa. L'ho ordinato proprio per stasera, papà.»

E non se ne pentì, quando arrivò al teatro dell'opera, situato in Mission Street, in compagnia di suo padre. Le stoffe di lamé e i lustrini, in una incredibile varietà di colori, erano l'ultimo grido della moda. Sembrava che, per quell'occasione, le signore di San Francisco si fossero sbizzarrite nella scelta dei gioielli più vistosi, delle piume più stupende, degli abiti più lussuosi. La *Carmen*, con la partecipazione di Caruso, era un avvenimento mondano importantissimo e — dopo lo spettacolo — ci sarebbe stato un ballo al *Palace Hotel*, al *St. Francis* e da *Delmonico*. I Thurston si sarebbero uniti a un gruppo di amici per andare tutti insieme al *St. Francis*. Però Sabrina era già eccitatissima fin d'ora, soltanto a vedere la folla di signore, elegantemente vestite, che entravano nel teatro o giravano per il ridotto durante l'intervallo. Tutto era talmente diverso e lontano dalla vita tranquilla che facevano a St. Helena che Sabrina capì, d'un tratto, di stare per vivere i mesi più movimentati ed emozionanti della sua giovane esistenza. E si sentì al settimo cielo.

Quando lasciarono il teatro dell'opera parecchie ore più tardi Sabrina strinse leggermente il braccio di suo padre. Jeremiah si voltò a guardarla, temendo che le fosse successo qualcosa, ma si avvide che era raggiante. Sembrava la principessa di una favola.

«Grazie, papà.»

«Per che cosa?» le domandò, quando arrivarono alla loro carrozza.

«Per tutto questo. Non ho dimenticato che non avevi nessuna voglia di tornare in città e riaprire questa casa. Lo hai fatto per me, ma posso dirti che — a ogni momento che passa — sono sempre più felice di essere qui.»

«Allora anch'io sono contento della nostra decisione.» Poteva sembrare strano e invece parlava sul serio. Era contento. Trovava emozionante partecipare di nuovo alla vita mondana. Aveva dimenticato come, a volte, potesse essere piacevole e divertente. E poi, l'idea di poter presentare la sua bambina in società aveva qualcosa di meraviglioso. Sabrina era garbata e intelligente, gentile, beneducata, adorabile. Effettivamente non avrebbe più saputo quali parole adoperare per descrivere la bellezza, la grazia e il fascino di sua figlia. Girò la testa a guardarla mentre Sabrina fissava, incantata, ciò che vedeva dal finestrino della carrozza, mentre si dirigevano verso il *St. Francis Hotel*. Il ballo si rivelò letteralmente splendido. Vi assistevano tutte le personalità del bel mondo, e perfino Caruso vi fece una breve apparizione. Pareva che ci fosse un'aria di festa in tutta la città mentre la gente passava da un ballo all'altro e partecipava alle riunioni, più piccole ed eleganti, organizzate nelle case private. Quella rappresentazione al teatro dell'opera era stata un avvenimento di portata eccezionale e Sabrina si rallegrò tra sé che mancassero ancora venti giorni al suo ballo. Era un periodo di tempo necessario perché la gente si calmasse, dopo tutta l'animazione di quella serata, e cominciasse a pregustare con piacere un'altra festa. Rientrarono verso le tre del mattino e Sabrina non riuscì a soffocare uno sbadiglio mentre si avviava lentamente al grande scalone di casa Thurston con suo padre. «Che serata magnifica, papà...» Lui ammise che era stata molto bella e Sabrina ridacchiò: «Se Hannah ci vedesse tornare a casa alle tre del mattino!» Risero insieme, immaginando che li avrebbe rimproverati aspramente, mostrandosi corrucciata. Per Hannah una cosa del genere non poteva che essere indecente e corrotta. Sabrina scoppiò a ridere ancora. «Immagino che mi direbbe che assomiglio a mia madre. Ogni volta che faccio qualche cosa che non le piace, dice così. Credo che si odiassero a morte!» Sabrina scoppiò a ridere e Jeremiah le rivolse un sorriso. Adesso poteva sembrare divertente ma, a quell'epoca, non lo era stato per nulla. Era sempre stato molto poco divertente tutto quello che Camille aveva fatto.

«È vero, si detestavano. La prima volta che ho portato tua madre a Napa, ci sono stati certi litigi!...» E gli tornò in mente all'improvviso, per la prima volta dopo vent'anni, l'anello che Hannah aveva trovato. In cuor suo ringraziò la provvidenza del modo in cui erano andate le cose, altrimenti non ci sarebbe stata neppure Sabrina. Purtroppo anche questa, come molte altre, non era una storia che avrebbe potuto raccontare a sua figlia e fu grato ad Hannah che avesse sempre taciuto.

Padre e figlia si diedero il bacio della buonanotte fuori dalla porta della *suite* di Sabrina, poi la ragazza entrò in camera da letto e andò a guardare, dalla finestra, il giardino bellissimo, tenuto in ordine perfetto. Com'era diverso da cinque anni prima, quando vi era entrata scavalcando la cancellata. A quell'epoca era diventato una specie di giungla, si disse con un sorriso. E pensò che, forse, sua madre era andata anche lei a guardare fuori da quelle stesse finestre a notte inoltrata, rientrando da un ballo o una festa. Le pareva che la casa, tutt'intorno a lei, fosse tornata viva come doveva essere stata quasi vent'anni prima. Le pareva giusto di trovarsi lì, adesso, in quelle stanze; come le pareva giusto che la magnifica residenza dei Thurston fosse tornata a rivivere. Come le era sembrata triste, vuota e desolata cinque anni prima, quando vi si era aggirata a passi furtivi. Sorrise alla propria immagine riflessa nello specchio mentre si toglieva la collana di perle che Amelia le aveva regalato e, poi, il vestito di lamé d'oro che era stata tanto felice di indossare. Dopo essersi rimirata nello specchio, diede uno sguardo all'orologino di smalto che teneva sul comodino vicino al letto e si accorse che erano quasi le quattro del mattino. Si sentì percorrere da un lieve brivido di eccitazione; non era mai rimasta alzata fino a quell'ora, salvo, forse, una volta quando una delle miniere era stata allagata e suo padre non era rientrato in casa fino al mattino. «Speriamo che il giorno del mio ballo arrivi presto!» si disse mentre andava a letto e spegneva la luce. Distesa sotto le coperte, cercò di prender sonno per quasi un'ora, ma era troppo eccitata. Si domandò se anche suo padre era ancora sveglio e, alla fine, visto che non riusciva ad addormentarsi, si alzò ed entrò, senza sapere che cosa fare, nel suo spogliatoio. Non aveva più voglia di tornare a letto, anzi preferiva stare alzata a veder sorgere il giorno. Non voleva perdere niente di tutte le cose nuove e insolite che le stavano succedendo, si sentiva fresca e riposata come sempre... Si decise. Infilata una vestaglia di raso bianco e trovate le pantofole, pensò di scendere in cucina a scaldarsi un po' di latte. Era a metà del grande scalone quando le parve di vacillare ed ebbe l'impressione che ogni cosa ondeggiasse intorno a lei, come se si fosse trovata a bordo di un bastimento colpito in pieno da un'ondata violentissima. Le parve che l'intera casa si sollevasse sulle fondamenta e, subito, sprofondasse. Fu una sensazione che durò per un tempo interminabile o, almeno, così le sembrò. Infine, di colpo, capì quello che stava succedendo. Era il terremoto! Riprese a scendere lo scalone sempre più rapidamente, si mise a correre verso la porta di casa. In quel preciso istante la cupola, artisticamente decorata dai bellissimi vetri colorati, crollò con una violenta esplosione. Una pioggia di schegge precipitò sull'impiantito dell'atrio sottostante. Sabrina si rese conto di essersi salvata per miracolo e si fermò, colta da un tremito, sulla soglia di casa senza sapere che cosa fare. Suo padre le aveva parlato spesso del terremoto del '65 e di quello del '68 ma, adesso, tutto ciò che Sabrina riusciva a ricordare era una raccomandazione che si era sentita ripetere spesso, quella di ripararsi nel vano di una porta. Fu ciò che fece, lasciandola spalancata, tremando di freddo nell'aria frizzante di aprile mentre l'intero edificio ricominciava a muoversi, fra ondeggiamenti, sussulti e scricchiolii. Stavolta, però, tutto cessò più in fretta. Fu come se una ventata passasse per le stanze, devastandole. Tavolini rovesciati, vetri infranti, massicci oggetti d'argento che cadevano di schianto al suolo... Sabrina si guardò in giro, contemplando quelle rovine e soltanto in quel momento si accorse che un frammento di vetro, caduto da una finestra vicina, le aveva prodotto un profondo taglio in un braccio. Una macchia scura di sangue si stava allargando sulla spallina della camicia da notte. In quel momento sentì aprirsi una porta al piano di sopra e la voce di suo padre che chiamava nell'oscurità. Si era già precipitato a cercarla nella sua camera da letto, ma non l'aveva trovata.

«Sabrina! Sabrina, dove sei? Ah, eccoti!» La vide, immobile sulla soglia di casa, e scese di corsa le scale per raggiungerla. Intanto pareva che tutti i domestici fossero stati letteralmente catapultati fuori dalle loro camere all'ultimo piano. Due delle cameriere erano in preda a un attacco di nervi, le altre piangevano e perfino gli uomini sembravano impauriti. Si sentì un'altra scossa e, stavolta, tutti cedettero a una crescente ondata di panico. Intanto anche dalla strada cominciava ad arrivare un frastuono cupo, che incuteva terrore: gente che urlava, e il rimbombo dei pezzi di muratura che si schiantavano sul selciato. Quando, un'ora più tardi, si avventurò fuori con suo padre, dopo che lui si era affrettato a fasciarle la spalla, videro i corpi di parecchie persone che giacevano morte sotto i mucchi di mattoni dei comignoli crollati. Era la prima volta che Sabrina vedeva la morte e ne rimase profondamente sconvolta. Dappertutto, intorno a loro, le strade erano affollate di gente. Il terremoto aveva prodotto gravissimi danni e i feriti erano numerosi. Ma, verso la metà della mattinata, si cominciò a capire chiaramente che il problema più grave, in città, era quello degli incendi provocati dal terremoto. La maggior parte delle principali condutture dell'acqua erano saltate e i pompieri non avevano modo di lottare contro il fuoco. Ma c'era anche di peggio: i sistemi di allarme non funzionavano più e perfino il comandante dei pompieri era rimasto ucciso nel crollo di una delle loro caserme. Il panico cominciava a serpeggiare in città, ma la gente aveva ancora la speranza che gli incendi sarebbero stati isolati al più presto. La zona dove le fiamme divampavano con maggiore violenza era quella a sud di Market Street, oltre il *Palace Hotel*. Fortunatamente, però, questo albergo disponeva di un pozzo di sua proprietà e poteva spegnere i fuochi che lo minacciavano più da vicino. Ma quando, il mercoledì pomeriggio, le colonne di fumo nero cominciarono a coprire l'intera città, gli abitanti si abbandonarono al terrore. Il sindaco Schmitz chiese l'aiuto del generale Funston, che comandava la zona militare del Presidio e, verso sera, anche l'esercito entrò in azione prodigandosi in ogni senso, come meglio poteva. Era stato ordinato il coprifuoco; nessuno poteva girare per le strade dal tramonto all'alba ed era stato severamente vietato che si accendessero stufe e fornelli per cucinare all'interno delle abitazioni.

Lassù, a Nob Hill, Jeremiah e Sabrina avevano spalancato il cancello di casa Thurston e avevano concesso a chiunque lo volesse di accamparsi nel loro giardino, di servirsi delle stanze e di far da cucina in un recinto scelto appositamente. Jeremiah, poi, era corso al vecchio palazzo di giustizia e sedeva in riunione, in permanenza, con il Comitato dei Cinquanta, che stava tentando di organizzare la vita della città in modo da farla sopravvivere a quell'immane tragedia. Ma, il giorno seguente, i cinquanta furono costretti ad abbandonare quella sede e a trasferirsi in Portsmouth Square. Stavolta Sabrina insistette per andare con lui.

«Tu resti qui!»

«No, non ci resto!» Squadrò suo padre con aria piena di determinazione. «Vengo con te. Voglio stare con te, papà.» Si mostrò irremovibile tanto che Jeremiah, commosso, le permise di accompagnarlo. Del resto, anche altre signore facevano parte del Comitato che stava cercando di lottare con ogni mezzo per salvare la città agonizzante. Era un momento terribile nella storia di San Francisco. Jeremiah, guardandosi intorno, non riusciva quasi a credere ai propri occhi. Quello stesso giorno, qualche ora più tardi, gli dissero che, per salvare i quartieri occidentali della città, si era dovuto far saltare con la dinamite i maestosi edifici e gli stupendi palazzi che occupavano un lato di Van Ness e lui rimase incredulo e inorridito. Intanto il Comitato dei Cinquanta era stato costretto ad abbandonare in fretta e furia anche la sede di Portsmouth Square e a trasferire il suo quartier generale nelle sale del *Fairmont Hotel*, ancora in costruzione. E lì rimasero fino a quando gli incendi non li raggiunsero. Le fiamme proseguirono, divampando sempre più violentemente, verso la residenza dei Flood e la devastarono. A quel punto, Jeremiah insistette per trasferire la sede del Comitato in casa Thurston e fu lì che tennero l'ultima seduta prima di vedersi costretti ad abbandonare completamente Nob Hill. La collina intera sembrava in preda alle fiamme; il fuoco avanzava a casaccio, distruggendo alcune case, lasciandone altre intatte. Quando il Comitato dei Cinquanta la abbandonò alla fine del terzo giorno, casa Thurston era ancora indenne. Il giardino era stato gravemente danneggiato dall'incendio e qua e là piante e cespugli apparivano carbonizzati; l'intera fila di alberi lungo il confine della proprietà, verso la strada, si era schiantata, ma la facciata dell'edificio era stata appena toccata dalle fiamme e tutti i danni all'interno apparivano prodotti non dal fuoco, ma dal terremoto. Sabrina, contemplando, dalla soglia, l'interno della stupenda dimora, non riuscì a credere che tutte quelle distruzioni fossero avvenute in tre giorni soltanto. Era una specie di incubo che non voleva finire. Adesso alzò gli occhi verso la cavità vuota dove, in passato, si trovava la cupola e non riuscì a vedere altro che un cielo cupo, pieno di fumo. Si meravigliò che fosse già notte. Non ricordava più neppure bene che giorno fosse, sapeva solamente che il sacrificio della città continuava da giorni e le strade riecheggiavano di grida e di urli ed erano piene di persone morte o in fin di vita. Lei stessa aveva fasciato centinaia di braccia, di gambe, di facce, aveva condotto in salvo bambini smarriti, aveva aiutato donne a cercare figli che non si riusciva più a trovare. Adesso, si lasciò cadere su un gradino dello scalone di scala Thurston sospirando di stanchezza. Nessuno della servitù era rimasto; si erano dati tutti alla fuga, chi per prestare aiuto, chi per andare in cerca dei familiari o degli amici. Però sapeva che suo padre era al piano di sopra. Tutte le volte che si erano ritrovati, le era sembrato sempre più esausto, tanto che pensò di salire subito a vedere come stava. Forse aveva bisogno di un bicchierino di brandy oppure di qualcosa da mangiare. Poteva andare lei a prendere un po' di cibo in una delle cucine popolari che erano state aperte a tutti su Russian Hill. Jeremiah non era più un giovanotto e la tensione, in quegli ultimi giorni, era stata tremenda.

«Papà!» Cominciò a chiamarlo mentre saliva. Le pareva di avere due macigni al posto delle gambe mentre faceva i gradini barcollando. Le pareva di crollare a ogni passo per la stanchezza. «Papa!» Finalmente lo trovò: era seduto su una poltrona, accasciato dalla fatica. Le voltava le spalle e Sabrina capì dalla prima occhiata che doveva essere stanco quanto lei. Non lo aveva più visto tanto affaticato dall'ultima volta che le miniere erano state allagate e, dopo essersi avvicinata a passo lieve, si chinò a dargli un bacio sulla testa. «Ciao, papà.» Poi sospirò profondamente e si lasciò cadere sul pavimento ai suoi piedi, allungando in silenzio una mano per cercare quella di Jeremiah. Quante cose avevano affrontato e superato da quella notte; quante cose — sotto un certo aspetto — erano state risparmiate a tutti e due! Perché erano sani e salvi e la casa — per quanto danneggiata — era ancora in piedi. Invece Sabrina aveva sentito raccontare che il grande lampadario del teatro dell'opera si era schiantato al suolo in mille pezzi. Chissà che strage, se il terremoto fosse avvenuto la sera prima! «Vuoi qualcosa da mangiare, papà?». Alzò la faccia verso di lui e, di colpo, sbarrò gli occhi. Jeremiah la stava fissando senza vederla. Sabrina si sentì stringere la gola da un nodo di angoscia e di terrore indicibile e si rizzò di scatto in ginocchio a sfiorargli il viso. «Papà! Papà! Dimmi qualcosa!» Ma non le rispose né un suono né una voce, né una parola né un alito di vita. «Papà!» L'urlo di Sabrina si levò agghiacciante nella casa vuota e silenziosa. Intanto si era messa a scuoterlo disperatamente... A poco a poco, il corpo di Jeremiah scivolò sul pavimento, dove rimase immobile. Sabrina lo strinse fra le braccia, scossa dai singhiozzi, violenti come l'incendio che stava divorando la città. Jeremiah era morto. In silenzio, senza pronunciare una parola, era salito in quella stanza, si era seduto nella sua poltrona... ed era morto a sessantatré anni. Lasciava Sabrina orfana, completamente abbandonata a se stessa, due settimane e mezzo prima del suo diciottesimo compleanno.

Per lunghe ore, in quella tragica notte, Sabrina rimase a guardarlo, disperata e inorridita. Gli incendi continuavano a divampare per tutta Nob Hill, devastando case e terreni intorno a lei ma, miracolosamente, sfiorandoli senza toccarli. Sabrina non avrebbe mai avuto il coraggio di lasciarlo. Rimase fino a notte fonda vicino a suo padre, stringendogli una mano e singhiozzando disperatamente. Quando nacque il giorno, Sabrina era ancora seduta nella stessa posizione, la mano nella mano dell'uomo che era stato suo padre. Ormai quasi tutti gli incendi erano stati spenti, in città, e il terremoto pareva finito. Ma, per Sabrina, la vita, senza di lui, non sarebbe mai più stata la stessa.

21

SABRINA riportò il corpo di suo padre a Napa con il battello e, da lì, il mesto corteo proseguì per St. Helena. Sul molo, a Napa, li aspettava il carro mandato dalle miniere insieme con un gruppo di minatori dolenti e tristi, che indossavano l'unico vestito decente che avessero. Quando il carro imboccò la strada privata che portava alla casa di Jeremiah, Sabrina li vide tutti: cinquecento uomini allineati in fitte file, che aspettavano in silenzio l'uomo al quale avevano voluto bene e per il quale avevano lavorato tanto duramente. Per anni e anni Jeremiah aveva lottato per loro, aiutato a trarli in salvo durante gli allagamenti o gli incendi; era stato l'uomo che aveva pianto alla loro morte, e adesso piangevano loro per lui. Hannah rimase sotto il portico con la faccia, rugosa e avvizzita, rigata di lacrime e gli occhi gonfi di pianto, mentre la cassa veniva calata lentamente dal carro e trasportata da otto uomini nell'atrio e, di lì, nella camera da letto che Jeremiah aveva occupato per diciotto anni, prima di sposarsi.

Senza dire una parola, Sabrina si avvicinò ad Hannah e la prese fra le braccia. La vecchia governante scoppiò a piangere con la testa appoggiata alla sua spalla. Poi Sabrina uscì ancora a stringere la mano a qualcuno dei minatori e a ringraziarli. Avevano ben poco da dirle e, forse, non sarebbero stati neppure capaci di trovare le parole adatte per esprimere ciò che provavano. Si accontentarono di star lì, in silenzio, e infine si allontanarono a passo lento, in gruppi silenziosi. Capivano di seppellire anche il loro cuore, insieme con l'uomo che avevano amato e rispettato. E sapevano che non ce ne sarebbe mai stato un altro come lui.

Sabrina rientrò in casa e si sentì stringere la gola da un nodo di pianto appena scorse la cassa di mogano. Hannah aveva intrecciato un cuscino dei fiori selvatici che piacevano tanto a Jeremiah e, insieme, le due donne lo deposero amorosamente sulla bara. Sabrina, all'improvviso, non riuscì più a dominarsi e si voltò di scatto nascondendo la faccia fra le mani. Trasalì sentendosi stringere da un paio di braccia forti e, alzando gli occhi, vide che era Dan Richfield. Ormai dirigeva da molti anni le miniere di Jeremiah e rappresentava per lui un aiuto di inestimabile valore.

«Siamo tutti disperati, Sabrina. E vogliamo che tu sappia che faremo tutto il possibile per te.» Anche lui, come Sabrina, aveva un'espressione angosciata e sconvolta e non cercò neppure di nasconderle che aveva pianto. La prese di nuovo fra le braccia e la strinse al cuore con affetto, poi Sabrina si staccò dalla sua stretta e andò alla finestra a guardare quella valle che Jeremiah aveva tanto amato. Il profumo dei fiori selvatici che coprivano la cassa impregnava l'aria e Hannah singhiozzava disperatamente in cucina.

«Non avremmo mai dovuto andare a San Francisco, Dan», mormorò Sabrina.

Lui osservò la figura snella e slanciata della ragazza che gli voltava le spalle. «Non torturarti, Sabrina. Era il suo più grande desiderio quello di condurti in città.»

«Non glielo avrei dovuto permettere.» Si voltò a fissare attentamente l'uomo che, per suo padre, era stato quasi un figlio. adesso Dan aveva trentaquattro anni; lavorava per le miniere Thurston da ventitré e doveva tutto a Jeremiah. Senza di lui, Dan sarebbe rimasto per tutta la vita un miserabile, un modesto manovale senza nessuna prospettiva per il futuro; invece, grazie a Jeremiah, era diventato il direttore delle miniere più grandi della California, aveva alle sue dipendenze quasi cinquecento uomini e sapeva fare molto bene il suo lavoro, come Sabrina si era sentita ripetere spesso dal padre.

«Il suo posto era qui, come il mio.» Le si spezzò di nuovo la voce per la commozione; dal momento in cui aveva trovato Jeremiah morto, non aveva fatto altro che torturarsi. «Non gli avrei mai dovuto permettere di accompagnarmi in città. Perché, se io non lo avessi desiderato tanto, adesso sarebbe vivo...» I singhiozzi la soffocarono e le impedirono di continuare. Dan si affrettò a confortarla di nuovo, prendendola fra le braccia, stringendola al petto, ma Sabrina si sentì mancare l'aria. Forse Dan la stringeva troppo forte, forse si sentiva oppressa dal dolore che lui manifestava. «Oh Dio...» Fece qualche passo per la stanza e si voltò a guardarlo con gli occhi pieni di disperazione. «Che cosa farò senza di lui?»

«Hai tutto il tempo che vuoi per pensarci. Piuttosto, perché non cerchi di riposarti un po'?» Non chiudeva occhio da due giorni, e si vedeva. Aveva la faccia sconvolta, quasi irriconoscibile, per l'angoscia e la disperazione; e i suoi occhi erano colmi di un dolore senza fine. «Dovresti andare di sopra a distenderti sul letto. Chiedi ad Hannah che ti porti qualcosa da mangiare.»

Ma Sabrina scrollò la testa e si asciugò le guance, bagnate di lacrime, con il dorso della mano. «Sono io che dovrei occuparmi di Hannah. Sta ancora peggio di me e io sono più giovane!»

«Cerca di non strapazzarti.» Tacque e la guardò fisso, a lungo. Anche Sabrina lo guardava. Dan aveva molte cose da chiederle, ma preferì aspettare. Era troppo presto, adesso, mentre suo padre era lì, vicino a loro, nella bara. «Su, coraggio! Vuoi che ti porti di sopra?» La voce di Dan era piena di una strana tenerezza, ma Sabrina sorrise e scrollò la testa. Non riusciva quasi a pronunciare parola, tanto era sopraffatta dall'emozione e da una folla di sentimenti di ogni genere. Non riusciva a immaginare la vita senza suo padre.

«Non preoccuparti per me, Dan. Cercherò di riprendermi. Perché non vai a casa?» Aveva una moglie e dei figli a cui pensare e lì, a St. Helena, non c'era più niente da fare per lui. Avevano già preso tutti gli accordi necessari per il funerale dell'indomani. Sabrina voleva che suo padre fosse seppellito il più presto possibile. Era ciò che Jeremiah stesso avrebbe desiderato: nessuno sfarzo e una cerimonia molto semplice. Come sarebbe stato commosso nel vedere i suoi uomini allineati lungo la strada, al loro arrivo! E quelli che, adesso, arrivavano alla spicciolata per fermarsi davanti alla massiccia cassa di mogano a testa china, con gli occhi umidi! Sabrina dovette scendere più volte a ringraziarli e a stringere la mano a ciascuno. Hannah teneva caldo un grosso bricco di caffè e aveva preparato grandi vassoi di panini da offrire. Fin dal primo momento aveva pensato che sarebbero venuti in molti a dare l'ultimo saluto a Jeremiah, e fu contenta di vedere che non si era sbagliata. Jeremiah Thurston era stato l'uomo più bravo e buono che avessero mai conosciuto; gli dovevano l'omaggio che, adesso, venivano a rendergli.

Erano quasi le nove, quella sera, quando un uomo, in vestito scuro e cravatta, salì i gradini della porta. Aveva i capelli grigi, gli occhi neri e una faccia scabra, con i lineamenti segnati. Sembrò che avesse un momento di esitazione prima di entrare, ma Hannah notò che aveva il modo di comportarsi della persona abituata al comando e, di colpo, capì di chi si trattava. Allora corse ad avvertire Sabrina.

«C'è qui John Harte.» Era rimasto l'abile e astuto rivale di suo padre, ma fra loro non era mai corso cattivo sangue. John Harte era abituato a prendere sempre le distanze da tutto e da tutti perché era un uomo fatto così; e, per quanto non dimenticasse mai di essere in concorrenza costante con le miniere Thurston, non aveva mai dimenticato la gentilezza di Jeremiah. Capitava di rado che si vedessero ma, quando si incontravano, si trattavano sempre con correttezza, e si rivolgevano l'uno all'altro, parlandosi, in modo quieto e pacato. Se poi capitava una grave disgrazia nelle miniere dell'uno o dell'altro, quello dei due che non era in difficoltà accorreva subito oppure mandava i suoi uomini in aiuto. John Harte non aveva più l'avversione e il rancore di un tempo nei confronti di Jeremiah Thurston. Anzi era uno degli uomini che ammirava di più. La notizia della sua morte lo aveva addolorato. In tutti quegli anni, gli era capitato di incontrare Sabrina soltanto poche volte, però la ragazza lo conosceva e si affrettò a raggiungerlo, quando Hannah l'avvertì. Il vestito nero la faceva sembrare più alta, più magra e molto più vecchia dei suoi diciotto anni. Aveva i capelli tirati indietro sulle tempie e raccolti in un nodo severo sulla nuca; i suoi occhi apparivano grandissimi nel viso pallido e, al primo momento, quando venne a stringergli la mano, gli sembrò già una donna, non più una ragazzina.

«Sono venuto a rendere omaggio a suo padre, signorina Thurston.» Aveva la voce calda e profonda. I loro occhi si incontrarono e restarono fissi gli uni negli altri per un attimo interminabile. Se la sua bambina fosse vissuta, stava pensando John Harte, adesso sarebbe stata maggiore soltanto di poco della figlia di Jeremiah. Aveva tre anni quando era morta, e ciò era accaduto due anni prima della nascita di Sabrina. Lui non si era mai più risposato, benché tutti sapessero che aveva la stessa donna ormai da dieci anni. Viveva con lui nelle sue stanze presso le miniere, era una pellerossa della tribù Mayakma. Naturalmente, poiché aveva un aspetto inconsueto e fuori dall'usuale, la sua figura faceva spicco. La si notava facilmente e qualcuno, una volta, l'aveva indicata anche a Sabrina. Era sui ventisei anni e aveva due bambini, ma non erano figli di John Harte. Perché lui non aveva più voluto averne altri, come non voleva un'altra moglie. Quella era una parte della sua vita che considerava chiusa per sempre; e Sabrina credette di leggergli negli occhi, mentre lo guardava, ancora qualcosa dell'antico dolore. Come se, trovandosi lì con lei, tutto ciò che aveva sofferto gli fosse tornato in mente con un impatto angoscioso. Mentre si trovavano l'uno al fianco dell'altra a guardare la cassa nella quale giaceva Jeremiah, John Harte cominciò a parlare con una voce che era soltanto un mormorio sommesso. La scena che aveva davanti agli occhi gli rievocava memorie tristi e penose e si accorse di avere un nodo alla gola. «Lui era con me... quando è morto il mio bambino...» Guardò Sabrina di sottecchi, chiedendosi se suo padre glielo avesse mai raccontato.

«Lo so... me ne aveva parlato... ne era sempre rimasto impressionato profondamente.» La voce di Sabrina era dolce e lieve come un alito di vento di primavera. John Harte la guardò di nuovo negli occhi e gli piacque quello che vi lesse. Sabrina era una ragazza forte, intelligente, dai modi semplici e pareva che niente sfuggisse al suo sguardo. John Harte provò l'impressione che la ragazza gli frugasse nel cuore, cercando di leggervi dentro. Intanto si stava chiedendo che età potesse avere, e calcolò che non poteva avere più di diciotto anni. Ricordava che Thurston non era ancora sposato quando Matilda e i bambini erano morti, e tutto questo era accaduto nella primavera di vent'anni prima.

«Non ho mai dimenticato che aveva voluto tenermi compagnia per tutta la notte... E pensare che, a quell'epoca, lo conoscevo appena!» Sospirò. «Non c'è mai stata molta intimità fra noi. La nostra era una conoscenza superficiale. Però lo ammiravo. E anche i suoi uomini lo tenevano in grandissima considerazione. La gente di questa valle non ha mai avuto altro che parole gentili per Jeremiah Thurston.» Con le sue parole, John Harte le straziava il cuore, facendole sentire ancora di più la disperazione. Gli occhi di Sabrina si riempirono di lacrime. Si voltò di scatto per asciugarsi le guance con le dita affusolate.

«Mi spiace... non avrei dovuto...»

«Per carità...» Gli sorrise fra le lacrime e sospirò profondamente. Non riusciva ancora a convincersi che suo padre non ci fosse più. Le pareva inconcepibile. Com'era possibile? E lei, che gli voleva tanto bene... Dovette lottare ancora per soffocare un singhiozzo e per ricordare a se stessa che non era sola. Alzò di nuovo gli occhi verso John Harte. Era alto quasi come suo padre, aveva i capelli neri come lo erano stati, un tempo, quelli di Jeremiah. Aveva quarantasei anni ed era ancora un uomo molto bello, esattamente come lo era stato Jeremiah fino alla fine... la fine... la fine... Non riusciva a sopportare queste parole. «Gradisce un po' di caffè, signor Harte? Hannah l'ha pronto in cucina.» E fece un gesto vago verso la porta.

«No, dovrei lasciarla andare a riposare. Ho saputo che è arrivata oggi da San Francisco. Com'è la situazione in città? Grave come dicono?»

«È peggio di quello che si riesce a immaginare. Dappertutto si vede gente in coda per avere un tozzo di pane, le strade sono ingombre di macerie e di comignoli crollati, ovunque appaiono case e palazzi distrutti dal fuoco, ridotti a ruderi carbonizzati...» Si sentì la gola stretta da un nodo di pianto e scrollò la testa, perché non riusciva più a parlare. «È stata una cosa terribile. E mio padre...» si costrinse, a proseguire, mentre John Harte la guardava e si sentiva il cuore stretto per lei... «faceva parte del Comitato dei Cinquanta per salvare la città... ma è stato uno sforzo troppo grande per lui... il cuore, capisce...» Non sapeva perché gli stava raccontando tutto questo. Però, d'un tratto, si era quasi sentita obbligata a dire quelle parole, a raccontarlo a qualcuno, anche se conosceva soltanto di vista l'uomo con il quale stava parlando. «Mi scusi...»

Lui la afferrò per le spalle con quelle sue mani possenti, da minatore. «Deve prendersi un po' di riposo. Capisco quello che ha passato, sa? Per me è stata la stessa cosa. Andavo in giro con il cervello annebbiato, parlavo a vanvera e mi sono rifiutato di buttarmi sul letto a riposare finché, a un certo punto, ho creduto quasi di impazzire. Non fa che peggiorare le cose, signorina Thurston, mi creda. Si riposi un po'. Perché domani avrà bisogno di tutto il suo coraggio.» Lei fece un cenno di assenso con le guance bagnate di lacrime. Capiva che John Harte aveva ragione. Si sentiva esausta; era quasi fuori di sé per il dolore. Non riusciva assolutamente a credere che suo padre fosse morto ma, quando guardò John Harte negli occhi, vi lesse qualcosa che la confortò. Era un brav'uomo, malgrado quello che dicevano di lui, malgrado lo definissero superbo e orgoglioso e dicessero che era un libertino perché viveva con un'amante che era, addirittura, una pellerossa. Forse era questo il motivo per il quale suo padre aveva sempre frequentato raramente John Harte. Sabrina era giunta alla conclusione, e non si sbagliava, che suo padre non approvasse quella relazione.

«Mi scusi, signor Harte. Credo che lei abbia ragione. Questi ultimi giorni sono stati terribili.» Sapeva che avrebbe avuto bisogno di tutte le sue forze per il funerale del giorno dopo.

«C'è qualcosa che posso fare per lei domani?»

«No, grazie. Ho già combinato con il nostro direttore; mi accompagnerà lui al funerale.»

«È una brava persona. Conosco bene Dan Richfield.»

«Mio padre non avrebbe saputo che cosa fare, se non lo avesse avuto alle sue dipendenze — o, almeno, era quello che ripeteva sempre. Dan lavora con lui da quando aveva undici anni.»

John Harte le rivolse un sorriso pieno di tristezza. Molte cose sarebbero cambiate per lei, d'ora in avanti, e gliene avrebbe voluto parlare. Ma temeva di farlo troppo presto. Ne aveva già accennato vagamente a Dan, ma si erano accordati che la cosa migliore fosse aspettare una o due settimane. Sabrina era ancora troppo sconvolta per pensare alle miniere; nel frattempo poteva continuare Richfield a dirigerle per lei. «Se c'è qualcosa in cui posso esserle utile, signorina Thurston...»

«Grazie, signor Harte.» Gli strinse di nuovo la mano e lui se ne andò, in sella a un grosso stallone nero, per tornare alla sua miniera e alla sua pellerossa.

Sabrina si scoprì a domandarsi che tipo di uomo fosse realmente e che genere di donna potesse essere la sua amante. Ricordava di averla vista soltanto in un'occasione, l'inverno precedente: era una ragazza con i capelli nerissimi e un viso dalla pelle scura, con le fattezze delicate, avvolta in una soffice pelliccia bianca. Sabrina aveva provato una grande curiosità per quella donna ma Jeremiah, con un colpetto di frusta, aveva fatto affrettare il passo ai cavalli della loro carrozza. A John Harte aveva rivolto soltanto un cenno di saluto, con aria sostenuta, fingendo di non vedere la ragazza indiana avvolta nella candida pelliccia. Sabrina poteva ricordare ancora le domande con cui aveva bombardato suo padre... «Chi è, papà?»

«Nessuno... una *squaw*...»

«Come è bella...» Sabrina ne era rimasta affascinata.

«Non me ne sono accorto.»

«Sì, invece! Ho visto che la guardavi.»

«Sabrina!» Aveva fatto finta di essere indispettito, ma Sabrina lo conosceva troppo bene per credergli.

«È inutile che tu dica il contrario! Ti ho visto mentre la guardavi. È bellissima. Cosa avrebbe quella donna, che non va bene?»

«Ci sono due cose che non vanno bene, figliola, se vuoi che te lo dica chiaro e tondo: non sono sposati e lei non è una donna bianca. Quindi tutti noi dobbiamo fingere che non esista oppure, se questo non è possibile, che sia tanto repellente che nessuno può avere voglia di guardarla. Invece è proprio il contrario. È una ragazza molto bella e se è quello che ci vuole per John Harte, tanto meglio per lui. Non sono affari miei e non mi deve interessare chi è la donna con la quale va a letto.»

«Li inviteresti a casa nostra?» Sabrina era incuriosita.

«No, non lo farei», aveva risposto Jeremiah in tono fermo, ma senza arrabbiarsi.

«Perché?» Sabrina continuava a non capire.

«Perché ci sei tu, bambina mia. Ecco perché. Non sarebbe una cosa decente. Se vivessi da solo, forse lo farei, perché mi è sempre stato simpatico. È un gran brav'uomo e sa dirigere molto bene le sue miniere... ma non le nostre, naturalmente!» Le aveva sorriso e lei era scoppiata a ridere.

«Secondo te, è intelligente?» Sabrina pareva affascinata dalla *squaw*.

«Non ne ho la minima idea!» Improvvisamente era diventato di buonumore ed aveva riso di fronte all'ingenuità di sua figlia. Le aveva fatto una carezza e aveva aggiunto, in tono pieno di comprensione: «Non credo che sia questo il motivo per cui le vuole bene, sai? Non tutte le donne sono intelligenti. Né devono esserlo!»

«Secondo me, però, dovrebbero almeno provarsi a mostrare un po' di intelligenza, non ti pare?» aveva ribattuto Sabrina seria seria, e Jeremiah si era sentito commuovere.

«Sì, è quello che penso anch'io.» In fondo, Sabrina aveva qualcosa di Camille. Sua moglie aveva sempre dimostrato di avere un'intelligenza notevole e si era sempre interessata a tutto quello che gli uomini facevano, alle loro discussioni, al modo in cui trattavano gli affari. Se lui glielo avesse permesso, Camille avrebbe certamente imparato tutto quello che era possibile sapere sulle miniere Thurston e sul loro sfruttamento. Jeremiah, invece, era sempre stato dell'opinione che non fosse né corretto né decoroso che sua moglie si occupasse di affari. Eppure, con Sabrina, tutto era andato molto diversamente. A lei aveva insegnato tutto ciò che sapeva, le aveva mostrato tutto ciò che faceva, come se fosse stata quel figlio maschio che non aveva mai avuto. E come si era sempre sentito orgoglioso di quello che Sabrina sapeva delle miniere, dei vigneti, dei contratti di affari con gli industriali dell'Est! Pareva che Sabrina afferrasse al volo ogni concetto, intuisse le situazioni, i risultati delle trattative... Non passava giorno che Jeremiah non la mettesse al corrente di quello che faceva...

Quando andò a letto, quella sera, Sabrina rimase sveglia a lungo: non riusciva ancora a convincersi che suo padre se ne fosse andato per sempre. Com'era possibile? Purtroppo, invece, era la dura realtà. E dovette convincersene ancora più amaramente l'indomani, quando i suoi uomini si caricarono la cassa sulle spalle e lo portarono al cimitero; qui circondarono tutti la fossa, nel sole primaverile, e guardarono la cassa calare lentamente. Poi, a uno a uno, i cinquecentosei minatori e i centotré amici di Jeremiah buttarono ciascuno un pugno di terra sulla sua bara. Era venuta anche Mary Ellen, ma non si era fatta avanti ed era rimasta un po' lontano, dove la folla era meno fitta, piangendo sommessamente. Infine anche Sabrina si avvicinò alla fossa e abbassò lo sguardo sulla cassa di suo padre. Aveva la schiena dritta, la testa alta, le guance rigate di pianto. Strinse con forza gli occhi per un attimo mentre si aggrappava alla mano di Dan Richfield, e lasciò cadere anche lei una manciata di terra nella tomba di suo padre, e poi si staccò di lì, allontanandosi di qualche passo. Gli altri si soffermarono intorno alla tomba ancora per qualche minuto; poi seguirono Sabrina con gli occhi mentre si allontanava e risaliva in carrozza per tornare a casa. Le pareva che tutto il suo mondo fosse crollato e questa sensazione non la lasciò anche quando, saliti lentamente i gradini di casa, entrò in cucina e si lasciò cadere nella poltrona preferita di Jeremiah. Le pareva di essere inebetita, di non provare più alcuna sensazione, neanche il dolore. Dan Richfield si mise a osservarla con attenzione.

Sabrina lo guardò dritto negli occhi. «Non riesco a convincermi che non ci sia più, Dan. Continuo ad aspettarmi di sentire i suoi passi che riecheggiano sotto il portico oppure che salgono in fretta gli scalini... Mi pare sempre di tender l'orecchio per ascoltare il rumore degli zoccoli del suo cavallo...» Aveva gli occhi asciutti, adesso, mentre lo fissava inebetita. «Non riesco a convincermi che non lo vedrò mai più.»

«Lo vedrai, invece. Con gli occhi della memoria. È sempre stato una parte così grande e importante di tutti noi che non potremo mai considerarlo scomparso per sempre.» Era una cosa molto bella da dirle e Sabrina allungò una mano e sfiorò quella di Dan con un pallido sorriso.

«Grazie, Dan. Grazie di tutto.»

«Figurati! Per quello che ho fatto! Senti, uno di questi giorni dovremo anche parlare, ma adesso non è il momento.» Era troppo presto per lei, Dan lo capiva. Sabrina, però, parve stupita da quelle parole.

«Qualcosa che non va nelle miniere? Spiegami... È forse successo qualcosa di speciale durante questa settimana? Non ho più badato a niente, ho pensato soltanto a me stessa da quando...» Non riuscì a concludere ciò che stava dicendo perché non voleva pronunciare quelle parole, ma Dan capì ugualmente a che cosa alludesse.

«No, assolutamente. Non c'è niente che non funzioni, solo che, come è logico, d'ora in poi ci sarà qualche cambiamento e dovrai dirmi che cosa vuoi.» Naturalmente, Dan aveva finito per persuadersi che sarebbe stato lui a dirigere i lavori nelle miniere, sempreché, naturalmente, Sabrina non avesse intenzione di venderle. Ma, se si fosse profilata questa eventualità, Dan aveva già fatto i passi necessari, parlandone con John Harte. Qualsiasi cosa dovesse succedere, sarebbe sempre stato lui a dirigere le miniere Thurston, che John Harte le acquistasse o no. Anche Dan, inoltre, avrebbe ricavato qualche vantaggio dalla nuova situazione perché Jeremiah aveva sempre fatto sentire la sua presenza e il suo peso nella direzione delle miniere, aveva sempre raggruppato tutti i poteri nelle proprie mani, anzi, aveva sempre governato da solo l'impero che si era costruito. Dan gli era sempre stato vicino e aveva lavorato in stretto contatto con lui, quindi aveva la preparazione necessaria a sostituirlo e sapeva di essere in grado di dirigere degnamente le miniere a nome di Sabrina. Aveva un addestramento perfetto; gli era sempre stato insegnato tutto, come a lei. Mentre pensava a tutto questo, si accorse che Sabrina lo stava squadrando con attenzione.

«Quali sarebbero i cambiamenti a cui alludevi, Dan?» Gli aveva rivolto la parola in tono cortese, ma i suoi occhi si erano fatti duri. Del resto, non se ne stupiva, Dan! Aveva sempre notato che spesso, anche in Jeremiah, il tono gentile della voce si accoppiava con uno sguardo gelido. Sorrise a Sabrina.

«Quando mi guardi così, sei tutta tuo padre!» Sabrina ricambiò il sorriso, sentendo questa osservazione, ma era un sorriso freddo. Gli occhi erano rimasti duri come prima. «Volevo dire soltanto che, presto o tardi, dovremo parlare di quello che vuoi fare... se tenere le miniere oppure venderle.»

Sabrina rimase sbalordita e, pur restando seduta in poltrona, raddrizzò di scatto le spalle. «Cosa diavolo ti fa pensare che io abbia mai preso in considerazione la possibilità di vendere? Certo che mi terrò le miniere, Dan!»

«Benissimo. D'accordo!» Cercò di calmarla, ma scorse qualcosa, nei suoi occhi, che gli piacque poco. «Posso capire quello che provi e devo ammettere che, effettivamente, è troppo presto perché tu possa prendere una decisione.» A Sabrina non garbò quello che le parole di Dan sottintendevano e socchiuse improvvisamente gli occhi, squadrandolo bene in faccia.

«Si può sapere, esattamente, qual era la tua idea, Dan? Che io avrei venduto le miniere... magari a qualcuno come te?» Gli occhi di Sabrina fiammeggiarono e Dan si affrettò a scrollare la testa.

«No, accidenti, non mi potrei mai permettere di comperarle, lo sai!»

«Hai già preso accordo con qualcuno?» Gli occhi di Sabrina, adesso, erano penetranti e spietati, gli leggevano fino in fondo al cuore. Lui scrollò la testa, ancora una volta.

«No, assolutamente. Perdio, tuo padre è morto da due giorni soltanto, come potrei...»

«Per carità! Gli avvoltoi, certe volte, calano in fretta sulla preda e io volevo soltanto essere sicura che tu non fossi uno di loro.» Mentre gli rispondeva in tono così brutale, sembrava che fosse cresciuta tutta d'un colpo. Quando si alzò in piedi e fece qualche passo per la stanza, assorta nei propri pensieri, Sabrina pareva molto più vecchia dei suoi anni. Infine lo guardò. «Voglio che tu capisca una cosa. Ma deve esserti molto chiara. Io non ho intenzione di vendere le miniere di mio padre. *Né oggi né mai*. Ci siamo intesi? E, d'ora in avanti, sarò io a dirigerle, esattamente come ha sempre fatto lui.» Dan, quando la guardò, era stralunato. Sembrava che stesse per svenire da un momento all'altro. Ma Sabrina non ebbe incertezze e l'espressione dura della sua faccia non si addolcì. «Da lunedì, vengo in ufficio. Comincerò subito a occuparmi di quello che è necessario. Sono anni ormai che mio padre mi stava preparando per questo momento. Come se avesse sempre capito che, un giorno, sarei stata io, da sola, a dirigere le sue miniere.» Si mise le mani sui fianchi e lo squadrò con aria gelida. Dan la stava guardando come se fosse improvvisamente impazzita.

«Che cosa ti è saltato in testa? Ti ha dato di volta il cervello? Non hai neanche diciotto anni, sei una ragazzina... anzi, addirittura, una bambina... e vorresti mandare avanti le miniere Thurston? Ricordati che sono le più grosse miniere di mercurio della California e tuo padre voleva che rimanessero tali. Finirai per diventare lo zimbello di tutti i suoi clienti e... ti do tempo un anno, e avrai distrutto tutto ciò che lui ha costruito. Stai sragionando, Sabrina. Vendi tutto, perdio. Metti insieme un bel mucchio di soldi, portali in banca, cercati un marito e metti al mondo un po' di bambini ma... per amor di Dio... non illuderti di poter mandare avanti le miniere di tuo padre, perché non ne saresti capace. Io ci ho messo ventitré anni a imparare tutto quello che so. Lascia, almeno, che le diriga io per te!» Sabrina aveva già capito quello che Dan aveva in mente e sapeva di aver bisogno del suo aiuto, ma a modo proprio, non come lui pretendeva.

«Non posso, Dan. Ho bisogno del tuo aiuto, ma dovrò essere io a dirigerle. Sono nata per farlo.»

Dan la guardò con un'espressione che Sabrina non gli aveva mai visto prima, anche se lo conosceva da sempre. Sulla sua faccia si leggevano il furore, l'invidia e la delusione perché i piani, fatti da tempo, non andavano come lui sperava. Infatti le si avvicinò rapidamente e si mise a scuoterle i pugni davanti alla faccia. «Tu sei nata per aprire le gambe all'uomo che avrai sposato, e nient'altro! Mi hai capito?»

Sabrina socchiuse gli occhi. Ah, se avesse potuto ucciderlo con lo sguardo! «Non azzardarti più a parlarmi con questo tono, sai! E adesso... fuori da questa casa! Per quel che mi riguarda, cercherò di dimenticare ciò che hai detto. Ci vediamo lunedì, in ufficio.» Tremava da capo a piedi mentre continuava a fissarlo immobile. Capiva che Dan doveva essere amaramente deluso, ma intuiva di doversi mostrare ferma e sicura di sé fin dal primo momento. Non avrebbe mai permesso a nessuno di farle fare ciò che lei non voleva. Dan esitò, ma per un attimo di troppo. «Ricordati che, casomai ti illudessi di impormi di nuovo i tuoi consigli, come hai tentato di fare stasera, ti troverai a lavorare in un'altra miniera.»

Lui le lanciò un'occhiata scintillante di collera e si avviò, a lunghi passi furiosi, verso la porta. «Potrebbe essere la soluzione migliore. E te la meriteresti!» Se ne andò, richiudendosi la porta alle spalle con un tonfo e Sabrina, per la prima volta nella sua vita, si accorse di aver bisogno di bere qualcosa di forte. Si versò un bicchierino di brandy e lo buttò giù, così com'era, liscio, senza allungarlo. Subito si sentì meglio e trovò le forze necessarie per salire nella sua camera e mettersi a sedere sul letto. Adesso capiva contro che cosa avrebbe dovuto lottare. «Sei nata per aprire le tue gambe all'uomo che sposerai...» Possibile che pensassero tutti la stessa cosa? Dan... John Harte... e gli altri uomini che lavoravano per lei... adesso capiva che la lotta sarebbe stata dura.

Il lunedì, alle sei del mattino, salì a cavallo e partì per le miniere. Aveva bisogno di stare un po' sola con se stessa e di raccogliere le idee prima di affrontare i minatori e di parlare con loro. Tanto per cominciare, lesse tutte le carte e i documenti che si erano ammucchiati sulla scrivania di suo padre, ma non trovò molte sorprese, perché Jeremiah l'aveva tenuta sempre al corrente di tutto. L'unica, vera, sorpresa fu la lettera di una ragazza, a lei sconosciuta, che viveva in una di «quelle case» nella Chinatown di San Francisco. In poche righe, ringraziava Jeremiah per il dono generoso che le aveva fatto l'ultima volta che era stato a trovarla. Sabrina non ne rimase scandalizzata. Suo padre aveva il pieno diritto di fare tutto quello che voleva. E aveva lasciato ogni cosa in ordine perfetto per lei, alla miniera. Il giorno precedente il suo avvocato le aveva letto il testamento: si trattava di un documento semplicissimo. Jeremiah lasciava ogni cosa alla sua unica figlia, Sabrina Lydia Thurston: i suoi investimenti, le proprietà immobiliari, le case, i terreni, le miniere. Ad Hannah e Dan andava una bella sommetta e Sabrina pensò che, vista l'entità della cifra, ne sarebbero stati molto soddisfatti entrambi. Anzi sperava che l'eredità avrebbe contribuito a calmare Dan e a farlo ragionare, perché capiva di aver bisogno del suo appoggio. Si rendeva conto che la sua intenzione di prendere il posto del padre avrebbe provocato lo stupore, se non l'indignazione, dei suoi uomini. In cuor suo, però, sapeva di essere in grado di affrontare la situazione: era stato per prepararla a questo che Jeremiah le aveva insegnato ciò che sapeva in tutti i diciotto anni della sua vita e, quindi, era piena di fiducia. Ma, adesso, doveva avere la forza di persuasione sufficiente a convincerli che era la cosa più giusta per loro. D'altra parte capiva che non sarebbe stato facile accettare l'idea che dovevano lavorare per una donna, soprattutto una donna giovane come lei!

Sapeva a che cosa stava andando incontro o, perlomeno, credeva di saperlo, ma la reazione che ottenne fu molto peggiore di quello che temeva. Fece suonare la grossa campana della miniera: era il segnale che, dall'ufficio del padrone, si doveva dare un annuncio straordinario agli operai. Tre rintocchi della campana avrebbero significato che, in una delle miniere, si era creata una situazione d'emergenza, quattro, volevano dire un incendio. Cinque, che le gallerie erano allagate. Sei, la morte di qualcuno. Sabrina uscì sotto il portico dell'ufficio aspettando che i suoi uomini arrivassero. Tranquillamente, senza paura. Aspettò e, quando vide che nessuno si presentava, suonò ancora la campana. Finalmente arrivarono a uno a uno, oppure in piccoli gruppi, scambiando qualche parola, chiacchierando animatamente, portando con sé gli strumenti di lavoro. Anche se era ancora molto presto e la giornata cominciava appena, erano già coperti di polvere e di sudiciume da capo a piedi. Bastava guardarli per capire quello che erano: uomini abituati a una dura fatica. Ben presto, nel cortile, se ne radunarono più di cinquecento. Eccoli, pronti ad ascoltarla. Sabrina si accorse di essere emozionata. Eccoli, gli uomini che adesso lavoravano per lei. Si sentì correre un brivido per la schiena. L'impero era suo, adesso. Le miniere Thurston...

«Buongiorno, gente.» Il capo, adesso, era lei. Lavoravano per lei e lei si sarebbe schierata al loro fianco come aveva sempre fatto suo padre. Provò, verso di loro, uno slancio di commozione e di affetto. Avrebbe fatto tutto ciò che era possibile per aiutarli. Non li avrebbe mai delusi o maltrattati. Ecco quello che voleva far sapere a tutti, ora, subito. «Ci sono certe cose che devo dirvi.» Stringeva in mano lo stesso megafono che aveva sempre usato suo padre e i minatori le si affollarono intorno in modo da sentire meglio ciò che diceva. Dan Richfield la osservava tenendosi un po' in disparte. Già sapeva quale sarebbe stata la reazione generale. Nessuno di quegli uomini avrebbe bevuto tante fandonie senza reagire — o, almeno, questo era quello che sperava tra sé. Aveva fatto i suoi conti ed era giunto alla conclusione che Sabrina, comportandosi così, stava facendo soprattutto il suo gioco, e lui si sarebbe trovato ben presto ad avere mano libera nella direzione delle miniere. Sperava con tutto il cuore di non ingannarsi. «Voglio ringraziarvi tutti per essere stati presenti quando ho riportato mio padre a casa la settimana scorsa. Avrebbe avuto un grande significato per lui e ne sarebbe rimasto commosso, se vi avesse visto.» Fece una piccola pausa, lottando per ricacciare indietro le lacrime. «Tutti voi siete sempre stati molto importanti per mio padre. E, per voi, avrebbe fatto qualsiasi cosa.» Loro annuirono. «Adesso vi darò una notizia che, forse, vi meraviglierà.» Le facce di quelli che aveva più vicino si rattristarono e lei capì subito a che cosa stavano pensando. Uno di loro gridò: «Vuole vendere le miniere!» Ma lei scrollò la testa. «No. Non voglio vendere le miniere.» Si accorse che parevano soddisfatti. A quegli uomini piaceva il loro lavoro ed erano contenti di stare nelle miniere Thurston. Le cose sarebbero andate per il meglio. Richfield avrebbe continuato a dirigerle. Del resto, era la speranza di molti; anzi, se ne era parlato, nei bar della città, in quegli ultimi giorni. C'era stata perfino qualche scommessa. Adesso aspettavano in silenzio di sentire quello che Sabrina avrebbe detto. «Le miniere andranno avanti esattamente come prima, niente cambierà per voi. Me ne occuperò personalmente, ve lo prometto.» Dalla bocca dei minatori si levò un grido di gioia e di incoraggiamento. La guardarono con aria piena di adorazione e Sabrina alzò una mano per ottenere il silenzio, e sorrise. Le cose si mettevano meglio di quel che non avesse sperato. «Ho intenzione di mandare avanti le miniere personalmente, ripeto, come faceva mio padre. Con l'aiuto di Dan Richfield, esattamente come lui ha sempre aiutato mio padre a dirigerle. Continuerò sulle stesse linee e con le stesse scelte che lui aveva fatto...» Ma adesso non l'ascoltavano più. Avevano cominciato a urlare, a imprecare e a gridarle parole di scherno...

«Lei, mandare avanti le miniere? Per chi ci ha preso... per un branco di puttane?»

«Lavorare per una donna? Deve essere ammattita... Accidenti, ma se è una bambina!» Le grida, a poco a poco, si trasformarono in un rombo confuso, in un chiasso assordante che le fecero perdere sicurezza e sommersero le sue parole. Sabrina si accorse che doveva lottare con tutte le sue forze per impedire che i minatori si trasformassero in un branco di gentaglia inferocita e si arrivasse a una vera e propria sommossa.

«Ascoltatemi, per favore... mio padre mi ha insegnato tutto quello che lui sapeva...» Adesso ridevano apertamente, guardandola, e soltanto alcuni tacevano e cercavano di capire ciò che stava dicendo, ma più per l'incredulità che per il rispetto. «Vi prometto...» Fece suonare di nuovo la campana, ma ormai era scoppiato il pandemonio. Dan Richfield si era unito alla folla in tumulto. Sabrina rimase a guardarli disperata e, dopo aver lottato, nella speranza di persuaderli, ancora per un quarto d'ora, ci rinunciò. Rientrò in ufficio, sedendosi alla scrivania di suo padre con le guance bagnate di lacrime. «Non voglio cedere! E non cederò... Maledetti...» mormorava tra sé. Si sarebbe rifiutata di lasciarsi sconfiggere da quella gente, anche se si fossero licenziati uno per uno.

Fu proprio quello che fece la maggior parte di loro, il giorno seguente. Scaraventarono i picconi e gli altri strumenti di lavoro attraverso le finestre dell'ufficio dove lei lavorava, fracassandone i vetri e l'intelaiatura. Sabrina trovò un cumulo di macerie intorno alla sua scrivania e una lista di nomi scritti su un foglio di carta. Come intestazione ci avevano messo queste parole: «Ce ne andiamo. Non vogliamo lavorare per una ragazza». Poi avevano firmato. Erano trecentoventidue e, in tal modo, le restavano soltanto centottantaquattro uomini per mandare avanti tre miniere, cosa che era chiaramente impossibile. Sarebbero bastati a malapena per farne lavorare una soltanto e le altre due sarebbero rimaste chiuse temporaneamente. Ma se la costringevano a questa soluzione, Sabrina l'avrebbe accettata. Perché non voleva cedere, non voleva arrendersi. C'erano altri minatori che avevano bisogno di lavorare e, con il passare del tempo, avrebbero capito che lei sapeva come mandare avanti una miniera. Sarebbero tornati e, se non lo avessero fatto, altri avrebbero preso il loro posto. Tuttavia era una situazione spaventosa. Sabrina chiamò cinque uomini a ripulire e riordinare il suo ufficio; poi, per tutto il resto della giornata, fu letteralmente assediata dai minatori che facevano la fila per farsi liquidare i soldi che dovevano avere prima di andarsene. Come inizio, era un vero e proprio incubo, ma Sabrina capì che non si sarebbe mai arresa. Non era una di quelle fragili donne che cedevano le armi, era figlia di suo padre. Se ci fosse stato lui al suo posto, non avrebbe ceduto né rinunciato a niente. Anche se cominciava ad avere il sospetto che sarebbe rimasto sbalordito di fronte a ciò che stava facendo. Come Dan. Alle sei, venne nel suo ufficio e la guardò con le braccia incrociate, l'espressione indignata e piena di disgusto.

«È una fortuna che tuo padre non sia vivo. Così non può vedere quello che stai facendo.»

«Se fosse vivo, sarebbe orgoglioso di me.» Perlomeno era quello che sperava. Ma era anche un'assurdità. Perché se Jeremiah fosse stato vivo, niente di tutto ciò sarebbe accaduto a Sabrina. «Cerco di fare del mio meglio, Dan.»

«E te la cavi discretamente! Credevo che ci avresti messo un po' più di tempo a far andare tutto all'inferno. Invece, sono bastati soltanto due giorni. Ma che cosa accidenti credi di poter fare con centottantaquattro uomini, Sabrina?»

«Per il momento, chiuderò due miniere. E presto qui verranno altri uomini a supplicarci di farli lavorare.» Si sentiva i nervi tesi, ma stava cercando di raccogliere tutto il suo coraggio. Era una ragazza forte, audace, e sapeva di avere ragione. Jeremiah sarebbe stato orgoglioso di lei.

«Congratulazioni, bambina. Sei riuscita a ridurre le più grandi miniere dell'Ovest in una bazzecola, una cosa ridicola. Sei già riuscita a capire quali sono i minatori rimasti a lavorare per te? Un gruppetto di vecchi che Jeremiah non aveva mai licenziato unicamente per bontà di cuore, qualche ragazzo che non capisce un'acca di questo lavoro, proprio come te, e un branco di vigliacchi che non possono permettersi di piantare baracca e burattini perché hanno troppi figli, a casa, che devono mangiare...»

Sabrina lo guardò dritto negli occhi, furiosa. «Ti sei incluso anche tu in quest'ultimo gruppo, Dan? Mi sai dire per quale motivo tu, invece, resti? Forse è venuto il momento di essere chiari.»

Lui arrossì fino alla radice dei capelli e la guardò con rabbia. «Ho un debito con il tuo vecchio.»

«In tal caso, facciamo finta che il debito sia stato pagato. Hai lavorato ventitré anni per lui. È più che sufficiente per pagare qualsiasi debito. Ti offro la libertà, come ha fatto Lincoln con gli schiavi. Vuoi andartene? Puoi uscire immediatamente da quella porta e non tornare mai più indietro...» Aspettò in silenzio, ma Dan continuò a non aprire bocca. «Però, se resti, mi aspetto che tu sia dalla mia parte, che mi aiuti a mandare avanti questa impresa, che tu mi offra il tuo appoggio per poter riaprire le altre due miniere. Non voglio dover lottare anche contro di te.»

Allora lui decise di andare dritto al nocciolo della questione. Era inutile tentare altri giochetti con Sabrina, ormai. Non gli avrebbe mai permesso di mandare avanti le miniere facendo quello che voleva. Non gli avrebbe mai dato mano libera. Lo aveva già capito. Era una maledetta stupida, cocciuta e avida di potere, esattamente come lo era stato suo padre. Il modo di comportarsi di Sabrina, nei due giorni precedenti, gli aveva aperto gli occhi. Se pensava a come aveva sudato, e trafficato e piegato la schiena per più di vent'anni nella speranza di poter un giorno dirigere quell'impresa... In due soli giorni, Sabrina aveva fatto crollare definitivamente tutti i suoi castelli in aria. Però, adesso, era costretta a vendere le miniere. E John Harte avrebbe chiamato lui, Dan, a dirigerle. Glielo aveva promesso se Dan lo avesse aiutato a persuadere Sabrina e lo avesse assistito nelle trattative. E intuì che forse aveva trovato il modo di farlo. «Vendi tutto a John Harte, Sabrina. Nessuno ti lascerà mai dirigere a modo tuo questa azienda. E perderai tutto ciò che possiedi.»

«No, non è vero. Mio padre mi ha insegnato molto più di quello che ti faccia piacere ammettere, Dan! Credimi, mi dispiace che le cose abbiano preso questa piega. Mi illudevo che tu e io avremmo potuto lavorare insieme, esattamente come hai lavorato per lui.»

«E perché credi che lo abbia fatto, sciocchina che non sei altro? Proprio perché gli ero tanto affezionato? No, accidenti! Perché pensavo che un giorno ci saresti stato io a dirigere le miniere, non tu!» Dan si era messo a parlar chiaro, ormai. Non andava per il sottile. La odiava con tutte le sue forze. Avrebbe dovuto essere lui il figlio di Thurston, non questa dannata ragazza. E poi, a ben pensarci, chi era in realtà Sabrina? La figlia di quella baldracca che era scappata di casa e lo aveva piantato in asso diciassette anni prima. Dicevano che lei era morta, Ma Dan non ci aveva mai creduto. Parecchi anni prima, in città, aveva sentito parlare anche del suo amante ma, a quell'epoca, era soltanto un ragazzino e tutte queste cose non lo interessavano. Adesso guardò Sabrina infuriato. Aveva lo sguardo carico d'odio.

«Mi spiace che tu la pensi così, Dan.»

«Sei una maledetta stupida. Vendi tutto a John Harte.»

«Lo hai già detto e sai benissimo che non lo farò. Non ho intenzione di vendere niente a nessuno. Ho intenzione di continuare a dirigere le miniere personalmente, anche se fossi costretta a scendere giù, nelle gallerie, io stessa! Lavorerò fino a quando mi mancheranno le forze e crollerò per la fatica, ma ho intenzione di conservare tutto ciò che mio padre aveva. Cercherò di essere giusta e buona come è stato lui, con i suoi uomini, e le miniere Thurston continueranno a esistere anche fra cent'anni, sempreché ci sia ancora del mercurio da estrarre. Non ho nessuna intenzione di lasciarmi spaventare da una persona come te e, tantomeno, di vendere le miniere a John Harte o di cedere le armi soltanto perché un branco di bastardi si è ribellato e ha voluto licenziarsi. Fai quello che accidenti vuoi, Dan, ma io resto qui, dove sono!» Come assomigliava al suo vecchio! Dan provò improvvisamente una gran voglia di schiaffeggiarla. La sua prima intenzione era stata quella di non perdere la calma, di insistere garbatamente perché vendesse le miniere, ma Sabrina gli aveva fatto perdere le staffe. Gli aveva fatto capire subito chi era la padrona e chi avrebbe sostituito Jeremiah; gli aveva tolto pubblicamente tutti i poteri e aveva dimostrato ai minatori che lui era soltanto un dipendente di Jeremiah, un salariato. Adesso Dan si accorse che non lo avrebbe sopportato per un momento di più e, dopo averla guardata per un attimo in silenzio, attraversò con due passi l'ufficio, la afferrò per i capelli. Cominciò a scrollarla e a scuoterla con tanta violenza da farle battere i denti. Ma lei non gridò, né si mise ad urlare. Allora, attorcigliandosi i capelli di Sabrina attorno a una mano, Dan la costrinse lentamente a mettersi in ginocchio. «Piccola sgualdrina! Puttana... Ma se non sai neanche da dove si comincia, a mandare avanti quest'azienda...» Mentre pronunciava queste parole, l'aveva afferrata per la gola. Poi, improvvisamente, perduto il lume degli occhi, capì quello che voleva farle e le strappò la camicetta. Sabrina rimase in sottoveste, ma continuò a fissarlo imperterrita. Adesso Dan la stava guardando con un sorriso lascivo. Con una mano le accarezzava il seno, con l'altra le stringeva ancora i lunghi capelli scuri, tenendola prigioniera.

«Lasciami andare, Dan.» Aveva parlato con una calma che era ben lontana dal sentire. Era terrorizzata al pensiero di ciò che Dan stava per fare. Perché, in quel momento, nessuno avrebbe potuto venire in suo soccorso. Erano soli nella miniera. Anche l'ultimo dei minatori ormai se n'era andato e il guardiano notturno sarebbe stato troppo lontano per udire le sue grida. E poi, non avrebbe voluto che nessuno la vedesse in quelle condizioni. Doveva conquistare il loro rispetto con ogni mezzo, e se qualcuno l'avesse vista in quel momento, mentre Dan cercava di violentarla, per lei sarebbe stata la rovina finale. «Se ti azzardi a toccarmi anche soltanto con la punta di un dito, ti faccio sbattere in prigione per il resto dei tuoi giorni... e se mi ammazzi, ti impiccheranno.»

«Se io ti toccassi anche soltanto con la punta di un dito, credi sul serio che andresti a raccontarlo in giro, cara Sabrina?» I suoi occhi brillavano della luce della follia; la sua voce le giungeva all'orecchio stridula e rauca per l'emozione. Dan aveva già intuito quello che lei stava pensando. Come avrebbe osato dichiarare apertamente che lui l'aveva violentata? Sarebbe stata la fine... nessuno le avrebbe più dimostrato il minimo rispetto... avrebbero detto che la colpa era tutta di lei... e solo Dio sapeva che cosa avrebbero tentato di farle in futuro... Bastò questo pensiero terrificante a darle un vigore che non credeva di avere. Si scostò da lui con un gesto improvviso, respingendolo con tutte le sue forze, e attraversò correndo la stanza, verso la scrivania. Spalancò il cassetto nel quale suo padre teneva sempre una pistola. Ma non era soltanto lei a saperlo, lo sapeva anche Dan, che tentò di strappargliela di mano. Ne partì un colpo e il proiettile andò a conficcarsi nel pavimento. Al rumore dell'esplosione si arrestarono entrambi e rimasero a fissarsi impietriti, cominciando a valutare la gravità di quello che era accaduto. Dan la fissò inorridito e Sabrina lo guardò indignata e piena di disgusto. Dan l'aveva quasi violentata e... soltanto una settimana prima era stato un amico, per lei, e l'amico di suo padre. Incrociò il suo sguardo. La mano che stringeva la pistola era scossa da un tremito.

«Voglio che tu esca di qui immediatamente. Non ti voglio più vedere. Sei licenziato.»

Lui rimase annichilito per un attimo, come se soltanto allora valutasse fino in fondo quello che aveva fatto. Poi fece segno di sì e si avviò alla porta. Avrebbe voluto aiutarla a infilarsi la camicetta, ma non ne ebbe il coraggio. La verità era che Sabrina, in un momento, aveva distrutto i suoi sogni di vent'anni. Comunque, non c'erano scuse per lui. E non riusciva ancora a capire che cosa avesse fatto, o perché. «Scusami, Sabrina. Sono proprio un...» La guardò, disperato, e gli parve di svenire al pensiero di quello che aveva rischiato di fare. In ogni caso, era sempre convinto che Sabrina commettesse un grave errore a cercar di mandare avanti le miniere. Su questo, sapeva di aver ragione. «Sarai costretta a venderle, sai? Perché quello che è già successo, si ripeterà. Se non con me, con qualcun altro. E può darsi che un altro non faccia in tempo a riprendere il controllo, come ho fatto io, prima che succeda qualcosa di grosso...»

Sabrina si voltò a guardarlo senza badare a come era ridotta: i capelli arruffati, le spalle nude, il seno appena velato dalla sottoveste. «Non venderò mai, Dan. Mai. E puoi anche andare a raccontarlo al tuo amico John Harte, se vuoi.»

«Perché non glielo racconti tu? Sono sicuro che non te ne mancherà l'occasione.»

«Non ho niente da dire a nessuno. E ricordati che, se potrò, assumerò tutti quelli dei suoi uomini che vorranno venire a lavorare da me.» Sapeva che Dan, molto probabilmente, sarebbe andato a lavorare per lui. Ma, a questo punto, non gliene importava più niente. Il suo più grande desiderio, adesso, era quello di non rivedere mai più Dan Richfield. Era un uomo malvagio. Suo padre lo avrebbe ucciso per quello che aveva tentato di fare. E, grazie a Dio, si era fermato in tempo. Dan la squadrò dalla testa ai piedi ancora una volta, fermo a qualche passo da lei nella stanza illuminata da una luce fioca: Sabrina gli parve straordinariamente bella con quella folta capigliatura, morbida come la seta, che le incorniciava il viso, e gli occhi grandissimi e tristi. Come era stato difficile per lei diventare maggiorenne!

Quando Dan se ne fu andato, Sabrina infilò lentamente la camicetta lacera, ripose di nuovo la pistola nel cassetto della scrivania e cercò di riordinare la stanza. Alla fine spense le luci e lasciò la miniera. Che sollievo sentirsi carezzare la faccia dall'aria fresca della notte! Ma, tutto d'un tratto, cominciò a essere squassata da violenti brividi. Aveva rischiato di essere violentata da un uomo che conosceva da quando era nata. Non riuscì neppure a percorrere i pochi passi che la separavano dal posto dove aveva legato il cavallo e fu costretta a sedersi sotto il portico, appena fuori dall'ufficio, per quasi mezz'ora, fino a quando si sentì abbastanza in forze per riprendere a camminare. Finalmente riuscì a inerpicarsi sulla sella e tornò a casa al galoppo. Durante quella cavalcata nella notte, le sfuggì dalle labbra un cupo singhiozzo che si levò, come un grosso uccello, nell'oscurità della sera. E pianse a calde lacrime. Tutto d'un tratto si sentiva in collera con suo padre, per la prima volta. Perché l'aveva lasciata? Nella sua disperazione avrebbe voluto continuare a galoppare in quel modo, senza una meta, cercando di andare il più lontano possibile, ma la sua cavalcatura, che conosceva bene la strada, la riportò a casa. Rimase in sella fino a quando non si trovò nella scuderia, nel box del cavallo e, soltanto allora, gli scivolò giù dalla groppa e nascose la testa contro la sua criniera, chiedendosi perché suo padre la lasciava così sola proprio quando aveva tanto bisogno di lui.

«Dan Richfield ha ragione.» Trasalì al suono di quella voce familiare. Hannah l'aveva vista entrare nella scuderia ed era venuta a raggiungerla. «Devi essere impazzita.»

«Grazie, grazie tante!» Sabrina si voltò dall'altra parte in modo che Hannah non potesse accorgersi che stava piangendo. Aveva avuto una giornata molto difficile e avrebbe preferito non sentire ulteriori rimproveri e recriminazioni. «Brava! Una parola buona era proprio quello di cui avevo bisogno.»

«Tuo padre non ha mai espresso l'intenzione di farti prendere il suo posto per dirigere le miniere.»

«Se fosse così, avrebbe dovuto pensarci prima e provvedere in merito. Visto che non lo ha fatto, non ho altre soluzioni. Non resto che io, lo capisci?» Guardò Hannah dritto negli occhi. Era esausta e non se la sentiva di lottare ancora con qualcuno.

«Però, hai sempre Dan!»

«No, non ce l'ho più.»

«Se ne è andato?» Hannah non nascose di essere scandalizzata.

«L'ho licenziato.» Non le raccontò che aveva corso il rischio di essere violentata da Dan; per sua fortuna, sotto la giacchetta, non si vedeva la camicetta fatta a brandelli.

«Allora sei ancora più stupida di quello che pensavo.»

«Stammi bene a sentire!» Sabrina andò a posare la sella nel

solito posto e si voltò a guardare la donna che le aveva fatto da madre fin dal giorno in cui era nata. «Pensa a mandare avanti la casa, tu! E io penserò a mandare avanti le miniere. Mi sembrava che le cose funzionassero a perfezione quando vi eravate organizzati così, tu e papà. E, allora, perché non proviamo anche noi a fare altrettanto?»

«Perché lui non era una ragazza di diciotto anni! Dio benedetto, cosa penserà la gente se cercherai di metterti a dirigere le miniere?»

«Non lo so e non mi interessa. E, per maggior sicurezza, non andrò neanche a chiederlo a nessuno!» Senza aggiungere altro, spense la luce nella scuderia e si avviò a passi rapidi e decisi verso casa.

22

QUANDO Sabrina tornò in ufficio, l'indomani, nelle miniere c'era una gran quiete: la perdita di trecentoventidue uomini si faceva sentire. Verso la metà della mattinata, si decise a suonare ancora la campana per annunciare la sua intenzione di chiudere le due miniere più piccole. Ridistribuì il lavoro dei minatori che ancora le restavano in modo che coprissero tutti i turni della miniera più importante e spiegò chiaramente che cosa si aspettava da loro. Tutto d'un tratto, rivelava un'asprezza insolita e i suoi operai lessero nel suo sguardo qualcosa che non avevano notato il giorno prima. Qualcuno provò a dirlo agli altri, mentre tornavano ai loro posti, ma la risposta fu un'alzata di spalle. Come i contadini che continuavano a lavorare nei vigneti di Jeremiah, anche a questi minatori non interessava quel che poteva frullare nella testa di una ragazza come Sabrina, fino a che avesse continuato a pagare a tutti il salario puntualmente. Questo era l'unico motivo per cui erano rimasti; non l'avevano fatto per affetto verso di lei né tanto meno per una forma di rispetto nei confronti di suo padre. A sentirli, nessuno di loro le doveva niente; avevano bisogno di guadagnare e, lavorando per lei, potevano portare a casa un ottimo salario. Tutto il resto non li interessava anche se, quando seppero che Dan Richfield se ne era andato, cominciarono a non sentirsi più tranquilli come prima.

«Secondo voi, la ragazza si rende conto di quello che sta combinando o no?»

«È capace di firmare un assegno?»

«Credo di sì.» E, a questa battuta, tutti scoppiarono a ridere.

«Allora, io resto. Paga meglio di John Harte; non solo, ma ci dà lo stesso salario che ci dava il suo vecchio.» Infatti, non si era parlato di nessuna riduzione nella paga. Fra l'altro, Sabrina stava già meditando di dare un aumento a tutti a partire dalla settimana successiva. Era quello che Jeremiah aveva in mente di fare, cominciando proprio dalla primavera di quell'anno, e adesso poteva permettersi, visto che due terzi dei suoi minatori si erano licenziati. Doveva concentrare tutti i suoi sforzi nell'assunzione di altri uomini e stava appunto facendo qualche conteggio a questo proposito, quel pomeriggio, quando sentì la porta dell'ufficio che si richiudeva con un tonfo. Alzò gli occhi di scatto. Era entrato John Harte. Sabrina lo guardò, ma non si mosse e non gli sorrise neppure, quando lui venne a piantarsi davanti alla sua scrivania.

«Se non è venuto qui a comperare del mercurio, signor Harte, sta sprecando il suo tempo e il mio.»

«Questa è una delle cose che mi piacciono di più in lei!» Era rimasto imperturbabile e, adesso, la squadrava dall'alto della sua statura. «Se vuole sapere di che cosa si tratta, è per la sua accoglienza, sempre così cordiale, che sono venuto... Me ne sono accorto fin dalla prima volta che ci siamo visti.» Sabrina fu costretta a sorridere suo malgrado e, appoggiandosi più comodamente allo schienale della poltroncina, gli indicò con un gesto la seggiola che si trovava dall'altra parte della scrivania.

«Mi scusi, ma ho avuto un paio di giorni piuttosto faticosi. Prego, si sieda.»

«Grazie.» Accettò l'invito e, dopo essersi seduto, tirò fuori un sigaro dalla tasca della giacca di camoscio. A Sabrina venne in mente all'improvviso la ragazza indiana. Si domandò se John Harte vivesse ancora con lei... anche se, naturalmente, non erano fatti suoi! Però la graziosa *squaw* pellerossa le era rimasta impressa nella memoria. Quando l'aveva vista, le era sembrato che avesse qualcosa di delicato e di sensuale che continuava a stupirla... Non solo, ma le consentiva di leggere meglio nel cuore dell'uomo seduto davanti a lei che, in apparenza, sembrava rozzo, burbero e quasi brutale. «Già, proprio così. Ho sentito che ha avuto una settimana piuttosto interessante. Le dà noia, se fumo?» Ma l'aveva detto quasi meccanicamente. Perché si faceva fatica a trattarla come una signora, vedendola lì, dietro quella scrivania. Sabrina viveva in un mondo di uomini e John Harte si era quasi aspettato che si accendesse un sigaro anche lei; sebbene dovesse riconoscere che era una ragazza singolarmente garbata e carina. Purtroppo era andata a cacciarsi in una posizione difficile... ma se l'era voluta! Lui, però, era dispostissimo a offrirle il mezzo di cavarsela senza guai.

«Faccia pure! Effettivamente, sì, ha ragione, questi ultimi giorni sono stati molto interessanti.»

«Ho sentito che due terzi dei suoi uomini si sono licenziati.» Non aveva l'intenzione di menare il can per l'aia, parlando con Sabrina, e lei gli rivolse un sorriso stanco.

«Si direbbe che è stato proprio così. Ormai suppongo che, in gran parte, abbiano cominciato a lavorare da lei.»

«Qualcuno. Ho assunto solo quelli che mi servivano. Tutta brava gente.»

«Non direi...» Lo guardò con aria di sfida e John Harte non poté fare a meno di ammirarla. Aveva un bel fegato, la ragazza!

«Bisogna dire che lei ha scelto un cavallo molto difficile da addomesticare, signorina Thurston.»

«Certo! Lo so benissimo. Ma era di mio padre, adesso è mio e le garantisco che riuscirò a domarlo, anche ci andasse di mezzo la mia vita, signor Harte.» E parlava seriamente.

«È convinta che ne valga la pena?» La stava guardando con dolcezza ma, al punto in cui era arrivata, Sabrina preferiva fare a meno della gentilezza e della comprensione altrui. Aveva deciso di combattere fino in fondo la sua dura battaglia, senza i Dan Richfield o i John Harte, o chiunque altro. Ormai, era sola. E se la sarebbe cavata sempre da sola, servendosi di tutti i mezzi a sua disposizione.

«Sì, signor Harte, per me ne vale la pena. Non ho intenzione di rinunciare a niente di tutto questo.»

«Allora comincio a credere che lei avesse ragione.» Sospirò e le sorrise.

«A che proposito?»

«Aveva detto che stavo perdendo del tempo. Ed è verissimo.» Posò il sigaro e si sporse verso di lei, attraverso la scrivania. Avrebbe voluto farle capire qual era la situazione. Inculcarle un po' di buonsenso. Non voleva portarle via niente, però lei avrebbe dovuto mostrarsi ragionevole. Quello che stava facendo adesso era sbagliato. Perfino suo padre non l'avrebbe approvata ed era pronto a dirglielo, chiaro e tondo. «Signorina Thurston, lei è una ragazza molto intelligente, istruita e beneducata, bella e affascinante e, da quello che mi sembra di aver capito, era la pupilla degli occhi di suo padre!»

La faccia di Sabrina prese un'espressione dura. Accigliandosi, ribatté: «Lei sta sprecando del tempo...»

«Mi stia ad ascoltare!» Stavolta le parlò in tono brusco. «Sa perfettamente quello che voglio: comperare questa miniera, anzi, tutte e tre le sue miniere. Lo sappiamo tutti e due! Le offrirò un prezzo equo e, nel caso lei respingesse la mia offerta, riuscirò ugualmente a cavarmela e a sopravvivere. Il lavoro non mi manca, anzi! Ne ho fin troppo. E guadagno quattrini a palate. Quindi non è per necessità che sono venuto a parlarle, ma perché non sopporto di vedere andar tutto a catafascio in questo modo! Questa miniera finirà per andare in rovina se continua a ostinarsi così, a non volerla mollare! È già stata costretta a chiudere le altre due miniere. Ma c'è qualcosa che mi sembra ancora più importante: sta distruggendo se stessa. Ed è così giovane!» Girò gli occhi per la squallida stanzetta. «Che cosa diavolo ci fa, qui, lei? È questa la vita che si è scelta? Ma non è un uomo, è una ragazza! Che cosa sta cercando di dimostrare?» Si lasciò andare contro lo schienale della seggiola con un sospiro e scrollò la testa. «Non conoscevo bene suo padre ma, da quel poco che sapevo di lui, le garantisco che non poteva desiderare questo per lei! Nessuno, con un po' di sale in zucca, lo farebbe. Perché è una vita solitaria, brutta, sudicia ed estenuante, una vita che consuma. Quando si deve scavare nei corridoi delle miniere per tirar fuori i cadaveri dei nostri uomini, quando bisogna lottare contro incendi e allagamenti, e far rigare dritto gli ubriaconi... Come accidenti crede di poter fare tutto questo, adesso che non ha più neanche Dan Richfield?» Pareva sinceramente preoccupato per lei, ma Sabrina lo squadrò con un sogghigno. Era la stessa espressione cupa e dura che mostrava a chiunque, ormai.

«Questo, come fa a saperlo, lei?» Dan se ne era andato soltanto la sera prima.

John Harte volle essere onesto. «L'ho assunto quest'oggi. È un brav'uomo.» Sabrina ebbe un sorriso di disprezzo. «Se non altro, a lei non oserà mettere le mani addosso!» Sulla stanza calò un improvviso silenzio; poi gli occhi di John Harte si incendiarono di collera.

«Lo ha fatto veramente?»

Sabrina esitò per un attimo e poi annuì. Ormai non aveva più nessun motivo di proteggerlo e sapeva che John Harte sarebbe stato altrettanto duro con lui. Non era tipo di andare tanto per il sottile e, poi, c'era anche di mezzo la sua amante pellerossa. «Sì, è la verità. Per fortuna non ha perduto completamente la testa e ha ripreso il controllo di sé appena in tempo.»

John Harte scrollò il capo e si coprì gli occhi con una mano per un momento, prima di avere il coraggio di guardarla di nuovo in faccia. «Se lei fosse mia figlia, lo ucciderei per una cosa simile!»

A Sabrina sfuggì un sorriso di gratitudine, ma poi si ricordò subito con chi stava parlando. «Be', invece non lo sono, mio padre è morto e da quel che mi è sembrato di capire lei ha un nuovo direttore nella sua miniera, signor Harte.» Adesso non perdonava più nessuno. Si alzò in piedi e gli tese la mano. Non aveva più voglia di sentire altro. «Grazie per il suo voto di fiducia e per l'interesse che dimostra nelle nostre miniere. Casomai decidessi di vendere, le assicuro che glielo farò sapere in tempo.»

«Non faccia una cosa simile a se stessa. Non si rovini la vita.» La guardò dritto negli occhi. Ogni sua parola era sincera. «Si ritroverà con il cuore spezzato.» Sabrina non poté fare a meno di domandarsi se era successo così anche a lui perché, a sentirlo, pareva un uomo triste e scontento. In ogni caso, erano affari suoi; Sabrina aveva ben altro a cui pensare!

«La prego di non tornare più qui da me, signor Harte. Sarebbe inutile.» Non voleva essere scortese, ma neppure desiderava che le visite di John Harte si ripetessero troppo spesso, nel suo ufficio. Ricordava ancora quando era venuto a casa a rendere omaggio alla salma di Jeremiah appena la settimana prima... Possibile che fosse passata soltanto una settimana? «Le mie miniere non sono in vendita, né lo saranno per molto, moltissimo tempo.»

«Allora ha deciso di rinunciare al matrimonio e alla famiglia.» Stava insistendo un po' troppo e Sabrina si augurò che se ne andasse al più presto.

«Non sono cose che la riguardano», ribatté con un lampo di collera negli occhi.

«Non può avere l'uno e l'altro, sa?»

«Insomma, io faccio quello che voglio, accidenti!» La sua voce era diventata improvvisamente sferzante. Intanto stava girando intorno alla scrivania. «E adesso se ne vada fuori di qui, Harte, perdio!»

«Sì, signora!» Harte le fece una gran scappellata e si avviò lentamente alla porta. L'ammirava per il fegato che dimostrava, però continuava a essere convinto che sbagliasse di grosso. Non solo, ma gli dispiaceva vedere che non pareva affatto disposta a vendergli le miniere. Eppure gli sarebbe piaciuto assorbire l'azienda di Thurston nella propria. C'era qualcosa, inoltre, che lo preoccupava: ciò che Sabrina gli aveva confidato su Dan. «Se non altro, a lei non oserà mettere le mani addosso». Cosa aveva tentato di fare quell'imbecille? Di violentarla? sarebbe stato meglio mettere in guardia Luna di Primavera contro di lui. Stava già pensando che non gli avrebbe mai permesso di gironzolare troppo intorno alla sua donna. Tuttavia gli garbava poco anche l'idea che avesse osato mettere le mani addosso a Sabrina Thurston. Era stato un gesto ignobile. Gli pareva profondamente ingiusto che qualcuno avesse osato approfittarsi di quella ragazza, per quanto cocciuta e pazza si dimostrasse con la sua illusione di poter prendere il posto del padre nella direzione delle miniere. Comunque, quando rientrò in ufficio quel pomeriggio, fu particolarmente duro e scostante con Dan, che si meravigliò molto di questo atteggiamento. Non riusciva a immaginare che cosa potesse aver fatto per incorrere così presto nella collera del nuovo padrone. Purtroppo, era una gran brutta cosa dover lavorare agli ordini di un altro e, ripensando a Sabrina, si sentì ancora più furioso e adirato di prima. Se non fosse stato per lei, adesso si sarebbe trovato a dirigere, da solo, le miniere Thurston.

John Harte avrebbe voluto dirgli di girare al largo da Sabrina, d'ora in avanti, ma preferì tacere. Era meglio che Dan non sapesse che il nuovo padrone era al corrente dell'accaduto. Preferì, invece, mettere in guardia Luna di Primavera contro di lui. Ma la donna si mise a ridere.

«Non ho paura, John Harte.» Lo chiamava sempre così e, in genere, lo faceva sorridere. Ma stavolta, no.

«Ascoltami, maledizione! Stai a sentire quello che ti dico. Ha una moglie brutta e slavata, una povera donna, e un branco di mocciosi. Chissà, forse gli piacerebbe un bel bocconcino come te! Non lo conosco e non capisco che tipo di uomo sia. Tutto quello che so è questo: ha lavorato sodo alle miniere di Thurston per ventitré anni... però non voglio che ti infastidisca. Sono stato chiaro? Quindi, stai alla larga da quell'uomo, Luna di Primavera.»

«Io non ho paura.» Sorrise e fece un rapido gesto: dall'ampia manica dell'abito scivolò fuori un lungo coltello affilato. La donna lo impugnò con una tale destrezza che John Harte riuscì appena a intravedere il lampo della lama luccicante. Allora scoppiò a ridere.

«In certi momenti mi dimentico come sei furba, bella mia!»

Le diede un bacio sul collo e tornò al lavoro, non riuscendo a smettere di pensare a quella ragazza che sperava di mandare avanti le miniere del padre con un pugno di uomini appena. Quasi gli dispiacque di non poterle dare una mano. Ma sarebbe satato in contrasto con i suoi piani. Con Dan ne aveva già discusso più di una volta. Si sarebbe tenuto in disparte, sarebbe rimasto a guardare e l'avrebbe lasciata andare in rovina. Soltanto allora si sarebbe fatto avanti per proporle di comperare le sue miniere. Sapevano entrambi che non ci sarebbe voluto molto, indipendentemente da quello che Sabrina credeva di sapere sulle miniere paterne. Era sempre, e soltanto, una ragazzina.

Quindici giorni dopo, mentre sorvegliava il lavoro dei suoi uomini in uno dei pozzi della miniera, Sabrina compì diciotto anni. Aveva dato a tutti l'aumento promesso ma, nonostante questo, continuavano sempre a parlare molto poco con lei, anzi quasi mai. Le due miniere più piccole erano chiuse, ma Sabrina stava facendo lavorare la più grande a pieno ritmo. Aveva anche dato il posto di Dan a uno degli uomini assunti di recente. Sarebbe diventato il suo braccio destro. Non che lui le volesse più bene degli altri, però gli andava molto a genio prendere uno stipendio così sostanzioso! Era proprio questo evidente attaccamento al denaro che piaceva a Sabrina. Perché poteva manovrarlo come voleva; non solo, ma gli aveva anche promesso un aumento favoloso, che gli aveva fatto sgranare gli occhi per la meraviglia, purché riuscisse a reclutare altri uomini in modo da riaprire la miniera numero due. La cosa si realizzò nel novembre di quello stesso anno ma, quasi subito, ci fu un allagamento nelle gallerie e cinque dei nuovi minatori, appena assunti, rimasero uccisi. Lei non si tirò mai indietro di fronte a nessuna fatica: era lì ad aiutare, quando tirarono fuori i cadaveri dalle gallerie, sotto la pioggia battente; fu sempre lei a inginocchiarsi di fianco a quelle figure immobili e a chiudere i loro occhi, sempre lei a salire a cavallo, fradicia fino alle ossa e stanca morta, per andare ad avvertire le famiglie; sempre lei ad aiutare a seppellirli come aveva fatto suo padre e, infine, lei ancora a riaprire la terza miniera in primavera. C'era voluto un anno per riprendersi dal colpo durissimo che aveva subìto con la perdita di più di trecento uomini ma, adesso, stavano lavorando a pieno ritmo e con lauti profitti. Ogni volta che ci pensava, Dan Richfield si sentiva male.

«C'è una cosa che bisogna dire di lei, Dan. Ha le stesse capacità e la stessa durezza del suo vecchio, ma è due volte più abile e intelligente.» Anche John Harte non riusciva a credere al grande successo di Sabrina.

«Piccola sgualdrina...» Dan non aggiunse altro e uscì a passi lunghi e infuriati dalla stanza. Harte lo seguì con gli occhi. Dan Richfield aveva imparato molte cose nei ventitré anni passati nelle miniere Thurston, ma non era né generoso né simpatico; e John si meravigliava di continuo al pensiero che Thurston lo avesse tenuto alle proprie dipendenze per tanto tempo. Forse, a quell'epoca, riusciva a tenere a freno la lingua meglio di adesso. Evidentemente aveva fatto i suoi calcoli e si era illuso che, rigando dritto, ne avrebbe ricavato un profitto. Ma le sue illusioni, ormai, erano svanite. Fu proprio a questo che John Harte ripensò quando decise di affrontare Sabrina per la seconda volta.

Un giorno entrò all'improvviso nel suo ufficio, cogliendola completamente di sorpresa. Durante tutto quell'ultimo anno Sabrina non aveva mai pensato a lui, fiera e felice di ciò che era riuscita a ottenere nelle miniere paterne. Sapeva che i suoi uomini non le volevano bene e non l'ammiravano; sapeva che, con ogni probabilità, sarebbe stato sempre così; però lavoravano sodo per lei e si guadagnavano fino all'ultimo centesimo il loro salario.

«È venuto a congratularsi con me con una stretta di mano, signor Harte, oppure a chiedermi un lavoro nelle miniere?» Lo guardò con gli occhi ridenti, mentre John Harte si avvicinava alla sua scrivania.

«Né l'uno né l'altro. Sono ancora più sfacciato, io! Del resto, anche lei non è molto diversa.» La ammirava molto di più di quello che Sabrina immaginasse e capiva che, adesso, era molto soddisfatta di ciò che aveva realizzato. E ne aveva tutte le ragioni! Se anche la guerra non era finita, però si poteva dire che avesse vinto la prima battaglia. Le miniere lavoravano tutte e tre a pieno ritmo, ormai, anche se nessuno riusciva a capire come facesse Sabrina a cavarsela e se sarebbe riuscita a tirare avanti. John Harte aveva parecchi dubbi in proposito, come li aveva Dan Richfield. Tuttavia, quando le fu davanti, John Harte pensò che, forse, era tornato a trovarla troppo presto. Avrebbe potuto aspettare di vederla in difficoltà prima di farsi avanti, ma — a quel punto — non gli era più possibile. Aveva fatto i suoi piani per tutto quell'anno, e questi piani includevano l'acquisto di una, se non due, delle miniere di Sabrina. «Io so che potrebbe farne a meno. Mi venda la più piccola.»

Sabrina lo squadrò. «No. Neanche una. Niente. Invece», e gli rivolse un cauto sorriso, «io sarei ben felice di comperare le sue, signor Harte.» Aveva compiuto da poco i diciannove anni e sembrava molto più adulta e matura. L'anno appena passato era stato duro e arduo per lei e, tuttora, ogni giorno rappresentava una dura battaglia. E non c'era nessuno che si fosse schierato dalla sua parte. Anzi, appena possibile, le mettevano i bastoni fra le ruote. «Sarei felicissima di comperare le sue miniere, signor Harte. Non ha mai preso in considerazione questa eventualità?»

Lui sorrise di fronte a tanta sfacciataggine. «No.»

«Allora bisogna dire che siamo di nuovo in una posizione di stallo, vero?»

«Lei è una ragazzina cocciuta! È sempre stata così? Anche quando suo padre era vivo?»

«Credo di sì.» Abbozzò un sorriso ripensando a com'era stata la sua vita appena un anno prima. Le sembrava che fosse passato un secolo! «Forse, a quell'epoca, non avevo tutti i validi motivi che invece ho adesso!» Durante l'anno precedente, aveva lottato per la sopravvivenza, un giorno dopo l'altro, e nessuno le aveva dato una mano o un po' di conforto. La sera, quando tornava a casa, doveva anche sopportare le lamentele di Hannah, che la strapazzava e criticava il suo modo di vivere. Ormai si era ridotta a detestare il pensiero di dover tornare a St. Helena ogni sera, ma non aveva il coraggio di mandare via

Hannah dopo tanti anni; così preferiva ritardare l'ora del ritorno il più possibile, restando nel suo ufficio fino a sera inoltrata. Ma era una vita faticosa, la sua, e adesso appariva molto dimagrita. Perfino John Harte se ne accorse, anche se non le disse niente. Però provava una grande compassione per lei. Sì, tutto sommato, Sabrina Thurston sarebbe stata molto più saggia se si fosse decisa a vendere tutto a lui.

«Mi spiace che, almeno per quest'anno, non voglia ripensarci!»

«Gliel'ho già detto e ridetto. È una decisione che non prenderò mai. Le miniere Thurston saranno messe in vendita quando io morirò, non prima, signor Harte. Naturalmente bisogna che stia attenta a non gridarlo ai quattro venti perché sono sicura che molte persone sarebbero ben felici di farmi fuori per rendere a lei un favore» Era una cosa triste da dire, ma purtroppo Sabrina sapeva che era vera dalla prima parola all'ultima. Non aveva amici lì, nella Napa Valley; forse qualcuno aveva cominciato a rispettarla, ma erano sempre troppo pochi. Per quanto avesse alle sue dipendenze cinquecento uomini, ce n'era soltanto uno sparuto gruppetto al quale sembrava importasse se Sabrina era viva o morta, ed erano quelli che avevano lottato con lei durante l'allagamento di una miniera e l'avevano vista scendere nei cunicoli più pericolosi per cercar di imparare tutto il possibile sul lavoro di estrazione del minerale. Tuttavia non si poteva dire che provassero un sincero affetto per lei. Tutto era ben diverso da quando il padrone era stato Jeremiah, soltanto un paio d'anni prima. Adesso, mentre Sabrina guardava negli occhi John Harte, sapeva di avere pochissime illusioni. Era cresciuta. E John Harte pensò che il prezzo di quella saggezza e di quella maturità era stato alto. Provò quasi compassione per lei. Le tese la mano e Sabrina gliela strinse, ma i suoi occhi erano freddi e il suo contegno riservato. Troppe persone l'avevano offesa in quell'ultimo anno, e troppe altre avevano cercato di farle del male, a partire da Dan. Di quest'ultimo neppure Harte era soddisfatto. L'anno prima, la moglie di Dan era morta di parto e, da quel giorno, lui era diventato un vizioso e un ubriacone. Usciva tutte le sere a far baldoria lasciando in casa una nidiata di bambini affamati, sudici e vestiti di cenci. John aveva ripetuto i suoi avvertimenti a Luna di Primavera, ma lei si era limitata a ridere e gli aveva fatto balenare davanti agli occhi la lama del coltello.

«Mi spiace che la pensi così.» Poi, prima di andarsene, ebbe ancora un attimo di esitazione. «Continuo a essere convinto che lei vivrebbe molto meglio senza un peso di questo genere.» Ma Sabrina interpretò queste parole come un altro abile tentativo di portarle via le miniere e lanciò un'occhiata alla porta con aria stanca. «Capisco.» Ma Sabrina era sicura del contrario: impossibile che John Harte riuscisse a immaginare la lotta disperata, all'ultimo sangue, in cui lei si era impegnata per conservare ciò che Jeremiah le aveva lasciato. Mai e poi mai, avrebbe rinunciato alle miniere.

Anche i vigneti andavano altrettanto bene. Nell'anno appena passato Sabrina era entrata a far parte della cooperativa dei viticoltori ed era decisa ad aiutarli per migliorare le loro condizioni di vita e perfezionare i vini che producevano. Ma anche in questo campo era tollerata a malapena dai proprietari degli altri vigneti della zona. Ormai, però, Sabrina ci era abituata. Non si stupiva più se si vedeva accogliere freddamente, se le rivolgevano la parola di rado, se la insultavano e fingevano di ignorarla, se era sempre quella sulla quale gli altri proprietari della vallata riversavano la loro collera. Sabrina sapeva tener testa a tutti e, in caso di necessità, rispondere per le rime. Durante quest'ultimo anno si era incattivita; il suo carattere si era fatto più duro e spietato a furia di essere continuamente tesa e agitata. John Harte lesse in faccia a Sabrina tutto ciò e pensò che era ancora più bella di quando l'aveva vista l'ultima volta, l'anno precedente. C'era qualcosa in lei che gli faceva venire il desiderio di prenderla fra le braccia. Ma, no! Che senso avrebbe avuto? Non era donna da chiedere l'aiuto di qualcuno. Voleva compiere da sola l'aspra salita fino alla vetta. John Harte si accorse che gli dispiaceva per lei; in un certo senso, aveva scelto lo stesso destino che era stato il suo e quello di suo padre. Né lui né Jeremiah avevano più voluto sposarsi, continuando a mandare avanti da soli le loro miniere. Lui però aveva vicino Luna di Primavera e Jeremiah aveva avuto sua figlia, mentre Sabrina non aveva nessuno. Continuò a riflettere su tutto questo mentre tornava verso le sue miniere, in sella al suo cavallo; Sabrina, al contrario, non gli dedicò più il minimo pensiero. Aveva molto lavoro da sbrigare. La sua vita era una lotta continua per sopravvivere e per poter riaprire le due miniere abbandonate aveva trascorso lunghe notti in ufficio e mesi e mesi di sudore e fatica.

Adesso continuava a impegnarsi duramente, con lo stesso ritmo di prima, perché la sua azienda restasse solida e fiorente. Aveva venduto, solo poco tempo prima, settecento palloni di mercurio a una ditta dell'Est e aveva promesso ai suoi uomini una gratifica non appena il carico fosse partito. Conosceva a menadito i metodi che suo padre aveva adoperato nella conduzione delle miniere; le sue scelte non avevano mai avuto nessun segreto per lei e, continuando a seguire la sua politica anche nei rapporti con i minatori, adesso riteneva opportuno dividere parte dei profitti ottenuti con i suoi uomini, purché lavorassero con impegno. Se anche non era simpatica a nessuno di loro, bisognava però che sapessero che lei si comportava con onestà e correttezza nei loro confronti. Era tutto ciò che ai suoi minatori interessava e, del resto, era anche quello che pretendeva da loro in cambio, anche se non sempre riusciva a ottenerlo. Adesso, però, poteva pretendere qualcosa di più. Se ce n'era uno che non si comportava correttamente nei suoi confronti, veniva licenziato sui due piedi.

«È sempre una carogna, una piccola presuntuosa.» Dan Richfield, una sera, parlando di Sabrina in un bar, con un gruppetto di minatori che lavoravano per lei, non aveva risparmiato le offese e gli insulti. In quel momento entrò John Harte e andò a mettersi in fondo al banco del bar, un po' lontano da Dan, che non si era accorto del suo arrivo. «Quella continua a dare ordini a destra e a sinistra come se portasse i pantaloni!» Intorno a lui ci furono risatine di approvazione ma, dal fondo del bar, si levò la voce di John Harte il quale disse in tono pacato: «E allora perché hai cercato di violentarla, l'anno scorso?» Nella sala calò un silenzio improvviso; Dan impallidì e si voltò di scatto, inorridito nel vedere che era stato il suo padrone a parlare.

«Vuole spiegarsi? Cosa vorrebbe dire con questo?»

«Non mi pare che dovresti parlare in questo modo di Sabrina Thurston. Lavora sodo anche lei, come noi, ci mette tutto l'impegno possibile e poi, se non sbaglio, questi minatori sono ancora alle sue dipendenze.» Tutto d'un tratto, uno o due degli uomini presenti presero un'espressione imbarazzata. Si vergognavano. John Harte non era mai stato tenero verso Sabrina, però aveva ragione. Perché la ragazza lavorava maledettamente sodo, di questo bisognava darle atto. A uno o due alla volta gli uomini presenti se ne andarono; Dan, invece, rimase, con gli occhi fiammeggianti, le mani che gli prudevano dalla voglia di menar botte; ma non ne ebbe il coraggio. Continuò, invece, a scolarsi il suo whisky lanciando occhiate sorde in direzione di John. Ma era Sabrina che avrebbe voluto avere fra le mani per conciarla a dovere. Perché gli aveva rovinato tutti i suoi sogni. Adesso, poi, che sua moglie era morta, gli sarebbe piaciuto godersi le grazie di un bel bocconcino di ragazza come quella! Continuò a riflettere su tutto questo per parecchi giorni, torturandosi per la rabbia e il livore soprattutto al pensiero di ciò che Sabrina doveva aver raccontato a John, finché il lunedì seguente, dopo aver abbondantemente bevuto fino a sera inoltrata, prese la decisione di passare davanti alle miniere Thurston. Vide che fuori c'era, legato, il cavallo di Sabrina. Ormai erano le nove passate e lui aveva creduto che, a un'ora così tarda, se ne fosse già andata. Si fermò, legò fuori dall'ufficio anche il suo cavallo, salì lentamente i gradini e restò per un attimo a fissare la ragazza attraverso il vetro della finestra: era seduta alla scrivania, a testa china, i capelli neri raccolti sulla nuca, la penna che volava sulla carta. Ormai Sabrina aveva preso l'abitudine di restare in ufficio fin quasi a mezzanotte e, adesso, era ancora presto per pensare al ritorno a casa. Dan Richfield sogghignò guardandola; adesso capiva di essere tornato per portare a termine ciò che aveva lasciato interrotto un anno prima, quando lei lo aveva licenziato. Mentre attraversava il portico, l'assito di legno scricchiolò e Sabrina, senza neppure alzare la testa, aprì di scatto il cassetto della scrivania e impugnò una piccola pistola. Dan Richfield non aveva ancora fatto in tempo ad aprire la porta che il primo proiettile attraversò il vetro della finestra, sfiorandogli un braccio. Dan rimase impietrito a fissarla senza avere il coraggio di fare il minimo movimento. Intanto Sabrina si era messa a parlare con voce calma e controllata, ma abbastanza forte perché lui la sentisse.

«Prova a entrare da quella porta, Dan, e sei un uomo morto.» Lui capì che Sabrina non stava scherzando. Non era apparsa né sorpresa né impaurita. Ormai era preparata a tutto e non aveva paura di lui. Intanto si era alzata e aveva preso meglio la mira con la pistola, puntandogliela in direzione della testa. Dan, senza dire una sola parola, girò sui tacchi e si allontanò. Soltanto allora Sabrina suonò la campana per chiamare uno dei guardiani notturni. In genere erano incaricati di sorvegliare le miniere perché Sabrina non aveva bisogno di loro negli uffici, ma adesso li chiamò perché facessero un giro di ispezione anche sul terreno circostante, che era di sua proprietà, in modo da avere la certezza che Dan non si fosse nascosto nei dintorni.

Il giorno seguente mandò ad avvisare John Harte dell'accaduto, consigliandolo di tener meglio sotto controllo i suoi uomini. Gli fece sapere che, se ne avesse trovato di nuovo uno all'interno della sua proprietà, avrebbe concluso che era stato mandato da Harte, personalmente, per spingerla all'esasperazione e convincerla a vendergli le miniere. In tal caso lo avrebbe ammazzato lì, sui due piedi, dove lo trovava. Nel suo messaggio, si fece premura di informare Harte che, per questa volta, aveva preferito risparmiare la vita a Dan Richfield, ma che non ci sperasse più per il futuro. Quanto a John Harte, non fu per niente soddisfatto di sapere che Dan aveva ricominciato a infastidirla. Anzi, quello stesso giorno, gli parlò a quattr'occhi per avvertirlo di quello che lo aspettava, se si fosse riprovato a fare il prepotente con Sabrina Thurston e Dan, stringendo convulsamente i denti di fronte alla predica di Harte, capì che era meglio tacere. Più tardi, quando rimase solo, John si fece una bella risata, ripensando all'accaduto. Sabrina non era molto differente da Luna di Primavera, così fiduciosa nella propria abilità a maneggiare il coltello. Evidentemente Sabrina ci sapeva fare, con le armi da fuoco! Gli spiaceva soltanto che una ragazza come lei fosse stata costretta ad adoperare una pistola per difendersi... D'altra parte, era stata sua la scelta di vivere in un mondo fatto unicamente di uomini! E, per quell'anno, John Harte non ripeté la sua offerta.

23

«EBBENE, figliola, adesso hai ventun anni! Cosa hai intenzione di fare?» Hannah la squadrò al di sopra della torta che aveva fatto cuocere in forno appositamente per lei e si sentì salire le lacrime agli occhi. Ormai Sabrina era diventata adulta e la sua bellezza di adolescente era sbocciata in quella di una giovane donna: una creatura stupenda, ma anche dura e spietata. Era a capo di un complesso di seicento minatori e aveva preso, in tutto e per tutto, il posto di suo padre, ma con quali risultati? Faceva una vita solitaria, lavorava fino a mezzanotte, comandava a bacchetta i suoi uomini, licenziandoli sui due piedi se non rigavano dritto, e perdeva ogni giorno di più l'antica dolcezza. Hannah, ormai, sospettava che la lotta continua avrebbe finito per distruggerla. Anche Amelia aveva detto la stessa cosa, quando era venuta a trovarle l'anno precedente; tuttavia aveva capito che era impossibile far cambiare opinione a Sabrina e aveva finito per raccomandare ad Hannah di lasciarle tempo e di non assillarla con le sue lamentele. «Con il tempo, se ne stancherà», aveva detto Amelia con la sua saggezza femminile e, con un sorriso, aveva aggiunto: «Chissà! magari finirà per innamorarsi». Già, ma di che cosa? Del suo cavallo? Era già innamorata del suo lavoro e, quando non si ammazzava di fatica nelle miniere, era alla cooperativa dei viticoltori, a combattere con un altro gruppo di uomini.

«Non riesco a capire perché sei diventata così!» Hannah la guardò con aria angosciata. «Neanche il tuo papà voleva bene a quelle miniere come te! Quello che gli stava più a cuore di tutto eri tu, soltanto tu!»

«Giusto! Ecco perché gli devo almeno questo», rispose Sabrina con voce decisa e Hannah, scrollando la testa, le servì una fetta della torta di compleanno, coperta di cioccolata. Era sempre la stessa torta che le faceva da ventun anni e, adesso, Sabrina, guardando la vecchia amica, le sorrise. «Come sei buona con me, Hannah!»

«Io, invece, vorrei che tu fossi un poco più buona con te stessa, tanto per cambiare! Lavori ancora più sodo di Jeremiah. Ma lui, almeno, tornava a casa e ci trovava te. Perché non pensi a vendere quelle maledette miniere, piuttosto, e a cercar marito?» Ma Sabrina si limitò a ridere. E chi avrebbe dovuto sposare? Uno dei suoi minatori? Il nuovo direttore che aveva assunto quando quello vecchio se ne era andato? Il banchiere che si occupava dei suoi affari in città? Non c'era nessuno che la interessasse, e poi aveva troppe altre cose di cui occuparsi.

«Chissà! Forse assomiglio a mio padre molto più di quello che tu avresti mai pensato!» E sorrise. Ad Amelia aveva detto la stessa cosa. «In fondo, anche lui si è sposato quando aveva già quarantaquattro anni.»

«Ma tu non puoi aspettare tanto!» brontolò Hannah.

«Perché?»

«Non vuoi avere dei bambini?»

Sabrina alzò le spalle. I bambini... che strana idea... Tutto quello a cui lei riusciva a pensare erano i settecento palloni di mercurio da spedire nell'Est entro quindici giorni... e duecentocinquanta palloni da mandare nel Sud... le carte, i documenti, il lavoro d'ufficio che aveva da sbrigare... gli uomini da licenziare e da far rigare dritto... e gli allagamenti delle miniere che incombevano sempre come una minaccia... o gli incendi contro i quali dovevano sempre stare in guardia... Bambini? Come trovar posto anche per loro in un programma così intenso? In quel momento, comunque, non c'era neanche da pensarci, ai bambini, e, molto probabilmente, anche in seguito. Ma non le sembrava una gran perdita. Non riusciva a immaginarsi con un bambino. Aveva troppe altre cose in mente e, non appena finita la torta, corse di sopra a preparare le valigie. Aveva già avvertito Hannah. Sarebbe andata a San Francisco per qualche giorno.

«Da sola?» Hannah, ormai, ripeteva sempre le stesse cose.

«E chi vuoi che mi accompagni?» Sabrina sorrise. «Vuoi che mi porti dietro come *chaperon* una mezza dozzina dei miei minatori?»

«Non essere sfacciata, ragazza!»

«E va bene...» ormai era la centesima volta che glielo ripeteva «... allora mi faccio accompagnare da te.»

«Ma se lo sai benissimo che quel maledetto battello mi fa star male!»

«E allora... lo vedi anche tu che devo andare da sola, non ti pare?» Del resto, non gliene importava niente. Il viaggio a San Francisco le dava sempre il tempo di riflettere e le offriva un'occasione di rivedere casa Thurston. Provava ancora dolore e smarrimento nell'entrare nella stanza dove suo padre era morto, ma la casa era bellissima e sarebbe stato molto triste non poterla adoperare mai più. Sabrina non vi aveva mai lasciato dei domestici; preferiva aprirla da sola e badare personalmente alle proprie necessità nei pochi giorni in cui vi abitava. «Pensaci un po', Hannah, adesso tutti trovano che sono un po' stramba ma, nel giro di pochi anni, vedrai se non finiranno per prendermi così come sono! Diventerò per tutti quella vecchia pazza che manda avanti da sola le sue miniere. E nessuno troverà strano che io parta per un viaggio da sola, che salga su un battello o arrivi in città senza essere accompagnata dalla cameriera. Riuscirò a fare tutto quello che vorrò!» Scoppiò a ridere e per un attimo sembrò ancora una ragazzina. «Non vedo l'ora! Credimi.»

«Non ci vorrà molto, te lo garantisco!» Hannah la stava guardando con tristezza. No, non era questo che avrebbe voluto per la creatura che aveva allevato con tanto amore. «Presto sarai abbastanza vecchia per fare quello che dici e ti accorgerai di avere sprecato tutti questi anni.» Per Sabrina, invece, non erano anni sprecati. Provava quasi sempre una sensazione di vittoria ed era molto soddisfatta di ciò che aveva ottenuto. Dagli altri, invece, le capitava raramente di ottenere lodi o approvazione. In genere, la gente la considerava prepotente, un po' stramba e con delle strane idee di indipendenza ma, ormai, ci era abituata. Continuava ad andare in giro a testa alta e la sua lingua era diventata ancora più tagliente. Era sempre pronta a rispondere per le rime e non le mancava mai la battuta sarcastica; non solo, ma era diventata ancora più svelta e abile nel maneggiare la sua piccola pistola d'argento. Sapeva di essersi comportata bene ed era soddisfatta di ciò che aveva realizzato. Nel proprio intimo, era convinta che suo padre ne sarebbe stato contento anche lui. Forse questo non era esattamente ciò che avrebbe desiderato per lei, però sapeva che l'avrebbe rispettata, in ogni caso, per ciò che aveva compiuto in quei tre lunghi, lunghissimi anni. Sabrina non riusciva a capacitarsi che fosse già passato tanto tempo. E che il suo lavoro fosse stato così duro e penoso. Ci ripensò anche adesso, mentre scendeva da basso con la valigia e un mantello sul braccio.

«Fra tre giorni sono qui di nuovo.» Baciò Hannah su una guancia, la ringraziò per la torta del compleanno e la vecchia governante, osservandola mettere in moto la nuova automobile, si accorse di avere le lacrime agli occhi. Perché, secondo lei, quella povera figliola non avrebbe mai capito che cosa aveva perduto. Malgrado tutta la sua forza d'animo e la sua indipendenza, c'era un vuoto nella sua vita, un vuoto immenso, e Hannah ne provava un gran dispiacere per lei. No, questa non era la vita giusta per Sabrina; non lo era più, da tre anni!

Sabrina raggiunse Napa guidando personalmente la sua automobile e la lasciò nelle scuderie vicino alla banchina, come faceva sempre. Era stata una delle prime persone, lì, a comperare un'automobile e anche questo, come ogni altra cosa che faceva, aveva provocato commenti a non finire. Ma lei non ci aveva mai badato: la macchina era una grande comodità e le faceva risparmiare molto tempo. In genere preferiva sempre il suo vecchio cavallo per andare in ufficio, però si divertiva a usare l'automobile se aveva in programma un viaggio un poco più lungo: soprattutto quando si recava a Napa a prendere il battello per San Francisco. Anche questa volta trascorse le quattro ore della traversata chiusa nella sua cabina, a esaminare le carte e i documenti che aveva portato con sé. Stava pensando di affrontare con la sua banca la questione degli altri terreni che voleva acquistare; sapeva già che avrebbe dovuto sorbirsi i loro soliti consigli sul fatto che sarebbe stato più saggio vendere i vigneti e le miniere oppure assumere una persona che si incaricasse di dirigere le une e gli altri. Pareva impossibile che, ai suoi banchieri, non fosse mai passato per il cervello che erano pochissimi gli uomini capaci di fare quello che lei stessa faceva. Comunque ormai si era abituata a sentirsi ripetere sempre le stesse cose. Sorrideva educatamente e poi si metteva di nuovo a parlare dell'argomento che le interessava, e loro non finivano mai di stupirsi di fronte alla logica fredda e spietata delle sue idee. «Chi le ha consigliato di fare così?» finivano quasi sempre per domandare, oppure: «Questa sarebbe un'idea del suo direttore?» Era inutile cercar di spiegare che quelle idee erano sue, e soltanto sue; era qualcosa che andava al di là della loro comprensione e Sabrina sapeva che, anche questa volta, quando si fosse presentata alla banca per discutere le nuove proposte, le cose sarebbero andate così. Ma, bene o male, dopo lunghe discussioni, Sabrina sarebbe riuscita a ottenere, come sempre, quel che voleva.

Chiuse la cartella di cuoio che conteneva le carte e i documenti non appena sentì che il battello stava per attraccare. Questa volta non era uscita dalla sua cabina neppure per un minuto. Dopo l'abbondante pranzo che Hannah le aveva preparato per festeggiare il suo compleanno, non se l'era sentita di mangiare neanche un boccone e, soprattutto, aveva parecchio lavoro da sbrigare. Adesso, poi, era ansiosa di riposarsi e di fare un bel bagno caldo, distensivo, a casa Thurston. Ci sarebbe voluto parecchio perché l'acqua si riscaldasse nella caldaia, ma questo le avrebbe consentito di controllare che tutto funzionasse a dovere.

Infilò nella serratura la chiave che portava sempre con sé. La carrozza che l'aveva portata fin lì era già ripartita. Tutto era buio, quando entrò, e dovette cercare a tentoni l'interruttore della luce. Lo girò e poi tornò a prendere la valigia, che aveva lasciato fuori. Richiuse accuratamente la porta. Era stanca, quella sera. Soffermandosi un attimo nel grande atrio e guardandosi intorno, si accorse di avere gli occhi pieni di lacrime. Era la prima volta che le capitava da molto tempo. Adesso aveva ventun anni, ma non c'era nessuno con cui festeggiare quella ricorrenza. Ecco la casa in cui suo padre era morto. Non avrebbe saputo spiegarsi il perché, eppure quella sera provava una profonda tristezza a essere lì da sola e sentiva più che mai la mancanza di Jeremiah. Per un attimo si pentì quasi di essere venuta e poco più tardi, allungata nella grande vasca da bagno della sua *suite*, ricominciò a pensare a tutto quello che le era accaduto nei tre anni precedenti. Come erano stati difficili! Quante persone avevano commesso delle ingiustizie nei suoi confronti, quante erano state scorrette verso di lei, si erano augurate che andasse in rovina, o le avevano dato un grande dolore... Perfino Hannah, che era stata spesso arrabbiata e burbera nei suoi confronti. Nessuno pareva aver capito che era uno spiccato senso del dovere a costringerla a mandare avanti le miniere come aveva fatto Jeremiah. Per fortuna, John Harte non era più tornato alla carica con le sue offerte. Chissà se Dan Richfield continuava ancora a lavorare per lui? Probabilmente sì, anche se le ultime notizie che aveva avuto, a questo proposito, risalivano a sei mesi prima. Grazie a Dio, non era più tornato a minacciarla o a insidiarla nel suo ufficio, dopo la volta in cui lei gli aveva tirato un colpo di pistola attraverso la finestra. Ricordando quell'episodio diede una rapida occhiata al lavabo di marmo rosa sul bordo del quale aveva posato la piccola pistola d'argento. Se la teneva sempre vicina e la metteva sul comodino, quando andava a letto la sera. Avrebbe preferito, addirittura, metterla sotto il guanciale, ma era un'arma perfetta e il grilletto scattava non appena veniva sfiorato. Sabrina faceva una vita logorante, si sentiva sempre sotto pressione, con i nervi tesi, anche se ormai ci aveva fatto l'abitudine, ma, quando veniva a San Francisco, le pareva di lasciarsi alle spalle i problemi. San Francisco era tanto cosmopolita, tanto civile... e poi, quasi nessuno sapeva chi lei fosse. Non c'era persona che si fermasse a guardarla e si mettesse a bisbigliare qualcosa indicandola, come facevano a Napa, a Calistoga, e perfino a St. Helena. Guardate, ecco la donna che dirige le sue miniere! La ragazza Thurston... matta come un cavallo... manda avanti da sola le sue miniere, figuratevi un po'! È dura, cattiva, gretta e meschina... C'erano mille modi, ingiusti e scortesi, per descriverla, ormai, e credeva di conoscerli tutti... Mentre, qui, nessuno si interessava a lei. A San Francisco, Sabrina riusciva a fingere con se stessa di non essere più chi sapeva benissimo di essere; poteva perfino permettersi di passeggiare senza fretta per Market Street oppure per Union Square e di fermarsi, magari, nel negozio di un fiorista a comperare una rosa da puntarsi sul risvolto del colletto oppure un mazzolino di violette da infilarsi fra i capelli. Qui non doveva più preoccuparsi di quello che i suoi uomini potevano pensare di lei quando scendeva nelle miniere. Qui poteva quasi fingere di essere soltanto una ragazza come tutte le altre.

Fu quello che fece tornando dalla banca. Si incamminò lentamente verso casa e comprò un mazzolino di fiori dal profumo fragrante per metterli in un vaso nella sua camera, a casa Thurston. Poi con un gesto improvviso si tolse le forcine dai capelli, che le ricaddero sulle spalle. Continuò a camminare con il viso ridente. Era più facile vivere qui, si disse. Continuando il cammino lungo i viali in salita di Nob Hill, canticchiò allegramente tra sé. Era molto tempo che non si sentiva più tanto serena e felice. D'un tratto vide un'automobile che si fermava davanti a lei. La persona, seduta al volante, prima la squadrò attentamente e poi scoppiò in una risata.

«Perdio, signorina Thurston! Lo sa che non l'avrei mai riconosciuta?» Era John Harte e sembrava, anche lui, di ottimo umore.

«E lei, signor Harte? Cosa mi dice? L'ha appena rubata, questa automobile?»

«Già, già! Le piacerebbe fare un giretto?» Si trovavano su terreno neutrale, lì a San Francisco, e Sabrina lo guardò con un sorriso di allegria. Che andasse tutto all'inferno! Se John Harte le avesse chiesto per l'ennesima volta di comperare le sue miniere, avrebbe potuto scendere e andarsene per i fatti suoi. Sapeva con certezza che Harte non aveva nessuna intenzione di rapirla... E poi, chi avrebbe pagato il riscatto per liberarla?

«Sicuro!» Guardò incuriosita l'automobile che John Harte aveva appena acquistato. Si trattava dello stesso modello che lei aveva già da due anni, ma questa era nuova di zecca e un poco più elaborata. Adesso pareva che, di anno in anno, aggiungessero al motore e alla carrozzeria una serie completa di nuovi strumenti e anche le finiture erano più raffinate. «Le piace la sua nuova automobile?»

«Sì, credo proprio di esserne innamorato.» Sorrise, diede un'occhiata di felicità al cruscotto e poi si sporse dal finestrino per occhieggiare il cofano lucente, prima di voltarsi di nuovo a guardarla. «Bella, vero?»

Sabrina scoppiò in una risata e non riuscì a trattenersi dal rispondergli con una frecciatina. «Quasi bella come la mia!» E, di nuovo, scoppiò in un'altra risata. Harte, che in un primo momento era rimasto strabiliato, si mise a sghignazzare rumorosamente.

«Ne ha una? Come questa?»

Lei, continuando a ridere, rispose: «Precisamente. Anche se non l'adopero molto, a St. Helena. Chissà perché, mi sembra che la mia vecchia giumenta roana sia più adatta.» Si era finalmente decisa a vendere lo stallone al quale suo padre aveva voluto molto bene. Non lo cavalcava mai e si stava facendo vecchio. «Però, se devo andare più lontano, prendo l'automobile.»

John Harte la squadrò da capo a piedi come se la vedesse per la prima volta. «Bisogna dire che lei è una ragazza davvero straordinaria! Un vero peccato essere acerrimi nemici! Perché, se non fosse così, ho il vago sospetto che riusciremmo a essere amici.»

«È vero! Credo anch'io che sarebbe possibile, se lei la smettesse di cercare di comperare le mie miniere ogni volta che la incontro!» Poi si chiese se la sua amante avrebbe sollevato qualche obiezione a questo invito, ma capiva di non poter toccare l'argomento neanche alla lontana.

«Perché lei continua a non avere intenzione di vendere, vero?» Le sorrise. Quel giorno pareva sereno e disinvolto; e sembrava che l'ostinazione di Sabrina non lo preoccupasse affatto. Lei scrollò la testa.

«Gliel'ho già detto. Le miniere Thurston non verranno messe in vendita fino al giorno della mia morte.»

«E i vigneti, ha preso qualche decisione per loro?» Era incuriosito, adesso; gli piaceva lo scintillio dei suoi occhi, gli piacevano i capelli sciolti sulle spalle. Era una ragazza singolarmente carina e si stupì di non essersene mai accorto prima di allora. Per di più, era intelligente e sapeva tener testa a qualsiasi uomo. Purtroppo questo fatto l'avrebbe sempre messa in una posizione svantaggiosa, sotto molti aspetti. E si domandò ancora che cosa Sabrina facesse quando non lavorava nel suo ufficio delle miniere. La osservò più attentamente mentre lei gli rispondeva: «Anche i vigneti resteranno miei fino al giorno in cui finirò nella tomba».

«Non mi sembra che si preoccupi dell'opportunità di avere degli eredi a cui lasciare tutto.» Sabrina alzò le spalle e lo guardò dritto negli occhi. «Non si può avere tutto nella vita, signor Harte. Io ho ciò che voglio... le miniere, i vigneti, la terra. Mio padre amava tutto questo, e credo che non sarei degna di lui se vi rinunciassi. Era ciò che amava di più al mondo. E venderne anche solo una parte sarebbe come vendere una parte di lui.» Dunque era questo il motivo di fondo. Se lo avesse saputo, avrebbe anche capito com'erano sempre state scarse, negli anni precedenti, le sue speranze di acquistare qualcosa da lei.

«Doveva volergli molto bene.»

Gli sorrise mentre raggiungevano Nob Hill. «Certo. E lui è sempre stato molto buono con me. Così, mi sembra che sia giusto continuare a mandare avanti tutto come lui voleva.»

John Harte la guardò con dolcezza. «Però, a volte, che peso terribile deve essere per lei!»

Sabrina fece segno di sì con la testa, lentamente. D'un tratto, sentiva un gran bisogno di essere onesta con lui. Capiva di doverlo dire a qualcuno. «Certo, a volte è così. Non sempre è stato facile.» Sospirò e rimase, assorta, a fissare il vuoto. «Però credo che sia sempre una vittoria quando si riescono a superare i momenti difficili e si è raggiunto un buon successo. Quel primo anno, è stato tremendo...» La sua voce si affievolì. «Quando tutti quei minatori si sono licenziati e Dan Richfield se ne è andato...» Si strinse ancora una volta nelle spalle e lo guardò. «Ma ormai sono passati tre anni e adesso tutto va per il meglio», disse, ancora con un sorriso, «quindi non si faccia venire delle idee sbagliate... Non si illuda di comperarmi!»

«Non è escluso che un giorno o l'altro ci riprovi, signorina Thurston. Quando si è fatti così... purtroppo, al proprio carattere non si comanda!» Scoppiò a ridere insieme con lei e Sabrina gli diede le indicazioni necessarie per raggiungere casa Thurston.

«Purché sappia che avrà un altro rifiuto!»

«Ormai credo di averci fatto l'abitudine.»

«Bene. Ecco, ci siamo.» Gli indicò l'imponente cancello e scese con un salto dall'automobile per andare ad aprire il chiavistello e a spalancare i battenti. Poi tornò indietro e lo guardò negli occhi. Che strano, quell'incontro! Qui ogni cosa pareva meno drammatica, aveva i contorni più sfumati. Incontrando John Harte in città, non le sembrava di avere davanti un rivale: erano semplicemente due persone che facevano, ciascuna, la propria vita, tranquillamente e senza danneggiare nessuno. Lei si era messa un mazzolino di fiori fra i capelli e lui aveva comperato una nuova automobile, che lo rendeva felice. Era come essere persone differenti dal solito, e Sabrina si sentì più serena, con il cuore leggero. «Se vuole, può fare a meno di accompagnarmi su per il viale fino alla porta. Posso continuare a piedi.»

«Perché non mi permette di condurla fino alla porta di casa a bordo della mia nuova automobile, signorina Thurston?» Si stava comportando con estrema correttezza e aveva, verso di lei, modi educati e gentili, qualcosa che, nei loro rapporti passati, non era mai entrato.

«Va bene, se proprio insiste, signor Harte!» Accettò di essere accompagnata sulla sua automobile fino alla porta di casa. Poi, con un lieve sorriso, si voltò a guardarlo. «Se mi giura solennemente di non accennare neanche una volta alle mie miniere, sarei lieta di invitarla a prendere una tazza di tè o un bicchiere di Porto. Però, prima, esigo la sua promessa!» John Harte giurò solennemente di non toccare quell'argomento, poi la seguì nell'interno. Non era preparato a quello che lo aspettava. Casa

Thurston era l'edificio più splendido e lussuoso che avesse mai visto, anche se, a quarantanove anni, non era un pivellino e non mancava di una certa esperienza. Ma ciò che aveva davanti agli occhi era, letteralmente, spettacolare. Come tutte le altre persone che vi entravano per la prima volta, rimase attonito e stupito sotto la grande cupola. Sabrina aveva provveduto a far sostituire i bellissimi vetri colorati già tre anni prima e a far riparare tutto ciò che era stato danneggiato dal terremoto.

«Mio Dio... come fa a vivere lontano da tutto questo?»

Lei sorrise. «Ho ben altro che bolle in pentola!»

Lui rise a questa risposta. «Giustissimo! Però io credo che, se fossi il padrone di questa casa, abbandonerei tutto il resto per venire ad abitarci.»

Lei lo guardò con un'espressione di finto sgomento. Si sentiva straordinariamente allegra e di buonumore. «Cosa sta cercando di fare, signor Harte? Di rompere i nostri patti e di farmi un'altra offerta?»

«No, assolutamente. Però devo ammettere di non aver mai visto niente di più meraviglioso! Quando è stata costruita?» Ricordava vagamente di averne sentito parlare, ma ormai era passato tanto tempo!

«Mio padre l'ha costruita nel 1886, due anni prima che io nascessi.» John Harte la guardò, sgranando gli occhi, e lei se ne stupì. «Qualcosa che non va?»

Lui scrollò la testa. «No... l'ho sempre saputo, ma sentirglielo dire in questo modo... Si rende conto che cosa può significare per un uomo della mia età accorgersi che il suo nemico più acerrimo, anzi il suo più grosso concorrente, è una persona di ventun anni? Perché lei ha ventun anni, vero?»

Sabrina, che si era fermata a guardarlo in un atteggiamento composto ed elegante, gli sorrise. Appariva bellissima. «Sì, li ho compiuti ieri.»

«Allora, buon compleanno!» John Harte aveva parlato con voce sommessa e molto dolce. Sembrava quasi che la guerra fra loro fosse finita.

«Grazie.» Lo accompagnò nel grande salotto e lo invitò a sedersi e a bere un bicchierino di sherry. Non aveva trovato niente di più forte da offrirgli, ma sembrava che John Harte ne fosse ugualmente soddisfatto. Anzi, a ben guardarlo, aveva un'aria serena, felice e contenta. Molto più di quel che non gli fosse capitato da molti anni.

«Che cosa ha fatto per festeggiare il suo compleanno?» Adesso si era messo a guardarla con interesse. C'era una tale ricchezza interiore in quella ragazza, una tale forza, una tale profondità di sentimenti.

«Niente di speciale. Sono venuta in città.» Si strinse nelle spalle. «Cosa si aspettava? Che i miei uomini mi preparassero una bella torta per il compleanno, giù alle miniere?» Lui rise, ma provò un po' di tristezza per quella ragazza. A ben pensarci, non aveva nessuno, salvo gli uomini che lavoravano per lei; ma sapeva che non erano contenti e si risentivano di essere alle dipendenze di una donna. E sarebbe stato sempre così, anche in seguito. Forse, perché avessero dell'ammirazione per lei e la giudicassero nel modo più giusto, Sabrina avrebbe dovuto morire eroicamente nell'incendio di una delle sue miniere. Allora, sì, che qualcosa sarebbe cambiato!

«Lei è troppo giovane per portare sulle spalle un peso così grave, signorina Thurston», le disse John Harte, guardandola attentamente. «Non le è mai venuta voglia di scappare?»

Sabrina ricambiò quello sguardo con schiettezza. «Sì. E, in questi casi, vengo qui. Del resto anche lei, probabilmente, lo avrà provato!» Lui assentì con un sorriso. La sua vita era stata molto più lunga e molto più intensa di quella di Sabrina. E gli sembrava ingiusto che lei dovesse restare chiusa in trappola laggiù, in quelle miniere dove nessuno le voleva bene.

John Harte provò di nuovo un desiderio improvviso di proteggerla... Eppure eccola, lì davanti ai suoi occhi, nelle vesti della padrona di quella grande casa bellissima. Sabrina possedeva un palazzo in città, i vigneti, aveva tutto, eppure non aveva niente. Perfino Luna di Primavera, la sua *squaw* indiana, aveva qualcosa di più. Aveva tranquillità, rispetto, sicurezza e, se non altro, aveva lui.

«È curioso che, proprio noi, siamo diventati concorrenti, vero?»

Sabrina sorrise, alzando le spalle. «Credo che, nella vita, sia tutto così, più o meno! Avvengono tante e tali coincidenze, tante cose inaspettate e talmente curiose! Come, per esempio, il nostro incontro di oggi.» Sorrise.

«Lo sa che, a momenti, non la riconoscevo con i capelli sciolti sulle spalle a questo modo?»

Sabrina scoppiò in una risata. «Certo che non posso lasciarli sciolti sulle spalle anche quando vado nelle miniere... Allora sì che me ne sentirei dire di cotte e di crude. Se lo immagina?» Ricominciò a ridere sempre più forte e, all'improvviso, anche John Harte la imitò. A volte sembrava soltanto una ragazzina, semplice, priva di complicazioni. Era incredibilmente disinvolta, pratica, senza grilli per la testa, posata, tranquilla. Era soltanto quando si capiva chi Sabrina realmente fosse, che si restava sbalorditi. Aveva un carattere complesso, pieno di sfaccettature, capacità, abilità e qualità per una mezza dozzina di persone eppure sembrava tanto semplice e tanto schietta! Era una creatura che incantava e, al tempo stesso, lasciava confusi e perplessi. John Harte si accorse di esserne affascinato.

«Sa cosa le dico? Lei mi piace così, come è oggi.» Le sorrideva e, quasi senza pensarci, allungò una mano e le accarezzò i capelli. A Napa non avrebbe mai osato fare niente di simile. Ma qui sembrava quasi una ragazza diversa e non c'era niente di male in quel gesto.

«Grazie.» Arrossì, nel pronunciare quelle parole, e la mano di John Harte continuò nella sua carezza e scese dai capelli fino alla guancia. Allora Sabrina si tirò indietro di scatto. Non era abituata a sentirsi vicina un'altra persona, soprattutto vicina a questo modo; non le era più capitato da quando suo padre era morto. Adesso l'aveva fatta trasalire. L'aveva turbata. Si alzò per versargli ancora da bere, ma John Harte pareva incapace di staccare gli occhi dal suo viso. Quando Sabrina tornò al suo posto, le disse dolcemente: «Non volevo spaventarla».

«Si figuri... io... non importa.» Intanto lo guardava con aria grave. «È difficile essere contemporaneamente due persone. Mi sono sforzata di diventare più dura di quel che non sono per assumermi il compito di dirigere le miniere, e credo di aver dimenticato di essere qualsiasi altra cosa. In fondo, prima che succedesse tutto quello che è successo, ero soltanto una bambina.»

John Harte avvertì all'improvviso tutta la sua fragilità, la sua innocenza.

«Quando viene a San Francisco, abita sempre sola in questa casa, signorina Thurston?»

Lei gli sorrise. «Sì, certo, è sempre stato così da quando mio padre è morto. Non ho paura. Mi piace venire qui da sola.»

Era una strana ragazza, una ragazza solitaria, però, in questo, John Harte trovava che era un po' sciocca e troppo ingenua.

«Qui non siamo in campagna. Secondo me, è molto pericoloso.»

«So difendermi, io!» Sorrideva, ma lui non ne era altrettanto sicuro.

«D'accordo, ma non ci farei troppo conto. Cosa potrebbe capitare se non riuscisse più a trovare la sua pistola?» Gli era venuta in mente la storia del proiettile che aveva sparato contro Dan.

«Ce l'ho sempre sottomano, signor Harte.»

«Be', questa è una notizia rassicurante.» Le sorrise e lei scoppiò a ridere.

«Mi scusi... non volevo insinuare...»

«Perché non dovrebbe farlo?» Era ridiventato serio. «Lo sa, vero, che non dovrebbe fidarsi neppure di me?»

Allora Sabrina lo fissò con aria grave. «Mi è capitato parecchie volte di essere in collera con lei, però non si è mai comportato in modo meno che corretto con me, signor Harte!» Non aveva dimenticato la visita di condoglianze che le aveva fatto quando Jeremiah era morto. E, in quell'occasione, era stato di una gentilezza commovente verso di lei. «Ormai credo di avere tanto buonsenso da sapere come vanno giudicate le persone!»

«Può darsi, ma non è mai un bene contarci troppo! Meglio non essere tanto sicuri. Per quale motivo non si fa accompagnare dalla sua governante quando viene in città?»

«Soffre di mal di mare sul battello», rispose Sabrina con un sorriso, «e, poi, le assicuro che sto benissimo anche sola. Se non corro rischi nel mio ufficio, alle miniere, dove resto sempre sola fin quasi a mezzanotte, che cosa vuole che mi capiti qui?»

A questo punto John Harte non le nascose la propria preoccupazione. «E i suoi minatori lo sanno, questo?»

Lei si strinse nelle spalle. «Qualcuno, sì. Ho sempre lavorato fino a tardi la sera, come mio padre. C'è sempre un sacco di cose di cui occuparsi durante il giorno e non mi piace avere arretrati.» Anche lui faceva lo stesso, ma capiva che, per Sabrina, era pericoloso restare sola in ufficio. Adesso non si meravigliava più che Dan l'avesse brutalmente aggredita, quella volta!

«Secondo me, dovrebbe essere più cauta. Perché non si porta un po' di lavoro da sbrigare a casa?»

Sabrina gli sorrise, commossa da quelle premure. All'infuori di Hannah, che le mostrava il suo affetto soprattutto rimbrottandola, nessuno si era più interessato a lei da molto tempo. «Mi creda, sto benissimo da sola. Non ho paura. In ogni modo, apprezzo la sua gentilezza e la sua preoccupazione per me.»

«Certo che sarebbe tutto più semplice se si decidesse a farmi comperare le sue miniere, un giorno o l'altro!» Un lampo di collera illuminò gli occhi di Sabrina e Harte si affrettò ad alzare una mano per placarla. «Non era un'offerta, la mia! Era soltanto una banalissima osservazione. Ma lo sa anche lei, fin troppo bene, che sarebbe più semplice, vero? Comunque mi pare che preferisca le cose difficili.» Si alzò e le fece un profondo inchino. Sabrina si accorse che la sua collera di poco prima era svanita. «Mi inchino ai suoi desideri.» Allora la ragazza gli sorrise, maliziosa. «Peccato che non ci abbia pensato un momento prima di parlare, signor Harte!»

«Su, su, signorina Thurston. Dovevo tentare in ogni caso! E adesso, mi ritiro.» Lei, però, non era ancora del tutto convinta di potersi fidare di quell'uomo. «Chissà, forse adesso riusciremo a essere amici.»

«Sarebbe molto bello», rispose Sabrina con un sorriso. Intanto stava ricordando quello che Jeremiah le aveva sempre raccontato: il bambino di quest'uomo era morto fra le sue braccia. Dunque John Harte non doveva essere soltanto un minatore, avido di potere, che cercava di comperare la sua azienda. Suo padre aveva sempre avuto un'ottima opinione di Harte. Non sapeva ancora che cosa pensare, né come giudicarlo, però capiva di avere del rispetto per lui. Era una persona intelligente e sapeva dirigere la sua impresa con molta abilità.

«Vorrei essere suo amico, signorina Thurston.» Lei fece un cenno di assenso, guardandolo con tristezza. Non aveva mai avuto amici, all'infuori delle bambine con le quali era andata a scuola a St. Helena. Ma ormai erano tutte sposate, avevano dei figli e non le rivolgevano quasi più la parola. Era diventata una donna indegna, una persona che dava scandalo, adesso che si era cacciata in testa di dirigere le miniere paterne. Invece a Sabrina occorreva una persona amica, qualcuno con cui parlare e discutere i propri problemi. Si domandò che cosa avrebbe pensato la ragazza indiana se, di tanto in tanto, si fosse presentata, in groppa al suo cavallo, alle miniere Harte per fare quattro chiacchiere con il padrone. Era una opportunità che stava soppesando mentalmente e John Harte, osservandola, si accorse che lo stava guardando con un'espressione cauta negli occhi.

«Sì, mi piacerebbe, signor Harte. Però mi chiedo se sarà possibile quando saremo tornati alle nostre rispettive miniere!»

«Potremmo provare! Per esempio, ogni tanto potrei venire a farle visita. Crede che sarebbe corretto?» Ma... a chi chiederlo? Sabrina non aveva una madre o un padre, o una zia. Tra l'altro, John Harte le stava domandando qualcosa che lei non riusciva a capire completamente. Forse non lo capiva neppure lui... L'aveva vista camminare sola lungo quella strada e la sua apparizione lo aveva lasciato commosso, affascinato, con il respiro affannoso per l'emozione... John Harte aveva scoperto di essere talmente incantato da Sabrina che il solo pensiero di perderla di nuovo lo faceva impazzire; e non gli importava niente che lei potesse cambiare e diventasse diversa, una volta tornata al suo lavoro, nelle miniere. Sapeva che, sotto sotto, in Sabrina Thurston c'era nascosta la creatura incantevole di questa sera e non voleva più dimenticare come gli si era rivelata adesso, a San Francisco, in casa Thurston. Sabrina non gli aveva detto nulla di insolito, però l'espressione dei suoi occhi lo aveva commosso fino in fondo al cuore. Anche Matilda aveva avuto qualcosa di simile e pareva somigliarle alla lontana, pur non possedendo né la bellezza né l'intelligenza di Sabrina. Mentre chiacchierava, seduto con lei in salotto, lo aveva colpito anche un altro fatto — il fatto incredibile che, a ventun anni, questa ragazza fosse a capo delle miniere più importanti della California. Era una creatura rara sotto mille aspetti diversi e, soltanto ora, John Harte riusciva a capirlo. Tanto che dovette quasi imporsi a viva forza, a un certo momento, di andarsene. Sabrina richiuse la porta e tese l'orecchio ad ascoltare il rumore della sua automobile che si perdeva in lontananza, provando una strana eccitazione che la turbò fino in fondo all'anima. Era qualcosa che non le era mai capitato di provare. Continuava a ricordare lo sguardo di John Harte, si ripeteva qualcosa che le aveva detto, e non fece che sentirsi perseguitata dalla sua presenza anche quando, l'indomani, andò a sedersi in giardino. Non pensava che a lui. Quella sera stessa avrebbe preso il battello per tornare a Napa. Ma non riusciva a capacitarsi di essere rimasta colpita tanto profondamente da quell'uomo. Lo aveva visto dozzine di volte, fin da bambina, e, in quegli ultimi tre anni, lo aveva cordialmente detestato. Invece, tutto d'un tratto, non faceva che pensare a lui. Era un uomo carico di vitalità, di forza, ma anche tranquillo e controllato. E poi, possedeva un grande calore umano e, quando era presente, dava la sensazione di una fiducia e di una sicurezza totali. A poco a poco, cominciava ad accorgersi che questi erano sempre stati i suoi sentimenti nei confronti di John Harte ma, talmente impegnata a odiarlo com'era, si era rifiutata di prestargli troppa attenzione. Era assurdo, adesso, pensare a lui con tanta insistenza, eppure fu un pensiero che la accompagnò per tutto il pomeriggio e, di nuovo, sul battello in viaggio verso Nord e ancora, sempre, mentre tornava a casa in automobile, e mentre raggiungeva le miniere, a cavallo, l'indomani. Non faceva che pensare a lui. Esattamente come John Harte pensava a lei.

Quando entrò nel suo ufficio alle miniere Sabrina scorse una lavagnetta che qualcuno aveva posato sulla sua scrivania. Vi era scritta una tragica notizia. C'era stata una gravissima esplosione in una delle miniere: i danni alle gallerie e ai pozzi erano stati minimi, ma trenta uomini avevano perduto la vita. Anzi, trentuno per l'esattezza, come spiegò a John Harte quando venne a trovarla il giorno dopo. Lo guardò con gli occhi velati dalla tristezza.

«Avrebbero potuto almeno mandarmi un telegramma! Invece non mi hanno avvertito... e io ero là, seduta in salotto, con i fiori tra i capelli...» Aveva gli occhi rossi di pianto ed era arrabbiata con se stessa.

«Lei ha il diritto di fare ben altro nella vita, mi capisce? I suoi minatori, la sera, vanno a casa. Hanno dei figli, una moglie, e si prendono una bella sbornia. Lei, invece, cosa fa?» Era furioso al pensiero che Sabrina fosse tanto severa con se stessa.

«Ma spetta a me la responsabilità di tutti!» Gli gridò queste parole in faccia e lui l'afferrò per un braccio. «Perdio, ha una responsabilità anche verso se stessa, Sabrina.» Era la prima volta che la chiamava per nome e a lei piacque il modo con il quale lo pronunciò. «Lei ha dei doveri verso se stessa, deve concedersi molto di più di queste squallide miniere sudicie. Coma fa a non capirlo, accidenti a lei, carognetta testarda?» Ma mentre John Harte pronunciava queste parole, Sabrina non poté trattenere un sorriso. Era accaduto qualcosa di strano a tutti e due quando si erano trovati nel salotto di casa Thurston a parlare. Dopo tanti anni, erano diventati amici. Poi gli occhi di Sabrina tornarono tristi. «Ho saputo che trentuno dei miei uomini sono morti. E io non ero qui.»

«Sarebbe cambiato qualcosa?»

«Sì, in ciò che gli altri possono avere pensato.» Ma sapeva che non era la verità. Niente avrebbe mai potuto cambiare l'opinione che avevano di lei. John Harte, piuttosto che dirglielo, preferì tacere scrollando la testa.

«Lei ha dato anche troppo a questa gente! Ha dato ai suoi minatori tre anni della sua vita, ed è più di quello che chiunque può avere il diritto di domandarle, per amor di Dio! Ho visto accadere la stessa stramaledettissima cosa anche nelle mie miniere e le assicuro che non proveranno, mai, neanche un briciolo di gratitudine per lei! Quando morirà, se ne infischieranno.»

Ma Sabrina sapeva che non era vero. Ricordava ancora i minatori schierati in lunghe file ai lati della strada quando suo padre era morto e lo aveva riportato a casa. Con una voce dolcissima e triste gli rispose: «No, sanno ricordare».

Gli occhi di John Harte si fissarono nei suoi, a lungo. «Ormai è troppo tardi. A chi vuole che importi tutto questo? Non importava neppure a suo padre.» Anche John Harte aveva i suoi ricordi. «Per lui non significava niente. Lo sa qual era la cosa più importante per Jeremiah? Lei! Forse farà meglio a pensare a quello che le sto dicendo. Era lei la cosa più importante del mondo per Jeremiah...» John Harte si sentì la gola chiusa dalla commozione. «Esattamente come i miei figli sono sempre stati la cosa più importante per me.»

Sabrina lo guardò e poté misurare tutto il suo dolore. «È per questo che non si è più risposato? Per loro?»

Non se la sentì di negarlo. Voleva essere onesto con lei. Gli piaceva troppo, Sabrina Thurston, per ingannarla. «Precisamente.» Sapeva che Sabrina doveva conoscere la storia di Luna di Primavera, ma era un argomento che non voleva affrontare con lei. Perché aveva qualcosa di indegno e di scorretto... mentre lui la rispettava troppo! «Mi sono accorto che non volevo più avere pensieri e preoccupazioni di quel genere. Volevo soltanto i miei comodi. Non avrei più avuto la forza di soffrire un'altra volta come allora, di perdere le persone che amavo.» A quel ricordo, i suoi occhi si riempirono di lacrime.

«Credo che per mio padre sia stata la stessa cosa quando ha perduto la sua prima fidanzata. È quello che Hannah dice sempre. Così, non ha più pensato a sposarsi per diciotto anni.»

«Anch'io credo che non ci penserò più...» Intanto continuava a fissarla con uno sguardo penetrante. «Però, ho avuto almeno quello! Lei no, e non lo avrà mai se continua a fare questa vita da eremita.»

Sabrina gli diede un'altra occhiata piena di collera. «Cosa sta cercando di fare? Di persuadermi per l'ennesima volta a vendere le miniere?»

«No, niente affatto, dannazione! Sto cercando di dirle qualcosa che è importante per lei, o, almeno, dovrebbe esserlo. Si ricordi, Sabrina, che non deve mai dare a questa gente tutto quello che ha. Perché loro non le daranno mai altrettanto in cambio. Dia quello che ha, piuttosto, a qualcuno che può meritarlo...» Di nuovo, si sentì la gola stretta da un nodo di pianto senza capirne il perché. «Lo dia a qualcuno che ama... cerchi qualcuno che possa diventarle caro. Vada a godersi quella casa stupenda che possiede a San Francisco, viva la sua vita. Non la sprechi qui! Suo padre non avrebbe certo voluto soltanto questo per lei, bambina. Perché non sarebbe giusto.» Sabrina, commossa, annuì lentamente, continuando a fissarlo. Poi, quando uscì per andare ad affrontare la tragedia che era scoppiata nella sua miniera, si accorse che quelle parole le risuonavano ancora nelle orecchie.

24

L'INCENDIO più terribile e violento di quegli ultimi cinquant'anni scoppiò nelle miniere di John Harte nell'agosto del 1909. Le distruzioni e i danni provocati dal fuoco furono indescrivibili e, per cinque giorni, le fiamme continuarono a divampare e a distruggere ogni cosa nelle gallerie sotterranee, che erano diventate simili a gironi infernali. Ne venivano trascinati fuori uomini arsi vivi e carbonizzati in modo irriconoscibile. Le possibilità di soccorso erano scarsissime; infatti i gas provocati dall'incendio erano tanto ardenti che le squadre di soccorso erano costrette a battere in ritirata ogni volta che tentavano di raggiungere i minatori rimasti in trappola in qualche cunicolo più profondo e lontano. Per oltre cinque giorni, John Harte continuò a lottare, facendo tutto ciò che era possibile per salvarli. Rimase ustionato lui stesso alle braccia e al dorso, ma riuscì a salvare una ventina dei suoi uomini. Alla fine della seconda giornata dell'incendio giunse anche Sabrina Thurston e cominciò a lavorare a fianco dei minatori di Harte, con le squadre di soccorso accorse da altre città, i medici che erano arrivati addirittura da Napa e Luna di Primavera che curava le ustioni con pomate e impacchi di erbe che lei sola conosceva e preparava con le sue mani. Furono cinque giorni terribili, dolorosi, eterni. Quando, finalmente, le fiamme vennero domate, tutti erano esausti per la mancanza di cibo e di riposo. I posti di ristoro, organizzati per le squadre di soccorso, vennero smontati; gli ultimi feriti furono trasportati in ospedale e i morti portati via. Sabrina crollò di schianto a sedere su un ceppo semicarbonizzato, con la faccia sporca di fuliggine e una mano ustionata. Appariva estenuata. Aveva gli occhi talmente arrossati per il fumo che faticava a tenerli aperti. John Harte la guardò e sorrise.

«Non so come ringraziarla per quello che ha fatto.»

«Lei si sarebbe comportato nello stesso modo per me, non è vero, John?» Lui fece segno di sì. Lo sapevano quasi senza bisogno di dirselo. Sabrina gli aveva mandato varie centinaia dei suoi uomini, per aiutarlo, e nessuno, questa volta, aveva osato protestare: quando si trattava di aiutare dei compagni in difficoltà, la solidarietà scattava immediatamente.

«I suoi uomini sono stati molto bravi!» Lo stesso elogio poteva essere fatto a Luna di Primavera, gentile e paziente con tutta quella gente rude e scostante, logorata dalla fatica. Spesso, mentre si avvicinava a un ferito che aspettava le prime cure, il suo sguardo si era incontrato con quello di Sabrina. Luna di Primavera si era accorta di qualcosa che stava nascendo fra John e Sabrina, qualcosa di cui non erano ancora consapevoli. Aveva notato il modo in cui si erano guardati più di una volta, con una compassione e una tenerezza che Luna di Primavera aveva riconosciuto come il seme dell'amore. Adesso si domandò quanto tempo ci avrebbe messo a crescere da quel seme la pianticella. «Vada a casa a riposare un po', figliola», disse John. «Passerò più tardi da lei a vedere come sta. Voglio assicurarmi che questa mano sia medicata bene.» Diede un'altra occhiata alla mano ustionata di Sabrina e lei gli rivolse un sorriso stanco. Pareva indomabile, John Harte. E instancabile. Non si era concesso neanche un attimo di riposo per cinque giorni consecutivi. Lei, invece, una volta aveva dovuto andare a casa a cambiarsi, tanto era coperta di sudiciume a furia di rimanere in mezzo alla fuliggine, alla cenere, ai vapori ardenti che salivano dalle gallerie delle miniere. Anche adesso quel fumo e quell'odore permeavano tutto ciò che aveva addosso, se li sentiva sulla pelle, sui capelli. Non vedeva l'ora di tornare a St. Helena a fare un bagno caldo. E, poi, la prospettiva di distendersi fra le lenzuola fresche e pulite del suo letto le sembrava irresistibile... Quando arrivò a casa, in sella alla sua giumenta roana, si accorse che faceva fatica a tenere aperti gli occhi. Per tutto il tragitto non aveva fatto che pensare a John Harte e si era detta che era un uomo straordinario. Aveva quarantanove anni e le pareva l'uomo più bello e affascinante che avesse mai visto. Mentre si infilava a letto, quel pomeriggio, si scoprì a provare gelosia per Luna di Primavera. Stava ancora sognando di lui quando, calato il crepuscolo, Hannah venne a bussare rumorosamente alla sua porta. Sabrina balzò a sedere sul letto, con i capelli arruffati che le ricadevano sulla faccia, e guardò l'anziana governante con gli occhi ancora pieni di sonno.

«È scoppiato di nuovo il fuoco?» Stava sognando l'incendio, John Harte, Luna di Primavera e tutti quei minatori feriti... ma Hannah scrollò la testa. Anche lei aveva ancora l'aria stanca. Era rimasta in cucina per giorni interi, a preparare in continuazione cibi abbondanti e sostanziosi per i minatori e per i soccorritori e aveva fatto la spola dalla casa alle miniere di Harte, per portare generi di conforto a chi ne aveva bisogno. Non aveva mai chiuso occhio, neppure un momento.

«C'è giù John Harte. Dice che è venuto a vedere come va la tua mano. Gli ho risposto che dormivi, ma lui ha voluto ugualmente che venissi di sopra a vedere come stai.» Diede un'occhiata alla mano di Sabrina, ma le parve che non avesse niente di grave. Le sembrava curioso che John Harte fosse tanto preoccupato per una scottatura così piccola. Le sue sembravano molto più gravi e Hannah, d'un tratto, si domandò meravigliata che cosa realmente quell'uomo volesse. Non aveva una grande opinione di lui. Perbacco, erano anni che viveva con la sua donna pellerossa! Che non ci pensasse neanche a mettersi ad amoreggiare con Sabrina e, magari, a prendersi in casa anche lei come amante... Nossignore, non glielo avrebbe permesso. Probabilmente si trattava soltanto di un altro trucchetto per persuadere Sabrina a vendere le miniere. «Vuoi che gli dica che stai bene?» Ma Sabrina fece segno di no con la testa e balzò rapidamente dal letto. Prese la vestaglia, se la infilò e scese in fretta le scale, entrando impetuosamente in salotto. John Harte appariva esausto, allo stremo delle forze, ma sorrise vedendola.

«Come va, Sabrina?»

«Bene, grazie. Vuole qualcosa da bere?» Lui stava già per far segno di no con la testa, ma cambiò idea.

«Non mi dispiacerebbe un goccetto di qualcosa di forte per tenere insieme le mie ossa!» Lei sorrise a quel curioso modo di esprimersi e gli versò un whisky liscio.

«Dovrebbe essere a letto a dormire anche lei, invece di cercare di tirarsi su.»

«C'è troppo da fare, ancora.»

«Già, ma chi prenderà il suo posto se lei, a un certo punto, non ce la farà più, sciocco che non è altro?»

Harte si mise a ridere, guardandola. «Vedo che adesso comincia lei a farmi le prediche!»

«Già, è vero!» Sorrise, poi tornò subito seria pensando ai minatori che erano morti. Si trattava del peggior disastro che, nei suoi giovani anni, le fosse capitato di vedere, anche se gli uomini salvati erano un buon numero. «Vorrei che avessimo potuto tirarne fuori di più da quell'inferno, John.» Alzò gli occhi a guardarlo con aria triste, ma lui scrollò la testa.

«Era impossibile, Sabrina. Ci abbiamo provato... tutti...» Purtroppo ben presto, nelle gallerie, le condizioni si erano fatte drammatiche e quando i gas velenosi le avevano invase, la morte dei disgraziati rimasti imprigionati laggiù era stata inevitabile. «Possiamo ringraziare Dio di non averne perduti molti di più!». Folgorata da un pensiero improvviso, Sabrina si voltò a guardarlo. «Diavolo, John, adesso avrà anche lei dei problemi... E, allora, perché non mi vende le sue miniere?» Lo stava garbatamente prendendo in giro. Perché erano più o meno le stesse cose che Harte le avrebbe detto un anno prima.

«Io ho un'idea migliore», rispose John Harte, sorridendole

in un modo strano. «Perché non mi sposi?» Sabrina ebbe l'impressione che il suo cuore smettesse di battere improvvisamente. Lo guardò con attenzione. Si burlava di lei. L'aveva capito subito, però era strano che avesse pronunciato quelle parole... Prima ancora che riuscisse a rispondergli, lui la baciò con dolcezza sulle labbra. Sabrina non aveva mai saputo che cosa fosse il bacio di un uomo e quando John la prese fra le braccia non fece resistenza e gli cedette completamente. Le parve che passasse un'eternità prima che si staccasse da lei. Allora lo guardò profondamente stupita e lui le sorrise ancora e la baciò di nuovo.

«Cosa è successo? Ti hanno dato alla testa i gas velenosi?»

«È probabile», rise lui, e poi la baciò ancora. Ma stavolta Sabrina si alzò di scatto. Sotto l'orlo della vestaglia frusciante apparvero i suoi piedini affusolati e le caviglie eleganti e sottili.

«Si può sapere che cosa stai facendo, John Harte?» Gli aveva dato di volta il cervello? Aveva in casa un'amante indiana e, adesso, era qui a fare una proposta di matrimonio a lei, Sabrina. Probabilmente voleva soltanto prenderla in giro! Eppure bastava guardarlo negli occhi per capire che parlava sul serio e tutto ciò che le aveva detto era vero e meditato. Sabrina affrontò direttamente il nocciolo della questione. «E Luna di Primavera?».

Parve che John Harte avesse un momento di esitazione, ma i suoi occhi non sfuggirono lo sguardo di Sabrina. Erano parecchi giorni che pensava al modo di risolvere questo problema. E Luna di Primavera conosceva bene lui e i suoi cambiamenti di umore. «Mi spiace che tu sappia quello che sai, Sabrina. È un argomento che non avrei mai voluto affrontare con te. Ma mi sembra che tu abbia il diritto di essere a conoscenza di tutto. Dopo averti incontrato a San Francisco questa primavera, quando ho cominciato a venire a farti visita...» Sabrina, intanto, lo fissava sbalordita. Non aveva mai pensato che le visite di John Harte avessero avuto lo scopo di prepararla lentamente a quello che era accaduto appena prima... «Ho pregato Luna di Primavera di andarsene da casa mia. Ormai saranno due mesi che vive in una capanna, da sola, vicino alle miniere.

E, alla fine di questo mese, partirà per il South Dakota per raggiungere la sua gente. Volevo aspettare fino a quel momento per farti la mia proposta di matrimonio, ma non sono più stato capace di resistere! Dopo aver lavorato questi ultimi cinque giorni al tuo fianco, mi sono accorto di desiderare una cosa sola al mondo: stringerti fra le mie braccia, proteggerti, tenerti al riparo, e stasera... insomma, non riesco più a vivere senza di te.» I suoi occhi erano diventati improvvisamente lucidi e Sabrina si chiese se quelle lacrime fossero provocate solo dal fumo e dai gas delle miniere. «Non credevo che avrei più desiderato, nella mia vita, qualcosa di simile. Mi ero sempre rifiutato di pensarci, dopo la morte di Matilda.» La guardò e, per un attimo, fra loro si intromise il ricordo della moglie e dei bambini che lui aveva perduto, ma quando John riprese a parlare la sua voce era dolcissima. «Tutto ciò è accaduto ventitré anni fa, Sabrina... non posso chiudere il mio cuore a un sentimento come questo, solo per il ricordo di loro. Come non posso negare che Luna di Primavera sia stata buona con me in tutti questi anni. Era quello di cui avevo bisogno! Ma nella vita, a volte, ci è necessario qualcosa di più...» Era esattamente ciò che Jeremiah aveva scoperto ventitré anni prima quando, conosciuta Camille, aveva abbandonato Mary Ellen Browne. Sabrina continuava a tacere. Non gli aveva ancora risposto. Lo fissava incredula. «Luna di Primavera sa capire.» Avevano avuto un colloquio lungo e triste, a cuore aperto, proprio quella sera, prima che John Harte partisse, a cavallo, per venire a chiedere a Sabrina di sposarlo. Grato a Luna di Primavera per tutti gli anni buoni passati insieme, aveva ritenuto giusto che lei fosse la prima a essere informata del suo amore per Sabrina. Avevano anche versato qualche lacrima, l'uno e l'altra, ma John Harte sapeva che i suoi sentimenti per Sabrina erano giusti e forti, come lo sapeva Luna di Primavera. Voleva molto bene a John Harte; abbastanza, almeno, per capire che cosa fosse la cosa migliore per lui e per lasciarlo libero di farsi una nuova vita.

«Per quale motivo vuoi sposarmi?» Sabrina era sbalordita e, per un attimo, le balenò il pensiero delle miniere... adesso che quelle di John Harte avevano subito danni gravissimi in seguito all'incendio... ma scacciò subito quel pensiero... «Non so che cosa dire... come farei... posso... e se...» A John Harte non riusciva difficile immaginare quali fossero le domande che si affollavano nella mente di Sabrina e la attirò dolcemente, ancora una volta, contro di sé.

«Potrei occuparmi io di mandare avanti anche le tue miniere oppure potresti continuare a farlo tu, se è proprio quello che vuoi. Non mi opporrò mai a questo tuo desiderio, né ti toglierò mai qualcosa. Le miniere Thurston sono tue finché vivrai, esattamente come mi hai sempre detto. Non voglio neanche tentare di cambiare qualcosa in questa situazione! Ciò che voglio è molto più importante delle tue miniere, Sabrina.» La strinse di nuovo contro di sé. Erano ancora impregnati dall'odore del fumo dell'incendio, ma pareva che nessuno dei due se ne accorgesse. «Sei tu che desidero, creatura mia adorata. Sei tutto quello che voglio per il resto della vita. Forse sono troppo vecchio per te e non merito tanto ma ricordati, Sabrina Thurston, che tutto ciò che possiedo è tuo — i miei terreni, il mio cuore, le mie miniere, la mia anima... la mia vita...» Contemplandola di nuovo, si accorse che Sabrina aveva gli occhi pieni di lacrime. E, all'improvviso, fu lei a baciarlo e si accorse che non le importava se la barba di John puzzava di fumo... non le importava un bel niente... Poi, scoppiò a ridere improvvisamente, mentre John la guardava stupito. Cercò di spiegargliene il motivo con la voce rotta dalla commozione.

«Ho sempre pensato che tu fossi un nemico... e adesso... guardaci un po'!» Lui la baciò di nuovo e la prese fra le braccia, sollevandola da terra, stringendola al petto, proprio nel preciso momento in cui Hannah entrava per servire tè e pasticcini. La vecchia governante lanciò un'occhiataccia a John Harte e poi rivolse a Sabrina uno sguardo molto significativo.

«Vi sarò grata se sarete tanto gentili da comportarvi decorosamente! Sabrina», sbuffò, minacciandola con un dito, «a me non importa un bel niente se comandi a cinquecento uomini e dirigi le tue miniere; ricordati che, in questa casa, devi comportarti come una persona perbene, con un poco di dignità, insomma!»

«Sissignora. Questo vale anche per dopo, quando mi sarò sposata?» E guardò con aria angelica la vecchia Hannah, che era stata la sua prima bambinaia. Intanto la donna continuava, sempre più infervorata: «Quando sarai sposata potrai fare tutto quello che accidenti vorrai, d'accordo, sempreché...» A questo punto si interruppe e li squadrò attentamente. «Cosa?» Tornò a guardare John, che le fece segno di sì con la testa, al colmo della felicità. Hannah proruppe in un lungo, stridulo grido, mentre Sabrina le buttava le braccia al collo. E John Harte, a sua volta, le abbracciò tutte e due contemporaneamente. Ma Hannah si staccò subito da quella stretta e, dopo aver fatto qualche passo indietro, rivolse a John Harte un'altra occhiata fiammeggiante. «Ehi, calma! Un momento!» Si posò le mani sui fianchi e, continuando a fissarlo, gli domandò: «E la ragazza indiana?» John arrossì e le rispose, ridendo: «Mi accorgo con piacere che il tatto è il suo forte, vero?»

«Tatto un corno! Se lei si illude di continuare a tenersi la *squaw* e di sposare la mia figliola...» Sabrina rimase commossa a sentirsi chiamare così da Hannah, ma non riuscì a trattenere una risata, mentre le rispondeva anche a nome di John.

«Parte per il South Dakota la settimana prossima.»

«Non sarà mai troppo tardi! E se vuol proprio sapere come la penso, la sua *squaw* avrebbe dovuto andarsene dieci anni fa!» Poi, sempre con le mani sui fianchi, sorrise a entrambi. «Non ci speravo più! Ormai avevo rinunciato a ogni speranza, da quanto tu, Sabrina, avevi cominciato a occuparti di quelle maledette miniere!»

«Adesso si occuperà anche delle mie, prendendo il mio posto!» esclamò John con una risata, e Sabrina sorrise, mentre Hannah ricominciava a strillare: «Nossignore! Sabrina non farà niente di simile! Se ne resterà a casa con me, brava brava, a far crescere i suoi figli, John Harte. E la smetteremo con tutte queste stupidaggini di lavorare nelle miniere!»

«E tu, cosa ne dici?» bisbigliò John alla sua futura sposa. Lei, con un sorriso, gli bisbigliò di rimando: «Vedremo. Chissà che non sia tu invece a voler mandare avanti anche le mie miniere al posto mio!» Era un cambiamento stupefacente per

Sabrina! «Perché, in questo caso, potrei avere più tempo per occuparmi dei vigneti.» Però quella che le piaceva più di tutto era la proposta di Hannah. Restare a casa e allevare i figli di John... Che pensiero emozionante e insolito era questo! Lui lo capì, guardandola negli occhi e si chinò a baciarla sulle labbra.

«Ogni cosa a suo tempo, amore mio... ogni cosa a suo tempo.»

25

QUANDO John se ne fu andato, Sabrina e Hannah rimasero a chiacchierare per ore e ore, quasi come sorelle. La vecchia governante versò anche qualche lacrimuccia stringendosi forte al cuore la ragazza. Come sarebbe stato felice Jeremiah se avesse potuto vederla! E sarebbe stato anche felice della decisione di John Harte.

«Credimi, bambina, ormai avevo rinunciato a ogni speranza... non avrei mai creduto di vedere questo giorno!» Sabrina le sorrise.

«A dirti la verità, neanch'io!» Aveva l'aria felice, anche se si sentiva correre un brivido di paura lungo la schiena. Si augurava con tutto il cuore di fare la cosa più giusta. Certo, ne era sicura, ma si trattava di un passo talmente grande, talmente impegnativo! E poi, quante cose da decidere, adesso, per le miniere! Esisteva anche la possibilità di assorbire le due aziende in una sola, ma questa prospettiva, a Sabrina, non piaceva. Avrebbe preferito che gli affari di John restassero nettamente divisi dai propri. Dopotutto era lui che sposava, non ciò che possedeva. Forse la cosa migliore era che John dirigesse anche le sue miniere, come le aveva proposto, così Sabrina avrebbe avuto più tempo a disposizione per dedicarsi ai vigneti. Da quanto lo desiderava!

«Non hai mai pensato che potresti restare tranquillamente

a casa a ricamare?» le aveva detto John una sera, per burlarsi di lei, mentre erano seduti sotto il portico a St. Helena. Era già lì ad aspettarla quando Sabrina era arrivata al galoppo sul suo vecchio cavallo.

«Dove andremo a vivere?» Non le piaceva molto l'idea di abitare nella casa dove la moglie e i bambini di John erano morti; inoltre era la stessa casa in cui aveva abitato più di dieci anni Luna di Primavera. La *squaw* indiana stava per partire per il South Dakota e Sabrina badava sempre a non menzionare il suo nome. Non voleva mostrarsi indelicata verso John; era già abbastanza sgradevole il fatto che fosse al corrente di quella relazione. Con tutto ciò, intanto, non avevano ancora risolto il problema di dove sarebbero andati a stare. Sabrina non sapeva neppure se a John sarebbe piaciuto vivere lì, nella sua casa di St. Helena. «E se restassimo qui?»

Lui tacque per un po', pensandoci. Si accarezzò la barba e la guardò. «Sono un po' troppo vecchio per vivere nella casa di un altro, Sabrina. Questa, chissà perché, finirebbe sempre per essere la casa di tuo padre!» Lei annuì. Lo capiva, ma il dilemma era difficile da risolvere. Poi John la guardò con un sorriso quasi da ragazzo. A Sabrina sembrava molto più giovane dei suoi anni. Faceva fatica a convincersi che ne avesse ventotto più di lei. «Cosa ne diresti di andare ad abitare a casa Thurston? Sarebbe divertente, non ti pare?» Sabrina scoppiò in una risata. Certo, la casa era sua, e nessuno ci aveva più vissuto da tanto tempo...

«Sarebbe divertente! Ma... e le miniere?» Per non parlare dei vigneti.

«Credo che, in un modo o nell'altro, riusciremmo a cavarcela. Del resto, non sarebbe necessario vivere sempre in città. Però mi pare un cambiamento simpatico sia per me che per te», continuò, sorridendole. «Naturalmente lo faremo quando sarò riuscito a far funzionare come si deve le tue miniere! Lo sa Dio in che stato devono essere, lasciate in mano a una come te!»

Lei tentò di allungargli uno schiaffo, ma senza convinzione. E John le rise in faccia. Aveva già esaminato qualcuno dei libri contabili che Sabrina teneva in ordine personalmente ed era rimasto stupito nel vedere il modo impeccabile in cui veniva mandata avanti l'azienda. Era tanto stupito che si domandò come avesse fatto a imparare tutte quelle cose; c'era persino qualche piccolo dettaglio che lui non sapeva e che poteva riuscirgli utile. E anche se dirigeva le proprie miniere da ventisette anni, e avrebbe potuto mandarle avanti a occhi chiusi, era sinceramente impressionato dai risultati che Sabrina aveva ottenuto.

«Bisogna dire che, come sposa, non sei una delle solite ragazze, bambina mia! Anzi mi sembri un tipo piuttosto impegnativo.» Si allungò verso di lei per darle un bacio su una guancia e le prese la mano nella propria. Sabrina appoggiò la spalla contro quella di lui. In quel momento, lì sotto il portico, nella brezza notturna, pensò che non aveva mai pensato, neppure lontanamente, a innamorarsi di John Harte, in tutti gli anni passati e, invece, eccolo improvvisamente lì vicino, al suo fianco... E le parve che fosse l'uomo scelto apposta per lei dal destino.

A cena, quella sera, Sabrina affrontò l'argomento di Dan, che lavorava tuttora come direttore nelle miniere di Harte.

«Ci pensavo anch'io, l'altro giorno.» John aggrottò le sopracciglia e la guardò con aria corrucciata. «Non posso negare che sappia molto bene il suo mestiere e sia una persona in gamba. Però non voglio vedertelo intorno.» La fissò con aria incerta; era inquieto e lo si capiva.

«Fino a che punto è importante per te, John?»

«È senz'altro meno importante di te, amore mio.» Non sapeva ancora capacitarsi di essere innamorato di lei in modo così completo e totale. Era successo di colpo, senza che se lo aspettasse, dopo tutti quegli anni! Ormai si era convinto che l'amore e il matrimonio fossero un argomento chiuso per sempre, che non avrebbe mai più provato niente di simile per nessuna persona... e invece! «Ho intenzione di licenziarlo.»

«Ne sei proprio sicuro?»

«Sì», le rispose con voce ferma. «Non occorre che gli dia spiegazioni. In fondo, non è molto che lavora per me!» Dan aveva lasciato le miniere Thurston da tre anni e aveva lavorato con il massimo impegno per John, ma, a questo punto, era inconcepibile che potesse rimanere alle sue dipendenze. Quando aveva pensato al modo di risolvere questo problema, John non aveva avuto incertezze. «Lo avvertirò che è licenziato a partire dalla prossima settimana.»

Sabrina si accigliò e guardò John. «Sarà un brutto momento per lui!»

«Avrebbe dovuto pensarci qualche anno fa, quando te ne ha fatte passare di cotte e di crude!»

Lei si mise a ridere. «La cosa più buffa è che tutte queste cose sono cominciate perché Dan voleva che io ti vendessi le miniere e invece, eccomi qui... pronta a diventare tua moglie!» Ma sapevano tutti e due che non era la stessa cosa. «L'unica aspirazione di Dan è sempre stata quella di dirigere le miniere Thurston senza avere papà alle costole!» Sorrise.

«Del resto, anch'io non gli ho lasciato le briglie sul collo, credimi! Perché non sono fatto così! Non sono capace di affidare agli altri i miei affari. Ho mandato avanti quelle miniere da solo per troppo tempo.»

Lei lo capiva perfettamente. Anche lei aveva preferito fare sempre tutto personalmente, a modo proprio, e capiva che sarebbe stato difficile cedere il comando perfino a John! Ne era più che convinta, ma aveva piena fiducia in lui e, con il tempo, questa fiducia sarebbe ancora aumentata. Si erano già messi d'accordo che, per i primi sei mesi, Sabrina avrebbe continuato a occupare il suo posto, pur lavorando solo mezza giornata. Non gli avrebbe ceduto le redini di colpo, né completamente. Non se la sentiva. John aveva già stabilito di occuparsi a rotazione delle miniere di Sabrina e delle proprie. Era persuaso che, come metodo, avrebbe funzionato. «E, malgrado tutto questo, hai sempre intenzione di abitare a casa Thurston?» Sabrina era persuasa che, seguendo questo programma, non sarebbero mai riusciti ad allontanarsi neanche di un giorno dalla Napa Valley. Ma John non faceva che insistere dichiarando che, anzi, era facilissimo. E quando la baciò prima di andarsene quella sera, Sabrina, ormai, credeva ciecamente che lui fosse capace di questo e altro!

Occorsero parecchie settimane prima che si potesse metter riparo ai danni che l'incendio aveva provocato nelle miniere di

Harte e ogni minatore si impegnò a fare del lavoro straordinario per accelerare la ripresa. Perfino Luna di Primavera cambiò idea e decise di fermarsi ancora qualche settimana. Si faceva vedere poco in giro e viveva per conto suo. Pareva che si fosse rassegnata a quel cambiamento improvviso della sua sorte e si rendeva perfettamente conto che la sua relazione con John Harte doveva considerarsi finita. Se per caso incontrava Sabrina, non le rivolgeva la parola, però cercava il suo sguardo e la fissava a lungo. Eppure Sabrina non la sentiva ostile nei propri confronti. Anzi pareva che, colte da una strana magia, non fossero più capaci di staccare lo sguardo l'una dall'altra e si riscuotevano soltando quando arrivava John a condurre via Sabrina. Per lui un incontro del genere era un continuo motivo di imbarazzo, specialmente se capitava nelle vicinanze delle sue miniere.

«Ascoltami bene! Preferisco che tu le giri al largo», aveva detto John a Sabrina in tono di rimprovero, la prima volta che questo era successo. Ma lei aveva osservato, con una curiosa timidezza nella voce: «È tanto bella! L'ho sempre pensato, sai?» E aveva aggiunto: «Credo che la trovasse bella anche mio padre».

John era trasalito, a quelle parole. «Possibile? Ti ha mai detto qualcosa?»

Lei si era messa a ridere e aveva scrollato la testa. «No. Un paio di volte ho cercato di fargli qualche domanda su Luna di Primavera, ma lui si è sempre rifiutato di parlarne. Diceva che non erano argomenti adatti a me.»

«Lo credo bene!» John, che era arrossito fino alla radice dei capelli, l'aveva guardata con attenzione. «Sei molto più bella tu, bambina.»

«Come fai a dire una cosa simile?» Sabrina era sembrata quasi scandalizzata. «Luna di Primavera è la donna più affascinante che io abbia mai visto.»

John aveva scrollato la testa e, con un passo, si era messo al suo fianco. «No, amore mio, sei tu.» Sabrina era ancora più bella della sua prima moglie. Quando, a poco a poco, aveva alzato gli occhi a guardarlo — con quei capelli nerissimi e i grandi occhi azzurri — John si era sentito commuovere profondamente e aveva desiderato intensamente che il giorno delle nozze arrivasse presto. Già da qualche tempo avevano cominciato a dare la notizia agli amici più cari, mentre Hannah si era affrettata a divulgarla per tutta la città. Ben presto arrivò anche alle orecchie dei minatori di Harte e, successivamente, anche a quelle degli uomini di Sabrina. Da quel momento, non si parlò d'altro nelle miniere, soprattutto in quelle dei Thurston. Tutti si chiedevano se ci sarebbe stato qualche cambiamento, e di quale importanza. C'era soprattutto una persona che se lo era domandato, non appena avuta la notizia. Era Dan, sempre più furioso per l'atroce scherzo che gli aveva giocato il destino. E il suo furore aumentò quando John gli fece sapere che era licenziato. Naturalmente John non gli spiegò il motivo per il quale lo mandava via, ma Dan Richfield lo sapeva fin troppo bene. Non aveva alcun dubbio. Era tutta colpa di Sabrina, ancora una volta. Ma, adesso, non gliela avrebbe più fatta passare liscia, si disse. John Harte gli aveva dato quindici giorni per lasciare ad altri le consegne e per fare i bagagli, e Dan sapeva che sarebbe stato costretto ad andarsene di lì, perché non esistevano altre miniere all'infuori di quelle controllate da Sabrina e da John Harte. Quanto alle miniere d'argento di Napa, ormai erano state chiuse da molto tempo, fin da prima che arrivasse Jeremiah. Dan, quindi, non avrebbe saputo dove trovare lavoro. Ormai aveva trentasette anni e quasi tutti i suoi figli erano ragazzi già grandi. Del resto lui non aveva nesuna intenzione di condurli con sé e stava già meditando di lasciarli a St. Helena in casa di amici. Ma non era ai suoi figli che Dan pensava quando andava in giro per locande e osterie a bere e a ripetere ad altri minatori, o a farsi raccontare, gli ultimi pettegolezzi che circolavano in città. «È gia andata a letto con lui, chissà da quanto tempo lo faceva, quella lì... Perbacco, magari hanno fatto una bella ammucchiata anche con la *squaw* indiana di Harte, lo avete visto anche voi che finora lei non se n'è andata...» Verso la fine della settimana i pettegolezzi e le falsità che era riuscito a diffondere abilmente fra i minatori erano diventati l'argomento preferito in tutte le miniere della zona.

Un giorno, mentre Dan se ne stava andando, al termine delle ore di ufficio John lo afferrò per il bavero della giacca. «Si può sapere che cosa sei andato in giro a raccontare della mia futura consorte?» Dan Richfield lo fissò, sbarrando gli occhi, con il fiato che gli puzzava di whisky. Eppure, malgrado tutto, non dava l'impressione di temere il suo padrone, che era molto più alto e robusto di lui.

«Sono tutte cose che lei ha già sentito prima, signor Harte. Non c'è niente di nuovo. Bisogna ammettere che la ragazza Thurston non è mai stata buona con me.»

«Veramente io ho sentito dire ben altro!»

«Già, adesso possono darle a intendere quello che vogliono!» A Dan Richfield piaceva fare il gradasso. Però, per un attimo, ebbe paura e si domandò quale sarebbe stata la reazione di John Harte. Per sua fortuna, John lo lasciò andare bruscamente.

«Vattene al diavolo, Dan! Fuori di qui. Se non sbaglio, ti restano soltanto due giorni di lavoro nelle mie miniere!»

«Stia pur tranquillo che, al momento opportuno, me ne andrò.» Non sarebbe dispiaciuto a nessuno e, a John Harte, meno che agli altri. Adesso era contento di averlo licenziato. Perché, oltre al resto, negli ultimi tempi si era accorto che Dan beveva troppo.

«Dove hai intenzione di andare?»

«Credo che partirò per il Texas. Ho un amico da quelle parti, proprietario di una fattoria e di qualche pozzo di petrolio. Pensavo che fosse un bel cambiamento, dopo queste schifose miniere.» Lanciò uno sguardo alla miniera dove aveva lavorato per più di tre anni e poi riportò gli occhi su John.

«I tuoi figli vengono con te?» Dan Richfield si strinse nelle spalle e John gli lanciò un'occhiataccia. «Comunque, bada che non ti voglio più vedere, scaduto il termine del licenziamento.» Non provava nessuna compassione per lui. Era fin troppo chiaro che Dan odiava la futura moglie di John ed era logico che quest'ultimo non lo volesse più vedere in quei paraggi. Ormai era meglio che se ne andasse il più presto possibile, pensò John, e si dimenticò completamente di lui mentre rientrava in ufficio a sbrigare il lavoro che si era ammucchiato sulla sua scrivania.

Sabrina, nel suo ufficio delle miniere Thurston, era stata non meno occupata di lui. I problemi da risolvere l'avevano assorbita a tal punto che aveva guardato il suo orologino soltanto alle sette, quella sera. Allora si era lasciata prendere dal panico. Aveva promesso a John di raggiungerlo per cenare con lui. A volte, non riusciva ancora a persuadersi di avere, ormai, una vita completamente diversa. Adesso c'era qualcuno che la aspettava al termine di ogni giornata; qualcuno a cui parlare delle difficoltà, con il quale assaporare le vittorie, una persona che era gentile e affettuosa con lei quando era stanca, che le massaggiava leggermente la nuca, la baciava. Talvolta si stupiva di essere stata contraria a questa idea per tanto tempo. Non aveva mai preso in considerazione l'eventualità di sposarsi; quanto a John, poi, aveva sempre, ostentatamente, cercato di evitarlo, proprio perché era convinta che mirasse ad acquistare le sue miniere. Adesso non aveva più simili paure. Ciò che lui le aveva proposto le pareva la soluzione perfetta. Si sarebbe occupato John di dirigere le sue miniere, ma lei ne sarebbe sempre rimasta la proprietaria. Ormai John non parlava neanche più di assorbire le loro due aziende in una sola, perché sapeva quanto fosse contraria a questo progetto. Chissà, forse con il tempo, avrebbe finito per accettarlo ma, in ogni caso, non gli sembrava più tanto importante. Sabrina significava molto, molto di più per lui.

Accortasi di quanto era tardi, Sabrina montò a cavallo e partì al galoppo scegliendo tutte le vie secondarie e le scorciatoie che conosceva tanto bene. Passò rapidamente davanti alla propria casa e proseguì, mentre le ombre della sera si facevano sempre più fitte. Arrivò in pochissimo tempo alle miniere Harte e stava passando davanti al primo dei numerosi pozzi, quando il suo cavallo perdette un ferro.

«Accidenti!» Era già molto in ritardo, ma quando si accorse che il cavallo procedeva zoppicando sempre più faticosamente, si vide costretta a smontare di sella. In un primo momento pensò di lasciarlo lì, legato a un albero, ma c'era il rischio che glielo rubassero. Tuttavia finì per scegliere questa soluzione e si accinse a legare l'animale. John avrebbe potuto prestargliene un altro oppure riaccompagnarla a casa con la sua automobile.

«Ti occorre una cavalcatura?» Sabrina sussultò nel sentire quella voce che proveniva dal folto degli alberi e, un attimo più tardi, Dan Richfield comparve, un po' sbronzo, e le rivolse un sorriso beffardo. «Oppure preferisci che mi carichi sulle spalle il tuo cavallo e te lo porti dove vuoi?» Era una battuta stupida e Sabrina pensò che era meglio non rispondergli per le rime.

«Salve, Dan!»

«Lascia perdere le parole gentili, brutta puttana.» Evidentemente la sua opinione su di lei non era cambiata. Sabrina lo squadrò con aria incerta, poi diede uno strattone alle briglie del cavallo e procedette per qualche passo. Dan la seguì. Sabrina, allora, si accorse che lui non aveva né il cavallo né l'automobile. Probabilmente si era comodamente sistemato fra gli alberi, al fresco, a scolarsi qualche bottiglia.

«Perché non te ne vai per i fatti tuoi, Dan? Ormai non abbiamo più niente da dirci.» Non riusciva ancora a convincersi che questo fosse il ragazzo che conosceva da quando era nata. Le pareva incredibile che fosse diventato così corrotto, infido e sleale. Si rallegrò che Jeremiah non fosse vissuto abbastanza per vedere com'era cambiato il suo pupillo.

«Mi sei costata un altro impiego, lo sai, sgualdrina che non sei altro?»

«Io non ti sono costata un bel niente!» Non era più la trepida ragazzina di un tempo; adesso anche la sua voce si era fatta dura. «È un'accusa che devi rivolgere a te stesso. Sei tu, con il tuo modo di fare, che hai perduto tutto quello che avevi. Non accusare gli altri. Piuttosto, prova a stare alla larga dai liquori, d'ora in avanti, altrimenti perderai anche il poco che ti rimane.»

«Balle! questo non c'entra! Non ha niente a che vedere con il fatto che Harte mi ha buttato fuori. E tu lo sai bene quanto me.» Vacillava un po', camminando e improvvisamente inciampò. Il cavallo fece uno scarto e Sabrina rafforzò la presa sulle briglie. Dan recuperò l'equilibrio e riprese a seguirla con ostinazione. Ormai Sabrina si stava avvicinando alla prima delle casupole dove alloggiavano i minatori di Harte, ma nessuno badò a loro. Purtroppo la strada per arrivare a casa di John era ancora lunga. Dan continuava a seguirla, un po' ansante. «Mi ha buttato fuori per colpa tua.»

«Io non so niente di tutto questo.» Sabrina si era imposta di guardare fisso davanti a sé, ma Dan la afferrò con una tale violenza per un braccio che la fece quasi cadere.

«Figuriamoci se non ne sapevi niente! Lo so, non credere, che hai cercato di sedurlo, hai fatto la sgualdrina con lui, chissà come vi divertivate in compagnia della sua baldracca indiana! Riesco benissimo a immaginarlo... voi tre insieme...» Sabrina rimase inorridita a sentirlo parlare così e lo guardò a bocca aperta. In fondo, era ancora molto ingenua.

«Come hai il coraggio di dire una cosa simile! Che ignobile...» Ma lui scoppiò in una risataccia e riprese: «Che cosa ti offre come dono di nozze, sgualdrina? È Luna di Primavera, che ti regala?»

«Smettila di chiamarmi così!» La voce di Sabrina si levò un po' tremula. «E non voglio neppure sentirti parlare di lui in questo modo. Ricordati, piuttosto, che sei stato molto fortunato quando ti ha assunto nelle sue miniere, dopo che io ti avevo sbattuto fuori!» Lo guardava con occhi fiammeggianti di collera e parve che questo facesse quasi piacere a Dan. Erano tre anni che aspettava questo momento.

«Non sei stata tu a sbattermi fuori. Me ne sono andato di mia volontà. O, forse, te ne sei dimenticata? Ci siamo licenziati, piantandoti in asso, io e altri trecento!»

«Può darsi che, per loro, sia stato così, però, se ben ricordo, tu ti sei comportato come un povero idiota.» Serviva a poco rammentarglielo, purtroppo, perché adesso, Dan, guardandola, non aveva affatto l'aria di chi si sente colpevole. «Insomma, si può sapere perché non te ne vai per i fatti tuoi? Sono tutte parole inutili, queste!» Non voleva mettersi a discutere di quello che era accaduto. Continuavano a essere ricordi troppo penosi per lei. La presenza di Dan, inoltre, le dava un senso di inquietudine. Ma lui pareva deciso a non mollarla neanche di un passo.

«Perché? Hai paura?» Sembrò che questa idea gli piacesse e le si avvicinò ancora di più, piantandosi in mezzo alla strada per impedirle di procedere. Si era fatto troppo vicino e puzzava talmente di alcool che Sabrina si sentì quasi svenire.

«Non ho nessuna ragione di aver paura di te.» Si era imposta di restare calma a qualsiasi costo ma, in quel punto, il sentiero era particolarmente buio e non si vedeva nessuno in giro. Si sentì improvvisamente a disagio, accorgendosi di essere ancora lontana dalla casa di John. Tra l'altro, era una delle rare occasioni in cui non aveva portato con sé la pistola. Era uscita in fretta e furia e l'aveva dimenticata nel cassetto della scrivania, in ufficio.

«Perché? Come mai non ti faccio paura, sgualdrinella? Oppure è proprio questo che ti piace?» Intanto si era portato le mani alla cintola come se volesse slacciarsi la cintura dei pantaloni. In quel momento a Sabrina parve di sentire un lieve fruscìo fra gli alberi. Per un attimo pensò che fosse un animale e notò che il cavallo aveva un fremito.

«Se ti illudi di farmi impressione, Dan, ti sbagli. E se non ti fai da parte, guarda che ti vengo addosso e ti calpesto per passare!» Poi sorrise. C'era stata quella famosa volta in cui lo aveva fatto bersaglio dei proiettili della sua pistola e adesso capì che Dan non se n'era dimenticato. Stavolta, purtroppo, era disarmata, ma Dan non poteva saperlo. Si infilò lentamente una mano nella tasca della gonna, come per afferrare la pistola, e gli occhi di Dan seguirono ogni suo movimento.

«Non mi fai paura. Non avrai il fegato di spararmi addosso così vicino, è vero, bambina? No, perbacco!» Scoppiò in una risata e le afferrò improvvisamente il braccio, costringendola a tirar fuori la mano di tasca. Vide che la pistola non c'era, e allora la respinse con violenza facendola indietreggiare fino a un albero, dove la immobilizzò contro il tronco. Avvicinò la faccia a quella di lei, si spinse ancora più addosso alla ragazza per far aderire il proprio corpo contro il suo e Sabrina si sentì il sangue che le rombava nelle orecchie. Tentò vanamente di alzare di scatto un ginocchio per colpirlo fra le gambe, ma Dan riuscì a prevenirla e, afferrandola per la camicetta, la scaraventò al suolo. Subito le fu addosso, facendo a brandelli la camicetta, cercandole il petto con una mano mentre con l'altra tentava di alzarle la gonna. Quando lei si mise a urlare, la ridusse al silenzio con uno schiaffo talmente forte, in pieno viso, che il sangue le cominciò a colare lungo una guancia. Lo guardò inorridita, con gli occhi colmi di una folle paura, mentre sentiva la sua mano che frugava, cercando di toccarla nelle parti più intime e provò, senza successo, a scrollarselo di dosso, rotolando di lato. Ma Dan la riacchiappò, imprigionandola ancora sotto di sé. «È quello che avrei dovuto fare qualche anno fa, sgualdrina. Mi hai rovinato, mi hai tolto tutto quello che avevo sempre sperato di avere... e, adesso, ti rovinerò io per sempre, con una bella scopata... Ho lavorato per quel bastardo di tuo padre anni e anni, fin da quando ero bambino e cosa ne ho guadagnato? Mentre tu, brutta puttana, sei riuscita a fare quello che volevo fare io!» Gridava e piangeva, sempre più eccitato. Intanto le aveva strappato la gonna. Fra i lembi laceri della stoffa, apparve la sottoveste, si intravidero le mutande, lunghe fino al ginocchio, che le aveva cucito Hannah... Sabrina tentò di sgusciargli fra le mani, rotolando in mezzo al terriccio e alla polvere, e si mise di nuovo a gridare disperatamente, ma non c'era nessuno, nelle vicinanze, che potesse sentirla. E presto Dan riuscì a ridurla all'impotenza. Sembrava incredibile che Sabrina, ormai così vicina alla proprietà di Harte, corresse il rischio di essere violentata da un ubriacone impazzito, senza che nessuno sopraggiungesse a darle soccorso. Ormai Dan aveva messo a nudo il suo seno giovane e sodo, con i capezzoli rigidi e induriti dal terrore. Per quanto tremasse di freddo e di paura, Sabrina continuò a lottare. Riuscì a mettersi in ginocchio. Stavolta Dan l'afferrò per i capelli, come già quella volta nell'ufficio delle sue miniere, e la costrinse ad abbassare la testa fino a sfiorare la polvere con la faccia, mentre le strappava con violenza, per tutta la loro lunghezza, le mutande. Poi si portò le mani alla vita per slacciare la cintura dei pantaloni, ma si arrestò a mezz'aria, come se qualcosa lo rendesse incerto, insicuro di ciò che voleva fare. Fissò Sabrina con gli occhi improvvisamente diventati vitrei e mollò la presa sui suoi capelli. L'altra mano gli ricadde lungo il corpo, scivolando giù dalla cintura... Continuava a fissarla... Sabrina lo osservò con maggior attenzione, incredula, senza capire cosa stava succedendo. Dan, lentamente, cadde in avanti, bocconi, con la faccia contro il suolo. Soltanto allora, con un'esclamazione soffocata, Sabrina capì perché Dan aveva perduto improvvisamente ogni interesse per lei. Dal dorso gli sporgeva il manico di avorio, finemente intagliato, di un lungo pugnale. E, alzando gli occhi, vide Luna di Primavera che la fissava in silenzio.

«Oh!...» Cercò di coprirsi alla meglio il petto con le mani e tentò di alzarsi faticosamente in piedi. Dan era morto. Sabrina lo aveva capito subito, dal modo in cui era crollato di schianto nella polvere. Adesso si ritrovava di fronte alla giovane pellerossa che, per tanti anni, era stata oggetto della sua curiosità, mezza nuda, con i vestiti laceri e strappati, senza una scarpa, la faccia inondata di lacrime, il sangue che, da una graffiatura sulla guancia, le grondava sul petto scoperto... Luna di Primavera le fece segno di avvicinarsi. Era rimasta immobile dove si era fermata, non era avanzata di un passo, non aveva neppure sfiorato con un dito Sabrina, che tremava da capo a piedi e aveva la gola stretta da un nodo di pianto. Luna di Primavera raccolse la gonna di Sabrina, abbandonata fra la polvere, e gliela porse. Poi afferrò il cavallo per le briglie e le fece segno di avvicinarsi.

«Vieni. Qui fa freddo. Ti accompagno da John.» Sabrina, vacillando, la seguì chiedendosi cosa avrebbero fatto del cadavere di Dan. Si sentiva il cervello ottenebrato e confuso; pareva che non si rendesse completamente conto del rischio che aveva corso o dell'azione commessa da Luna di Primavera. Mentre si calmava a poco a poco, cominciò a riflettere e si rese conto che il fruscio udito fra gli alberi non era stato prodotto da un animale che passava furtivo bensì dalla *squaw* indiana. Intanto Luna di Primavera l'aveva fatta arrestare in un punto del sentiero che restava un po' in ombra e l'aveva guardata con attenzione. «Vado a chiamare John Harte e lo conduco qui. Tu resta.» Cercava di spiegarsi anche a segni ma Sabrina, scossa da brividi sempre più violenti, adesso era scoppiata in un pianto disperato. «Non lasciarmi qui... non posso... no, non voglio... ti supplico...» Aveva l'aria spaurita, lo sguardo allucinato e la giovane donna indiana, dopo essersi soffermata un istante ad osservarla, la prese dolcemente per mano.

«Lui è laggiù.» Le indicò una casa a poche decine di metri. Però era rischioso accompagnarci Sabrina perché c'era sempre il pericolo che qualcuno dei minatori di John Harte la vedesse. La cosa migliore era correre da John e dirgli di raggiungere Sabrina. Luna di Primavera desiderava soprattutto comportarsi con discrezione e non far nascere chiacchiere o pettegolezzi. «Se qualcuno dovesse avvicinarsi a te, dalla casa ti sentiremo. Qui non corri nessun pericolo.» Com'era soave il suo viso, com'era dolce la sua voce, pensò Sabrina mentre la fissava, ancora stralunata. D'un tratto provò un desiderio assurdo di sentirsi circondare da quelle braccia lisce e brune, di essere cullata e consolata. Adesso capiva quale doveva essere stato il conforto che John aveva trovato in questa donna lungo gli anni... Poi, all'improvviso, le tornarono in mente tutte le parole offensive che Dan Richfield le aveva gridato ed ebbe un brivido di paura. E se non fosse stato soltanto lui a giudicarla così? Magari altre persone la giudicavano altrettanto male! Ricominciò a piangere. In quel momento non sembrava più una donna, ma soltanto una bambina spaventata. Luna di Primavera si inginocchiò al suo fianco. «Adesso sei salva. E sarai sempre al sicuro con lui.» Erano parole meravigliose, che le diedero una grande forza. Sabrina alzò lentamente gli occhi verso la donna indiana e si rese conto che era la verità. Ma non riusciva a dimenticare tutto ciò che Luna di Primavera stava per abbandonare, tutte le cose a cui rinunciava... Eppure pareva una creatura in pace con se stessa! Le diede l'impressione che, pur lasciando per sempre John, partisse senza rancore. «Devi essere sempre molto buona con lui.» Sabrina la guardò con gli occhi sgranati per lo stupore e fece segno di sì con la testa, fra le lacrime.

«Lo farò. È una promessa.» Poi si accorse di avere la gola chiusa dalla commozione. Non riuscì a dire altro. Era stata la sera più difficile e tremenda della sua vita, con una sola eccezione! quella in cui era morto suo padre. «Sì, sarò buona con lui... mi spiace... tu dovrai andare via...»

Luna di Primavera alzò lentamente una mano. «Per me è venuto il momento di andare. Non sono mai stata sua moglie. Solo la sua amica. Tu sarai una moglie per lui. Quanto bisogno ha di te, bambina!» Anche John l'aveva chiamata così. «Tu sarai una buona moglie per lui. Adesso io vado a chiamarlo.» Prima che Sabrina potesse fermarla, era scomparsa. Pochi minuti più tardi udì uno scalpiccìo. Qualcuno stava arrivando di corsa. Era una mezza dozzina di persone. Poi si levò un grido. «Fermi, maledizione! Fermi, ve lo ordino!» Riconobbe la voce di John, un parlottio sommesso e poi: «Dove?... D'accordo, tutti gli altri possono tornare a casa... oh, mio Dio...» Poi ancora un rumore di passi e, a un tratto, eccolo lì davanti a lei. La guardò senza parlare e Sabrina rabbrividì, rannicchiata al suolo, cercando di coprirsi come meglio poteva con la gonna stracciata. John stringeva fra le mani una coperta che Luna di Primavera gli aveva dato poco prima di persuadere i suoi uomini ad allontanarsi. Aveva indicato il punto preciso della strada dove giaceva Dan Richfield, pugnalato alla schiena, e il gruppetto di uomini aveva proseguito il cammino per andare a cercarlo. «Oh, mio Dio...» La voce di John era dolce e commossa nell'aria notturna, ma Sabrina abbassò gli occhi... Non aveva il coraggio di guardarlo...

«No... no... ti prego... non...» Avrebbe voluto supplicarlo di non guardarla, di non vedere com'era ridotta, ma non riuscì a trovare le parole. Ormai era capace soltanto di singhiozzare, aggrappandosi convulsamente alle sue gambe. L'orrore di ciò che aveva rischiato di subire la rendeva nuovamente annichilita e sconvolta. John la avvolse nella coperta e la prese fra le braccia, mormorandole dolci parole di conforto, con la stessa tenerezza che aveva usato per la sua figlioletta tanti, tantissimi, anni prima. Quando si fu un poco calmata, la condusse in casa e la fece distendere sul divano di cuoio del salotto. Soltanto allora osservò più attentamente i graffi, le escoriazioni e i lividi che le coprivano la faccia. E bastò l'espressione dei suoi occhi a farle capire che, se non ci avesse già pensato Luna di Primavera, John Harte si sarebbe messo a dare la caccia a Dan Richfield e lo avrebbe ammazzato. Luna di Primavera lo aveva informato, con poche parole, dell'accaduto e gli aveva anche detto crudamente, senza mezzi termini, che la ragazza non era stata violentata... Per fortuna Dan non era arrivato a tanto... Fu scosso da un brivido di orrore pensando a quello che avrebbe potuto accadere se il pugnale affilato di Luna di Primavera avesse mancato il bersaglio oppure lo avesse trafitto con qualche attimo di ritardo... Si lasciò cadere in ginocchio sul pavimento vicino al divano dove Sabrina giaceva.

«Piccola mia, come ho potuto permettere che ti succedesse una cosa simile? Non dovrai andare in giro da sola mai più! Mai e poi mai. Te lo prometto. D'ora in avanti ti farò sempre accompagnare da una guardia del corpo. Cose di questo genere non dovranno più succedere...» Ma avevano entrambi la certezza che niente di tanto orribile sarebbe più accaduto, adesso che Dan Richfield era morto grazie al pugnale di Luna di Primavera.

«Se non fosse stato per lei...» Sabrina stava riprendendo fiato e si sforzava di sorseggiare un tè bollente nel quale John aveva versato un goccio di whisky. Cercava di non pensare al proprio aspetto, che doveva essere spaventoso. Continuava a stringersi addosso la coperta che John le aveva portato; Luna di Primavera era andata a recuperare tutti i suoi indumenti e li aveva consegnati a John, prima di scomparire di nuovo. Adesso John stava fissando Sabrina con il terrore negli occhi. Pensava che aveva corso un rischio gravissimo, quello di perdere la cosa che gli era più cara al mondo. E se Dan la avesse uccisa? Era un pensiero che gli riusciva insopportabile tanto che, quando tornò a guardarla, aveva gli occhi lucidi di lacrime. «Non permetterò mai più che ti succeda qualcosa di simile. Mai più. Mi hai sentito? Ti vorrò sempre avere sotto gli occhi, non ti lascerò più allontanare neppure per un attimo ...» Sabrina allungò una mano tremante e afferrò quella di John, stringendola convulsamente.

«Tu non c'entri. È stata colpa mia.» A poco a poco si calmò, ma capiva di non essere ancora in grado di alzarsi in piedi perché le tremavano le ginocchia. «È una vecchia storia che risale a tanto tempo fa. Avrebbe potuto capitare in qualsiasi posto. Anzi, mi meraviglio che non sia venuto a cercarmi alle miniere già da molto tempo. Mi odiava con tutte le sue forze, ecco la verità... Del resto lo sai anche tu. Stasera sono stata fortunata, perché Luna di Primavera è passata al momento giusto.» Poi guardò attentamente John. Sapeva che un gruppetto dei suoi uomini era venuto a cercarlo e lui era andato alla porta a scambiare qualche parola sottovoce con loro. «È morto?»

John annuì. «Sì. Il pugnale gli ha spaccato il cuore.»

«Cosa succederà a lei, adesso?» Sabrina capiva che la posizione di Luna di Primavera non era delle più facili. La giovane indiana aveva compiuto quel gesto per difenderla, ma la legge non le sarebbe certo stata favorevole a causa del colore della sua pelle. John, però, ci aveva già pensato.

«Salirà sul treno per il South Dakota stasera stessa. E domani troveranno il corpo di Dan. Non era molto simpatico a nessuno...» Le parve che i ragionamenti di John fossero convincenti e sapeva che la legge non si sarebbe occupata di lui. Nessuno lo avrebbe interrogato in proposito e avrebbero accettato senza discussioni la sua versione dei fatti. Quanto al pugnale, qualcuno lo avrebbe fatto scomparire. «Non hai nessuna ragione di preoccuparti.» A sentirlo parlare così, John parve a Sabrina ancora più forte, più lucido e pacato del solito. Pensò che, in tutta la sua vita, non le era mai sembrato di essere tanto difesa e protetta come in questo momento. «Neanche Luna di Primavera, stai tranquilla. Siete al sicuro tutte e due. Quanto a Dan, ha avuto quello che si meritava. Il mio unico rimpianto è quello di essermi fidato di lui come ho fatto.»

«È anche il mio.» Le si affollarono al cervello innumerevoli ricordi del passato, ma subito furono seguiti da quello, così vicino e spaventoso, dell'uomo ubriaco e infuriato, che le strappava gli abiti di dosso. Le sfuggì ancora un singhiozzo e chiuse gli occhi, stringendo con forza le palpebre. John le corse vicino e la prese fra le braccia.

«Adesso ti accompagno a casa.» Lasciò che Sabrina continuasse a tenersi la coperta avvolta strettamente intorno alle spalle, la sollevò fra le braccia, la aiutò premurosamente a sistemarsi sul sedile della sua automobile, la condusse a casa e la portò di peso di sopra, in camera da letto. C'era Hannah ad aspettarla con l'aria corrucciata, le labbra strette in una smorfia di preoccupazione. Non appena li vide, sbarrò gli occhi.

«Che cosa le è successo?» Sembrava una chioccia spaventata. «Sta bene. Non le è successo niente.» Soltanto allora John le riferì quello che Dan aveva fatto e Hannah ne rimase inorridita.

«Che figlio di puttana! Spero che lo impicchino.» John preferì non raccontarle che era già morto. Hannah lo avrebbe saputo anche troppo presto.

«Sia ringraziato Dio che qualcuno, stavolta, lo ha fermato in tempo. Sono brava gente, i tuoi uomini.»

«E buoni amici.» John guardò Hannah e le allungò un colpetto incoraggiante sul braccio. «Adesso si occupi lei della mia bambina.» Era così, infatti, che John considerava Sabrina, di ventotto anni più giovane di lui. Gli sembrava quasi una bambina, per quanto sapesse che creatura forte, abile e capace la figlia di Jeremiah poteva essere. Presto si sarebbe ripresa da quella terribile esperienza e lui l'avrebbe protetta per il resto della sua vita. Era ciò che le aveva promesso, che aveva giurato anche a se stesso.

E fu ciò che promise solennemente il giorno delle loro nozze, che ebbero luogo due mesi più tardi, mentre Sabrina, ritta al suo fianco nella chiesa di St. Helena, lo guardava con occhi colmi di felicità. Gli ottocento minatori alle loro dipendenze avevano voluto essere tutti presenti alla cerimonia e si erano affollati in chiesa. Quelli che non avevano potuto trovar posto dentro, erano rimasti ad assistere alla cerimonia da fuori, guardando attraverso i grandi finestroni aperti Sabrina e John che si scambiavano i voti nuziali. Perfino quelli che, anni prima, avevano piantato in asso Sabrina, licenziandosi, quel giorno avevano voluto essere presenti se non per simpatia verso di lei, per rispetto verso John. Hannah non fece che piangere per tutta la cerimonia e anche Sabrina e John si ritrovarono, più di una volta, con gli occhi lucidi di commozione.

Seguì un grandioso ricevimento all'aperto organizzato nell'ampio cortile sul quale si aprivano gli uffici delle miniere Thurston. Non si era trovata altra soluzione per i festeggiamenti, perché Sabrina aveva voluto che tutti i minatori fossero presenti, accompagnati dalle mogli e dai figli.

«Ci si sposa una volta sola nella vita, sai?» Aveva sorriso felice, dicendo queste parole a John, anche se sapeva che per lui non era vero. D'altra parte faticava a convincersi che John fosse già stato sposato con un'altra, in un tempo lontano. Era curioso pensare a lui sotto questo aspetto, l'aspetto di un uomo coniugato con un'altra donna, padre di due bambini. Come se, a quel tempo, fosse stato un uomo del tutto diverso. Le riusciva più facile immaginarlo durante gli anni vissuti con Luna di Primavera, perché li aveva visti più spesso insieme, ma anche questo continuava ad avere per lei dei contorni stranamente irreali. Ormai si era abituata a considerare John come qualcosa che faceva parte soltanto di lei stessa e della sua vita. Quando salirono sul battello per San Francisco, quella notte, John le prese una mano sorridendo.

«Come ho fatto a meritarmi di avere al mio fianco una bambina come te, Sabrina Harte?» A lei piacque sentirgli pronunciare con tanta dolcezza il suo nuovo nome, e gli sorrise felice.

«Sono io la fortunata, John Harte.»

«Figuriamoci! Non mi illudo, sai?»

Per la luna di miele le aveva proposto un viaggio ovunque le fosse piaciuto, ma Sabrina gli confidò che avrebbe voluto trascorrere qualche giorno con lui a casa Thurston. Così si orientarono verso quella soluzione. John aveva sistemato i suoi affari in modo da poter trascorrere un intero mese in città. Ci sarebbero rimasti fino al periodo delle feste di Natale e, subito dopo, sarebbero rientrati a Napa per riprendere in mano le redini dei loro affari. Ma quella sera non era certo agli affari che stavano pensando, quando arrivarono a casa Thurston, a mezzanotte passata. Sabrina aveva pregato il suo banchiere di assumere per lei qualche persona di servizio e la casa, quindi, era in ordine, pronta per riceverli, illuminata a giorno. Quando John la seguì al piano superiore, trovarono che, nella *suite* padronale, il grande letto matrimoniale era già stato preparato, con le lenzuola rimboccate, e nel camino ardeva un bel fuoco scoppiettante. C'erano candele accese in ogni sala ed enormi mazzi di fiori disposti qua e là nei vasi. La casa non era mai sembrata tanto bella a Sabrina. Poi guardò il letto che era stato di sua madre. Ci aveva dormito spesso anche lei, in passato, ma adesso si rese conto che sarebbe stato anche il suo letto nuziale e si rivolse a John con gli occhi turbati e pieni di timidezza.

«Benvenuto a casa.» La sua voce era un mormorio tenerissimo. John la prese per mano e la fece scendere di nuovo al pianterreno. Bevvero dello champagne davanti al camino del salone e, alla fine, quando John si accorse che Sabrina soffocava uno sbadiglio, la prese in braccio, la portò di sopra e la fece distendere sul letto. Sabrina gli aveva già mostrato le stanze della *suite* padronale destinate a lui e le sue valigie erano già state vuotate. Poco dopo, John riapparve, in vestaglia, sorridendole dolcemente. Sabrina aveva l'aspetto della principessa di una fiaba, avvolta in una vestaglia di raso rosa chiarissimo e quando se la lasciò scivolare giù dalle spalle vicino al letto, i suoi capelli, che in quel momento sembravano neri come l'ebano, fecero risaltare ancora di più il pallido color avorio della sua pelle vellutata. John si affrettò a spegnere le candele e la camera rimase illuminata soltanto dal riflesso delle fiamme.

«Ti sembra molto strano trovarti qui con me?» le domandò John, mentre si infilavano tra le coperte.

«Un po'. Ero sempre abituata a venirci da sola...» Ma non si trattava soltanto di quello. Sabrina non aveva mai avuto nessun contatto con un uomo, non aveva baciato altri che lui; l'unico con il quale avesse avuto rapporti costanti per necessità di vita e di lavoro era stato Dan. Adesso, d'un tratto, eccola diventata la moglie di John. Questa era la sua notte nuziale e tutta la serietà, l'impegno, l'applicazione che aveva messo nel trattare gli affari e nel dirigere le miniere, non valevano più nulla. Si ritrovava fragile, delicata e vulnerabile e un po' spaventata di ciò che il futuro le avrebbe portato. John, intanto, si rendeva conto che Sabrina non aveva mai avuto nessuno con cui confidarsi, all'infuori della vecchia governante e che, forse, nessuno l'aveva mai preparata a questo momento. Ne rimase profondamente commosso e cominciò a cullarla fra le braccia come se fosse stata una bambina. Presto, però, sentendola così vicina a sé e stringendola al petto, non fu più affetto paterno per una bambina impaurita quello che cominciò a provare, ma il divampare di una passione ardente per la propria donna.

«Sabrina...» Non sapeva da che parte cominciare, eppure capiva che doveva chiederglielo. Luna di Primavera era già abile ed esperta quando era venuta a vivere con lui e, anche prima e dopo di lei, c'erano state altre donne. Nessuna di loro era una ragazzina... Matilda, naturalmente, era stata vergine, ma quanto tempo era passato da allora? Avevano entrambi diciotto anni quando si erano sposati... e adesso eccolo qui, nello stesso letto con questa bambina... questa ragazzina... che era sua, gli apparteneva. La contemplò pieno di tenerezza. «Nessuno ti ha detto niente?»

Lei gli sorrise dolcemente, mentre il suo viso prendeva una tenue tinta rosata al riflesso delle fiamme che ardevano nel caminetto. «Credo di sapere...» Aveva piena fiducia in lui, sapeva che la avrebbe sempre avuta. Forse avrebbe dovuto cominciare ad averla già molti anni prima.

«Ma nessuno ti ha spiegato niente?» Lei scrollò la testa e John la baciò sulle labbra, sulle guance, sugli occhi e poi ancora sulle labbra. Intanto cercava di dominarsi. Sabrina gli aveva fatto scoprire in se stesso qualcosa che non aveva mai creduto che ci fosse. Una passione nuova. «Sabrina, se sapessi quanto ti amo!» Le mormorò queste parole fra i capelli e Sabrina inarcò il corpo verso di lui.

«Allora è tutto quello che mi occorre sapere!» John le prese una mano dolcemente e le baciò il palmo, il polso, l'interno del braccio, risalendo a poco a poco fino al seno. Continuò a coprirle di baci la pelle morbida e vellutata ridiscendendo lentamente fino all'interno della coscia, e poi ricominciò a salire di nuovo. La mattina dopo, quando si svegliarono vicini nell'enorme letto della *suite* padronale di casa Thurston, John aveva insegnato a Sabrina tutto ciò che le occorreva sapere sull'amore.

26

TORNARONO a St. Helena il giorno di Capodanno. Ormai avevano deciso dove sarebbero andati ad abitare. La cosa più semplice, almeno momentaneamente, sembrava quella di occupare la casa che Jeremiah aveva costruito a suo tempo per la prima fidanzata. Le stanze dell'ultimo piano erano la sistemazione perfetta per i loro bambini, quando avessero cominciato ad arrivare. Sabrina non faceva che ripetere di volerne due o tre, e magari anche di più. John si lasciava sfuggire un gemito e poi si burlava di lei.

«Alla mia età? Mi prenderanno per il loro nonno! Come farò a tener testa a un branco di ragazzini? Ne avrò le forze?»

Lei sorrideva con l'aria di chi la sa lunga e avvicinandogli le labbra all'orecchio gli sussurrava: «Mi pare che tu non abbia avuto problemi di questo genere, la notte scorsa».

«È tutt'altra cosa! Non c'entra!» Intanto la guardava estasiato. Per John, Sabrina era un sogno che ogni giorno diventava realtà.

«Già, è quello che pensavo anch'io!» Erano sempre allegrissimi, scoppiavano a ridere per un nonnulla, quando erano insieme, e non facevano che parlare degli innumerevoli interessi che avevano. Sabrina lo aveva messo al corrente della situazione della sua azienda in ogni minimo particolare e lo aveva presentato ai suoi minatori. Adesso passavano tre giorni la settimana insieme nell'ufficio di Sabrina, alle miniere Thurston; poi lei lo raggiungeva per il resto della settimana e restava sempre al suo fianco alle miniere Harte. Lì, John aveva assunto un ottimo direttore, ma, per l'azienda della moglie, voleva aspettare di capire bene quali fossero i metodi che Sabrina aveva adottato in passato. Soltanto allora avrebbe cercato un direttore anche per le miniere Thurston, in modo da tenere ugualmente in mano le redini delle loro due imprese, esercitando solo una funzione di controllo sull'operato dei direttori.

«Così, forse potremo stare in città un po' più a lungo.» Era un'idea che pareva piacergli, e piaceva anche a Sabrina. Non aveva mai provato un interesse particolare per la vita mondana che avrebbero potuto farvi, però si sentiva molto attratta da ogni manifestazione culturale. Durante la luna di miele erano stati parecchie volte all'opera, avevano assistito agli spettacoli di una compagnia di balletto venuta in tournée a San Francisco, erano stati a teatro a vedere delle commedie e, soprattutto, si erano ampiamente goduti gli splendori della casa stupenda che il padre di Sabrina aveva costruito.

«Quando ci penso, mi viene sempre una grande tristezza...» gli confessò Sabrina una notte. «Papà ha costruito questa casa per mia madre e due anni e mezzo più tardi lei è morta. La casa è rimasta vuota. Chissà perché, non mi è mai sembrato che fosse giusto!»

John fece un cenno di assenso. Pensava anche lui a un lontano passato. «Se tu sapessi come mi è stato vicino, e quanto conforto mi ha dato, quando Matilda e i bambini sono morti!» Ormai non soffriva più pensando ai suoi cari scomparsi, era passato tanto tempo! Adesso aveva Sabrina e, forse, un giorno avrebbe avuto degli altri figli. Del resto, questa era la loro più grande speranza. «Anch'io sono rimasto molto addolorato quando ho sentito quello che gli era accaduto però, se ben ricordo, a quell'epoca tuo padre non ha mai voluto vedere nessuno. Sai che ho provato ad andare a trovarlo, una volta? Ma lui mi ha congedato in quattro e quattr'otto. Credo che soffrisse ancora troppo e i ricordi fossero troppo penosi per lui. Come lo capivo!» John sorrise, scrollando la testa. «A quei tempi sono sempre stato molto scostante con lui, ero un tipo brusco, che si arrabbiava facilmente. Tuo padre, invece, è sempre stato un uomo molto corretto. Gentile, educato e incredibilmente modesto, se pensiamo all'enorme patrimonio che possedeva.» Jeremiah aveva insegnato quelle stesse virtù a sua figlia e John era felice di vederselo confermare in ogni momento della sua vita con lei. «A quell'epoca mi ero talmente impuntato a cavarmela soltanto con i miei mezzi, senza chiedere niente a nessuno, che cercavo di prendere le distanze da Jeremiah in ogni modo. È stato un vero peccato! Quante cose avrei potuto imparare.»

«Credo che tu, comunque, gli fossi simpatico.» Sabrina sorrise. «Ed è strano, sai? Ma gli assomigli moltissimo.» Se n'era già accorta prima di sposarlo e adesso lo notava ancora di più: apprezzava la sua pazienza, la dolcezza, la tenerezza, uniti a quell'intelligenza così incisiva e penetrante. Era un piacere per entrambi occuparsi reciprocamente delle proprie miniere. Intanto Sabrina cercava di insegnarli qualcosa anche sulla coltivazione dei suoi vigneti e sul modo in cui si producevano i vini pregiati delle sue terre ma, purtroppo, a John mancava il tempo anche per quello. Gli piaceva bere quel vino, che era squisito, anche se — adesso — il numero delle bottiglie che se ne facevano ogni anno era sempre minore. C'era una terribile malattia, forse la fillossera, che faceva morire le viti. Quell'estate, Sabrina ne aveva perdute più di metà. Per altri viticoltori il disastro era stato anche maggiore. Sabrina non aveva nascosto di essere molto preoccupata per i danni che i suoi vigneti avevano avuto ma, al momento, c'erano troppe altre cose a cui pensare: la casa di Napa nella quale apportare qualche piccolo cambiamento in modo da renderla più accogliente per John, i metodi di lavoro nelle miniere, la struttura stessa delle loro aziende che andava cambiata, casa Thurston a San Francisco da tenere sempre aperta. E, poi, dovevano imparare a vivere l'uno con l'altra. Si erano meravigliati, sia John che Sabrina, della facilità con cui erano riusciti ad adattare le proprie abitudini a quelle dell'altro; e, finora, l'unica delusione provata era quella che, per quanto facessero l'amore sempre più spesso e con sempre maggiore passione, l'estate successiva non c'era ancora nessun bambino in arrivo. Hannah, un giorno, l'aveva affrontata e le aveva domandato bruscamente: «Non userai qualcosa, vero?»

«Non capisco. Cosa vuoi dire?» Sabrina pareva confusa. Anche se ormai era sposata con John da vari mesi, era sempre la stessa creatura ingenua di un tempo. Sapeva soltanto quello che John le aveva spiegato. Nessuno aveva mai affrontato certi argomenti con lei né prima del matrimonio, né dopo. Forse avrebbe potuto farlo Amelia, ma non vedeva Sabrina da due anni, anche se le aveva mandato uno stupendo dono di nozze e le aveva scritto dicendole che era felice per lei.

«Ma sì, che lo sai... Non starai facendo qualcosa per non avere bambini, vero?»

«Perché, si può?» Pareva sbalordita e Hannah, guardandola attentamente con gli occhi socchiusi, si rese conto che Sabrina era totalmente ignorante su questo punto. Se ne rallegrò. Dunque era una brava ragazza, tutta diversa da sua madre. Ricordava ancora i famosi anelli d'oro che aveva trovato. «Veramente non sapevo... è possibile...» Effettivamente si era sempre domandata come facessero alcune donne ... per esempio quelle che avevano una certa professione ... «Come si fa?» Era incuriosita da ciò che Hannah, adesso, avrebbe dovuto spiegarle, anche se non pensava neanche lontanamente di fare tentativi del genere. Al contrario, sia lei che John desideravano moltissimo un bambino.

«Ci sono certe donne che adoperano una pomata preparata con le foglie di un tipo particolare di olmo, come le ragazze qui da noi, ma ci sono anche cose ben diverse.» Sabrina, ascoltandola, cominciò a provare un vago disgusto. Una pomata? Preparata con le foglie dell'olmo? Fece una smorfia e Hannah si mise a ridere. «Quelle che possono permetterselo adoperano un anello d'oro.» Tacque per un momento e poi si decise. Che male c'era? Sabrina era una donna adulta, ormai. «Come faceva tua madre.»

«Mia madre?» Sabrina parve stupita. «Lo faceva anche mia madre? E quando?»

«Prima che tu nascessi. Il tuo povero papà credeva che volesse avere subito un bambino anche lei, come lo desiderava lui... ma Jeremiah era molto più vecchio di tua madre.» Eppure, adesso, fra lei e John la differenza di età era ancora più grande. «Tua madre non faceva che ripetergli di non capire che cosa non funzionava... Ormai erano già sposati da più di un anno e sono stata io a trovarli nella stanza da bagno di tua madre, un giorno, quei maledetti anelli. Allora li ho consegnati a Jeremiah.» Scoppiò in una risata quasi diabolica. «E tu sei arrivata molto presto, dopo di allora. Quando sono tornati in città, lei stava malissimo, soffriva come un cane!» Nelle parole di Hannah, Sabrina trovò qualcosa che le dava fastidio. Non aveva parlato con gentilezza, ma con crudeltà. Come se sua madre fosse stata quasi obbligata a restare incinta e non lo avesse desiderato per una sua libera scelta. Provò, all'improvviso, una strana compassione per lei. Le faceva pena, come una bestiola presa in trappola.

«E mio padre.. che cosa ha detto?»

«Al primo momento sembrava pazzo di rabbia ma, poi, non ne ha quasi più parlato. Dev'essersi calmato e, fra l'altro, quando ha saputo che... eri in viaggio tu, non stava più nella pelle dalla soddisfazione!» Pareva quasi orgogliosa di ciò che aveva fatto. Per un attimo, pensando alla povera Camille, rimasta vittima della sua perfidia, Sabrina provò, quasi, un senso di odio per la vecchia governante. Non era giusto. Avrebbero dovuto concedere a Camille di aspettare ancora un po', se era questo che desiderava. D'altra parte, visto che, in seguito, era morta tanto presto... forse era stato il destino... In ogni modo, ventitré anni più tardi, sua figlia si sentì dolere il cuore per lei. Sabrina aveva compiuto i ventidue anni proprio quella primavera.

«E la mamma... che cosa ha fatto?»

«Non faceva che lamentarsi... aveva messo il broncio...» Hannah adesso, ripensando all'accaduto, capì che Camille non aveva mai perdonato a Jeremiah, ma si guardò bene dal dirlo a Sabrina. «Era una sciocchina, tua madre; in fondo, tuo padre l'aveva sposata e le aveva dato una vita ricca e magnifica. Aveva ben diritto di avere dei figli, se era questo che desiderava da lei... Maledetti quegli anelli d'oro, ricordo che li ha spezzati e li ha buttati via. E lei è scoppiata a piangere come una bambina...» Sabrina provò un tuffo al cuore, nel sentirla parlare così, e si accorse di avere un nodo di pianto alla gola. Ne parlò a John quella sera stessa.

«Sembra un atto talmente brutale da parte di lui! E Hannah ha sbagliato a intromettersi. Non avrebbe mai dovuto riferirlo a mio padre. Sarebbe stato meglio parlarne con mia madre e lasciare che fosse lei ad affrontare questo argomento con lui.»

«Magari lo stava imbrogliando già da un po'!»

«È quello di cui sembra convinta Hannah, ma io non ne sono sicura. Non riesco a crederci. Hannah non ha mai detto una parola gentile nei confronti di mia madre, anzi, ha sempre fatto dei commenti cattivi su di lei. Probabilmente c'era di mezzo un po' di gelosia. Hannah aveva fatto da governante a papà per diciotto anni prima che la mamma arrivasse. Forse, in parte, si può spiegare anche così.»

«In ogni modo io sono felice che Hannah abbia trovato quegli anelli.» Sorrise a sua moglie e poi le chiese, stupito: «Come mai te ne ha parlato?»

Sabrina arrossì, ricambiando il suo sorriso. «Mi aveva chiesto se io usavo qualcosa per non... figurati! Non sapevo neppure che si potesse!» Adesso non era più imbarazzata. Le pareva tanto facile confidarsi con lui. John era il suo migliore amico. «Tu non me ne hai mai parlato!»

«Non pensavo che ti interessasse!» John pareva sorpreso di tutta questa curiosità improvvisa da parte di Sabrina.

«No, infatti però... è interessante!» John scoppiò a rider, guardandola maliziosamente, e le allungò un pizzicotto.

«La mia piccola ingenua. C'è qualcos'altro che vorresti sapere?»

«Sì.» Lo guardò con tristezza per qualche istante e poi aggiunse: «Ma tu non hai la risposta, purtroppo, amore mio!» Nessuno dei due poteva dimenticare che John aveva avuto due figli dalla prima moglie. Quindi, se c'era qualcosa che non funzionava fra loro, non era un problema che riguardasse lui. «Mi chiedo come mai non è ancora successo niente.»

«Succederà, sii paziente, tesoro. Dai tempo al tempo. Siamo sposati soltanto da nove mesi.»

Sabrina lo guardò con aria dolente. «Se penso che, ormai, potrei già avere fra le braccia un bambino!»

John le sorrise. «Invece, fra le tue braccia ci sono io! Pensi che ti possa bastare almeno per un po'?»

«Per sempre, amore mio!» John la strinse ancora a sé e le loro labbra si incontrarono. Perché si realizzasse il loro desiderio, doveva passare altro tempo. Erano già nella seconda estate del loro matrimonio, in luglio, quando Sabrina, un giorno, alzandosi, si sentì male. A quell'epoca erano sposati da diciannove mesi e Sabrina aveva appena compiuto ventitré anni. Faceva un caldo soffocante e, il giorno prima, Sabrina aveva lavorato a lungo in ufficio con John, insistendo ancora nel rifiutarsi di fondere le miniere Harte e le miniere Thurston in un'unica azienda. Secondo lei, si poteva continuare a mandarle avanti separatamente. Il risultato era stato uno dei loro rarissimi litigi e, un po' per questo fatto e un po' per il caldo terribile di quel periodo, non aveva quasi chiuso occhio per tutta la notte.

«Ti senti bene?» John l'aveva scrutata con attenzione mentre Sabrina si alzava dal letto.

«Sì, abbastanza.» Non si erano riappacificati del tutto, dopo le accese discussioni della sera prima, e c'era tuttora un po' di gelo fra loro. Sabrina si voltò lentamente verso suo marito, ma non fece in tempo a pronunciare una sola parola che John la vide accasciarsi lentamente sul pavimento. Con un balzo scese dal letto e la prese fra le braccia. Era svenuta.

«Sabrina... Sabrina... tesoro...» Era terrorizzato. Lo spettro della terribile malattia che aveva falciato la vita di sua moglie e dei suoi figli, tanti anni prima, lo perseguitava sempre. Mandò immediatamente a chiamare il dottore il quale non parve affatto preoccupato e non trovò niente di allarmante in quel lieve malessere.

«Con ogni probabilità è soltanto stanca. Magari, ha lavorato troppo.» Quella sera stessa John le fece un lungo predicozzo ripetendole per l'ennesima volta che era venuto il momento di affidare la conduzione dell'azienda al nuovo direttore. E ci sarebbe stato anche lui a sorvegliare che le cose andassero nel modo migliore. Sabrina avrebbe fatto meglio a divertirsi un po', occupandosi dei vigneti, anche se, purtroppo, in quell'epoca la situazione della viticoltura nella vallata era tragica. Ma Sabrina era assorta e non diede l'impressione di ascoltare ciò che John le stava dicendo. Quel giorno, ai pasti, mangiucchiò di malavoglia e si addormentò di colpo mentre erano seduti sul divano a dondolo sotto il portico. Tanto che John la prese tra le braccia e la portò di sopra, a letto, senza neppure svegliarla. Gli piaceva poco l'aspetto di Sabrina, e si preoccupò ancora di più il giorno dopo, quando lei si sentì male di nuovo. Stavolta John la condusse immediatamente a Napa, fissò una cabina sul battello per San Francisco e, la mattina seguente, la fece ricoverare in un ospedale. Qui Sabrina venne sottoposta immediatamente a una visita minuziosa da parte di una équipe di medici. Intanto John Harte camminava avanti e indietro per i corridoi.

«Allora?» John si precipitò incontro al primo medico che vide uscire dalla camera di Sabrina e questi gli sorrise.

«Io direi per marzo, anche se uno dei miei colleghi pensa che sarà per febbraio.» Per un attimo John non capì poi, dal sorrisetto misterioso che era apparso sul viso del dottore, afferrò di colpo il significato di quelle parole.

«Vorrebbe dire che...»

«Precisamente. Sua moglie aspetta un bambino, caro signore!»

Gli urli di gioia che John Harte si mise a lanciare si sarebbero potuti sentire per l'intera città! Si precipitò a comperare un anello con un grosso brillante che offrì a Sabrina quel giorno stesso, quando arrivarono a casa Thurston. Avevano già stabilito che il bambino sarebbe nato lì. John voleva, per sua moglie, i migliori medici di San Francisco, i quali, comunque, avevano già dichiarato che Sabrina avrebbe potuto restare a Napa fino a dicembre. Quindi avevano tutto il tempo che volevano per stabilire il da farsi. Estasiati e felici, trascorsero tutta la notte a fare progetti: nomi più adatti per un maschio, quelli per una femmina, l'arredamento della camera del nascituro... Di tanto in tanto, al settimo cielo per la gioia, Sabrina buttava le braccia al collo di John. «Sono la donna più felice del mondo.»

Lui sorrideva. «E sei sposata con l'uomo più felice della terra!» Quando tornarono a Napa, l'indomani, Hannah andò in estasi per la felicità e, da quel giorno in poi, Sabrina si lasciò comandare a bacchetta, felice di ubbidire in tutto e per tutto. Ormai non andava quasi più nel suo ufficio, giù alle miniere; aveva affidato ad altri il suo cavallo perché lo tenessero in esercizio e trascorreva lunghi pomeriggi a riposare sul letto. Poi si alzava, per aspettare il ritorno di John, seduta comodamente sul divano a dondolo sotto il portico e, quando arrivò l'autunno, il bambino cominciò a far sentire la sua presenza. John, la notte, appoggiava la testa sul ventre di Sabrina nella speranza di sentirlo muovere, ma era ancora troppo presto. La prima volta che Sabrina lo sentì fu quando cominciavano a cadere le foglie. Invece John non lo aveva ancora sentito quando, una notte, uno dei suoi uomini arrivò di corsa a tempestare di pugni la porta di casa.

«È scoppiato un incendio alla miniera!» Le parole risuonarono alte e limpide nel silenzio notturno e Sabrina, che era stata la prima a udire quel richiamo, corse alla finestra a domandargli: «Quale?»

«Una delle sue, signora!» Sentendosi rispondere così, Sabrina cominciò a vestirsi in fretta, come John. Ma lui, quando fu pronto per uscire, le posò una mano su un braccio e le disse con fermezza: «Tu resti qui, Sabrina. Non voglio capricci. Non devi fare sciocchezze. Me ne occupo io, stavolta».

«Impossibile! Devo venire anch'io.» Non era mai rimasta a casa quando sapeva che la sua presenza era necessaria. Avrebbe potuto occuparsi dei feriti, ma John fu fermissimo.

«No! Tu resti qui!» Poi, senza aggiungere una sola parola, dopo averle dato un rapido bacio, la piantò in asso e scappò via. Sabrina non fece che camminare avanti e indietro per la stanza, sempre più inquieta e agitata, per le sei ore successive. Quando spuntò il giorno, vide la nuvola di fumo nero che copriva quasi completamente il cielo. Dalla miniera non le avevano più mandato a dire niente. Si accorse di non avere più la forza di resistere. Tirò fuori l'automobile e si mise al volante. Partendo a velocità pazzesca in direzione delle miniere, mentre Hannah le gridava dal portico: «Ti farai del male! Vuoi ucciderti? Pensa al bambino!» Sabrina, invece, stava pensando a John. Doveva sapere con sicurezza che stava bene e che non gli era successo niente. Dopotutto, si trattava di una delle miniere Thurston e, quindi, la responsabilità era anche sua. Quando ci arrivò, vide subito che le devastazioni prodotte dall'incendio erano gravissime ma non riuscì a trovare suo marito in nessun posto. Il direttore la informò che John era sceso con una squadra di soccorso in una delle gallerie per salvare un gruppo di uomini che vi erano rimasti intrappolati; ormai erano là sotto da più di un'ora. Lei rimase ad aspettare, sempre più angosciata, perché dal pozzo della miniera non risaliva più nessuno. Improvvisamente il violento boato di una nuova esplosione fece vibrare l'aria. A quel punto, incapace di resistere oltre, senza più riuscire a dominarsi, Sabrina si precipitò nell'interno della miniera e vide che erano rimasti in trappola anche John e la squadra dei soccorritori. Tornò fuori a precipizio a chiedere aiuto e una dozzina di minatori si affrettarono ad accorrere per cercare di farli uscire da quella specie di trappola mortale. Sabrina si accorse che faticava a respirare perché il fumo le era penetrato nei polmoni. Però vide John che usciva dalla miniera. Allora le mancarono le forze e cadde lentamente in ginocchio, grata e felice, ma con il respiro affannoso, accecata da quelle ondate di fumo irrespirabile. La trasportarono nell'ufficio dove aveva lavorato così assiduamente in quegli ultimi tre anni e un medico accorse subito a visitarla. Dopo un po' sembrò che si fosse ripresa, ma John la redarguì aspramente. Andò a cercare uno dei suoi uomini perché la riaccompagnasse a casa in automobile e, finalmente, a notte fatta, sudato, sporco, con gli abiti impregnati dall'odore aspro e pungente del fumo dell'incendio, poté rientrare a St. Helena anche lui. Trovò Hannah che lo aspettava sotto il portico. Era sconvolta e piangeva disperatamente. Fra le lacrime, gli raccontò quello che era successo. John si precipitò di sopra e trovò Sabrina pallida, singhiozzante e disperata, che gli si aggrappò convulsamente al collo. Un'ora prima aveva perduto il bambino.

«E, come se non bastasse, adesso so che non ne potrò mai avere altri...» Era inconsolabile. John la prese fra le braccia e la strinse a sé, dimenticandosi di essere nero di fuliggine da capo a piedi... Le lacrime di John si confusero con quelle di Sabrina.

«È stato il dottore a dirtelo?» Lei scrollò la testa e scoppiò di nuovo in singhiozzi. «Allora non pensarci più, amore mio! Vedrai che arriverà un altro bambino.» La guardò con dolcezza. «E la prossima volta farai come dirò io!» Ma preferì non insistere e non rimproverarla ancora. Del resto Sabrina si sentiva già rimordere atrocemente la coscienza. Ci vollero due mesi prima che tornasse a essere quella di prima, prima che fosse capace di abbozzare un sorriso per qualcosa che John le raccontava e che quell'espressione dolorosa scomparisse dai suoi occhi. Fu un Natale difficile per tutti e due; poi, in gennaio, John la condusse con sé a New York. Qui si trovarono parecchie volte con Amelia e, durante il ritorno a casa, si fermarono a Chicago in visita ad alcuni amici di lui. Era la prima volta che John vedeva Sabrina serena e contenta come in passato e ne provò un grande sollievo, anche se non poteva nascondersi la delusione che, di nuovo, Sabrina ci mettesse tanto tempo a restare incinta. Dovettero passare altri due anni prima che John, guardandola più attentamente, una mattina, ritrovasse in lei certi segni premonitori. Era pallida, a volte non si sentiva bene, ma erano malesseri strani, i suoi, non malattie vere e proprie. Già da parecchio tempo avevano smesso di parlare di quell'argomento e Sabrina aveva abbandonato ogni speranza di diventare madre. Erano sposati da quattro anni esatti. Il giorno in cui festeggiarono l'anniversario delle loro nozze, John ebbe l'impressione che Sabrina avesse un curioso aspetto e, quando le offrì una coppa di champagne, lei, che era diventata di un pallore pauroso, la rifiutò.

«Credo di aver mangiato qualcosa che mi ha fatto male...» Poi lo guardò, sgranando gli occhi, e scappò via. L'indomani, per una piccola discussione durante la quale John si era trovato in disaccordo con lei, Sabrina scoppiò in lacrime e uscì dalla stanza, richiudendo la porta alle spalle con un tonfo violento e andandosene a letto. Quando John salì in camera anche lui, si accorse che era profondamente addormentata. Allora ricordò che, in passato, a Sabrina era già successo qualcosa di simile, ma non riuscì a mettere a fuoco nella memoria l'epoca precisa. Tuttavia, nel giro di qualche giorno, fu l'istinto a farglielo capire, molto prima che Sabrina stessa se ne accorgesse e cominciasse ad avere qualche speranza in proposito. Alla fine, quando riuscì a convincersi che non ci potevano più essere dubbi, pensò che era meglio affrontare direttamente quel discorso con lei. «Devi sbagliarti.» Sabrina cercò di accantonare la questione e finse di assorbirsi nella lettura dei rapporti che John aveva portato a casa dalla miniera. Come si annoiava, in quel periodo! Ormai era John a occuparsi di tutto e le miniere funzionavano a meraviglia.

«Non credo che sia possibile!» Lui sembrava molto soddisfatto, di sé e di lei. Ed era più che convinto che i motivi della sua soddisfazione esistessero, e fossero molto validi.

«Ma se mi sento così bene!» Sabrina gli scoccò un'occhiata infastidita e uscì rapidamente dalla stanza. John non affrontò più l'argomento fino a quando, quella sera, non si trovarono a letto.

«Non aver paura, bambina! Perché non cerchiamo di sapere se è vero? Non ti lascio andare sola. Vengo anch'io con te.»

Lei scrollò la testa con gli occhi pieni di lacrime. «Non voglio saperlo.»

«Perché non vuoi saperlo?» John l'aveva presa fra le braccia e la stringeva teneramente a sé. Ma aveva già capito quale sarebbe stata la risposta di sua moglie.

«Non voglio illudermi... non voglio nutrire delle speranze inutili... E se...» Le parole le morirono sulle labbra. John sentiva le lacrime di Sabrina che gli colavano su un braccio. «Oh John...»

«Su, coraggio, piccolo amore mio. Bisogna pur saperlo, non ti pare? E poi, vedrai! Stavolta andrà tutto benissimo.» Le sorrise per rassicurarla e l'indomani la riaccompagnò di nuovo all'ospedale. Così seppe di aver avuto ragione fin dal principio. Il bambino doveva nascere in luglio e la loro gioia, a questo punto, non ebbe più limiti. Non riuscivano a convincersi della loro fortuna. Ma, stavolta, John le proibì di fare, praticamente, qualsiasi cosa e ci mancò poco che non l'obbligasse, addirittura, a restare sempre a letto. Sabrina si mise d'impegno per ubbidirgli in tutto e per tutto. Non voleva più correre rischi... Tornarono a Napa in gennaio ma, quando arrivò aprile, John la riaccompagnò in città. Voleva che Sabrina passasse gli ultimi tre mesi di gravidanza a San Francisco. Voleva che fosse il più vicino possibile ai suoi medici e, del resto, casa Thurston le offriva tutte le comodità possibili e immaginabili. Quanto a lui, restava assente per qualche giorno la settimana per seguire il lavoro nelle miniere, ma aveva acquistato una *Duesenberg* e assunto un autista, così Sabrina poteva girare per la città e farsi condurre dove desiderava anche durante le sue assenze. Intanto seguiva con vivo interesse tutte le notizie che arrivavano dall'Europa. Spesso si chiedevano se sarebbe scoppiata una guerra. La situazione, effettivamente, era gravissima, ma John era quasi sicuro che le acque si sarebbero calmate al più presto.

«E se succede il contrario?» Una mattina di giugno Sabrina era distesa nel grande letto matrimoniale e aveva alzato gli occhi a guardarlo al di sopra del giornale. Era rotonda come un pallone e John provava sempre un fremito di piacere quando le appoggiava una mano sul ventre e sentiva il bambino scalciare. Stavolta era una creatura energica e piena di vitalità. Come Barnaby, trentadue anni prima; John ancora se ne ricordava. Ma questo suo figlio, che sarebbe nato tra poco, gli dava una gioia ancora più profonda. «E se scoppiasse una guerra?»

«Non scoppierà. In ogni caso noi non ci entreremo. E, adesso, potrai scoprire quali sono i vantaggi di essere sposata con un vecchio, amore mio!» aggiunse con un sorriso. «È un problema che non dovrà più preoccuparti. Nessuno mi vorrà arruolare!»

«Benissimo!» Sabrina gli sorrise. «Perché io ti voglio sempre qui, vicino a me, e vicino a nostro figlio.»

«Che cosa ti fa pensare che sia un maschio?» esclamò John, scoppiando a ridere. Ma aveva anche lui la stessa sensazione. Fra l'altro, desideravano tutti e due un maschio, almeno la prima volta. Poi, se fosse venuta un'altra creatura, sarebbero stati felici che fosse una femmina. Malgrado tutte le loro paure, la gravidanza di Sabrina era stata singolarmente facile. Del resto, era ancora molto giovane. Aveva appena compiuto ventisei anni e, anche se insisteva nel dire di essere ormai una povera vecchia, era abbastanza giovane per avere un parto privo di difficoltà. Almeno era quello che John sperava. Avrebbe voluto che il bambino nascesse in un ospedale, ma Sabrina aveva insistito dichiarando che voleva averlo lì, a casa. E John non sapeva, ancora, se cedere alla volontà di sua moglie o no. La guardò e ripeté la sua domanda con un sorriso. «Perché un maschio?»

«Ha certi piedi... non vedi come sono grossi?» E gli indicò una protuberanza sul lato destro di quell'enorme pallone che era diventato il suo addome. «Lo sai che, a volte, mi chiedo se resisterà a star dentro fino al termine dei nove mesi? Mi sembra un bambino terribilmente impaziente!» Invece l'epoca del parto arrivò, e passò, senza che succedesse niente. Sabrina diventava sempre più impaziente al pensiero che presto avrebbe avuto fra le braccia suo figlio. «Si può sapere perché non esce?» esclamò una sera, mentre passeggiava con John nel giardino di casa Thurston. «Ormai è già in ritardo di sei giorni.»

«Magari è una femmina. Lo sai anche tu che le signore non sono mai puntuali!» Suo marito le sorrise, le prese una mano con un gesto affettuoso e se la infilò sotto il braccio. Tuttavia si accorse che il passo di lei, quella sera, era più lento e, quando salirono le scale per ritirarsi nella loro camera, gli parve un poco più ansante del solito. Ogni giorno diventava più enorme. John cominciava a essere segretamente preoccupato per lei. «E se il bambino fosse troppo grosso?» aveva domandato al medico, a quattr'occhi, la settimana precedente. «In tal caso lo possiamo tirare fuori noi. Oggigiorno si tratta di un'operazione molto semplice.» Adesso John si chiedeva se quello di Sabrina sarebbe stato un parto cesareo e, in cuor suo, si augurava che tutto avvenisse in modo naturale. Eppure, il bambino gli pareva enorme e Sabrina, in confronto, tanto fragile e piccola! Aveva sempre avuto i fianchi stretti e la vita sottile: adesso John era terrorizzato al pensiero di quel bambino che avrebbe dovuto uscire dal suo grembo, chissà con quali difficoltà. Ricordava che neppure Matilda aveva avuto un parto facile, trentadue anni prima, e sì che era una ragazzona di campagna, sana e robusta. Al confronto, Sabrina gli sembrava terribilmente più fragile, e anche lui era molto più vecchio e più saggio di allora. A cinquantaquattro anni, era follemente innamorato di sua moglie e il pensiero del prossimo parto di lei lo angosciava terribilmente. «Vuoi che ti porti qualcosa da bere?» Si era accorto, un poco più tardi, che Sabrina, seduta a letto e intenta a leggere un libro, continuava a muoversi come se non riuscisse a trovare una posizione comoda. Del resto, era stata inquieta tutto il giorno.

Faceva insolitamente caldo e il cielo era tempestato di stelle. La nebbia, una presenza abituale a San Francisco, non era ancora calata. Sabrina lo guardò con un sorriso e sospirò.

«Lo sai, amore mio, che comincio a essere stanca di questo qui?» E gli indicò quell'enorme pallone che era stato, una volta, il suo ventre così piatto, la sua vita così snella... John vi posò delicatamente una mano sopra e sentì immediatamente, sotto il palmo, un vigoroso calcetto.

«Mi sembra che lui, stasera, sia in ottima forma!»

«Vorrei poter dire altrettanto di me! Ho male alla schiena, le gambe mi dolgono, non riesco a stare seduta, né tantomeno distesa. Mi manca il respiro!» John ricordò di aver sentito dire le stesse cose tanti, tantissimi anni prima, e si accorse che Sabrina era molto insofferente e visibilmente a disagio, quando provò a massaggiarle la schiena. Sapeva che quasi tutti gli uomini non dormivano più con la moglie, quando si arrivava all'ultimo periodo della gravidanza, ma non se l'era mai sentita di restare lontano da Sabrina. Anche lei, del resto, aveva insistito nel volerlo accanto a sé. «Credi che la gente resterebbe scandalizzata se ci vedesse in questo momento?» Erano distesi l'una al fianco dell'altro; John le circondava le spalle con un braccio, Sabrina aveva la testa appoggiata al petto di lui. Era una posizione che le dava conforto.

«E anche se si scandalizzano? Cosa ce ne importa? Io sono felice, e tu?»

«Sì.» Gli sorrise, prima che lui spegnesse la luce, poi si mise a contemplare le stelle che intravedeva al di là del vetro della finestra. Era una notte bellissima, la notte del 27 luglio 1914. Stava per addormentarsi, sdraiata molto scomodamente su un fianco, voltata verso John, quando sentì un violento calcetto e poi una fitta di dolore prolungata, insopportabile. Aprì gli occhi di colpo, guardò John, profondamente addormentato al suo fianco, e gli si rannicchiò ancor più vicino. La schiena le faceva male più di prima e, quando tentò di spostare il peso sull'altro fianco, la fitta lancinante si ripeté. Nel giro di un'ora, stava cominciando a convincersi di soffrire di uno strano tipo di crampi che non provava più da mesi e, non appena tentò di mettersi seduta per respirare meglio, sentì un improvviso fiotto di qualcosa di liquido che le correva fra le gambe, inondando il letto. Ne rimase mortificata. Intanto John si era svegliato e, dopo aver acceso la luce, la stava guardando con gli occhi ancora pieni di sonno.

«Hai versato qualcosa?» Poi, d'un tratto, capì. Lei scrollò la testa, arrossendo fino alla radice dei capelli, e John, fingendo di non essersi accorto di quello che era successo, per non metterla in imbarazzo, la strinse affettuosamente a sé. «Non ti preoccupare. Tutto andrà per il meglio.» Le rivolse un sorriso, si alzò, le portò una bracciata di salviette, suonò per la cameriera e si infilò la vestaglia di seta azzurra. «Adesso diciamo a Mary di cambiare le lenzuola. Perché non vai a sederti?» L'aiutò a raggiungere una poltrona e la osservò attentamente in viso, mentre quelli che lei chiamava «crampi» riprendevano con violenza. «Come ti senti, amore?»

Sabrina arrossì di nuovo. C'era sempre stata una grande naturalezza nei loro rapporti, anche quando si trattava delle cose più intime e, per quanto le sembrasse strano parlargliene in quel momento, si accorse che si sentiva più a suo agio con lui che con chiunque altro, perfino con il suo medico. «Mi sembra di avere dei crampi.»

«È normale?» Matilda non era stata particolarmente comunicativa con lui, quando erano nati i bambini. D'un tratto gli venne in mente il primo bambino che Sabrina aveva perduto. Ma adesso era troppo tardi perché potesse succedere qualcosa di simile.

«Non so. Non ne sono sicura. Il dottore ha detto soltanto di chiamarlo appena cominciavano le doglie. Credi che si tratti di quelle?» Lui guardò il letto inondato e sorrise a sua moglie.

«Direi proprio di sì. Pensa un po'...» Continuò a parlare, nella speranza di distrarla dal dolore che adesso le faceva corrugare la fronte e le deformava la faccia «... fra poche ore avrai il nostro bambino fra le braccia.» Era un pensiero meraviglioso. Intanto Mary era arrivata e stava cambiando le lenzuola. John uscì per andare a chiamare il dottore e tornò dopo pochi minuti con una tazza di tè. Il dottore gli aveva detto che gli avrebbe mandato subito le due infermiere che aveva già scelto come sue assistenti per il parto e gli aveva raccomandato di far stare calma sua moglie, di mandarla di nuovo a letto, pregandola di restare distesa, e di non darle alimenti di nessun genere. Del resto, Sabrina non manifestò nessun desiderio né di mangiare né di bere quando John tornò in camera da letto. La trovò appoggiata a una seggiola: si stringeva il ventre enorme fra le mani e digrignava i denti. «Il dottore sta arrivando, tesoro. Cosa ne diresti di tornare a letto?» Lei non nascose di sentirsi meglio, quando fu di nuovo distesa fra le lenzuola. Sembrava felice di poter far nascere il bambino in casa. Si era sempre rifiutata di andare in un ospedale come John le aveva proposto, mentre il fatto di far vedere la luce a suo figlio, lì, in casa Thurston, le pareva che avesse un'enorme importanza. Di conseguenza, John si era piegato a questo desiderio pur facendo tutti i preparativi necessari per condurla con la massima rapidità possibile all'ospedale, nel caso fosse stato necessario. Ma, quando le due infermiere arrivarono meno di un'ora dopo, dichiararono che tutto procedeva nel migliore dei modi e invitarono perentoriamente John a uscire dalla stanza. Sabrina scoppiò in lacrime, quando lui se ne andò.

«Non puoi rimanere?» Si fidava di lui più di qualsiasi altra persona al mondo e lo avrebbe voluto lì, vicino a sé. In fondo era in casa sua, era la padrona, sì o no? Ma le due infermiere non vollero sentire ragioni.

«Credo che sia meglio di no.» Intanto la fissava con tutta la sua tenerezza. Sabrina aveva il viso coperto da un velo di sudore, gli occhi già un po' offuscati dal dolore. Adesso, a quel che gli pareva di capire, le doglie si erano fatte più frequenti. La udì prorompere in un grido mentre usciva dalla camera e, non avendo la forza di allontanarsi di lì, si mise a camminare avanti e indietro davanti alla porta, tendendo l'orecchio a ogni suono, a ogni lieve rumore. Un'ora più tardi, quando la udì urlare, si fermò di botto, impietrito. Precipitandosi alla porta, cominciò a bussare a colpetti ripetuti e frettolosi. La più anziana delle due infermiere apparve sulla soglia e lo rimproverò severamente.

«Deve stare tranquilla! Non bisogna far rumore!» gli disse, senza curarsi di tenere molto bassa la voce. Aveva un'espressione rigida e scostante sotto la cuffietta inamidata.

«Si può sapere perché? Non le fanno male le orecchie, vero?» D'un tratto, però, la sentì gemere di nuovo e, non sopportando più quello strazio, scostò violentemente l'infermiera ed entrò a precipizio nella camera. La trovò distesa a letto, con la camicia da notte rialzata e il ventre, enorme, completamente nudo. Ma quella vista lo lasciò del tutto indifferente. Allungò una mano attraverso il letto per stringere quella di Sabrina e cominciò a parlarle dolcemente, cercando di calmarla, in attesa che sopraggiungesse la doglia successiva. Le infermiere erano rimaste inorridite e non sapevano più a che santo votarsi. Il dottore arrivò in quel momento.

«Bene, bene, si può sapere che cosa sta succedendo qui?» Fece finta di non essere rimasto colpito dalla presenza di John vicino alla partoriente, ma si capì subito che avrebbe preferito vederlo uscire. John, invece, non ci pensava affatto; quanto a Sabrina, sembrava che gli si fosse aggrappata con tutte le sue forze. Pareva che non le importasse neppure di essere coperta soltanto da un lenzuolo leggerissimo che, fra l'altro, scivolava da tutte le parti e la lasciava nuda, quando le doglie si facevano più forti. Parve che tutto questo non avesse la minima importanza per lei. Adesso, sulla faccia, le era apparsa un'espressione angosciata, da animale braccato. Aveva il fiato corto e ansimava paurosamente a ogni nuova doglia. Poi, d'un tratto, ebbe uno scatto improvviso in avanti e tentò di mettersi a sedere, aggrottando le sopracciglia, con la faccia talmente deformata dalla sofferenza da apparire irriconoscibile. Mentre le infermiere la prendevano per le spalle per aiutarla di nuovo a distendersi, il dottore, dimenticandosi completamente di John, accorse vicino al letto, sollevò il lenzuolo e cominciò a esaminarla. Sabrina urlò il nome di John e si mise a gridare orribilmente via via che il medico approfondiva il suo esame nelle parti più intime e segrete del suo corpo. Un velo di sudore coprì improvvisamente la faccia di John Harte, mentre osservava sua moglie; avrebbe voluto stringerla disperatamente a sé, ma non poteva far niente per aiutarla mentre lei continuava a divincolarsi e a contorcersi violentemente sul letto. Alla fine il dottore gli fece capire che voleva parlargli a quattr'occhi e uscirono insieme. Ma Sabrina, accorgendosi che suo marito stava per andarsene, fu colta dal panico e dovettero aspettare qualche minuto e lasciar passare ancora un'altra doglia prima che John potesse raggiungere il dottore nel corridoio. Qui gli disse chiaramente che voleva sapere con esattezza come andavano le cose.

Il dottore gli rispose in tono pacato, con voce sommessa. «Va tutto per il meglio, signor Harte. Però bisogna che sia lasciata sola con noi. È uno spettacolo che non fa per lei. Non posso permetterle di restare in quella camera e non solo per il bene di sua moglie, ma anche per lei stesso. Adesso non deve più rientrare lì dentro; deve lasciarci lavorare liberamente.»

«Lavorare? Ma si può sapere che cosa dovete fare, voi?» John Harte lo squadrò, accalorandosi. «È lei che fa fatica, è lei che lavora più di tutti, e se lei vuole avermi lì, con sé... Come fate a non capire! Sono tutta la sua famiglia, sono il suo amico più intimo... non ha nessun altro... e mia moglie è tutto per me. Del resto sono stato in campagna e ho visto nascere puledri e vitelli nelle fattorie!»

Il dottore non nascose di essere scandalizzato di fronte a quella risposta. «Questa è sua moglie, signor Harte.»

«Figurarsi se non lo so, dottor Showe! E non voglio abbandonarla.»

«E allora, lasci che ce ne occupiamo noi. Del resto è proprio per questo che siamo stati chiamati, vero?»

John ebbe un attimo di esitazione. Non sapeva che cosa fare. Avrebbe voluto essere con Sabrina. Se lei lo desiderava e se la sua presenza non le creava un ulteriore imbarazzo. Quanto a ciò che la gente poteva pensare, non gliene importava un bel nulla! Aveva superato l'età in cui malignità e pettegolezzi potevano colpirlo. In cuor suo, mandò cordialmente al diavolo il dottor Showe ma, a voce alta, guardandolo dritto negli occhi, disse semplicemente: «Se dovesse chiedere di me, io vengo dentro. Questa è casa mia, questa è mia moglie ed è mio figlio quello che sta per nascere». Il dottore non nascose di essere indignato, ma si limitò a stringere le labbra.

«Benissimo.»

«Allora come andiamo? Tutto procede per il meglio?»

«Direi proprio di sì, ma non credo che la nascita avverrà molto presto e bisogna che la signora misuri bene le sue forze. Potrebbe essere una notte molto lunga...» Poi, dopo aver dato un'occhiata alla finestra, vedendo che si stava alzando il sole, abbozzò un sorriso. «O meglio, una giornata molto lunga. Non credo che il bambino nascerà prima del tardo pomeriggio, verso l'ora di cena.» Tirò fuori di tasca l'orologio; lo stava guardando quando si sentì un certo trambusto nella stanza.

«Come fa a dirlo?»

«Perché so come vanno queste cose. E so come nascono i bambini.» Mentre invece tu, no, non lo sai affatto, sembrava che volesse far capire a John.

«Ma le sembra... mi sembra che siamo piuttosto avanti...» John stava ricominciando a farsi cogliere dall'angoscia.

«Purtoppo, temo di no.»

Avrebbe voluto picchiare la testa contro il muro, quando il dottore scomparve di nuovo nella stanza e, nelle cinque ore successive, credette di impazzire mentre non faceva che camminare avanti e indietro per il corridoio, su e giù per le scale, girando, senza sapere il perché, per tutte le stanze della casa. Alla fine si scolò due bicchieri di brandy e uno di Scotch e rimpianse di non poter dare un goccio di qualcosa di forte da bere anche a Sabrina. Ma... chissà che scandalo, se avesse osato fare qualcosa di simile! Verso le due, andò a sedersi sullo scalone, sotto la stupenda cupola adorna di vetri colorati, a testa bassa. Si sentiva stanco e abbattuto. Non faceva che pensare a Sabrina. Le infermiere erano entrate e uscite dalla stanza parecchie volte e il medico era venuto a cercarlo anche lui, una volta, per riferirgli che le cose procedevano bene, ma che ci sarebbe voluto ancora un po'... Finalmente, alle quattro del pomeriggio, John credette di sentire la voce di Sabrina; doveva aver detto qualcosa in uno strano tono di voce, forte e aspro, poi le sfuggì un gemito straziante e John si precipitò verso la porta della camera da letto. All'improvviso udì un lamento acutissimo, seguito da un grido soffocato. Avrebbe voluto tempestare di pugni la porta chiamando il nome di sua moglie, ma aveva paura di spaventarla. Mentre era lì, immobile, senza sapere che cosa fare, sentì di nuovo la sua voce: Sabrina, evidentemente, non cercava più di soffocare gli urli. Allora John non resistette oltre ed entrò silenziosamente nella stanza. Al primo momento, nessuno si accorse di lui. Le persiane erano accostate e le tende non permettevano alla luce di filtrare nell'interno. Un lume era acceso sul comodino, a capo del letto, un altro su un tavolo vicino ai piedi. Il calore, nella camera, era soffocante. Sabrina giaceva distesa nel grande letto matrimoniale, con le gambe allargate, coperta da un leggero lenzuolo. Aveva la faccia inondata di sudore, i capelli aggrovigliati, gli occhi rovesciati all'indietro, e si teneva aggrappata convulsamente al lenzuolo con le mani. Quando fu colta da un'altra doglia, il medico alzò il lenzuolo e John, d'un tratto, intravide un po' di capelli e una piccola testa rotonda. Rimase a osservare ciò che succedeva annichilito, a bocca aperta per lo stupore. Un fiotto di sangue uscì da una lacerazione del grembo e inondò il letto, fra le gambe di Sabrina, ma John non ne rimase impressionato, perché non faceva che pensare a quella testolina appena intravista e alla donna meravigliosa che stava facendo nascere il loro bambino. Sabrina si mise di nuovo a gridare e le infermiere la incoraggiarono a continuare così, dicendole che andava tutto bene e che era brava. Poi il dottore afferrò il bambino che stava nascendo per le spalle e lo girò. Dagli occhi di suo padre sgorgò qualche lacrima. All'improvviso eccolo... un maschio, perfetto, che deposero ancora umido e sporco di sangue fra le braccia della madre. Allora John le si avvicinò piangendo e strinse al cuore Sabrina e suo figlio. Il dottore non nascose di essere scandalizzato di fronte a quella scena, anche se, chissà! forse non era neppure troppo sbagliato ciò che queste due persone stavano facendo. Il bambino era stato concepito con amore, da questi due genitori; adesso, dopo che lo avevano atteso con tutto l'affetto dei loro cuori per tanto tempo, eccolo finalmente lì, fra le loro braccia. John e Sabrina, insieme, se lo strinsero teneramente al cuore mentre il neonato levava i suoi vigorosi vagiti. Erano le diciassette e quattordici minuti del 28 luglio 1914 e, in Europa, scoppiava la guerra.

27

JONATHAN Thurston Harte venne battezzato nella chiesa di Old Saint Mary's in California Street quando aveva sei mesi, nel gennaio 1915. L'intera Europa, a quell'epoca, era in guerra. Suo padre e sua madre organizzarono un piccolo ricevimento per i loro amici a casa Thurston. Vi parteciparono i Crocker e i Flood, i Tobin e i Devine, che fecero un brindisi alla salute del bambino con i calici pieni di champagne. E, quella sera, suo padre e sua madre brindarono di nuovo al loro piccino, nella quiete e nella solitudine della camera dove era nato. John rivolse un sorriso di felicità a sua moglie.

«Come siamo fortunati, bambina mia!»

«È vero!» Sabrina non desiderava nient'altro dalla vita. Aveva un marito che amava, un bambino che adorava, le loro rispettive miniere andavano avanti a meraviglia e rendevano bene, anche se lei si era rifiutata per l'ennesima volta di fonderle tutte in un'unica azienda. Insisteva nel ripetere che avevano caratteristiche completamente diverse e che funzionavano, anche, in modo differente: un cambiamento del genere, a questo punto, avrebbe potuto nuocere sia alle une che alle altre.

«A dir la verità, lo sanno tutti che siamo sposati e che sono io a dirigere non soltanto le mie, ma anche le tue. Che differenza vuoi che faccia?»

«Fa differenza per me.» Sabrina sentiva di appartenere a John anima e corpo; per le miniere, però, la cosa era ben diversa. Per qualche misterioso motivo, profondamente radicato in lei, voleva continuare a tenerle divise, anche se John si occupava di mandarle avanti e lo faceva con estrema perizia. Infatti non trovava mai niente da ridire sulle sue scelte e le sue decisioni e non provava più per le miniere l'interesse di un tempo, adesso che aveva il piccolo Jon. Perfino la fillossera, che provocava ingenti danni ai vigneti, non le pareva più una tragedia come in passato. Niente aveva più l'importanza di un tempo. A Sabrina, adesso, piaceva pensare soprattutto a cose liete e serene. Ripeteva di continuo che il bambino assomigliava moltissimo a John. Aveva i capelli scurissimi e due grandi occhi di un azzurro tanto cupo da assumere sfumature viola ma, in verità, non somigliava a nessuno dei genitori. Hannah sì, che lo sapeva a chi il bambino somigliava. Era l'immagine vivente di Camille, però si guardava bene dal dirlo.

Trascorsero a Napa quasi tutta quella primavera e festeggiarono il ventisettesimo compleanno di Sabrina partecipando al gran ballo della «Grange», la famosa associazione americana degli agricoltori. Quell'estate fu la più bella che Sabrina ricordasse dai tempi della sua adolescenza. L'unico motivo di tristezza, durante quello stupendo periodo di letizia e di serenità, fu dato da una lettera che ricevettero. Luna di Primavera era morta in seguito a una disgrazia, cadendo accidentalmente da un ponticello. Aveva battuto con violenza la testa sulle rocce del fiume ed era morta sul colpo. Il fratello di Luna di Primavera aveva dettato la lettera a qualcuno che sapeva scrivere e poi l'aveva spedita a John perché era convinto che dovesse essere messo al corrente dell'accaduto. E John ne rimase commosso. Luna di Primavera era stata molto buona con lui e lo aveva aiutato, con la sua presenza, in tempi lontani e difficili. Quando Sabrina lo seppe, ne rimase anche lei rattristata. Se non le aveva salvato la vita, sei anni prima, Luna di Primavera aveva certo salvato la sua verginità.

Intanto le sue previsioni si stavano avverando. Il giorno stesso della nascita di Jonathan, l'Europa era entrata in guerra. Tuttora, però, l'America non dava segno di voler partecipare al conflitto. Perfino quando Jonathan ebbe compiuto due anni nessun avvenimento minaccioso lasciava supporre, neppure alla lontana, che gli Stati Uniti dovessero restare coinvolti in quell'immane tragedia. O, almeno, era ciò che gli uomini politici continuavano a ripetere. Eppure anche questa volta Sabrina si rifiutò di credere a quello che dicevano.

«Come possiamo restare neutrali, John? Ormai i morti si contano a migliaia! Non pensi anche tu che dovremmo accorrere in loro aiuto? È un bel guaio! Perché, se entriamo in guerra, siamo degli stupidi. Però, se restiamo neutrali, dimostriamo di essere le creature più disumane che siano mai esistite. Non so che cosa pensare.»

«Tu pensi troppo alla politica! Non devi preoccuparti. Ecco che cosa succede alle donne che erano abituate a lavorare! Quando smettono, non sanno più come occupare il tempo!» John si divertiva a burlarsi di Sabrina e della sua intelligenza così viva. Eppure lei aveva sempre molto da fare, perché il piccolo Jon la teneva impegnata dalla mattina alla sera; e impegnata a tal punto che, per quanto desiderasse moltissimo seguirlo, prese la decisione di non andare a New York con John. C'erano parecchi affari che li riguardavano entrambi di cui doveva occuparsi a Detroit e alcuni investimenti a cui provvedere a New York. «Se preferisci, potremmo tornare indietro prendendocela comoda, e passando attraverso il Sud.» Cercava di tentarla a seguirlo con ogni mezzo. A John non garbava viaggiare da solo. Gli piaceva stare con lei il più possibile e, infatti, ormai erano praticamente inseparabili.

«Quanto tempo dovremmo restare lontano da casa?» Lui ci pensò un momento.

«Una ventina di giorni, probabilmente. Magari addirittura un mese.» La sola traversata dell'America da una costa all'altra richiedeva praticamente due settimane, se non di più, e Sabrina scrollò la testa.

«No, non posso. E se portassimo Jon con noi?»

John ci rifletté rapidamente ma, alla fine, fece segno di no. «Ti immagini come faremmo a resistere su un treno con lui per dieci giorni?»

Lei si lasciò sfuggire un gemito. Scoppiarono a ridere contemporaneamente. «Certo che me lo immagino! Non so come farei a non impazzire!» Jon aveva due anni e non stava fermo un momento. Era un bambino vivacissimo, sano, felice, tanto che Sabrina rimpiangeva di non essere più rimasta incinta, dopo averlo avuto. Anche il suo medico non sapeva spiegarselo ma, evidentemente, Sabrina non restava incinta con facilità. Del resto sia lei che suo marito erano contenti anche di avere soltanto quell'unico figlio. «Se tu sapessi come mi dispiace lasciarti sola, tesoro, e per tanto tempo!»

«Spiace anche a me.» John sembrava triste, malcontento. «Sei proprio sicura che non te la senti di lasciare Jon con Hannah, qui a St. Helena?»

«Non credo che sia possibile. È troppo irrequieto e birichino per poterlo affidare completamente a lei.» Anche a casa Thurston, dove adesso andavano di frequente, non c'era nessuno dei domestici a cui si sarebbe sentita di lasciarlo in consegna senza un po' di preoccupazione. «Stavolta non posso proprio venire.»

«Va bene.» John, quindi, organizzò ogni cosa in previsione della partenza e della lunga assenza da casa; il diciannove settembre Sabrina lo accompagnò alla stazione con il piccolo Jon. Lo abbracciarono, lo baciarono e John si affacciò al finestrino della carrozza privata per salutarli con grandi gesti della mano. Poi partì per l'Est, mentre Jon e Sabrina tornavano a casa Thurston ad aspettare il suo ritorno. Sabrina aveva parecchi impegni in città; doveva trattare svariate questioni con la sua banca e aveva in mente di ordinare la stoffa per le tende, le fodere nuove per alcuni mobili e alcuni tappeti visto che, da qualche tempo, soggiornavano a casa Thurston molto più spesso di una volta. Aveva abbastanza da fare per occupare le sue giornate, mentre John era lontano, ma la casa le sembrava terribilmente vuota senza di lui. Girando per quelle stanze così grandi, ansiosa di ricevere sue notizie e ancora più ansiosa di vederlo tornare, si sentiva disperatamente triste. Trascorreva le giornate in giardino a giocare con il piccolo Jon e girava per i negozi del centro per scegliere le stoffe che le occorrevano ma continuava a domandarsi dove si trovasse John in quel preciso momento e che cosa stesse facendo. Un giorno si fermò bruscamente lungo la strada, attirata dai titoli cubitali del giornale che vendeva uno strillone. Le parve che il cuore le si arrestasse nel petto. Il titolo del giornale diceva: GRAVISSIMO DERAGLIAMENTO SULLA LINEA DELLA FERROVIA CENTRAL PACIFIC. CENTINAIA DI MORTI. Ebbe un capogiro e credette di svenire, mentre si faceva largo affannosamente fra la gente in modo da vedere meglio quello che il giornale diceva. Lo strappò dalle mani del ragazzino e gli consegnò un biglietto da un dollaro. Poi lo aprì, tremando da capo a piedi. Non erano stampati né nomi né elenchi di morti o di feriti, però quello era il treno sul quale doveva viaggiare suo marito. Il gravissimo incidente era avvenuto nei pressi di Echo Canyon, a est di Ogden, nello stato dello Utah. Passato il primo attimo di stordimento, ancora inebetita, cominciò a camminare, meccanicamente, e poco dopo si trovò davanti alla propria banca senza neppure sapere come avesse fatto ad arrivarci. Appena entrata ebbe un altro attimo di smarrimento e si fermò, sconvolta e inorridita, con la faccia rigata di lacrime. Qualcuno la riconobbe e le si avvicinò.

«Signora Harte... possiamo esserle utili in qualche cosa?». La fecero entrare nello studio del presidente della banca. Sabrina gli mostrò il giornale che stringeva ancora fra le mani con un'espressione di profondo orrore sulla faccia.

«John viaggiava con questo treno. Sarebbe possibile sapere...» Non aveva neppure la forza di pronunciare quelle parole terribili. Non si poteva escludere che fosse rimasto illeso oppure che si trovasse fra i molti feriti di cui si parlava. In tal caso sarebbe partita immediatamente per raggiungerlo. Fino al suo ritorno, Jonathan poteva restare affidato ai domestici. Di fronte a ciò che poteva essere accaduto, anche il suo vivacissimo bambino passava in seconda linea. Intanto mille pensieri le si affollavano nel cervello. Pensava già a come organizzare il suo viaggio per raggiungere John. Lanciò uno sguardo implorante al presidente della banca. «Crede che potrebbe cercare di sapere qualcosa?» Lui assentì, ma non riuscì a nasconderle che non sarebbe stato facile.

«Adesso mandiamo immediatamente un cablogramma alla banca di Ogden, con la quale siamo in rapporti di affari, chiedendo che cerchino di ottenere questa informazione per noi.» Il treno si era fermato in quella località e non era più proseguito. I danni subiti erano troppo gravi per poter continuare il viaggio. Nel frattempo da San Francisco, quello stesso pomeriggio, era partito un treno vuoto per raccogliere i passeggeri sopravvissuti al gravissimo disastro ferroviario.

«E se provassimo a telefonare alla società ferroviaria? Avranno pure una lista delle vittime.»

Il presidente della banca assentì di nuovo. «Faremo tutto il possibile, signora Harte. Dove potremo trovarla per comunicarle qualcosa?»

«Potrei tornare a casa ad aspettare le notizie, oppure è meglio che resti qui?»

«No, la faccio accompagnare a casa in automobile da uno dei miei dipendenti. E la terremo informata di tutto ciò che verremo a sapere.» Anche lui era sconvolto. Gli Harte erano fra i clienti più importanti della banca e si augurava con tutto il cuore che il signor Harte fosse uscito illeso dal tragico incidente. Aiutò Sabrina a salire sull'auto del vicepresidente, la fece accompagnare a casa e rientrò in tutta fretta nel suo ufficio, cominciando subito a impartire gli ordini necessari. Prima di tutto fece spedire una serie di cablogrammi alla sede centrale delle ferrovie della Central Pacific con la richiesta di una immediata risposta; poi pensò di mandare un suo incaricato alla stazione ferroviaria di San Francisco nella speranza di sapere qualcosa e, infine, decise di rimanere in ufficio ad aspettare le notizie.

John Harte si trovava sulla lista delle vittime. Infatti era a bordo di una delle sei carrozze ferroviarie che, quando il treno era deragliato, erano uscite dalle rotaie precipitando per parecchie centinaia di metri in un profondo burrone. Il suo corpo era stato recuperato in fondo al canyon soltanto poche ore prima e, inizialmente, non era neppure stato identificato. Purtroppo, adesso, invece non c'erano più dubbi sulla sua identità. La banca di Ogden aveva risposto alle richieste giunte da San Francisco il più rapidamente possibile, confermando ciò che si temeva e inviando alla famiglia del defunto le sue più profonde condoglianze. Il presidente della banca di San Francisco si assunse il compito di portare a Sabrina la notizia e, nel tardo pomeriggio, varcò, a bordo della sua automobile, l'imponente cancello di casa Thurston, profondamente addolorato e con i nervi a fior di pelle. Davanti alla porta, afferrò il battente d'ottone e lo lasciò ricadere con un tonfo cupo sul pannello di legno. Una cameriera venne subito ad aprire. Il presidente della banca chiese di parlare con la signora Harte. Sabrina scese immediatamente. Un'espressione di speranza le illuminava il viso. Si sentiva sicura che John era stato rintracciato. Probabilmente si stava dedicando al soccorso dei passeggeri che avevano viaggiato con lui. Era talmente abituato a far fronte a ogni difficoltà, dopo tutti gli anni di lavoro nelle miniere, che, in un momento così terribile, doveva essersi prodigato generosamente per aiutare chi ne aveva bisogno. Dall'alto dell'ampio scalone Sabrina guardò giù, nell'atrio, dove il presidente della banca l'aspettava, e gli rivolse un timido sorriso. Ma le bastò osservarlo più attentamente in faccia per restare impietrita.

«John?...» La sua voce si levò debolmente, in un sommesso bisbiglio, sotto la grandiosa cupola. «È... è sano e salvo, vero?» Scese piano piano qualche gradino, ma subito si arrestò, di scatto, perché il presidente della banca stava scrollando lentamente la testa. Allora non riuscì più a dominarsi e continuò a scendere i gradini correndo e, sempre correndo, gli si avvicinò. Lui avrebbe voluto dirglielo in modo ben diverso, prepararla alla verità a poco a poco. La cosa migliore sarebbe stata quella di farla mettere a sedere perché temeva che gli svenisse fra le braccia. Avrebbe voluto essere lontano di lì mille miglia, avrebbe preferito rinunciare a tutto ciò che possedeva al mondo piuttosto di doverle dare quella notizia. Ma non aveva altra scelta. Era un compito che spettava a lui. La osservò, angosciato. No, non era giusto che una tragedia simile accadesse a persone come questa, che si amavano tanto profondamente, che avevano una vita tanto onesta e decorosa, che si erano trovati dopo tanto tempo. «Sono profondamente addolorato, signora Harte. Abbiamo ricevuto poco fa la notizia...» Respirò a fondo, per farsi coraggio, e proseguì: «È rimasto ucciso nel deragliamento di ieri notte. Ma hanno ricuperato il suo corpo...» Che strazio doverglielo dire! «...dal fondo del burrone soltanto questo pomeriggio.» Dalle labbra di Sabrina sfuggì un lamento atroce, che aveva qualcosa di animalesco, quasi come quando aveva partorito Jon; ma adesso tutto era ancora più orribile, perché, dopo tanto dolore, non ci sarebbe stata la nascita di un bambino. Adesso, invece, non c'era più John. Alzò verso il presidente della banca due occhi colmi di una tale disperazione che lui ne rimase sconvolto. Non aveva mai visto nessuno soffrire fino a quel punto. Si accorse di non avere parole adatte a darle conforto, di non sapere cos'altro dire a questa donna che gli era rimasta impietrita vicino, in fondo all'ampio scalone di casa Thurston, sotto la stupenda cupola che suo padre aveva costruito e che lei stessa aveva fatto innalzare di nuovo, dopo il terremoto del 1906.

In quel momento, però, nessuno dei due la guardava. Si stavano fissando negli occhi. Il presidente della banca vide che quelli di Sabrina erano colmi di lacrime. Poi lei lo riaccompagnò lentamente alla porta. Non si era messa a urlare, non era scoppiata in un pianto disperato, non era svenuta, non gli era crollata fra le braccia in preda a una crisi di nervi. Lo stava accompagnando alla porta di casa, con molta semplicità ma, a guardarla, si sarebbe detto che, per lei, fosse arrivata la fine del mondo. E, per Sabrina Harte, era successo proprio questo.

Parte terza

Sabrina: gli anni seguenti

28

Non era possibile spiegare a un bambino di appena due anni, quanti ne aveva Jonathan Harte, che il suo papà era morto. Era troppo piccolo, cominciava appena a parlare e non avrebbe assolutamente capito. In città, invece, la notizia si diffuse rapidamente e, quando arrivò il corpo di John, fu celebrata una funzione funebre nella Old Saint Mary's Church, mentre il funerale ebbe luogo a Napa, dove fu anche seppellito. Sabrina aveva la sensazione di essere morta insieme con John. Quando era arrivata la sua salma, aveva voluto aprire la bara. Era rimasta sola con lui, nella biblioteca di casa Thurston, a contemplarlo, a guardare le ferite, i lividi, il collo spezzato, la faccia ancora sporca della sabbia del burrone dove il treno era precipitato. Poi aveva allungato una mano e gli aveva ripulito il viso con estrema delicatezza, quasi aspettandosi che, a quel tocco, John si risvegliasse e le dicesse che non era vero, che era stato tutto uno sbaglio, uno sbaglio enorme. Ma John Harte era rimasto immobile e Sabrina aveva capito che la breve esistenza vissuta con lui era giunta al termine. Erano stati sposati sette anni, e ora non riusciva neppure a immaginare come avrebbe fatto a continuare a vivere da sola. Mai, in tutta la sua vita, aveva provato una disperazione più grande. Restava seduta per ore e ore sotto il portico di casa, con lo sguardo fisso nel vuoto, finché Hannah non si decideva a scuoterle piano piano un braccio per ricordarle qualche piccola cosa che doveva assolutamente fare oppure per pregarla di occuparsi di Jonathan che aveva bisogno di lei. Era come se nel cervello di Sabrina si fosse creato un vuoto, quando John era morto. Non sentiva più niente, non vedeva più niente, non parlava più con nessuno; le pareva perfino di non avere più niente da dare a suo figlio.

Erano venuti a dirle già parecchie volte che c'erano molti problemi da risolvere, tanto nelle miniere Thurston che in quelle di John. Sabrina, però, non trovava la forza di andare nel suo vecchio ufficio o in quello di John.

«Signora Harte, deve assolutamente venire in ufficio», l'aveva supplicata il suo direttore almeno una mezza dozzina di volte. Lei si limitava a far segno di sì con la testa, ma lasciava passare i giorni senza decidersi a farlo. Quando fu trascorso un mese e i due direttori vennero insieme a parlarle, perché erano disperati e non sapevano più come cavarsela, Sabrina finalmente capì che non poteva sottrarsi oltre ai suoi doveri. Salì con loro sull'automobile di John e raggiunse, prima di tutto, il proprio ufficio alle miniere Thurston. Quando entrò nella stanza che, per tanto tempo, era stata soltanto sua, le parve che, d'improvviso, il tempo si fosse messo a scorrere a ritroso. Ricordava ancora il primo giorno in cui vi era entrata, subito dopo la morte di Jeremiah; il coraggioso discorso che aveva fatto ai suoi minatori e tutti quelli che si erano licenziati a frotte; la terribile scena che aveva vissuto con Dan... Improvvisamente, si sentì sola e abbandonata come lo era stata allora e le parve di riprovare, viva e bruciante, l'atroce sofferenza di dieci anni prima. Alzò gli occhi verso i due uomini che l'avevano accompagnata e dopo aver tentato inutilmente di ricacciare le lacrime, scoppiò in singhiozzi. Il suo direttore si fece avanti, imbarazzato, e con un gesto goffo la prese fra le braccia.

«Signora Harte... capisco come deve essere doloroso per lei venire qui dentro adesso, ma...»

«No, no.» Scrollò la testa, disperata, e lo guardò. «Non potete capire. Non me la sento di ricominciare... non posso. Non ho più la forza che avevo a quei tempi...» L'uomo che la stringeva fra le braccia non capì a che cosa volesse alludere. Sabrina sospirò e cercò di dominare la propria angoscia. Alla fine andò a sedersi nella stessa poltroncina in cui John si era seduto tanto spesso quando veniva lì, da lei, a lavorare per le miniere Thurston. «Non posso mandare avanti questa miniera come facevo una volta. Adesso devo pensare a mio figlio.» Sapevano entrambi che, in passato, aveva diretto i lavori nelle miniere con grande abilità e l'avevano sempre ammirata, ma non si aspettavano che, adesso, ricominciasse.

«Veramente noi non abbiamo mai pensato che fosse disposta a lavorare qui come una volta, signora Harte». Sabrina non nascose la propria sorpresa, ma anche il sollievo che provava a queste parole e, all'improvviso, si rese conto che era proprio questa una delle cose di cui aveva avuto più paura nel mese precedente. L'idea di ricominciare la dura lotta quotidiana e l'atroce senso di solitudine che avrebbe provato nel rivedere le miniere dove John aveva dato, con il suo lavoro, il meglio di sé. Come le sarebbero sembrate vuote e desolate, ora, senza di lui! Era un pensiero insopportabile, questo; si alzò, soffocando un singhiozzo.

«Voglio che siate voi a continuare come avete sempre fatto. Vi affido la direzione delle mie miniere e mi impegno a consultarmi con voi regolarmente. Non solo, ma voglio anche essere sempre tenuta al corrente di tutto ciò che succede. E infine», proseguì cogliendoli di sorpresa, «voglio procedere alla fusione delle nostre aziende.» Adesso capiva che avrebbe dovuto farlo fintanto che John era vivo e si accorse di provare un profondo senso di colpa al pensiero di aver resistito alla sua proposta per tanto tempo — come se non avesse abbastanza fiducia in lui da affidargli la direzione delle miniere di sua proprietà. Si sentiva male solo a pensarci ma adesso, finalmente, voleva che il desiderio di John diventasse realtà. «Lo sanno tutti che, ormai, le nostre due aziende vanno avanti di pari passo come se fossero una sola. Il mio desiderio è che, d'ora in avanti, si chiamino miniere Thurston-Harte.»

«Sì, signora.» Sapevano tutti e tre che sarebbe stato necessario un certo tempo prima di poter sistemare la parte legale della fusione delle due società ma, almeno di questo, avrebbero potuto cominciare a occuparsi subito. E ritrovarono in colei che avevano di fronte qualcosa della capacità e del severo impegno dell'antica Sabrina, quando la videro afferrare un blocco di fogli e prendere rapidamente una serie di appunti. Consegnò, poi, quelle prime direttive ai due direttori.

«Oltre a questo, non c'è altro. Voglio che le cose vadano avanti nelle miniere come sono sempre andate fino a ora. Tutto deve continuare come quando c'era mio marito. Desidero che niente sia cambiato nelle due aziende.» Durante i mesi successivi, tuttavia, si accorse che c'erano parecchi problemi da risolvere, specialmente nell'azienda di John. I profitti delle miniere

Harte erano paurosamente calati negli anni più recenti, ma John non se ne era mai lamentato con lei. Anzi, si era mostrato di un'onestà esemplare perché, pur occupandosi al posto di Sabrina delle miniere Thurston, non aveva mai approfittato dei forti introiti di queste per pareggiare le perdite delle sue. Sabrina scoprì di provare per John una gratitudine ancora più forte di quella che aveva provato a suo tempo e si sentì il cuore stretto per l'angoscia, al pensiero delle preoccupazioni che le sue miniere dovevano avergli dato. Eppure John non le aveva mai detto una sola parola in proposito. In ogni modo, tutte le preoccupazioni per l'azienda Harte scomparvero completamente quando gli Stati Uniti, nel 1917, entrarono in guerra. D'un tratto gli armamenti necessari al conflitto provocarono una richiesta enorme di cinabro. Il lavoro aumentò nelle miniere, gli affari prosperarono e i profitti salirono alle stelle. Ormai, le sue erano conosciute ovunque come le miniere Thurston-Harte, e Sabrina guadagnava quattrini a palate. Anche se non gliene importava niente. Soltanto suo figlio Jon le importava; per il resto non era ancora riuscita a superare la perdita dell'uomo che aveva amato così profondamente. Tuttavia ricominciò a lavorare nel suo ufficio delle miniere parecchi giorni la settimana; questo le impediva di pensare ad altro e, quando Jonathan era a scuola, la teneva impegnata in modo che non sentiva la sua mancanza. Con il passare del tempo, cominciò a rimanervi sempre più a lungo e riprese l'antica abitudine di trattenersi oltre l'orario di lavoro; quando tornava a casa a sera inoltrata, era troppo stanca per aver voglia di mangiare o per occuparsi di qualcos'altro. Ed era troppo tardi per vedere suo figlio.

Ormai andava di rado a San Francisco. Casa Thurston era stata di nuovo chiusa e lei vi soggiornava solo di tanto in tanto, cercando di cavarsela alla bell'e meglio come aveva fatto quando ci andava da sola. Lei e Jon ci passarono perfino un Natale, ma fu una festa incredibilmente triste per Sabrina: non faceva che ricordare tutte le volte che ci era stata con John e la notte in cui era nato il loro bambino. Adesso capiva quello che suo padre doveva aver provato dopo la morte della mamma. Non sopportava più di vivere a casa Thurston da sola e preferiva tornare il più in fretta possibile a Napa, per dedicarsi anima e corpo, dalla mattina alla sera, alle miniere.

Con il passare del tempo, tuttavia, cominciò a rendersi conto di quanto suo figlio odiasse questa situazione. «Non fai che lavorare in quelle stupide miniere, non sei mai qui!» Capiva il suo risentimento, ma ormai si era nel 1926 e stavano presentandosi nuovi problemi per le miniere. La richiesta di cinabro era enormemente diminuita, tanto che si era vista costretta a licenziare un buon numero dei suoi uomini e a chiudere alcuni pozzi delle miniere. Inoltre, da sette anni c'era il proibizionismo e, di conseguenza, anche i suoi vigneti non rendevano più niente. Per la prima volta nella sua vita cominciò ad avere qualche preoccupazione finanziaria e capì che doveva stringere i denti e cercare di salvare il salvabile per il futuro di Jon. Ormai suo figlio aveva dodici anni e Sabrina avrebbe voluto dargli tutto ciò che lei stessa aveva sempre avuto. Sotto certi aspetti era un figlio difficile, perché pareva che provasse uno strano risentimento non solo per il lavoro impegnativo che occupava interamente il tempo di sua madre, un lavoro da uomo, secondo lui, ma anche per il fatto che suo padre era morto. Pareva che volesse addirittura accusare lei di quella terribile tragedia.

«Non è colpa mia, Jon!» Glielo aveva ripetuto non una, ma mille volte, quando suo figlio si metteva a inveire contro di lei. Il guaio, purtroppo, era che Sabrina continuava a sentirsi colpevole, almeno in parte, per la morte di suo marito... come se il suo dovere fosse stato quello di seguirlo nel tragico viaggio e di morire con lui. D'altra parte, se lo avesse fatto, quale sarebbe stata la sorte di Jon?

«Tutti i miei amici ti considerano un po' stramba. Lavori più di tutti i loro padri.»

«Non so che cosa farci. Ho una responsabilità nei tuoi confronti, figliolo! E, come se non bastasse, viviamo tempi difficili.» Nel 1928, pur provando uno strazio inenarrabile, aveva venduto quelle che erano state le miniere di John e investito l'intero ricavato della vendita in titoli e azioni, augurandosi di veder aumentare a poco a poco quello che considerava un buon patrimonio, in modo che Jon, un giorno, avesse a disposizione una cospicua ricchezza. Ma il suo sogno si trasformò in un incubo il 29 ottobre del 1929. Sabrina perdette tutto ciò che aveva ricavato dalla vendita delle miniere di John e cominciò a essere logorata dal rimorso di aver fatto una scelta sbagliata. Entro tre anni avrebbe dovuto affrontare la grossa spesa del college di Jon, e bastava questo pensiero per farla tremare di angoscia. Suo figlio non faceva che parlare di andare a Princeton oppure a Harvard e di fare un viaggio in Europa con lei; non solo, ma pretendeva che sua madre gli regalasse un'automobile prima della partenza da casa. Inoltre chiedeva soldi o regali in continuazione, senza accorgersi delle difficoltà finanziarie in cui Sabrina si dibatteva. In fondo, era sempre stato un bambino pieno di pretese e Sabrina non gli aveva mai rifiutato niente, illudendosi così di tacitare i propri rimorsi. Purtroppo cedere di continuo ai capricci di Jon e lasciargli fare tutto ciò che voleva non era servito a restituirgli suo padre; anzi aveva reso impossibile la vita a Sabrina, soprattutto a mano a mano che si avvicinava il momento in cui il ragazzo sarebbe partito per il college. Jon era stato accettato contemporaneamente dalle tre università di Harvard, Princeton e Yale.

«Ebbene», gli aveva detto con il fiato sospeso, cercando di mostrarsi perfettamente a suo agio e di non fargli capire quanto fosse grande il panico che provava, «dove pensi di andare?» E, dentro di sé, aveva aggiunto: come credi che potrò pagarti una scuola del genere?

Le miniere, ormai, non rendevano praticamente più nulla e, già da parecchio tempo, stava pensando di vendere la casa di St. Helena. Quando Jon aveva cominciato a frequentare la scuola superiore, si erano trasferiti a San Francisco, costringendo Hannah a seguirli, almeno per qualche tempo, sia pure controvoglia. Ma adesso la vecchia governante era tornata a vivere nella casa di Napa. Diceva sempre di sentirsi più felice, laggiù, e Sabrina, al pensiero di vendere quella casa e di costringerla a lasciarla, si sentiva cogliere da una profonda disperazione. D'altra parte non le restava altra scelta, se voleva mandare Jon al college, quell'autunno.

«Pensavo ad Harvard, mamma.» Le sorrise, molto soddisfatto di sé.

«Sprizzi gioia da tutti i pori. Sei contento, vero?» In fondo, era un bravo ragazzo e, se era viziato, la colpa era principalmente di sua madre. Lo sapeva fin troppo bene. «A dir la verità, anch'io sono molto soddisfatta di te. Hai ottenuto dei voti bellissimi e meriti pienamente di andare in una di queste scuole. Allora... sei convinto che la migliore sia Harvard?»

«Direi di sì.» In un primo momento la sua scelta era caduta su Yale ma, a sentire quello che raccontavano, l'ambiente gli sembrava triste e deprimente come St. Helena, mentre lui provava una curiosità e un interesse spasmodico non soltanto per tutte le opportunità che lo studio in un'università famosa poteva offrire, ma anche per la vita mondana che vi si faceva. Del resto era abbastanza comprensibile in un ragazzo di diciotto anni. Quella che pareva incomprensibile, invece, fu la richiesta che fece a Sabrina subito dopo la fine della scuola. «Ti dispiacerebbe molto se comperassi un'automobile e me la facessi spedire nell'Est per ferrovia, mamma? Credo che ad Harvard ne avrò un gran bisogno.» Era lontano mille miglia dal pensare che sua madre potesse rifiutargli ciò che le chiedeva. Del resto, capitava di rado che Sabrina gli negasse qualcosa, anche se — per farlo — era costretta a qualche sacrificio personale. Ma stavolta l'idea di un'automobile era irrealizzabile. Non aveva ancora venduta la casa di St. Helena ed era, praticamente, ridotta alla disperazione. Le tasse universitarie di Jon per l'anno successivo dovevano esser pagate entro il primo luglio e, se non fosse riuscita a vendere la casa di Napa, si sarebbe trovata con le spalle al muro. «Pensavo a una piccola cilindrata, magari decappottabile. Sarebbe l'automobile perfetta per me e...» Lei alzò una mano per farlo tacere con un'espressione di panico negli occhi, ma Jon non se ne accorse.

«Non credo che, al momento attuale, sia una buona idea, Jon.»

«Perché?» La guardò sbalordito. «Ho assolutamente bisogno di un'automobile.»

Qualcosa, in fondo al cuore, le disse che era meglio non rivelargli ancora la verità. Forse si trattava soltanto di orgoglio. «Almeno per i primi tempi, Jon, puoi fare a meno dell'automobile. Santo Dio, compirai diciott'anni soltanto in luglio! Non credere che i tuoi compagni arrivino tutti al college con un'automobile nuova di zecca!» L'agitazione l'aveva fatta parlare in un tono stranamente brusco e Jon ne parve inorridito.

«Sono pronto a scommettere che i miei compagni arriveranno quasi tutti con un'automobile. Perdio, ci hai pensato bene? Come credi che potrò andarmene in giro, da quelle parti?»

«Per il primo semestre, potresti adoperare la bicicletta», mormorò Sabrina, che aveva la gola stretta da un nodo di pianto. «Oppure andare a piedi! L'anno prossimo riparleremo dell'automobile.» Chissà, forse per quell'epoca la situazione sarebbe migliorata nelle miniere, anche se non si faceva troppe illusioni. Quanto ai terreni e ai vigneti, ormai, erano praticamente abbandonati da tredici anni. Aveva rinunciato a coltivarli e stava perfino pensando di vendere tutto. L'unica proprietà che sapeva di non voler vendere mai era casa Thurston. Anche per quel che riguardava i terreni, avrebbe voluto vendere soltanto il minimo indispensabile, e solo se ci fosse stata costretta. Sapeva quale significato avesse avuto la terra per suo padre, quando aveva costruito il suo grandioso impero, molto tempo prima e, un giorno, avrebbe voluto averne ancora molta, anzi moltissima, da offrire a Jon.

«Non riesco a capire i tuoi ragionamenti.» Il ragazzo si era messo a camminare avanti e indietro per la stanza, agitatissimo, e le lanciava occhiate di fuoco. «Hai pensato alla figura che farò, in bicicletta? Rideranno tutti alle mie spalle!»

«Non dire sciocchezze.» In quell'attimo provò la tentazione di spiegargli come stavano realmente le cose, ma capì subito che non ne avrebbe mai avuto il coraggio. Un po' per orgoglio e un po' perché non voleva spaventarlo. «Jon, metà della gente, qui, nel nostro paese, è disoccupata. Tutti cercano di risparmiare quanto è possibile. Nessuno si scandalizzerà a veder fare qualche piccola economia. Anzi, trovo che sarebbe molto più sconcertante vederti arrivare con un'automobile nuova di zecca. Viviamo in piena Depressione... non vorrai che ti considerino subito uno zoticone volgare e pieno di soldi che è appena arrivato dall'Ovest al volante di un'automobile, vero?»

«Adesso sei tu a dire un sacco di sciocchezze. Cosa vuoi che me ne importi della Depressione? E con questo? Ne siamo rimasti vittime anche noi? Non direi! E allora, chi se ne frega?»
Ascoltandolo, Sabrina capì di aver commesso un gravissimo errore nel dipingergli sempre la situazione a tinte rosee perché, in un certo senso, lo aveva fatto diventare insensibile, pieno di illusioni, senza un vero rapporto con la realtà. Era colpa sua, soltanto sua, se Jon, adesso, non capiva le difficoltà in cui si trovavano. E del resto, come avrebbe potuto? Non gli aveva mai spiegato niente! Eppure non se la sentiva di cominciare in questo momento. Era una bravata, la sua, che durava da troppo tempo. Impossibile troncarla così bruscamente.

«Il tuo è un atteggiamento da persona irresponsabile, Jon. Bisogna stare attenti...»

Ma lui la interruppe bruscamente. «Be', io invece non ci sto attento e non me ne importa niente! Mi importa soltanto di avere un'automobile.» Le teneva ancora il broncio quando lo accompagnò a prendere il treno per Boston all'inizio dell'anno scolastico. Lo vide partire con il cuore stretto dall'angoscia, come sempre le succedeva da quando John era morto in quel terribile disastro ferroviario. Sarebbe partita volentieri anche lei con suo figlio ma, in quell'epoca, c'era molto da fare alle miniere. Per fortuna era riuscita a vendere la casa di Napa appena in tempo. Il ricavato serviva per pagare i primi anni di studio di Jon. Vendere quella casa era stato, per lei, un grande dolore. La sua famiglia l'aveva posseduta per più di sessant'anni; era la casa che Jeremiah aveva costruito per la fidanzata, la dolce Jennie, morta durante l'epidemia di influenza; la casa in cui aveva portato Camille dopo averla sposata; la casa in cui Sabrina aveva visto la luce. Jonathan non era sembrato particolarmente colpito dalla sua perdita perché aveva sempre trovato molto noiosa la vita a Napa, ma Sabrina aveva ringraziato Dio, in cuor suo, che Hannah fosse morta già da due anni, perché non sarebbe sopravvissuta al dispiacere di veder passare in altre mani quella casa che aveva tanto amato. Ad Hannah non era mai piaciuta particolarmente la fastosa casa Thurston. Tutto il suo affetto era sempre andato a quella di St. Helena. Adesso ci vivevano degli estranei, ma Sabrina non ne faceva una colpa a suo figlio. Aveva sempre aspirato a dargli la migliore istruzione possibile, che ci fosse o no la Depressione, e fu proprio per questo che rimase indignata e si infuriò con lui quando vide i voti che aveva riportato alla metà del primo semestre. Era stato rimandato in quasi tutte le materie. Non solo, ma pareva che si facesse vedere raramente alle lezioni. Tanto che, quando Jon le telefonò per la festa del Ringraziamento, Sabrina non riuscì più a controllarsi e lo rimproverò acerbamente. «Se non ti metti a studiare seriamente, Jon, ti avverto che ti taglio i viveri! Farai meglio a frequentare le lezioni con maggiore assiduità. Se non vuoi continuare gli studi, puoi tornare a casa. Lavorerai con me per mandare avanti le nostre miniere.» Sapeva che questo, per suo figlio, sarebbe stato un destino atroce. Meglio la morte. Jon odiava con tutte le sue forze le miniere di famiglia, con una eccezione, i profitti che se ne potevano ricavare. Perché, per mezzo di quelli, avrebbe potuto ottenere tutte le cose che lo facevano sentire importante, che gli davano sicurezza!... per esempio l'automobile. Sabrina lo sapeva ma, stavolta, non poteva concederglielo. «Voglio vederti studiare seriamente. All'automobile penseremo quando avrò visto i voti che mi porterai a casa la prossima volta, figliolo!» Aveva intenzione di farlo tornare a casa a passare le vacanze di Natale con lei.

Nella sua vita, ormai, non c'era nient'altro all'infuori di Jonathan. C'erano soltanto lui e l'atroce e avvilente realtà. Capiva, da come andavano le cose, che avrebbe dovuto decidersi a vendere le miniere al più presto. Non ce l'avrebbe fatta a resistere ancora per molto. E, se qualcuno le avesse fatto una buona offerta per le terre e i vigneti, si rendeva conto che avrebbe fatto meglio a vendere tutto. Purtroppo, invece, era molto difficile che qualcuno si facesse avanti con una proposta del genere. Ridotti come erano, i suoi terreni ormai sembravano praticamente inutilizzabili. Aveva tentato di coltivarci, per qualche tempo, alberi di susino e di noce, ma non ne aveva cavato alcun profitto; aveva provato con le mele e l'uva da tavola ma i risultati erano stati altrettanto scoraggianti.

Quando rivide Jon, nel dicembre del 1932, si accorse con

profondo stupore che, in quegli ultimi mesi passati all'università, era diventato un uomo. Si era fatto adulto, non aveva più l'aria da adolescente e, quando discutevano di qualche argomento, le sembrava anche più maturo. Perfino i suoi gusti in fatto di ragazze erano, ormai, quelli di un uomo adulto. Purtroppo, però, certi suoi atteggiamenti e certe prese di posizione non erano affatto cambiati. Continuava a pretendere che sua madre acconsentisse a ogni suo desiderio, che cedesse a ogni suo capriccio, che lo mantenesse in tutto e per tutto. Le uniche cose che si pagava da solo erano i divertimenti e le ragazze.

Aveva studiato con impegno per risalire la corrente e i suoi voti erano migliorati. Sabrina ne provò sollievo, ma riprese ugualmente a tormentarsi perché sapeva che, presto, sarebbe ripartito all'attacco per farsi regalare l'automobile. Era arrivato a casa appena da due giorni quando sferrò la prima offensiva. Se non lo aveva fatto subito, era stato perché aveva avuto troppi impegni. «E l'automobile, mamma?»

«Le chiavi sono giù, tesoro.» Gli sorrise. Non aveva difficoltà a lasciargli guidare la propria automobile, glielo aveva sempre permesso... Trasalì di fronte all'espressione che era apparsa sulla faccia di Jon.

«Oh, no. Non parlo di quella. Ne voglio una nuova, tutta per me.» Sabrina provò un tuffo al cuore. Aveva appena finito di controllare la contabilità delle miniere: la situazione era disperata. Per venirne fuori ci sarebbe voluta un'altra guerra, ma Sabrina si sentiva in colpa al solo pensarci, anche se sarebbe proprio stato quello di cui l'America aveva bisogno in quel momento. Cominciava a temere che fosse inevitabile chiudere anche le miniere rimanenti: le spese erano gravissime e non sapeva più come affrontarle. Aveva già intaccato la somma ricavata dalla vendita della casa di Napa e ciò che ne restava le sarebbe stato necessario per pagare gli studi di Jon. Per sé, era pronta a fare a meno quasi di tutto. Non si comperava più niente: aveva venduto tutte le automobili, conservandone soltanto una; a casa Thurston non c'era più un solo domestico e se si aggrappava ancora, disperatamente, ai terreni e ai vigneti, lo faceva perché, insieme con le miniere, erano tutto ciò che suo padre le aveva lasciato. Gli altri investimenti, di ogni genere, erano stati inghiottiti dal famoso crollo in borsa del '29.

«Non mi pare che tu abbia bisogno di un'automobile.» Si sentiva male solo a pensarci.

«E perché?» La guardò infuriato. Aveva solo diciotto anni e mezzo, eppure si comportava come un uomo.

«Dobbiamo parlarne proprio in questo momento? Non si può aspettare?»

«Perché? Devi correre via, come il solito, a lavorare?» Effettivamente Sabrina stava per partire per St. Helena, aveva un appuntamento importante alle miniere. In genere era il suo direttore che si occupava di tutto, ma lei preferiva essere presente più spesso che poteva, illudendosi di riuscire a trovare le soluzioni più adatte alla gravità del momento. Si trattava di una responsabilità che non poteva accollare a nessun'altro. Quindi, adesso, diede un'occhiata colma di disperazione a suo figlio.

«Non è una cosa molto gentile da dire, questa! Sai benissimo, Jon, che ti sono sempre stata vicino quando avevi bisogno di me.»

«Già, ma quando? Me lo vuoi dire con precisione? Quando dormivo? Quando tornavi a casa talmente stanca che non avevi neppure la forza di dirmi una parola?» Sabrina rimase duramente colpita da quello di cui Jon la stava accusando. Per tutto il resto delle vacanze, continuò a insistere per farsi acquistare l'automobile, tormentandola inutilmente. Quando Jon ripartì finalmente per l'Est, Sabrina si accorse di essere esausta per la lotta che aveva dovuto sostenere. Jon, quasi per vendicarsi, si affrettò a scriverle da Harvard annunciandole che non sarebbe più tornato a casa fino al mese di luglio. Era stato invitato ad Atlanta da uno dei suoi compagni e sarebbe stato ospite della sua famiglia. Non le diceva niente di più, neppure come si chiamasse o chi fossero i suoi familiari, e Sabrina capì qual era il gioco che stava tentando di fare con lei. Voleva punirla perché non gli aveva concesso il giocattolo di cui aveva tanta voglia.

Jon tornò a casa verso la metà di luglio e, per la prima volta, si accorsero di non sapere dove andare. La casa di Napa era stata venduta. Tutto ciò che rimaneva era casa Thurston. Sabrina provò a proporgli di andare insieme in vacanza sul lago Tahoe, ma Jon era talmente in collera con lei, dopo aver avuto la conferma che non era disposta ancora a comperargli la famosa automobile, che preferì andarci da solo con i suoi amici. In fondo, aveva compiuto diciannove anni e Sabrina non poteva corrergli dietro dappertutto. Però rimase delusa di non poter stare un poco con lui e, quando Jon ripartì per Harvard, si sentì ancora più sola in quella grande casa vuota.

Purtroppo non doveva viverci sola ancora per molto. Infatti, quell'inverno, la situazione precipitò e, ben presto, le miniere non diedero più alcun profitto. Anzi, risultarono in perdita. Sabrina si trovò a non avere neppure il denaro necessario per il mantenimento suo e di Jon, per cui dovette chiudere tutti i pozzi all'infuori di uno e affittare qualche stanza di casa Thurston. Quando Jonathan tornò, per Natale, scoprì di avere quattro inquilini e si infuriò.

«Perdio, sei impazzita? Cosa penserà la gente?» Sabrina rimase trasecolata e si sentì profondamente ferita dalle parole di suo figlio. Purtroppo quell'anno si era trovata completamente priva di risorse e non aveva avuto altra scelta. I vigneti erano stati messi in vendita, ma finora non si era presentato nessun acquirente. Altre fonti di guadagno non esistevano. Era giunto finalmente il momento di spiegare tutto questo a Jon.

«Non so che cosa farci! Le miniere sono praticamente chiuse, tutte all'infuori di una. Dovevo pur trovare il mezzo di guadagnare qualcosa! Del resto, lo sai benissimo anche tu com'è costosa la vita. E quello che è necessario per le tue spese è molto, molto di più, di quello di cui mi accontento io!» Ormai, ad Harvard, Jon non faceva che spassarsela con i suoi amici, più spendaccioni e scavezzacolli di lui. Sabrina non si era mai lamentata per questo, né gli aveva fatto le sue rimostranze, però Jon doveva capire che ogni cosa aveva il suo prezzo.

«Lo capisci, sì o no, che non posso più invitare nessuno dei miei amici qui, da noi? Perdio, sembra di essere in un bordello!»

A questo punto Sabrina non riuscì più a trattenersi. «Devo pensare che ti sei fatto una bell'esperienza, a giudicare dai soldi che stai spendendo!»

«Adesso non cominciare a farmi le prediche!» si mise a sbraitare Jon. «E tu cosa sei diventata? La tenutaria di casa Thurston, eh?» Sabrina gli allungò uno schiaffo e subito se ne pentì. Purtroppo, ormai, la situazione era diventata insostenibile fra loro tanto che, l'estate seguente, quando Jon la informò che non sarebbe tornato a casa per le vacanze, ne provò quasi sollievo. Era stato invitato nuovamente ad Atlanta, in casa di quei famosi amici, e a Sabrina non restò che augurarsi che fossero persone della loro stessa classe sociale, persone perbene, insomma. Ormai aveva preso la risoluzione di vendere le miniere Thurston anche se, a questo pensiero, si sentiva spezzare il cuore. Purtroppo, una volta effettuata la vendita, si accorse che il ricavato era ben poco, perché non valevano quasi più niente. Praticamente le aveva vendute al puro e semplice valore del terreno sul quale erano costruite. La somma ottenuta era sufficiente a pagare gli studi di Jon per un altro anno soltanto, ma le consentiva di liberarsi dei pensionanti che si era presa in casa. Così, quando Jon tornò per Natale, poterono godersi da soli casa Thurston. Stavolta ci fu maggiore tranquillità in famiglia, anche se pareva che Jon si fosse molto distaccato da lei. Non accennò neppure all'automobile che desiderava, stavolta, perché aveva ben altri progetti. Voleva fare un viaggio in Europa, in giugno, con un gruppo di amici e Sabrina si domandò in che modo glielo avrebbe pagato. Da vendere non restava più niente, all'infuori dei gioielli di sua madre che aveva messo da parte per pagargli l'ultimo anno al college. Era terrorizzata all'idea di doverli usare per qualcosa di diverso, anche se quel viaggio pareva di estrema importanza per Jon. Quella sera, sedendosi di fronte a suo figlio, decise di affrontare quell'argomento. Gli domandò, con un sospiro di stanchezza: «Con chi avresti intenzione di andare?» Ormai sembrava che Jon non avesse più nulla a che fare con sua madre; d'altra parte aveva quasi ventun anni ed era logico aspettarselo. A volte, però, Sabrina si lasciava cogliere dall'angoscia al pensiero di non sapere assolutamente niente della gente che frequentava quando era ad Harvard. Sperava soltanto che si trattasse di gente rispettabile. Purtroppo sapeva talmente poco di lui, ormai! D'altra parte non voleva dargli l'impressione di essere curiosa più del necessario. Del resto, Jon non mostrava il desiderio di parlare con lei della sua vita privata. Erano anni difficili per entrambi. Jon si era abituato a vedere sempre esaudito ogni suo capriccio, quando e come lui voleva... Ormai i suoi rapporti con Sabrina si erano ridotti, praticamente a questo, a richieste continue di ogni genere. Di affetto, non si parlava più da anni. Sabrina si stava accorgendo di sentire un vuoto atroce nel cuore. Le mancava terribilmente il tenero piccino che le saliva sulle ginocchia e si aggrappava disperatamente a lei. Era proprio a questo che stava pensando mentre lo osservava con attenzione. Erano in biblioteca.

«Allora, posso andare?»

«Dove?» Era talmente stanca da aver completamente dimenticato quello di cui stavano parlando. La tensione, alla quale era sottoposta da tanto tempo, le consumava le forze. Ormai non le restava più niente all'infuori della casa, dei vigneti e dei gioielli di Camille e già da qualche mese stava meditando di cercarsi un impiego. Ma c'era anche un'altra possibilità alla quale pensava sempre più di frequente. Alcune agenzie immobiliari le avevano fatto varie proposte per acquistare il terreno che circondava casa Thurston e costruirvi altre case d'abitazione. Forse poteva essere la risposta migliore alle difficoltà finanziarie in cui si dibatteva, ma non ne era ancora del tutto certa. Jonathan la stava osservando sempre più esasperato. Insomma, non era possibile che sua madre fosse completamente rimbambita! Aveva soltanto quarantasei anni.

«In Europa, mamma.»

«E con chi ci andresti? Non me lo hai ancora detto.»

«Che differenza vuoi che faccia? Sarebbero soltanto nomi per te. Non li conosci personalmente.»

«Perché non dovrei conoscere i loro nomi? Perché non mi hai mai detto come si chiamano i tuoi amici, Jon?»

«Perché non sono più un bambino di dieci anni», ribatté lui con asprezza, alzandosi di scatto. «Insomma mi lasci andare, sì o no?» le domandò, piantandosi davanti a lei. «Sono stufo di questi giochetti!»

«Di quali giochetti stai parlando?» La sua voce era tranquilla come sempre e non rivelava niente delle angosce, delle preoccupazioni, delle tensioni terribili di quegli ultimi anni. Sabrina non aveva mai lasciato capire nulla di ciò che provava, ma la sua sofferenza, a guardarla un po' più attentamente, si poteva misurare dall'espressione dei suoi occhi. Adesso considerò più attentamente suo figlio Jonathan. Com'era diverso da tutti loro! Non assomigliava né a suo padre, né al nonno Jeremiah, né a lei. Gli mancavano completamente il senso della disciplina e la passione per il duro lavoro. Gli piaceva scherzare e divertirsi, invece; la sua più grande abilità era sempre stata quella di ottenere tutto ciò che voleva senza fatica. A volte, Sabrina era preoccupata per lui. Perché, nella vita, purtroppo ogni cosa si deve imparare a proprie spese: chissà che, per Jon, non fosse venuto questo momento. Ci pensò di nuovo, seguendolo con gli occhi. Jon, con aria corrucciata e malcontenta, si era messo a camminare avanti e indietro per la stanza.

«Jonathan, se hai tanta voglia di andare in Europa, perché non provi a cercarti un lavoro, almeno per qualche tempo, ad Harvard?»

Lui la guardò sbalordito, con gli occhi fiammeggianti di collera. «Perché diavolo non te lo cerchi tu, un lavoro, invece di continuare a lamentarti che sei povera?»

«Perché? È questo che faccio?» Aveva gli occhi pieni di lacrime. Suo figlio l'aveva colpita sul vivo. Per quanto lei avesse sempre cercato disperatamente di non lamentarsi con lui, Jon sapeva come fare per ferirla nel modo più doloroso. Sabrina si alzò; si sentiva stanchissima. La giornata era stata lunga, troppo lunga. Forse Jon aveva ragione. Forse era venuto il momento di cercare un impiego. Ormai non bisognava più pensarci soltanto, ma anche agire. «Mi dispiace che tu la pensi così. Forse hai ragione. Forse dovremo cercarci un impiego tutti e due. Sono tempi difficili per tutti, Jon.»

«Da me, a scuola, non si direbbe. Tutti i miei compagni hanno quello che vogliono, all'infuori di me.»

«Vedrò quello che posso fare.» E quando Jon ripartì per tornare al college, Sabrina ricominciò ad arrovellarsi nella speranza di trovare il modo di guadagnare qualcosa. L'economia americana era letteralmente in ginocchio, in quell'anno 1935, e si trattava di una situazione che durava da molto tempo. Di conseguenza trovare un impiego non era facile. Inoltre Sabrina non era capace di scrivere a macchina, né tantomeno sapeva la stenografia; non aveva nessuna delle qualità che si richiedono a una segretaria... e tutti i lavori connessi con la conduzione delle miniere di mercurio non erano facili da trovare.

In marzo, le arrivò una lettera di Amelia, scritta con la calligrafia un po' tremante che ormai le era abituale, nella quale la vecchia amica la informava che un suo conoscente sarebbe venuto in California con l'intenzione di acquistare dei terreni. Si chiamava de Vernay, produceva ottimi vini francesi e, adesso che il proibizionismo era cessato, la sua intenzione era quella di trapiantare negli Stati Uniti un determinato tipo di vite che già coltivava in Francia. Amelia, si scusava con Sabrina, sperava che non fosse un fastidio troppo grosso per lei e, sapendo com'era vasta e profonda la sua conoscenza della zona, si augurava che avrebbe accettato volentieri di dargli qualche consiglio utile.

A dir la verità, Sabrina la considerò un'incombenza gradita; anzi, si domandò perfino se lo sconosciuto viticultore francese non sarebbe stato disposto a comperare i suoi vigneti. Ormai lei non poteva più coltivarli ed erano ridotti in uno stato da far pietà. Il proibizionismo era durato troppo a lungo. Quei quattordici anni avevano spento in lei ogni velleità di riuscire a produrre i famosi vini dei suoi sogni. Certo, era sempre stata un'idea un po' assurda; perfino John si burlava di lei per questi sogni ad occhi aperti, anche se aveva dovuto ammettere, almeno in qualche occasione, che i vini prodotti dalle sue terre erano di ottima qualità. C'era perfino stato un periodo in cui si era considerata un'autentica esperta di viticoltura ma, ormai, aveva dimenticato quasi tutto. Ciò di cui aveva una profonda conoscenza, adesso, era il cinabro, ma a chi poteva importare? Qualche tempo dopo, mentre si trovava in giardino a potare le siepi con un enorme paio di cesoie, notò un uomo alto, con i capelli grigi, fermo davanti al cancello, che cercava di attirare la sua attenzione con grandi gesti. Sabrina pensò che dovesse consegnare qualcosa e gli si avvicinò alzando una mano per ripararsi gli occhi dal riverbero del sole. Soltanto allora si accorse che era vestito con una certa eleganza, cosa che non si poteva affatto dire di lei! Peggio di così non avrebbe potuto presentarsi. Si era messa un paio di vecchi calzoni di Jon, rimboccati alle caviglie perché erano troppo lunghi, e una giacca sbrindellata, sempre di Jon.

«Posso esserle utile? Cerca qualcuno?» Gli sorrise. L'uomo la stava guardando attentamente. Al primo momento le parve stupito, poi divertito e, quando le rispose, notò subito che aveva un forte accento francese.

«È lei la signora Harte?» Sabrina annuì e l'uomo sorrise.

«Sono André de Vernay, un amico della signora Goodheart di New York. Credo che le abbia scritto, parlandole di me.» Per un attimo Sabrina si accorse di avere un vuoto pauroso nel cervello, quel nome non le diceva niente... poi le tornò in mente la lettera ricevuta da Amelia qualche settimana prima e scoppiò a ridere, guardandolo dritto negli occhi che avevano lo stesso colore dei suoi.

«Entri, la prego!» Gli tenne aperto il cancello e lui ubbidì. Poi si guardò intorno, ammirando il vasto giardino che occupava, praticamente, l'estensione di un intero isolato. Casa Thurston si intravedeva soltanto, laggiù, in lontananza. «Me ne ero quasi dimenticata... ormai sono varie settimane che ha scritto...»

«Purtroppo sono stato trattenuto in Francia per motivi imprevisti.» Aveva un modo di fare molto educato e cortese e Sabrina pensò che il suo aspetto era straordinariamente curato ed elegante, mentre lo precedeva verso casa. Lui, intanto, si stava scusando di non averla avvertita in precedenza della sua visita; poi, a un certo momento, la curiosità lo spinse a domandarle: «Ma ... lei riesce ad occuparsi di tutto questo da sola?» Non nascondeva di essere sbalordito e Sabrina sorrise.

«Sì, di tutto.» Gli aveva risposto con una sfumatura di orgoglio nella voce. «Credo che mi faccia bene.» Scoppiò in una risata. «È un impegno continuo per la volontà e il carattere.» Fece finta di mostrargli i muscoli, piegando un braccio, e lui rise. «Anche per i bicipiti, sa! Però mi convinco sempre di più che potrei vivere benissimo, facendone a meno!» Buttò la giacca su una poltrona, abbassò gli occhi a contemplare i ridicoli calzoni rimboccati che indossava e scoppiò in un'altra risata. «Sì, forse avrebbe fatto meglio ad avvertirmi della sua visita!» Anche lui rise. «Gradisce una tazza di tè?»

«Sì. No... cioè, voglio dire...» La fissava affascinato, senza tentare neppure di nascondere la sua ammirazione. Come se fosse venuto da tanto lontano soltanto per fare quattro chiacchiere con lei. E lei lo trovava divertente e interessante. Così pieno di animazione, carico di vitalità, facile agli entusiasmi. Si capiva subito che era letteralmente innamorato della sua idea di coltivare viti francesi negli Stati Uniti, e moriva dalla voglia di parlarne con lei. Venne a sedersi in cucina mentre Sabrina faceva bollire l'acqua per il tè. «Madame, quello che desidero è il suo consiglio. Madame Goodheart mi dice che lei conosce questa zona meglio di chiunque altro, e parlo della zona di Napa, s'intende.» Lo aveva detto con lo stesso tono che avrebbe usato parlando di una regione della Francia e Sabrina sorrise.

«Infatti. È vero.»

«Voglio piantarci le viti più belle e produrre i più squisiti vini francesi.»

Sabrina gli sorrise dolcemente, versandogli il tè. Poi andò a sedersi di fronte a lui e riempì anche la propria tazza. «È sempre stato uno dei miei sogni.»

«Posso sapere perché ha cambiato idea?» Sembrava turbato e Sabrina, alzando gli occhi a guardarlo, si domandò quale era stato il vero motivo che aveva spinto Amelia a mandarlo da lei. Era un uomo straordinariamente affascinante, alto, bello, con l'aria aristocratica, brillante e intelligente e, mentre lo aveva di fronte a sé, seduto in cucina a bere una tazza di tè, provò una strana sensazione... come se ci fosse un motivo ben preciso per il quale si trovava lì, un motivo che lei ancora non conosceva...

«Non ho cambiato idea, Monsieur de Vernay. C'erano altre cose di cui ho dovuto occuparmi. Parecchi anni fa abbiamo avuto, nella nostra valle, una terribile epidemia di fillossera, o di qualche altro parassita simile, che ci ha rovinato quasi completamente i vigneti. Poi è venuto il proibizionismo e, per quattordici anni, sembrava un'assurdità mettersi a coltivare le viti. Adesso i miei terreni, abbandonati per tanto tempo, sono in uno stato pietoso... Forse, non so... forse per me, ormai, è troppo tardi. Però le auguro tutta la fortuna possibile.» Gli rivolse un sorriso. «Amelia dice che lei ha intenzione di acquistare dei terreni. Potrei cercare di venderle i miei!» Lui alzò un sopracciglio, non nascondendo di provare un certo interesse per quella proposta, e posò sul piattino la tazza che teneva in mano. Ma Sabrina si affrettò a scrollare la testa. «No, non le farei uno scherzo del genere. Le viti sono talmente inselvatichite e i terreni in un tale stato di abbandono, che ho paura che ci vorrebbe la dinamite per ripulire bene tutto! Per molti anni il mio principale interesse a Napa sono state le miniere. E temo che, proprio perché ero impegnata altrove, i miei vigneti ne abbiano sofferto. Non avevo mai il tempo di fare quello che volevo. Ho provato anch'io a produrre qualche vinello abbastanza gustoso, ma niente di più.»

«E adesso?» André de Vernay sprizzava energia da tutti i pori. Pareva che si aspettasse che tutti fossero dinamici come lui.

Sabrina sorrise, stringendosi nelle spalle. «Ho venduto le miniere. Ormai quei tempi sono passati.»

«Miniere? Di che genere?» Pareva incuriosito. Amelia gli aveva raccontato qualcosa di Sabrina Thurston, ma non abbastanza. Forse, anzi, presentandogliela come gliela aveva presentata, l'aveva fatta sembrare una creatura misteriosa e il suo interesse, ora, era stuzzicato. «È una ragazza straordinaria e conosce praticamente tutte le persone che ti potrebbero essere utili da quelle parti. Parla con lei, André. Non lasciartela sgusciare dalle mani.» Era stata una strana espressione da usare nei confronti di questa donna che, anche ora che l'aveva davanti agli occhi, pareva rivelasse qualcosa di elusivo e sfuggente. Come se cercasse sempre di nascondere se stessa e i suoi pensieri a chiunque. «Quale genere di miniere aveva, signora Harte?» insistette ancora André de Vernay.

«Miniere di mercurio.»

«Cinabro, allora!» disse lui subito, con un sorriso. «Ne so

qualcosa anch'io. Aveva qualcuno che le mandava avanti per lei?» Non poteva che essere così, si capiva subito... Invece Sabrina scoppiò a ridere scrollando la testa e, all'improvviso, parve molto giovane. Era una donna molto graziosa, però André non riusciva a stabilire quale età avesse e, per Sabrina, era la stessa cosa nei confronti di lui.

«Per qualche tempo me ne sono occupata direttamente. Per più di tre anni, subito dopo la morte di mio padre.» André de Vernay non nascose di essere colpito e ammirato da quello che sentiva. Non doveva certo essere stato un compito molto facile per una donna! Amelia aveva ragione. Sabrina Thurston era realmente una donna straordinaria, come doveva essere stata una ragazza straordinaria in gioventù. «Poi è stato mio marito a occuparsene per parecchio tempo...» la voce di Sabrina ebbe una sfumatura dolente «... fino a quando è morto. Allora ho ripreso in mano le redini non soltanto delle miniere di mia proprietà, ma anche delle sue. Ma, in questi ultimi anni, ho finito per venderle tutte.»

«Sentirà la mancanza del suo lavoro, dunque!»

Sabrina fece un cenno d'assenso. Le riusciva facile ammetterlo, parlando con quest'uomo che, pure, conosceva da così poco tempo. «Sì, è vero.»

André bevve un altro sorso di tè e le sorrise. «Quando ha intenzione di mostrarmi i suoi vigneti, signora Harte?»

Lei scoppiò in una risata e scrollò la testa. «Oh, no, non mi sognerei mai di farle uno scherzo simile! Però sarò lietissima di spiegarle con chi deve mettersi in contatto a Napa, per riuscire a comprare qualche buon terreno adatto alla coltivazione della vite. Credo che ce ne dovrebbe essere parecchio in vendita.» Lo guardò, tornando improvvisamente seria. «Qui, economicamente parlando, la situazione è disastrosa per tutti.»

«Non solo qui, signora Harte.» Infatti le cose non andavano meglio neppure in Francia. Soltanto in Germania, sotto il regime di Hitler, pareva che la situazione economica fosse notevolmente migliorata... Ma chi poteva sapere quali fossero le intenzioni del dittatore folle? André non se ne fidava, molti altri la pensavano come lui e anche se gli americani si stavano convincendo che non avrebbe mai costituito un pericolo per nessuno, lui non era d'accordo. «Eppure sono anni che sogno di realizzare questa mia idea. Per me, il momento più opportuno è questo. Ho appena venduto i miei vigneti in Francia e voglio mettermi a coltivare subito quelli che comprerò qui, in California.»

«Perché?» A Sabrina sembrava un pauroso salto nel vuoto, quello di André de Vernay...

«Quello che sta succedendo attualmente in Europa mi convince poco. Per me, Hitler è un'autentica minaccia, anche se sono pochissime le persone che la pensano nello stesso modo. La mia opinione è che stiamo avvicinandoci a passi da gigante a un altro conflitto e, quindi, preferirei non restare in Europa.»

«E se il conflitto non scoppiasse? Tornerebbe indietro?»

«Può darsi. Ma può anche darsi di no. Ho un figlio e sarei felice che mi raggiungesse qui.»

«Adesso dove si trova?»

«In Svizzera, a sciare.» Scoppiò a ridere. «Ah, come è dura la vita dei giovani di oggi, vero?» Anche Sabrina non poté trattenere una risata.

«Quanti anni ha?»

«Ventiquattro. Sono due anni che mi dà una mano nella coltivazione dei nostri vigneti. È andato alla Sorbona, ma poi è tornato a Bordeaux a lavorare con me. Si chiama Antoine.» Sembrava molto fiero di suo figlio e Sabrina ne fu commossa.

«È molto fortunato. Mio figlio compirà ventun anni fra poco; adesso studia in un college dell'Est, ma è già un po' che mi sto chiedendo seriamente se tornerà ad abitare qui a San Francisco, in futuro. Sembra letteralmente innamorato dell'Est.»

«Gli passerà! Quando Antoine viveva a Parigi, è stata la stessa cosa anche per lui; adesso, invece, non fa che dirmi che Parigi è una città insopportabile e che è molto più felice di vivere a Bordeaux. È talmente provinciale, quel ragazzo, che si è addirittura rifiutato di venire a New York con me. Hanno le loro idee, cosa vuole, però, a un certo momento ...» e sorrise «...ritornano esseri umani anche loro, chi più chi meno. Mio padre ripeteva sempre che aveva cominciato a godersi realmente i suoi figli dopo che aveva compiuto i trentacinque anni! Quindi, mettiamoci comodi: anche noi avremo ancora qualche annetto da aspettare!» Sabrina rise e versò altro tè nelle tazze. Poi, all'improvviso, le venne un'idea. Guardò l'orologio appeso alla parete della cucina. De Vernay si accorse di quell'occhiata e si sentì improvvisamente in colpa. «Forse lei ha qualche altro impegno, madame Harte?»

«Il mio nome è Sabrina. Vuole che ci diamo del tu? No, nessun impegno. Stavo solo pensando che, forse, avremo il tempo di andare subito a Napa in automobile. Mi piacerebbe mostrarti qualcosa della zona. Oppure hai altro da fare?»

Lui fu felice di quell'offerta. «Mi farebbe un enorme piacere, ma spero di non averti rovinato il programma della giornata!»

«Il mio unico impegno era quello di potare le siepi, ma è parecchio tempo che non vado a Napa e sarei molto contenta di fare la gita con te.» Era il minimo che potesse fare per la vecchia amica di suo padre. Amelia, in tutti quegli anni, era sempre stata così gentile con lei! «A proposito, come sta Amelia?» Prese le tazze e andò a metterle nel lavandino; poi André la seguì nel grande atrio d'ingresso di casa Thurston.

«Benissimo. Naturalmente, gli anni passano anche per lei, e diventa sempre un poco più fragile ma, se pensi che ha appena compiuto ottantanove anni, bisogna ammettere che è formidabile! Ha sempre la solita intelligenza brillante, è più lucida che mai, e devo confessare che è sempre stimolante discutere con lei! Non riesco mai a uscirne vincitore, però è una sfida che mi dà sempre un enorme piacere. Perché, in fatto di politica, abbiamo idee completamente diverse.» Sorrise a Sabrina e Sabrina ricambiò quel sorriso.

«Credo che mio padre sia sempre stato innamorato segretamente di lei. Anch'io, a mano a mano che crescevo, in tutti questi anni, le ho voluto molto bene. Sotto certi aspetti, per me è stata una madre. La mia è morta quando avevo soltanto un anno.» Lui annuì, ascoltando con estremo interesse tutte queste spiegazioni. Poi Sabrina gli chiese il permesso di assentarsi per pochi minuti e salì a cambiarsi. Quando ridiscese lo scalone, portava un tailleur di tweed grigio-azzurro, un golfino dello stesso colore dei suoi occhi e un paio di scarpe comode, con il tacco basso. Si era pettinata raccogliendo i capelli sulla nuca. André de Vernay rimase colpito, soprattutto, dallo stile innato che Sabrina rivelava. Il suo aspetto appariva completamente diverso da quello di poco prima, tanto che quella definizione di Amelia, «una ragazza straordinaria», gli tornò di nuovo in mente. Amelia aveva ragione. Come sempre.

L'autorimessa era vicino all'imponente cancello d'ingresso dal quale era entrato poco prima. Sabrina tirò fuori una *Ford* blu, di un modello che risaliva — come minimo — a sei anni prima; gli aprì la portiera, scese a chiudere con il lucchetto il cancello e gli scoccò uno sguardo allegro e divertito mentre puntavano in direzione nord. «E pensare che ero convinta che oggi fosse la giornata buona per potare le siepi!»

29

RAGGIUNSERO St. Helena in due ore e mezzo. Sabrina cominciò subito a respirare a pieni polmoni l'aria fresca, contemplando commossa le colline verdeggianti e sentendosi improvvisamente rinnovata nel corpo e nello spirito. Era una sensazione che non provava da moltissimo tempo. Vendute la casa e le miniere, non era più tornata a Napa ma, adesso, si rendeva conto che quel paesaggio era sempre stato una parte di lei... Com'era bello essere ritornati. Si accorse che André de Vernay la osservava e si voltò a guardarlo con un sorriso e un sospiro. Era inutile parlare; pareva che lui capisse perfettamente ogni cosa.

«Mi rendo conto di quello che deve provare. Perché è la stessa cosa che io provo per Bordeaux... per il Médoc...» Per Sabrina la vallata aveva sempre avuto una importanza grandissima. Era stata una parte fondamentale della sua esistenza per molto tempo. E, adesso, provava una gioia profonda, una gioia esaltante, nell'attraversarla. Di tanto in tanto, lungo il tragitto, mostrava ad André qualche cosa di particolare: Oakville, Rutherford e qualcuno dei vigneti più recenti che si intravedevano qua e là. Gli indicò anche le alture più lontane. Quella che in passato era stata la zona delle miniere; poi, lasciata Silverado Trail, arrestò l'automobile e mostrò ad André una vasta estensione di terreno. Tutto vi appariva inselvatichito; viti e piante erano cresciute fin troppo rigogliose senza essere controllate dalla mano dell'uomo. Si notava subito che, da molti anni, non un solo filare di viti era stato potato e, nei campi, nessuno aveva piantato più niente. Un cartello con la scritta IN VENDITA doveva esser caduto dal palo a cui era attaccato e nessuno si era curato di metterlo di nuovo al suo posto. Sabrina si voltò a fissare André e si strinse nelle spalle, come per chiedere scusa.

«Se sapessi com'era tutto bello qui, una volta!» Fece un ampio gesto con la mano; poi cominciò a indicargli i differenti tipi di vite che aveva piantato, si dilungò sull'argomento della fillossera che aveva rovinato i raccolti e sul crollo che la produzione del vino aveva subìto con l'avvento del proibizionismo. «Credo che, a questo punto, non ci siano più speranze. Non saprei neppure da che parte cominciare, ormai!» Eppure, lì di fronte a loro, c'erano ottocento ettari di terreno fertile e altri vigneti ancora più avanti. André parlava poco. Si incamminarono fra i filari di viti, scostando di tanto in tanto qualche tralcio. André si guardava intorno con attenzione. Più di una volta si chinò a raccogliere una manciata di terra per osservarla meglio. Poi fissò Sabrina con una tale serietà che la fece sorridere e disse: «Cara signora Harte, qui tu hai una miniera d'oro!» Si capiva subito che non stava scherzando, ma Sabrina scrollò la testa, facendo segno di no.

«Una volta, forse! Ormai, non più. Come ogni altra cosa, adesso vale molto meno di quanto valeva in passato.» Stava pensando alle miniere che si era vista costretta a chiudere e a questi vigneti, un tempo coltivati con tanta passione e tanto impegno. Ormai, praticamente, erano irriconoscibili. Si sentì stringere il cuore ricordando l'antico splendore della Napa Valley. Era stata un po' come un'arma a doppio taglio, la gita di quel giorno: se, da un lato, si sentiva colmare il cuore di gioia per essere tornata a rivedere quella terra, tanto amata da lei e da suo padre, dall'altro, tutto le ricordava quello che non esisteva più: Jeremiah, John... perfino Jonathan, che ormai se n'era quasi andato per sempre anche lui. Mentre tornavano lentamente verso l'automobile, si sentì gravare sulle spalle il peso terribile della sua giovinezza perduta. D'un tratto, le dispiacque di essere venuta. Che cosa cambiava, infatti? A che serviva tornare a versare qualche lacrima su ciò che era stato? «Credo che dovrei proprio decidermi a vendere tutto, uno di questi giorni! Ormai non ci vengo più e la terra non ci guadagna a restare abbandonata.»

André la guardò. «Non credo che tu capisca realmente che tipo di terra possiedi, cara amica.» Assomigliava al fertile suolo del Médoc e André aveva capito subito, dal clima temperato, dal tipo del terreno, dall'aspetto delle viti incolte e inselvatichite, che avrebbe potuto ottenere miracoli. «Voglio comprare del terreno qui, proprio qui, Sabrina...» Socchiuse gli occhi osservando le colline. La vallata era bellissima e capiva che la sua vita, lì, sarebbe stata felice. Bastava che Antoine accettasse di raggiungerlo, insieme con qualcuno dei loro uomini migliori, e il successo poteva dirsi assicurato. Per prima cosa, però, doveva trovare i terreni adatti da acquistare.

«Dici sul serio?» Ma lo aveva già capito guardandolo negli occhi. André non ripeté la sua offerta per i terreni di cui era proprietaria e Sabrina, che conosceva praticamente tutti nella Napa Valley, lo accompagnò negli uffici della migliore agenzia immobiliare dei dintorni, specializzata nelle vendite di terreni. André ebbe svariati colloqui con differenti persone e venne a sapere che, confinanti con la proprietà di Sabrina, c'erano altri millecinquecento ettari di terreno in vendita. Il prezzo era modesto, soprattutto perché c'erano molti lavori da fare su quel terreno, e André chiese di vederlo prima che diventasse buio. Sabrina lo accompagnò in macchina. Il francese cominciò ad aggirarsi per i vigneti, camminando a lungo fra i filari di viti, attraversando i campi, guardandosi intorno, raccogliendo a manciate il terriccio per esaminarlo più attentamente, spezzando qualche tralcio, sfiorando le foglie con la punta delle dita. A

Sabrina, che lo guardava dalla strada, parve quasi che, ogni tanto, respirasse più a fondo come per annusare meglio l'odore di quell'aria. Ne rimase segretamente divertita. Faceva ogni cosa con una tale serietà e con un tale entusiamo, era talmente pacato, equilibrato e attento... Eppure, a volte, chiacchierando con lui, si scorgeva un lampo quasi sbarazzino nei suoi occhi... Tornava subito serio, però, quando discuteva con lei sui diversi tipi di vini, oppure sulla *récolte* che aveva fatto nei propri vigneti in patria, o su questi terreni che era venuto a vedere. Ritornarono all'agenzia immobiliare. André sembrava felice e straordinariamente soddisfatto. Osservando la gioia che gli illuminava gli occhi, a lei parve di restare quasi contagiata da tutto quell'entusiasmo.

«Che cosa diresti, Sabrina, se ti domandassi di vendermi i tuoi terreni?»

«Invece di quelli che abbiamo appena visto?» La proposta la stupiva.

«In aggiunta a quelli. Ma ho un'idea ancora migliore.» Lei tacque, aspettando e lui si affrettò a proseguire: «Potresti affittarmeli! Potrei occuparmi io di coltivare anche i tuoi terreni. Questo ci consentirebbe di diventare i proprietari di una zona di vigneti molto estesa, di interesse e di valore straordinario». Per un attimo, anche gli occhi di Sabrina si illuminarono di gioia. In fondo, quello di occuparsi dei vigneti era sempre stato il suo desiderio segreto. Ma adesso?

«Dici sul serio?»

«Certo!» André si rivolse al venditore e cominciò a discutere il prezzo; alla fine fu trovato un punto d'accordo soddisfacente per tutti e l'affare fu concluso.

A questo punto, André si rivolse di nuovo a Sabrina. «E tu cosa mi dici?»

Ci fu una pausa interminabile. Pareva che tutti e due trattenessero il fiato. Sabrina si accorse che un brivido sottile le correva lungo la schiena, un brivido che non provava da moltissimo tempo. Era dato dall'eccitazione delle trattative, del possesso, delle possibilità di lavoro future. Ma scrollò la testa con aria solenne. «Non ho intenzione di vendere, André.»

D'istinto, lui già lo sapeva. «Allora mi affitterai i tuoi terreni?» Le loro due proprietà adiacenti, messe insieme, adesso costituivano un appezzamento di terreno addirittura sterminato. Un numero incalcolabile di ettari... e Sabrina, stavolta, fece segno di sì con la testa, con gli occhi che scintillavano di felicità, come quelli del suo compagno.

«Sì, accetto.» André e Sabrina si strinsero la mano con aria solenne. L'impiegato dell'agenzia li osservava con grande interesse. Dentro di sé, si stava dicendo che il patto, stipulato davanti ai suoi occhi, era molto importante, addirittura «storico». E non si sbagliava di molto. Pochi minuti più tardi André compilò un assegno come acconto sull'intera cifra, e glielo consegnò. Poi, di punto in bianco, gli venne in mente che avrebbe anche avuto bisogno di una casa in cui abitare. Non ci aveva neppure pensato fino a quel momento e rivolse a Sabrina uno sguardo perplesso e stupito. Gli occorreva una casa dove vivere con suo figlio. Almeno per i primi tempi, non avrebbero avuto molte pretese. Anche un piccolo alloggio poteva bastare. La sua intenzione era quella di lasciare per sempre il piccolo, elegante *château* che possedeva in Francia, perché era profondamente convinto che l'Europa avesse imboccato la strada del disastro e della rovina. Questo era un paese nuovo, un mondo nuovo, dove a lui e a suo figlio si presentavano nuove opportunità. Erano passate da poco le otto quando si fermarono lungo la strada a cenare. Si accorsero di avere una fame da lupi. Mentre divoravano hamburgers e bevevano birra, Sabrina cominciò a parlargli di Napa Valley di molti, molti anni prima.

«Io sono nata qui, a St. Helena, in casa di mio padre.»

«Ce l'hai ancora, la casa?»

«L'ho venduta.» Lo guardò diritto negli occhi, non aveva niente da nascondere e le piaceva essere schietta. «Dovevo mandare mio figlio al college. All'epoca del famoso crollo in borsa, nel 1929, aveva quindici anni e, tre anni dopo, l'ho mandato a studiare nell'Est. Le miniere cominciavano a non rendere più, tutti i miei investimenti in azioni si erano ridotti a zero e la casa di Napa non mi occorreva più. Ormai erano molti anni che vivevamo in città.» Sapeva di potergli confessare le proprie difficoltà senza vergogna. André era un uomo semplice, un uomo schietto, che andava subito al sodo, e, da quando gli aveva stretto la mano e aveva accettato di dargli in affitto i suoi terreni, le pareva che fosse nato fra loro un legame molto forte. «Devo provvedere agli studi di mio figlio ancora per un anno. E poi...» Si lasciò sfuggire un lieve sospiro di sollievo, «saprò, se non altro, di avergli dato il meglio che potevo dargli.»

«E lui? Che cosa ti dà, lui?» Sabrina avrebbe voluto rispondere che le dava affetto, ma non era completamente sicura. Certo, Jon le dava qualcosa, almeno questa era la sua illusione: un senso di conforto quando tornava a casa, il senso che ci fosse qualcuno che le voleva bene al mondo, anche se, doveva ammetterlo, questo bene glielo esprimeva poco e di rado. Era sempre molto più interessato a ciò che sua madre poteva dare a lui.

«Sai cosa ti dico, André? Non lo so con sicurezza. Non sono più sicura che i figli ci diano qualcosa, all'infuori della gioia che si prova pensando che sono nostri.»

«Ah!» Assentì lentamente, le sorrise e posò sul tavolo il bicchiere. «Abbi pazienza. Prova a lasciarlo fare ancora per qualche anno e poi vedrai!» Sabrina scoppiò a ridere, ricordando certi scontri che avevano avuto.

«Purtroppo credo che ci vogliano tutti gli anni che dici! E, adesso, parliamo di quei vigneti. Che cosa avresti intenzione di fare? Voglio dire: sei realmente convinto di voler lasciare la Francia, André?»

«La situazione è ancora peggiore di quella che immagini. Credimi, ne sono più che certo. Ne ho discusso con Amelia, a New York, per una serata intera. Lei insiste nel dire che i francesi sono troppo intelligenti, troppo abili e capaci, per lasciarsi coinvolgere in un conflitto, ma io credo che stavolta potrebbe sbagliarsi anche lei. Dal punto di vista politico, siamo deboli e corrotti; economicamente parlando, non siamo affatto forti e non bisogna dimenticare che le nostre frontiere orientali confinano con il Paese dove governa quel pazzo che continua a sventolarci sotto il naso la sua bandiera con la croce uncinata. Sono sinceramente convinto che sia venuto il momento di partire e di lasciare la Francia, se non definitivamente, almeno per qualche tempo.» Sabrina si domandò, in cuor suo, se André non esagerasse. Se non si fosse lasciato prendere da uno strano panico. Forse la colpa era della sua età. Poco prima le aveva detto di avere cinquantacinque anni; anche John, verso quell'età, aveva preso posizioni molto più conservatrici di prima, aveva cominciato a occuparsi di politica e ad angosciarsi per il modo in cui andavano le cose, molto più di quanto non avesse mai fatto in vita sua. C'era stato un periodo in cui, all'improvviso, John aveva cominciato a vedere soltanto disastri e tragedie dappertutto; del resto, ricordava che anche suo padre era stato così, a suo tempo, e, di conseguenza, preferì non dare troppa importanza a ciò che André diceva. Lui, intanto, la stava osservando con aria pensierosa. Mentre prendevano il caffè cominciò a dirle, in tono un po' esitante: «Senti, Sabrina, dirai che sono matto, ma non faccio che pensare a quel pezzo di terra. La tua e la mia. È perfetta per quello che voglio fare e tu mi avevi accennato, poco fa, che ti sei sempre interessata alla coltivazione dei tuoi vigneti. Invece di affittarmeli semplicemente, in modo che io possa coltivarli insieme con i miei, perché non diventi mia socia a tutti gli effetti e non partecipi anche tu, attivamente, alla loro gestione?»

«Credo che, per me, non esista più nessuna possibilità in questo senso. In passato, era diverso. Ma adesso non sono più una donna d'affari, André.»

«Non so... a me pare che potresti occuparti di questi vigneti esattamente come me ne occuperò io. Ti sembra un'idea tanto assurda?»

«Un po', sì.» Sorrise alla cameriera che si era avvicinata al loro tavolo a riempire di nuovo le tazze di caffè. André ne beveva moltissimo. Anche se aveva mormorato, sia pure con molto tatto, che era molto diverso dal caffè al quale era abituato in Francia.

«Perché? A che cosa stavi pensando esattamente, André?»

Lui respirò a fondo prima di parlare e posò di nuovo la tazza sul tavolo. «Che cosa ne diresti di comperare una parte di quei terreni in modo da poter diventare soci in parti uguali?»

«Comprare quei terreni con te? André, non hai capito. In questo momento faccio un'enorme fatica soltanto a pagare gli studi di mio figlio, non mi è rimasto praticamente nient'altro all'infuori della casa di San Francisco e di quel pezzo di giungla che hai visto poco fa a Napa. In quale modo potrei comperare una parte di quei terreni per diventare tua socia?»

Lui parve deluso, ma non del tutto persuaso. «Non sapevo... avevo pensato...» I suoi occhi azzurri ebbero un altro lampo malizioso e Sabrina, dentro di sé, si disse che André le piaceva. Era indubbiamente un bell'uomo e la figura slanciata, l'altezza, il portamento lo facevano sembrare molto più giovane della sua età. Gli si davano, senza fatica, almeno dieci anni di meno. «Dunque, non hai nessun'altra risorsa?» Forse, la domanda era un po' cruda, ma André non gliela aveva fatta con cattiveria. Stava cercando disperatamente il modo di persuaderla a entrare in società con lui. Sabrina era una donna con la quale si era trovato a suo agio fin dal primo momento in cui si erano conosciuti, quella stessa mattina. Del resto, Amelia gli aveva parlato con entusiasmo di lei e gli aveva descritto il modo in cui aveva mandato avanti da sola le sue miniere per molti anni. Aveva anche aggiunto che Sabrina possedeva un'intelligenza vivace e brillante. André pensò che probabilmente erano proprio queste sue indiscusse capacità a tenerla a galla ancora adesso ed ebbe la sensazione che, se lo avesse voluto, sarebbe riuscita a trovare il modo di diventare sua socia e di acquistare quei terreni. Fra l'altro, doveva intendersi di viticoltura e di produzione dei diversi vini della zona molto di più di quello che non avesse voluto ammettere.

«Ormai sono passati molti anni da quando mi occupavo della coltivazione delle viti, André. Figurati che, da giovane, mi illudevo di poter produrre qui a Napa i migliori vini francesi...» Scoppiò a ridere, al pensiero dei sogni che aveva fatto. «Ma... quanti anni sono passati? Quindici? Venticinque? Ormai non ti potrei essere più di nessun aiuto.» Era ancora sbalordita per la proposta di entrare in società con André, anche se doveva confessarsi che l'idea l'attirava moltissimo. «Sai cosa ti dico? Mi piacerebbe moltissimo combinare qualcosa del genere con te. Ma la verità è un'altra: al punto in cui sono dovrei vendere la terra che ho, non comprarne altra!» Sospirò. Solo a pensarci, si sentiva cogliere da un'enorme tristezza. Nel giro di pochi mesi sapeva che avrebbe dovuto affrontare la spesa dell'ultimo anno di studi di John ad Harvard e, ormai, le restavano soltanto da vendere i terreni di Napa, l'enorme appezzamento che circondava casa Thurston e i gioielli di sua madre, che non metteva mai. Era già da parecchio tempo che stava chiedendosi quale fosse la soluzione migliore e, quella sera, andando a letto, ci pensò ancora. André, l'indomani, aveva intenzione di tornare a Napa da solo, di esaminare di nuovo con attenzione il terreno appena acquistato, di parlare con i proprietari per stipulare definitivamente l'affare e di cercarsi una casa in cui vivere.

Ripensando a lui, Sabrina giudicò che André era un uomo schietto e simpatico: le piaceva e gli augurava di cuore un grande successo. D'altra parte, era impossibile non provare ammirazione per un uomo della sua età che abbandonava il Paese nel quale aveva vissuto agiatamente e si trasferiva a diecimila chilometri di distanza per ricominciare da capo. Ci voleva un grande coraggio per fare una scelta simile e Sabrina capì di ammirare profondamente André. L'indomani mattina, stava ancora pensando alla sua proposta e provava un profondo rammarico al pensiero di non avere nessuna possibilità di comperare quei terreni... D'un tratto, però, balzò a sedere sul letto. Se si fosse decisa a vendere il grandissimo giardino che circondava casa Thurston, avrebbe ricavato una somma sufficiente a pagare l'ultimo anno di studi di Jon, non solo, ma le sarebbe rimasto ancora un bel gruzzolo. La sua prima idea era stata quella di metterli da parte per se stessa, magari investendoli... Ma esisteva investimento migliore della terra? Era quello che suo padre Jeremiah le aveva sempre detto. Se avesse accettato la proposta di André e avesse comperato una parte di quei terreni, non le sarebbe rimasto un centesimo. Però André sapeva quello che faceva e, presto, in futuro, avrebbero ricavato da quei vigneti ottimi profitti. Certo, il rischio era spaventoso, soprattutto tenendo presente le condizioni economiche dell'America in quel momento. Eppure le bastava pensarci per sentirsi cogliere da un fremito, per sentirsi correre più in fretta il sangue nelle vene... Continuò a pensarci per tutto il giorno, domandandosi se André avesse comperato anche qualcos'altro. Poi fece due o tre telefonate per parlare con le agenzie immobiliari che le avevano proposto l'acquisto del giardino di casa Thurston e quando André le telefonò, quella sera, era talmente eccitata che lui non riuscì quasi a capire quello che gli diceva.

«Ce la faccio, André!» Aveva saputo che, l'indomani, qualcuno le avrebbe fatto un'offerta interessante per i terreni che circondavano casa Thurston a Nob Hill. C'erano due costruttori edili che da vari anni aspettavano una risposta affermativa alla loro offerta ed erano disposti a pagare un ottimo prezzo per un'area di terreno in quella zona. Sabrina sapeva che, almeno per qualche tempo, avrebbe dovuto abituarsi a vedere casa Thurston circondata da altre case in costruzione, sapeva che non avrebbe mai più avuto l'isolamento, il silenzio, la solitudine di cui aveva goduto in passato, ma si rendeva conto che tutto questo non aveva più importanza per lei. Se fosse riuscita a entrare in società con André...

«Cosa?... Cosa?... Come hai detto?... Parla più piano, più piano per favore...» Però rideva, sentendo ridere Sabrina, e capiva che doveva essersi verificato qualche avvenimento straordinario, anche se non aveva la minima idea di che cosa si trattasse.

«Hai ragione, scusami. Prima di tutto, come è andata oggi?»

«Bene. È tutto meraviglioso!» Anche lui sembrava eccitatissimo. «E mi è venuta un'idea magnifica. Compro io quei terreni, ti vendo gli ettari necessari perché tu possa diventare mia socia e ti concedo un pagamento dilazionato. Mi pagherai quando vorrai. Entro cinque anni, se preferisci. Ma, per quel giorno, saremo diventati tutti e due ricchissimi con la produzione dei nostri vini!» Scoppiò in una risata e Sabrina, raggiante, gli rispose: «Non sarà necessario. Anche a me è venuta un'idea».

Stava per dirgli di che si trattava quando, improvvisamente, ci ripensò. «Senti, mi è venuta un'altra idea, ancora migliore. Te la sentiresti di venire qui da me? Posso offrirti un brandy e... c'è qualcosa di cui vorrei parlarti.»

«Ahh...» André sembrava stupito, ma anche stuzzicato nella

sua curiosità. L'idea del brandy, poi, era eccellente. «Sei sicura che non sia troppo tardi? Mi pare che siano già le dieci passate.» Ma Sabrina non voleva rimandare la discussione all'indomani. Si sentiva eccitata e felice come una bambina. André accettò la sua proposta e le disse che avrebbe preso un tassì per raggiungerla il più presto possibile. Infatti, pochi minuti più tardi, era davanti a casa Thurston e stava bussando alla porta. Sabrina scese lo scalone di corsa per andare ad aprirgli. Nella biblioteca del piano superiore, accanto al fuoco, aveva già preparato la bottiglia del brandy e i bicchieri. Lo precedette, sullo scalone, sempre correndo. Come un cagnolino che fa le feste. E André rise, guardandola. «Si può sapere che cosa hai combinato oggi, Sabrina?» Nel pronunciare il suo nome, André gli dava una curiosa cadenza francese e Sabrina scoppiò a ridere di nuovo, guardandolo; gli versò il brandy nel bicchiere e lo invitò a sedersi in una comoda e ampia poltrona di fronte alla propria.

«M'è venuta un'idea... a proposito dei vigneti di Napa.»

Gli occhi di Sabrina erano talmente luminosi e splendenti di gioia che, di riflesso, anche quelli di André si illuminarono. La guardò più attentamente. Non osava sperare, ma intanto si domandava se era questo il motivo per il quale Sabrina lo aveva pregato di andare da lei. Forse era riuscita a compiere il miracolo. «Sabrina, non tenermi così in sospeso!» Aveva mormorato queste parole a fior di labbra, guardandola, e Sabrina, ricambiando quello sguardo, capì che la sua vita stava per cambiare, come era cambiata quando Jeremiah era morto, quando aveva sposato John, quando era nato Jonathan. Si era ormai convinta che i giorni in cui era stata una donna ricca, capace e potente, fossero ormai finiti per sempre e adesso, invece, capiva che stavano per ricominciare. Il suo più grande desiderio era di entrare in società con André. Con il suo fiuto per gli affari, capiva che André de Vernay non era un uomo comune, che c'era qualcosa di speciale in lui.

«Voglio comperare quei terreni con te.»

I loro sguardi si incrociarono. «Sei in grado di farlo? Mi pareva di...»

«Ci ho pensato a lungo, ieri sera, e oggi ho fatto qualche telefonata e ho parlato con alcune persone. La soluzione è semplice: vendere il giardino che circonda casa Thurston. Mi occorrono, fra l'altro, i soldi per l'ultimo anno di studi di mio figlio ad Harvard.» Voleva essere sincera fino in fondo con lui. Del resto, non aveva motivo di nascondergli niente. «Ma se riesco a spuntare un buon prezzo per questi terreni, e credo che sia possibile, forse riuscirei a stornarne una parte per comperare un certo numero di quegli ettari di terreno e diventare tua socia. In questo modo potremmo fondare la società su una base di parità fin dal primo momento.» Gli lanciò uno sguardo splendente di gioia che André ricambiò con la stessa intensità, come se anche lui avesse capito che, in quel momento, stava per cominciare qualcosa di molto importante per tutti e due. Sabrina socchiuse gli occhi, fissandolo, mentre il suo cervello si metteva a lavorare febbrilmente, proprio come le capitava all'epoca in cui dirigeva le miniere. «Sì, adesso vedo tutto con molta chiarezza.»

«Anch'io.» André la osservò ancora per un attimo e infine alzò il bicchiere per fare un brindisi. «Al nostro successo, madame Harte.» Nei suoi occhi era apparsa un'espressione grave, che lei non aveva mai visto. Alzò il bicchiere per ricambiare il brindisi ma, subito, aggrottò di nuovo la fronte. «Chi si occuperà della coltivazione dei vigneti? Hai intenzione di portare qui un po' di gente dalla Francia?»

«Sì, tre uomini e mio figlio. Noi cinque potremo fare tutto quello che occorre. Poi, a mano a mano che sarà necessario, assumeremo anche un certo numero di contadini del posto. Perché? Ti stai forse offrendo come volontaria per la raccolta dell'uva in tempo di vendemmia, amica mia?» Prese una mano di Sabrina, gliela strinse e la guardò con gli occhi raggianti. «Hai parlato sul serio? Hai realmente intenzione di fare tutto questo?»

«Non sono mai stata seria come in questo momento. Se tu sapessi... mi sembra di aver ricominciato a vivere!» Le acque stagnanti della sua esistenza avevano ricominciato a scorrere. Soltanto adesso Sabrina si rendeva conto di quanto le fosse mancato il lavoro, la direzione delle miniere, il senso di costruire qualcosa. Tutto ciò che aveva fatto, in quegli ultimi anni, era stato soltanto assistere con tristezza al lento sgretolarsi del suo impero. Adesso, d'un tratto, si trovava presa di nuovo, in pieno, nel vortice. Grazie ad André. «Se tutto andrà come spero, ricordati, André, che ho un enorme debito di riconoscenza nei tuoi confronti.»

«*Ah, non!*» Sembrava offeso. Scrollò la testa con irritazione. «Sei lontanissima dalla verità, Sabrina. Sono io che sarò tuo debitore per il resto della mia esistenza, se compreremo insieme quei terreni.» Poi, socchiudendo gli occhi, rimase assorto in un sogno che a poco a poco si veniva delineando sempre più preciso nella sua mente. «Un giorno, il nostro successo sarà grandioso... lo sento, ne ho la sicurezza dentro di me. Saranno i vini più squisiti che mai siano stati prodotti, inclusi quelli francesi. Pensa... forse potremo metterci a produrre anche un paio di tipi di champagne...» A Sabrina salirono le lacrime agli occhi. Che felicità ascoltarlo descrivere tutto questo! Era ciò che aveva sempre voluto fare da anni e anni, e adesso ecco che André le offriva la possibilità di realizzare questo sogno. Era stata Amelia a mandarle André de Vernay come l'uomo del destino, per restituirle la capacità di vivere. Era lui il dono più grande che avesse mai ricevuto... Nei tre giorni successivi ebbero un daffare da morire. Prima di tutto c'era da parlare con le banche, da destreggiarsi con le rispettive agenzie immobiliari, da visitare la proprietà che stavano per acquistare, da parlare con i proprietari e infine da tornare per gli ultimi accordi delle banche. Bisognava anche contattare i due costruttori edili, che volevano comperare il grande giardino di casa Thurston. Come per miracolo, nel giro di una settimana, entrambi gli affari vennero conclusi. Sabrina vendette tutto il terreno di sua proprietà su Nob Hill all'infuori di Casa Thurston e di un piccolo giardino dietro di questa; successivamente lei e André acquistarono milletrecento ettari di terreno a Napa, i quali, uniti a quelli che già erano proprietà di Sabrina, facevano ammontare i loro possedimenti in vigneti a tremila ettari circa. Legalmente, però, ognuno dei due era proprietario di una metà esatta di questi terreni. I legali di casa Harte avevano lavorato sodo per parecchi giorni; la sua banca aveva insistito per far eseguire determinati controlli sulla situazione finanziaria di André e, quindi, una serie di cablogrammi era stata spedita ovunque. Alla fine della settimana Sabrina andò ad accompagnare André al treno che lo doveva portare a New York. Si strinsero la mano solennemente e, stavolta, André la baciò sulle guance.

«Lo sai, vero, che più matto di noi non dev'esserci nessuno, a questo mondo?» Sabrina sembrava tornata allo splendore della sua giovinezza e anche André de Vernay appariva più bello e affascinante del solito, abbronzato com'era dopo aver trascorso più di un pomeriggio a camminare sotto il sole di Napa. Ma questo era un lato del suo aspetto che Sabrina, in quel momento, non notava neppure, tanto era emozionata e felice al pensiero dell'affare che avevano appena concluso. Doveva ancora trovargli una casa, grande abbastanza per lui e Antoine e, magari, una capanna o una piccola costruzione più modesta nelle vicinanze, per i tre contadini che sarebbero venuti dalla Francia. «Fra quanto tornerai, André?»

Lui le aveva promesso di telefonarle da New York e di mandarle un cablogramma da Bordeaux. Aveva una quantità di cose da sistemare, in Francia, ma si augurava di poter tornare in California nel giro di un mese. «Quattro settimane, cinque al massimo.»

«Per quell'epoca ti avrò senz'altro trovato una casa, ma non ti preoccupare... Alla peggio potrete venire a stare da me, a casa Thurston.»

«Sarebbe magnifico!» Rise al pensiero dei suoi contadini del Médoc installati nelle stanze di una residenza sontuosa come quella di Sabrina a Nob Hill. «Finiremo per trasformare la tua bella casa in una fattoria!»

«Per me, andrà benissimo ugualmente!» Lo salutò con la mano, gli augurò buon viaggio e buona fortuna e, quando il treno cominciò a muoversi, per un attimo provò un tuffo al cuore ricordando quello che diciannove anni prima non aveva mai raggiunto Detroit.

Ma la vita non poteva essere tanto crudele una seconda volta! Infatti tutto andò per il meglio. Dopo cinque settimane precise, Sabrina era di nuovo lì, alla stazione, ad aspettare l'arrivo di André, Antoine e i tre contadini. Aveva trovato una casa colonica piccola e modesta, da affittare per loro su un pezzo di terreno confinante con quello che avevano acquistato. Con il tempo, André e Antoine si sarebbero costruiti da soli la casa che volevano ma, al momento, c'erano altri problemi da affrontare. Quel giorno partirono tutti insieme in automobile per raggiungere direttamente la Napa Valley e i contadini di André cominciarono a scambiare commenti e impressioni, chiacchierando animatamente in francese, quando videro quello che Monsieur de Vernay e Sabrina Harte avevano acquistato. Quanto ad Antoine, Sabrina lo trovò subito un ragazzo simpaticissimo. Era un giovanottone alto, dinoccolato, bello, con gli occhi azzurri di suo padre e una folta criniera di capelli biondissimi. Aveva le fattezze regolari, delicate, un sorriso pieno di bontà, le gambe lunghe di suo padre, un modo di fare cortese e premuroso. Non parlava inglese molto bene, però riuscì ugualmente a dire a Sabrina le frasi più appropriate e, verso la fine del secondo giorno, Sabrina pensò che ormai erano diventati amici. Antoine le pareva molto diverso da suo figlio Jon, ma attribuì questa differenza al fatto che il ragazzo francese era di qualche anno più vecchio di Jon e, quindi, più maturo. Tuttavia fu colpita dalla sua serenità e dal carattere tranquillo. Sembrava che bastasse la sua presenza, sempre distensiva, a facilitare le cose per tutti; era abilissimo a gettare acqua sul fuoco per calmare gli animi, quando si profilava la possibilità di uno scontro fra i suoi compatrioti, tutti molto suscettibili di carattere; sembrava che gli facesse un enorme piacere la compagnia di suo padre e si mostrava sempre educato, gentile, ma al tempo stesso divertente e spiritoso, con lei. Tanto che Sabrina si scoprì a domandarsi se sarebbe andato d'accordo con Jon, quando suo figlio fosse tornato a casa. Non vedeva l'ora che si conoscessero e che diventassero amici.

In realtà ciò non avvenne prima di giugno, perché soltanto allora Jon tornò a casa. In quei giorni Antoine e André erano ospiti di Sabrina a casa Thurston, perché tutti e tre insieme dovevano andare alla banca nella speranza di ottenere un prestito che era molto importante per il loro futuro. Fuori, in quello che era stato il vasto giardino della sontuosa dimora di Jeremiah, il frastuono era insopportabile. Un'impresa di costruzioni stava già preparando il terreno per le fondamenta delle case che sarebbero state costruite. Anche il piccolo pezzo di terreno che Sabrina aveva voluto conservarsi dietro casa Thurston, ormai, era praticamente inaccessibile. Ovunque si preparavano le colate di cemento, su tutto il circondario gravava un nuvolone di polvere, le gru sradicavano gli alberi che poi venivano trasportati altrove. Nel vedere i lavori che progredivano, devastando sempre di più l'antico giardino, Sabrina provava un'inesprimibile disperazione e cercava con tutte le sue forze di non pensarci. Quanta tristezza al pensiero di come erano cambiate le cose... Ma ormai era impossibile tornare indietro. Per sua fortuna, aveva una progetto molto interessante da realizzare con André e Antoine. Inoltre sarebbe stata anche in grado di pagare senza difficoltà l'ultimo anno di studi a suo figlio Jon, e il suo sollievo era immenso. Adesso, però, non le restava più, praticamente, un solo centesimo: aveva investito tutto ciò che aveva in quei vigneti. Andava a Napa parecchie volte la settimana e, con André, contemplava, felice e orgogliosa, il loro regno. Anche André veniva in città almeno una volta la settimana e occupava la *suite* degli ospiti a casa Thurston. Anche questa volta ci si trovava comodamente sistemato con Antoine, quando Jon arrivò. Non aveva neppure posato il bagaglio sul pavimento del grande atrio d'ingresso che già li squadrava con evidente ostilità.

«Altri pensionanti, mamma cara?» Sabrina avrebbe voluto afferrarlo per le spalle e scuoterlo con violenza, sentendo quel tono scortese e sarcastico, ma si limitò a scoccargli uno sguardo pieno di collera.

«No assolutamente, Jon! Questi sono André e Antoine de Vernay. Ti ho già parlato dell'investimento che abbiamo fatto nei vigneti di Napa.»

«A me sembra una grossa sciocchezza.» Che contrasto con il figlio di André, che aveva accettato di vederla entrare a far parte della loro vita con tanta sorridente semplicità! Jon, invece, li considerava quasi una minaccia. Sua madre aveva ricominciato a occuparsi di affari, pareva che si divertisse, e bastava questo a ricordargli quanto aveva odiato lei e il suo impegno per il lavoro, durante la sua infanzia. Antoine si decise a tendere la mano a Jon, il quale gliela strinse con visibile freddezza e distacco. Aveva ben altro a cui pensare e Antoine non gli pareva un tipo particolarmente interessante. La settimana successiva sarebbero arrivati due dei suoi amici di Harvard con i quali voleva fare un viaggetto al lago Tahoe, e poi intendeva andare a La Jolla con altri amici. Purtroppo, nonostante questo intenso programma, non era l'estate che aveva sperato di trascorrere. Avrebbe preferito, piuttosto, andare in Europa con il suo amico Dewey Smith ma, poiché sua madre aveva insistito che lo voleva a casa con sé, aveva già pensato di costringerla a pagargli il viaggio l'anno successivo, dopo la laurea. In fondo, era una cosa che sua madre gli *doveva*: non capitava tutti i giorni di uscire da Harvard con la laurea. Ma non le parlò subito dei suoi progetti; aveva tutto il tempo di farlo in seguito, lavorandosela per benino. Al momento, invece, gli occorreva un'automobile, perché i suoi amici stavano per arrivare.

«Puoi usare la mia, quando sono in città, caro. Io andrò in giro con il tram.» André ascoltava distrattamente questo scambio fra madre e figlio mentre era in biblioteca a fare delle telefonate. Rimase stupito di fronte alla pazienza inesauribile che Sabrina mostrava verso il ragazzo. D'altra parte era figlio unico e questo poteva spiegare molte cose. Suo padre, inoltre, era morto quando aveva soltanto due anni. Sabrina lo aveva raccontato ad André una sera in cui erano rimasti alzati fino a tardi a chiacchierare e gli aveva anche detto di aver sempre provato un senso di colpa verso Jon perché, quando era ancora bambino, aveva lavorato troppo nel suo ufficio alle miniere.

«Ma lo hai fatto per lui! Anch'io ho avuto lo stesso problema con Antoine quando Eugenie è morta, però mio figlio, a un certo momento, lo ha capito. Ero solo, non avevo nessun altro. E anche tu, Sabrina, ti eri accollata una responsabilità enorme! Sono convinto che, almeno adesso, lo capisca anche lui!»

«Lo capisce quando gli fa comodo.» Sorrise guardando André, il suo socio, il suo amico. Conosceva bene il carattere di suo figlio, purtroppo, e anche se a volte ne restava addolorata o imbarazzata, sapeva che buona parte della colpa era sua, perché lo aveva viziato. Le dava fastidio, però, che continuasse a insistere per farsi comperare l'automobile anche di fronte ad André.

«Possibile che non possiamo comperarne un'altra, accidenti?»

«Sai benissimo che è una spesa che non posso permettermi in questo momento, Jon.» Aveva abbassato la voce nella speranza che Jon la imitasse, ma suo figlio non le badava.

«Perché no, maledizione? Comperi di tutto, terreni a Napa, vigneti... e lo sa Dio cos'altro ancora!» Era ingiusto e spietato. Sabrina non comprava niente per sé da anni, ormai, e per quanto gli abiti che portava fossero di ottimo taglio, si capiva subito che erano fuori moda. Ormai non le restava quasi più niente del ricavato della vendita del giardino di casa Thurston, perché aveva impegnato quasi tutto quel denaro nei vigneti, acquistati con André, e nelle tasse scolastiche di Jon.

«Jon, ti stai comportando ingiustamente. Accontentati di guidare la mia macchina, e basta!»

«Mi piacerebbe sapere come fai a pensare che io e i miei amici possiamo resistere molto in questa casa, con tutto il chiasso d'inferno che si sente in giro!» Gridava a squarciagola per superare il rumore che proveniva dall'esterno e per farsi sentire da sua madre.

«Mi spiace, Jon, ma questo chiasso non durerà eternamente e, comunque, tu sarai via per buona parte del tempo.» Gli sorrise con tenerezza. «Per l'anno prossimo, quando avrai terminato gli studi, anche i lavori qui saranno terminati.»

Lui sbuffò, guardandola. «Me lo auguro! Dunque, stavamo parlando dell'automobile. Posso prenderla questo pomeriggio?»

«Sì, certo.» Voleva uscire con una ragazza, l'amica di un'amica, che faceva il secondo anno al Mills College.

«Avresti piacere di cenare con noi, stasera?» Ormai si era abituata a cenare spesso con Antoine e André e avrebbe voluto che Jon imparasse a conoscerli meglio. Ma lui aveva già altri progetti e fece segno di no mentre si alzava.

«Spiacente, ma non posso.» Poi allungò uno sguardo ad André, al di sopra delle spalle di sua madre. De Vernay era ancora al telefono, stava parlando, e Jon pensò che non lo sentisse. «Cosa sarebbe? Un tuo nuovo amore?» Guardò sua madre dritto negli occhi, con aria molto significativa; Sabrina arrossì fino alla radice dei capelli e strinse le labbra.

«No, assolutamente, Jon. È il mio socio in affari. Però mi piacerebbe che tu imparassi a conoscere un poco di più non soltanto lui, ma anche suo figlio.»

Jonathan alzò le spalle. Secondo lui, erano soltanto un paio di zoticoni arrivati freschi freschi dalla Francia. Gente che non lo interessava affatto. Aveva ricavato questo giudizio dall'interesse che dimostravano per i terreni, dal fatto che arrivavano da Bordeaux, dal modo molto semplice in cui erano vestiti. Mezz'ora più tardi Jon uscì e rientrò solo a notte inoltrata. L'indomani, Sabrina uscì all'alba con Antoine e André e tornò indietro dalla Napa Valley, in automobile, a tarda sera.

Jon l'aggredì aspramente. «Si può sapere perché ti è venuta un'idea simile? Lo capisci che è una pazzia?» Sabrina lesse chiaramente un'accusa negli occhi di suo figlio, come se avesse fatto qualche spesa sbagliata, o avesse sperperato il proprio denaro, oppure lo avesse deluso di nuovo, restando lontana da lui per lavoro. Jon, d'altra parte, aveva già compiuto ventun anni e, per gran parte del tempo, studiava a un college che si trovava a cinquemila chilometri di distanza. Quanto a lei, sapeva di avere pienamente diritto a impegnarsi in ciò che stava facendo. Lo aveva sempre desiderato, tutta la vita, e, inoltre, aveva soltanto quarantasette anni. Non aveva nessuna intenzione di mettersi da parte.

«Jon, andrà tutto per il meglio. Te lo prometto. Vedrai, riusciremo a produrre i vini migliori di tutta l'America».

Jon la guardò alzando le spalle. «E con questo? Io, in ogni caso, preferisco sempre lo Scotch.»

Sabrina sbuffò, esasperata. A volte suo figlio era insopportabile! «Per fortuna, non tutti la pensano come te.» Jon si voltò a guardarla con un'aria strana.

«A proposito, la settimana prossima arrivano degli amici a San Francisco.»

Sabrina aggrottò le sopracciglia, fissandolo. «Ma tu non avevi intenzione di andare al lago Tahoe?»

«Sì. Ma pensavo che potevano fermarsi e farti visita, mentre io non ci sono.» Era la prima volta che le proponeva qualcosa di simile e Sabrina, a un tratto, si domandò se non si trattava, per caso, di una ragazza. Gli rivolse un sorriso incerto.

«Si tratta di una persona che ha un'importanza speciale per te?»

«Sì.» Ma intuì subito che cosa nascondessero le parole di sua madre e scrollò la testa. «No, no, non in questo senso... è soltanto una persona amica... non importa, vedrai...» Per un attimo a Sabrina parve di vedergli apparire negli occhi un'espressione strana, quasi colpevole, ma fu un lampo... e non ne ebbe la certezza.

«Come si chiama questa persona?
«Du Pré.»

30

Dopo la partenza di Jon per il lago Tahoe, Sabrina cominciò a passare gran parte del suo tempo a Napa, con André, Antoine e i contadini francesi. Il lavoro da compiere era enorme. Il terreno doveva essere ripulito, in parte anche disboscato, e, negli antichi vigneti di sua proprietà, alcune viti dovevano essere tagliate e altre potate. André aveva portato un certo numero di piante dalla Francia, pur sapendo che, prima di vedere i terreni preparati in modo soddisfacente per la coltivazione, sarebbe passato almeno un anno. Ma non aveva importanza. Ormai il progetto era ben avviato. Avevano già scelto il nome per i vini che avevano intenzione di produrre, lo stesso nome che avrebbero fatto stampare sulle etichette delle bottiglie. Il vino di tipo più corrente avrebbe assunto il nome «Harte-Vernay» mentre quelli di tipo più fine si sarebbero chiamati «Château de Vernay». Sabrina era al settimo cielo. Dopo una settimana trascorsa sotto il sole cocente di Napa, tornò a San Francisco, abbronzatissima, con gli occhi simili a due pezzetti di cielo azzurro e i capelli raccolti in una treccia che le scendeva sulle spalle. Era in pantaloni e aveva ai piedi le scarpe da ballerina, di cuoio leggero, che André le aveva portato dalla Francia. Stava guardando la posta che si era ammucchiata sulla sua scrivania di casa Thurston, quando squillò il telefono e una voce di donna, una voce sconosciuta, chiese di parlare con lei.

«Sabrina Harte sono io», rispose, continuando a esaminare il mucchio di fatture che aveva fra le mani. Evidentemente Jon non si era negato niente, in quelle poche settimane: c'erano i conti di tre ristoranti, quello del suo club, le fatture del sarto...

«Sono la contessa du Pré. È stato suo figlio a dirmi di telefonarle...»

Sabrina aggrottò le sopracciglia poi, di colpo, quel nome le tornò in mente. Du Pré... Certo, però Jon non aveva menzionato una contessa. Forse era la madre di una ragazza che, in quel momento, lo interessava particolarmente. Tenendo il ricevitore scostato per non farsi sentire, Sabrina sbuffò. No, non era proprio il momento adatto per ricevere persone in visita, non aveva nessuna voglia di vedere gente, soprattutto una donna che si presentava in questo modo. Dall'accento si sarebbe detta americana, magari del Sud, ma il suo cognome era inequivocabilmente francese. Un vero peccato che André e Antoine non fossero in città.

«Forse Jonathan le ha detto che avrei telefonato.»

«Effettivamente, sì.» Sabrina cercò di dare un po' di calore alla propria voce, mentre continuava a far passare rapidamente quel mucchio incredibile di fatture e conti da pagare.

«È un tesoro di ragazzo!»

«La ringrazio molto. È di passaggio a San Francisco?» Sabrina non sapeva assolutamente che cosa dirle e non riusciva a capire per quale motivo la contessa du Pré le avesse telefonato.

«Sì, di passaggio.»

«Mi spiace che Jon sia fuori città. Attualmente si trova in montagna con amici.»

«Che bellezza! Speriamo che si diverta. Chissà che non riesca a vederlo, quando tornerà a casa.»

«Sì...» Sabrina si impose con uno sforzo di comportarsi da persona educata. In fondo, aveva un dovere nei confronti di Jon. «Le farebbe piacere venire a prendere il tè da me, uno dei prossimi giorni?» Con tutto quello che aveva da fare, era l'ultima cosa al mondo che desiderava, ma non le restava altra scelta.

«Certo, moltissimo piacere. Non vedo l'ora di conoscerla, signora Harte.» A Sabrina parve che, pronunciando il suo cognome, vi indugiasse in modo strano con la voce e ne prese nota mentalmente. Poi si decise: visto che si era presa questo impegno, meglio liberarsene al più presto.

«E se combinassimo per questo pomeriggio? Va bene per lei?»

«Sì, mi va alla perfezione, carissima.»

«Ne ho molto piacere», mentì spudoratamente. «Il nostro indirizzo è...»

Ma, dall'altro capo del filo, la interruppe il trillo di una risata argentina. «Oh, non occorre...» E subito: «Me lo ha dato Jon, molto tempo fa». Sabrina non riusciva a capire se si trattasse di una donna vecchia o giovane, di una matrona o di una amichetta, oppure di una semplice conoscenza. Tutto ciò le dava un'enorme fastidio e, quando André le telefonò qualche ora più tardi, pregandola di andare in banca a fargli una commissione, gli rispose che era impossibile.

«Purtroppo Jon mi ha fatto prendere un impegno con una signora che conosce. Accidenti! È qui a San Francisco di passaggio e ho dovuto invitarla a prendere il tè.» Intanto diede un'occhiata all'orologio; il vassoio con tutto l'occorrente per servire il tè era già pronto. Si era cambiata e aveva messo, per l'occasione, un vestito di flanella grigia con il collo di velluto e un filo di perle che suo padre le aveva regalato quando era ancora una ragazzina. «Doveva esser qui già dieci minuti fa e, da quel che mi pare di aver capito parlandole al telefono, non credo che se ne andrà in tempo perché io possa andare in banca. Non sai quanto mi dispiace, André.»

«Pazienza, non era una cosa urgente.»

«Non riesco a capire che cosa voglia, ma Jon ha talmente insistito che ho pensato che fosse la cosa più corretta da fare. A dir la verità, preferirei essere lì, con te, con voi, a Napa. Come vanno le cose?»

«A meraviglia.» Ma non poté aggiungere altro perché Sabrina aveva sentito il tonfo del battacchio d'ottone che ricadeva sulla porta d'ingresso, e poi lo squillo del campanello.

«Accidenti. Eccola! Devo andare. Telefonami se c'è qualcosa di nuovo.»

«Certo. A proposito, quando hai intenzione di tornare?» Sabrina non vedeva l'ora di essere di nuovo al lavoro fra i vigneti di Napa e sapeva che Jon non sarebbe rientrato a San Francisco per un'altra settimana. «Domani sera, credo. Potrei fermarmi a dormire alla fattoria con voi?» Sarebbe stata l'unica donna, ma, ormai, era diventata una compagna con la quale si poteva ridere e scherzare, e, abituata da sempre alla vita rustica, accettava disagi e scomodità senza battere ciglio.

«Certo che puoi stare qui con noi. Però bisogna che, un giorno o l'altro, mi decida a costruire una casa decente.» Il progetto di André era quello di costruire una casa più semplice e modesta per i suoi uomini e una villa, un poco più elegante, in cima a una delle colline di cui erano proprietari. Era lì che avrebbe voluto vivere con Antoine. Ma, al momento, bisognava dare la priorità ad altri problemi e la costruzione della casa era stata rimandata. «Allora ci vediamo domani sera. Non correre troppo con la macchina!»

«D'accordo.» Poi Sabrina posò il ricevitore e si precipitò giù ad aprire la porta. Si trovò davanti a una donna che la squadrò con attenzione. Indossava un tailleur di lana nera molto attillato; anche i capelli erano neri come il carbone e Sabrina provò subito il sospetto che fossero tinti. Aveva, però, un viso molto bello e gli occhi di un azzurro cupo, intenso e luminoso, che esaminarono Sabrina da capo a piedi. Fece qualche passo nell'atrio e alzò subito gli occhi verso la grandiosa cupola, come se già sapesse che ce l'avrebbe trovata.

«Buongiorno... mi accorgo che Jon le ha parlato della cupola.»

«No.» Sorrideva, guardandola. Sabrina, ricambiando quello sguardo, provò all'improvviso una strana sensazione che non riuscì a definire. Come se avesse già visto, nel suo passato, questa donna, ma senza sapere con esattezza dove o quando. «Non ti ricordi di me, vero?» I suoi occhi, che avevano incrociato lo sguardo di Sabrina, adesso non la mollavano più. Scrollò lentamente la testa. «A dir la verità, non vedo come sarebbe possibile.» Sabrina notò di nuovo il forte accento del Sud nella voce della sconosciuta. «Pensavo, però, che tu avessi visto una fotografia... un disegno...» Sabrina sentì un brivido che le correva lungo la schiena. Era impietrita. La voce della sconosciuta si era fatta sommessa, era soltanto un lieve bisbiglio. «Mi chiamo Camille Du Pré... Camille Beauchamp...» Sabrina si sentì travolgere da un'ondata di terrore. Intanto la donna continuava a sussurrare: «Una volta mi chiamavo Camille Thurston, ma è passato molto tempo...» No, non era possibile. Sabrina, immobile, sgranò gli occhi. Era uno scherzo. Impossibile che si trattasse di qualcosa di diverso. Sua madre era morta. Sabrina si tirò indietro di scatto, di qualche passo, come se avesse ricevuto uno schiaffo in pieno viso.

«Se ne vada...» Si sentiva svenire, aveva la gola chiusa da un nodo, come se qualcuno tentasse di strangolarla... La sua voce era tesa, fremente. Le pareva di non avere più la forza di compiere un gesto. Camille era rimasta immobile a guardarla e, forse, non riusciva neppure a immaginare ciò che Sabrina stava provando in quel momento o quanto fosse terribile il colpo che le aveva dato. Era come veder riemergere una creatura dal regno dei morti. Sabrina non aveva mai posato gli occhi su un ritratto di Camille, perché Jeremiah aveva fatto di tutto per evitarglielo. Adesso, però, capiva a chi somigliasse Jon. Era l'immagine, viva e parlante, della nonna... gli stessi capelli... la faccia... gli occhi... le labbra... Sabrina sentì un urlo che le saliva alla gola e provò un disperato bisogno di mettersi a gridare, ma riuscì soltanto a indietreggiare di un altro passo. «Questo è uno scherzo sciocco e crudele... mia madre è morta...» Era ansante, si sentiva mancare il respiro eppure qualcosa la tratteneva dallo scacciare la sconosciuta da casa Thurston. Quante volte, lungo gli anni, si era chiesta come fosse sua madre, quale aspetto avesse, e adesso... forse era possibile... quanto bisogno aveva avuto di una madre in passato... e, improvvisamente, eccola qui... questa sconosciuta... com'era possibile? Sabrina si lasciò cadere di schianto in una poltrona senza staccarle gli occhi dalla faccia. Camille Beauchamp Thurston du Pré continuò a osservarla con aria imperturbabile. Era molto soddisfatta dell'effetto che aveva provocato.

«Non sono morta, Sabrina.» Pronunciò queste parole con voce ferma e la guardò. «Jon mi ha detto che è sempre stato quello che Jeremiah ti ha raccontato. Molto poco corretto da parte sua.»

«Che cosa avrebbe dovuto dire?» Sabrina non riusciva a staccare gli occhi dalla figura della donna che aveva di fronte. Non riusciva ancora a comprendere completamente ciò che le stava succedendo. Sua madre era uscita dalla tomba ed era entrata di forza nella sua vita. Adesso l'aveva lì, di fronte, impassibile. «Non capisco.»

Camille mosse lentamente qualche passo, comportandosi come se la situazione in cui si trovavano in quel momento fosse la più normale del mondo. Si soffermò sotto la cupola e cominciò a spiegare a Sabrina quello che era accaduto molto, molto tempo prima. «Tuo padre e io abbiamo scoperto di non andare d'accordo, tantissimo tempo fa.» Le rivolse un sorriso che poteva essere quasi di scusa, un sorriso incantevole, ma Sabrina era troppo sconvolta per lasciarsi impressionare dal fascino di Camille. «Se devo essere sincera, io qui non sono mai stata felice...» Il ricordo di Napa la inorridiva ancora e si lasciò sfuggire un lieve gesto di ribrezzo. «Soprattutto nell'altra casa. Non posso davvero dire che Napa mi piacesse! E sono tornata dai miei ad Atlanta, perché mia madre era ammalata.» Sabrina continuava a guardarla con gli occhi sgranati per lo stupore. Era una storia, questa, che non aveva mai sentito e non la convinceva completamente. Per quale motivo suo padre avrebbe dovuto mentirle? «Abbiamo avuto un violento litigio a questo proposito; Jeremiah non voleva che partissi e, in seguito, mentre ero a casa dei miei, mi ha scritto dicendomi chiaro e tondo di non tornare mai più. È stato in quell'occasione che ho scoperto che Jeremiah aveva un'amante qui in città.» Sabrina sbarrò ancora di più gli occhi per lo stupore. Possibile che questa fosse la verità? «Non voleva che io tornassi a casa né che ti rivedessi.» Cominciò a spargere qualche lacrima. «La mia unica figlia... ero talmente disperata che partii per la Francia.» Tirò su leggermente con il naso e le voltò le spalle per un attimo, ma Sabrina non la mollava con gli occhi. Se la donna che diceva di essere Camille le stava raccontando un mucchio di bugie, bisognava ammettere che era molto abile... sarebbe riuscita a convincere chiunque che, in quegli anni lontani, doveva aver avuto il cuore spezzato dal dolore. «C'è voluto molto tempo perché mi riprendessi dal colpo che mi aveva dato tuo padre. Poi la mia mamma morì... Da allora sono rimasta in Francia per trent'anni e, di recente, ho cominciato a girare da un posto all'altro senza scopo...» La verità era ben diversa: Camille era approdata a casa di suo fratello Hubert subito dopo la morte di Thibaut du Pré e aveva sempre vissuto presso di lui molto più agiatamente di quanto non avesse mai fatto con du Pré. Poi il destino aveva fatto entrare Jonathan nella sua vita.

A lui, il nome Beauchamp non aveva detto niente. Sapeva di avere una nonna che si chiamava così, ma era morta da moltissimo tempo o, almeno, così credeva. Quando, però, durante il second'anno di studi ad Harvard il nipote di Hubert lo aveva invitato a casa dei suoi ad Atlanta, aveva scoperto che sua nonna era viva. Per due anni avevano discusso lungamente la possibilità che Camille si trasferisse in California a vivere a casa Thurston. Al primo momento Jon aveva pensato che sua madre ne sarebbe stata felice; poi, d'istinto, aveva capito che non sarebbe stato così. Eppure sentiva uno strano desiderio di organizzare quella «sorpresa», gli pareva che fosse qualcosa per cui valeva la pena di lottare... Fra l'altro, in quel periodo, era in collera con sua madre. Era piena di pretese, sollevava sempre mille difficoltà per tutto ciò che lui faceva e continuava a rifiutarsi di acquistargli la macchina... Non doveva niente a sua madre, lui, o almeno era quello che continuava a ripetersi e, finalmente, decise di avvertire Camille che era venuto il momento opportuno di fare la sua apparizione. Sabrina se lo meritava per tutte le volte che lo aveva lasciato solo. Camille, fra l'altro, aveva anche promesso a Jon che gli avrebbe acquistato l'automobile. Al momento, però, aveva ben altro a cui pensare. Sabrina si era messa a guardarla con sospetto.

«Per quale motivo mio padre avrebbe dovuto mentirmi?»

«Gli avresti voluto bene ugualmente, anche se avessi saputo la verità? Se avessi saputo che aveva cacciato via di casa tua madre? Ti voleva soltanto per sé, Sabrina. Voleva vivere soltanto con te e con quella vecchia strega che ti ha allevato.» Era stato Jon a fornirle tutti questi particolari. «Tuo padre non voleva che cacciassi il naso nei suoi affari. Aveva un'amante a Calistoga, sai?» Sabrina, d'un tratto, si domandò se almeno questo fosse vero. Aveva sentito i pettegolezzi che erano stati fatti su Jeremiah e su Mary Ellen Browne molto tempo prima che sposasse Camille, e c'era stato perfino qualcuno che aveva detto che Jeremiah e Mary Ellen avevano avuto un figlio. Ma, a questo, Sabrina non aveva mai creduto. «E aveva anche un'altra donna a New York.» Le venne subito in mente Amelia ma, chissà perché, non aveva mai creduto sul serio che suo padre avesse avuto una relazione con lei... oppure, forse, soltanto negli ultimi anni della sua vita. Prima, no. I loro rapporti erano sempre sembrati così casti, anche se affettuosi e pieni di calore... Sabrina, a questo punto, fissò quella strana donna, in preda alla confusione più completa.

«Non so che cosa pensare. Perché viene qui adesso? Che cosa l'ha spinta a farlo?»

«C'è voluto un po' di tempo per ritrovarti.»

«Ma io non sono mai andata via. Continuo a vivere ancora nella casa che mio padre aveva costruito per lei.» Era un tono di accusa quello di Sabrina, ma non sembrò che Camille vi desse peso. Era molto tranquilla e disinvolta. «Avrebbe potuto trovarmi anche molto tempo fa!»

«Ignoravo perfino che tu fossi viva! Per quel che ne sapevo, anche Jeremiah avrebbe potuto esserlo e avrebbe fatto di tutto per tenermi lontana da te.»

Sabrina le rivolse un sorriso pieno di cinismo. «Ho quarantasette anni. Se avesse voluto, avrebbe potuto mettersi ugualmente in contatto con me, indipendentemente dalla volontà di mio padre.» Se fosse stato ancora in vita, Jeremiah avrebbe avuto novantadue anni... Non avrebbe certo costituito più una minaccia per nessuno, figurarsi, poi, per questa donna, così prepotente e sfacciata, che le stava di fronte. Sabrina non riusciva a provare niente per lei, all'infuori di un vago senso di sospetto per tutto ciò che le stava raccontando. Per quale motivo, tra l'altro, Jon le aveva mandato Camille senza avvisarla? Ecco una domanda a cui non sapeva dare risposta. Perché non l'aveva avvertita? Possibile che la odiasse fino a questo punto? Oppure aveva pensato che fosse un ottimo scherzo da fare a sua madre? «Per quale motivo si presenta qui in questo momento?» Sabrina voleva, a tutti i costi, andare a fondo alla questione, risolverla e non pensarci più.

«Sabrina, mia cara, sei la mia bambina, l'unica figlia che ho!» Pareva che trattenesse a fatica le lacrime.

«Questo, lo abbiamo già detto. Io, però, non sono più una bambina.»

Camille si mise tranquillamente a sedere in una poltrona, assumendo, come una brava commediante, la classica espressione da ingenua e le sorrise. «Non avevo nessun altro posto dove andare.»

«E dove ha vissuto fino a oggi?»

«Vivevo con mio fratello, ma è morto di recente. Allora mi sono trasferita in casa di suo figlio, il padre dell'amico del nostro Jonathan.» Sabrina non riuscì a trattenere un fremito, sentendola esprimersi in modo tanto possessivo nei confronti di suo figlio. «Ma la situazione, laggiù, non è delle più semplici. Mi sento di peso. Non ho più una casa da quando è morto mio marito... ehm... veramente... il mio amico...» Era arrossita. Sabrina rizzò le orecchie.

«Si è sposata di nuovo, madame Du Pré?» Aveva calcato la voce in modo molto significativo su quel nome, nel farle questa domanda. Adesso aspettava che Camille le rispondesse. Ma, nel segreto del suo cuore, qualcosa le diceva che le sarebbe piaciuto molto poco ciò che Camille stava per dirle.

Infatti, anche questa volta, Camille riuscì a farla restare sbalordita e stupefatta. «Forse non ti rendi conto, mia cara, che tuo padre e io non abbiamo mai divorziato. Sono sempre sua moglie, come lo ero quando è morto.» Jonathan l'aveva rassicurata in tal senso. Jeremiah non si era più risposato, almeno a quanto ne sapeva lui. «A rigor di termini...» Camille, adesso, stava rivolgendo a Sabrina un sorriso malevolo, «sono io la padrona di questa casa.»

«Come!» Sabrina balzò in piedi.

«Certo! È la verità. Siamo rimasti sempre sposati e, come ben sai, questa casa è stata costruita per me.»

«Per amor di Dio, come può dire una cosa simile?» Sabrina cercava di dominarsi. Provava una voglia spasmodica di strozzarla. Dopo quello che aveva passato negli ultimi anni, ecco arrivare questa sconosciuta che voleva portarle via tutto. «Dov'eri ...» la aggredì, passando dal lei al tu. «Dov'eri quando avevo bisogno di te? Quando avevo cinque anni, dieci o dodici? Dov'eri quando mio padre è morto? Quando l'ho sostituito nella direzione delle miniere? Quando...» Aveva la gola chiusa da un nodo di lacrime e, per un attimo, non riuscì a proseguire. «Come osi tornare in questo momento? Quante volte sono rimasta sveglia, di notte, nel mio letto, a chiedermi come potevi essere, quante volte ho pianto credendo che tu fossi morta. Ricordo ancora fin troppo bene come era disperato mio padre... Adesso vieni a raccontarmi che sei partita per andare ad assistere tua madre malata e lui ti ha proibito di tornare qui. Be', non credo a una sola parola di tutta questa storia, mi hai sentito? Non ci credo! Questa casa non appartiene a te, appartiene a me e, un giorno, sarà di Jonathan. Mio padre l'ha lasciata a me e io la lascerò a lui quando morirò. Ma tutto questo non ha niente a che vedere con te.» Adesso aveva la faccia rigata di lacrime, singhiozzava convulsamente, scossa da un tremito, sotto la grandiosa cupola, e Camille la scrutava con attenzione. «Hai capito? Questa è casa mia, non tua, accidenti a te! E non azzardarti a parlar male di mio padre in questa casa, sai? È morto qui, proprio qui, quasi trent'anni fa. Per lui, questo era un luogo sacro... e... sì, hai ragione, l'ha costruita per te. Però,

per qualche strano motivo che io, evidentemente, non conosco, tu sei scomparsa e adesso è troppo tardi per tornare indietro!»
Camille era rimasta lontana per quasi cinquant'anni e si era ripresentata a casa Thurston all'improvviso. Eppure, se anche era emozionata, non lo dimostrava. A dir la verità, si era preparata a una scena di questo genere, arrivando, ma era rimasta stupefatta di fronte alla veemenza della reazione di Sabrina.

«Ti rendi conto, vero, che non puoi obbligarmi ad andare via di qui?» Rivolse uno sguardo pieno di amabilità alla donna che pretendeva di chiamare figlia, ma Sabrina, ormai, non si dominava più. Era in preda a una collera furiosa.

«Non posso? Figuriamoci!» Avanzò di un passo. E aggiunse, in tono deciso: «Se non te ne vai, chiamo la polizia».

«Benissimo! In tal caso, basterà che mostri il mio certificato di matrimonio e qualche altro documento che possiedo. Sono la vedova di Jeremiah Thurston, che ti piaccia o no, e abbiamo intenzione, con Jonathan, di invalidare il suo testamento. E, quando avremo ottenuto anche questo, sarai tu a chiedermi se puoi rimanere in questa casa, non l'opposto! Comunque, nel frattempo, non puoi costringermi ad andarmene.»

«Vuoi scherzare! È impossibile che tu sia convinta di quello che dici.»

«Convinta? Sono convintissima. Se tu dovessi azzardarti a mettermi le mani addosso, sarò io a chiamare la polizia.»

«Mi sai dire esattamente che cosa avresti intenzione di fare? Sistemarti bella comoda e vivere qui per i prossimi cinquant'anni?» Ma si accorse che il sarcasmo, con Camille, era inutile. Abituata, come sempre, a fare ciò che voleva, e straordinariamente abile nell'ottenerlo, aveva studiato minuziosamente il suo piano con Jonathan già da molto tempo. Il ragazzo aveva esitato a lungo ma, alla fine, aveva dovuto ammettere che era giunto il momento opportuno. Camille lo aveva sempre saputo, questo, e aveva saputo attendere con pazienza che arrivasse l'ora del suo trionfo. Sabrina, adesso, non si sarebbe liberata facilmente di lei.

«Ho intenzione di vivere qui fino a quando mi farà comodo.» A dir la verità, aveva già un altro progetto in mente, del quale non aveva ancora parlato con Jonathan. Prima di tutto voleva creare una situazione di disagio per Sabrina in casa Thurston. Dopotutto Sabrina, per lei, era un'estranea... Che male c'era in ciò che stava meditando di fare? La sua intenzione, almeno per il momento, era quella di insediarsi in casa Thurston e di restarci per qualche mese, il tempo necessario per ridiventare, a tutti gli effetti, la vera padrona e per mettere Sabrina con le spalle al muro. Poi, non era da escludere che si riuscisse ad arrivare a un accomodamento e Camille, ben rifornita di denaro oppure di una sostanziosa rendita, sarebbe tornata nel Sud vittoriosa, senza aver perduto un briciolo della sua dignità. E qui avrebbe potuto acquistare una casa. Non provava un desiderio particolare di tornare a vivere nel Sud; però, almeno momentaneamente, le pareva una buona soluzione. Del resto, tutto ciò che faceva era un suo pieno diritto. Aveva già provveduto a fare eseguire una serie di controlli esaurienti ed era riuscita ad avere la conferma che Jeremiah non aveva mai inoltrato la domanda di divorzio. Quando lui era morto, erano ancora sposati. Se lei si fosse messa in mente di invalidare il suo testamento, la questione, dal punto di vista legale, avrebbe richiesto un tempo molto lungo per essere definitivamente sistemata. In ogni caso, un tempo abbastanza lungo per ottenere ciò a cui mirava.

«Non puoi venire ad abitare qui, in questa casa, adesso.» Sabrina la stava guardando con gli occhi colmi di orrore. «Non te lo permetterò.» Mentre Sabrina stava ancora parlando, però, Camille tornò alla porta e chiamò con un segno qualcuno che aveva lasciato fuori ad aspettare. Quasi subito apparve, sulla soglia, un ragazzotto carico di una mezza dozzina di valigie. Fuori, c'erano anche due grossi bauli. Sabrina gli si piantò davanti senza fare troppi complimenti. «Fuori! Fuori di qui con tutto questo schifo!» Voleva alludere non soltanto alle valigie, ma anche a Camille. Indicò di nuovo la porta, allungando una mano, e alzò di nuovo la voce. «Fuori! Immediatamente!» Era lo stesso tono che aveva adoperato, molti anni prima, con i suoi uomini alle miniere, ma non funzionò.

«Mi hai sentito, ragazzo?»

«Non posso... mi dispiace, signora.» Era imbarazzato... non sapeva che cosa fare... ma Camille, con un gesto languido della mano, gli indicò l'ampio scalone. Ricordava ancora ogni cosa perfettamente; la *suite* padronale, la biblioteca di Jeremiah, il suo piccolo *boudoir*, e si affrettò a indicare al ragazzo quello che era stato il suo spogliatoio, perché vi portasse il bagaglio. Sabrina, ormai completamente fuori di sé per il furore, afferrò le valigie a una a una cercando di trascinarle fuori. Camille le lanciò un'occhiata di rimprovero, come se fosse ancora una bambina.

«È inutile. Io sono venuta qui per restarci. Sono tua madre, Sabrina, che ti piaccia o no.» Era questa... questa... la mamma che aveva sognato tanto a lungo, con tanta tenerezza! Le pareva incredibile. Si accorse di avere gli occhi colmi di lacrime... lacrime di rabbia! Eppure si sentiva davvero una bambina di fronte a Camille. Non riusciva a convincersi che fosse vero ciò che le stava accadendo. Non c'era da stupirsi che Jeremiah le avesse proibito di tornare a San Francisco. Perché questa donna era una strega, una creatura dall'intelligenza mostruosa e perversa... Come poteva liberarsi di lei? Scese nello studio di suo padre e cercò André al telefono, disperata. Non appena poté parlargli, gli spiegò la situazione drammatica in cui era venuta a trovarsi.

«Ma... è pazza?»

«Non so», gli rispose Sabrina, scoppiando in singhiozzi. «Non ho mai visto niente di simile in vita mia! È entrata qui, in casa, come se tornasse da un viaggetto di pochi giorni.» Si soffiò il naso rumorosamente. André era molto addolorato di non poterle essere vicino per consolarla. «Pensa che mio padre non mi ha mai raccontato niente...» Riprese a singhiozzare, più forte di prima. «Credimi, non riesco a capire... ha sempre detto che lei era morta quando avevo un anno...»

«Forse è scappata con qualcuno. Vedrai che, bene o male, riuscirai a saperlo. Ci deve pur essere qualche persona che sia al corrente di come sono andate le cose.» La soluzione balenò a tutte e due contemporaneamente, ma fu André a pronunciare quel nome per primo. «Amelia. Telefona subito ad Amelia a

New York! Lei ti spiegherà tutto. E, nel frattempo, buttala fuori!»

«Già, ma come? Con la forza? André, figurati che si è sistemata nel mio spogliatoio!»

«Allora chiudila dentro a chiave. Insomma, non può entrare in casa tua con la prepotenza come ha fatto. Ti pare?» Ma, di fronte all'enormità della notizia, anche André, al telefono, pareva inquieto e nervoso. Quanto a Sabrina, non vedeva l'ora di concludere quella telefonata per chiamare immediatamente Amelia. Aveva assolutamente necessità di sapere che cosa era realmente accaduto tra suo padre e questa donna che diceva di essere sempre rimasta sposata con lui. «Vuoi che venga a San Francisco?»

«No, non fare niente, per il momento. Ti ritelefono. Voglio parlare con Amelia e, poi, con il mio avvocato.» Purtroppo, non ebbe fortuna. Amelia, a quel che le disse la sua governante, aveva un forte mal di gola e non era in grado di venire al telefono; d'altra parte, Sabrina non voleva spaventarla facendole sapere com'era angosciata per la drammatica situazione in cui era venuta a trovarsi. Il suo avvocato, poi, era assente dalla città, in vacanza. «Sarà di ritorno fra un mese», la informò, con sublime indifferenza, la segretaria dello studio legale. Sabrina, tornando ad affrontare Camille, si sentì sull'orlo di una crisi di nervi. «Cara madame du Pré... contessa... quello che sei, insomma... non puoi assolutamente rimanere qui. Nel caso tu avessi qualche diritto al patrimonio di mio padre, potremo parlarne con il mio avvocato quando tornerà il mese prossimo. Nel frattempo dovrai alloggiare in un albergo.»

Camille girò appena la testa e lanciò un'occhiata a sua figlia, mentre appendeva i vestiti nell'armadio. Quelli di Sabrina, che aveva tirato fuori, erano ammucchiati in disordine su una sedia. Sabrina cercò di dominarsi. Perché il suo istinto sarebbe stato quello di prenderla per il collo e di strangolarla. Afferrò una bracciata dei propri vestiti, scostò Camille dall'armadio con violenza, scaraventò sul pavimento quello che Camille vi aveva già appeso e si mise a gridare con tutto il fiato che aveva in corpo: «Fuori! Fuori da questa casa! Perché è mia, non tua!» Camille, calmissima, si limitò a guardarla come avrebbe potuto guardare una bambina disubbidiente.

«Capisco che dev'essere difficile per te. Non ci siamo viste per tanto, tantissimo tempo. Ma devi cercare di controllarti. Al suo ritorno, Jon sarà felice di trovarci qui insieme. Potrà voler bene a tutte e due, capisci? Ha bisogno di un'atmosfera serena, in casa.»

«Non riesco ancora a credere ai miei occhi.» Sabrina la fissava con aria sbalordita. Ecco uno dei rari casi della sua vita in cui si sentiva completamente indifesa, con le mani legate. Erano sempre state pochissime le situazioni che non fosse stata in grado di affrontare e risolvere. «*Devi andartene*! Fuori di qui!»

«Perché? Che differenza pensi che faccia? Questa casa è enorme. Ci sono stanze a sufficienza per ciascuno di noi.» Non le era sfuggita, però, la minacciosa espressione degli occhi di Sabrina. Tanto che pensò di battere in ritirata con eleganza e di prendere una decisione saggia. «Va bene. Vuol dire che andrò a stare nella *suite* degli ospiti. E tu, mia cara, non ti accorgerai neppure della mia presenza.» Le fece un sorriso raggiante, raccolse tutto ciò che le apparteneva e uscì dalla stanza seguita dal ragazzo, di cui Sabrina aveva completamente dimenticato l'esistenza, carico delle valigie e dei bauli. La memoria di Camille era eccellente. Seppe indicargli subito, senza esitazione, la porta giusta e, pochi minuti più tardi, il ragazzo scendeva le scale di corsa e si allontanava frettolosamente.

Quando le telefonò qualche ora più tardi, quel pomeriggio, André si accorse, dal tono isterico della sua voce, che Sabrina non si era calmata. «Che cosa ti ha detto Amelia?»

«Non ho potuto parlarle. Ha la febbre e un fortissimo mal di gola.»

«Oh, Dio mio... Possibile?... Proprio adesso che avevi bisogno di lei... Quella donna se n'è andata? Senti, ci ho pensato dopo la tua telefonata. Ti rendi conto che potrebbe essere un'impostura bella e buona, la sua?» Sabrina scrollò la testa.

«Non credo, André. Conosce questa casa a perfezione, eppure... quanti anni sono passati!»

«Magari c'è stato qualcuno che le ha dato le indicazioni necessarie. Qualche tuo antico domestico, che nutre del rancore verso di te.» Purtroppo, invece, c'era un altro motivo, ben più grave, per il quale Sabrina ormai si era convinta che si trattasse realmente di Camille Beauchamp. La donna che diceva di esser sua madre assomigliava a Jon in modo impressionante. Lo disse ad André, che ci rimase male. «Sei riuscita a capire per quale motivo è tornata proprio adesso?»

«Ah! L'ha detto subito, chiaro e tondo. Non è un mistero, ormai.» Sabrina si sentì salire di nuovo le lacrime agli occhi. «Vuole la casa, André.»

«Casa Thurston?» Sembrava inorridito. Per quanto conoscesse Sabrina solo da poco tempo, sapeva quale fosse il significato che aveva per lei. A poco a poco, si stava accorgendo di voler bene anche lui a quella casa. «Ma è un'assurdità!»

«Mi auguro che il tribunale sia della stessa opinione. Purtroppo il mio avvocato è fuori città. Non tornerà fino al mese prossimo. E adesso... che cosa devo fare, in nome di Dio? È testarda peggio di un mulo... Pensa che si è sistemata comodamente nella *suite* degli ospiti, come se l'avessi aspettata e le camere fossero pronte per lei!» Se la situazione non fosse stata tanto tragica, Sabrina ci avrebbe fatto sopra una risata. «Come può farmi uno scherzo del genere?»

«A quanto pare, c'è riuscita molto facilmente.» Poi le domandò ancora, cercando di farle questa domanda con tutta la delicatezza possibile: «Mi sai dire qual è, esattamente, la parte di Jon in tutta questa storia?»

Sabrina, a dir la verità, non lo sapeva con sicurezza neppure lei e non voleva accusarlo ingiustamente. Ma, da quel poco che aveva sentito da Camille, stava già sospettando che ci fosse sotto qualcosa di brutto, per non dire di losco. «Non lo so ancora!»

«C'è qualcosa che posso fare per esserti utile?»

«Sì.» Sabrina ebbe un sorriso amaro. «Buttarla fuori dalla mia casa. Farla scomparire, non farla più tornare!»

«Ah, come lo vorrei!»

Ci fu una pausa. «Sai... per tanti anni ho continuato a sognarla... mi chiedevo com'era... che aspetto aveva... figurati che una volta mi sono intrufolata in questa casa di nascosto, quando avevo dodici o forse tredici anni! Ho frugato fra quelle poche cose che ci ho trovato... le cose che lei aveva lasciato qui... e adesso eccola ricomparire... È una donna spietata, una donna cattiva, che spera soltanto di arraffare tutto quello che può. Vorrei non averla mai vista, André, se è realmente quella che dice di essere!»

«Spero con tutto il cuore che non sia lei!» Eppure, chissà, forse la sua presenza poteva fugare definitivamente i fantasmi del passato. E distruggere i sogni... Come si faceva a capire se era un bene o no? In ogni caso, era troppo tardi per fare riflessioni di questo genere. Camille Beauchamp era ricomparsa, si era impuntata a rimanere in casa Thurston e Sabrina, ormai, avrebbe avuto il suo daffare per riuscire a mandarla via. Non riuscì a chiudere occhio tutta la notte, perché non faceva che pensare a quello che era accaduto. A tratti si sentiva invadere dalla smania di precipitarsi nelle stanze degli ospiti e di buttar giù quella donna dal letto dove dormiva, ma riuscì a dominarsi... Si ritrovarono insieme in cucina, l'indomani, per far colazione. Sabrina fu costretta ad ammetter tra sé che, per l'età che aveva, Camille era ancora bellissima e doveva essere stata di una bellezza straordinaria cinquant'anni prima, quando suo padre l'aveva sposata... Sabrina si domandò che cosa era stato commesso di ingiusto o sbagliato, perché se n'era andata, perché non era più tornata, e chi fosse du Pré. Forse la soluzione dell'enigma stava proprio in questo. In ogni caso, non disse niente. Con gli occhi abbassati sul tavolo, si limitò a bere il tè. Ma trovava ancora impossibile credere che gli avvenimenti del giorno prima fossero reali. Provava la stessa sensazione avuta alla morte di John. Sabrina alzò gli occhi e la fissò. Camille si sedette e le due donne si ritrovarono a faccia a faccia. Improvvisamente, Sabrina ricordò qualcosa che Hannah le aveva raccontato molto tempo prima a proposito degli anelli d'oro che Camille aveva adoperato per non restare incinta: Hannah li aveva trovati, suo padre si era infuriato, e lei era nata poco tempo dopo. Provò, d'un tratto, la curiosità di domandare a questa donna se l'aveva realmente desiderata, ma sapeva già la risposta. In fondo, che differenza faceva? Lei, adesso, aveva quarantasette anni, un figlio proprio, ormai adulto, un padre che l'aveva adorata e una madre che... era morta — almeno così aveva sempre creduto. Invece, no. Non era morta. Se n'era semplicemente andata.

«Mi piacerebbe sapere quale è stato il vero motivo per il quale lo hai lasciato.» Queste parole erano sfuggite dalle labbra di Sabrina quasi involontariamente. «Dimmi la verità.»

«Te l'ho già detta.» Camille evitò di guardare Sabrina negli occhi. «Mia madre si era ammalata. Ed è morta poco tempo dopo.»

«Dov'eri quando tua madre è morta?»

«A quell'epoca mi trovavo in Francia.» Perché mentirle? Che differenza faceva adesso? Ormai era tornata a casa Thurston. Era sempre la legittima moglie di Jeremiah Thurston. Jon aveva avuto ragione. Camille era più forte e più spietata di Sabrina. La fortezza si era arresa, quasi senza combattere. Camille era molto orgogliosa di se stessa. Tutto era filato liscio, era andato molto meglio di quello che aveva sperato e, una volta che Jon fosse tornato a casa, la situazione sarebbe diventata ancora più facile. Un alleato le sarebbe stato di grandissimo aiuto.

«Hai vissuto a lungo in Francia?»

«Trentaquattro anni.»

«Un periodo molto lungo, mi sembra! Non ti sei più risposata?» Se sperava di far cadere in trappola Camille, doveva restare delusa. Sua madre si limitò a sorriderle.

«No. Non mi sono più sposata, anche se ero conosciuta con un nome diverso.»

«Tu non sei contessa di nascita... e allora... Du Pré?...»

«Camille guardò Sabrina dritto negli occhi. «Era il mio protettore in Francia.»

«Capisco. Vuol dire che eri la sua amante.» Sabrina le rivolse un agro sorriso. «Chissà se questo fatto può, in qualche modo, diminuire certe pretese che credi di avere. Trentaquattro anni sono molti.»

«Io, però, sono rimasta legalmente coniugata con Jeremiah Thurston per tutto quel periodo di tempo, e lo sono ancora. Questi sono fatti, Sabrina. E non puoi cambiarli, anche se tenterai di farlo con qualsiasi mezzo.»

«Stavo semplicemente pensando che è piuttosto curioso che tu abbia continuato a far la tua vita con questo ... ehm... protettore...» Aveva calcato volutamente la voce su questa parola, nella speranza di far arrossire Camille... Come si illudeva! «Adesso sei tornata, nella speranza di rientrare in possesso di questa casa. Molto comodo, vero? Hai già qualche progetto per la festa del Ringraziamento? Oppure hai intenzione di cambiare completamente l'arredamento delle stanze? Voglio dire che, in fondo, non vedo perché dovresti perdere anche un solo minuto, no?» La voce di Sabrina aveva assunto un'inflessione amara, maligna, che le era insolita.

André arrivò appena prima di mezzogiorno. Camille stava spazzando lo scalone, gradino per gradino. De Vernay era un uomo affascinante e Camille andò in estasi, quando scoprì che era francese, anche se la sua felicità diminuì considerevolmente quando si accorse che si era schierato dalla parte di Sabrina e che aveva intenzione di fare tutto il possibile per buttarla fuori da quella casa. Provò, comunque, a fare quattro chiacchiere con lui. Si mise a parlare della Francia. Da quello che disse, risultò che doveva aver vissuto quasi sempre in una cittadina del Sud, ma che aveva passato anche un po' di tempo a Parigi. Tentò addirittura di far credere ad André che la sua esistenza, in quella città, fosse stata molto mondana e brillantissima, ma André intuì subito che quelle di Camille erano tutte fandonie e non le badò. Era ansioso di parlare a quattr'occhi con Sabrina.

«Hai messo sottochiave l'argenteria e i gioielli? Ti rendi conto che potrebbe essere una volgare ladruncola un po' più intelligente delle altre?» Ma Sabrina rise di fronte a tanta ingenuità.

«Gli unici gioielli che possiedo sono quelli che ho ereditato da lei, o quasi. Dal modo in cui si comporta immagino che li vorrà indietro al più presto.»

«Be', ti supplico, per amor di Dio, non restituirglieli! Del resto, la mia opinione è che dovresti chiamare la polizia.» Gli era subito piaciuta pochissimo Camille. Ma quando si decise a chiamare lui, personalmente, la polizia e cercò di spiegare qualcosa di quell'ingarbugliata matassa, si sentì rispondere che non si occupavano delle questioni di famiglia; inoltre, una telefonata a un altro avvocato di loro conoscenza ebbe l'effetto di scoraggiarli considerevolmente. Il suo parere era che avrebbero dovuto giungere al più presto a una causa ma, adesso che lei si era insediata in casa, sarebbe stato pressoché impossibile persuaderla ad andarsene. A meno di non buttarla fuori da casa Thurston con la forza. Ma, in questo caso, poteva essere lei a citarli per danni. «Non avresti dovuto lasciarla entrare, ieri», osservò André, in tono pratico, e Sabrina lo guardò con tanto d'occhi.

«Sei diventato matto? Come facevo a sapere di chi si trattava? È entrata come un reparto corazzato russo e, appena mi sono ripresa un po' dalla meraviglia, mi sono accorta che stava già svuotando l'armadio dei miei vestiti e li aveva buttati su una sedia. Posso considerarmi fortunata se ha accettato di trasferirsi nella *suite* degli ospiti, altrimenti stanotte sarei stata costretta ad andare a dormirci io!»

«Cosa mi stai dicendo?» André tentò, senza riuscirci, di buttare la cosa sullo scherzo. «Dunque adesso ci dorme lei, nella mia camera! *Buttala fuori subito!*» Sabrina non poté trattenere un sorriso, però aveva gli occhi pieni di lacrime.

«Credimi, André, io non ci capisco più niente!» Il colpo subito era stato durissimo. «Per quale motivo papà non mi ha mai detto niente?»

«Lo sa Dio, che cosa dev'essere successo fra loro! Da quello che mi racconti e dall'impressione che mi ha fatto, direi che è una donna dura, spietata, che non si lascia smuovere dai suoi propositi. Però non credo a una sola parola di quello che ti ha detto. Peccato che Amelia non abbia potuto venire al telefono.» Volle provare ugualmente a richiamarla e stavolta riuscì a parlarle. Con la voce terribilmente rauca, lamentandosi per il forte mal di gola, Amelia, raccontò chiaramente come erano andate le cose in realtà. Non nascose nulla a Sabrina: le raccontò per filo e per segno la vera storia della relazione extraconiugale di Camille con du Pré e confermò che era stata lei ad andarsene di casa, abbandonando il marito e la bambina.

«Sono profondamente addolorata che sia ricomparsa a perseguitarti. A quell'epoca era una ragazza insopportabile, egoista, cattiva e meschina e, da quello che mi racconti, direi che non è migliorata con il passare degli anni!»

Sabrina ebbe un triste sorriso nel sentire ciò che le diceva l'amica. «No, purtroppo pare anche a me!» Poi ripensò a quello che Amelia le aveva raccontato della fuga di Camille. «Papà ne deve avere avuto il cuore spezzato.» Adesso capiva meglio il ritegno di Jeremiah nell'affrontare questo argomento con lei. In fondo, non era mai riuscito a guarire dal colpo terribile che Camille gli aveva dato.

«Ne era rimasto profondamente ferito, certo. Però aveva te.» Amelia sorrise, ripensando al passato. «Eri la gioia della sua vita. Poi, negli anni seguenti, non credo che abbia sentito la mancanza di Camille nello stesso modo angoscioso e con lo stesso tormento. La vita, con le sue mille esigenze, lo aveva ripreso. Ma, nei primi anni... è stata molto dura per lui!»

A questo punto Sabrina si fece coraggio e le domandò anche qualcos'altro che le stava a cuore: «È vero che aveva un'amante e che è stato per questo motivo che lei se ne è andata di casa?»

«No, assolutamente!» Amelia sembrava offesa che si potesse calunniare a questo modo quello che considerava un vecchio e carissimo amico. «Jeremiah è sempre stato completamente fedele a Camille. Sono pronta a mettere la mano sul fuoco per lui! Anzi era preoccupato che non arrivassero bambini. Anche tu ci hai messo tanto a venire al mondo! Poi è venuto fuori che Camille era... diciamo così... la colpevole, era stata lei a fare in modo di non aver figli e tuo padre ne era rimasto molto addolorato, molto sconvolto. Ma è meglio non approfondire questo argomento adesso, cara. Sii brava e coraggiosa, non lasciarti avvilire da quello che è successo, non preoccuparti troppo. Mandala via!»

«Come lo vorrei! Invece, purtroppo, pare proprio che, per riuscirci, dovremo arrivare a una causa.»

«Che prova terribile per te, mia povera bambina!» Sabrina, a quarantasette anni, non si considerava certo una bambina, ma rimase commossa dalle parole di Amelia. «Quella donna dovrebbe essere ammazzata! A dir la verità, Jeremiah avrebbe dovuto farlo allora. In tal modo tu, adesso, non ti troveresti in una situazione così complicata.»

«Già, forse sarebbe stato meglio.» Sabrina sorrise, un po' più sollevata perché aveva potuto confidarsi con qualcuno. «Ti farò sapere come andranno a finire le cose.»

«Brava, aspetto notizie. A proposito, come sta André? Mi pare di aver capito che voi due vi siete messi in testa di rifare completamente il mondo e di riempirlo di ubriaconi!»

«Proprio così!» Sabrina rise di fronte al quadro che Amelia aveva fatto dei loro progetti. «Tu, come stai?»

«Benissimo. Ho soltanto la gola che mi fa male. Sembra che io sia destinata a vivere in eterno, a dispetto di me stessa.»

«Bene. Abbiamo bisogno di te.»

«Grazie. Però non hai bisogno di lei, Sabrina. Non ne hai mai avuto bisogno. Dunque... cerca di buttarla fuori da casa tua il più presto possibile.»

«Amen!» Sabrina la ringraziò, riattaccò e si voltò a guardare André. Capivano di avere le mani legate; non potevano più fare niente, tranne aspettare il giorno del processo. In quel momento Camille entrò a passo lento nella stanza, con un portamento da regina, inguainata in un vestito di chiffon bianco con gli orecchini di brillanti, probabilmente falsi! Sabrina guardò André, disperata. «Che cosa faccio?» La prospettiva di vivere con Camille fino al giorno in cui sarebbero stati convocati in tribunale per la causa, la faceva impazzire dall'angoscia e, quando Jon tornò, il giorno seguente, le cose non migliorarono. Jon salutò Camille come un'amica di vecchia data, una nonna adorata, un'ospite attesa con impazienza. Sabrina lo seguì immediatamente in camera sua e chiuse la porta. Jon era andato a sedersi sul letto e lei gli si parò di fronte. Sembrava che suo figlio non avesse nessuna voglia di parlarle ma, stavolta, era lei a pretendere un chiarimento a ogni costo.

«Devo parlarti, Jon.»

«A proposito di che?» La prendeva in giro, scherzava. Sapeva già tutto, come era più logico, e si divertiva al pensiero di come doveva essere infuriata sua madre. E perché no? Che cosa accidenti gliene importava? Sabrina non gli aveva mai concesso tutto quello che desiderava di più, non faceva che piangere e dire che erano poveri e che il mantenimento di casa Thurston era impegnativo. Benissimo, adesso la nonna l'avrebbe sollevata da questo impegno. Lei poteva andarsene a vivere a Napa con quei contadini francesi con i quali si dava tanto da fare a piantare nuove viti. Lui e la nonna, invece, avrebbero potuto continuare a vivere fra lo splendore e il fasto di casa Thurston. La nonna, poi, gli aveva promesso l'automobile, non appena le cose si fossero sistemate. Questo sì che era il modo di vivere più adatto a lui e al suo stile!

«Esigo una spiegazione.» Le parole di sua madre, che lo fissava esasperata, lo strapparono a questi pensieri molto più piacevoli. Sabrina tremava dalla rabbia e Jon capì che, a quel punto, era impossibile sfuggirle. Ma, ormai, non poteva più fargli niente. La nonna si era già sistemata comodamente in casa; era riuscita a entrarci senza l'aiuto di nessuno, facendo tutto da sola. In un primo tempo, aveva manifestato il desiderio che fosse Jon a introdurla in casa Thurston durante un'assenza di Sabrina, ma lui si era rifiutato di arrivare a tanto e lei aveva acconsentito a cavarsela da sola. Jon, del resto, sapeva che ne era capacissima. «Mi sai dire qual è stato esattamente il tuo ruolo in tutta questa storia?» Il suo tono di voce era inflessibile, i suoi occhi lo fissavano severamente.

«Cosa vuoi dire?»

«Non scherzare con me. Lei dice che vi conoscete da quasi tre anni. Per quale motivo non me ne hai mai parlato?»

«Pensavo che una notizia del genere ti avrebbe sconvolto.» Ma abbassò gli occhi per sfuggire lo sguardo di sua madre la quale gli allungò, inaspettatamente, uno schiaffo.

«Non dirmi bugie!»

Jon alzò di scatto gli occhi a guardarla, sbalordito. Non aveva mai visto Sabrina fissarlo così. Faceva quasi più male il suo sguardo dello schiaffo che gli aveva dato. Lei, d'altra parte, non si era mai sentita più tradita di così, da nessuno; più ci pensava, più diventava furiosa. «Accidenti, che cosa te ne importa delle persone che conosco! Devo proprio raccontarti sempre tutto quello che faccio?»

«Quella donna è mia madre, Jon, e tu la conosci, la frequenti da tre anni. Perché l'hai aiutata a fare ciò che ha fatto?»

«Io non ho fatto niente del genere...» Poi alzò gli occhi a guardare Sabrina e alzò le spalle. «Può darsi che abbia diritto a questa casa né più né meno come te. Dice che era ancora sposata con il nonno, quando lui è morto.»

«Avresti almeno potuto avvertirmi, non ti pare?» Jon non le rispose e Sabrina alzò di nuovo la voce. «Non ti pare?» Poi: «Sai qual è la cosa più orribile in tutta questa brutta storia, Jon? Quello che mi hai fatto. Lei non è mai stata una madre per me, ma tu sei mio figlio, e non solo hai lasciato che tutto ciò accadesse, ma l'hai perfino aiutata a realizzare i suoi progetti. Come ti giudichi, adesso? Che cosa provi?»

Jon la guardò negli occhi. Continuava a essere ostile, bellicoso e Sabrina si accorse, guardando suo figlio, che qualcosa cominciava a morire dentro di lei. «Niente. Non provo niente. Mi sento benissimo.»

«Allora devo dire che mi spiace molto per te.»

«Non mi interessa quello che provi nei miei confronti. Non voglio niente da te.» Aveva pronunciato queste parole mentre Sabrina stava già uscendo dalla stanza. Capiva che, se fosse rimasta, avrebbe perduto completamente il controllo di sé; né riusciva a sopportare quello che, a poco a poco, scopriva in lui. Come assomigliava a Camille! Non aveva dimostrato neppure un po' di lealtà nei confronti di Sabrina, dopo tutto quello che aveva fatto per lui. A un certo punto della sua vita, qualcosa, in lui, era cambiato in peggio e niente avrebbe più potuto farlo tornare come prima. Ormai era troppo tardi. Soprattutto se Camille si fosse fermata a lungo in casa con loro. Perché avrebbe pensato lei a mettere in luce i lati peggiori del carattere di Jon. Nei giorni seguenti Sabrina li vide aiutarsi l'un l'altra, come due cospiratori, parlarsi di continuo, bisbigliare, uscire insieme. Si sentì completamente abbandonata da suo figlio. Ormai nonna e nipote avevano fatto fronte comune contro di lei. Sabrina si accorse di non riuscire più a concentrarsi su ciò che doveva fare ma, anche, di non avere il coraggio di lasciare casa Thurston per andare a Napa a vedere come procedevano i lavori sui terreni suoi e di André. Aveva paura che, lasciandoli soli, Jon e Camille le combinassero qualche scherzo ancora più atroce, devastassero la casa, rubassero gli oggetti che le appartenevano o, addirittura, facessero cambiare le serrature delle porte in modo che lei non potesse più rientrarci.

«Insomma, non puoi stare chiusa qui dentro, terrorizzata come sei, per chissà quanti mesi!» André non nascondeva di essere sinceramente preoccupato per lei.

«Credi che ci vorrà tutto questo tempo?»

«Può darsi. Lo sai anche tu quello che ha detto l'avvocato!»

«Credo che impazzirò prima del giorno del processo.»

«Niente affatto! Soprattutto se verrai su, a Napa, a prendere con me certe decisioni, che non possono più essere rimandate, per i nostri vigneti.» Poi gli venne un'idea. «Senti! Ho una proposta da farti. Mando Antoine a San Francisco. Potrà restare in casa, a tener d'occhio la situazione, fintanto che tu sei a Napa; quando tu tornerai in città, lui verrà di nuovo su, da me.» Era un sistema un po' complicato ma, nei due mesi successivi, si accorsero che funzionava perfettamente. Intanto l'avvocato di Sabrina era rientrato a San Francisco e aveva preso in mano l'intricata faccenda. Anche lui, purtroppo, aveva confermato a Sabrina che c'era poco da fare. L'unica soluzione era quella della causa, ma sarebbero occorsi altri due mesi. Nel frattempo, Jon dovette rientrare al college. La sera prima della partenza, lui uscì a cena con Camille; Sabrina, invece, con André e Antoine. Pareva che, ormai, la crisi fra loro fosse irreparabile e Sabrina, amareggiata, a volte aveva l'impressione di aver perduto per sempre il figlio. In un certo senso, purtroppo, era vero. La vincitrice era Camille. Almeno questa parte della sua battaglia era stata vinta. Continuava a promettere qualsiasi cosa a Jon, anche la luna, non appena fossero riusciti a mandare via di casa Sabrina. Intanto lei si convinceva sempre di più che questa fosse la vendetta di Jon nei suoi confronti per la morte del padre e per il suo impegno nelle miniere. Non le avrebbe mai perdonato tutto questo, anzi, glielo avrebbe fatto pagare per il resto della sua esistenza. Un giorno, mentre camminavano fra i filari di viti, Sabrina si confidò con André.

«Devo averlo deluso in un modo terribile, quando era piccolo.» Sospirò. «Se suo padre fosse vissuto, naturalmente io non sarei più tornata a lavorare. E, anche così, forse avrei potuto impegnarmi un po' meno di quello che ho fatto. Adesso capisco che Jon voleva, a quell'epoca, molto di più di quello che gli davo.»

«Magari è una di quelle persone che non si accontentano mai. Più gli dai, e più vorrebbe! Ma, adesso, non puoi farci niente!»

«Vorrei ancora salvarlo da Camille. Non la conosce come Camille è realmente ma, un giorno, quando lo capirà, resterà amaramente deluso.»

Ad André questa non pareva una tragedia; anzi, pensava che Jon se lo meritasse per la sua perfidia. Era un ragazzo malvagio e corrotto. Già, a lui non era mai piaciuto, fin dal primo momento, anche se non avrebbe mai avuto il coraggio di confessarlo a Sabrina. Era l'unico figlio che aveva e, per quanto fosse addolorata per il suo contegno, gli voleva ancora bene. Per fortuna, adesso, c'era Antoine a consolarla. Sapeva ciò che stava passando ed era particolarmente gentile e premuroso con lei, le portava sempre fiori, ceste di frutta e, di tanto in tanto, si presentava anche con qualche piccolo regalo. Tutte cose, queste, che a Sabrina facevano un enorme piacere. Continuava a ripetere ad André che suo figlio era un gran bravo ragazzo. André ne era orgoglioso e Sabrina invidiava quei rapporti tra padre e figlio così schietti e affettuosi. Si augurava che, fra qualche anno, quando Jon avesse avuto la stessa età di Antoine, maturasse anche lui e imparasse a volerle più bene. Ma c'era qualcosa, nel suo intimo, che le ripeteva di non illudersi. Non sarebbe mai stato così. Allora si affrettava a pensare ad altro, ai vigneti che avevano acquistato con André, alla causa che stava per intentare a Camille. Questa sapeva che la data del processo si stava avvicinando, ma non si mostrava preoccupata. Voleva giocare le sue carte fino in fondo. Mancava una settimana al giorno in cui dovevano apparire in tribunale, quando andò a bussare alla porta della *suite* padronale di casa Thurston, quella di Sabrina. Era il nove dicembre e il processo era fissato per il sedici dello stesso mese.

«Sì?» Sabrina, in vestaglia, a piedi nudi, non si era ancora abituata a Camille che le imponeva quotidianamente la sua presenza in casa. Ormai erano cinque mesi che vivevano sotto lo stesso tetto; una specie di incubo senza fine, un sogno orribile dal quale Sabrina temeva di non risvegliarsi più. Camille era sempre presente, girava per la casa con aria possessiva oppure si abbigliava con toilettes vistose, di stoffa scadente, e usciva. Sabrina aveva già sentito le voci che correvano per San Francisco; di tanto in tanto qualche oggetto di particolare valore spariva di casa, ma Camille insisteva nel dire che lei non ne sapeva niente. Purtroppo Sabrina capiva che le cose erano ben diverse, ma non aveva i mezzi per impedirle di rubacchiare e non poteva sorvegliarla di continuo. Come previsto, Camille aveva tentato perfino di farsi restituire i suoi gioielli, ma Sabrina le aveva opposto un netto rifiuto. Uno strano e malvagio gioco del destino aveva voluto che fosse costretta a tollerare la presenza di una donna come Camille nella sua casa, ma questo era tutto. Presto cominciarono ad arrivare conti e fatture ma Sabrina, anche in questo caso, prese posizione e si rifiutò fermamente di pagarli. Pareva che Camille e suo figlio cercassero di fare l'impossibile per ridurla alla rovina... Sabrina decise di lasciare che quelli di Camille si accumulassero senza neppure toccarli; quanto a quelli di Jon, glieli spedì direttamente al college. Ormai Jon aveva ventun anni e, come gli aveva ripetuto sempre più spesso, se voleva vivere a modo suo, doveva anche assumersi la responsabilità di quello che faceva. La nonna, invece, gli aveva assicurato che avrebbe pensato lei a tutto non appena fosse riuscita a mandar via Sabrina da casa Thurston; anzi, gli aveva confermato di essere sicurissima che la causa sarebbe stata vinta. Quindi Jon lasciò che i debiti da pagare si accumulassero. Ormai aveva centinaia di fatture, sulla scrivania. La sua idea era quella di consegnarle alla nonna, la prima volta che l'avesse rivista come era sempre stato abituato a fare con sua madre.

Sabrina andò ad aprire la porta. «Che cosa vuoi?»

«Pensavo che avremmo potuto fare quattro chiacchiere.» Quando aveva qualche piano da mettere in atto, Camille assumeva sempre quel tono lento di voce, con l'accento strascicato del Sud. Una cosa che Sabrina odiava profondamente in lei era proprio quella voce, che non avrebbe più dimenticato per tutto il resto della sua vita. E quella faccia... Aveva paura, un giorno, di poterle somigliare o di mettersi a parlare, a pensare o a muoversi come lei... Le dava perfino repulsione l'idea di poter avere in comune con Camille anche soltanto un gesto.

«Di che cosa? Io non ho niente da dirti.»

«Non preferiresti fare un discorso serio con me invece che finire in tribunale?»

«Non necessariamente!» Sabrina si era fatta più dura nei suoi confronti e adesso voleva costringere Camille a mettere le carte in tavola. Perché non farlo, del resto? Il suo avvocato le aveva detto che, più studiava il suo caso, più gli pareva che le pretese di Camille fossero infondate. Il testamento di Jeremiah era stato stilato in modo tale che Camille ne veniva automaticamente esclusa. A lei si alludeva come «a qualsiasi persona alla quale io possa essere stato coniugato...» Sabrina ricordò di aver trovato curiosa quella formula, all'epoca della sua morte, ma era talmente addolorata e sconvolta che se n'era dimenticata subito.

«Non ho paura di andare in tribunale, io!»

Camille la guardò con un sorriso. «Non voglio toglierti la tua casa, bambina.» Sabrina provò una gran voglia di schiaffeggiarla. Dopo sei mesi di torture, dopo essere entrata di prepotenza nella sua vita e averle rubato suo figlio, adesso non voleva più toglierle la sua casa? E aveva osato chiamarla «bambina»!

«Ho quasi cinquant'anni e non sono la tua bambina, non lo sono mai stata. Io non ho niente a che fare con te. Mi dai la nausea. Mi disgusti. Se potessi dar retta ai miei istinti, ti scaraventerei fuori da questa casa stasera stessa.»

«Me ne andrò in settimana», la voce di Camille si trasformò in un insidioso bisbiglio, «se sei disposta a pagare il prezzo che chiedo.» Senza risponderle una sola parola, Sabrina le sbatté la porta della sua camera da letto in faccia e diede un giro di chiave.

Per André fu un'angoscia continua assistere alle dure prove

e alle sofferenze di Sabrina in quei sei mesi ma, purtroppo, non poteva alzare un dito per aiutarla. La accompagnò nell'aula del tribunale il sedici dicembre. Stavolta Camille appariva pallida e spaventata. Aveva calcato troppo la mano nelle sue pretese, si era esposta un po' troppo e lo sapeva perfettamente. Tentò ugualmente di convincere il giudice a prendere le sue parti, raccontandogli la sua versione dei fatti. Ma il magistrato rimase inorridito nel sentire che aveva avuto la sfacciataggine di ripresentarsi a casa Thurston a tormentare tanto a lungo Sabrina, dopo averla abbandonata quando era piccola. Anche Amelia, a New York, aveva rilasciato una dichiarazione che venne letta nell'aula del tribunale. Malgrado l'età, aveva ancora una memoria eccellente, tanto che poté descrivere in modo minuzioso e particolareggiato tutti gli avvenimenti accaduti più di quarantasei anni prima. Camille si accorse di tremare da capo a piedi, quando girò lentamente gli occhi intorno a sé, in tribunale. Era sola, ed era stata una grandissima sciocca. Non aveva mai avuto l'intenzione di arrivare fino a questo punto! Si era sempre illusa che Sabrina avrebbe accettato di pagare il suo silenzio, e invece adesso stavano discutendo sull'entità della somma che lei avrebbe dovuto versare a Sabrina per i danni e l'affitto di casa Thurston per quei sei mesi. Venne anche sollevata la questione del numero enorme di fatture che non aveva ancora pagato, delle spese pazze che aveva incoraggiato Jon a fare e, quando si giunse alla fine della causa, poté rallegrarsi di sentirsi fare soltanto un solenne rimprovero dal giudice. Aveva addirittura minacciato di mandarla in carcere se non avesse fatto i bagagli e non avesse lasciato casa Thurston nel giro di un'ora. Anzi, ci sarebbe stata accompagnata da un poliziotto incaricato di controllare che tutto si svolgesse secondo le ingiunzioni del tribunale.

Sabrina non riusciva a credere che l'incubo fosse finito. Quando Camille scese lo scalone per l'ultima volta, Sabrina, guardandola passare sotto la stupenda cupola, non aveva più un'espressione di odio negli occhi. In quegli ultimi sei mesi aveva perduto troppe cose per provare un sentimento qualsiasi nei confronti di Camille. Aveva perduto la pace dello spirito e, cosa molto più importante, considerava perduto per sempre anche suo figlio.

«Credevo che, quando tutto fosse finito, avremmo potuto restare amiche.» Camille le rivolse queste parole con voce esitante e innervosita. Aveva rischiato troppo e usciva dal conflitto completamente sconfitta. Doveva tornare ad Atlanta, adesso, con la coda fra le gambe, e adattarsi a vivere in casa di suo nipote Hubert anche se, quando era partita dal Sud, si era mostrata sprezzante e scortese con lui. Si era illusa che, in futuro, non ne avrebbe più avuto bisogno e, invece, adesso doveva riconoscere di essersi tragicamente sbagliata.

Alla presenza del poliziotto, che aveva accompagnato Camille a prendere il suo bagaglio, Sabrina disse con voce alta e chiara: «Non voglio vederti mai più, né sentir parlare di te. Se questo dovesse succedere chiamerò la polizia e mi appellerò alla sentenza del tribunale. Ci siamo capite?» Camille fece segno di sì, in silenzio. «E stai alla larga da mio figlio.» L'indomani, dopo aver riacquistato la calma necessaria e la solita presenza di spirito, telefonò a Jon, ma lui le rispose che non sarebbe tornato a casa per Natale. E aggiunse, in tono accusatorio: «Ieri ho parlato con la nonna. Dice che tu hai comprato il giudice». Sabrina rimase allibita. Possibile che Jon si rifiutasse di capire qual era la verità? Che la odiasse fino a questo punto? Che somigliasse in tutto e per tutto alla nonna?

«Non ho fatto niente di simile, Jon!» Cercava disperatamente di controllarsi e di restare calma. «Non credevo che una cosa del genere fosse possibile! Il giudice si è comportato da persona onesta e corretta e ha capito che razza di persona fosse Camille.»

«È una povera vecchia alla ricerca di un posto dove vivere! Lo sa Dio, adesso, dove andrà a finire!»

«E prima? Dove viveva?»

«Campava alla bell'e meglio, viveva della carità altrui. Adesso sarà costretta a tornare a vivere in casa del nipote.»

«Non so che cosa farci.»

«E non te ne importa, vero?»

«No, non me ne importa niente. Come fai a non capire, Jon,

che ha cercato di portarci via questa casa?» Ma Jon riattaccò, dopo averla insultata e averle detto che era una vera e propria carogna! Quella notte, nel suo letto, nella casa di cui finalmente era tornata a essere l'unica padrona, Sabrina si rese conto di non aver vinto la sua battaglia. La vera, autentica vincitrice, era stata Camille Beauchamp Thurston. La sua vera vittoria era stata quella di strappare Jon a Sabrina.

31

SAREBBE stato un Natale desolato e solitario per lei, quell'anno, senza Jon, se non avesse avuto Antoine e André. Arrivarono alla porta di di casa Thurston con un albero di Natale e uno squisto zabaglione preparato da Antoine, e la presero in giro, la divertirono, la fecero ridere... Andarono tutti insieme alla messa di mezzanotte, cantarono gli inni natalizi e Sabrina si accorse, a un certo momento, di avere le guance rigate di lacrime. Allora André le circondò le spalle con un braccio e le sorrise dolcemente. Erano tre buoni amici, tre ottimi compagni, e Sabrina provava un'immensa gratitudine per i De Vernay. Senza di loro sarebbe rimasta sola a casa, a piangere pensando a tutta l'infelicità che Camille aveva portato nella sua vita mentre, con i due francesi intorno, era impossibile essere depressi. Infatti il giorno di Natale si svegliò di ottimo umore. Antoine ripartì per Napa per seguire il lavoro dei contadini. André, invece, rimase con lei. Volevano andare alla banca, nei giorni seguenti, per cercare di ottenere un altro prestito che sarebbe servito all'acquisto di tutta l'attrezzatura agricola necessaria per la coltivazione dei vigneti. La loro situazione finanziaria, comunque, era già abbastanza florida. André era abile e ingegnoso, oltre che molto capace nell'amministrare i terreni che avevano acquistato. Ormai buona parte dei vigneti erano stati ripuliti dalle erbacce, e potati, e sembravano nelle migliori condizioni per riprendere a dare i frutti.

«Perfino la mia giungla, adesso, sembra meravigliosa!» esclamò Sabrina. «Quasi faccio fatica a riconoscerla!»

«Aspetta di assaggiare il nostro vino!» Le aveva portato, invece, una bottiglia di Moët et Chandon che bevvero seduti l'uno vicino all'altra, guardando l'albero di Natale. André, ogni tanto, lanciava un'occhiata colma di ammirazione a Sabrina. Era stato un anno molto difficile per lei, un anno pieno di cose belle e di cose brutte, ma Sabrina aveva una tempra formidabile. Era di una intelligenza straordinaria, dolce, gentile, più forte di qualsiasi altra donna che avesse mai conosciuto.

«È stato un anno incredibile, vero?»

«Puoi ben dirlo!» André sorrise, nel sentire l'inflessione di voce con la quale Sabrina aveva pronunciato queste parole e lei, alzando gli occhi a guardarlo, sorrise a sua volta.

«C'è stato del buono e del cattivo, in tutto quest'anno. Tu e Antoine siete stati il mio regalo più bello.» Pensò per un attimo all'altro regalo che André le aveva fatto: un maglione rosso di cashmere, con il berretto della stessa tinta. Lei, invece, gli aveva comperato una giacca, calda e pesante, e un paio di guanti imbottiti.

«Quindi, non tutto è andato storto!»

«È quello che direi anch'io!» Sapevano entrambi che, all'origine della tristezza di Sabrina, c'era suo figlio. Del resto, era più che logico, anche se cercava di non parlarne con nessuno, perfino con lui. Era un argomento ancora troppo doloroso. Scherzando e ridendo con André, cercava di nascondere l'angoscia che le divorava il cuore.

Dopo la riunione con i funzionari della banca, due giorni dopo, Sabrina partì per Napa con André e vi passò il resto della settimana. Ormai non aveva più paura di lasciare casa Thurston senza sorveglianza. Aveva provveduto a far cambiare tutte le serrature lo stesso giorno della partenza di Camille. Perfino Jon non aveva ancora le nuove chiavi. Adesso Sabrina aveva una camera tutta per sé nella fattoria che André aveva affittato otto mesi prima. Con Antoine, stavano già studiando il progetto della casa che avrebbero costruito ma, al momento, continuavano ancora a vivere insieme con i contadini, e anche Sabrina si trovava bene con loro. Erano brava gente, cordiale e amichevole, e riuscivano a intendersi discretamente perché Sabrina stava cominciando a parlare un po' di francese, per quanto incerto e smozzicato.

Dopo Capodanno, André la riaccompagnò a casa in automobile. Oltrepassato Bay Bridge, risalirono Broadway e poi piegarono verso sud, imboccando California Street. Di qui proseguirono per Taylor Street fino a raggiungere Nob Hill. André parcheggiò la macchina sulla strada e la aiutò a portare in casa il suo bagaglio. Voleva fermarsi in città per un paio di giorno, perché lui e Sabrina avevano parecchi impegni. Antoine, ormai, era in grado di seguire i lavori nei vigneti anche senza di loro. Quella sera restarono a lungo in biblioteca a esaminare alcune carte. Adesso si dividevano tutte le responsabilità dell'impresa in cui erano soci. A Sabrina tornavano spesso in mente i tempi lontani in cui aveva dovuto impegnarsi duramente nelle miniere, dopo la morte di Jeremiah, e provava un gran sollievo ad avere l'appoggio di André.

«Come deve essere stata difficile, per te, quella vita!»

«Hai ragione.» Gli sorrise. «Ma quante cose ho imparato!»

«Me ne accorgo. Però hai dovuto scegliere la strada più difficile!»

«Forse era il mio destino.» Stava pensando di nuovo a Camille e a Jon, alla delusione che suo figlio era stato per lei... André se ne accorse, guardandola negli occhi. Allora non poté trattenersi dal farle una domanda. C'era qualcosa che lo incuriosiva in lei già da parecchio tempo. Ormai erano ottimi amici da più di dieci mesi, eppure esistevano alcuni argomenti che non avevano mai affrontato. Sabrina menzionava raramente John Harte e André parlava ancora più di rado di sua moglie, la quale era morta quando Antoine aveva cinque anni. Lui era rimasto solo a lungo. Poi c'era stata una donna di cui si era innamorato in Francia, ma ormai era tutto finito. Da una lettera che gli aveva scritto di recente, aveva capito che, nella sua vita, era entrato un altro uomo. Lui non ne era rimasto particolarmente addolorato. Si era aspettato che finisse così quando era partito dalla Francia, perché lei gli aveva detto chiaro e tondo di non aver nessuna intenzione di seguirlo in America.

«Che tipo di uomo era tuo marito?»

Lei sorrise. «Era un uomo meraviglioso. A dir la verità, in principio non c'era molta simpatia fra noi. Lui continuava a propormi di vendergli le mie miniere. Perché possedeva delle miniere anche lui e mi faceva concorrenza...» André scoppiò in una risata, perché immaginava quali dovessero essere stati i loro scontri! «Ma, a un certo momento...» Sabrina sorrise con nostalgia. «Ci siamo capiti e accordati. Figurati», si rabbuiò, parlandone, «perfino in seguito non ho mai voluto che le nostre miniere venissero assorbite in un'unica azienda. Successivamente mi è dispiaciuto. Gli ho fatto passare dei brutti momenti... e per che cosa?» Guardò André negli occhi. «Alla fine, dopo la sua morte, sono stata costretta ugualmente alla fusione delle nostre due aziende in una unica società. Che sciocca sono stata a non lasciarglielo fare prima!»

«Per quale motivo non hai mai voluto?»

«Forse volevo dimostrargli qualche cosa... Che ero ancora indipendente, non soltanto una parte di lui. Lui era buono, non mi contrariava mai, lasciava sempre che tutto andasse come io volevo pur rendendosi conto che, in questo modo, le cose diventavano più complicate. Era molto paziente.» Guardò André. «È tutto merito suo, e di quello che mi ha insegnato, se in quest'ultimo anno sono stata per te una socia migliore di quel che credevo di essere.»

«Sei stata meravigliosa.» Le sorrise, poi il suo sorriso si trasformò in un'amabile presa in giro: «Eccetto che per il modo in cui cucini e parli il francese!»

«Come fai a dire cose del genere?» Cominciò a ridere anche lei. «Se sono perfino riuscita a cucinare un'omelette per ognuno di voi, la settimana scorsa!»

«Non ti sei accorta che, dopo, hanno avuto tutti mal di stomaco?» André si divertiva a burlarsi di lei e, adesso, allungò una mano per darle una tiratina garbata a una treccia. Pettinata così, gli sembrava ancora una ragazzina; del resto, chiunque non la conoscesse, avrebbe pensato che era molto più giovane della usa vera età. «Sai che, pettinata così, sembri una *squaw* indiana?» A queste parole, Sabrina ricordò d'un tratto Luna di Primavera e gliene parlò. Gli descrisse il fascino che quella donna aveva sempre avuto su di lei e di come l'avesse salvata dal rischio di essere violentata da Dan. «Non si può dire davvero che la tua vita sia stata piatta e banale, mia cara! Sei sicura che coltivare la terra e produrre il vino non siano un'occupazione un po' troppo noiosa per te?»

«Sono proprio quello che ci vuole, ormai. Non credo che avrei più la forza di sopportare tutte le ansie e i contrattempi di quei giorni!»

«Non ti succederà più. Vedrai che d'ora in avanti la tua vita sarà piacevole e tranquilla. Te lo prometto.» Se lo sarebbe meritato, in fondo, pensò Sabrina e gli sorrise con un po' di malinconia.

«Vorrei che tu potessi farmi questa promessa non solo per me ma anche per tutti noi.» Continuava a pensare a Jon. «E cosa mi dici di te, André? Che cosa desideri dalla vita, al di fuori di quell'enorme successo che saranno i vini squisiti di nostra produzione?» Gli afferrò scherzosamente un orecchio e glielo tirò. André ricambiò, dandole una strappatina a una treccia.

«Non fare tanto la saccente con me, *ma vieille* ...» Era diventato serio. Aveva già pronta un'ottima risposta a questa domanda, ma non osava pronunciarla. «Non so. Credo di avere tutto quello che desidero. C'è solo una cosa che mi manca.»

Sabrina rimase stupita. André pareva talmente soddisfatto della sua esistenza!

«E sarebbe?»

«Un po' di compagnia. Mi manca qualcuno con cui dividere la mia vita. Parlo di un'altra persona che non sia Antoine, perché la compagnia del mio ragazzo non durerà ancora per molto. Dovrebbe procedere, andare avanti per conto suo, ed è quello che farà con il tempo. Anche tu non senti la mancanza di qualcosa del genere?» Ormai, si conoscevano molto bene e, se ci fosse stato un uomo nella vita di Sabrina, lo avrebbe già capito da un pezzo. «Come hai potuto restare sola tanto a lungo? Non trovi insopportabile questa solitudine?» Ne era talmente meravigliato che Sabrina scoppiò a ridergli in faccia.

«No. Affatto. Anzi, a dire la verità, a volte rende tutto molto semplice e piacevole. D'accordo, ci si sente soli. Ma dopo un po', non ci si pensa più. Sai», aggiunse, in tono scherzoso, «è un po' come essere una monaca!»

«Che peccato!» Lo aveva pronunciato con un tono malizioso, spiccatamente francese, e anche lo sguardo che le rivolse adesso era pieno della stessa malizia, tanto che scoppiarono a ridere insieme. «Dico sul serio, sai! Sei una donna stupenda, Sabrina, e ancora così giovane!»

«Quanto a questo, amico mio, non direi! Avrò quarantotto anni in maggio. Non si può dire esattamente che sono una ragazzina.»

«Sei nel fiore degli anni!»

«Non farmi pensare che sei ammattito, André!»

«Niente affatto!» Sabrina sarebbe stata un dono prezioso per qualsiasi uomo. Era una donna diversa da tutte le altre, e André se n'era già accorto da molto tempo. Non avrebbe mai osato tentare qualche approccio in tal senso con lei soltanto per divertirsi. La rispettava troppo. Si lasciarono alle due del mattino per andare a letto e si ritrovarono per la prima colazione, l'indomani, completamente vestiti, già con il pensiero rivolto agli impegni di affari che stavano per affrontare. Eppure, in modo confuso, sentivano che fra loro era nata una maggiore, e diversa intimità dopo la conversazione della sera prima. Sabrina si scoprì all'improvviso più disinvolta con lui, e si accorse che, parlandogli, il nome di John le saliva più facilmente alle labbra; anche André si mise a parlarle di alcune delle sue amiche, come se, senza accorgersene, si volessero sondare reciprocamente. Sabrina si stupì quando André le disse che aveva deciso di non tornare più a Napa il venerdì sera e di invitarla fuori a cena.

«Vuoi festeggiare qualcosa?»

«Perché? Non possiamo farlo unicamente per il piacere che ci può dare, senza alcun altro motivo?»

«Mio Dio, siamo diventati dei veri e propri viziosi!» Ma l'idea dovette piacerle, perché salì in camera a cambiarsi. Quando si ritrovarono sotto la grande cupola del piano terreno, Sabrina indossava un vestitino nero che lui non le aveva mai visto.

«Come sei elegante, madame!» Le sorrise scherzosamente e Sabrina pensò, una volta di più, che André era un uomo pieno di fascino. Non le capitava spesso di accorgersene perché ormai si erano abituati alla reciproca compagnia e si consideravano semplicemente due amici ma, quella sera, si sentì infinitamente femminile e seducente sotto il suo sguardo colmo di ammirazione.

André la condusse al ristorante in automobile. Bevvero un aperitivo nel bar e, poco dopo le otto, passarono nella sala da pranzo e si misero a tavola. Fu una serata piacevolissima; André si mise a raccontarle qualcosa della sua vita in Francia, Sabrina gli descrisse alcuni avvenimenti della storia delle miniere di suo padre, gli parlò di sé e infine, come il solito, tornarono a casa Thurston. Quella sera, però, lei lo invitò a passare nel suo salottino privato. Di solito restavano al pianterreno, in biblioteca, ma questa era una stanza più piccola, più accogliente e più intima. Sabrina accese il fuoco nel caminetto, mentre André scendeva a prendere qualcosa da bere. Quando rientrò, versò del brandy nei bicchieri e lo sorseggiarono lentamente seduti vicino al caminetto, fissando assorti la brace rosseggiante. A un certo momento Sabrina lo guardò. «Grazie per questa sera, André... grazie di tutto. Sei stato proprio quello che ci voleva, per me.» Lui fu commosso da queste parole e le accarezzò una mano.

«Farei qualsiasi cosa per te, Sabrina. Spero che tu lo abbia capito.»

«Lo hai già fatto.» Poi, come se fosse quello che si aspettavano entrambi, André si allungò verso Sabrina e la baciò sulle labbra. Non rimasero né stupiti né scandalizzati perché quel gesto era sembrato talmente naturale a tutti e due... e continuarono a baciarsi, davanti al fuoco, accarezzandosi le mani, seduti l'uno al fianco dell'altra. Poi, Sabrina, con un sorriso dolcissimo, disse: «Sembriamo due bambini, vero?»

«Non lo siamo, forse?» ribatté André, ricambiando il suo sorriso.

«Non so...» Ma André non la lasciò finire e le fece morire le parole sulle labbra con la sua bocca. Sabrina sentì divampare improvvisamente, dentro di sé, un desiderio di lui, tanto improvviso quanto sconosciuto fino a quel momento, e André la prese fra le braccia. André si accorse che la presenza di Sabrina lo faceva ardere di desiderio da capo a piedi e cominciò dolcemente ad accarezzarla. Lei, sempre più meravigliata di ciò che stava provando, non lo respinse. Pareva che fossero preparati tutti e due a ciò che stava per accadere... André le rivolse uno sguardo pieno di infinita dolcezza e le mormorò teneramente qualcosa. Non voleva commettere un gesto di cui, in seguito, si sarebbero pentiti né, tantomeno, voleva che Sabrina accettasse controvoglia la sua proposta. Ci teneva troppo a lei, non soltanto come essere umano, ma anche come amica. «Vuoi che me ne vada, Sabrina?»

«Non so.» Lei gli sorrise. «Che cosa stiamo facendo qui, noi due?»

«Credo di essere innamorato di te», le bisbigliò André di rimando, e Sabrina non ne rimase per nulla meravigliata. Si stava accorgendo di aver cominciato a volergli bene già da moltissimo tempo, forse addirittura dalla prima volta che lo aveva visto. Insieme, avevano saputo creare qualcosa di molto bello, non soltanto con le mani, ma anche con il cuore, con energia e con coraggio... Gli tese le braccia e André la portò a letto. Fecero l'amore come se fosse la cosa più naturale del mondo, come se non fosse la prima volta, e infine si ritrovarono appagati, l'uno fra le braccia dell'altra. Con gesti lenti, assonnati, André le lisciò i capelli morbidi come la seta con la punta delle dita e si addormentò con le labbra su quelle di lei.

Quando si svegliarono, l'indomani, André provò un grande sollievo nel vedere che, nello sguardo di Sabrina, non c'era ombra di rimpianto. La baciò sugli occhi, sulle labbra, sulla punta del naso, e lei scoppiò in una risatina felice. Fecero di nuovo l'amore. Parevano in luna di miele. Sabrina non riusciva a convincersi che tutto fosse accaduto con tanta facilità. Erano quasi vent'anni che non andava più a letto con un uomo eppure, eccola qui adesso, al colmo della gioia, in estasi letteralmente, tra le braccia di André. Lui, da parte sua, non nascondeva di essere follemente innamorato di Sabrina. Qualcosa che aveva tenuto a lungo chiuso nel proprio cuore, adesso poteva effondersi e manifestarsi liberamente. Pareva che André non desiderasse altro che travolgere Sabrina con la violenza del proprio amore.

«Si può sapere che cosa ci è successo?» Lo guardò con gli occhi pieni di sonno, dopo aver fatto ancora l'amore. Era sabato, non avevano nessun impegno. Erano soli, felici, innamorati.

«Sarà stato qualcosa che abbiamo mangiato ieri sera...»

«Forse è stato lo champagne... dobbiamo ricordarci di produrne uno simile anche noi!» Poi, con un sorriso, si addormentò e si svegliò a mezzogiorno mentre André entrava in camera da letto con un vassoio sul quale aveva ammucchiato alla rinfusa un po' di roba da mangiare.

«Per recuperare le forze, amore mio.» Appena finito il pasto, André ricominciò i suoi approcci amorosi.

«Mio Dio, André! Sei sempre così, tu?»

«No», le rispose, rannicchiandosi contro di lei. Gli pareva di non essere mai sazio, né appagato. Era come se, dopo aver aspettato per un anno intero, volesse rifarsi in un giorno solo. «Sei tu che sai suscitare qualcosa di meraviglioso in me.»

«Posso ricambiare il complimento?» Dormirono, fecero ancora l'amore per tutto il pomeriggio e finalmente, alle sei, si decisero ad alzarsi. Dopo aver fatto un bagno ed essersi vestiti, uscirono di nuovo e andarono a cena al *Bal Tabaria* di Columbus Avenue. Sì, sembravano proprio in luna di miele.

«Come ha potuto succedere una cosa simile proprio a noi due?» gli domandò Sabrina con un sorriso mentre, al dessert, si facevano servire un'altra bottiglia di champagne.

«Non so.» André era ridiventato serio, osservandola. «Credo che ce lo siamo guadagnati, amore mio. È stato un anno duro per tutti e due, e abbiamo lavorato sodo.»

«Non ci poteva essere ricompensa più bella!» Fu quello che pensò anche lui quando tornarono a letto, quella sera, e fecero ancora l'amore. Questa volta avevano anche acceso un fuoco nel caminetto della camera da letto matrimoniale. Si svegliarono che era appena sorto il giorno. Si guardarono, si baciarono, si riaddormentarono; e quando si svegliarono di nuovo, fecero ancora l'amore. Soltanto adesso André la squadrò più attentamente. Veramente ci aveva già pensato il giorno prima, ma poi se n'era dimenticato.

«Non voglio che ti sembri poco gentile da parte mia, ma non hai mai pensato a usare qualcosa come contraccettivo, amore mio?» Sabrina non si mostrò minimamente preoccupata.

«Figuriamoci! Sarà tanto se riuscirò a restare incinta quando avrò ottant'anni, André! Le altre volte ci ho messo due anni prima di riuscirci. Non è facile, con me. Sono la donna meno pericolosa del mondo, quanto a questo! E, probabilmente, alla mia età, è ancora più difficile che io possa correre un rischio simile!»

«Be', è una bella fortuna! Ma ne sei proprio sicura?»

«Sicurissima. Tra l'altro, credo che non potrei neppure restare incinta, ormai!» Non era ancora arrivata alla menopausa ma, in quell'ultimo anno, aveva capito da svariati sintomi che quel momento della sua vita si stava avvicinando.

«Veramente, non puoi mai esserne sicura, sai?»

«Ci penserò più avanti. Provvederò a far qualcosa la settimana prossima. Ma, intanto...» La domenica sera si accorsero di essere talmente felici che rimandarono la partenza per Napa al giorno dopo per restare a dormire un'altra notte a casa Thurston. Nessuno dei due era ansioso di metter fine a quella luna di miele. Nel giro di due giorni la loro vita era cambiata radicalmente, ma nessuno dei due se ne pentiva. Anzi, aggiungeva una nuova dimensione a tutto ciò che avevano già avuto prima. Quando, l'indomani, salirono in automobile per tornare a Napa, Sabrina era al culmine della felicità, rideva, con i lunghi capelli neri sciolti sulle spalle e gli occhi azzurri splendenti come quelli di una ragazzina. Si era messa il maglione di cashmere rosso che André le aveva regalato a Natale, con un paio di pantaloni di flanella grigia. «E adesso... come faremo a Napa? I nostri contadini rimarranno scandalizzati!»

«A quanto pare, bisognerà che mi decida a costruire la mia famosa casa il più presto possibile. Domani telefono all'architetto!» Scoppiarono a ridere, e quella sera André, in punta di piedi, la raggiunse nella sua camera e la lasciò soltanto all'alba, tornando nel proprio letto con un sorriso raggiante dipinto sulla faccia. Aveva cinquantacinque anni e non era mai stato così felice in vita sua.

32

CONTINUARONO così, con i furtivi appuntamenti notturni, per qualche settimana. Ormai, Sabrina restava quasi sempre a Napa con André e Antoine. Adesso avevano un modo diverso di comportarsi, di guardarsi, come se si scambiassero qualche messaggio segreto che soltanto loro potevano capire. In una occasione Sabrina si era accorta che Antoine li stava osservando ma, vedendosi osservato a sua volta, si era subito allontanato come se avesse paura di scoprire qualcosa che non lo riguardava.

«Credi che se ne sia accorto?» domandò ad André una sera, a letto, mentre chiacchieravano sottovoce.

«Non so.» André le sorrise. Il viso di Sabrina era illuminato dai raggi della luna. André pensò di non aver mai amato una donna come amava Sabrina e lei si stava accorgendo di provare per André qualcosa che non aveva mai provato prima, neppure per John. «Credo che sarebbe molto contento per noi, se lo sapesse. Ieri ci è mancato poco che non glielo raccontassi!»

Lei fece segno di sì con la testa. Non riusciva a immaginare, invece, come avrebbe potuto raccontarlo a Jon. Del resto, suo figlio l'aveva già accusata molto tempo prima di avere una relazione con André e le dispiaceva di dovergli dimostrare che aveva avuto ragione, anche se non c'era mai stato nessun altro uomo nella sua vita per anni e anni, da quando suo padre, John Harte, era morto. Purtroppo sapeva che Jon non avrebbe mai capito. Ormai era più di un mese che non le dava notizie né di sé né di Camille. Con uno sforzo, si impose di riprendere il filo del discorso. «Non pensi che sarebbe un brutto colpo, per Antoine?»

André, al riflesso della luce lunare, le rivolse ancora un sorriso. «Per quale motivo dovrebbe essere un brutto colpo? Sarebbe felice per noi, piuttosto!» Era ciò che Sabrina già pensava. In quegli ultimi giorni era stato più gentile del solito, con lei, e si era prestato volentieri a darle una mano ogni volta che si erano trovati a lavorare l'una a fianco dell'altro, tra i filari di viti. E fu sempre Antoine a trovarsi vicino a lei poche settimane più tardi quando, verso la fine del pomeriggio, dopo essere rimasta per ore e ore a lavorare fra le viti sotto il sole cocente, Sabrina vacillò all'improvviso e parve sul punto di svenire. Antoine fece appena in tempo a prenderla fra le braccia per impedirle di cadere. Sedettero vicini per un momento fra le zolle d'erba. Sabrina era mortificata. Antoine corse a prendere la borraccia che portava sempre con sé, quando andava a lavorare nei campi, bagnò il fazzoletto e ne fece una compressa fredda che le posò sulla fronte. «Avresti dovuto portare il cappello!» la rimproverò. Sabrina alzò lentamente gli occhi a guardarlo. Si sentiva malissimo. Le sembrava di avere le vertigini, le pareva che tutto le girasse intorno e aveva lo stomaco sconvolto dalla nausea. Dopo qualche minuto riuscì a riprendersi, con un enorme sforzo su se stessa, e ritornò verso casa, camminando lentamente, accompagnata da Antoine.

«Per favore, Antoine, non dire niente a tuo padre...» Lo guardava implorante, ma lui aggrottò le sopracciglia.

«Perché? Mi pare giusto che lo sappia, no?» Poi, di colpo, fu colto da un improvviso terrore per lei. Sua madre era morta di cancro quando lui aveva cinque anni, e ricordava bene l'angoscia e la tristezza di suo padre. Squadrò Sabrina con occhi preoccupati. «Io non glielo dico se tu prometti di andare immediatamente a farti visitare da un dottore.» Sabrina esitò per un attimo e lui le prese un braccio, stringendoglielo con forza, ancora tormentato da quegli atroci ricordi lontani. La guardò corrucciato. «Dico sul serio, Sabrina. Altrimenti vado a raccontarglielo subito.»

«Va bene, va bene. Tutta colpa del sole. Nient'altro.» Antoine, però, guardandola meglio, si stava accorgendo che l'aspetto di Sabrina non era dei migliori. Aveva già notato, nei giorni precedenti, che mangiava pochissimo. Le ripeté che doveva andare a farsi visitare subito, che era urgente, ma Sabrina cercò di rimandare e di fargli cambiare idea. «Antoine, sto benissimo!»

«No, non stai affatto bene.» Aveva addirittura alzato la voce, eppure com'era differente tutto questo dalle aspre discussioni che aveva sempre avuto con Jon! Si capiva che Antoine era preoccupato per lei e Sabrina ne rimase commossa. L'incidente si ripeté il giorno dopo e Antoine la riaccompagnò a casa quasi con la forza. Era già mezzogiorno e, per fortuna, André non era ancora rientrato da un appuntamento con l'architetto. «Adesso basta con gli scherzi. Lo chiami tu, questo dottore, Sabrina, o ci penso io?»

«Per amor di Dio...» Si sentiva imbarazzata e dispiaciuta ma, stavolta, Antoine non volle più sentire ragioni. Si piantò vicino al telefono fissandola con aria minacciosa e Sabrina non riuscì più a resistere. Ridendo, disse: «È una vera fortuna che tu non sia mio figlio, Antoine, perché con te avrei sempre partita persa!» Glielo disse in tono scherzoso ma, andando al telefono, lo guardò commossa. Era piena di gratitudine. Telefonò al dottore e fissò un appuntamento per il pomeriggio dell'indomani. «Lo sai che cosa mi dirà?»

«Certo!» le rispose Antoine bruscamente. «Che lavori troppo. Guarda papà! Anche lui lavora tutto il giorno, però fa sempre un sonnellino nel pomeriggio.» Un'abitudine che aveva portato dalla Francia. *La sieste*. Ecco perché aveva sempre quell'aspetto così sano e giovanile.

«Già, io invece non ho la pazienza di farlo!»

«Be', dovresti pensarci. Ti farebbe bene.» Era contento che si fosse decisa ad andare dal dottore. «Vuoi che ti accompagni in città con l'automobile, domani?»

«No. Non preoccuparti. Perché ho anche qualcos'altro da sbrigare.» Non voleva dare troppa importanza a tutta quella storia, altrimenti André si sarebbe insospettito.

«Non mi terrai nascosto quello che ti diranno, vero?» Si accorse che una strana espressione di terrore gli si disegnava sulla faccia, come se fosse ridiventato un bambino impaurito. Allora gli si avvicinò e lo guardò dritto negli occhi.

«Non sarà niente di terribile, Antoine. Scoppio di salute e, te lo giuro, mi sento benissimo. Probabilmente è tutta colpa della tensione per quello che è successo, l'arrivo di una madre che non sapevo di avere... la causa, il tribunale e...» Sapevano entrambi che stava quasi per aggiungere Jonathan alla lista. «Credo che tutte queste cose mi abbiano logorato i nervi e, adesso, lo sto scontando.»

«Come mi è dispiaciuto tutto quello che ti hanno fatto!» Adesso la guardava come se fosse stata sua madre.

«Anche a me. Ma, chissà... forse è stato meglio che ogni cosa fosse chiarita.» Eppure continuava ad avere la sensazione che Jon fosse perduto per sempre. Aveva visto un lato del carattere di suo figlio che non sarebbe più riuscita a dimenticare. «Devi smetterla di preoccuparti per me! Ti prometto che ti racconterò tutto quello che mi dirà il dottore.» Ma quando si ritrovò nello studio del medico, all'indomani, capì che non avrebbe mai potuto mantenere la promessa fatta ad Antoine. Seduta davanti alla scrivania del dottore che conosceva da anni, lo fissò con un'espressione di incredulità e, quasi, di disperazione dipinta sulla faccia. «Ma non può... non è possibile... l'ultima volta ci sono voluti... e ormai credevo che a questo punto della vita...» Stentava a crederci. Il dottore le rivolse un sorriso bonario.

«È la verità, Sabrina. Con questa prova non si sbaglia mai. Perlomeno non si sbaglia quando è positiva. E la tua lo è. Sei incinta, mia cara.»

«Ma non è possibile! Anzi, so perfettamente di essere entrata in menopausa fin dall'anno scorso. Non ho più avuto il ciclo mensile da...» Cominciò a contare a ritroso e poi alzò due occhi pieni di stupore. «Oh, no...» Erano passati due mesi. Aveva ragione lui. Non aveva collegato con André tutto ciò che era successo. Anzi, era stata ben felice di aver eliminato quel fastidio. «Mai e poi mai pensavo... mio Dio, Qualche giorno fa, mentre ero nei campi, sono quasi svenuta...» Altrimenti sarebbero passati chissà quanti mesi prima che se ne accorgesse! Non riusciva ancora a credere che fosse vero. «Eppure le altre volte ci sono voluti anni perché riuscissi a restare incinta e...» Il medico, protendendosi attraverso la scrivania, le allungò un colpetto affettuoso su una mano.

«Non capita sempre così, mia cara. Per quel che ne sappiamo, può darsi che, allora, il tuo problema fosse proprio John.»

«Oh, mio Dio!»

Era sconvolta e pareva talmente disperata che il dottore ebbe, all'improvviso, un atroce sospetto. «Sai chi è il padre, vero?»

«Naturalmente!» Adesso Sabrina sembrava ancora più turbata e scandalizzata di prima. «Però non riesco a immaginare che cosa penserà di questo... Siamo soci in affari, siamo amici ma... alla nostra età... non avevamo nessun progetto... ecco, noi...» I suoi occhi si erano riempiti di lacrime che cominciavano a rigarle lentamente le guance. Com'era crudele il destino! Perché non lo aveva incontrato quindici anni prima? Allora sì, forse... «E adesso, che cosa faccio?» Scoppiò in singhiozzi, poi, cercando di calmarsi, si soffiò il naso e guardò il medico. «Sarebbe disposto a pensarci lei?» Era una cosa terribile da domandargli; sapevano entrambi che era illegale ma... Sabrina non vedeva a chi altri rivolgersi. Era l'unico medico di sua conoscenza all'infuori di quello, molto vecchio ormai, dal quale era sempre andata quando viveva a St. Helena. Ma lui le lanciò un'occhiata piena di tristezza.

«Non posso fare una cosa simile, Sabrina. Lo sai!»

«Ho quarantotto anni. Non possiamo aspettarci che io faccia nascere davvero questo bambino, eh? Non sono neppure sposata con quell'uomo!»

«Lo ami?» Lei fece segno di sì con la testa e si soffiò di nuovo il naso. «Allora perché non sposarlo e avere suo figlio senza crearti tanti problemi?»

«No, non posso. Ormai abbiamo entrambi dei figli adulti. Riderebbero tutti alle nostre spalle. Lui ha cinquantacinque anni, io quarantotto. Per quanto, lui non dimostra la sua età. Sembra un giovanotto. Io, invece, a quest'ora, potrei essere addirittura nonna, santo cielo!»

«E con questo? Non sarebbe la prima volta che capita. Io ho una paziente che, due anni fa, ha avuto un bambino. Pensa che aveva cinquantadue anni! Le è successo quello che sta succedendo a te, solo che era sposata. Anzi, è entrata in ospedale contemporaneamente a sua figlia che aspettava un bambino anche lei! Non saresti la prima donna alla quale capita, sai, Sabrina?»

«Che figura ci farei! Mi sentirei una tale stupida! E poi mi rifiuto di costringerlo a sposarmi...» Sorrise fra le lacrime. Rideva e piangeva al tempo stesso. «Sarebbe molto ridicolo, alla mia età, essere costretta a sposare un uomo per colpa di una gravidanza!» Guardò il vecchio dottore e ricominciò a singhiozzare. «Mi spiace! Chissà che faccia devo avere!» aggiunse in tono patetico. Era commovente.

«Mi pare più che comprensibile. Sarebbe uno choc per chiunque. Devo ammettere che, date le circostanze, non è una situazione facile. Ma lui, almeno, è una brava persona? Potresti essere felice se lo sposassi?»

«Sì, certo.» Di matrimonio non avevano mai parlato. A tutti e due pareva che le cose andassero bene così. «In ogni caso... un bambino alla nostra età...» Pensò a Jon, alla creatura che aveva perduto prima di lui... e sì che allora era giovane... ma a quarantotto anni... era inconcepibile... Guardò di nuovo il dottore. Adesso sapeva che cosa fare. Però non sapeva come arrivarci. «Non potrebbe aiutarmi a trovare un medico disposto a farmi abortire? Non me la sento di portare a termine questa gravidanza. Di affrontare tutte queste difficoltà. Non è giusto.»

«Veramente non sta soltanto a te giudicare!» la guardò accigliato. «Se è accaduto, forse è proprio perché doveva accadere. Chissà che un giorno tu non scopra che è la più grande gioia che la vita ti ha mai dato!» Non se la sentiva di fornirle l'informazione che gli aveva chiesto. Anzi, si alzò addirittura, quasi a farle capire che la visita era finita. «Dunque, ricordati, Sabrina, che voglio rivederti fra venti giorni. E cerca di stare distesa più che puoi. Non capisco perché, alla tua età, tu non possa partorire un bambino bello e sano anche se, naturalmente, dovrai usare maggiori cautele di quelle che hai usato vent'anni fa.» Vent'anni fa... era assurdo che dovesse succederle ancora, proprio in questo momento! Improvvisamente Sabrina si sentì adirata con lui, con se stessa, con André che l'aveva cacciata in un pasticcio simile. Dio santo, eccola incinta a quarantotto anni!

Lasciò lo studio del medico e rientrò a casa con una gran confusione in testa. Doveva trovare qualcuno che la facesse abortire, e il più presto possibile. Sapeva che le restavano soltanto poche settimane prima che diventasse troppo pericoloso. Purtroppo non sapeva a chi rivolgersi. Come si trovavano i medici disposti a fare abortire le pazienti? Non ci aveva mai pensato e adesso si impose, con uno sforzo di volontà, di riflettere sul problema. Ma, intanto, continuava a essere tormentata dal ricordo della creatura che aveva perduto, in un lontano passato. Dal ricordo della propria disperazione per quella perdita, della disperazione di John. Com'era possibile pensare di uccidere una creaturina, solo perché le condizioni in cui sarebbe venuta al mondo erano diverse? Già, ma poteva rassegnarsi e non fare niente? Andò a distendersi sul letto, perché non si sentiva bene. Intanto continuava a pensare. Fu in quel momento che squillò il telefono. Era Antoine.

«Cosa ha detto il dottore?» Non aveva fatto che pensare a lei, sempre più angosciato, per tutto il giorno. Finalmente André era partito per la città vicina a comperare del materiale che gli occorreva e lui ne aveva approfittato per telefonare a Sabrina prima del suo ritorno.

«Niente, caro. Sto benissimo. Tutto come ti avevo già detto. Soltanto un po' di stanchezza.» Ma la voce con cui parlò era suonata falsa perfino alle sue orecchie e, infatti, Antoine non parve convinto.

«Sei sicura di quello che ha detto? Hai capito bene?»

«Te lo giuro.» Tutte bugie, ma cos'altro poteva fare? «Domani o, al massimo dopodomani, torno.»

«Credevo che tu avessi intenzione di tornare a Napa stasera.» Sembrava di nuovo preoccupato, affettuoso come un figlio, e Sabrina ne rimase commossa fino alle lacrime. Dovette controllarsi per impedirgli di sentire il pianto nella sua voce. Chissà perché, all'improvviso, ogni cosa la faceva piangere.

«Mi sono accorta che ho un po' di lavoro da fare qui. Da voi, su a Napa, tutto bene, Antoine?»

«Sì, bene.» E le descrisse minuziosamente tutto ciò che avevano fatto quel giorno. «Allora... sei proprio sicura che non sia niente?» Finalmente, si sentiva un certo sollievo nella sua voce. Dunque, non si trattava di un cancro. Non faceva che pensare a quello.

«Sicurissima.» In quel momento rientrò André e venne subito al telefono.

«Si può sapere che cosa sei andata a fare in città, *m'amie*?» A volte la chiamava così — «amica mia» — ma di notte la chiamava solo *chérie* o *mon amour*. «Niente di particolare. Ho trovato un mucchio di posta e sarà meglio che la sbrighi subito. Così sistemo tutto e non ci penso più. Forse dovrei organizzare le cose in modo che qualcuno me la inoltrasse a Napa quando mi fermo da voi un po' a lungo.»

«È una buona idea.» Che sollievo sentire la sua voce! Sabrina provò un intenso desiderio di raccontargli ciò che il dottore aveva detto, ma sapeva di non poterlo fare. Non voleva esercitare pressioni di quel genere su André. E se lui si fosse sentito costretto a sposarla? Avrebbe potuto guastare ogni cosa. No, meglio non dire niente. Avrebbe pensato lei a risolvere questo problema e André non ne avrebbe mai saputo niente. «Quando torni?» C'era un'insistenza nella sua voce che la fece sorridere. Come lo amava! Ancora una volta rimpianse che il loro incontro non fosse avvenuto quindici anni prima. Chissà, allora, forse glielo avrebbe raccontato, lo avrebbe sposato e il bambino sarebbe vissuto. Ma adesso, no.

«Cercherò di tornare domani o dopodomani. Era quello che stavo dicendo ad Antoine...»

«Sabrina, c'è qualcosa che non va?»

«No, no, va tutto benissimo.» Mentì anche a lui, come aveva fatto con Antoine. «Te lo giuro.» Intanto si sforzava di ricacciare le lacrime.

«Hai avuto notizie di Jon?»

«No, nessuna notizia. Immagino che abbia molto da fare a scuola, è la fine dell'ultimo anno di studi...» Trovava sempre qualche pretesto per difenderlo.

André, che aveva sentito un'inflessione strana nella sua voce, provò a farle un'altra domanda: «Non hai ricevuto qualche notizia sgradevole da Camille, per caso?»

«No, grazie a Dio!» Sorrise. Sentiva terribilmente la mancanza di André, anche se non si vedevano soltanto da poche ore.

«Bene, torna presto!» Gli sarebbe piaciuto proporle di raggiungerla a San Francisco ma, purtroppo, in quel momento aveva troppi impegni. «Come mi manchi, *chérie*», mormorò nel microfono, e Sabrina si sentì le guance bagnate di lacrime. Si sforzò di dare un'intonazione normale alla propria voce.

«Anche tu manchi a me.»

Non riuscì a chiudere occhio per quasi tutta la notte; continuava a vacillare fra due alternative e ora scoppiava in lacrime ora si imponeva con uno sforzo di volontà una scelta ben precisa. L'indomani mattina afferrò l'elenco del telefono e scelse a caso il nome di un medico che aveva lo studio in uno dei quartieri più poveri e squallidi della città. Quando ci arrivò, scoprì che la casa era situata a poca distanza da Tenderloin e, appena scesa dal tassì, a mezzogiorno, vide due ubriachi che dormivano sul marciapiede. Entrò a passo cauto nell'edificio, impregnato di un tanfo terribile di orina e di cavolo bollito, e cominciò a salire la scala scricchiolante. Provò un po' di sollievo scoprendo che la sala d'aspetto era pulitissima e, quando una vecchia infermiera la fece passare nello studio vero e proprio, vide che il medico era un ometto un po' calvo, grassottello, che indossava un camice di un candore immacolato. Non riuscì a capire se fosse delusa o contenta di questo; quando lui le rivolse un sorriso per rassicurarla, respirò a fondo e cominciò a dirgli: «Dottore... le... le chiedo scusa anticipatamente se dovessi offenderla con la domanda che le farò...» Intanto le erano salite le lacrime agli occhi. «Ma sono venuta da lei perché sono disperata...» Il medico la guardò chiedendosi che cosa volesse la sconosciuta. In quarant'anni di pratica medica, aveva ascoltato e visto cose di tutti i colori. «Dica... sono pronto a fare quello che posso.»

«Devo abortire. Ho trovato il suo nome sull'elenco del telefono. Non so a chi chiederlo, dove andare...» Ormai piangeva senza più dominarsi, le lacrime le scendevano a fiotti sulle guance e si aspettava, da un momento all'altro, che il medico si alzasse di scatto e le indicasse sdegnosamente la porta. Invece la guardò con aria piena di comprensione, quasi con pietà e, prima di risponderle, parve che soppesasse attentamente ogni parola.

«Mi spiace. Mi duole sinceramente che lei non se la senta di avere questo bambino, signora Smith.» Per un attimo Sabrina lo guardò senza capire, poi, di colpo, ricordò di aver dato il nome di Joan Smith quando aveva fissato l'appuntamento al telefono. «È proprio sicura che non esista nessuna possibilità di portare a termine la gravidanza?»

Non le aveva ancora rifiutato niente e Sabrina, lentamente, riprese un po' di speranza. Forse, senza saperlo, aveva scelto il posto giusto. «Io ho quarantotto anni. Sono vedova, ho un figlio adulto che sta per laurearsi all'università.» Le pareva che, a questo punto, di ragioni per mettere un termine a quella gravidanza ce ne fossero parecchie, ma non ebbe l'impressione che il medico fosse d'accordo con lei.

«E il padre di questo bambino?»

«È il mio socio in affari. Siamo ottimi amici...» Arrossì. «Ha sette anni più di me e suo figlio è maggiore del mio. Non abbiamo nessuna intenzione di sposarci... insomma, è impossibile...»

«Glielo ha già detto?»

Lei esitò per un attimo e poi fece segno di no con la testa. «L'ho saputo soltanto ieri. Ma non voglio costringerlo a fare qualcosa di cui, magari, si pentirebbe. Preferirei risolvere da sola questo problema e tornarmene a casa.»

«Non vive qui in città?»

«Ci vivo solo saltuariamente.» Rimase volutamente nel vago. Non voleva che il medico sapesse chi era lei in realtà.

«Non le sembra che avrebbe almeno il dovere di parlarne con lui?» Sabrina fece segno di no con la testa e lui la guardò con aria piena di comprensione. Non era la prima volta che si sentiva chiedere un aiuto di questo genere. «Penso che lei stia commettendo un errore, signora Smith. Mi pare che quest'uomo abbia il diritto di sapere. Fra l'altro, non mi sembra che la sua età sia un elemento determinante per interrompere la gravidanza. Non sarebbe la prima volta che una donna della sua età mette al mondo un figlio! D'accordo, il rischio è un po' maggiore, ma il fatto che non si tratti della prima gravidanza lo riduce considerevolmente. Se vuole sapere come la penso, dovrebbe pensarci ancora e non prendere una decisione avventata. Da quanto tempo è incinta?»

«Due mesi.»

Il dottore annuì. «Quindi non le resta molto tempo.»

«Allora... è disposto ad aiutarmi?»

Lui esitò. Da anni, ormai, non praticava più aborti. Una volta una ragazza aveva corso il rischio di morire e lui aveva giurato a se stesso che non si sarebbe più prestato a interventi simili. Tra l'altro, per una oscura ragione che non sapeva spiegarsi, consentire a ciò che la sconosciuta gli domandava gli pareva un gravissimo errore. «Non posso, signora Smith.» Sabrina trasalì e gli rispose quasi in collera. «E allora perché... perché... credevo che, dal momento che era stato ad ascoltarmi...»

«Preferirei convincerla a tenere il bambino.»

«No, non voglio!» Si era alzata di scatto, piangendo senza ritegno. «Se lei non acconsente, lo farò da sola, accidenti!» Lui rimase interdetto. Per un attimo ebbe il timore che la sconosciuta mettesse in atto la minaccia.

«Non posso aiutarla. Non voglio farlo, per me e per lei!» Lui rischiava di essere radiato dall'albo e di non poter più esercitare la professione. Poteva anche finire in prigione. Però esisteva un'altra possibilità. Aveva un nome, da fornirle. Sospirando si tirò vicino un blocchetto per appunti. Prese la penna e scarabocchiò su un foglietto un nome e un numero di telefono. Poi lo consegnò a Sabrina. «Provi a chiamarlo.»

«Lo farà?» gli chiese, guardandolo minacciosamente, e il dottore annuì con aria triste.

«Sì, lo farà. Vive a Chinatown. C'è stata un'epoca in cui era un chirurgo famoso, ma si è messo a fare l'abortista e qualcuno lo ha denunciato. Gli ho già mandato un'altra persona...» Diede un'altra occhiata piena di tristezza a Sabrina e le ripeté: «Io, però, continuo a essere dello stesso parere di prima. Lei dovrebbe avere questo bambino. Se fosse povera, malata... se fosse stata violentata... oppure se fosse una morfinomane... ma mi sembra una brava donna e, probabilmente, anche il suo amico è una degna persona. Potreste dare una casa e un affetto a questo bambino». Non gli era sfuggito che Sabrina indossava un tailleur di ottimo taglio. «Ci pensi, signora Smith. Può darsi che un'occasione come questa non si ripresenti più. Pensi a quello che le dico. Ci pensi molto, prima di telefonare alla persona di cui le ho dato il nome.» Indicò il foglietto di carta che Sabrina stringeva nella mano tremante. «Perché, dopo, non si può più tornare indietro e anche se, tra qualche tempo, dovesse avere un altro bambino, rimpiangerà sempre la perdita di questo.» Le parole del medico fecero di nuovo tornare in mente a Sabrina la figliolina che aveva perduto in anni lontani. Perfino Jon non aveva mai colmato completamente il vuoto che quella perdita aveva lasciato nel suo cuore. Era stato un sogno finito per sempre, come questo... Ma, no, non doveva permettersi pensieri del genere! Non aveva scelta. Si alzò e gli strinse la mano.

«Grazie per l'aiuto che mi ha dato.» Si sentiva sollevata. Adesso, almeno, sapeva dove andare.

«Ci pensi bene!» Queste parole le riecheggiarono ancora nel cervello, mentre tornava a casa. Quando arrivò, andò a sedersi alla scrivania e rimase lì, immobile, scossa da un tremito violento. Si sentiva malissimo. Fu costretta a comporre il numero all'apparecchio tre volte prima di farlo giusto e, finalmente, dall'altro capo del filo una donna rispose con uno strano accento straniero.

«Vorrei fissare un appuntamento con il dottore, prego.»

«Chi le ha dato il suo nome?» La voce era carica di sospetto e la mano di Sabrina tremò, stringendo il ricevitore. Per un attimo restò senza fiato ma, infine, si decise a pronunciare il nome del dottore con il quale aveva appena parlato. Dall'altra parte ci fu un lungo silenzio, come se la donna l'avesse lasciata in linea ad aspettare mentre si metteva in comunicazione con qualcun altro, poi arrivò la risposta. «Può vederla la settimana prossima.»

«Quando?»

Un'altra pausa. «Mercoledì sera alle sei.» Un appuntamento a quell'ora le parve un po' strano, ma si rese conto che si trattava di una visita particolare. «Entri dalla porta di servizio, bussi due volte, poi dopo un intervallo bussi un'altra volta. E porti cinquecento dollari con lei, in contanti.» La voce era aspra e cruda, come crude erano quelle spiegazioni.

«Lo farà quella sera stessa?» Ormai era inutile perdere altro tempo. Sapevano tutte e due che cosa Sabrina voleva.

«Sì. Poi, se dovesse sentirsi male, non deve più tornare da noi. Non deve telefonarci. Perché lui non potrà aiutarla.» Più chiare di così, queste istruzioni non avrebbero potuto essere. Quando riattaccò, Sabrina si sentì svenire. Stava malissimo. Vomitò violentemente, inginocchiata sul pavimento della stanza da bagno, pensando all'appuntamento che aveva fissato. Mercoledì sera. Alle sei. Dovevano passare ancora sei giorni e le parvero un tempo terribilmente lungo. Che orrore! Ma, a questo punto, era impossibile tirarsi indietro.

L'indomani salì in automobile e tornò a Napa. Cominciò subito a far finta che tutto filasse a meraviglia. Chiacchierava, lavorava sodo come il solito; si offrì persino di cucinare e si sentì rispondere dagli uomini con grandi risate e battute scherzose. Ormai si erano abituati a preparare loro i pasti per Sabrina e continuarono a farlo, anche se lei non toccò quasi cibo né quella sera né l'indomani. Si accorse che Antoine la osservava attentamente un paio di volte, però non le fece più nessuna domanda a proposito di quello che le aveva detto il dottore. Quanto ad André, non si era accorto di niente. Fecero l'amore quasi ogni notte, tranne il martedì, quando Sabrina, voltandogli le spalle, finse di dormire profondamente. L'indomani mattina, svegliandosi, André si accorse che lei non era più in camera. La trovò giù, al pianterreno, seduta alla finestra a fissare i campi e le colline, immersa nei suoi pensieri. L'alba non era ancora spuntata. In punta di piedi la raggiunse e si mise a sedere vicino a lei. Sabrina trasalì, ma si voltò subito a guardarlo con un lento sorriso.

«Cosa fai già alzato, André?»

«Era quello che venivo a chiedere a te, *m'amie*.» Sabrina diede un'occhiata all'orologio appeso alla parete della cucina, al di sopra delle spalle di André. Le sei e cinque. Fra dodici ore sarebbe stata a Chinatown, a pagare cinquecento dollari in contanti per fare uccidere il bambino di André. L'idea le diede le vertigini. Si sentiva male solo a pensarci. «Qualcosa che non va?» André le prese una mano e cominciò a baciarle dolcemente la punta delle dita. «Mi sono accorto che sei preoccupata da vari giorni, amore mio, ma non volevo chiederti niente. Non mi piace cacciare il naso negli affari altrui. Aspettavo che tu ti sentissi pronta a dirmi di che cosa si tratta.» Sabrina aveva un aspetto ancora peggiore del solito. Era livida da far paura. «Cosa c'è, amore mio? Quella donna ha ricominciato a tormentarti?» La sua più grande preoccupazione era che Camille si fosse fatta viva di nuovo. Ma Sabrina scrollò la testa. Non sapeva che cosa dire, non voleva mentirgli, ma capiva di non potergli rivelare niente.

«A volte, André, ci sono determinate cose che bisogna risolvere da soli. Ecco, si tratta proprio di una di queste cose.» Era la prima volta che Sabrina gli taceva qualcosa o si mostrava sfuggente con lui. André ne rimase ferito, ma assentì con aria comprensiva. Poi la guardò.

«Non riesco a immaginare cosa possa esserci che non sono in grado di capire, *m'amie*, e, se potessi, farei il possibile e l'impossibile per aiutarti. Si tratta di Jon?» Lei scrollò la testa. «Problemi finanziari di nuovo?»

«Si tratta di una questione che devo risolvere da sola.» Poi, con un sospiro, raddrizzando le spalle ed evitando di guardarlo, aggiunse: «Torno in città per qualche giorno».

Allora André, con la voce venata di paura, chiese: «Si tratta di noi, Sabrina? Devi dirmelo, in questo caso. Subito». Era talmente innamorato! Doveva saperlo, a tutti i costi. Era troppo vecchio per sopportare un'altra delusione. «Ti dispiace che noi...» Ma Sabrina fu pronta a far scomparire tutte queste paure con un bacio, un sorriso dolcissimo, una lieve carezza su una guancia.

«No, mai. Non si tratta di questo. È una faccenda che riguarda me sola.»

«Impossibile. Non esiste più niente che io non possa dividere con te.»

«Stavolta, no.» Sabrina scrollò tristemente la testa.

«Sei malata?» Lei fece segno di no un'altra volta.

«No. Sono agitata, ma mi riprenderò presto. Pensavo di tornare a Napa sabato.» Aveva calcolato che tre giorni dovessero essere sufficienti a recuperare le forze. Almeno, lo sperava. Tre giorni di disperazione, di amarezza, di lacrime per quel bambino che stava per morire... al prezzo di cinquecento dollari...

«Perché resterai lontana tutto questo tempo?»

«Perché ho intenzione di farmi crescere la barba e di radermi i capelli a zero!» ribatté lei, in tono malizioso. Intanto il cielo era diventato prima grigio, poi viola e, poco dopo, spuntò il sole.

«Perché non vuoi parlare con me? Perché non vuoi dirmi di che cosa si tratta?»

«Perché si tratta di una questione che riguarda me sola!»

«Possibile? Lo sai che sono pronto a condividere tutto, con te!»

Sabrina assentì. Anche per lei, era la stessa cosa. Ma, stavolta, no. Si impose con uno sforzo di volontà di dimenticare ciò che le avevano detto i medici... André aveva il diritto di sapere... «André, lascia che mi occupi da sola di questa storia. Sabato tornerò qui a Napa e riprenderemo la nostra vita di sempre.» Intanto si chiedeva se tutto questo non avrebbe avuto un effetto anche sui loro rapporti. Le dispiaceva che André avesse dei sospetti e pensasse che c'era qualcosa che la turbava. Eppure aveva tentato con tutte le sue forze di comportarsi come sempre! Purtroppo André la conosceva a fondo. In quel momento comparvero due dei contadini francesi e Sabrina tornò di sopra, in camera, a vestirsi. Ben presto si presentò un piccolo problema da risolvere con uno degli attrezzi agricoli, arrivò un nuovo macchinario appena ordinato, Antoine venne a cercare André perché aveva bisogno del suo aiuto e, prima di potersi parlare di nuovo a quattr'occhi, Sabrina era già pronta alla partenza. Erano appena le due. Sarebbe arrivata in tempo per passare da casa Thurston, fare un bagno, cambiarsi e uscire di nuovo per andare a Chinatown. Salutò André con un bacio, baciò anche Antoine, finse di essere allegrissima per ingannarli, senza riuscirci, e salì in automobile.

«Ci vediamo sabato... comportatevi bene...»

«Ti telefono stasera», le gridò ancora André, che non sembrava affatto contento. Avevano avuto una giornata pessima e Sabrina non aveva fatto niente per facilitare le cose. Si sentiva molto preoccupato per lei. Sabrina glielo lesse negli occhi e provò un impeto di odio verso se stessa.

«Non ti preoccupare! È meglio se ti chiamo io.» Intanto si augurava di essere in grado di sostenere una conversazione al telefono al suo ritorno a casa. Non aveva idea di quanto tempo ci sarebbe voluto, di come si sarebbe sentita e neppure del modo in cui sarebbe tornata a casa. La sua prima idea era stata quella di andare a Chinatown con l'automobile ma, in tal caso, avrebbe dovuto mettersi al volante anche per tornare indietro, e non sapeva se sarebbe stata in grado di guidare.

Quando Sabrina fu partita, André, che era rimasto sulla strada a seguire con lo sguardo la macchina che si allontanava, mormorò a mezza voce: «C'è qualcosa che non va». E Antoine, che era già molto preoccupato per conto suo, non riuscì più a tacere.

«Credo che non stia bene.»

André si voltò di scatto ad affrontare suo figlio. «Come mai ti salta in mente di dire una cosa simile?»

«È quasi svenuta fra le mie braccia, mentre eravamo a lavorare nei campi, una settimana fa.»

«Perché non me l'hai detto?»

«Mi aveva fatto promettere di non dire niente. Io ho risposto che se non si decideva a farsi visitare da un dottore, te lo avrei detto.»

«Grazie a Dio sei riuscito a persuaderla. E?...»

«Quando è tornata mi ha raccontato che stava bene. Così le aveva detto il dottore.» Ma Antoine non sembrava convinto. Tanto che, alla fine, si decise a confessare. «Non credo che sia la verità... a volte l'ho sentita stare malissimo, papà... vomitava... e, anche l'altro giorno, è quasi svenuta...»

«*Merde.*» André era diventato pallidissimo. Strinse i pugni. «E lo sai dove è andata, adesso?»

Antoine fece segno di no con la testa. «Che sia andata a farsi fare degli esami? Oppure è tornata dal suo dottore... non so. A me ha detto soltanto di stare benissimo. Di non avere assolutamente niente.»

«*Menteuse!*» Che bugiarda! «Eppure lo capisci anche tu che non è vero! È tutta la settimana che la vedo agitata. C'è qualche problema di cui non vuole parlare!» Poi, mentre fissava Antoine, capì, in un lampo, quel che doveva fare. Lasciò cadere di botto l'arnese che stringeva fra le mani e si avviò a lunghi, rapidi passi, verso la sua automobile.

«*Où vas-tu?*» André gli corse dietro, ma aveva già capito dove stava per andare suo padre.

«Le vado dietro.» André accese il motore. Aveva ancora le mani sporche di terra, ma non ci badò. Non pensava più a niente, soltanto alla donna che amava e che avrebbe raggiunto a ogni costo.

«*Vas y*, papà... vai, vai!...» Antoine lo salutò, sentendosi straordinariamente sollevato. In fondo, Sabrina aveva soltanto venti minuti di vantaggio su di lui. Aveva fiducia nel suo vecchio, Antoine, sapeva che sarebbe andato in fondo a questa misteriosa faccenda, che avrebbe obbligato Sabrina a curarsi e a guarire. Per tutta la strada, fino in città, André non sollevò mai il piede dall'acceleratore. Fu costretto a fermarsi soltanto una volta per un piccolo ingorgo stradale — un autocarro con una gomma a terra — ma poi imboccò a gran velocità Bay Bridge e attraversò rombando la città in direzione di Nob Hill. Quando vide l'automobile di Sabrina parcheggiata davanti a casa Thurston, si sentì invadere da un grande sollievo. Sapeva dove trovarla, ormai, perché doveva essere senz'altro in casa. Le avrebbe chiesto una spiegazione. Ma aveva appena imboccato la strada e scorto la sua macchina quando la vide uscire di nuovo, affrettatamente. Era vestita modestamente, con un foulard in testa, un vecchio cappotto che non aveva mai visto, le scarpe con il tacco basso. Sabrina raggiunse rapidamente la sua automobile, mentre André la osservava senza farsi vedere. L'istinto gli disse che la cosa migliore era seguirla. Sabrina mise in moto l'automobile, imboccò Jackson Street e puntò verso est. André continuò ad andarle dietro tenendosi a una certa distanza, per sicurezza, e rimase molto stupito di vederla fermarsi a Chinatown. Ormai era quasi l'ora di cena e André, sempre più stupefatto, continuava a non capire quello che Sabrina aveva intenzione di fare. Per un attimo provò un tuffo al cuore. Gli era balenato che, forse, in questo strano modo di comportarsi di Sabrina, ci fosse di mezzo un altro uomo, eppure non gli pareva vestita nel modo più adatto per un incontro d'amore... In quel momento Sabrina, parcheggiata l'automobile lungo il marciapiede, attraversò rapidamente la strada per bussare alla porta di una casupola cadente. La vide bussare ancora, restare esitante per un attimo, bussare di nuovo... Poi la porta si aprì, ci fu un breve scambio di parole e infine Sabrina consegnò una busta a qualcuno che si teneva nascosto nel vano della porta. Dal posto dove si trovava, André vide che Sabrina era mortalmente pallida e intuì, istantaneamente, che poteva correre qualche pericolo. Stava per succederle qualcosa di grave. Lo sentiva. Forse aveva ricevuto delle minacce da qualcuno, magari la ricattavano. Scese con un balzo dalla propria automobile, lasciandola parcheggiata su un passaggio pedonale, e raggiunse correndo la porta oltre la quale lei era scomparsa. Ormai non gli importava più di niente, neppure di comportarsi come uno sciocco. Sabrina aveva già subito troppi, duri colpi nella sua vita, aveva dovuto far fronte a troppe tragedie e se qualcuno, adesso, stava cercando di farle del male ci avrebbe pensato lui a liquidarlo, anche a ucciderlo, prima che le succedesse ancora qualcosa! Cominciò a bussare alla porta una, due volte... e quando non ci fu risposta si mise a battere sul pannello di legno con i pugni. Poi la esaminò più attentamente per valutarne la resistenza, con il pensiero di abbatterla a spallate. Cominciava già a rimpiangere di non essersi fatto accompagnare da Antoine quando la porta si socchiuse.

La donna che c'era dietro trasalì. André spalancò la porta con violenza, sbattendogliela in faccia, ed entrò. Si trovò in un corridoio buio; davanti a loro c'era una ripida scaletta. La donna, che si era ripresa, tentò di aggredirlo, buttandosi contro di lui.

«Lei non può entrare qui dentro!»

«Poco fa è venuta mia moglie», mentì lui, «e mi aspetta.» Diede un'occhiata alla donna, che era in pantofole e si stringeva addosso una vestaglia sudicia. Non riusciva assolutamente a immaginare il motivo per il quale Sabrina era venuta in questa casa, a meno che non fosse giusta la sua supposizione di poco prima. La ricattavano! «È la signora Harte. Dove si trova adesso?»

«Non so... qui non c'è nessuno... lei si sbaglia...»

André, senza aggiungere altro, spinse la donna contro il muro puntandole una delle sue grosse mani sul petto. «Dov'è? *Voglio saperlo subito!*» ruggì, in preda all'angoscia, e si accorse che gli occhi della donna, per un attimo, si erano alzati verso il pianerottolo superiore della ripida scala. Gli bastò quella indicazione per precipitarsi di sopra, facendo i gradini a quattro a quattro, mentre la donna lo seguiva gridando. Quando arrivarono sul pianerottolo, cercò di impedirgli di aprire la porta che gli si parava davanti ma lui, scostandola con un brusco gesto, la spalancò precipitandosi nell'interno. Si trovò in una stanzetta che aveva, più o meno, le dimensioni della cella di una prigione. Al centro, un lungo tavolo sudicio e, di fianco a esso, un vassoio di strumenti chirurgici. Sabrina, semivestita, si era ritirata in un angolo della stanzetta mentre un uomo, alto e segaligno, aveva afferrato una rivoltella. Sabrina e la donna si lasciarono sfuggire un grido. André non osò fare un altro passo avanti, ma lanciò uno sguardo a Sabrina mentre il medico gli puntava contro la pistola.

«Stai bene?» Sabrina fece segno di sì e André spostò subito gli occhi, di nuovo, sull'uomo e sull'arma che impugnava. «Perché è venuta qui, lei?»

«È venuta di sua iniziativa. È un poliziotto?» La mano che stringeva la pistola ebbe un tremito, ma poi rafforzò la sua stretta. Sabrina era rimasta con il fiato sospeso.

«No.» La voce di André era stranamente calma. «È mia moglie e non avrà più bisogno di lei. Ha fatto uno sbaglio. Può tenersi i soldi ma, adesso, io la porto a casa.» Gli aveva rivolto la parola senza alzare la voce, in tono pacato, perché aveva capito — e non si sbagliava — che l'uomo armato di pistola era ubriaco. Si sentì quasi male al pensiero di ciò che avrebbe potuto fare a Sabrina. Voltandosi di nuovo verso Sabrina le disse: «Vestiti». Le parlò con voce più dura di quella che aveva adoperato per rivolgersi al medico. Adesso sapeva il motivo per il quale era venuta in questa casa. Gli era già capitato una volta di vedere un posto simile, a Parigi, quando era ancora giovanissimo. Ci era andato a ventun anni con una ragazza di cui, a quei tempi, era innamorato. Lei si era salvata, ma André aveva giurato a se stesso che nessun'altra donna, che avesse amato, avrebbe dovuto passare attraverso una prova altrettanto orribile. Con la coda dell'occhio notò che Sabrina, finalmente, si era vestita. Le indicò la porta con un gesto e si voltò di nuovo verso l'uomo. «Non conosco il suo nome né desidero conoscerlo. Non diremo mai a nessuno che siamo stati qui.» Sospinse Sabrina verso la porta e il dottore, dopo un attimo di esitazione, abbassò la pistola. Poi guardò più attentamente André. Non poteva fare a meno di ammirare il suo coraggio. Avrebbe voluto aiutarli.

«Se vuole, posso farlo mentre lei aspetta fuori. Non ci metteremo molto.» André si sentì nauseato a quella proposta ma riuscì, ugualmente, a ringraziarlo con tutta la cortesia possibile. Poi, senza aggiungere una sola parola, trascinò Sabrina giù dalle scale. Spalancò con violenza la porta dalla quale erano entrati poco prima, la porta che dava direttamente sulla strada, e se la tirò dietro, sul marciapiede. Nessun rumore, nessun suono uscì dalla casupola che avevano appena lasciato. André si fermò per un attimo a respirare profondamente l'aria pura della sera e poi sospinse Sabrina, sempre tacendo, verso la propria automobile. Spalancò la portiera e la costrinse a salirci con un gesto rozzo e sgarbato.

«André...» Le tremava la voce. «Ho la mia automobile... posso...»

Si voltò a squadrarla da capo a piedi, pallidissimo. «Non azzardarti a dirmi una sola parola, sai!» Aveva la voce che fremeva di angoscia e di collera tanto che Sabrina, spaventata e allibita, non ebbe più nemmeno la forza di piangere. André la riaccompagnò a casa Thurston. Quando arrivarono davanti alla porta, Sabrina si accorse di avere le mani che le tremavano a tal punto da non riuscire a infilare la chiave nella serratura. André, allora, le prese le chiavi, aprì ed entrò. Aspettò che Sabrina lo seguisse e chiuse la porta. Soltanto allora la sua voce si levò, forte e violenta come un ruggito. Si erano fermati nell'atrio, sotto la grande cupola. «Mio Dio, si può sapere che cosa diavolo ci stavi facendo, là dentro?» Non trovava parole abbastanza forti per cercare di farle capire ciò che provava in quel momento. «Lo sai che avresti potuto morire su quel lettino, in quel lurido posto? Lo sai che era ubriaco? Lo sai, tutto questo?... Stammi a sentire...» L'afferrò per le spalle con le mani e cominciò a scuoterla con tanta violenza da farle battere i denti.

«Lasciami andare!» Con uno strattone, Sabrina si liberò da quella stretta. Era scoppiata in singhiozzi. «Prova un po' a dirmi quale altra scelta mi restava? Che cosa avresti voluto che facessi? Che provassi da sola? Figurati se non ci ho pensato! Solo che non sapevo come...» Si lasciò cadere in ginocchio sul pavimento, a testa china, come se si sentisse schiacciata dall'orrore di ciò che era stata lì lì per fare. E, adesso, anche André lo capì. Sabrina alzò gli occhi verso di lui con la faccia bagnata di lacrime, l'espressione sconvolta, la voce rotta dai singhiozzi... e André si chinò di scatto e la rialzò, la prese fra le braccia, la strinse a sé, con tutta la sua forza, con le guance rigate di lacrime affondandole le mani nei capelli.

«Come hai potuto fare una cosa simile? Perché non me l'hai detto?» Era proprio questo che lo addolorava di più... Abbassò gli occhi a guardarla, disperato al solo pensiero che Sabrina non avesse avuto abbastanza fiducia in lui. «Perché non me l'hai detto? Da quanto tempo lo sapevi?» La sospinse verso una poltrona, si mise a sedere, la prese sulle ginocchia come una bambina. Sabrina era pallidissima e pareva che stesse per svenire da un momento all'altro. Anche André non si sentiva molto meglio di lei.

«L'ho saputo la settimana scorsa», gli rispose lei, con una voce debolissima, piena di tristezza. André si accorse che tremava da capo a piedi. «Ho pensato semplicemente... che dovevo risolvere da sola questo problema... non volevo che tu ti sentissi impegnato o costretto...»

Le lacrime scendevano a fiotti sul viso di André. «È anche mio, questo figlio... non ti pare che avessi il diritto di saperlo?»

Sabrina annuì, allibita al pensiero di quello che aveva fatto, senza riuscire a pronunciare una sola parola. «Se tu sapessi come mi dispiace! Io...» Ma non riuscì più a continuare e André la strinse più forte al cuore, mentre lei scoppiava in lacrime. «Il fatto è... che sono troppo vecchia... e non siamo sposati... e non volevo che tu ti sentissi...» André la staccò impetuosamente da sé e la guardò.

«Per quale motivo credi che mi stia facendo costruire quella casa? Per Antoine? Perché credi che lo abbia fatto?»

Lei lo fissò con tanto d'occhi. Come se non capisse. «Ma non hai mai detto...»

Lui alzò gli occhi al cielo, esasperato. «Non credevo che tu fossi tanto stupida... Naturale che voglio sposarti! Pensavo che avremmo potuto farlo senza fretta, nel momento che ci pareva più adatto, quest'anno, quando avessimo voluto. Credevo che tu lo sapessi!»

«Come facevo a saperlo?» Ribatté Sabrina con voce strozzata. «Non mi hai mai detto niente!»

«*Merde, alors!*» André la squadrò incredulo. «Sei la donna più intelligente che io conosca, ma anche la più stupida, qualche volta!» Lei sorrise fra le lacrime e André la baciò dolcemente sugli occhi. «Piuttosto, adesso, dimmi un'altra cosa... vuoi proprio liberartene a tutti i costi?» Il problema andava affrontato con onestà, perché per arrivare a questi estremi, Sabrina doveva aver desiderato angosciosamente di liberarsi del bambino. Chissà che incubo era stato per lei!

André, invece, vide con suo grande stupore che Sabrina faceva segno di no con la testa. «Veramente, no, ma mi pareva che fosse un dovere nei tuoi confronti...»

«Lo avresti fatto per me?» André pareva allibito. Si accorse che gli tremavano di nuovo le mani. «Ma lo sai che avresti potuto morire? Non te ne rendi conto? Per non parlare del nostro bambino, che avresti ucciso!»

«Non dire cose simili.» Chiuse gli occhi e, da sotto le palpebre abbassate, le lacrime ricominciarono a scenderle, a fiotti, sulle guance. «Ho pensato soltanto che...» Ma, a questo punto, André non la lasciò proseguire. Aveva già detto anche troppo.

«Ti sbagliavi. Lo desideri, questo nostro bambino?» Le aveva rivolto questa domanda con una voce talmente dolce e commossa che nessuno, forse, avrebbe avuto il coraggio di rispondergli no. Sabrina, infatti, fece segno di sì lentamente con la testa, continuando a fissarlo negli occhi.

«Sì. Non trovi che sia ridicolo alla mia età?» Gli sorrise, vergognosa e imbarazzata, e André scoppiò a ridere.

«Io sono ancora più vecchio di te e non mi sento affatto ridicolo. Anzi, mi pare di essere molto giovane e forte.» Le diede un bacio sul collo. Sabrina sorrise. Si baciarono.

«Tu vuoi, questo bambino, André?»

«Senz'altro! Un giorno o l'altro, però, verrò a chiederti per quale motivo ti è sembrato che tutto questo fosse impossibile... Se non sbaglio mi pare di averti sentito dire, una volta, che non c'era assolutamente più nessun pericolo che potesse succedere qualcosa del genere, hmmm...» Adesso si burlava di lei e, lentamente, l'incubo di Chinatown cominciò a svanire.

«Mi ero sbagliata.» Sorrise, con un'espressione quasi di vittoria.

«Pare proprio di sì. Chissà che sorpresa, eh? Ti sta bene!»

Lei alzò gli occhi al cielo. «Non immagini quanto sia vero quello che dici!» Ma i ricordi, che tornavano ad affiorare, li fecero diventare seri. André, quando riprese a parlare, aveva la voce severa.

«Qualsiasi cosa dovesse succedere nella nostra vita, Sabrina, e non importa se si tratta di qualcosa di brutto, di terrificante, sordido o triste, voglio saperlo. D'ora in avanti dev'essere così. Non dovrai più nascondermi niente. Assolutamente niente. Sono stato chiaro?»

«Sì. Mi dispiace...» Ricominciò a singhiozzare e André la strinse di nuovo fra le braccia. «Se penso che ho quasi...» Adesso un tremito la scuoteva da capo a piedi. André si mise a cullarla dolcemente, come avrebbe fatto con una bambina.

«Basta, non devi pensarci più! Siamo stati fortunati. Lo sai che ti ho seguito fin da quando sei partita da Napa?» Sabrina lo guardò, sbalordita. «Non avrei saputo spiegarmi perché lo facevo. Però sono saltato in macchina pochi minuti dopo che eri partita. Avevo la sensazione che ci fosse qualcosa che non andava, qualcosa di grave e di terribile... e mi accorgo che avevo ragione. Ma ormai è tutto finito!» Le sorrise, guardandola. «Adesso ci mettiamo ad aspettare il nostro bambino, amore mio. Non ti fa sentire felice e orgogliosa?»

«Sì, e anche un po' sciocca. Mi pare di essere una nonna!»

«Be', invece non lo sei!»

A questo punto le balenò qualcos'altro. «Cosa diranno Jon e Antoine? Rimarranno terribilmente scandalizzati!» André aveva il sospetto che, per Jon, sarebbe stato così. Forse, per Antoine, la cosa era diversa. Non lo sapeva ma, tutto sommato, non gliene importava gran che. Adesso ogni suo pensiero, ogni sua preoccupazione erano per Sabrina e per il loro futuro bambino.

«Se si scandalizzano, *tant pis* per loro. Si tratta della nostra vita, di nostro figlio! Sono uomini adulti. Hanno la loro vita da vivere. Quando avranno dei figli, non verranno certo a chiedere a noi che cosa ne pensiamo... così noi facciamo a meno di chiederlo a loro!» Sabrina rise.

«Mi pare molto semplice. Direi che risolve ogni cosa.»

«Be', non proprio tutte, non proprio tutte», ribatté André, con una risata. «Ti dimentichi un particolare, piccolo, d'accordo, ma ciononostante... Forse abbiamo un dovere verso nostro figlio, quello di farlo nascere legittimo. Sabrina, amore mio, vuoi sposarmi?»

Lei gli sorrise. «Parli sul serio?»

Lui rise e, indicandole il suo ventre, ancora piatto, le domandò: «E questa? È o non è una cosa seria?» Sabrina, che gli sedeva sempre sulle ginocchia, rispose: «Sì». Rideva apertamente, adesso, ma aveva ancora gli occhi rossi di pianto. «Molto seria.»

«Be', sono serio anch'io. Allora?» Lei gli buttò le braccia al collo. «Sì, sì, sì... sì!...» André la baciò ardentemente sulla bocca; poi, sollevatala di peso, la portò in braccio di sopra e l'aiutò a distendersi sul letto.

«Quando vorresti sposarti, amore mio?» André la guardò, dall'alto della sua statura, incrociando le braccia sul petto. Mai le era sembrato più bello!

«Non so... è il caso di aspettare fino alle vacanze di primavera? In questo modo potrebbe esserci anche Jon. Mi farebbe piacere che fosse con noi.» Ma André, a queste parole, scoppiò in una risata scrosciante e puntò un dito, di nuovo, verso il suo ventre.

«Non ti stai dimenticando di qualcosa di molto importante?»

Anche Sabrina rise. «Hmmm... forse hai ragione... non vedo perché dovremmo aspettare.» Queste parole fecero venire in mente ad André qualcos'altro. «Quando dovrebbe nascere?»

«Il dottore ha parlato di ottobre.» Mancavano sette mesi alla nascita e, forse, negli anni futuri avrebbero potuto fingere che il loro bambino fosse nato prematuramente. All'età di Sabrina, non era da escludere che un bambino potesse nascere due mesi prima del tempo, che fosse un settimino... Ma più di così non si poteva sperare...

«Cosa ne diresti di sabato prossimo?»

Lei, adagiandosi di nuovo sui guanciali, gli sorrise. In quel momento ad André parve più bella di qualsiasi altra donna che avesse mai conosciuto. «Mi sembra una magnifica idea... Ma sei sempre sicuro che sia realmente quello che desideri?»

«Ci penso dal giorno in cui ti ho conosciuta. Mi dispiace soltanto di aver aspettato fino a questo punto... mi dispiace che la sorte non abbia voluto farci conoscere vent'anni fa.» Era la stessa cosa che Sabrina aveva pensato. Quanto tempo perduto! Ma, forse, era sempre stato il destino a volere che le cose andassero così. «A me sembra che sabato sia una scelta giusta.»

Sabrina, sorridendo felice, gli domandò: «Dobbiamo telefonare ad Antoine per dirglielo?»

«Gli telefono più tardi per avvisarlo che tutto va nel modo migliore... ma, prima...» La guardò corrucciato. «Voglio che ti riposi. Per essere una futura mammina, non si può dire che tu abbia avuto una giornata ideale... D'ora in avanti sarò io a pensare a te, a occuparmi di tutto quello che ti occorre. Mi hai capito?» Diede un'occhiata all'orologio. Erano appena passate le otto. «Adesso vado a preparare qualcosa da mangiare. Non dimenticarti che devi nutrirti per due, ormai!» Si chinò a darle un altro bacio e scese le scale di corsa. Voleva prepararle una di quelle omelettes che a Sabrina piacevano tanto, *à la française*, ma quando risalì di nuovo in camera da letto, non solo Sabrina non si nutrì per due, ma neanche per uno! Tra l'ansia e la commozione di quello che aveva passato e la stanchezza che le dava il bambino che portava nel grembo, si era addormentata profondamente.

33

SABRINA e André tornarono a Napa il giovedì pomeriggio. Quando arrivarono, a bordo dell'automobile di André, videro da lontano Antoine, che stava rientrando in casa dopo aver terminato il suo lavoro nei campi. Era una stupenda giornata di sole e Sabrina, andando incontro ad Antoine, aveva l'aria splendente e felice di una ragazza. Sembrava incredibile che fosse la stessa donna che era partita da Napa il giorno prima. Antoine aveva parlato al telefono con suo padre, la sera prima, e sebbene André non si fosse dilungato in spiegazioni, il figlio aveva intuito che tutto andava per il meglio. Gli raccontarono tutto quella sera stessa, mentre André riempiva le coppe di champagne.

«Abbiamo qualcosa da dirti.»

«Devo indovinare?» chiese Antoine scherzosamente. «Dunque... vediamo...» Sabrina ridacchiava e André rivolse a suo figlio un largo sorriso di felicità.

«E va bene, furbacchione, lascia perdere... te lo diciamo noi... sabato ci sposiamo.»

«Così presto?» Era soltanto quella fretta a meravigliarlo; aveva sempre pensato che gli dicessero che si erano fidanzati...

Poi, all'improvviso, gli balenò un sospetto. Guardò Sabrina di sottecchi, ma non gli parve di scoprire niente di diverso dal solito in lei. Forse era troppo presto, si disse, ma se era vero quello che pensava si sentiva felice per loro. E pensare che non aveva mai preso in considerazione quella possibilità, quando Sabrina gli era sembrata tanto malata! Adesso si gettò fra le loro braccia, raggiante, e li baciò sulle guance. André gli chiese se era disposto a fare da testimone e, il sabato mattina, nella chiesetta di Napa, Antoine si mise al fianco di André mentre Sabrina percorreva da sola la lunga navata per raggiungerlo. Erano presenti soltanto i loro contadini e nessun altro. Quando il sacerdote pronunciò solennemente la formula di rito, Sabrina si accorse di avere le guance bagnate di lacrime. Eccola diventata la moglie di André. Poi si misero a tavola: fu un pranzo nuziale saporito e abbondante, innaffiato da innumerevoli bottiglie di champagne. Al termine della festa, Antoine prese da parte Sabrina e la baciò affettuosamente.

«Come sono felice per te e per papà! Sarai una moglie meravigliosa per lui.»

«Sono io la fortunata... perché ho voi due!» Come avrebbe voluto che Jonathan si fosse mostrato altrettanto affettuoso e gentile verso di lei! Lo aveva chiamato al college ma, per tutta risposta, dall'altro capo del filo, le era giunto un profondo silenzio seguito da poche parole glaciali.

«Perché tanta fretta?»

«Così... pensavamo... tesoro, mi spiace che tu non possa essere con noi...» Era disperata. Aveva già dimenticato il grande dolore che suo figlio le aveva inflitto, schierandosi dalla parte di Camille contro di lei.

«Io, no. Si può sapere perché diavolo ti è saltato in mente di sposare un contadino come quello?»

«Questa non è una cosa molto gentile da dire, Jon!» Rimase ferita dalle sue parole. Ma Jon, che lo sapeva, gliele aveva dette apposta.

«Be', in ogni modo, buona fortuna!»

«Grazie. Pensi di venire a casa per Pasqua, tesoro?» Era pronta a mandargli i soldi per il viaggio.

«No, grazie, vado a New York con amici. Però, se vuoi, puoi pagarmi il viaggio a Parigi in giugno.»

«Non è la stessa cosa, ti pare? Pensavo che avresti avuto piacere di venire a casa a trovarci.»

«Preferisco vedere la Francia. C'è tutto un gruppo di noi che ha intenzione di fare il *grand tour* subito dopo la laurea. Che cosa ne dici?» La notizia del matrimonio di sua madre con André era già stata accantonata e Jon pensava soltanto a se stesso.

«Ne parliamo in un altro momento.»

«Perché non adesso? Dovrò pure organizzarmi, se vado anch'io con loro!»

«Non mi piacciono le imposizioni. Preferisco decidere queste cose con calma. Ne parleremo più avanti, Jon.»

«Perdio...»

«Quando avrai preso la laurea, dovrai cercarti un impiego. Ci hai già pensato?» Se Jon si metteva a fare il prepotente con lei, era venuto il momento di ripagarlo della stessa moneta.

«Sono quasi sicuro che il padre di Johnson mi possa trovare un impiego nel suo ufficio di New York.» Sabrina provò un tuffo al cuore, anche se aveva sempre immaginato che le scelte di Jon si sarebbero orientate verso quella città. «Siamo in cinque che vorremmo affittare una casa a New York.»

«Mi sembra un'idea notevolmente costosa. Credi di potertela permettere?»

«Perché no? Tu hai casa Thurston.»

«Io non pago l'affitto.» Per quanto, se Camille e Jon fossero riusciti a ottenere quello che volevano, forse vi sarebbe stata costretta. «A proposito, come sta la tua adorabile nonna?»

«Sta benone. Mi ha scritto la settimana scorsa.» Sabrina sospirò. La infastidiva enormemente che Camille continuasse a restare in contatto con Jon, perché le pareva che suo figlio le somigliasse molto e che ci fosse fra loro una strana affinità di intenti e di gusti.

«Bene, allora ci vediamo il giorno della tua laurea!» Prima di chiudere la telefonata Jon tornò sull'argomento del viaggio in Europa. «Ci penserò e ti farò sapere qualcosa», ribatté Sabrina.

«Cerca di deciderti presto.»

«E se io ti rispondessi di no?»

«Troverò qualche altro mezzo per andarci.»

«Forse sarebbe la soluzione migliore.» Sabrina aveva ribattuto con voce estremamente calma. Si era ormai accorta di tutti gli sbagli che aveva commesso con Jon e si era ripromessa di evitarli, per quanto le era possibile, con il nascituro. Si sentiva riscaldare il cuore soltanto a pensarci... aspettava un bambino... un altro figlio... si domandava come sarebbe stato... a chi avrebbe assomigliato...

«Perdio, mamma! Ho bisogno di fare quel viaggio!»

«Non è vero. *Vuoi* farlo, la differenza sta tutta qui.» A queste parole Jon riattaccò senza salutarla, senza congratularsi con lei, senza mandare i suoi saluti ad André. E Sabrina non ebbe più sue notizie per un mese intero. Jon le ritelefonò per insistere ancora nella speranza che gli desse il permesso di andare in Europa e, stavolta, Sabrina si decise ad affrontare l'argomento con André.

«Vuoi sapere sul serio come la penso?» Fino a quel giorno, aveva evitato di fare commenti in proposito. Gli pareva che fosse giusto lasciare che Sabrina prendesse liberamente le sue decisioni per quello che riguardava Jon e, soprattutto, voleva evitare discussioni del genere perché le considerava terreno minato.

«Sì, certo. A sentire come parlava, si sarebbe detto che è un dovere per me concedergli questo viaggio, mentre io non ne sono affatto sicura. D'altra parte, in giugno prenderà la laurea ad Harvard e questo sarebbe un regalo stupendo...» Guardò André incerta. Non sapeva che cosa decidere.

«Fin troppo stupendo, secondo me. A me pare che, se è tanto tempo che lo desidera, avrebbe dovuto cominciare a risparmiare un po' di soldi. Non riflette mai su quelle che sono le tue difficoltà! È convinto di avere tutti i diritti. Lui, soltanto lui! Vedi, questo è un modo pericoloso di ragionare per qualsiasi persona ma, soprattutto, per un uomo, perché presto o tardi è costretto ad affrontare la realtà. E la vita non è semplice come crede! Non ci sarai sempre tu pronta ad accontentarlo, a dargli i soldi che chiede. Finiti gli studi, dovrebbe imparare a camminare con le sue gambe!»

«Sono d'accordo.» A poco a poco stava imparando a non cedere incondizionatamente alle costanti richieste di Jon. «E il viaggio?»

«Io gli risponderei con un bel no!»

Sabrina sospirò. «È quello che penso anch'io, ma mi fa paura l'idea di doverglielo dire.» André annuì con aria comprensiva. Sapeva che Jon non faceva che crearle difficoltà e provava una gran pena per lei. Jon era un ragazzo scortese, rozzo, egoista, cattivo... e non soltanto perché era stato troppo viziato. C'era qualcosa di più, di peggio. Purtroppo assomigliava alla nonna e ormai André si era convinto che questo fosse il suo vero carattere. Non si poteva cambiarlo!

Certo che sembrava molto diverso da Antoine, il quale era pieno di gentilezze e di affetto per Sabrina. Ormai aveva quasi ventisei anni e si vedeva frequentemente con una ragazza di San Francisco. Ogni volta che guardava Sabrina, si convinceva sempre di più che i suoi sospetti erano autentici, ma nessuno dei due gli aveva detto niente e lui non voleva apparire ficcanaso. Finché, un bel giorno, in maggio, guardò Sabrina con un sorriso.

«Posso farti una domanda?»

«Certo!» Ricambiò il suo sorriso. Gli voleva bene come a un figlio e, sotto certi aspetti, era più facile da amare di Jon. La questione del famoso viaggio in Europa, quando Sabrina si era decisa a rifiutargli il permesso, aveva esasperato Jon. Non si telefonavano più da un mese, anche se Sabrina e André pensavano sempre di andare ad Harvard in giugno per la sua laurea.

«Capisco che non è molto corretto domandarlo, da parte mia...» Era arrossito, sotto l'abbronzatura e Sabrina, ancora una volta, si disse che era un bellissimo ragazzo. «Sei... insomma... avrò presto un fratellino o una sorellina?» Sabrina sorrise, arrossendo lievemente. Fece segno di sì con la testa e Antoine, aprendo le braccia, la strinse al cuore e la baciò sulle guance con entusiasmo. «Quando?» «In ottobre», rispose con un sorriso, «però ricordati che, ufficialmente, dovrà nascere due mesi dopo.»

Antoine sorrise, apprezzando la sua schiettezza. «Era quello che pensavo, ma non volevo chiederlo. E Jon? Lo sa?»

«Non ancora. Glielo diremo il mese prossimo, quando andremo ad Harvard.»

«Papà è felice, te lo garantisco. Da quando siete tornati da San Francisco non fa che pavoneggiarsi... Non ti sei accorta di come va in giro... e quante arie si dà?» Preferiva non chiederle che cosa era accaduto quel giorno, in città; sapeva però che molte cose erano cambiate, e per il meglio. Come se Sabrina e André avessero capito, finalmente, come erano importanti l'uno per l'altra e com'era importante il loro amore. In questo, li invidiava. Come avrebbe voluto trovare una ragazza da amare come suo padre amava Sabrina! Ma, fino a quel momento, non aveva ancora avuto tanta fortuna. La ragazza con la quale usciva era spiritosa e divertente, capiva di avere dell'affetto per lei, ma già sapeva che il loro rapporto non sarebbe durato a lungo. Non era abbastanza intelligente, non aveva il suo stesso senso dell'umorismo... Guardando Sabrina negli occhi, disse: «Sono felice per tutti e due». Poi, sorridendo di nuovo: «Spero che sia una bambina».

Mentre rientravano in casa, tenendosi per mano, Sabrina sussurrò: «Anch'io». Intanto, poiché si era abituata a portare sempre i pantaloni quando lavorava in giro per la fattoria, qualcosa si cominciava a vedere. La casa in cui sarebbero andati definitivamente ad abitare, non sarebbe stata finita prima di due mesi. Sabrina sperava di poterci abitare per il giorno in cui sarebbe nato il bambino anche se, per il parto, sarebbe andata a San Francisco. Su questo, André non ammetteva discussioni. Voleva che avesse tutta l'assistenza possibile, anche se — fino a quel giorno — la sua gravidanza era stata facile e non le aveva mai dato problemi. Anche il lungo viaggio in treno nell'Est fu compiuto senza difficoltà. Ma, non appena videro Jon, capirono che l'atmosfera era tesa. Il ragazzo, senza degnare André di uno sguardo, rivolse a sua madre un'occhiata carica di ostilità.

«Immagino che la notizia ti avrà fatto piacere.»

«Quale notizia?» Sabrina lo guardò senza capire.

«Te l'ho scritta la settimana scorsa.»

«Io non ho ricevuto niente. Probabilmente la tua lettera è arrivata dopo la nostra partenza.»

Jon aveva gli occhi pieni di lacrime quando si decise a dirglielo e Sabrina ne rimase sconvolta. «La nonna è stata investita da un autobus la settimana scorsa ed è morta sul colpo.» A Sabrina occorse un istante per rendersi conto che Jon stava parlando di Camille. Allora lo fissò, sbarrando gli occhi, stupefatta di fronte al dolore che suo figlio dimostrava. Quanto a lei, non provava niente, niente del tutto, all'infuori — forse — di un vago senso di sollievo.

«Mi dispiace, Jon.»

«No, non è vero. Non ti dispiace affatto. La odiavi.» A sentirlo parlare così, sembrava un bambino. Intanto André li osservava dal davanzale della finestra della camera di Jon, dove era andato ad appollaiarsi. Sabrina era seduta sul letto, aveva un'aria fiorente e appariva ingrassata. Infatti non riusciva più a mettere i suoi soliti vestiti e aveva dovuto comperarne altri, di linea più sciolta e morbida, come quello di seta azzurra che portava in questa occasione. Aveva lo stesso colore dei suoi occhi e André pensò che mai l'aveva vista così bella.

«Non la odiavo, Jon. La conoscevo appena. E, da quel poco che ho visto, non posso dire di averla trovata molto simpatica. Dovrai ammettere che non si è comportata nel migliore dei modi, nei miei confronti. Ha cercato di mandarmi via dalla mia casa dopo che mi aveva abbandonata quando ero bambina ed era rimasta lontana dalla mia vita per quarantasei anni.»

Jon si strinse nelle spalle. Era difficile trovare qualcosa per controbattere un'accusa del genere. Poi, all'improvviso, squadrò sua madre con evidente stupore. «Come sei diventata grassa! Bisogna dire che la vita matrimoniale ti giova.» Non era certo un'osservazione piena di tatto, ma Sabrina scoppiò a ridere.

«È vero, ma non è per questo che sono aumentata di peso.» Ormai non poteva più tacere; un giorno o l'altro avrebbe dovuto dirglielo e qualsiasi occasione era buona, o almeno così le pareva. «Immagino che resterai sorpreso. E, a essere onesti, lo siamo rimasti anche noi.» Respirò a fondo e proseguì: «Aspettiamo un bambino per Natale, Jon».

«Cosa hai detto?» Era balzato in piedi e li stava guardando inorridito. «No, non è vero!»

«Sì, è verissimo.» Dal letto, dov'era seduta, Sabrina guardò André e poi spostò di nuovo gli occhi su suo figlio. «So che, al primo momento, è una notizia che può far un certo colpo ma...»

«Come avete potuto rendervi ridicoli a questo modo? Cristo... e *rendere ridicolo me*? Perdio, chissà come rideranno alle mie spalle tutte le persone che conosco! Ma... se hai cinquant'anni e lo sa Dio come dev'essere vecchio lui...» Si stava comportando con estrema scortesia nei confronti non soltanto di sua madre, ma anche di André, e Sabrina non poté trattenere un sospiro.

«Figliolo, sono cose che succedono, sai?» André si intromise cercando di calmarlo. Gli spiaceva vedere il modo villano e scortese con il quale il ragazzo si comportava con sua madre, anche se non se ne meravigliava affatto. Aveva sempre pensato che Jon fosse un ragazzo immaturo e troppo viziato; e, come se questo non bastasse, pareva che avesse sempre qualche motivo di rancore nei confronti di Sabrina. «Finirai per abituarti anche tu. Come abbiamo fatto noi. E Antoine. Pensa che lui è più vecchio di te! Di quattro anni, se ben ricordi!»

«Cosa vuoi che accidenti capisca, lui? Tutto quello che sa fare è piantare viti! Io sono un uomo, perdio!» André si alzò di scatto. In quel momento si dominava con estrema fatica.

«Anche mio figlio è un uomo. Adesso, poi, è il tuo fratellastro e quindi ti sarò grato se vorrai parlare di lui con rispetto, Jonathan.» Per un attimo gli sguardi dei due uomini si incrociarono, poi Jon batté in ritirata. Non era uno stupido e capiva che André parlava seriamente. Non sapendo più che cosa fare, André guardò sua moglie e le fece capire, con un gesto, che era venuto il momento di andarsene. Jon aveva già i suoi programmi per quella sera ma l'indomani lo avrebbero rivisto alla grande festa dei laureati, avrebbero cenato con lui e con un suo amico e il giorno seguente, sempre insieme con lui, André e Sabrina sarebbero partiti per New York. Jon doveva salpare tre giorni dopo sul *Normandie*. Alla fine, era riuscito a trovare da solo il denaro occorrente per il viaggio — una cifra piuttosto consistente — e Sabrina ne era rimasta molto colpita.

«Allora ci vediamo domani, Jon.» Sabrina si avvicinò per dargli un bacio, ma Jon si tirò indietro bruscamente, voltandole le spalle, e non li salutò quando uscirono dalla sua camera.

«Mi spiace che l'abbia presa così male», disse Sabrina ad André, mentre salivano in tassì per rientrare all'albergo.

«Perché? Ti aspettavi che le cose andassero diversamente? È ancora molto giovane ...» le diede un colpetto affettuoso sulla mano «...e, a quell'età, quattro anni fanno una bella differenza! Antoine è un uomo, ormai. Jon, non ancora. Ci arriverà anche lui. Fra l'altro, probabilmente, il nostro bambino potrebbe costituire una minaccia per lui, se pensi a quello che potrebbe ereditare da te... la casa... i terreni di Napa...» Sabrina non ci aveva pensato, ma adesso fece segno di sì lentamente con la testa, chiedendosi se Jon avesse sempre fatto affidamento su quell'eventuale eredità.

«Forse hai ragione. Che strano, quello che ci ha detto di Camille, vero?»

André la guardò. «Meglio così. Era una donna malvagia, avida, inutile a sé e agli altri! Avrebbe dovuto morire molti anni fa, come tuo padre ti ha sempre lasciato credere.» Non le aveva ancora perdonato ciò che aveva commesso nei confronti di sua moglie.

«Che strano! Pensa che non provo assolutamente niente!» Era una cosa difficile da confessare. Aveva appena saputo che sua madre era morta e non sentiva vibrare nulla nel suo cuore. «Invece mi sono accorta che Jon ci ha sofferto.»

«La conosceva da quattro anni e, a quel che sembra, avevano qualcosa in comune.» Sabrina sorrise. Per quanto questo la addolorasse molto, André aveva detto una cosa giusta.

La festa per la laurea di Jon e dei suoi compagni filò liscia, senza incidenti. Sabrina scoppiò in lacrime quando vide Jon schierato fra gli altri laureati. Per quanto fosse un figlio difficile, si sentiva fiera di lui. Ed era orgogliosa di essere riuscita a mandarlo all'università, vendendo le miniere, la casa di Napa, il giardino che circondava casa Thurston... ce l'aveva fatta, finalmente... e anche Jon! Avevano mille ragioni di essere fieri e orgogliosi, mille ragioni di far festa. Cenarono fuori, quella sera. Jon bevve più del dovuto e finì per sbronzarsi, ma Sabrina e André lo lasciarono fare, anche perché si mostrò insolitamente garbato e cortese. Purtroppo le cose cambiarono quando salirono sul treno per New York. Il figlio di Sabrina non nascose l'imbarazzo che provava a essere visto con lei.

«Mio Dio, che cosa dirà la gente?» le mormorò a mezza voce e lei sorrise, bisbigliandogli di rimando: «Se ti chiedono qualcosa, rispondi che mangio a quattro palmenti!» Poi si informarono del suo futuro lavoro. Doveva cominciare ad andare in ufficio in settembre, al ritorno dal viaggio in Europa. Era stato il padre di un suo amico, che si chiamava William Blake, a offrirgli un posto nel suo ufficio. Conobbero Bill Blake quando andarono ad accompagnare Jon alla nave. Con Bill c'era una ragazza giovanissima, di una radiosa bellezza. Sabrina venne a sapere che aveva soltanto diciotto anni ed era la sorella di Bill. Poiché non riusciva a staccare gli occhi da Jon, Sabrina capì che doveva essersi presa una cotta formidabile per suo figlio. Non appena la ragazza venne a sapere chi erano lei e André, si affrettò a presentarsi.

«Buongiorno, mi chiamo Arden Blake.» Strinse la mano a Sabrina, poi la strinse ad André, sfiorò con un'occhiata piena di indifferenza l'abito dalla linea morbida che Sabrina indossava e cominciò subito ad affermare che Jon era un ragazzo meraviglioso — anche se lui non la degnava neppure di un briciolo di interesse. «E papà pensa che farà una carriera meravigliosa... Ecco perché lo manda in Europa con Bill... è una specie di gratifica prima ancora che abbia cominciato a lavorare...» Sabrina rimase allibita. Provava un sordo rancore nei confronti di suo figlio, ma si impose di non lasciarlo capire e riuscì a rimanere impassibile. Jon le aveva raccontato di avere raggranellato quei soldi da solo, non le aveva mai detto che avrebbe viaggiato per tre mesi come ospite di qualcun altro e che non si sarebbe pagato da solo né il viaggio in prima classe sul *Normandie* né il soggiorno in chissà quanti alberghi uno più lussuoso dell'altro. Sabrina sapeva perfettamente chi fosse William Blake senior, un nome famoso in tutta l'America. Si trattava del più importante banchiere di New York. Lanciò un'occhiata a suo figlio... che voglia di strozzarlo aveva! Ma ormai era troppo tardi per affrontare questo discorso, perché la nave stava per salpare. Preferì continuare a chiacchierare di argomenti banali e non impegnativi con Arden e non poté fare a meno di ricordare che, alla sua stessa età, lei aveva cominciato a dirigere le miniere paterne. Le pareva incredibile, soprattutto confrontandosi con questa ragazzina dall'aria dolce e ingenua, che pareva tanto visibilmente presa dal fascino di Jon. «Mamma, papà e io partiamo il mese prossimo. Dovremmo raggiungerli sulla Riviera francese.» Pareva in estasi soltanto a questo pensiero e Sabrina sorrise.

«Mi raccomando... che mio figlio si comporti bene!» Esclamò, mettendo scherzosamente in guardia la graziosa biondina dagli occhi verdi. «Meglio non fidarsi troppo di Jon!»

«La mamma dice che è il ragazzo più simpatico che conosca! E sarà il mio cavaliere quando daremo un grande ricevimento per il mio ingresso in società, in dicembre.» Pareva raggiante, di fronte a una simile prospettiva. Quando la sirena della nave diede il segnale di scendere a terra, Sabrina vide che Jon la baciava sulla bocca e, dopo di lei, baciava altre tre ragazze. Erano in quattro, i laureati di Harvard, che salpavano sul *Normandie* e Sabrina preferì non pensare a tutto quello che avrebbero combinato, soli e senza dover rendere conto a nessuno delle proprie azioni. C'era anche qualcos'altro che le dava un enorme fastidio e cioè che il viaggio in Europa di suo figlio fosse stato pagato da qualcuno. Jon era riuscito a forzarle la mano con estrema abilità. Adesso Sabrina sarebbe stata costretta a spedire un assegno a William Blake senior in modo da coprire le spese di suo figlio. Non poteva permettere che fosse qualcun altro a pagarle. Rabbrividì al pensiero della storia lacrimevole, inventata da cima a fondo, che Jon doveva aver raccontato ai Blake per ottenere il suo scopo.

«Ricordati che ne parliamo al tuo ritorno.» Lo guardò in modo molto significativo e gli consegnò una busta che, nelle sue intenzioni, avrebbe dovuto essere il dono per la laurea. Era stata talmente orgogliosa di Jon, al pensiero che si pagasse quel viaggio da solo, che aveva pensato di regalargli mille dollari da spendere come preferiva. Adesso si rendeva conto che sarebbero stati soltanto una spesa in più e ciò le diede fastidio. «Sii gentile con Arden Blake», gli mormorò, «dev'essere un tesoro di ragazza.» Dentro di sé temeva che Jon si sarebbe approfittato dell'evidente adorazione che la figlia del banchiere aveva per lui.

«È la mia carta vincente per arrivare al successo», le rispose sottovoce Jon, strizzandole un occhio, e Sabrina ne rimase indignata. Più tardi, la vide ancora mentre li salutava calorosamente dal molo dove si era fermata, in compagnia di sua madre, per assistere alla partenza della nave. Sabrina, per un attimo, provò il desiderio di andare da quella ragazza e di metterla in guardia contro suo figlio... ma poteva fare una cosa simile? Jon s'intravedeva ancora, sul ponte, davanti alla sua cabina. Sorrideva guardandoli, e le parve ancora più bello del solito. Era alto, magro, pieno di fascino, con due occhi azzurrissimi, luminosi e splendenti come quelli di Camille, i lineamenti fini e delicati. Non c'era da meravigliarsi che le donne impazzissero per lui. Era talmente bello che Sabrina si accorse di soffrire un poco, nel guardarlo. Mentre tornavano verso l'albergo, si rivolse ad André con un sospiro e gli raccontò quello che Jon le aveva detto di Arden Blake. Gli spiegò, anche, come era riuscito a farsi finanziare quel viaggio.

«Almeno, così, puoi avere la sicurezza che non morirà di fame. Intelligente com'è, non correrà mai rischi simili!»

«È *troppo* intelligente.»

«A volte vorrei che fosse altrettanto intelligente anche Antoine! Invece mi sembra così privo di praticità... sempre con la testa fra le nuvole... sembra un pulcino nella stoppa! Non ha i piedi sulla terra, quel figliolo. Non fa che pensare ai princìpi, agli ideali, e a un sacco di altre scempiaggini intellettuali!» Sabrina sorrise di tenerezza. André non sbagliava di molto, però bisognava ammettere che Antoine era un ragazzo adorabile. Per quanto fosse molto intelligente, sapeva cavarsela piuttosto male nella vita pratica. Se avesse dovuto scegliere fra un buon pasto sostanzioso e un libro di filosofia, avrebbe preferito quest'ultimo... come pareva che preferisse inseguire qualche vaga idea astratta piuttosto che realizzarne una, di tipo tecnico, nella pratica. In un certo senso, era un sognatore, pur non mancando di un'intelligenza pronta e brillante.

«È un uomo adorabile, André. Dovresti essere orgoglioso di lui.»

«Sai benissimo che lo sono!» L'aiutò a salire in tassì e le sorrise. Poi diede uno sguardo alla leggera protuberanza del suo ventre mentre Sabrina si accomodava meglio sul sedile. «Come sta il nostro piccolo amico? Continua a saltare su e giù?»

«Sì, credo che diventerà una ballerina. È terribilmente irrequieta.»

«Oppure un giocatore di football.» André sorrise. Quel pomeriggio andarono in visita dalla vecchia amica Amelia, la quale fu felice di rivederli. Secondo lei, era una grossa sciocchezza crearsi tanti problemi per la loro età.

«Se potessi, vorrei avere un altro figlio anche ora!» Ormai aveva novant'anni e Sabrina la trovava paurosamente fragile. «Godetevi ciò che avete... godetevi ogni momento di questa attesa... perché è il dono più grande. Il dono della vita.» Guardandola, Sabrina e André capirono che era vero. Amelia aveva vissuto novant'anni stupendi, ricchi, intensi, nei quali aveva dato generosamente agli altri. Che esempio poteva essere... e com'era diversa da Camille. Sabrina gliene parlò a lungo ma, a un certo punto, comparve l'infermiera di Amelia e dovettero lasciarla. Era l'ora del sonnellino pomeridiano e Sabrina, come André, aveva notato che Amelia pareva affaticata. Li baciò affettuosamente, salutandoli, e — abbracciando Sabrina — la guardò intensamente negli occhi. «Se tu sapessi come assomigli a tuo padre, Sabrina! Era un uomo di valore, buono e bravo. Anche tu sei una donna buona e brava. In te, Sabrina, non c'è niente di lei.» Purtroppo, invece, c'era in Jon. Sabrina ormai l'aveva capito e non poteva più nasconderlo. Era il suo più grande dolore. Ma preferì non parlarne con Amelia. «Sii grata a Dio per questo bambino.» Sorrise teneramente a tutti e due. «Vi auguro che possa darvi tanta, tantissima gioia.» Poi scoppiò in una risatina. «Sapete che, secondo me, dovrebbe essere una bambina?» Posò lievemente una mano sul ventre di Sabrina in una trepida carezza e li baciò di nuovo.

L'indomani André e Sabrina presero il treno per tornare a casa. Sabrina si sistemò definitivamente a Napa per l'estate. In agosto la nuova casa era pronta e vi si trasferirono. Ma, nel mese successivo, tornarono di nuovo a San Francisco in modo che Sabrina potesse essere più vicino all'ospedale in cui sarebbe andata a partorire. Da San Francisco telefonarono a Jon, che era rientrato in patria. Si era divertito pazzamente e, parlando con Sabrina, menzionò un paio di volte il nome di Arden Blake. Aveva già cominciato a lavorare ma, grazie alla sua intima conoscenza con William Blake senior, non pareva che si trattasse di niente di impegnativo. Sabrina aveva mandato al banchiere di New York un grosso assegno con i suoi ringraziamenti, in modo da coprire le spese del viaggio di Jon in Europa. Il signor Blake glielo aveva rimandato indietro, Sabrina lo aveva rispedito a New York e, dopo un po' di questo tira e molla, finalmente si era deciso ad accettarlo. Ma si era fatto premura di dirle che era molto affezionato a Jon, come del resto tutti i suoi familiari, e anche Jon pareva molto affezionato a tutti loro.

«Per le vacanze vado con i Blake a Palm Beach», le annunciò Jon trionfante, e Sabrina rimase delusa.

«Speravo che tu venissi a casa. Per quell'epoca sarà nato il bambino...»

«Non ne avrò il tempo. Ho soltanto quindici giorni di vacanza. Magari verrò l'estate prossima. I Blake hanno intenzione di affittare una casa a Malibu e probabilmente sarò loro ospite per un certo periodo.»

«Ma... non devi lavorare?»

«Certo... ma come lavora Bill, non un'ora di più. Fin dal primo momento, l'accordo è stato che io avrei avuto le stesse vacanze che ha lui.»

«Mi pare che te la prendi molto comoda!»

«Perché non dovrei farlo? Quando siamo in ufficio, lavoro sodo come lui!»

«Però mi sembra che la situazione di Bill, che è il figlio del signor Blake, sia ben diversa dalla tua, no?»

«Chissà! Magari anche la mia è una situazione particolare.» Jon sembrava molto sicuro di sé. «Arden va pazza per me e il signor Blake mi considera un genio.»

«A sentirti, si direbbe che hai avuto un bel colpo di fortuna a trovare quell'impiego!» Poi Sabrina tentò di affrontare il discorso del viaggio in Europa per rimproverargli il modo subdolo e poco onesto con cui si era comportato, ma Jon non le diede retta.

«Tu non me lo hai voluto pagare e il signor Blake ha detto che ci avrebbe pensato lui.»

«Già, ma io non potevo permetterglielo! E non avresti dovuto permetterglielo neanche tu, Jon!»

«Cristo! Se hai intezione di farmi una delle tue solite prediche, mamma, metto giù!»

«Forse dovresti pensarci un momento, Jon. Soprattutto pensa a quello che fai nei riguardi di Arden Blake. Non servirti di quella ragazza, figliolo. È una creatura molto dolce e innocente.»

«Ha diciott'anni, perdio...»

«Hai capito perfettamente quello che voglio dire!»

«Non ti preoccupare! Non ho intenzione di violentare nessuno.»

«Ci sono molti modi di farlo!»

Nonostante la preoccupazione per Jon, a ottobre Sabrina cominciò a perdere interesse per qualsiasi altra cosa che non fosse lei stessa. Il bambino era diventato grosso e lei si sentiva sempre più a disagio. A mano a mano che si avvicinava il giorno della nascita, faticava sempre di più a salire lo scalone di casa Thurston. Quando, però, il giorno fatidico passò senza che succedesse niente, si mise a fare lunghe passeggiate con André.

«Evidentemente sta comoda dov'è!» sospirava Sabrina. «E non ha nessuna intenzione di venire fuori.» Guardava André in tono talmente triste e avvilito che lui si metteva regolarmente a ridere. Ormai faticava moltissimo a camminare. Neanche fosse stata una centenaria! E le pareva di pesare almeno centocinquanta chili! Però non aveva perduto il suo buonumore.

«Cosa facciamo se è un maschio? Forse non te ne sei accorta, ma ne parli sempre come se fosse una bambina.»

«Be', poverino, dovrà abituarsi!» Tre giorni dopo quello in cui il bambino avrebbe dovuto nascere, Sabrina svegliò André, che dormiva profondamente, alle quattro di notte. Era raggiante e sorrideva. «Ci siamo, amore mio.»

«Come fai a saperlo?» André era ancora mezzo addormentato e, in cuor suo, si augurò che Sabrina si sbagliasse. Avrebbe voluto avere qualche altra ora di respiro, almeno fino all'indomani. O anche soltanto fino alla mattina.

«Fidati di me, lo so!»

«Okay.» Scese lentamente dal letto, cercando di scuotersi perché era ancora mezzo addormentato, ma si svegliò del tutto quando vide che Sabrina si piegava improvvisamente su se stessa, in preda alle doglie. D'un balzo le fu vicino, la prese fra le braccia e l'accompagnò cautamente a sedersi in poltrona.

«Ho paura di aver aspettato troppo...» Aveva il respiro un po' affannoso e pareva già molto sofferente. «Ma non volevo svegliarti... In principio non ero del tutto sicura... oh...» Lo afferrò convulsamente per un braccio e André, di colpo, si lasciò cogliere dal terrore.

«Oh, mio Dio... hai già chiamato il dottore?»

«No... sarà meglio che lo faccia tu... oh André... oh mio Dio... telefonagli...»

«Come ti senti? Spiegami qualcosa!» La riaccompagnò a letto, sempre più impaurito, e alzò il ricevitore del telefono. «Che cosa gli dico?»

Sabrina proruppe in un gemito e si lasciò ricadere sui guanciali. «Digli che sento la testa...» Rimase distesa, ansante, mentre André componeva il numero all'apparecchio.

Il dottore rispose subito e André gli spiegò rapidamente ciò che Sabrina aveva detto di riferirgli. Poi André si sentì domandare: «Ha l'impressione che il bambino stia già nascendo?» André provò a domandarlo a Sabrina, ma ormai lei non lo ascoltava più, si era aggrappata al suo braccio e aveva un'espressione di sofferenza atroce sul viso.

«Sabrina, ascoltami... vuole sapere... Sabrina... per piacere...»

Il dottore stava ascoltando dall'altro capo del filo e gridò all'apparecchio, rivolgendosi ad André: «Chiami la polizia. Arrivo subito!»

« La polizia? » André guardò inorridito il microfono che teneva in mano ma, a quel punto, si accorse di non avere più il tempo né di pensare né di chiamare qualcuno. Sabrina si contorceva, rotolando qua e là per il letto. Adesso singhiozzava disperatamente.

« Oh Dio... oh André... ti prego... »

« Che cosa posso fare? »

« Aiutami...ti prego... »

« Tesoro... » Aveva anche lui le lacrime agli occhi e gli pareva di non essere mai stato tanto angosciato in vita sua! Com'era stato facile, al confronto, strappare Sabrina dalle mani del medico che stava per farla abortire! Per quello, c'erano voluti soltanto un po' di coraggio e di sangue freddo. In questo momento, invece, sarebbero state necessarie determinate capacità di cui André era completamente all'oscuro. Ma quando Sabrina si voltò a guardarlo con un'espressione afflitta e indifesa, contorcendosi per il dolore, dimenticò improvvisamente tutto ciò che non sapeva e le si avvicinò, porgendole, d'istinto, le mani, mettendosi a parlare a bassa voce, in tono quieto, per calmarla. Ormai capiva che non c'era più tempo di accompagnarla all'ospedale. Sabrina lo aveva svegliato troppo tardi e, tutto, adesso, accadeva a un ritmo troppo accelerato. Si era tolta quello che aveva addosso, restando coperta soltanto da un leggero lenzuolo esattamente come era già avvenuto un'altra volta, in quel letto, molto tempo prima. Le pareva di rivivere qualcosa del passato. Lo guardò e per la prima volta, in quell'ultima ora, abbozzò un sorriso. Aveva la faccia umida di sudore, gli occhi incupiti... Improvvisamente si mise a spingere con tutte le sue forze mentre André la sorreggeva per le spalle. Poi si fermò, alzò di nuovo gli occhi a guardarlo e stavolta il suo sorriso si delineò più netto sulle labbra.

« Te l'avevo detto... che volevo... che il bambino... nascesse... in questa casa... » Aveva appena finito di pronunciare queste parole, quando ricominciò a spingere, e André la afferrò di nuovo per le spalle, stringendola a sé, fra le braccia, in modo da poter vedere, contemporaneamente a lei, quello che stava succedendo al suo corpo. In realtà, André si sentiva impotente, non riusciva a capire quello che stava per avvenire. Sentiva soltanto la terribile tensione di tutto il corpo di Sabrina durante le spinte del parto... Poi, lentamente, un urlo proruppe dalle sue labbra... era un grido basso, cupo, che pareva l'espressione di un dolore antico... André, terrorizzato, si irrigidì, tenendo Sabrina stretta a sé. Lei, stavolta, si era messa quasi seduta sul letto. «Oh André... oh Dio... oh no... André...» Sabrina si lasciò sfuggire un urlo violento, e subito dopo un altro ancora...

«Continua così... continua così... tesoro...»

«Non posso!...» Adesso urlava di dolore e André, sconvolto di fronte alle sue sofferenze, avrebbe voluto tirarle fuori con la forza il bambino dal grembo per mettere fine a quell'atroce agonia.

«Sì che puoi!»

«Oh Dio... oh no... André...» Si divincolava, si contorceva, lacerava il lenzuolo, si aggrappava a lui, si aggrappava al letto, continuava a spingere fino a quando le parve di non riuscire più a muoversi, a respirare o a urlare... e André, che la stava osservando, vide una testolina rotonda che lentamente veniva fuori... Allora si mise a urlare con lei.

«Oh mio Dio... Sabrina!» Non riusciva a credere a ciò che vedeva; il bambino che stava nascendo aveva la faccia rivolta verso l'alto, verso di loro... Allora, come se avesse sempre saputo che cosa bisognava fare, André si spostò verso i piedi del letto e prese fra le mani quella testolina minuscola mentre Sabrina ricominciava a spingere. A poco a poco vennero fuori anche le spalle e André lo aiutò con tutta la delicatezza possibile a uscire dal grembo della madre, mentre piangeva con lei. André la incitò a continuare, a spingere ancora e, un minuto più tardi, si trovò con la creatura appena nata fra le mani. Alzò gli occhi a guardare sua moglie come se quello che aveva compiuto fosse stato un miracolo. Sollevò un poco la creaturina per mostrargliela. «*È una bambina!*» Adesso André piangeva senza vergogna... non aveva mai visto niente di più bello della piccina che teneva ancora fra le mani, della donna che amava. Sabrina si era lasciata cadere sui guanciali e André le corse vicino, la coprì di nuovo con il lenzuolo e le depose la bambina fra le braccia. «Oh, come è bella... come sei bella anche tu...»

«Ti amo tanto...» Il cordone ombelicale le univa ancora. Sabrina era estenuata dallo sforzo enorme... le pareva di avere scalato la montagna più alta del mondo! Guardò André con amore e lui baciò prima la mamma e poi la bambina.

«Sei straordinaria.» Era un'esperienza che non avrebbero mai dimenticato. Posando di nuovo gli occhi su Sabrina, André capì che non avrebbe mai più potuto amarla come in quel momento. Era una visione meravigliosa, la più stupenda che avesse mai avuto sotto gli occhi... la donna che amava con la loro bambina fra le braccia.

Poi Sabrina, che era ancora scossa da un tremito, gli rivolse un lento sorriso. Era felice. «Non è andata troppo male per essere una vecchietta, ti pare, André?» Ma lui non le rispose neppure, estasiato com'era dall'affetto profondissimo che provava in quel momento per lei e per la bambina. Quando il dottore arrivò con un'ambulanza, dieci minuti dopo, André corse ad aprirgli con un sorriso raggiante.

«Buona sera, signori.» Aveva un aspetto talmente felice e orgoglioso che quelli capirono subito di essere arrivati troppo tardi. Il dottore si precipitò di sopra e trovò Sabrina che cullava sua figlia con aria estasiata.

«È una bambina!» gli annunciò, al settimo cielo per la gioia. Il neo-padre e il dottore scoppiarono a ridere. Poi il dottore esaminò attentamente la madre e la figlia, tagliò il cordone ombelicale, si assicurò che Sabrina sopportasse bene i postumi del parto e infine le disse, guardandola sbalordito: «Devo confessare che non mi aspettavo niente di simile».

«Neanch'io.» Scoppiò a ridere guardando il medico e André, poi cercò la mano di suo marito e gli disse, con voce commossa e piena di gratitudine: «Non ci sarei mai riuscita, senza di te».

«Ma se non ho fatto altro che stare a guardare. Sei stata tu che hai fatto tutto e da sola!»

Sabrina abbassò gli occhi sulla bambina che dormiva pacificamente al suo fianco. «Veramente è stata lei che ha fatto tutto da sola.» Le pareva un miracolo averla lì, vicino a sé.

Il dottore la guardò di nuovo, più attentamente. Ma si dichiarò soddisfatto. Anche la bambina, che doveva pesare quasi quattro chili, gli pareva che non presentasse nessun problema. «A dir la verità, sarebbe più prudente andare in ospedale...»

Sabrina non sembrò contenta di quella proposta. «Preferirei restare qui.»

«Già, era quello che pensavo! Bene...» Guardò un'altra volta madre e figlia, così quiete e tranquille, l'una vicina all'altra. «Senta quello che le dico...» Sabrina gli rivolse un sorriso raggiante. «Accetto di fare quello che desidera e la lascio qui, in casa sua. Ma se dovesse sorgere qualche problema, se le venisse la febbre oppure se provasse un po' di malessere...» si voltò verso André, «chiamatemi immediatamente.» Poi, minacciando scherzosamente Sabrina con un dito, aggiunse: «E non aspettate che sia troppo tardi, stavolta!» Lei si mise a ridere, guardando suo marito e il medico.

«Credevo di poter aspettare ancora un po'. Mi dispiaceva svegliare tutti nel cuore della notte.» I due uomini, allibiti, la guardarono scoppiando in una risata scrosciante. Perché, tutto sommato, era proprio quello che Sabrina aveva finito per fare... e provocando ben maggiore trambusto! Infatti erano appena le cinque e un quarto, faceva ancora buio. Ma Dominique Amélie de Vernay aveva fatto il suo ingresso nel mondo. Dominique era stato un nome scelto dopo molte incertezze, mentre André, e Sabrina si erano subito trovati d'accordo sul secondo, Amélie.

Quando il dottore se ne fu andato di nuovo, con l'ambulanza, André portò a sua moglie una tazza di tè. E la bambinaia, che aveva aspettato pazientemente la nascita della bambina, venne di sopra a prenderla, per lavarla e vestirla e riconsegnarla a Sabrina il più presto possibile. Anche il letto venne cambiato, Sabrina lavata, e quando André la ritrovò, pacificamente distesa tra le lenzuola, a sorseggiare quella tazza di tè con Dominique fra le braccia, la guardò incredulo. Il cielo stava diventando sempre più chiaro e sorgeva il giorno. All'improvviso scoppiò in una risata di felicità. «Ebbene, amore mio, che cosa abbiamo intenzione di fare, oggi?» Allora si guardarono negli occhi e, senza più riuscire a trattenersi, cominciarono a ridere sfrenatamente. Se pensavano a quanto era stata lunga la loro attesa e a come era nata in fretta la bambina... Mentre chiudeva gli occhi abbandonandosi a poco a poco al sonno, Sabrina ricordò ancora quell'orribile e squallida casupola di Chinatown dove si era recata, André che parlava a voce bassa, senza perdere la calma né impaurirsi, con l'uomo armato di pistola... e la rapidità con la quale erano scesi dalle scale... E adesso... eccola qui... nel suo letto, con una bambina appena nata che dormiva vicino a lei, il marito al suo fianco.

Quando Sabrina si svegliò, telefonarono ad Antoine. Stava per uscire di casa e andare nei campi e rispose distrattamente, quando sentì squillare il telefono. Ma André non si perdette in preamboli. «È una bambina!»

«Come? È già nata?» Antoine era felice. «Mio Dio, ma è fantastico!»

«Si chiama Dominique, è bellissima, e ha esattamente...» guardò l'orologio «...due ore e quattordici minuti.» Si capiva che era raggiante e Antoine, emozionato e commosso, balbettava frasi senza senso.

«Oh Dio... papà... *c'est formidable!*... Come sta Sabrina... è all'ospedale?»

André rise a sentire l'entusiasmo del suo figlio maggiore. «Le risposte sono, nell'ordine, sì, benissimo, no. Sì, è formidabile, Sabrina sta bene, e no, non è all'ospedale. La bambina è nata in casa.» Sabrina gli rivolse uno sguardo radioso. Non avrebbe mai dimenticato gli incoraggiamenti di suo marito, il modo in cui la aveva assistita stringendola a sé, senza lasciarla neppure un minuto. La nascita della bambina, per lei, aveva preso un significato molto più profondo perché ne aveva diviso ogni momento con André.

«Come?» Antoine rimase sbalordito. «In casa? Ma mi pareva...»

«Già, anche a me. È stato un bello scherzo che mi ha fatto tua madre. Non voleva disturbarmi perché dormivo e ha finito per svegliarmi troppo tardi. E... *voilà*, mademoiselle Dominique è arrivata più o meno venti minuti dopo che Sabrina mi ha svegliato. E il dottore dieci minuti dopo ancora!»

«Ma è incredibile!»

André sembrava stralunato, come se non si rendesse ancora bene conto di quello che era successo. Aveva gli occhi velati di lacrime. «Sì, *mon fils*, è incredibile! È stata la cosa più bella che io avessi mai visto!» Era quello che augurava anche ad Antoine, un giorno: una donna alla quale voler bene come lui, André, voleva bene a sua moglie, e la nascita di una creatura molto amata, e la speranza di poter dividere questa esperienza con sua moglie almeno per quanto era possibile. Adesso che tutto era andato a finir bene, era felice di avere assistito al parto e di essere stato vicino a Sabrina. Gli era sembrato tutto molto più difficile e, al tempo stesso, molto più facile di quanto credesse. Mai avrebbe pensato che fosse necessaria una fatica così lunga e così sofferta per venire al mondo, mai avrebbe pensato che una nascita fosse qualcosa di così penoso, terribile e bello...

«Devo dire che sei stata bravissima, sai?» mormorò a sua moglie, poche ore più tardi, disteso sul letto accanto a lei. Sabrina stava pranzando e Dominique dormiva profondamente nella culla che era stata di Jon. Sabrina l'aveva foderata di organza bianca e guarnita di nastri nuovi, di raso bianco. «Chissà... forse potremmo riprovarci...» La stava prendendo maliziosamente in giro e Sabrina gli scoccò uno sguardo di stupore.

«Ehi, un momento... calma... non è stato così facile come credi...» Si sentiva ancora spossata ma, fino a quel momento, non era apparso nessuno dei segnali di pericolo dei quali li aveva messi in guardia il dottore.

«Non credo di aver più voglia di farlo un'altra volta!» Del resto, sapevano entrambi che era estremamente improbabile, vista l'età di Sabrina; ma questo, invece, era un dono di Dio per il quale si sentivano grati e commossi.

Restarono delusi, quando, telefonando a Jon, si sentirono dire che era fuori a pranzo. Sabrina lasciò un messaggio per lui alla segretaria che Jon divideva con Bill Blake e lui la richiamò qualche ora più tardi, nel pomeriggio. Pareva un po' sbronzo e non sembrava particolarmente incuriosito di sapere il motivo per il quale sua madre gli aveva telefonato. Ma quando gli diede la notizia, dall'altro capo del filo calò un profondo silenzio e Sabrina pensò che la comunicazione fosse stata interrotta.

«Jon?... Jon?... Jon?... Jon... oh accidenti... André, credo...» A questo punto sentì di nuovo la voce di suo figlio.

«Non riesco a credere che tu abbia voluto andare fino in fondo.» Del resto, non la vedeva da quattro mesi. «Chissà perché, ho sempre pensato che avresti riacquistato un briciolo di buonsenso prima che fosse troppo tardi. Pazienza!» Scoppiò in una risata da ubriaco che infastidì enormemente Sabrina.

«Si chiama Dominique, è piccola e bellissima. Spero che la vedrai presto.» Continuò a parlargli come se Jon condividesse la loro felicità. Intanto lui, facendo un rapido calcolo, si era accorto che i conti non tornavano.

«Adesso che ci penso, non doveva nascere in dicembre, mamma? Se non sbaglio ti sei sposata in aprile o giù di lì...» Non era uno stupido, il suo figliolo.

«Sì, più o meno. È nata due mesi prima del tempo.»

«Non dirmi che sei andata a letto con lui prima di sposarlo!» Sghignazzava e Sabrina provò, all'improvviso, una gran voglia di strozzarlo.

«Torna a casa presto a vedere la tua sorellina, Jon.»

«Sicuro, mamma. Oh... a proposito, congratulazioni a tutti e due...» Ma lo aveva detto con la voce carica di ironia. Che differenza con la telefonata di Antoine, pensò Sabrina, riattaccando. Antoine si era mostrato emozionatissimo, commosso per loro, travolto da tanta felicità; Jon era stato cinico, antipatico e si era affrettato a farle notare di sapere benissimo che la bambina era stata concepita prima del matrimonio. Sabrina si sentì profondamente delusa e guardò André con le lacrime agli occhi.

«Come è sempre sgarbato!» Pareva una bambina avvilita e André, accarezzandole una mano, le diede un bacio.

«È geloso. Devi pensare che è rimasto figlio unico per molto tempo!» Per amor suo, André cercava ogni pretesto per dare una spiegazione al comportamento di Jon. Ma adesso, Sabrina non era più disposta ad accettare queste scuse come una volta.

«La stessa cosa vale anche per Antoine. Sai cosa ti dico? Mio figlio è una carognetta egoista! Mi auguro che un giorno trovi qualcuno che lo ripaghi della stessa moneta. Non si può andare in giro a trattar male la gente, come fa lui, e illudersi di non doverne sopportare le conseguenze!» Le venne in mente Arden Blake e pregò in cuor suo che non dovesse soffrire troppo per colpa di Jon.

Non lo rividero più fino all'anno successivo. Arrivò in giugno, quando Dominique aveva otto mesi ma, entrando in casa Thurston, non la degnò di uno sguardo. Si guardò intorno, piuttosto, come se fosse il padrone, e sua madre, osservandolo, non poté fare a meno di ammettere che era ancora più bello di quando si era laureato un anno prima. Gli mancava ancora un mese per compiere ventitré anni ed era alto, snello, con la figura elegante. Dimostrava una grande distinzione nel tratto e nel portamento, anzi era talmente sofisticato da sembrare addirittura *blasé*. Sabrina gli buttò le braccia al collo e gli sorrise felice. Non lo rivedeva più dal giorno in cui lo aveva accompagnato alla partenza del *Normandie*. Aveva in braccio la bambina che gli fece una risatina gorgogliante, ma sembrò che Jon non si accorgesse neppure della sua esistenza.

«Allora, cosa ne pensi della signorina Dominique?» Sabrina guardò con orgoglio prima la piccola, che teneva in braccio, e poi il suo bellissimo figliolo.

«Chi? Oh, questa...» Finse di non essere affatto divertito da quella battuta e sua madre lo rimproverò.

«Su, smettila, Jon! Non darti tutte quelle arie da persona vissuta! Ti ricordo, sai, quando avevi la stessa età. E non è poi passato tutto questo tempo!» Allora Jon le rivolse un sorriso più caloroso di prima.

«Va bene... d'accordo... sì, è carina. Ma non ha ancora l'età delle ragazze che piacciono a me.»

«Ohi, ohi... e quale sarebbe quest'età?» ribatté Sabrina, prendendolo garbatamente in giro, mentre salivano di sopra e Jon, entrando nella sua camera, si guardava intorno. Non era cambiato niente. Sabrina la teneva sempre pronta per lui, anche se, a casa, ci veniva poco.

«Oh... diciamo fra i ventuno e i venticinque anni.»

«Allora devo capire che Arden Blake ne resta fuori!» Sabrina non l'aveva dimenticata, come non aveva dimenticato la frase di Jon, quando, salutandola prima di partire per l'Europa, le aveva detto che Arden era la sua «carta vincente», il suo mezzo per arrivare al successo. «Ormai dovrebbe avere più o meno diciannove anni.»

«Hai una memoria eccellente, mamma. Infatti. Ma, per lei, a volte faccio qualche eccezione.»

«Povera bambina!»

«Non ci pensare. Verrà a San Francisco con Bill da Malibu la settimana prossima. Potremmo ospitarli qui?»

«Certo, però dovete comportarvi bene. Volendo, potreste addirittura venire su a Napa. Basterà che tu e Bill dormiate nella stessa camera. Adesso abbiamo due belle stanze da letto per gli ospiti e potete averle per voi. Ci farebbe molto piacere, avervi su a casa, da noi!» Gli sorrise felice. Era bello averlo di nuovo con sé anche se, a volte, era un ragazzo difficile.

«Quindi devo concludere che non abitate più nella stamberga di prima.»

«Jon!»

«Be', lo era sì o no?»

«Si trattava di una sistemazione temporanea. No, André ha costruito una casa stupenda per noi. E c'è anche una piccola villa separata, per Antoine.»

«Come! È ancora da queste parti?» Sembrava che questo fatto infastidisse Jon.

«Si occupa di mandare avanti i vigneti con André. La nostra proprietà è molto grande e soltanto adesso le cose stanno cominciando a funzionare in modo soddisfacente. André non saprebbe come cavarsela senza di lui.» Ricordava ancora che Jon aveva chiamato André «quel contadino francese» ma, stavolta, suo figlio non pronunciò nessuna parola offensiva nei confronti del marito di sua madre.

«Magari veniamo su qualche giorno. Vedremo. Non so se ne avremo il tempo. Da quello che ho capito vogliono restare il più possibile a San Francisco.»

«Certo, ci sono tante cose da vedere. Però potrebbero divertirsi anche a Napa.» Infatti, quando ci arrivarono, ne rimasero entusiasti. Jon aveva preso l'aria annoiata, ma Bill restò incantato di fronte alle vaste estensioni di vigneti che i De Vernay coltivavano. Anzi disse che, in passato, suo padre aveva fatto grossi investimenti nei vini che si producevano in Francia e ci aveva guadagnato enormemente.

«Lo so!» gli rispose André con un sorriso. «Tuo padre e io abbiamo fatto affari d'oro in quell'occasione!» Scoppiò a ridere e Bill rimase stupito ed emozionato quando capì con chi stava parlando. Poi si affrettò a spiegare a Jon che André e suo padre si erano conosciuti molti anni prima. Ma Bill Blake senior non era venuto a salutare il figlio alla partenza del *Normandie* e André non lo aveva visto neanche alla festa dei laureati, quando erano andati ad Harvard. «La prossima volta che vengo a New York, voglio telefonargli. In ogni modo, nel frattempo, ti prego di salutarlo molto cordialmente da parte mia.»

«Lo farò senz'altro.» Da quel giorno sembrò che Jon mostrasse un maggior interesse nei confronti di André, anche se continuò a ignorare totalmente la presenza di Antoine. Nel frattempo Sabrina e Arden erano andate a fare una lunga passeggiata con Dominique, comodamente sistemata nella carrozzella che Sabrina aveva comperato per lei in un negozio di San Francisco. Camminarono per parecchie ore girando per i sentieri che Sabrina conosceva fin da quando era bambina e, al loro ritorno, trovarono i quattro uomini a prendere il sole intorno alla piscina. Arden corse a salutare André e venne presentata ad Antoine, che non conosceva ancora. Sabrina si accorse subito che Antoine, stringendole la mano, la guardava con tanto d'occhi. E continuò a fissarla, affascinato, per tutto il resto del pomeriggio; la sera, quando Bill e Jon andarono in città a giocare al casinò, restò a conversare a lungo con lei. Bill e Jon erano abituati a lasciare Arden a casa e, anche stavolta, non pensarono neppure di condurla con loro. Bill aveva domandato ad Antoine se aveva piacere di accompagnarli, ma lui aveva risposto di avere del lavoro da sbrigare a casa. A dir la verità, del lavoro si dimenticò completamente non appena i due ragazzi furono partiti.

Sabrina lo fece notare ad André, quella sera, dopo aver messo la bambina a letto. Antoine e Arden erano seduti al buio, sotto il portico, a conversare animatamente. «Mi sembra che sia rimasto molto colpito da Arden. Te ne sei accorto?»

«Certo che me ne sono accorto.» André rimase un attimo soprappensiero, poi disse: «Credi che Jon avrà qualche obiezione? Mi pare di aver capito che ha un debole per lei».

«Non ne sono del tutto convinta.» Sabrina sedette sul letto. «L'anno scorso, quando mi ha parlato di lei, mi ha detto che era la sua carta vincente, cioè che poteva essere una pedina utile per fare carriera... ma spero che non parlasse sul serio. Sono d'accordo che gli basterebbe sposarla per trovarsi con una posizione sicura e definitiva nella banca di William Blake, ma non mi farebbe piacere che si approfittasse di lei in questo modo!» Purtroppo sapeva di non avere alcuna influenza su Jon e quindi, anche se gliene avesse parlato, non sarebbe riuscita a fargli cambiare idea. André, invece, non prese sul serio le parole di sua moglie.

«Non credo che lo abbia detto con cattiveria. Forse, in quel momento, ti ha risposto così tanto per fare... avrà pensato che era una battuta spiritosa!»

«Me lo auguro! Non mi pare che Arden lo interessi molto!»

«Non si può dire lo stesso per Antoine!» André sorrise. Antoine aveva definitivamente rotto i rapporti con la ragazza che frequentava in città e nei mesi precedenti si era chiuso in se stesso, più del solito, e stava molto da solo, per conto proprio. Ma, quella sera, con Arden Blake, tutto era andato diversamente.

L'indomani, Arden portò la bambina in piscina e cominciò a giocare con lei pazientemente, badando che non corresse alcun pericolo; e quando rientrò da una riunione in città con alcuni importanti distributori di vini, Antoine corse a mettersi in costume da bagno e la raggiunse in piscina. Restarono a chiacchierare, a ridere sommessamente, giocarono con la bambina e, dopo averla riaccompagnata da Sabrina, ripresero la loro conversazione. Pareva che avessero sempre moltissime cose da dirsi, notò Sabrina. Poco prima, mentre giocavano con la bambina, le erano sembrati quasi due sposini. Del resto, avevano l'età giusta per esserlo! C'era qualcosa in cui si assomigliavano, la serenità, il calore dei rapporti umani... parevano usciti da una stessa matrice... perfino la tonalità dei loro capelli biondi era quasi la stessa. Si sarebbero detti una coppia perfetta, anche se nessuno pensò a fare un commento simile... Ma Jon dovette accorgersene perché, appena Dominique venne fatta uscire dalla piscina, fece un bel tuffo e, risalendo alla superficie, si mise a nuotare passando in mezzo ad Arden e Antoine. Quella sera, la accompagnarono al cinema — lui e Bill — ma non invitarono Antoine ad andare con loro. Sabrina lo trovò seduto sotto il portico, solo, immerso nei suoi pensieri. Fumava una sigaretta e sorseggiava lentamente un bicchiere del vino di loro produzione.

«Non hai niente di meglio da bere di questa robaccia?» esclamò scherzosamente, mentre veniva a sedersi su una poltrona a dondolo vicina a quella di lui. «Come ti va la vita, caro? Tutto bene?» Si preoccupava spesso per Antoine, le pareva troppo silenzioso, troppo chiuso... Non si riusciva mai a capire se aveva qualche preoccupazione, e di che genere. Cercava sempre di non dare fastidio agli altri; si assumeva molte, e pesanti, responsabilità e, proprio per questo motivo, era considerato il braccio destro di André.

«Sto bene.» Aveva sempre lo stesso accento francese di quando era arrivato in California. Sabrina gli sorrise.

«Carina, vero?» Sapevano entrambi di chi stava parlando: di Arden Blake.

«Non è solo carina», ribatté Antoine, con voce sommessa. «Per essere così giovane, ha una personalità straordinaria. Se tu sapessi come è profonda, tenera, piena di comprensione e di pietà per il prossimo. Te lo aveva detto che l'anno scorso ha lavorato per sei mesi con un missionario, in Perù? Ha dichiarato a suo padre che, se non le dava il permesso di partire, sarebbe scappata di casa. Lui, allora, ha ceduto. Parla un buon spagnolo, e anche un francese perfetto», continuò, sorridendo a Sabrina, «e c'è un cervellino molto intelligente sotto quei capelli biondi! Molto di più di quello che Jon immagini, secondo me!»

«Non credo che provi un reale interesse per quella ragazza.» Sabrina continuava a essere di questo parere, ma Antoine ne sapeva di più.

«Ho paura che ti sbagli. Per il momento, Jon preferisce aspettare. Vuole che arrivi il momento opportuno. Intanto gli piace divertirsi e lei è ancora molto giovane.» Antoine la guardò con un'espressione saggia e matura negli occhi che Sabrina non gli aveva mai visto. Se ne rattristò. «Sono convinto che un giorno la sposerà. Lei non lo sa ancora, ma io ne sono sicuro. Al momento se la tiene in serbo, aspettando un futuro migliore... ma se qualcuno le va troppo vicino...»

Sabrina volle essere onesta con lui. «Se Jon dovesse sposarla, sarà soltanto per le ragioni sbagliate, Antoine.»

«So anche questo!» Le sorrise quasi con tristezza. «È strano, ma a volte si riesce a vedere con certezza quello che gli altri stanno per fare, magari si vorrebbe anche impedirglielo, ma non si può.»

«In questo caso, potresti farlo, Antoine!» Almeno una volta nella vita, Sabrina avrebbe voluto che Antoine facesse quel che voleva e non si preoccupasse sempre del suo prossimo. Del resto, non aveva nessun dovere nei confronti di Jon, che non si era mai comportato correttamente con lui. C'era un motivo segreto, che ancora le sfuggiva, per il quale non le piaceva l'idea che Jon riuscisse ad avere Arden Blake. «Non lasciartela sfuggire, se è questo quello che vuoi!»

«È troppo giovane», ribatté Antoine con un sorriso. Poi, sospirando, aggiunse: «E, fra l'altro, è pazzamente innamorata di Jon. Pare che lo sia sempre stata, fin da quando aveva quindici anni. E quando ci si intestardisce su una cosa... è difficile cambiare idea. Dovrebbe maturare, e allora forse lo capirebbe... ma finora non è successo!»

«Ci arriverà con il tempo! Jon, poi, non mi sembra molto carino nei suoi confronti.»

«Già, e questo peggiora la situazione. C'è qualcosa di masochista nelle ragazze di quell'età.» Sembrava molto saggio per i suoi anni e Sabrina lo guardò con stupore.

«Perché non provi a stare un po' con lei?»

«È quello che abbiamo fatto oggi. Ma non resterà qui ancora per molto, mi pare.» Allora Sabrina ebbe un'idea luminosa e si affrettò a parlarne ad André quella sera stessa.

«Non ti pare che dovresti mandare Antoine a New York per approfondire quel progetto di ampliamento del nostro mercato di cui avevamo discusso?» André la guardò, sgranando gli occhi per la meraviglia.

«Per quale motivo dovrei mandarlo a New York? Credevo che ci saremmo andati noi, quest'autunno!»

«Perché non ci mandi lui?»

«Hai cambiato idea? Non ci vuoi più venire?»

«Possiamo sempre andarci un'altra volta!»

Lui la guardò incuriosito per un attimo e poi scoppiò a ridere. «Non sarai di nuovo incinta, per caso?»

Sabrina rise. «No. Stavo solo pensando che gli avrebbe fatto bene.»

«No, no! C'è sotto qualcos'altro! Ti conosco troppo bene, cara mia! Non mi inganni. Si può sapere che cosa mi nascondi, piccola strega che non sei altro?» Le si avvicinò, la prese fra le braccia e Sabrina scoppiò in una risatina divertita, senza riuscire a conservare l'aria disinvolta e noncurante di poco prima.

«Smettila! Parlo sul serio.»

«L'ho capito. Ma vuoi dirmi cosa c'è sotto?»

«E va bene... va bene...» Allora gli parlò di Arden Blake e dell'interesse che, a quanto pareva, Antoine cominciava a provare per lei.

«Perché non lasci che se la sbrighi da solo? Ormai ha ventisette anni e deve sapere come cavarsela. Se vuole andare a New York, può ben permetterselo... con lo stipendio che prende!»

«E allora lui non ci andrà! È troppo gentiluomo per portarla via a Jon.»

«Forse ha ragione. Non ti pare che faresti meglio a restar fuori da questa storia?» Era preoccupato ma, stavolta, Sabrina non si lasciò intenerire.

«André, è la ragazza perfetta per Antoine! Quella che ci vuole per lui.»

«E allora lascia che faccia quello che vuole.»

«Accidenti, lo sai che sei insopportabile?» Però André aveva ascoltato molto attentamente tutto ciò che Sabrina gli aveva detto. Provò ad affrontare l'argomento, in modo apparentemente casuale, con Antoine, il giorno dopo, e non disse niente quando Antoine scomparve per l'intero pomeriggio e tornò a casa cotto dal sole, ma felice e contento dopo il picnic che erano andati a fare, con Arden, lungo le rive di un torrentello di campagna. Antoine le aveva fatto assaggiare qualcuno dei vini di loro produzione, probabilmente l'aveva baciata un paio di volte e, quella sera, la condusse a fare una passeggiata mentre Bill e Jon si affrettavano a partire per la città, con l'intenzione di spassarsela con certe ballerine del varietà la cui fama era giunta anche alle loro orecchie. Quando Arden se ne andò con Bill da Napa per tornare a Malibu, disse ad Antoine che sperava di rivederlo. Jon rimase ancora qualche giorno con la sua famiglia e poi partì anche lui per raggiungerli. Infine rientrò a New York in compagnia di Bill. Quanto ad Antoine, scoprì improvvisamente di avere qualche affare da sbrigare da quelle parti e andò a Malibu a trovare Arden prima che lei ripartisse con la madre per New York. Ma, di questo viaggio, raccontò poco a Sabrina e ad André.

«Allora? Lo mandi a New York?» chiese Sabrina e suo marito le sorrise con aria misteriosa.

«Sì, ma soltanto perché me lo ha chiesto lui. Vuole un pretesto convincente per andare a New York a rivederla anche se, naturalmente, non me lo ha detto chiaro e tondo!» Ma quando Jon telefonò a sua madre, poco tempo dopo, le parlò moltissimo di Arden. Sembrava che avesse ricominciato a interessarsi a lei. Erano usciti insieme più di una volta, erano andati di qua e di là, a un cocktail party e a teatro, a vedere una commedia. Sabrina sapeva che Jon voleva soltanto divertirsi con Arden e che Antoine aveva ragione. Voleva tenerla in serbo, pronto ad approfittarne al momento opportuno, e Arden era troppo giovane per capire il suo gioco. Antoine, comunque, partì ugualmente per New York e andò a trovarla ma, al suo ritorno, a Sabrina parve depresso.

«E allora? Come è andata? Ti ha detto qualcosa?» Non appena André riuscì a parlare a quattr'occhi con suo figlio, Sabrina si affrettò a domandargli se sapeva qualcosa.

«Sì. Mi ha detto che Arden è innamorata di Jon.»

«Ma non è possibile! Sembrava che Antoine le piacesse moltissimo, quando è stata qui!»

«Già, ma da quel giorno Jon si è messo a farle una corte serrata, tanto che lei è arrivata addirittura al punto di convincersi che sono, praticamente, fidanzati. E lo ha anche detto a Antoine perché ha pensato che era più corretto farglielo sapere. Stavolta non lo ha neppure baciato, ma guardati bene dal fargli capire che ti ho raccontato anche questo!»

«Naturalmente! Per chi mi hai preso?» Sembrava depressa quanto Antoine. «Accidenti! Come è abile a raggirare il suo prossimo quel piccolo figlio di puttana!»

«Belle cose da dire di tuo figlio! Da' retta! Stai fuori da questa faccenda. Riguarda soltanto loro tre. Se Antoine vuole averla a ogni costo, bisogna che si metta d'impegno. E che combatta la sua battaglia. Se Jon lo fa soltanto per divertirsi, un bel giorno la pianterà in asso. E se lei ha un briciolo di cervello, sceglierà fra i due quello che preferisce. La cosa migliore è che tu non ci metta il becco!»

«Capisco. Ma è terribile stare così in sospeso... a vedere che cosa succede!»

Antoine non pronunciò più il nome di Arden per parecchi mesi e Sabrina osservò che non era arrivata nessuna lettera da parte sua. A Natale telefonò a Jon e provò a fargli qualche domanda.

«A proposito, come sta Arden, caro?»

«Chi?»

«Arden Blake.» La ragazza dalla quale stai cercando di tener lontano Antoine con ogni mezzo, brutto stupido. Ma cercò di non perdere la calma. «La sorella di Bill, il tuo amico.»

«Oh... già! Sta bene. Adesso esco molto spesso con una ragazza che si chiama Christine.»

«E da dove viene?»

«Credo che sia di Manchester. È inglese, ma lavora a New York come indossatrice. È molto alta, sexy, bionda.»

«È una brava ragazza?» André, che era arrivato in quel momento e aspettava di salutare Jon al telefono, scoppiò a ridere e Sabrina finì per ridere anche lei. «Non importa.» Le bastava sapere che Jon aveva lasciato Arden, almeno per il momento. «Quindi non esci più con Arden? La vedi ancora, qualche volta?»

«Di tanto in tanto. La vedrò questa settimana, perché vado ospite dei Blake a Palm Beach.»

«E quando verrai da noi?»

«L'estate prossima, probabilmente. Magari faccio venire anche Christine.» Tutte notizie che sembravano molto promettenti per la felicità di Antoine, e Sabrina ne rimase soddisfatta.

«Magnifico! Salutala da parte nostra!» André non le nascose di essere indignato quando Sabrina riattaccò. «Insomma, si può sapere da che parte stai?»

«Prova a indovinarlo!» Sorrise. Stavolta voleva che Antoine riuscisse a ottenere ciò che desiderava. Gli aveva sempre dato molto poco, la vita, mentre Jon aveva sempre avuto tutto. Era venuto anche per lui il momento di imparare che, non sempre, le cose vanno secondo i nostri desideri. Ma sapeva che, in fondo, non gliene importava molto di Arden. Naturalmente non voleva che ne soffrisse, ma non voleva neppure che facesse soffrire gli altri. L'indomani, Sabrina si affrettò a raccontare ad Antoine che Jon usciva con un'altra ragazza, una ragazza nuova.

«Mi fa piacere per lui.» Ma non sembrò che la notizia lo interessasse molto.

«Antoine...» Se, in un primo tempo, aveva pensato di dargli la notizia che Arden era libera con tutta la delicatezza possibile, adesso pensò che era meglio abbandonare qualsiasi precauzione. «Jon non esce più con Arden, non la vede più.»

«Anche questa è una bella notizia.» Le sorrise, ma senza che la sua faccia si illuminasse di gioia.

«Non le vuoi più bene?» Che ragazzi! Cominciava a non capirli più. Guardò Antoine con gli occhi sgranati per la meraviglia e lui le diede un bacio su una guancia.

«Le voglio molto bene, mamma cara.» Spesso, ora, la chiamava così. «Ma è una ragazza molto giovane e non sa quello che vuole. E io preferisco restar fuori da questa storia.»

«Perché?»

Antoine la guardò e disse con molta schiettezza: «Perché non voglio restarci male».

«E con questo?» Sabrina era quasi scandalizzata. «Purtroppo la vita è fatta così. Prova almeno a lottare per quello che desideri!» Si sentiva improvvisamente in collera con lui. Tuttavia Antoine non si lasciò convincere.

«No. Perché in questo caso so di non poter vincere. Credimi, ne sono sicuro. Arden si rifiuta di vedere quali sono i difetti di Jon.» Lanciò un'occhiata di scusa a Sabrina, che non si era minimamente offesa. Sapeva com'era fatto suo figlio Jon meglio di chiunque altro. «Più io la cerco, più Arden corre dietro a Jon.»

«Possibile che sia così stupida?»

«Sì, possibilissimo. È un difetto che si chiama giovinezza. Crescerà.»

«E allora?»

Antoine si strinse nelle spalle con aria filosofica. «Molto probabilmente sposerà Jon. A volte, finisce così!»

«E non te ne importa?»

«Sì, che me ne importa! Ma purtroppo non ci posso fare un accidenti di niente. Me ne sono accorto quando sono andato a New York. Ecco perché ero così depresso e non ho fatto che rodermi dalla disperazione, al mio ritorno!» Le rivolse un sorriso imbarazzato e Sabrina rimase commossa di fronte a tanta sincerità. «Purtroppo ho le mani legate. Sono sconfitto in partenza. Jon è insidioso, molto persuasivo quando vuole, e Arden, almeno in apparenza, crede a ogni sua parola. Eppure sono persuaso che, nel suo intimo, sia tormentata dai sospetti e da certi presentimenti tutt'altro che rosei... figurati che, perfino adesso, le racconta un sacco di storie sulle altre ragazze con le quali si fa vedere in giro e lei finge di essere convinta che è vero tutto quello che le dice. Secondo me, c'è una parte di lei che non si è mai lasciata convincere. Purtroppo non è abbastanza matura per fidarsi del suo istinto e non sa ascoltare le voci che sente nel cuore. Un giorno, lo farà senz'altro.» Guardò Sabrina con tristezza. «Probabilmente succederà molto tempo dopo il loro matrimonio, magari quando avranno già un paio di bambini. A volte, la vita è fatta così!»

«Già, ma... tu?» Perché questa era la sua più grande preoccupazione. Se Arden era tanto sciocca, peggio per lei... non le faceva nessuna pietà, aveva quello che si meritava. Jon, da parte sua, sapeva badare a se stesso. Ma Antoine... «Si può sapere tu come ti ritrovi, dopo tutto questo?»

«Io mi ritrovo con una piccola cicatrice», rispose sorridendo, «e so di avere imparato una grande lezione, del resto c'è ben altro che bolle in pentola! Qui abbiamo i nostri affari di cui occuparci e, in primavera, voglio tornare in Europa.» Ma, dopo questo viaggio, parve ancora più depresso di prima. Ormai aveva la certezza assoluta che sarebbe scoppiata una guerra. Hitler stava diventando troppo potente e l'inquietudine serpeggiava dappertutto, nel continente europeo. Ne aveva discusso a lungo con suo padre, dopo il suo ritorno, e André era rimasto spaventato da quello che si era sentito raccontare.

«Sai di che cosa ho paura, soprattutto?» disse una sera, parlandone a quattr'occhi con Sabrina. «Ho paura per lui. È abbastanza giovane da arruolarsi e andare a combattere, convinto di compiere un nobile gesto... per patriottismo e tante altre fandonie del genere... e magari farsi ammazzare...» Si sentiva tremare il cuore al solo pensarci.

«Sei realmente persuaso che partirebbe?»

«Non ne ho il minimo dubbio. Del resto, me lo ha anche detto!...»

«Dio, no...» In quel momento pensò anche a Jon. Non riusciva assolutamente a immaginarselo, richiamato alle armi, soldato, durante un conflitto. E, quando provò a parlarne con Antoine, i suoi dubbi si fecero più angosciosi.

«È ancora il mio paese... lo sarà sempre... anche se ormai vivo qui da molto tempo. Se la Francia dovesse essere aggredita... partirei immediatamente. Molto semplice, mi pare!» Purtroppo le cose non erano affatto semplici come sembravano e, adesso, ogni volta che ascoltavano le notizie, Sabrina e André sentivano farsi più pesante quella minaccia. Lei non faceva che augurarsi che Antoine si mettesse di nuovo a fare la corte ad Arden Blake. Chissà che, sposandola, sentisse meno impellente la necessità di arruolarsi e di combattere per la Francia. Intanto tutto ciò che Antoine aveva detto, stava cominciando a tradursi in pratica. Ormai pareva impossibile che, in Europa, si potesse evitare un conflitto. A Sabrina e André non rimaneva altro da fare che augurarsi che la guerra non scoppiasse presto, perché c'era sempre la speranza che Antoine, nel frattempo, cambiasse parere. Forse sarebbero riusciti a persuaderlo che la sua presenza era essenziale lì, a Napa, per mandare avanti l'azienda. Purtroppo Sabrina aveva il sospetto che sarebbe partito per andare ad arruolarsi in ogni caso, e André era d'accordo con lei.

Nella speranza di dimenticare, almeno momentaneamente, tutto questo, André volle organizzare per sua moglie una stupenda festa di compleanno a casa Thurston. Sabrina compiva cinquant'anni. Al sontuoso ricevimento parteciparono almeno quattrocento persone. Persone che Sabrina amava, per le quali provava dell'affetto e della simpatia, altre che conosceva appena... ma fu una serata magnifica alla quale partecipò perfino Dominique, che si mise a trotterellare fra gli invitati, vestita di organdis rosa, con un nastro di raso rosa legato fra i riccioli biondi, e un sorriso angelico sul faccino illuminato da due grandi occhi azzurri. Era la loro gioia. Sabrina e André l'amavano ogni giorno di più. Anche Antoine aveva una vera e propria adorazione per la bambina. Alla festa di compleanno di Sabrina si presentò in compagnia di una ragazza molto simpatica, inglese, che era venuta a studiare a San Francisco per un anno. Frequentava la facoltà di medicina, era tranquilla, silenziosa e molto seria, ma le mancavano il calore umano, lo spirito, la fresca schiettezza di Arden Blake.

Sabrina riparlò di Arden con Jon, quando suo figlio venne in visita durante le vacanze estive. Jon disse soltanto che aveva ricominciato a frequentarla, ma nella sua vita, adesso, c'erano anche Christine, un'altra indossatrice francese e una ragazza tedesca, israelita, di favolosa bellezza, che aveva conosciuto da poco e che era riuscita a lasciare la Germania prima che la situazione si facesse troppo scottante. La sera prima della sua partenza da Napa, Jon ebbe un'accesa discussione con Antoine per questioni politiche. Aveva insistito nel dichiarare che Hitler era la salvezza, per la Germania e l'economia del paese; aveva aggiunto che molto probabilmente avrebbe fatto un mucchio di bene anche a tutto il resto dell'Europa. Antoine si infuriò talmente che spaccò due bicchieri e una tazza.

«Lasciali stare!» André non aveva fatto che impedirle di entrare in salotto per tutta la sera. «Certe volte, una bella discussione è proprio quello che ci vuole! E poi, sono uomini adulti!» Già, ma non era facile ricordarsene.

«Per amor di Dio... sono ubriachi! Finiranno per ammazzarsi.»

«Figurati! Non ci pensano neanche!»

Alla fine, Antoine se ne andò, sempre più infuriato, piantando in asso Jon che si addormentò sul divano e, l'indomani, si separarono da ottimi amici — anzi, più amici di quanto non fossero mai stati prima. Antoine arrivò addirittura al punto di dire a Jon che gli avrebbe telefonato alla banca casomai fosse tornato a New York... cosa che si era sempre ben guardato dal proporre in passato. Sabrina rimase sbalordita e finì per ammettere che André aveva avuto ragione.

«Devo confessare che gli uomini, a volte, si comportano in un modo molto strano!» Era ancora meravigliata quando rientrarono dalla stazione, dove erano andati ad accompagnare Jon. «Figurati che ieri sera ero convintissima che si sarebbero tirati il collo a vicenda!»

«Abbiamo svariati motivi per sperare che non arriveranno mai a questo punto!»

Dopo la partenza di Jon, l'estate diventò impegnativa per tutti. L'uva era bellissima e, all'inizio dell'autunno, Antoine e André furono molto indaffarati per la vendemmia. Poco dopo, arrivò il secondo compleanno di Dominique. E poi Natale. Jon era andato a Palm Beach con i Blake. Antoine non parlava più di Arden. Poi, all'improvviso, arrivò la primavera, e di nuovo l'estate; Jon, in luglio, telefonò per annunciare la sua venuta per il mese successivo. Disse che sarebbe arrivato verso il diciotto agosto e, a Sabrina, parve che le volesse tenere nascosto qualcosa. Le era sembrato evasivo e sfuggente, al telefono, senza riuscire a capirne il perché. Lo intuì soltanto quando lo vide scendere dal treno, seguito da una ragazza bionda, la più bella che lei avesse mai visto. Poi, quando la ragazza le venne incontro, ebbe un altro choc. Era Arden Blake, cresciuta, cambiata. Sabrina non la vedeva da anni. Adesso Arden ne aveva ventidue. Com'era diversa! A Sabrina parve di una bellezza straordinaria, con i capelli pettinati all'ultima moda, il trucco perfetto e il corpo più magro e slanciato di un tempo... Assomigliava molto di più a Jon e, visti l'uno accanto all'altra, formavano una coppia spettacolare! Quanto a dolcezza, però, Arden non era cambiata.

«Ti piace questa sorpresa?» Jon passò lentamente lo sguardo da sua madre ad Arden e sorrise, mentre cenavano tutti insieme a casa Thurston. Era venuto perfino Antoine. Sabrina si accorse che osservava attentamente Arden, la scrutava a fondo, ma si comportava con maggiore riserbo. Si rese conto che quella serata non era facile per lui.

«Certo che è stata una sorpresa! Ma una sorpresa bellissima. Siamo sempre contenti di avere Arden qui da noi. È tanto tempo che non si faceva vedere.» Rivolse un sorriso affettuoso alla ragazza che arrossì. Quella timidezza faceva uno strano contrasto con il vestito nero, dal taglio quasi audace, che portava e che metteva a nudo il suo petto candido, dalla pelle vellutata.

«Bene! Abbiamo anche un'altra sorpresa per te, mamma.» Si mise a ridere e Arden lo guardò vagamente sconcertata. Sabrina sentì un tuffo al cuore. D'un tratto, le parve di aver capito di che si trattava e lanciò un'occhiata ad Antoine, provando un disperato desiderio di proteggerlo. Jon, che aveva intercettato quello sguardo, continuò a parlare: «Ci sposiamo in giugno. Ci siamo appena fidanzati». Sabrina, istintivamente, diede un'occhiata alla mano sinistra di Arden la quale le mostrò, girandolo, uno stupendo anello di zaffiri e brillanti. Fino a quel momento lo aveva tenuto voltato contro il palmo della mano in attesa che Jon desse la notizia alla sua famiglia. Adesso le domandò, raggiante: «Abbiamo la sua approvazione?»

Sabrina rimase in silenzio per un attimo di troppo... Non sapeva che cosa rispondere. Fu André a salvarla, interloquendo rapidamente: «Certo che avete la nostra approvazione. Siamo felici e vi auguriamo ogni felicità». Antoine si alzò per fare un brindisi ai futuri sposi. «Mi congratulo con tutti e due e vi auguro lunga vita, amore eterno... tanti anni sereni...»

«Bene! Bravo!» André si affrettò a dare manforte a suo figlio e Sabrina cercò di riprendersi dal durissimo colpo che aveva provato. Si accorse che la notizia le aveva rovinato la serata e provò un po' di sollievo soltanto quando, finalmente, tutti si ritirarono nelle rispettive stanze e restò sola con André.

«Antoine aveva ragione.» Le sue previsioni si erano rivelate esatte. Però Antoine aveva anche previsto un divorzio nel giro di cinque anni al massimo e, anche in questo, Sabrina era convinta che non si sbagliasse. Per quanto Jon e Arden fossero una coppia bellissima e sembrassero fatti l'uno per l'altra, Sabrina capiva, istintivamente, che quel matrimonio era un gravissimo errore. «Jon non ama Arden. Lo capisco. Glielo leggo negli occhi.»

«Sabrina, non ci puoi fare niente!» André parlò con fermezza. «La cosa più saggia è lasciarli vivere la loro vita. Se è davvero uno sbaglio, come dici, se ne accorgeranno. Del resto, si sposeranno soltanto fra dieci mesi. È per questo che sono fatti i fidanzamenti. Si potrebbe lastricare una strada che va di qui fino all'Estremo Oriente con tutti gli anelli di fidanzamento che sono stati restituiti a chi li aveva regalati!»

«Io spero soltanto che Arden apra gli occhi e veda come stanno realmente le cose.» E se lo augurò ancora di più quando, qualche giorno più tardi, durante il loro soggiorno a Napa, arrivò anche a lei un pettegolezzo. Pareva che Jon fosse stato visto in giro per la città, di nuovo, con due ballerine. Sabrina non disse niente, ma non lo approvava. Purtroppo non era cambiato. Come non era cambiato Antoine, e non erano cambiati i suoi sentimenti per la fidanzata di Jon. Ogni volta che la guardava, nei suoi occhi si accendeva un lampo di passione repressa, e pareva che Arden se ne fosse accorta. Quando i loro sguardi si incontravano, restavano fissi l'uno nell'altro ed era sempre lei a distogliere il suo, con uno sforzo.

La bomba scoppiò il tre settembre, il giorno prima del loro ritorno a New York. Antoine era andato in città, a una riunione di affari e, durante il ritorno a casa, aveva aperto la radio. Le sue previsioni si rivelavano giuste ancora una volta. L'Europa era in guerra. Quando entrò a casa Thurston, Sabrina era annichilita. Lo aveva saputo da poco anche lei.

«Antoine...» Lui non aveva ancora parlato e già Sabrina aveva le guance rigate di lacrime... Quando André entrò in casa, dietro suo figlio, era cupo e accigliato.

«Hai sentito le notizie?» La domanda era inutile. Sia André che Sabrina fecero segno di sì, lentamente, e lo fissarono, temendo il peggio.

«Ti prego, non andare.» André aveva parlato con voce commossa, spezzata dall'emozione. Appena aveva sentito ciò che riferivano sulla situazione in Europa, si era terrorizzato. Era corso a casa a supplicare suo figlio di non partire per la guerra... non se la sentiva di lasciarlo andare... era un ragazzo... il suo primogenito... Aveva gli occhi lucidi di lacrime. Antoine lo abbracciò convulsamente. Proprio in quel momento Arden apparve in cima allo scalone e cominciò a scenderlo lentamente. Antoine alzò gli occhi a guardarla. Sabrina, in seguito, non riuscì mai a capire se le parole che pronunciò fossero rivolte a loro oppure alla ragazza.

«Devo partire. È un dovere per me... non potrei rimanere, sapendo quello che succede laggiù.»

«Perché? Ormai anche questo è il tuo Paese», esclamò Sabrina.

«Sì, ma quello è ancora più mio. È la mia terra natale. La mia patria. Ci sono nato, in Francia.»

«Sei nato come figlio mio.» Era la supplica di un uomo spaventato, e Sabrina guardò André. Per la prima volta da quando lo conosceva, aveva l'aria di un vecchio. «*Mon fils...*» Ormai non faceva più niente per trattenere le lacrime, che gli rigavano il viso. Sabrina si accorse che Arden stava piangendo anche lei. Non riusciva a staccare gli occhi da Antoine, che le venne vicino e le fece lentamente una carezza.

«Un giorno ti rivedrò.» Con un sospiro, si voltò a guardare suo padre e Sabrina. «Ho telefonato al consolato pochi minuti fa. Hanno già combinato tutto. Posso partire stasera, in treno. Vado a New York e, di lì, prendo la nave. Ce ne sono altri che partono come me.» Infine guardò suo padre. «*Je n'ai pas le choix, papa!*» Non ho altra scelta. Era una questione di dignità, per lui. Tutta colpa di André! Lo aveva allevato troppo bene, con troppa onestà, troppa fierezza... Antoine non avrebbe mai sopportato di restare lì, nascosto in famiglia, a novemila chilometri dalla sua patria, dove c'era bisogno di lui.

Da quel momento, cominciò una specie di incubo per tutti. Lo accompagnarono alla stazione quella sera. Aveva fatto i bagagli in tutta fretta. Poi aveva parlato per un paio d'ore con André per chiarire tutte le questioni che riguardavano la loro azienda e che restavano in sospeso. Aveva continuato a scusarsi con lui di lasciarlo a quel modo, ma non si sentiva di aspettare. Jon trovò che si comportava come uno stupido.

«Perché diavolo non aspetti fino a domani, vecchio mio, e non parti con noi, su un treno decente? Che cosa ci perdi?»

«È una questione di tempo. Hanno bisogno di me, subito. Il mio Paese è in guerra.»

Jon gli scoccò un'occhiata piena di ironia. «Aspetteranno! Non si rimangeranno la dichiarazione di guerra semplicemente perché tu arrivi con una settimana di ritardo!» Antoine, però, non trovò divertente quella battuta. E tutta la famiglia non trovò divertente radunarsi alla stazione alle due di notte per vederlo salire su un treno, insieme con un gruppetto di altri ragazzi che partivano verso l'Est. Sotto la pensilina della stazione si sentiva parlare soprattutto francese — c'era un mare di facce livide, e le lacrime scorrevano a fiumi. Poi, d'un tratto, mentre si salutavano, Arden gli si buttò fra le braccia e Antoine la baciò sulle guance e la guardò a lungo, profondamente, negli occhi.

«Sii saggia, amica mia.» Era un consiglio curioso da darle, ma Arden avrebbe dovuto seguirlo molto presto. Quando Antoine si staccò dal gruppo dei suoi familiari, Arden parve in preda alla disperazione e chiamò ancora, più volte, il suo nome, mentre il treno si metteva in movimento. Jon la prese per un braccio e la costrinse a seguirlo verso la loro automobile. André singhiozzava fra le braccia di Sabrina. Avevano lasciato Dominique a casa perché quella partenza sarebbe stata incomprensibile e, forse, troppo dolorosa per una bambina di tre anni.

«Non sono mai riuscito a convincermi che sarebbe partito sul serio... anche se continuava a ripeterlo...» André pareva inconsolabile. Continuò a piangere e a disperarsi fra le braccia di Sabrina per tutta la notte. Quando, l'indomani, anche Jon partì, fu un altro momento di dolore. Era come vedere la famiglia smembrata in un solo momento tanto che, mentre Sabrina baciava Arden, scoppiarono a piangere tutte e due senza sapere perché. Forse piangevano per Antoine, ma non se lo potevano dire. Poi Sabrina abbracciò e baciò anche Jon.

«Abbiate cura di voi... tornate presto...» André non se l'era sentita di accompagnarli alla stazione. Sarebbe stato uno sforzo troppo grande per lui. Quella sera, tornando a Napa in automobile, fu Sabrina che si mise al volante e André non disse una sola parola per tutto il viaggio.

Antoine li chiamò al telefono da New York la sera prima che la sua nave salpasse. Poi non ebbero più sue notizie per quattro mesi, fino a gennaio. Stava bene, era sano e salvo, si trovava a Londra, assegnato temporaneamente alla RAF, era pieno di ammirazione per De Gaulle e non faceva che parlare di lui ogni volta che scriveva. Sabrina si era abituata a correre ogni mattina a vedere se c'era una sua lettera nella cassetta della posta. Dominique, aggrappata alla sua gonna, la seguiva. Quando c'era una lettera di Antoine, tornavano indietro correndo più in fretta che potevano e Sabrina si precipitava a consegnarla ad André. Fintanto che ricevevano sue notizie, sapevano che tutto andava per il meglio. Purtroppo, però, si erano abituati a vivere in un terrore costante. Perfino il matrimonio di Jon e Arden passò in second'ordine di fronte a questa spasmodica attesa. Fu una festa sontuosa, celebrata a New York. André e Sabrina vi presenziarono; Bill Blake fu il testimone di Jon, Dominique una delle bambine che dovevano spargere i fiori al passaggio degli sposi, seguiti da un corteo di dodici damigelle al braccio di dodici cavalieri. La cerimonia ebbe luogo il primo sabato di giugno nella cattedrale di St. Patrick alla presenza di cinquecento invitati, ma Sabrina la seguì distrattamente. Continuava a pensare ad Antoine, si chiedeva dov'era, come stava. Gli pareva che fosse partito da un secolo; e quando, finalmente, li informò che sarebbe venuto a casa in licenza per tre mesi, Sabrina scoppiò in lacrime. Era partito da tredici mesi e, fino a quel momento, era passato indenne attraverso tutti i pericoli.

Quando arrivò, lo festeggiarono degnamente, e quando ripartì, il distacco fu meno angoscioso. Perfino André parve meno depresso della prima volta. Antoine, anche dopo essersene andato, aveva lasciato un'impronta sensibile della sua presenza. Con suo padre aveva parlato molto a lungo della produzione di vini della loro azienda; aveva giocato e scherzato con Dominique e si era dilungato in spiegazioni sulla guerra in Europa e soprattutto su De Gaulle, per il quale aveva una profonda ammirazione e un grande rispetto.

«Uno di questi giorni anche gli americani entreranno in guerra.» Lo dava per scontato.

«Veramente Roosevelt dice il contrario», osservò Sabrina.

«Sono tutte bugie. Si sta preparando per la guerra, dai retta a quello che dico!»

«Continui sempre a fare previsioni, vero, Antoine?»

«Non tutte sono giuste», ribatté lui con un sorriso, «ma questa... vedrete!» Aveva anche domandato notizie di Arden e Jon, ma Sabrina, di fronte alla sua espressione impenetrabile, non aveva saputo che cosa pensare. Pareva che tutti i suoi interessi, al momento, fossero per il conflitto europeo e per De Gaulle.

Antoine aveva pensato di fare una rapida visita ad Arden e Jon, passando da New York, ma le cose andarono diversamente, e non per sua volontà. All'improvviso gli venne abbreviata la licenza e fu costretto a partire con tre giorni di anticipo sul previsto, di notte, su una nave adibita al trasporto delle truppe. Quindi riuscì soltanto a telefonare a casa loro e trovò Arden, perché Jon era fuori. «È a una cena di affari con Bill. Chissà come gli dispiacerà di non poterti salutare.» Era molto contenta di avergli potuto parlare almeno lei, ma adesso era una donna sposata e doveva stare molto attenta a come si esprimeva. «Mi raccomando. Riguardati! Come stanno Sabrina e André?»

«Benissimo. Hanno un gran daffare. Sono stato felice di vederli. E Dominique è straordinaria!» Sorrise al telefono; gli pareva di avere davanti agli occhi la faccia di Arden, e lei, dall'altro capo del filo, sorrise a sua volta, contenta che fosse vivo. Pensava spesso a lui. Ma era felice con Jon. Sapeva di aver fatto la scelta giusta. Ormai erano sposati da quattro mesi. E sperava di aspettare un bambino molto presto.

«Avresti dovuto vederla al nostro matrimonio... era adorabile!»

«Salutami Jon.»

«Certamente... abbi cura di te...» Dopo averlo salutato, riattaccò. Poi rimase assorta a fissare il telefono, a lungo. Avrebbe voluto aspettare sveglia che Jon ritornasse ma, come sempre quando era fuori con suo fratello, rientrò in casa soltanto alle tre di notte.

L'indomani gli riferì la telefonata di Antoine, ma Jon aveva un mal di testa da impazzire e sembrò che la notizia non lo interessasse. Anzi, osservò in tono tagliente: «Come ha fatto a cacciarsi in un guaio del genere! Dev'essere matto! Grazie a Dio, il nostro Paese non farà la stessa idiozia!»

«Non si può dire che la Francia avesse molte possibilità di scelta!» ribatté Arden stizzita. Quante sciocchezze stava dicendo Jon!

«Forse, no! A noi, invece, non mancano e siamo maledettamente più furbi dei francesi!» Quando manifestò la stessa opinione a Napa, l'anno seguente, Sabrina non riuscì a tacere e lo aggredì letteralmente, rispondendo: «Non farti troppe illusioni, Jon. Secondo me, Roosevelt sta facendo un gioco schifoso. Scommetto che, nel giro di un anno, entreremo in guerra anche noi... a meno che, prima di allora, tutto non sia finito!»

«Figuriamoci! Col cavolo che ci entreremo!» bofonchiò mezzo ubriaco. Erano a Napa per la solita visita di tutti gli anni. Stavolta Jon era stato molto contento di venirci. Negli ultimi due mesi, Arden era caduta in una strana depressione. Aveva perduto un bambino in giugno e si comportava come se fosse la fine del mondo. «In fondo, era soltanto un bambino, accidenti... Perdio, a pensarci meglio, non era neppure un bambino!» Ma Arden non aveva fatto che piangere, inconsolabile. Sabrina capiva quello che doveva provare. Ricordava ciò che aveva sofferto quando aveva perduto il primo bambino che avevano concepito lei e John.

«Ti passerà... guarda me, ho avuto Jon... e guarda Dominique.» Si scambiarono un sorriso mentre la osservavano giocare con un cagnolino sul prato. Aveva quasi cinque anni e, per suo padre e sua madre, era la creatura più dolce del mondo. La gioia della loro vita — come qualcuno aveva predetto. «Avrai un altro bambino, un giorno. In principio, però, è difficile. Perché non provi a trovarti qualcosa da fare, in modo da restare impegnata almeno per un po' di tempo?»

Arden alzò le spalle, con gli occhi lucidi di lacrime. L'unica cosa che le interessava era restare nuovamente incinta, ma Jon non era mai in casa e, quando c'era, era ubriaco o stanco. Non ci teneva in modo particolare, lui, ad avere altri figli, ma Arden non poteva confidarlo a sua madre.

«Dai tempo al tempo. Dio santo, ci sono voluti due anni perché io potessi concepire di nuovo... vedrai che tu non ci metterai di sicuro tanto tempo!» Arden sorrise, ma non era convinta. A guardarla, abbattuta com'era, si sarebbe detto che le era crollato il mondo addosso; Jon, tra l'altro, l'aveva sempre lasciata a Napa per l'intero soggiorno, mentre lui andava spesso a San Francisco a trovarsi con gli amici. Sabrina cominciò a pensare che fosse un modo di comportarsi vergognoso da parte sua.

«Lo fa spesso?» domandò con franchezza ad Arden, un giorno, e la nuora, dopo un attimo di esitazione, fece segno di sì. Sembrava ancora più bella e più sottile quell'anno; anzi, forse, era fin troppo magra. In ogni caso era molto più graziosa delle indossatrici alle quali Jon dava continuamente la caccia.

«Vanno fuori moltissimo con Bill. Mio padre deve aver detto qualcosa in proposito a Bill pochi mesi fa. Forse pensava che, se Bill avesse cercato di cambiar vita, anche Jon si sarebbe comportato meglio...» Intanto rivolgeva un'occhiata di scusa alla suocera che la pregò, invece, di continuare. «Ma sono talmente amici, e da tanto tempo, che non si riesce a separarli neanche per una sera. Forse servirebbe a qualcosa se Bill si sposasse, ma dice che non lo farà mai!» Sorrise. «E dall'andazzo che ha preso la sua vita, credo che probabilmente sia vero.»

«La differenza sta nel fatto che Jon è *già sposato*. Non c'è nessuno che ha pensato di ricordarglielo?» esclamò Sabrina infuriata, rivolgendosi ad André quella sera. Ma lui si rifiutò di lasciarsi coinvolgere in una questione tanto intima e privata.

«Ormai è adulto, Sabrina. È un uomo coniugato. E se non gradiva le mie interferenze nella sua vita quando era ragazzo, non mi pare il caso di andare a dirgli qualcosa proprio adesso!»

«Allora lo farò io»

«Come preferisci.»

Quando Sabrina affrontò l'argomento, Jon le disse molto chiaramente di badare ai fatti suoi. «Cosa ha fatto! È venuta a piagnucolare di nuovo da te? Dio santo, come è diventata scocciante! Suo fratello aveva ragione. È una mocciosa viziata, che frigna sempre!» Era furioso e, in aggiunta, soffriva per i postumi dell'ultima sbornia.

«È una ragazza innamorata, buona e brava, affettuosa, Jon. Ed è tua moglie.»

«Davvero? Credi che non lo sappia?»

«Sei sicuro di ricordartelo? A che ora torni a casa, la sera?»

«Ma che cosa stai dicendo? Cos'è questa, l'Inquisizione? Non sono affari tuoi, ti pare.»

«Mi piace Arden, le voglio bene. Ecco perché mi interesso a lei. Tu sei mio figlio e ti conosco, so che razza di canaglia sei capace di essere, divertendoti nel modo che ti piace di più, rincorrendo ogni ragazza che passa! Ma adesso sei coniugato, per amor di Dio! Comportati come si deve. C'è mancato poco che tu non diventassi padre, qualche mese fa...»

Jon la interruppe. «Quella non è stata una mia idea. Tutta colpa di Arden.»

«Allora tu non lo desideravi il bambino, Jon?» La sua voce si era fatta più mite adesso, ma era colma di tristezza. Si stava chiedendo se le previsioni di Antoine fossero giuste. Perché le pareva che le cose andassero di male in peggio, fra Jon e Arden.

«No, affatto! Figurati se voglio un bambino! Sarebbe come se volessi accollarmi il mantenimento di un cavallo zoppo. Per amor di Dio! Ho ventisette anni... mi sai dire chi ci corre dietro?» In un certo senso aveva ragione, però Arden pareva ansiosa di avere un figlio. A questo punto Sabrina non riuscì più a trattenersi e finì per chiedergli quello che le premeva sapere già da parecchio tempo.

«Sei felice con lei, Jon?»

Lui scoccò un'occhiata carica di sospetto a sua madre. «È stata lei a pregarti di domandarmelo?»

«No. Perchè?»

«Niente... mi sembrava che fosse una di quelle cose che Arden vuole sempre sapere. Non fa che domandare stupidaggini del genere. Accidenti, non lo so. Però l'ho sposata, vero? Cos'altro vuole?»

«Forse molto, ma molto di più. Non basta soltanto la cerimonia nuziale a legare due persone. Ci vogliono affetto, comprensione, pazienza e tempo. Quanto ne passi tu con lei?»

Jon alzò le spalle. «Non molto, credo. Ho un sacco di altre cose di cui occuparmi.»

«Per esempio? Altre ragazze?»

Lui le lanciò un'occhiata di sfida. «Può darsi. E con questo? Non faccio niente di male nei confronti di Arden. Ce n'è sempre abbastanza anche per lei. L'ho messa incinta, sì o no?» Il contegno di Jon la nauseava.

«Si può sapere, allora, perché l'hai sposata?»

«Te l'ho già detto tanto tempo fa!» Guardò Sabrina dritto negli occhi, imperturbabile. «Era il mio passaporto per arrivare al successo. Sposato con Arden, mi sono sistemato per tutta la vita.» Sabrina dovette controllarsi per non scoppiare in lacrime a queste parole.

«Pensi sul serio quello che mi hai detto?»

Lui si strinse nelle spalle e sfuggì lo sguardo di sua madre. «È una ragazza simpatica. E poi, lo so che è sempre stata innamorata pazza di me.»

«Ma tu... cosa provi per lei?»

«La stessa cosa che provo per qualsiasi altra ragazza, a volte di più, a volte di meno.»

«E che cosa sarebbe?» Sabrina lo stava fissando con gli occhi sbarrati. Si domandava chi fosse l'uomo che aveva davanti, quest'uomo spietato, insensibile, odioso, incapace di dare affetto, incapace di provare amore per qualcuno, quest'uomo che aveva concepito e portato nel suo grembo! Chi era adesso?... Era Camille, disse una voce dentro di lei... ma, no, Jon era an-

che parte di lei Sabrina... eppure, lo si capiva, era senza cuore.
«Credo che tu abbia fatto un gravissimo errore», gli disse con voce spenta. «Arden merita molto di più.»

«Mi pare che sia abbastanza contenta anche così!»

«No, non è vero. Si sente sola, triste... probabilmente ha capito che non te ne importa niente di lei...» Jon abbassò gli occhi e poi fissò nuovamente Sabrina.

«Che cosa vuoi che faccia? Che finga di volerle bene? Sapeva già com'ero fatto, quando mi ha sposato!»

«Ed è stata una stupida. Sta pagando un prezzo molto alto per averti avuto!»

«È la vita, mamma!» Le rivolse un sorrisetto amaro e si alzò. Sabrina dovette ammettere un'altra volta, tra sé, che era molto bello. Ma, purtroppo, la bellezza non bastava. Si accorse di provare per Arden ancora più compassione di prima.

«Telefonami, sei hai bisogno...» disse a sua nuora, guardandola negli occhi. «Ricordalo! Io sono qui, sempre qui, puoi venire quando vuoi.» Aveva insistito con la speranza che tornassero per Natale. Ma lui voleva andare a Palm Beach, perché era più divertente. Ci sarebbe stato anche Bill con il quale spassarsela. San Francisco stava cominciando ad annoiarlo da morire. Gli pareva troppo provinciale dopo Boston, Parigi, Palm Beach e New York. Arden, invece, che alle grandi città era abituata fin dalla nascita, era più felice a Napa, con Sabrina, André e Dominique.

Arden le si aggrappò convulsamente, abbracciandola, e aveva ancora le guance bagnate di lacrime quando il treno partì. Sabrina, ricordando ciò che suo figlio le aveva detto, si sentiva il cuore pesante. Non era riuscita a riferire tutto, subito, ad André ma quando l'aveva fatto, lui era rimasto inorridito.

«Antoine aveva ragione.»

«È quello che ho sempre pensato! Avrebbe dovuto lottare per ottenere Arden!»

«Forse aveva ragione anche in quello. Forse non sarebbe mai riuscito a vincere. Arden era talmente innamorata di Jon!»

«Purtroppo si sbagliava! Perché Jon finirà per rovinarle la vita. Mi auguro soltanto che non resti incinta di nuovo. Sarebbe un brutto scherzo! Perché, se un giorno riuscirà a vederci chiaro, sarà sola e libera di ricominciare da capo.»

Ad Antoine, quando tornò a casa in licenza, non disse niente. Era la fine di novembre. Rimase una settimana e, quando salirono in automobile per riaccompagnarlo alla stazione, la radio trasmise la notizia dell'attacco a Pearl Harbor.

«Oh, mio Dio!» Sabrina fermò la macchina e fissò Antoine con gli occhi sbarrati. Erano soli. André, ormai, non andava più ad accompagnare suo figlio alla stazione perché soffriva troppo. «Mio Dio... Antoine... che cosa significa?» Purtroppo lo sapeva già. Significava la guerra... E per lei significava che Jon... Antoine la guardò con gli occhi pieni di tristezza.

«Mi spiace, *maman*...» Lei assentì, con la gola stretta da un nodo di pianto, e riaccese il motore. Non voleva che Antoine perdesse il treno anche se... in realtà... sarebbe stata felicissima di non vederlo ripartire. Che cosa stava succedendo nel mondo? Ormai il conflitto si era allargato a macchia d'olio. Avevano due figli per i quali preoccuparsi. Uno nell'Africa del Nord con De Gaulle e... chissà dove avrebbero mandato Jon! Le bastarono pochi giorni per saperlo. Era andato ad arruolarsi con Bill Blake, dopo una sbronza solenne, il giorno stesso in cui avevano sentito la notizia. Bill veniva mandato a pochi chilometri da Fort Dix e Jon a San Francisco. Di lì, sarebbe partito, per mare, verso una destinazione ignota. Arrivava con Arden, la quale sarebbe stata ospite di Sabrina e André fintanto che lui restava alla base militare vicina.

«Quest'anno, almeno, faremo Natale insieme.» Ma non pareva una prospettiva che lo allettasse. Era di pessimo umore, quando arrivò. Ogni cosa lo infastidiva e lo faceva diventare nervoso. Si sentiva solo senza la compagnia di Bill e scaricava il suo nervosismo soprattutto sulla moglie, come accadde la vigilia di Natale, quando Arden si alzò da tavola e scappò via piangendo mentre lui, in un impeto di rabbia, scaraventava il tovagliolo sul pavimento. Per fortuna quattro giorni dopo Jon ricevette l'ordine di partire. Sarebbero salpati l'indomani.

Sabrina, Arden, André e Dominique andarono ad assistere alla partenza del bastimento. Con loro, sulla banchina, c'era una folla di gente che gridava, piangeva, scoppiava in singhiozzi, agitava fazzoletti e bandiere. C'era perfino la banda che suonava gli inni militari. Ma, su tutto, aleggiava una strana atmosfera di irrealtà... come se tutto quello che stava succedendo fosse un gioco o una finzione... Purtroppo era la dura realtà e se ne accorsero quando si baciarono per l'ultima volta. Sabrina afferrò suo figlio per un braccio.

«Ti voglio bene, Jon.» Era molto tempo che non glielo diceva né Jon era una persona alla quale fosse facile dire parole simili ma, a dispetto di tutto, voleva che suo figlio, in quel momento, lo sapesse.

«Anch'io ti voglio bene, mamma.» Aveva gli occhi lucidi di lacrime. Guardò sua moglie con il suo solito sorriso affascinante. «Riguardati, bambina. Abbi cura di te. Ti scriverò di tanto in tanto.»

Lei sorrise fra le lacrime e lo abbracciò convulsamente. Nessuno pareva convincersi che fossero veri e reali i momenti che stavano vivendo e, dopo gli ultimi saluti, restarono ancora a guardare la nave che si allontanava dal porto. Sabrina circondò con un braccio le spalle di Arden, che singhiozzava, e la strinse a sé. André, che teneva Dominique in braccio, le guardò con tristezza perché pensava al suo figliolo, tanto lontano anche lui. Erano momenti terribili per tutti. Non restava che pregare che i due ragazzi tornassero indietro sani e salvi.

«Venite, torniamo a casa.» Arden aveva deciso di restare con loro per qualche tempo. Rientrarono a casa Thurston che, così deserta e silenziosa, dava l'impressione di una tomba. La lasciarono il giorno dopo, nel pomeriggio, per Napa. Pareva che la vita fosse più facile in campagna; c'erano i prati verdi, il panorama riposante, il cielo azzurro... Era difficile immaginare che il mondo fosse sconvolto da una guerra.

Cinque settimane dopo la partenza di Jon, arrivò il telegramma. Un uomo in divisa si presentò alla loro porta un giorno; bussò e, quando André andò ad aprire, gli mise il foglietto in mano. Lui provò un tuffo al cuore e lacerò rapidamente la busta, ma aveva gli occhi talmente offuscati dalle lacrime che non riuscì, al primo momento, a leggere il nome che vi era scritto...

Era quello di Jonathan Thurston Harte... «Siamo dolenti di informarvi che vostro figlio è morto...» L'urlo in cui proruppe Sabrina aveva qualcosa di animalesco, somigliava a quello che le era sfuggito dalle labbra quando Jon era nato, ventisette anni prima. Lasciava questo mondo nello stesso modo in cui ci era entrato, accompagnato da un grido straziante di sua madre. Sabrina corse da Arden e la abbracciò, e André le raccolse tutte e due contro il proprio petto. Restarono, così abbracciati, a lungo. Perfino Dominique era scoppiata in lacrime. Ormai era abbastanza grande per capire che suo fratello era morto. Non sarebbe più tornato.

«Quale?» continuava a domandare ad André, un po' confusa.

«Jon, tesoro... tuo fratello, Jon.» Poi la prese in braccio, se la fece sedere sulle ginocchia e la accarezzò, provando un vago senso di colpa perché era Jon e non Antoine. E, al tempo stesso, un enorme sollievo. Non riuscì ad affrontare lo sguardo di Sabrina per tutto il giorno, tanto si sentiva colpevole nei suoi confronti, ma lei lo conosceva troppo bene per non capire ciò che doveva provare.

«Non guardarmi a questo modo!» Aveva pianto tanto disperatamente che aveva la faccia tumefatta, irriconoscibile. «Non sei stato tu a fare la scelta. È stato Dio.» Bastarono queste parole perché André le crollasse fra le braccia, singhiozzando e pregando in cuor suo che Dio non dovesse fare un'altra scelta. Non avrebbe sopportato di perdere Antoine. Forse la scelta era caduta su Jon perché Sabrina era più forte di lui, pensò. Ma per quanto girasse e rigirasse intorno a questo pensiero, gli pareva sempre che non avesse alcun senso. Dio dava e Dio toglieva, Dio dava e Dio toglieva di nuovo, ancora... e poi ancora... ma il perché sarebbe restato sempre incomprensibile.

34

«CHE cosa hai intenzione di fare oggi?» Sabrina si voltò a guardare la nuora che giocava con Dominique. Arden non era più tornata a casa sua. Ormai era a Napa da cinque mesi. Era il giugno del 1942 e, in luglio, aspettavano a casa Antoine in licenza. Qualche mese prima era stato ferito, per fortuna leggermente, al braccio sinistro. L'unico vantaggio che ne aveva ricavato era stato quello che, adesso, lavorava agli ordini diretti del generale De Gaulle e, in famiglia, tutti ne erano felici. «Hai voglia di venire con me in città o preferisci rimanere qui?»

Arden ci pensò un momento. Poi sorrise alla donna per la quale provava un affetto molto profondo. «Vengo in città. Che cosa devi fare?»

«Qualcosa per la casa...» Non voleva stancarla né turbarla. Si era ripresa bene. Dopo la morte di Jon, avevano scoperto che era rimasta di nuovo incinta ma, anche stavolta, aveva perduto il bambino quasi subito. «Forse era destino!» Ma erano parole difficili da accettare, e anche da dire, quelle di Sabrina. Come sarebbe stata felice di amare il figlio di Jon... il suo unico nipotino... ma ormai era troppo tardi per piangere anche per questo... Tutti, infatti, si stavano riprendendo molto lentamente dal colpo durissimo della morte di Jon. Il sole continuava a sorgere e a tramontare ogni giorno, le colline erano verdeggianti, i vigneti bellissimi, l'uva abbondante... A popo a poco, vivere cominciò a sembrare meno penoso a tutti. Anche Sabrina, dopo un lungo periodo nel quale aveva creduto di non riprendersi più da quel dolore terribile, cominciava a star meglio con l'aiuto di André. Per fortuna, aveva Dominique che le dava moltissima gioia e affetto, come Arden.

«Nessuna notizia da Antoine?» provò a domandare Arden, con un tono di voce che voleva essere disinvolto e casuale, mentre erano in automobile, dirette verso la città. Teneva Dominique in grembo. La bambina si era addormentata. Le piacevano alla follia queste gite in automobile e aveva un affetto particolare per la zia Arden, come la chiamava.

«Pochine. Sta benone. Ha raccontato qualche aneddoto divertente su De Gaulle, ma ti avevo fatto vedere quella lettera, no? Continua a ripetere che la data del suo arrivo è sempre la stessa.» Arden sfiorò con lo sguardo il paesaggio che fuggiva ai lati dell'automobile e poi lo riportò sulla bambina che teneva addormentata in grembo.

«È un uomo speciale, molto diverso dagli altri.» Era la prima volta che parlavano seriamente di lui, da quando Jon era morto. «Tanto tempo fa, mi ero quasi innamorata di Antoine.»

Sabrina, con gli occhi fissi sulla strada, sorrise. «Lo sapevo.» Poi, pur rendendosi conto che quello era un terreno minato, aggiunse: «Credo che anche lui fosse innamorato di te».

«Lo so», disse Arden, con un cenno di assenso. «Io, invece, ero pazzamente innamorata di Jon.»

«Antoine lo ha capito. Figurati che ha detto che lo avresti sposato, molto, ma molto tempo prima che tu ti decidessi a farlo.»

«Davvero?» Pareva sbalordita. «Come faceva a saperlo?»

Sabrina rise. «La spiegazione c'è. E l'hai data tu stessa, poco fa. È un uomo diverso dagli altri. Un uomo veramente speciale!» Si scambiarono un sorriso e imboccarono il nuovo ponte che portava in città. Come piaceva a Sabrina il Golden Gate! Aveva qualcosa di maestoso, diversamente dal Bay Bridge. Ricordava ancora i giorni del battello e dei treni... com'era passato in fretta il tempo! Guardandola era difficile credere che avesse cinquantaquattro anni, né lei si sentiva la sua età. Dov'era andata tutta la sua vita? E perché era passata così in fretta? Perché non si poteva avere più tempo? Le tornò in mente Jon. Era per questo che aveva voluto venire in città. Per assistere alla sistemazione della targa. Sulla facciata laterale della casa, che avevano costruito tanto tempo prima, suo padre aveva fatto aprire una nicchia e le aveva spiegato minuziosamente a che cosa desiderava che venisse destinata. Lei aveva ubbidito. Lo aveva fatto per lui... per John Harte... e adesso per Jon... per tutti coloro che erano vissuti a casa Thurston perché nessuno, un giorno, li dimenticasse.. perché fossero tutti lì, insieme.

Gli operai la stavano già aspettando, quando arrivò. Si trattava di una piccola targa in bronzo, molto bella, e Sabrina si decise a mostrarla ad Arden. Uscirono insieme nel giardino, così piccolo ormai. Sabrina sfiorò con lo sguardo gli alberi, i fiori dai vivaci colori... Intanto gli operai aprivano, nella nicchia, i fori necessari e vi fissavano la targa con i chiodi. I nomi erano tre, tre le targhe: Jeremiah Arbuckle Thurston, John Williamson Harte, Jonathan Thurston Harte...

«Per quale motivo lo hai fatto?» Arden la guardò con i grandi occhi pieni di tristezza.

«Perché nessuno dimentichi.»

«Io non ti dimenticherò mai.» Gli operai se n'erano andati. Arden, guardandola, aggiunse: «Tu, per me, sarai sempre parte di questa casa».

Sabrina sorrise e le sfiorò dolcemente una guancia con la punta delle dita. Poi tornò a osservare le targhe con i nomi degli uomini che aveva amato. «Come loro per me... mio padre... John... Jonathan...» Infine disse, guardando Arden: «Qui ci sarà anche il mio nome, un giorno... quello di André... il tuo... e quello di Antoine...» L'unico, sparito per sempre, era quello di Camille. Per lei, non c'era nessuna targa. La sua scelta era stata quella di abdicare e, in tal modo, era stata cancellata per sempre dalla memoria di tutti. «Il passato è una cosa importante. Lo è per me, lo è stato per questa casa... per come l'hanno costruita...» Ripensò a suo padre. «...Per chi l'ha amata, per chi ha continuato a conservarla da allora fino a oggi. Anche il presente è importante, però! Questa è una parte che tocca a te...» Finalmente si fece coraggio e pronunciò le sue parole di augurio: «Forse tu e Antoine ci vivrete, un giorno...» Poi diede un'occhiata a Dominique, che ruzzolava fra le aiuole, e aggiunse: «Il futuro è anche suo. Casa Thurston sarà sua, un giorno. Mi auguro che significhi per lei tutto quello che ha significato per noi. Perché è nata in questa casa... e mio padre è morto in questa casa...» Alzò gli occhi a contemplarla, adesso, e guardò le finestre di quelle stanze che amava e conosceva tanto bene. Poi sorrise a Dominique. Quella che le affidava, o le avrebbe affidato un giorno, era un'eredità composta di persone che erano venute a casa Thurston prima di lei, e ci avevano lasciato la loro impronta, il loro cuore e il loro amore.

FINE